民间文学前沿研究讲演录

陈泳超 主编

图书在版编目(CIP)数据

民间文学前沿研究讲演录 / 陈泳超主编. -- 北京：商务印书馆，2025. -- ISBN 978-7-100-24399-5

Ⅰ. I207.7

中国国家版本馆CIP数据核字第20247D8X26号

权利保留，侵权必究。

民间文学前沿研究讲演录

陈泳超　主编

商　务　印　书　馆　出　版
（北京王府井大街36号　邮政编码100710）
商　务　印　书　馆　发　行
三河市尚艺印装有限公司印刷
ISBN 978−7−100−24399−5

2025年5月第1版　　　　开本 880×1260　1/32
2025年5月第1次印刷　　　印张 22 1/4

定价：138.00元

序 言

陈泳超

对于任何一门人文学科来说，学术研究的经典与前沿是两条平行轨道，共同展示着该学科的基本格局及其延伸的方向和路径。一般来说，经典会更受重视，因为业已历经学术进程的反复筛选，得到了学科内部的普遍认可；而所谓前沿，还处于不太稳定的进行时态，对于本学科来说大多只是个人的模糊印象，更不用说外学科的偶然跨界了。以民间文学为例，许多着意垂顾的外学科有识之士，经常征引的多是弗雷泽的《金枝》、顾颉刚的《孟姜女故事研究集》、闻一多的《伏羲考》等经典之作，却不太关注民间文学界对于上述经典已经有了怎样的反思和推进。反过来说，民间文学界对外学科的借鉴，又何尝不是如此呢？对于本学科的初学者而言，更应该对经典与前沿双峰贯耳，大致了然，才算得上真正入门。

鉴于这一认知，我作为北京大学中文系民间文学专业的教师，长期开设了两门研究生课程：一是"中国民间文学现代学术史"，二是"中国民间文学前沿问题研究"。两门课交替进行，目的就是尽量将研究生们领到民间文学学术研究的大门口，让他们认清轨辙，然后鸢飞鱼跃地去持续修炼。第一门课，本人有《中国民间文学研究的现代轨辙》托底，倒还不难应付；第二门课该如何上？个人能有多大能耐去展示学界丰富多彩、未曾定型的前沿研究呢？这就需要首先认清究竟何为学术前沿。

个人认为，人文学科的所谓学术前沿，并没有固定的标准，也不存在学术史家经常后知后觉的所谓"必然趋势"，它只是本学科比较有影响的学术领先者们现阶段的所思所为。它可以是天外飞仙似的破空而入，但更多则与学术经典发生着各种关联，即便草蛇灰线，终究有迹可循；它可以是完型的研究成果，更多时候，或许只是最新的一些思想火花；它可以自成体系，也可以漫无边际，重要的是对当下学界有所启迪；它可能转瞬即逝，但也可能在今后或长或短的时段内，引发许多的跟进研究和讨论，甚且有希望成为某种自成格局的范式或流派。

想明白这层道理，我决定与其二手传扬，不如直接请这些前沿学者现身说法。为此，我自 2013 年开设"中国民间文学前沿问题研究"课程起，就礼请民间文学专业（不包括广义的"民俗学"）的优秀学者陆续来课堂进行专场讲演，各次讲座按照如下统一流程进行。

主讲人事先与我商定讲座题目和主要方向，由主讲人提供纲要或讲稿，可能的话并开列参考文献；然后由一位选课同学负责搜索该学者与此话题相关的研究成果，打包发给所有选课同学预习。届时主讲人亲临课堂，做一场完整的讲座，并留下较为充裕的时间跟听课学生进行面对面的答问。之后我们另找课时，在主讲人不在场的情况下，先由负责本次讲演工作的学生做不超过半小时的专题评议，以唤起记忆；然后所有选课同学围绕此话题随意讨论。这样，学生一方面可以有所积淀，另一方面也可以更加尖锐、自由地发挥。我作为任课教师在场，只是起到控制局面的作用，尽量不参与、不表态（极少数情况下也加入讨论），以避免"话语霸权"而使讨论意见趋同。所有过程全部录音，由负责该场的学生整理出来，交由主讲人及所有被记录的发言人核对无误后才算定稿。

我们从 2013 年开始就与《民族艺术》这一国内知名度很高的重要学术刊物合作，在该刊上设置"中国民间文学前沿论坛"系列专栏，每个专题分讲演稿和学生讨论稿两篇同时发表，不仅让学者的最新成果得到高端公布，也让学生在此过程中磨砺思想、崭露头角。一开始我们很希望讲演稿发表时能保留更多课堂语言，但很快发现过多的口语表达实在不适合阅读，学者更愿意自己撰写讲稿，我们也就放弃了呈现现场效果的附加值，专心传扬学者的思想。

这一活动自开展以来，得到了民间文学研究界同行的大力支持，诸多硕学覃思的耆老髦士纷纷出场，登坛弘道，畅演纶音，留下了一篇篇充满真知灼见的研究心得。其中相当一部分正代表了该学者在民间文学学术界"扬名立万"的标志性领域，有些甚至即为该学术领域内发凡起例或体系总结之作，足见本论坛具有一定的学术标杆之功。我经常听到学者专家（包括同行和外专业学者）对本栏目设置的推奖之词，有些外地（包括海外）学者曾明确表示愿意自费来北大升坛演讲，至于年轻学子们从中获益良多的表达，更是屡见不鲜。当然其中也有部分观点未必餍饫人心。让人欣喜的是，本栏目有些文章发表后，还引发了其他学者主动撰写争鸣文章。由此可见，随着其影响力的逐步提升，本论坛已成为民间文学界一个值得瞩目的重要舞台。

从 2013 年第一轮开设课程、发表专栏后，本论坛即引起了民间文学界的高度关注；2015 年秋天，"中国民间文学前沿问题研究"成功获得"北京大学研究生课程建设"立项资助。这些喜人态势让我备受鼓舞，于是一鼓作气在 2015 年、2018 年、2021 年和 2023 年又各开设一轮，每一轮皆有 8 位学者演讲，迄今共五轮。前两轮主要恳请本学科学者，后几轮则更有意识地多请一些外专业学者来讲述他们与民间文学相关的研究成果，这样非但有助于本学科扩开视野、他山取经，同时也希望民间文学界能更多进行跨学科对话，努力增强本专业的自信心和辐射力。

此活动持续至今，倏忽已是十年，以学术年轮计量，差不多可算是一个代际了。经同行及出版界的朋友敦促，我决意将之结集出版，取名为《民间文学前沿研究讲演录》，用以展现新世纪以来学术脉络之一斑，或亦可借此窥测民间文学研究整体之大概。何况，作为此活动的主持人，我已决定全身而退，将薪火传交给了下一代青年教师，故这次结集，无论对那些讲演者还是我本人，都算是一个安顿和交代吧。

有几点说明：其一，本次结集对于讲演者的文章全文收入，不加改动。发表时各篇的"主持人语"长短不一，这次结集我们发挥师生的集体智慧，截长补短，做成了大致统一的"编者按"，并按照讲演者当时的身份予以介绍。其二，此前配套刊发的学生讨论文章，因话题过于发散，水平参差不齐，我们请在校学生（姓名标于各篇之末）根据程序化的问答、评议和讨论三个环节，对其中比较有学术价值的观点做了摘要，附于每一篇讲演文章之后。摘要中只出现刊物上标定的作者名，其余发言人不再具名。其三，五轮下来主讲者共有40人次，其中万建中教授、王杰文教授和谭佳研究员三位学者亦曾莅临讲演，但前两者的文章另作他用，未在"民族艺术"专栏中刊载，也没有学生的配套讨论；谭佳研究员的大作则有特殊情况，故此次结集，这三位的论文只能割爱，甚是遗憾。其四，本人主持此课程的初心，是让更多学有所长的研究者于此大展身手，故每位讲演者一般只出场一次，但有两人的情况略为特殊。一是段晴教授，因她的演讲话题涉及多种文字和图像，颇为复杂，不得不分作两次讲座才能达成。二是户晓辉研究员，他也有两篇文章被本书收录，却是两篇截然独立之作，其中关于吕蒂童话研究的话题是第一轮就被我约请开讲的，而第二篇对我本人的批评性文章，则是在第四轮特意安排讨论的。其五，因每次讲座都由讲演者按照自己当时的思考热点自由发挥，各讲座之间略无关联，若按照演讲时序排列，虽然更多保存一点历史气息，但对读者而言其实甚少助益，故本次结集打乱了讲座的时间顺序，以话题相对靠拢为原则，分成五个专题公之于世。

站在某个节点上回顾曾经走过的路，总有许多难以遏制的情绪。首先，本人怀着感恩之心向所有莅临课堂、传道授业的学者表示最诚挚的谢意，尤其是敬爱的尹虎彬研究员、段晴教授、顾希佳教授和刘锡诚研究员，他们在讲坛上或高爽或儒雅的风采犹在眼前，却已厚地高天、阴阳永隔，思之不免怅然。其次，对始终支持本课程的北大中文系历届领导以及曾对本课程立项资助的北大研究生院表示衷心的感谢。再次，要特别感谢《民族艺术》期刊社，感谢先后出任主编的廖明君教授、许晓明教授以及该刊的全体同仁，正是他们的鼎力支持和细致工作，才使得这一活动能超越一所学校的一次性过程，而成为泽被学界的普化道场。还要感谢商务印书馆副总编辑郑勇以及责任编辑等一众有识之士，正是他们的慧眼看顾和谨严耐心的工作，才使得本书得以闪亮面世。最后，我要特别感谢所有参与听讲、讨论、发表和结集工作的学生，他们对于学术永不熄灭的火花、充满活力的思考以及对各项琐细工作的勤勉，都是这项活动持续开展的主要动力和可靠保障。

2024年1月21日初稿
2024年11月1日改定

目　录

综　论

中国特色的民间文艺学 ……………………………… 刘锡诚　3

口头传统概说 …………………………………………… 朝戈金　24

表演理论对中国民间文学研究的意义 ………………… 安德明　35

超越语境，回归文学
　　——对民间文学研究中实证主义倾向的反思 …… 刘宗迪　49

社会、科学与文学的互涉
　　——民间文学研究方法的省思 …………………… 锺宗宪　68

多元喧嚣与20世纪80年代民间文学的转向 ………… 毛巧晖　80

中国古代重农、劝农传统的多样化表达 ……………… 王加华　107

唐代经营西域的民间文学遗产 ………………………… 朱玉麒　133

神话史诗

神话信仰
　　——叙事实践的内容与形式 ……………………… 吕微　155

神话的跨域性与地方性
　　——以观察新疆洛浦博物馆氍毹为基础 ………… 段晴　177

神话与仪式
　　——以观察新疆洛浦博物馆氍毹为基础 .... 段晴　197
英雄观、英雄叙事及其故事范型：传统指涉性的阐释向度
　　.. 巴莫曲布嫫　226
多神崇拜与一神独尊
　　——河北民间后土地祇庙祭考 .... 尹虎彬　242
现代口承神话的民族志研究
　　——个案调查与理论反思 .... 杨利慧　254
从"国"到"家"：虞舜神话的社会形态学研究 .... 赵丙祥　268

民间传说

地域资源与历史的正统性
　　——从传说到历史 .... 菅丰　301
民间文献与民间传说的在地化研究
　　——以沂源牛郎织女传说为中心的探讨 .... 叶涛　313
从中国四大传说看异界想象的魅力 .... 刘晓峰　328
"传说动力学"理论模型及其反思 .... 陈泳超　343
如何让背过身去的大娘娘转过身来
　　——关于知识与信仰的界限问题 .... 户晓辉　361
万志英《左道》的研究思路评析 .... 黄景春　385

民间故事

民间叙事的形态研究
　　——历史、视角与方法简谈 .... 刘魁立　415

理想故事的游戏规则..施爱东　427
口头与文本：中国古代民间故事谫议..................................顾希佳　449
麦克斯·吕蒂的童话现象学..户晓辉　458
文学类型还是生活信仰：童话在中国的蜕变及其思考..................张举文　468
睒子三题：故事文本与图像的跨文化之旅..............................陈明　479
灰姑娘的两次婚姻..陈岗龙　507
黔之驴：一个文学形象的生成与物种迁徙、文化交流..................范晶晶　535
都市民间文学的新业态
　　——关于"上海故事汇"..郑土有　554
中国民间故事传承人研究的回顾与展望................................林继富　569
从融通到创新：中国故事学的本土化之路..............................漆凌云　582

民间说唱

什么是宝卷
　　——中国宝卷的历史发展和在"非遗"中的定位..................车锡伦　603
民间口头叙事不止是文学
　　——从猛将宝卷、猛将神歌谈起..................................赵世瑜　618
南北民间宝卷同源异流关系探微......................................尚丽新　636
文武之道：冀南乡村梅花拳的宝卷叙事与武术实践....................张士闪　657
古代说唱词话的文学形态与演述方式
　　——以《云门传》为中心..吴真　687

综 论

中国特色的民间文艺学

刘锡诚

编者按：2013 年 3 月 6 日，中国文学艺术界联合会刘锡诚研究员为北京大学中文系民间文学专业的学生带来了一场题为"21 世纪：民间文学研究的当代使命——关于中国特色的民间文艺学"的讲座并展开交流，文章发表时更名为《中国特色的民间文艺学》。

自 20 世纪初中国民间文学学科滥觞以来，关于这一学科的概念范畴、特定属性、研究对象、价值阐释等议题始终众说纷纭。长期深耕民间文学学术史与学科建设的刘锡诚研究员在细致爬梳中国民间文学发展历程的基础上，高屋建瓴地对"民间文学的地位问题""民间文学的文化属性问题""民间文学的价值问题"等经典命题展开重审与辨正，将民间文学明确定位为广大底层民众的口头文学创作，认为它具有强烈的意识形态性，是民族精神的载体、人类共同的文化遗产与现代文化的重要组成部分。同时，面对 21 世纪我国民间文学研究面临的新境遇，他还颇具前瞻性地观照到"'非遗'时代民间文学的现状"及"新故事传说和都市传说的研究路径"等新兴学术趋向，鼓励各地研究者密切关注当地民间文学的活态状况，跟踪在信息化条件下的嬗变历程，从而为构建具有中国特色的民间文学指明了方向。

陈泳超教授要我来"中国民间文学前沿问题研究"讲一次课。能够担任你们这个讲座头一讲的主讲人，我感到很荣幸。我主要讲五个问题：1. 民间文学的地位问题再认识；2. 民间文学的文化属性问题再认识；3. 民间文学的价值问题再认识；4."非遗"时代民间文学现状的再认识；5. 新故事传说和都市传说问题再认识。

一、民间文学的地位问题再认识

民间文学是广大底层民众的精神产品，是意识形态，是口头文学创作。在中国文化和中国文学的构成中，民间文学的地位往往被忽视或被贬低。中国的文化或者中国的文学，应该是由官方的文学、文人的文学和民间的文学三部分组成的。这三种文学是分别由三个社会阶层的代表人物所创作的，它们各自体现的价值观、道德观、伦理观、哲学观和知识系统是不同的。但是，底层的民众人数最多，无论在任何社会形态下，他们都是社会生产的主力军，是推动社会进步的主要力量，民间文学正是他们的文学。当然，民间文学的创作方式和存在方式主要是口头传承而不是书面传承。

以往中外学者、作家们在谈到民间文学时，大多是把民间文学和文人文学对举。其中鲁迅说得最多也最清楚，比如，"人类在未有文字之前，就有了创作的，可惜没有人记下，也没有法子记下……到现在，到处还有民谣，山歌，渔歌等，这就是不识字的诗人的作品；也传述着童话和故事，这就是不识字的小说家的作品；他们，就都是不识字的作家……不识字的作家虽然不及文人的细腻，但他却刚健，清新"[1]。朱自清也很喜欢民间文学，在清华曾开过"中国歌谣"的课程，但他对民间文学的评价有

---

[1] 鲁迅《且介亭杂文·门外文谈》，《鲁迅全集》（第六卷），人民文学出版社，1973年，第99—101页。

点低，认为在艺术上不值得重视。譬如他在给罗香林编的客家民歌集《粤东之风》写的序里说："严格地说，我以为在文艺方面，歌谣只'可以供诗的变迁的研究'；我们将它看作原始的诗而加以衡量，是最公平的办法。……除了曾经文人润色的以外，真正的民歌，字句大致很单调，描写也极简略、直致，若不用耳朵去听而用眼睛去看，有些竟是浅薄无聊之至。……歌谣的好处却有一桩，就是率真，就是自然。这个境界是诗里所不易有；即有，也经过一番烹炼，与此只相近而不相同。"[①] 新中国成立以来，民间文学得到了前所未有的重视。第一次全国文代会上，来自解放区和国统区的民间文艺家就互相交流和酝酿成立全国性的民间文艺研究机构。文代会闭幕8个月后，在中宣部副部长兼文化部副部长周扬的关心和领导下，经过作为筹备单位的文化部编审处的筹备，于1950年3月29日正式成立了全国性的民间文艺的专业团体——中国民间文艺研究会，创办了《民间文艺集刊》，开始编辑"民间文艺丛书"，通过出版刊物和编辑丛书等方式，组织和推动全国民间文艺的"采集、整理、分析、批判、研究"（周扬《开幕词》）。民研会开始隶属于文化部艺术局编审处，继而隶属于人民文学出版社，1953年北京大学文学研究所成立，又转而隶属于文学研究所。1954年中国民间文艺研究会加入中国文学艺术界联合会，成为它的团体会员；由于中国文联系统的各专业协会陆续成立，民间音乐、民间舞蹈、民间美术、传统曲艺等民间艺术门类分别归属中国音乐家协会、中国舞蹈艺术研究会、中国美术家协会、中国曲艺研究会，中国民间文艺研究会的任务则调整为主要是搜集、整理、出版和研究民间文学。在教育系统，北京的高等学校，北京师范大学、北京大学、辅仁大学，上海的复旦大学、震旦大学，兰州艺术学院等，自1949年起先后在中文系开设了民间文学课；1952年院系调整后，北京师范大学于1953年率先招收民间文学研究生。在科研机构方面，1953年，北京大学文学研究所成

[①] 朱自清《粤东之风·序》，《民俗》第36期，中山大学出版社，1928年。

立（后转为哲学社会科学部文学研究所），郑振铎兼任所长，何其芳任副所长，设立了各民族民间文学组，此前在北平从事俗文学研究的俞平伯、吴晓玲进入了古代文学组，在延安鲁艺从事民歌研究的毛星、贾芝、孙剑冰进入了民间文学组。在新中国成立"十七年"时期，以中国民间文艺研究会为代表的民间文学的收集、整理、研究以及以高校与研究机构为代表的民间文学教育和研究大体上可以说是延续、继承了北大《歌谣周刊》"发刊词"中所说的"文艺的"传统，以及40年代在延安鲁艺文学系、音乐系和文艺运动资料室得到发扬的传统，把民间文学作为文学，成为新中国文艺中与作家文学并行的一脉。这一时期，少数民族的民间文学得到了前所未有的重视和发掘。以建国十周年为起点，开启了《格萨尔》《江格尔》和《玛纳斯》三大史诗的调查记录工作，到1966年"文革"爆发前，已经获得了十分可喜的成果。少数民族的民间文学和作家文学被纳入中国文学史。

十年"文革"，民间文学事业与其他文艺领域一样受到了重创。改革开放以来，特别是20世纪80年代，民间文学的搜集和研究进入了新中国成立以来最好的时期，先后进行了若干有组织的调查和采集，发现了耿村、伍家沟等故事村，各地发现了一些故事家和歌手，他们的创作和演述个性得到了关注和研究，启动了为期二十五年的《中国民间故事集成》《中国歌谣集成》《中国谚语集成》的普查采集和编纂工程，同时编纂出版了"五四"以来的《中国新文艺大系·民间文学集》。

曾经于30年代写过建设"民间文艺学"、几十年来为民间文学教育和学术研究做出贡献、建国初期以民间文学专家身份担任中国作家协会常务理事的钟敬文先生，从1983年起把学术重点转向了民俗学。他希望在新的政治形势下，能给"十七年"时期被打成资产阶级学科的民俗学以应有的学术地位。初始他联合一些其他学科的学者一道，曾给中国社会科学院的院长胡乔木写过申请，希望在社会科学院成立民俗学研究所，但没有得到批准。早在1964年，贾芝曾向胡乔木汇报我国民间文学领域的工作情况，胡乔木同他有过一次谈话。1982年1月2日，贾芝和王平凡再次去看胡乔木，向他汇报当时民间文学和少数民族文学工作的情况，他们又做了一次简短的谈话。这两次谈话特别是后一次谈话，正是钟敬文等学者酝酿和行动恢复民俗学学科地位的前后，并没有涉及民俗学的问题。胡乔木逝世后，他关于民间文学的谈话收在了《胡乔木谈文学艺术》一书中。后来，钟敬文采取了另外的一些办法：在中国民间文艺研究会里设立民俗学部，在《民间文学论坛》上开辟"民俗之页"专栏，在北京师范大学中文系开设民俗学课程，联合其他学术领域里的几位学者联名提出倡议书并于1983年成立了中国民俗学会。

据有关材料，1997年，受到国务院学位委员会学科目录调整工作的影响，"民俗学"作为二级学科被放在了"社会学"一级学科之下，而原"中国语言文学"一级学科下面的"民间文学"二级学科被取消——原"中国语言文学"下的"民间文学（含民俗学）"被改变成了"社会学"一级学科下的"民俗学（含民间文学）"，"民间文学"只是作为三级学科，分别被包含在了"民俗学"二级学科，以及"中国文学"一级学科下的"古代文学""现当代文学"和"文艺理论"三个二级学科之中，原中文系"民间文学"博士点也被自动转为"民俗学"博士点。

我曾先后在《文艺报》上发表《向国家学位委员会进一言》、在《社会科学报》上发表《民间文学向何处去》，指出近百年来，在中国，民间文学与民俗学从来是有联系而又有区别的，实际是各自分立的两个学科，把民间文学看作是文学的一部分，是符合中国国情和中国文化史实际的。[①] 民间文学与民俗有密切联系，又交织难分，但民间文学与民俗在本质上又是有区别的。从其本质上看，民间文学属于意识形态，是生活的反映，而不是生活本身。把民间文学看作是民俗的一个部分、看作生活本

---

① 拙作《向国家学位委员会进一言》，《文艺报》2001年12月8日；拙作《民间文学向何处去》，《社会科学报》2007年5月24日。

身，从而改变民间文学作为社会生活的艺术反映的性质，也就是抹杀了民间文学的意识形态性。鲁迅说的民间文学的目的在"表达意见"，"表达意见"当然就是表达老百姓的观点，不是依附于统治阶级的士大夫阶层的观点，更不是统治集团的观点，其意识形态性昭然可见。所以，我觉得，在与作家文学对举中，阐释民间文学是一种特殊的文学，论述它的特点和优长，分析它的意识形态性，是无可非议的。过去，学界有一种把民间文学过度拔高的见解，最典型的是 1958 年北大五三级的学生写的文学史和北师大五三级学生写的中国民间文学史，作者们把民间文学说成是文学史的主流和正宗，曾引起一些著名文学研究者的反感，连当时我在民研会工作的几位同事也发表过批评文章。[①] 但现在，有些学者又走向了另一个极端，将其说成是社会民俗甚至是生活的一部分，从而完全否定了民间文学的意识形态性，或热衷于民间文学的形态学范畴的模式化、类型化等。在此笔者要声明的是，形式主义的研究也是需要的，但大家都"扎堆儿"于此，完全抛弃了对民间文学作为文学创作的思想性和艺术性的关注，恐怕也是一种不能不重视的偏向。

承认民间文学属于意识形态，承认民间文学具有强烈的意识形态性，就不能避开它的作者们的社会地位。民间文学是自原始社会以后的任何一个社会形态中的广大劳动者的文学创作，我想，这应该是没有疑问的。过去，在有关文献中，还往往在"劳动者"之前加上"被压迫的"几个字。毋庸讳言，在作者群的社会地位问题上，过去是有不同看法的。比如最早全面论述民间文学是什么的一篇文章是胡愈之的《论民间文学》，作者移植了西方民俗学家（英国人类学派）的观点，认为："（民间文学）创作的人乃是民族全体。"[②] 文学研究会成立以后，我国第一本民间文学概论式著作、徐蔚南写的《民间文学》则认为民间文学是"属于无知识阶级，无

[①] 安民、刘锡诚、潜明兹《试谈〈中国民间文学史〉中的两个问题》，《读书》半月刊 1959 年第 6 期。

[②] 胡愈之《论民间文学》，《妇女杂志》第 7 卷第 1 期，1921 年 1 月。

产阶级的",这个"无产阶级",其实指的就是底层的文学。[①]徐蔚南的这个观点,大体被后来的学界所接受和沿用。20世纪五六十年代,我们一边倒,倒向苏联,民间文学(改称人民口头创作)被认为是劳动人民的创作。到了非物质文化遗产保护时代,2003年联合国教科文组织通过的《保护非物质文化遗产公约》(以下简称《公约》)中,对于包括"民间文学"类在内的非物质文化遗产的作者的社会身份忽略不计,只承认其特点是口传心授、世代相传、在一定社区里被创造和再创造,并被社区所认同和持续发展。这一定义,基本上等同于"创作的人乃是民族全体",也可以说,回到或同意了西方人类学派19世纪末20世纪初所提出的观点,显然与我们新中国成立以来民间文学领域里传统的观点大异其趣。我们的传统观点认为,民间文学是下层劳动者的创作,包括农民、手工业者,而联合国教科文组织的这个定义恰恰是我国学界五六十年代批判的资产阶级的理论。

联合国教科文组织关于非物质文化遗产《公约》的诞生,旨在保护世界文化的多样性,从大的方面来说,我国是接受的,因而我国是最早批准加入这个《公约》的缔约国之一。它的功劳还在于让我们认识到,作为构成非物质文化遗产中的五类中之第一类的民间文学,体现着一个民族的民族精神,是一个民族的传统文化的基因。这样判断民间文学的社会意义和文化史意义,显然大大超越了我们仅从"与文学的对举"意义上去认识民间文学的作用、意义和地位。但在一些具体问题的理念上,我认为与我们的认识之间是存在着差别的。由于《公约》只关注"非遗"在一定的社区里被创造和被认同,而对其创造者、持有者、传承者的社会地位,亦即是否劳动者采取忽略不计的立场,所以,在我国的非物质文化遗产保护(项目申报、认定、保护)上,对大量宫廷的、宗教的文化遗产,如天坛祭天、地坛祭地、宗教音乐、宫廷音乐等给予了足够的注意,而对由普

[①] 徐蔚南《民间文学》,世界书局,1927年,第3页。

通劳动者创造的而又没有利益可图的民间文学类则相对关注不够。香港城市大学中国文化研究中心主任郑培凯指出,"古琴与昆曲"(我还要加上京剧)是属于"作为主导的大传统所滋育的",是"与士大夫阶级生活文娱相关的",应该属于"大传统",而不属于"散漫零碎""很少进行系统化的保护、研究与整理"的"小传统"。[①] 从各级政府到商家,都较为关心和热心于这些带有"大传统"色彩,可以提供利益和政绩的非物质文化遗产项目和类别,而民间文学则恰恰是属于由社会底层的劳动者所口传心授和自生自灭的传承,"散漫零碎",只为老百姓"表达意见",满足自己的精神诉求,"很少进行系统化的保护",而又没有利益可以提供的精神文化产品。也恰恰是这些浩如烟海的口头语言艺术,是民族的文化基因,蕴藏着中华民族的民族精神!

二、民间文学的文化属性问题再认识

民间文学的文化属性问题,是中国文化理论、文学理论的一个重大问题。这不是我们现在提出的,而是在 20 世纪五六十年代就已经争论得非常激烈的一个大问题。60 年代初期,陈伯达在中国社会科学院的会上最先提出"厚今薄古"的批判继承原则。提出这个口号以后,在全党全国的社会科学和人文科学当中一时成为一个不可动摇的方向。在文学史上,曾经出现了"以论代史"的倾向。民间文学因为主要是农村劳动者的口头语言艺术,于是被定义为是传统的遗产,是过去时代的东西。农民是小生产者,天然地带有落后性和保守性,所以,民间文学自然地、天然地是既反映了劳动者的优秀本色和世界观、伦理观、道德观等,又掺杂着浓厚的宿命论、封建迷信,以及其他小生产者的狭隘心理的遗产,被认为是不适于实行"四化"的时代、不属于社会主义社会。故而,其内容是不能

[①] 郑培凯主编《口传心授与文化传承》,广西师范大学出版社,2006 年,"导论"第 4—5 页。

无批判地继承的，更不是社会主义新文化的组成部分。尽管马克思主义主张历史唯物主义，但这个问题在我国意识形态下却是一个很难解决的理论问题。

现在我们已经进入现代化的时代，民间文学的文化属性问题、民间文学的内容是否有继承性的问题，仍然或隐或现地存在于一些自命为意识形态专家和领导者的头脑之中。举一个很特殊的例子。某某省曾经申报了槃瓠信仰这个项目，就是大家所熟知的瑶族、畲族、苗族的祖先信仰传说，或者说图腾信仰传说。这个传说在《后汉书·南蛮传》、晋干宝的《搜神记》等书里面就有记载。如同汉民族以龙（蛇）为图腾祖先、藏族以猕猴为图腾祖先、蒙古族以狼鹿为图腾祖先、满族以雀鸟为图腾祖先一样，瑶族等民族以槃瓠为其祖先图腾，其信仰和传说至今还在一些民族中流传，本民族并不因自己民族是槃瓠的后裔而感到屈辱。图腾信仰和图腾传说是历史形成的，是民族认同的一种信仰文化。这个项目经省级专家委员会审批通过，报到了国家非物质文化遗产专家委员会来，也已通过评审并报到了国务院。正当此时，据说一位省里的高级官员提出："我们民族怎么能是狗生的呢？"用这样的无知的问题来加以否决。得知这个消息的时候，文化部的主管官员和在场的专家们对此举无不哑然失笑，最后大家研究决定，给国务院办公厅打电话，立马把这个项目撤下来。回想全国解放之初，共产党的干部进城的时候，都是要学习社会发展史的，人是猴子变来的，这是唯物史观的常识。可是这位省级领导干部竟然如此缺乏历史唯物主义的常识！这是比较极端的例子。还有的领导干部把民间文学说成是封建迷信，动不动就用"精华与糟粕"的观点来判定民间文学。我们要学会用唯物史观来分析历史上形成的民间文学，而不能用不是精华就是糟粕这种二元对立的观点来判断民间文学。

民间信仰的问题向来是一个很敏感的问题。"五大宗教"受到宪法的保护，而民间信仰则常常被认为是装神弄鬼而受到执法部门的干涉甚至处罚。而我们中国又是一个没有统一国教的国家，民间信仰特别发达。民间信仰在民间文学中随处可见，有的是在民间文学的内容里掺杂着某种民间信仰的观念，有的是演唱某些民间文学作品是某种仪式的组成部分，不一而足。许多少数民族的民间文学作品，尤其是长篇叙事诗或史诗，或叙述民族的大迁徙，或叙述部落之间的征战，很多都是在某种仪式上演唱的。贵州西部苗族中发掘出来的英雄史诗《亚鲁王》就是在丧葬仪式上演唱的，不举行丧葬仪式，是不能随便演唱的。又比如，苗族的牯藏节，十二年举办一次，届时要举行隆重的斗牛仪式，杀牛祭祖，请鬼师念"扫牛经"，意在超度牛魂到祖先住处去，以使族人免受灾害。接下来依次敬奉祖先、唱祭祖歌、跳芦笙舞、杀牛吃肉等等。国家非物质文化遗产名录中入选的"苗族古歌"，有的就是在牯藏节的仪式上演唱的。

怎样看我们今天仍然在传述传唱的民间文学中存在有民间信仰的内容和观念这样的文化现象呢？这是以往的民间文艺学建设中未能解决、未来的民间文艺学建设中无法绕过的问题。信仰是任何一个民族和个人生存的一种需要。问题是什么样的信仰。所谓民间信仰，其核心是灵魂不灭的观念。在实用主义思想的影响下，什么神对我有用就信什么神，一块石头，一根草木，一座山，一条河，历史上的某个英雄人物，都可能成为崇拜的对象，赋予它神灵之气。无论是自然神还是人格神信仰，都渗透着灵魂的观念。历朝历代流传下来的民间口头文学作品大都渗透着民间信仰，或包含着民间信仰的因素。这是无法否认的事实。因为它们的创作者和传承者以及广大受众，主要是小生产者的农民群体，他们受到生产力不发达和科学欠昌明的局限，把平安幸福的愿望寄托在某种神灵的身上，是历史发展的必然，自是无可厚非的，谁也不可能超越历史的局限。在我看来，过去时代被创作出来、流传下来的民间文学作品，历史上或现在还为老百姓所接受、所传承，是因为其中的内容和观念适合于那个时代或现代老百姓的精神需要，否则，它就不会流传下来，这是很浅显的道理。也就是说，民间文学在发展演变过程中，老百姓有文化选择的自由，选择哪些作品、选择什么观念和选择什么样的信仰，不是也不能由知识分子或者领导者代替老百姓做出选择。历史上出现过的许多观念、信仰，有的可能已经逐渐地被淘汰了，也有一些被继续认同而传承下来，不可能也不应该用我们党的执政理念、党的核心价值观来判断民间文学思想内容、观念价值的对错；况且用唯物史观的立场看来，科学的发展不可能解决宇宙间所有未知的领域和问题，包括信仰和观念，未知的领域总是比已知的领域要大得多。须知，有无灵魂的问题，在世界范围内至今也还是一个科学上没有终极答案的问题。民间信仰问题之所以在我们国家里成为一个敏感的问题，盖来源于我们的意识形态使然，在经典的马克思主义著作中，我们都没有读到对民众中的民间信仰甚至关于灵魂观念的批判和干涉，我们看到的只是用唯物史观对这样的历史文化现象的解剖和辨析。恩格斯说："在远古时代，人们还完全不知道自己身体的构造，并且受梦中景象的影响，于是就产生一种观念：他们的思维和感觉不是他们身体的活动，而是一种独特的、寓于这个身体之中而在人死亡时就离开身体的灵魂的活动。从这个时候起，人们不得不思考这种灵魂对外部世界的关系。既然灵魂在人死时离开肉体而继续活着，那么就没有任何理由去设想它本身还会死亡；这样就产生了灵魂不死的观念，这种观念，在那个发展阶段上绝不是一种安慰，而是一种不可抗拒的命运，并且往往是一种真正的不幸，例如在希腊人那里就是这样。到处引起这种个人不死的无聊臆想的，并不是宗教上的安慰的需要，而是由普遍的局限性所产生的困境：不知道已经被认为存在的灵魂在肉体死后究竟怎么样了。同样，由于自然力被人格化，最初的神产生了。"[1]恩格斯没有简单地用"精华与糟粕"来区分历史文化现象，更没有用"糟粕"这类字眼来批判古人的文化选择，而只是描述、探究了灵魂观念产生的社会的和精神的原因，以及灵魂观念与远古时代是相适应的，即"在那个发展阶段上绝不是一种安慰，而是一种不可抗拒

---

[1] 恩格斯《路德维希·费尔巴哈和德国古典哲学的终结》，《马克思恩格斯全集》（第21卷），人民出版社，1965年，第315页。

的命运"。

民间文学是经历了不同社会阶段发展过来的，因此它所反映的、渗透于其中的、包含着的思想观念，并不是某一个社会阶段所独有的，而是在不同社会阶段中都认可、都崇尚的。譬如说，中国的伦理观，孝德问题，弱小者最终获得胜利等，在民间文学中俯拾皆是。所以，我认为民间文学作品里所渗透的和包含着的伦理观、道德观、价值观，是具有普世性的。在今天的社会里，我们仍然是接受的，甚至还要大力倡导的。这样说，不等于说民间文学没有历史局限性。关于民间文学的历史局限性，笔者在多年前写的《对几个民间文学问题的探讨》里列举了三点：（1）原始观念的遗留；（2）小生产本身的局限；（3）统治阶级思想的影响。这里就不展开说了。[1]

归纳起来，对于民间文学的文化属性问题，我的基本观点是，凡是流传到今天的，到现在还被广大老百姓普遍接受的，还在口头上传承的民间文学，就是当今的社会主义初级阶段文化艺术的重要组成部分。

三、民间文学的价值问题再认识

在以往出版的一些民间文学概论和民间文学理论著作中，讲到民间文学的价值时，说民间文学具有科学价值、实用价值、教育价值等。而讲科学价值时不过是说民间文学能为科学研究提供资料。这样阐释民间文学的价值，显然是不科学的，甚至降低了民间文学的价值，降低了民间文学在人类文化史上的地位。关于这一点，此前已有学者发表了十分有益的批评和商榷的意见。[2] 通过深入的研究和讨论，正确恰当地认识或阐释民间文学的价值，成为当前民间文学理论研究的一件重要而紧迫的事情。因为

---

[1] 拙作《对几个民间文学问题的探讨》，《思想战线》1980 年第 1 期。
[2] 如陈友康《中国民间文学研究的现实困境与未来出路》（《河北学刊》2009 年第 1 期）一文，对某些论述提出了批评和商榷。

阐释正确与否,直接关系到民间文学的文化地位和民间文艺学的学科地位的确立。

首先,民间文学是民族精神的集中载体。作为一个民族中人数最多的劳动者的语言艺术创作,民间文学最直接地表达了劳动者的自强不息的精神,表现了他们的"希望和憧憬",他们的世界观和道德观。无论是在大自然的面前,抑或在不断提高社会生产力方面,还是在抵御外侮的反侵略反奴役战争中,自强不息都是一个民族的最宝贵的民族精神,一个秉持自强不息精神的民族是永远不会言败的。

恩格斯在论爱尔兰民间歌谣的一篇文章中认为爱尔兰民歌是"他们给自己被奴役然而未被征服的人民留下的最优秀的遗产","这些歌曲大部分充满着深沉的忧郁,这种忧郁在今天也是民族情绪的表现"。[1] 爱尔兰在17世纪沦为其他民族的奴隶,他们失掉了一切,而渗透着深沉的忧郁情绪的爱尔兰民歌,就成为这个民族不屈的民族情绪的表现。从世界范围来看,这种例子还很多,芬兰的史诗《卡勒瓦拉》也是一个著名的例子。芬兰人认为,把这部史诗整理出版,是他们民族的骄傲。这部史诗是芬兰民族的百科全书,是民族精神的代表。俄罗斯大作家果戈理在论到他的民族小俄罗斯歌谣时也赞美歌谣是民族精神的体现:"他们(小俄罗斯)的歌谣,不论是以妇女或是哥萨克为主的,内容总是戏剧性的——这是长时期显露于人民中间的民族精神和生气蓬勃的骚动不安的生活的标志。"[2]

其次,民间文学是民族文化的基因,是民族的"根"文化和"根"文学。从远古先民的口头文学到阶级社会里的底层劳动者创造的民间文学,其所保存和传播的一些价值观,如忠孝节义、诚实厚道、同情弱者等等,是在漫长的农耕文明中逐渐约定俗成,而且超越不同社会阶段的,因而可以称之为普世价值。这些具有超越时代的特点、具有普遍意义的、常

---

[1] 恩格斯《爱尔兰歌谣集序言札记》,《民间文学》1962年第1期。
[2] 果戈理《论小俄罗斯歌谣》,满涛译,见刘锡诚编《俄国作家论民间文学》,中国民间文艺出版社,1986年,第23页。

被称为"道德化"的价值观,是中国民族传统文化的核心内容,与西方世界一些国家和民族的、被学界称为"物质化"的价值观是迥然有别的。崛起于春秋末期、中国文化中的儒家学派的仁、义、礼、智、信"五常",其实是在民间社会和民间文学中早已为劳动者群体所认同了的价值观基础上系统化、儒家化了的价值观。

至于民间文学与文学的关系,鲁迅说过这样一段话:"神话不特为宗教之萌芽,美术所由起,且实为文章之渊源。"[①] 每当"旧文学衰颓时,因为摄取民间文学或外国文学而起一个新的转变"[②]。在勃兰兑斯的巨著《十九世纪文学主流》中所描述的英国文学史上古典派的最后一位诗人蒲伯之后,"在远离政治生活中心的、生气勃勃的、还没有被文明的弊端弄得精疲力竭的那些国家中,英国民族拥有那么强大的文化后备力量"[③],他所说的"后备力量",就指的英国的民歌以及麦克弗森的《欧辛集》出版在欧洲各国所产生的影响。这个历史无疑成为鲁迅这个断语一个有力的佐证。郭沫若说:"从文学史上看,一种新的体裁出现,都是民间文学走在前头。中国的诗,很长时间都是四言的。五言诗到建安、正始的时候才固定下来,但是民歌里已经先有了。七言诗的产生更迟,三国时代,大都是五言诗,只有曹丕写过一首较好的七言诗。但是七言在民间歌谣谚语里早就有了,《后汉书》里引了许多民间谣谚,大都是七言的。"[④]

第三,民间文学是人类的共同文化遗产,是促进各国人民和各社会集团间更加接近以及确认其文化特性的强有力手段;民间文学既是历史上形成的文化遗产,又是现代文化的组成部分。

对民间文学的价值这个观点和表述,来自联合国大会于1989年在巴

---

① 鲁迅《中国小说史略》,上海古籍出版社,1998年,第6页。
② 鲁迅《且介亭杂文·门外文谈七·不识字的作家》,《鲁迅全集》(第六卷),人民文学出版社,1973年,第101页。
③ 勃兰兑斯《十九世纪文学主流》中译本,第四分册,张道真等译,人民文学出版社,1997年,第2—3页。
④ 郭沫若《关于大规模收集民歌问题答〈民间文学〉编辑部问》,《民间文学》1958年5月号。

黎召开的第 25 届大会通过的《保护民间创作建议案草案》。这个草案写道："考虑到民间创作是人类的共同遗产,是促使各国人民和各社会集团更加接近以及确认其文化特性的强有力手段,注意到民间创作在社会、经济、文化和政治方面的重要意义,它在一个民族历史中的作用及在现代文化中的地位,强调民间创作作为文化遗产和现代文化之组成部分所具有的特殊性和重要意义,承认民间创作之传统形式的极端不稳定性,特别是口头传说之诸方面的不稳定性,以及这些方面有可能消失的危险。"草案还提出:"民间创作(或传统的民间文化)是指来自某一文化社区的全部创作,这些创作以传统为依据、由某一群体或一些个体所表达并被认为是符合社区期望的作为其文化和社会特性的表达形式;其准则和价值通过模仿或其他方式口头相传。"联合国大会通过决议,将这个草案提交各会员国。联合国专家们的这个意见,是立足于一个国家的民族、文化、社会、经济、历史、现代的状况的,应该说比我们既往的一些表述,其眼界要更加开阔,定位也更加准确些,特别是强调地指出了,民间文学既是历史上的文化遗产,又是现代文化的组成部分。这一重要的观点,很值得我们参考吸收。

从民间文学是民族精神的载体、民间文学是民族文化的基因和文人文学的渊薮,以及民间文学是人类共同的文化遗产与现代文化的组成部分这三点来评估民间文学的价值,我们有理由得出下面的一个认识:一个忘掉或失掉了自己民族的民间文学的民族,实在是可悲的。

四、"非遗"时代民间文学现状的再认识

民间文学不是僵死的,而是随着时代的变化而不断地发生着嬗变的。但是,民间文学的演变,是遵循着文化内部的规律缓慢地进行的,除非发生了涉及全民族的、整个地区的突发性的大事件大变故,如灭国灭族,如大地震灾害,从而导致民族文化的中断。譬如曾经拥有广阔的地域、国力

强大、达到相当文明高度的古代东夷诸部族，在西周王朝发动的东征中被灭族灭国，他们的文化，今人只能在这些部族留下的连云港将军崖岩画，流徙至浙江衢州地区的姑蔑族的春神句芒神话和祭祀活动①、红山文化玉器（笔者假定在历史深处消失了主人的红山文化，应该就是东夷部族文化的遗留），以及仍然在东部地区（如山东中东部）依稀可见的遗俗中窥见若干蛛丝马迹，而他们口传的民间文学是怎么样的，我们就无从知晓了。

21世纪以来的近十多年来，全球化、现代化、信息化浪潮的来袭，尤其是城镇化的急速推进，把民间文学所依存的农耕文明环境削弱了或摧垮了，从而使民间文学生存、传承、延续和发展的常态性遭到了破坏，呈现出急剧衰微乃至濒危的局面。衰微趋势最为严重的，莫过于一些发达地区，如长江三角洲、珠江三角洲、京津地区，其现代化、城镇化的速度很快，延续几千年的农耕文明条件快速地被摧毁，原来的聚族而居的聚落形式，被高耸的居民楼所代替，居住条件（单元居室）的改变，切断了邻里之间的交流渠道，使民间文学的自然传承和传播形式顷刻间化为乌有。

如果说，沿海一带发达地区，由于社会转型导致了民间文学传承和传播的困境，甚至出现了前所未有的深刻的命运危机的话，那么，在内陆地区、西部地区等更广大的地区，也因生产方式和生活方式的改变、信息化的普及、意识观念的改变等，给民间文学的传承带来了内容上、思想观念上、讲述语言上的变化。这些地区的大量农民纷纷到城市里去务工，成为大城市或城镇的新移民，城市人口迅速膨胀。不久前国家统计局公布，我国城镇人口截止到2012年年底，已占到全国人口的52.57%。进城的农民失去了与土地和乡亲的联系，短时间内又无法与"异文化"环境建立起认同感和归属感；由于失去了熟悉的聚落环境，也就意味着失去了他们所熟悉的口头传承民间文学的文化传统。

前文说"民间文学既是历史上形成的文化遗产，又是现代文化的组

---

① 参阅拙作《春神句芒论考》，《西北民族研究》2011年第1期。

成部分"。民间文学的这种特点，就决定了民间文艺学既是遗产学，又是现代学，必须面对和研究民间文学的当代形态。但客观地说，民间文艺学界同仁们对于当代即21世纪头一个十年我国民间文学的生存现状，尚缺乏在实地调查基础上的深入研究。

《中国民间故事集成》《中国歌谣集成》和《中国谚语集成》"三套集成"及其县区资料本中所收录民间口头作品，是20世纪80—90年代民间文学工作者从老百姓口头上记录下来的，可以代表那个时段内中国民间文学在老百姓中流传的活态状况。尽管其中有个别地方做得有欠科学，但瑕不掩瑜。时间已经过去了三十年，进入21世纪以来的十多年间，中国社会开始转型，从生产力和生产关系的结构到思想文化都发生了巨大的变化，民间文学也不言而喻发生了很大的变化，但是我们没有看到各地的基层文化工作者和民间文学研究者们在"集成"之后提供的后续记录材料。文化部于2005年至2009年发动了一次全国非物质文化遗产的普查。笔者曾两次参加文化部组织的督查组，走访了一些省市县，仅就民间文学的普查来说，我之所见，各地所提供的，仅仅是所谓"信息"，而不是民间文学讲述现场的文本记录，即使不是走了过场，也算不上是一次认真的民间文学科学普查。中国民间文艺家协会在"三套集成"之后，这几年又在组织《中国民间故事全书》（下文简称《全书》）的编纂和出版，我手头没有可靠的资料，据说已经出了二百多本了。我没有看到编纂这套大型《全书》的规范文件，只是读了几本成书，我读后的结论是，基本上是20世纪80年代民间文学县卷本的编余材料，根本不是21世纪的当代流传形态的口述作品的记录文本。

我国自开展非物质文化遗产保护工程以来，各地非物质文化遗产保护机构和高等学校民间文学老师也在实地调查的基础上陆续推出了一些比较规范的、合乎科学性要求的民间文学选本。仅就我所见到的，有如下一些选集：辽宁省《谭振山民间故事精选》（公民县）、《何钧佑锡伯族长篇故事》（沈阳市于洪区）、《满族民间故事·辽东卷》（上中下三卷）；吉林省《满族说部》(26部);山东省《中国牛郎织女传说·沂源卷》;浙江省《西施的传说》(诸暨市)、《刘伯温传说》(青田县)、《海洋动物传说》(洞头县)、《嘉兴端午习俗民间故事》(嘉兴);江苏省《白蛇传精粹》(镇江市)、《吴歌精粹》(苏州市)、《沙家浜石湾山歌集》(常熟市)以及学者周正良与陈泳超搜集记录的《陆瑞英民间故事歌谣集》(常熟市);陕西省《长安斗门牛郎织女传说》(西安市长安区);广西壮族自治区《壮族嘹歌》(平果县)。至今没有看到权威部门发布的全面统计材料,以上所列民间文学记录作品出版物仅仅是我所见到的。显然,要根据这么几本书来研究21世纪之初民间文学的活态现状是远远不够的。第二批国家非物质文化遗产名录项目"满族民间故事"公布后,保护主体单位组织了六个满族自治县的实地调查,调查采录的成果编为《满族民间故事·辽东卷》(三卷)一书,并对若干健在的老故事家80年代讲述的故事与这次调查中讲述的故事文本进行了对比研究,以探讨30年来在新的社会条件下民间故事的变化。他们在辽宁省境内六个满族自治县调查时,发现一些老故事家讲述的民间故事比他们20世纪80年代调查时讲述的同样一个民间故事情节显得简单了,语言也没有30年前讲述的丰富。

时间进入了21世纪的第二个十年,"非遗"时代的民间文学发生了很大的变化,加之中国是个多民族、多元文化的国家,沿海和内陆的情况也相差甚远,所以我们要对民间文学的活态状况做出深入调查,做出回答。各地的民间文学研究者特别是那些进入了各级非物质文化遗产名录项目的保护单位,应该像辽宁"满族民间故事"项目保护单位所做的那样,适时地组织一次田野调查和采录(有条件的地方,除了笔录外,还可利用录音录像等现代手段),把现在活在民众口头上的民间文学的形态记录下来,并进行比较研究,探求民间文学在全球化、现代化、信息化、城镇化的社会条件下发生了怎样的变化。这也是建构中国式民间文艺学的要求。

五、新故事传说和都市传说问题再认识

李扬先生翻译了布鲁范德的《消失的搭车客：美国都市传说及其意义》，在民间文学界，主要高校和研究机构的同行中间掀起了一阵小小的热浪，我也在网上读了黄景春等学者写的一些有关文章。其实，我们面对这个问题久矣。1963年上海最早盛行讲述新故事，出现了一些故事员，创作了很多新故事。其中吕燕华在当时很有代表性，她在上海市青浦区朱家角镇小镇公社讲故事。上海曾经就新故事开过研讨会。如何对待新故事运动成为民间文学界的一个难题，"文化大革命"前夕，1966年5月，我和另一位同事曾被派往吕燕华所在的上海青浦县朱家角去做过调查。

从1965年下半年起，我被调到《民间文学》编辑部担任临时负责人，主持刊物的工作。在我的头脑里，新故事不是从传统的民间故事的结构基础上自然发展起来的，而完全是根据一个既定的主题创作而成的，像是小小说。因此，我认为新故事不能归为民间文学，应该算是群众创作。在刊物上发表的一些文章甚至社评，也都是把新故事当作群众创作。但民间文学界在新故事问题上分成了两派，争论很大，到后来吉林民间文学研究者张弘同志提出了"改旧编新"的主张。民间故事是传统民间文学中的一种体裁，是在漫长的时间段里，经过一代代群众的创造、不断加工琢磨、添枝接叶而形成的叙事作品，有的作品甚至形成了一个比较定型的母题，而不是像作家创作那样的个人创作出来，没有经过一代代群众加工琢磨的叙事作品。

现在我们读到的美国都市传说，我以为与我们中国20世纪60年代曾经出现过的新故事有相似之处。那些新故事是个人的创作，在群体中的传承传播历史很短，几乎没有流传的历史可言。这样的作品，虽然具有口头性（口头性只是民间文学的特征之一），但没有集体性、变异性、传承性，也没有民间作品常有的模式化特点，故而很难被认为是民间作品。正像我们现在所做的非物质文化遗产保护工作那样，一个地方上申报的项目，是

否符合非物质文化遗产保护项目的要求,专家们内部控制在大体要有一百年的流传史,就是说大体要有晚清到民国前后至今的百年流传史吧,不够这么长的流传史的项目,就不能承认它具备了"非遗"代表作的资格。

美国的历史不是很长,没有中国这样丰富多样、流传生命很长的民间文学。晚年旅居澳大利亚的华人民间文学学者谭达先博士在世时曾同我讨论过这个问题,他认为美国、澳大利亚这些国家的历史太短,几乎没有传统意义上的民间文学,有的都是土著民族的口头文学。现在布鲁范德的都市传说,似乎与我们所说的街谈巷议相近,比如某日在公共汽车上发生了一件奇怪的事,如杀人啦、抢劫啦,事情发生后,会很快在市民中传开。这种故事在美国可能算作民间文学,但在中国却很难被认可。因为它很难有大致相同或相近的故事情节、叙事语言,也很难在一定社区中被多次重复传述、被群体持续认同。尽管我不认同把已经看到的都市传说算作民间故事和民间传说,但这并不妨碍民间文学研究者去研究它。

我要讲的 21 世纪中国民间文艺学的使命问题,亦即中国式的民间文艺学的建设问题,到此就结束了。谢谢大家来听讲。下面欢迎老师和同学们批评。

学生互动摘要

刘锡诚研究员的演讲结束后,同学们针对都市传说与新故事能否纳入民间文学研究,以及民间文学的主体归属等问题踊跃提问。有同学认为,当代不少都市传说与《太平广记》等古代典籍里的传统故事在叙事结构方面多有相似,各类新故事也在很大程度上体现出模式化的倾向,未尝不可进入研究者的视野。刘老师则表示,都市传说和网络故事通常缺乏较长的流传历史和传统根基,目前尚难成为民间文学的研究领域。另有同学疑惑,若民间文学是底层民众(尤其是农民)的口头文学,那么伴随中国经济水平的提高,民间文学是否会走向衰亡？刘老师在肯定沿海发达地区的民间文学生态的确遭遇困境的同时，仍对幅员广阔的欠发达地区的传承、传播状况充满信心。

2013年3月20日，大家又围绕讲座内容展开了评议与讨论。主持人朱倩从"民"的定义、都市传说的定位、民间文学与民族精神的关系以及民间文学学科的本土化研究四个方面，对刘老师的观点予以回应与反思。她认为，将"民"视为底层之民的观念主要是中国现代文化革命话语的产物，当下的普遍认知已然指向全民；而都市传说的地位在国内之所以始终难以被确认，并非缘其缺乏传统性，根源仍在对"民"的阶级性界定；相应地，若"民"仅局限于农民，那么民间文学何以体现整个中国的民族精神？另外，要建设有中国特色的民间文艺学，一味强调本土化已是老生常谈，事实上本土化是该学科自诞生之日起长期存在的现象，在全球化时代，我们更应主动放眼全球，以增益自身的研究理念与范式。

在讨论环节，同学们继续集中在都市传说的学科定位以及"民"的定义这两个紧密相关的议题上发力。有个别声音试图声援刘老师的立场，但更多人认同都市传说亦属于民间文学的一支，且"民"应该扩及所有民众。而在进一步探讨都市传说作为民间文学的合理性，也即其集体性与传统性何在时，大家各抒己见、众说纷纭：就集体性来说，或言其体现于集体记忆（抽象）与集体言说（具体）双重层面，或言其意指某种共享的经验；就传统性来说，有同学以为可着眼于传说故事的情节结构来考察；另有同学提出应依据其中显现的共同思维进行评判；甚至有观点认为传统性本身就是被建构出来的……在上述诸般思想碰撞中，大家不断加深了对于民间文学学科概念及其研究对象的理解与认知。

（摘要撰写人　郑苓）

口头传统概说

朝戈金

编者按：2013 年 3 月 27 日，中国社会科学院民族文学研究所朝戈金研究员以"口头传统概说"为题，为北京大学中文系民间文学专业的学生带来了一场讲座并展开交流。

20 世纪 80 年代，口头传统（Oral Tradition）作为一个新兴的学术方向在欧美学界正式登场，由于民间文学通常具有鲜明的口承属性，两大领域在关切对象、研究方法上多有相通之处；甚或可以说，口头传统领域的核心成果——口头程式理论（Oral Formulaic Theory）至今已成为民间文学界最具学科特点和发展潜力的宏大理论之一。朝戈金研究员是将口头传统系列研究译介至国内，并致力于立足本土经验向国际传递中国声音的先行者与领军人，他的讲座深入浅出地阐明了口头传统的基本概况，从回顾这一领域自 18、19 世纪"大理论"时期滥觞，至 20 世纪经典学说"口头程式理论"问世的发展脉络谈起，进而对口头传统本身的定义、内容予以介绍说明，并重点讨论了口头传统与文字传统的复杂关系，同时还提及这一领域代表性学者弗里（John Miles Foley）的学术路径与近期相关研究成果。讲座不仅揭示出口头传统的主要概念与发展进程，亦对前沿热点颇有洞见，是系统了解这一领域的重要指南。

一、口头传统的勃兴

今天讲的口头传统，英文是 Oral Tradition。北美的一些学者简称它为 OT，跟 IT 很对应——它们之间还有关系，一会儿要讲到。OT 作为一个学术术语和一个特定的人类活动范畴，出现得比较晚，到 20 世纪 80 年代才出现了专门刊物，就是 Oral Tradition（《口头传统》），红白两色的封面，字母 O 的大圈儿里是个蓄着长须的老头儿，他是南斯拉夫非常有名的歌手阿夫多。这个刊物的创办，标志着口头传统作为一个学术领地的正式登场。严格说来，此前已经有关于口头传统的研究，但初具规模且自成体系还是要到这个时期。近些年来口头传统的教学和研究发展得比较迅猛，有关情况我在一篇小文章里介绍过[①]。在美国大学中，有各种各样的课程专业，有许多课程是涉及 OT 的。也有讨论口头性与书面性的专门著作，而且影响还蛮大，如鲁斯·芬尼根（Ruth Finnegan）和瓦尔特·翁（Walter Ong）等人的著作。

大约从 20 世纪 80 年代开始，联合国教科文组织转而重视并发起保护人类非物质文化遗产。1982 年，在墨西哥召开的文化政策会议上，联合国教科文组织承认后来被称作"非物质文化遗产"的重要性，并把非物质因素纳入文化遗产的范围中。同年成立保护民俗的专家委员会，同时设置了"非物质文化遗产处"（Section for the Non-Physical Heritage）。1989 年大会通过了《保护民间创作的建议案》。此后的重要文件相继问世，直到《保护非物质文化遗产公约》正式生效。眼下隶属于联合国教科文组织的非物质文化遗产名录，就有代表作名录、亟须保护项目名录以及优秀实践名册等几类。

在联合国教科文组织推动的这几类名录体系中，口头传统的项目颇

[①] 朝戈金《国外"口头传统"研究和教学实践》，载《交流与协作：中国高等院校首届非物质文化遗产教育教学研讨会文集》，西苑出版社，2003 年，第 54—57 页。

占据一些份额。在其工作框架下，非物质文化遗产分为五个大项，口头传统及作为其载体的语言，是作为第一项强调的。具体说，在联合国教科文组织公布的267个项目中（从2008年到2011年），有64个项目是"口头传统"的项目。在这64个项目中，我们可以遴选若干作为事例说明口头传统的几个属性。中非俾格米人的口头传统是跟舞蹈结合在一起的；还有一些口头传统是跟图画艺术相结合的；埃及的黑拉里亚史诗是有乐器伴奏的，与演奏有关；印度的吠陀圣歌的传统是与礼仪和节庆活动结合在一起的；土耳其的迈达赫是公共场所的说书艺术；撒丁岛的牧歌是多声部民歌传统，有极高的声乐艺术传统。总之，口头传统可以从不同的角度得到界定，它可能与舞蹈、绘画、音乐等形式相伴而生，也可能是相对独立和纯粹的存在。可以说，口头传统本身既是一个信息交流过程，一种信息交流技术，也可能同时与许多其他艺术结合成为非常复杂的复合形态的艺术。

口头传统说的是人类说话的技术和艺术。几年前，我和巴莫曲布嫫、刘宗迪、尹虎彬四个人写了一组文章发在《读书》上，专门谈口头传统。我那一篇是关于非物质文化遗产的。[①] 文章中提及剑桥大学的一个科学小组通过研究基因技术，发现在所有哺乳类动物身上都有一个叫FOXP2的基因，其功能是让语言表达行不通，而且它属于人类和哺乳动物所有基因中5%最稳定的基因。恰恰就是这个最稳定的基因，在人类身上经历了两次基因突变，导致了人类语言能力的生物学基础的发展。科学家就把这个基因突变的图谱画出来，推断说突变的时间发生在十二万到二十万年之前，这也就是人类会说话历史的长度。另一些科学家在没有基因技术可以参考的情况下，也曾认为人类能发出比较系统的复杂的声音是跟群体协作的需要有关。通过考古等研究，他们推断说人类说话的能力获得飞速发展的时期，大约是旧石器时代晚期到新石器时代中期，跟基因技术的研究结果十分吻合。人类在这过去的十多万年中把说话的技术大大地向前推进和

---

① 朝戈金《口头·无形·非物质遗产漫议》，《读书》2003年第10期。

发展了。

　　口头传统有广义和狭义两个定义，广义的口头传统是指人类用声音交流的一切形式，狭义的口头传统特指传统社会中的语言艺术，像歌谣、故事、史诗、叙事诗等等。说到口头传统的研究，我们可以关注一个研究中心，就是美国密苏里大学的口头传统研究中心，英文叫 Center for Studies in Oral Tradition，它的领军人物是约翰·弗里（John Miles Foley）。他在口头传统研究开始勃兴时创立了口头传统研究中心，创办了《口头传统》刊物，推动了口头传统研究的发展。其实此前也有关于口头传统的研究，美国学者朱姆·沃尔特（Rosemary L. Zumwalt）撰文说，口头传统的兴起可以追溯到 18 和 19 世纪"大理论"时期，像浪漫主义的民族主义思潮，像赫尔德、格林兄弟等人物，还有"文化进化理论""太阳神话学说"等，都分别处理过口头传统材料，只不过他们有的把口头传统看作民族档案馆，有的把它看成是民族精神的集中体现，或看作是文化的遗留物，乃至看作是远古的回声，是人类的语言疾病破坏了对它的理解等。再往后，"AT 分类法"、芬兰的历史地理学派、美国以博厄斯为代表的地域—年代假说以及其他一些学者的研究，实际都在处理民间口头传统，只不过他们是从各自的学术和理论的立场出发而已。这些研究本身是意味深长的，并且为今天的口头传统研究奠定了一个非常深厚的基础。

　　进入 20 世纪，研究口头传统的几位大家，有米尔曼·帕里（Milman Parry）、艾伯特·洛德（Albert Bates Lord）和约翰·弗里等。帕里和洛德，特别是帕里，本身是古典学者，有很深湛的语文学训练，很年轻就是哈佛的教授，很年轻就去世了。但是他留下的思想遗产，到今天都堪称伟大。他在南斯拉夫做了大量的田野调查，进而从田野中总结出了一整套如何去理解口头诗歌的法则。洛德又把这些思想体系化并往前推进了一步。洛德的贡献一个是引入了大量其他材料，一个是完成了理论体系的建设。今天我们叫作"口头程式理论"的学说，就是他们师徒二人联名完成的，也叫"帕里-洛德理论"。简单点儿说，口头程式理论发明了一些结构性的单元，比如程式、典型场景和故事范型，并用这些单元来理解口头诗歌的构造法则，解释为什么一个不能借助文字帮助记忆的文盲歌手，能够在现场流畅地唱诵成千上万的诗行，而且能产生如此伟大的作品。早期的伟大作品像《伊利亚特》和《奥德赛》，中世纪的伟大作品像《罗兰之歌》《尼伯龙人之歌》等极其优美的长篇大型叙事。帕里之前的民间文学研究，基本上是从文学的、书面艺术的立场上运用"阅读规则"去解读这些口头艺术。口头程式理论通过研究口头传统中的那些精品，让我们意识到语言的艺术即便不经过文字、不借用文字，也能达到如此高的程度和水平。像是荷马史诗所达到的高度，就令人惊叹不已。历史上就荷马是文盲还是文人，就长期存在分歧，形成所谓"荷马多人说"和"荷马一人说"的问题。是帕里和洛德很好地解决了这个悬疑。随后就印度史诗所形成的讨论，特别是关于《罗摩衍那》和《摩诃婆罗多》，更加印证了这一点。就是口传的社会也能够孕育出大型的叙事传统。口头程式理论还提示我们，诉诸听觉和诉诸视觉的艺术，其规则是不同的，这不简单是接收器官的转移，实际上是规则转移了。再后来，美国学者瓦尔特·翁的著作，更为深入细致地讨论了口头性和书面性的问题，形成许多颇有创见的思想。

弗里也同样有非常好的语文学修养和古典学修养，博士后跟的是洛德，可以说他们之间也是一脉相承的。他的口头传统研究也广泛使用古希腊、古英语、南斯拉夫等传统中的材料。他率先提出了"内在性艺术"（Immanent Art）的概念，把口头传统作为一个生命整体来把握，进而提出以传统为本、以歌手为本等主张，并基于对传统的深入研究，提出"大词"（large word）这个术语，用来从歌手的立场和歌手的尺度概括口头表述中广泛存在的固定表达单元。近年他又进一步把口头传统和因特网技术做了类比研究，形成一些极为有趣的思想。

口头传统是交流方式，是信息技术。所以口头传统研究，有时跟心理学，乃至跟大脑和思维活动的研究也发生这样那样的关联。在民间文艺学中，口头传统主要是指民间的语词艺术表达的形式，不过在许多情形中，口头传统还是表演艺术，并且往往与某个民族的民族认同发生联系。大型的民间叙事或民族叙事，像芬兰的《卡勒瓦拉》，就是芬兰民族情感的载体和知识的宝库。从另外一个方面说，口头传统往往又是地方性知识的传授渠道。前几天我访问日本千叶大学，听到一个来自新疆的蒙古族女孩做报告，主题就是讲地方植物知识的。关于这些植物的实用和药用价值，如何通过口耳相传的方式代代传承，很有意思。这样的例子很多，生产生活知识的谱系包括无数细节，都是由口头传统来完成记忆和传承的。如果因此说口头传统在人类早期文明演进过程中发挥了很大的作用，应当是符合实际情况的。

口头传统和文化空间也有很切近的关系。口头传统是高度依赖语境的，这个语境既指特定事件的演述场域，也指人们浸淫其间的那个大文化背景。我们生活在传统中，大的语境是环绕我们一生历程的背景。

二、口头传统与文字传统及其他

距今几千年前，人类发明了文字。文字最初出现时的功用，往往不是为了记录民间口头艺术。在许多文明中，文字的最初作用主要是实用。债务、契约、数字等等都是文字最初主要记录的对象。以今天所见，许多文字体系，有复杂的演进脉络和分化历程，可以看出文明传播的力量；也有一些自源性的文字，我国的彝族文字和纳西族的东巴文都是自源性的。文字与语言是什么关系呢？弗里制作了一个图表，用以说明文字与口传的关系。他做了个很生动的比喻，就说假如人类会说话的历史是一年的话，我们到12月中旬才有文字，而口头传统则始终伴随人类的脚步。这个图表告诉我们，在人类文明的进化过程中，口头传统的作用非常大，不可替代——知识的传承、体系化和系统化，人文内涵的培植，社会规则的制定和执行，长期以来都在口头传统里代代相沿。

国际人文学界反思口头传统的作用和意义也是对既往知识体系和教

育体系的某种"纠偏"。20世纪最后20年间,一些杰出的社会科学家特别是民俗学等相关学科的专家,深刻地影响了联合国教科文组织,导致对非物质文化遗产的重视和相应保护举措的出台。当然其间也有波折,光是今天所广泛采用的"非物质文化遗产"(Intangible Cultural Heritage)这个术语的定型,就颇经变动,可以看出从理念到范围都经过多番思想交锋。这也好理解,人类不同的文化是基于不同的自然环境而发展出来的,形成了特定的知识体系,体现在语言的诸多方面。说明关于事物的观念是跟着现实世界走的,文化受自然环境制约,自然会形成今天无比多样的现象。回到那些最丰富的存在本身去看的话,许多东西是很难三言两语说清楚的。像威廉·巴斯科姆(William R. Bascom)就反复讲过,说分类在民间文学中最至关重要但难以解决。在不同的文化传统中,对民间叙事的分类呈现彼此很不同的现象。地方性文化和地方性知识体系,与学术界的分析性概念以及民间文艺学的理论体系之间是有张力的,这个张力恰恰是民间文艺学能从中生发出鲜活理论的地方。

　　随着讨论的深入,我们还可以看看更早一点的学术争议。20世纪60年代伊始,关于口头传承与书面文化就起了争执的波澜:1960年洛德《故事的歌手》问世,1961年到1962年这一年多时间里,结构人类学家列维-施特劳斯(Claude Levi-Strauss)、传播学家麦克卢汉(Marshell McLuhan)、古典学家哈夫洛克(Eric Havelock)、学者杰克·古迪等人,不约而同地展开了对"书写文化"的讨论。其核心观点是对立的:认为书写对人类心智的发展起到巨大的推动作用,从口传到书写,是"飞跃"的学说,史称"大分野"理论。认为从口传到书写,心智的发展是"渐进"的说法,史称"连续论"。以《故事的歌手》为先声,"大分野"讨论后来持续了多年,又出来了"新书写论"。

　　瓦尔特·翁的名作 *Orality and Literacy*(何道宽汉译本作《口语文化与书面文化》)讨论人类在使用文字之前和之后到底有哪些差别,这个问题对于理解人类文明意义巨大。这本书充满趣味,非常好读,里边大量事例鲜活生动，例如作者比照了历史上不同时期版本的《圣经》，分析文人观念和书面化法则是如何影响到《圣经》的文字等。说到这里顺便提一句，中国是个书写历史十分悠久的国家，汉语的语法和书写形式虽然经过某些变化，但今天的人们稍加训练，还是能够读两三千年前的文献，这样的文明在世界上也是很少见的。所以可以说，汉语历史本身就提供了一个特殊的条件，令从事口头性和书面性的研究具有某些其他文化传统难以比拟的优势。令人遗憾的是，中国文学研究界长期没有关注这类问题，其实这里可以生发出最前沿的、很有分量的理论贡献。

随着对口头性的讨论，到了80年代，就有学者提出了"口头诗学"（Oral Poetics）的学术主张，与"民族志诗学"（Ethnopoetics）恰巧形成了有趣的对照。口头诗学所追求的就是用一套得自口头传统的理论和规则来重新审视和解读民间叙事。它与历史久远的从古代发展到今天的"诗学"的差别，是两者的侧重不同：一个是基于阅读的文本，一个是基于听觉的篇章；一个是处理作为媒介的文字，一个是处理音声的文档。创编方式不同、介质不同、传播方式不同、接受方式不同，规则和范式自然就不同。以往的民间文艺学研究，往往从书面文化的美学范式出发评骘口头传统，难免方枘圆凿、削足适履。

三、弗里与口头传统研究的晚近趋势

弗里个人的学术路径，就是一个从古典学和文学（包括语文学）发展到口头诗学，进而深入因特网和人类思维关系研究的过程。弗里首先是一个训练很严谨的古典学学者，精通十来种语言，在研究中广泛引用不同文化的材料。在他经常引用的材料中，古希腊和古英语材料占据重要篇幅，当代南斯拉夫的材料也有系统掌握和大量运用。他的研究从古希腊时期一直延伸到20世纪，从广泛的、彼此极为不同的口头传统中抽绎和总结规律。他的若干著作很有特点，构成就是三四章，初看上去每章平行地讨论一些问题，首尾跟下来，却豁然开朗——原来他围绕一组问题，层层剥茧，使结论极为令人信服。他创用的一些术语在学界已经不胫而走："大词""演述场域""传统指涉性""内在性艺术"等等，特别是他与劳里·杭科（Lauri Olavi Honko）一道肯定和界定"以传统为导向"的文本，都在在显示了他的学术活力和创造性。到90年代后期，他又开始关注因特网技术，而且因特网的共享特点符合他关于学术民主的理念，他率先把《口头传统》刊物转型为一个纯粹的免费订阅的电子刊物，当然刊物的审定和编辑，还是一丝不苟，发稿标准还是严格按照学术规范。

稍后，他开始了对因特网技术和口头传统的比较研究。他是2012年5月去世的。同年8月，美国伊利诺伊大学出版社出版了他的遗作，叫 *Oral Tradition and Internet: Pathways of the Mind*（《口头传统和因特网：人类思维通道》）。挂一漏万地说，弗里的核心理念是，口头传统的信息形成和传播，与因特网技术极为相似，都具有随机组合、随意浏览、随时互动的特点。国际上赫尔辛基的文学档案库、密苏里的口头传统网站建设与北京的少数民族音影图文档案库的发展理念，都受惠于他的某些思想。如果将来我们能很好地利用因特网的即时互动性和多媒体呈现优势，推动资料学建设，乃至通过多媒体技术从事学术研究和阐释，将来我们的学术性表述，或许会有另外的形式。我们的阅读，或许会是这个样子：要读一段《江格尔》，不是去图书馆借一本印刷物，而是打开多媒体文件，直接聆听和观看史诗吟诵的场景，不仅跟随情节进入故事，而且能够看到现场熊熊的篝火，看到满眼泪水的歌手，看到沉醉于演述中的听众男女。民间口头传统原本就是这个样子，不是誊写到纸张上的那些书写符号。苍凉的嗓音，或激越或低沉的乐器声，火光明灭的蒙古包，缓缓发展着的故事线索，栩栩如生的人物，这才是口头传统的存在样貌。

如果让我展望，我就觉得新媒体技术所能够做的实在是太多了。我们的研究将从中获得无穷的恩惠。我就讲这些，谢谢。

学生互动摘要

　　朝戈金研究员的演讲结束后，同学们主要就史诗文类的定义、口头传统相关理论等问题积极提问请教。譬如，汉族有些长诗的内容及叙事模式与史诗相类，只是体量不够，能否算作史诗？对此，朝老师表示史诗实际是一个超文类，可将之理解为一个包罗万象的谱系，但其中仍存在一些基本尺度，比如主人公是具有英雄气概的人或者半人半神；题材大多关于民族命运，带有神圣性等。而人们通常认可的长篇幅，却未必是关键，众所公认的维吾尔族史诗《乌古斯可汗的传说》便仅有几百行；不过，人们目前可见的短小版本到底是其逐字逐句的完整记录，还是经过缩略的提词本，仍待确证。另有听众好奇"帕里-洛德理论"在其他文类中的适用范围，朝老师认为它不仅能应用于史诗，亦是处理民间长篇表达的共通原则。

　　2013年4月17日，大家又围绕讲座内容展开评议与讨论。主持人李星霖从如何客观看待口头和文字的分野、何为"口头传统"，以及怎样在网络空间中研究口头传统三方面对朝老师的演说进行延伸思考。他认为，应进一步细化对于"口头传统"概念的定义，避免因对象的不确定性，而使得调查研究工作对某些口头传统的传承与变异产生消极影响；同时，不应对口头与文字的差异进行价值判断，甚或人为构建二者之间的冲突；而若要在网络这一新的空间形式下进行口头传统研究，关键在于厘清其中的传统因素。

　　在讨论环节，同学们继续针对"口头传统"的诸面向开展深化探索。有同学对厘清"口头传统"定义的必要性提出异议，认为它本身并非一个自足、完满的概念，更非一个独立的学科，其存在意义主要是对以往过于倚重书面文字的倾向的一种纠偏。而学术研究行为（书面化举措）对口头传统的影响程度也受到部分质疑，数名同学均认为，口头传统本身的发展过程会受到诸多因素影响，并不会纯粹由某一方所决定,口头与文字之间的矛盾冲突某种程度上只是一种想象。此外,论及如何衡量口头传统的传统性时,不少人认同首先应明确"传统"的层次,比如是指表层的叙事结构,还是深层的思维模式,是着眼于被复述的时间长短,还是复述行为本身。另有同学提示可以从民众的知识水平、当时的文化教育条件等方面进一步丰富对于口头传统的完整认知。

(摘要撰写人 郑芩)

表演理论对中国民间文学研究的意义

安德明

编者按：2015 年 9 月 24 日，中国社会科学院文学所安德明研究员为北京大学中文系民间文学专业的学生带来了一场以"表演理论对中国民间文学研究的意义"为题的讲座并展开交流。

表演理论 20 世纪六七十年代兴起于美国，是民俗学民间文学研究领域一项重要的理论方法。20 世纪 80 年代后期以来，该理论的主张和具体内容逐渐被介绍到中国，其影响日益扩大，国内很多学者开始结合自己的研究对象，运用表演的视角予以考察。在应用相关概念及方法的过程中，出现了各种不同的理解，有些甚至是比较严重的误解。究其根源在于学界对表演理论缺乏更精细的了解，尤其鲍曼等人一直在不断修正和丰富他们的观点，但围绕这一理论后续发展的译介却十分有限，以致人们常常抱有偏见，认为表演理论僵化、琐细，早已过时，应该走出表演理论。然而正如安德明所言，尚未走进，谈何走出；何况表演理论所提出的许多理念其实已然沉淀下来，一定程度上构成了我们今天思考问题的基础。本次讲座介绍表演理论产生的学术背景、理论主张以及在当代中国民间文学研究领域的被接受和被误解，意在增进学生对理论的认识与反思。

一、表演理论产生的学术背景

关于表演理论的基本信息，可能在座的各位已经有所了解，它是从20世纪60年代到70年代在美国开始逐渐形成的一个重要的民俗学、民间文学研究的视角和方法。理论产生的背景有很多复杂的因素，由于时间关系，这里只挑几个方面来说。

一是20世纪五六十年代兴起的新的哲学思潮。这些新形成的思想，特别是存在主义，影响到包括民俗学在内的整个人文社会科学领域，使得个体在历史创造过程中的作用得到了格外的重视；同时，"二战"后人类学也更多转向对文化差异性和本土民族的研究，这也对民俗学产生了影响。

二是语言学方面。表演理论中的"Performance"有一个重要来源是语言学里的"Performance"。它在语言学中被翻译成"语言运用"，与之相对的另外一个概念是"Competence"，即语言能力。这两个概念是由乔姆斯基（Avram Noam Chomsky）在索绪尔（Ferdinand de Saussure）语言学基础上创造的。索绪尔区分了"语言"和"言语"，乔姆斯基进一步提炼出"语言能力"和"语言运用"。乔姆斯基认为，语言能力是人类语言中先天的完美的存在，语言运用则是我们实际日常生活中对语言能力的不完美的实现；语言学研究应该关注完美的语言能力，即Competence，而不是Performance。但后来美国语言学家，也是交流民族学的重要学者戴尔·海默斯（Dell Hymes）又有新的理解。在他看来，语言学研究应该更多关注语言运用，只有从人类具体的语言实践出发去观察和探讨，才能对语言有真正的把握。这直接影响到民俗学、民间文学领域表演视角的形成。

三是民俗学自身方法论的转向。在表演理论产生之前，民间文学研究主要是以传统的经典文学研究的方法和视角来看待民间文学作品，观察重点放在故事文本、歌谣文本等民间文学本身的文本上。这个文本一般被认为是固定的、写定的文化现象。也就是说，除了承认其来源不一样之外，研究者对民间文学的关注跟对作家文学的观察没有太大的区别，主要还是分析民间文学文本所包含的内容。而到了20世纪二三十年代，有一批学者开始关注到实践中民间口头文学具体存在的情况。这当中最有名的是哈佛大学教授米尔曼·帕里（Milman Parry）和他的学生阿尔伯特·洛德（Albert Lord），他们是古典系的学者，主要研究古希腊荷马史诗。30年代的时候，他们到南斯拉夫地区调查，发现生活中有很多史诗演唱，这些演唱和荷马传统有着惊人的相似之处。但是通过实际调查，他们发现，史诗在日常生活中存在的状况跟原来古典学者所理解的那种写在书面上仿佛是固定的一个文本是完全不一样的，它和具体的情境、具体的使用、场合有着密切的关联。在这个基础上，他们经过长期的调查，试图找出民间文学这样一种口头传统不同于书面文学、作家文学的特点。后来便有了著名的《故事歌手》（The Singer of Tales）这部在当代民间文学领域被认为像《圣经》一样的著作——中文版前几年由尹虎彬翻译出版。还有一批人，都在帕里和洛德前后开始参与到具体的田野实践中，通过观察民间文学如何在一个社区、一个人群当中被使用或讲述，来进一步发现民间文学自身的特点，比如大家特别熟悉的阿兰·邓迪斯（Alan Dundes）。

正是在这样的背景下，才有了美国民俗研究领域的表演理论。其中代表人物像海默斯（Dell Hymes）、罗杰·亚伯拉罕（Roger Abrahams）、丹·本-阿默思（Dan Ben-Amos）等都在表演理论的形成和发展过程中发挥过重要作用。他们的理论主张和观点有所差别，比如罗杰·亚伯拉罕是从文化表演的角度，更多关注具有鲜明特征的社会文化事件怎样在一个具体语境中被展演被应用，而理查德·鲍曼主要关注口头艺术的表演。我今天以鲍曼所强调的表演理论为例，给大家做个介绍。

二、理查德·鲍曼及其主要理论主张

鲍曼（Richard Bauman）原是美国印第安纳大学的教授，退休有六七年了。他在纽约长大，小时候和墨西哥裔的人一起生活，所以很早就掌握了西班牙语。鲍曼的理论思想看起来很抽象，但实际上他做过很多的实地调查，特别是在德克萨斯一些跟墨西哥交界的地区，以及墨西哥国内。这些调查对完善和丰富他的理论起到了重要的作用。可以说，鲍曼并不是一个完全待在书斋里空想的学者，而是一个脚踏实地同时又非常富有理论思考的人。

鲍曼所说的表演实际上是跟 verbal art（口头艺术）密切联系的。所谓口头艺术也就是我们所说的民间文学，只不过美国学界通过不同的表述体现了学者们对民间文学的不同理解。在鲍曼看来，verbal art as performance（作为表演的口头艺术），这个 as，我们甚至可以把它理解成"就是"的意思。Verbal art 就是 performance，就是表演。他说"表演是一种说话的模式"，是"一种特殊的、艺术的交流方式"，是交流模式中的一种。他特别强调在这个框架中，表演者要承担一定的责任。这个责任是什么呢？就是表演者要接受观众或听众对于他的艺术水平是否能够达到一定境界的评价。表演可以用来解读分析各种各样的交流。什么叫表演，举个比较宽泛的例子，现在我们在这样一个封闭的空间里，我们之间构成了一个交流的关系，这是一个交流的框架，我自己就是一个表演者。这个表演者最后要承担责任，要请在座的各位来对我今天讲述的效果进行评价。如果没有这样一个责任在里面，这样的交流就不构成表演。比如说讲故事的时候，有的老师特别善于讲故事，有些老师可能就不太善于讲故事。比如陈连山老师可能觉得讲得不好，所以一再说是某某给我讲过的，那这就不是表演；陈泳超老师可能觉得没问题，很有信心地向大家展示讲述、表演的才能，愿意承担接受大家评判的责任，这样才算表演。听起来很抽象，其实很简单——就是说我们不要把所有的讲故事都看成是一种表演。鲍曼所说的表演是有特殊限定的，他用这样一种特殊限定区分开各种各样的交流模式。有的交流是表演，有的交流只是转述或引述。这里的"责任"非常重要。

在表演的视角产生之前，民间文学研究领域对民间文学的理解只是集中在对文本的探讨上。一个故事里头到底是什么样的内容，芬兰历史地理学派会对故事本身做非常细致的解剖。但是这个故事究竟在什么场合被讲述，为什么要讲述，它在人们生活当中对社会关系的完善、丰富和达成起到了什么样的作用，而且不同的讲述在不同的人、不同情境中又是怎样表现、怎样延续的？这些问题是不被关注的。那么从这个角度来说，一则民间故事、一个口头的史诗，跟一个作家写出来的内容是没有区别的。以表演为中心的视角，最主要的意义和价值在于不再把口头的艺术当成是仅仅具有文本性的对象，它其实还是一种特殊的交流行为。"交流"又是一个特别重要的关键词，通过"交流"这个概念，就把民间文学放在了具体的实践当中，跟具体的生活密切地联系了起来，也就是说民间文学被看作实践社会生活的一种资源。鲍曼甚至说它是生活的必需品。这些恰好和中国20世纪五六十年代以来强调的民间文学是劳动人民疏解压力、表达反抗的工具等理解具有相通之处，虽然他们思考的维度是不一样的。

　　表演在形式上也有自己的特点。比如，它在形式结构上是紧密地组织在一起的，而且其中有一些更容易被辨别出来的特定体裁，有很多内容更倾向于跟传统有密切的关联。这是鲍曼在作品中列举的一些特点，这些列举可以作为理解和分析表演的参考，但不一定是对表演形式特点最理论化的抽象概括。他还提出一个很重要的概念叫"表演的标定"。刚才说表演有自己的特点，那么最核心的特点一个是交流，作为交流的一种模式；另外一个就是交流模式中表演者要承担责任。交流和责任是最关键的两个词。除了这个之外，我们怎么来看一个交流行为是不是表演呢？这里，鲍曼列举出一些特征，如可以通过一些特殊的符码、辅助语言特征、套话等手段来确认这是不是一个表演。就像上课之前，老师上课就是一个表演，老师说"那我们现在开始上课"，这是很平常的一句话，但所有人都可能用类似的表达来强调表演现在开始了。如在市场上，有的人可能会吆喝："快来看啊，我在这儿要卖一些具有墨西哥特色的工艺品"，而且开始演唱，那么他前面的吆喝声就构成了表演即将开始的标定。在中国我们可能经常会说:"现在我给大家讲个故事吧。"其他民族也是类似的形式。去年我在华盛顿参加"史密森民间生活节",这个节日是史密森学会主办的,一年一度,每年都会邀请一些国家的人来参与,去年中国是主宾国之一,所以他们找了一批中国学者去帮着做解说和讨论的工作。中国去了一批民间艺术家,有陕西的、甘肃的、浙江的,他们在各自的领域都很有才干,像绣荷包啊,织锦啊,等等。那天晚上,我发现几位中国艺术家正比比画画跟肯尼亚一个音乐家聊得热火朝天,虽然他们相互之间语言不通!我于是过去帮着做翻译。肯尼亚歌手说,"我教你们一段肯尼亚的演唱",她唱的是:"hatiti, hatiti, hatiti jo, organ jo……"意思就是说:"讲个故事吧,讲个故事吧。"后来我看一些民族志学者在谈到非洲音乐和故事传统的时候也提到这一内容,它就是一种特殊的标定,告诉大家说我就要开始特定的表演。至于"求助于传统",比如经常人们会说这是一个古老的故事,我是从我爷爷那儿听来的,他又是从什么什么地方听来的,这样就强调了他所讲述的内容的权威性。

还有"表演的否认"。表演的否认是特别有意思的一个现象。鲍曼最早注意到,有的人一开始说我不行,没法讲,故事我也不懂,鲍曼说如果表演者一再声称自己不懂、不能,这样的时候,这个交流就不能叫表演。但是后来他自己经过新的调查和实践,发现在一些民族当中,人们经常会有一种特定的手段来表示谦逊,实际上反而是开始表演的一种标定。因为不同文化不同民族的要求是不一样的,有时候我们谦逊是要表达一种更进取的姿态,所以表演的否认在鲍曼这儿有了更丰富的意义:一方面可能是非表演的,另外一方面却恰好是要开始一个真正的完全的表演的特定手段。

这里有一个非常重要的关键词叫表演的"新生性",英文是 emergent quality。新生性指表演过程——一个故事的讲述过程或者歌谣演唱的过程中,出现了一些特定的事件、特定的场景,这些事件或场景最后又被纳入表演本身当中。比如我正在讲一个故事,突然来了一个人问某某老师在不在,这个事件本身就是特殊事件,跟我的讲述没关系。但假如我是一个非常有才干的故事家，我会把这样一个场景自然而然地编织到我的表演中，最后变成表演的有机组成部分，这就是新生性的体现。新生性亦是表演者、故事讲述者或歌手自身创造性的表现。从新生性我们可以看出，一个故事在传承和延续的过程中，不断会有创造性的因素增加进来。

鲍曼和罗杰·亚伯拉罕等表演理论发起者的不同主要还体现在，鲍曼有一个思考问题的根本点，这个根本点就是说：人类社会是怎样达成的？是通过什么途径达成一种社会关系的？而我们作为一个个体，作为某个特定的群体，又是如何成为这个社会当中特殊的一员的？这是他思考的一个起点，也就是说他有一个更一般性的追求和追问。而在这个思考过程中，他发现了口头艺术也就是民间文学，同时从交流民族志等相关研究中受到启发，从交流的角度来思考民间文学，又结合民间文学来探讨交流。那么在这样一个前提之下，他进一步提出了自己对于表演，以及作为表演的口头艺术的理解。他最感兴趣的是：表演怎样被制造？它怎样发挥它的作用？同时又具有什么样的意义？这三者实际上构成了一个有机的整体，也是他思考问题的核心。

三、个案举例

前面简单把鲍曼的观点做了一个梳理，我现在开始举几个例子。一个例子是鲍曼自己的一本书，叫《故事、表演、事件》(*Story, Performance, and Event*)，这是他20世纪80年代的著作。这本书里，他用表演的视角观察了一个叫贝尔（Ed Bell）的故事家在15年间的不同时期讲述的同一个故事的三个异文，然后从中得出自己的理论总结。鲍曼发现，贝尔在20世纪60年代所讲的异文，文本长度是最短的；而到了70年代，故事变长了；80年代变得更长，是三个文本中最长的。这是为什么呢？在注意到故事情节插曲的增多、母题的粘连等变化对讲述的影响的同时，他主要结合讲述者当时的讲述环境来理解这样的变化。他发现：最初的讲述是在贝尔自己生活的社区里的讲述,是对周围那些熟人的讲述;后来到了一个更大的环境,一个城市里讲述;最后是在一个课堂上的讲述。这几次讲述面对的观众和时代背景是很不一样的。最早的环境里,那些人完全熟悉他所要讲的内容,有关村落的生活,有关故事人物使用的各种工具,他根本用不着解释。但后来,他必须要跟观众介绍说什么叫鱼钩什么叫渔网,怎样做成的,这就无形中增加了很多内容。而到了最后,跟第二次的情况一样,但观众的陌生化程度更高了,需要解释的内容更多,所以文本又一次增加、变长了。通过这个案例,鲍曼得出一个观点,就是说民间文学的文本实际上并不是固定的,而是跟具体的表演、具体的语境有着密切的关联,文本的变化往往植根于语境的变化之中。

另外一个例子,是鲍曼的学生唐纳德·布雷德(Donald Braid)所做的一个民族志报告,是一种民族志诗学式的田野誊录,它把一个故事文本通过诗行的形式来表现。详细的内容可以参看我们翻译的《作为表演的口头艺术》中的第五篇文章《口头传统研究中的表演民族志》。这种形式事实上是广义的表演理论范畴中一种盛行的方式。我们在记述一段访谈、一段故事讲述的时候,如何在书面上进一步呈现讲述过程中的丰富性呢?可以有几种方式,其中一种就是分行与分节的形式,比如五行一节。这里又涉及表演理论大范畴里的另一个分支,即民族志诗学,它属于在表演的视角下对于口头文学的理解和书面呈现。研究者发现,我们记录下来的各种故事,虽然往往写成了散文的形态,但是当你仔细去听那些艺术家的讲述,就会发现那些故事在口头上有它自身的节奏,有特殊的诗的特征。于是他们开始用诗的形式来书写和呈现文本。在具体的做法中,除了分行、分节地书写以往被理解成散文叙事的文本之外,他们还采用各种符号,来表现相应话语表演过程中伴随的手势、眼神、语气、动作等各种副语言因素。这种誊写方式实际上是在表演视角的影响之下产生的。当然,这里引用布雷德的这个文本还不算是最复杂的,有一个更复杂的例子,是法因(Elizabeth C. Fine)《民间文学文本:从表演到印刷》(*Folklore Text: From*

Performance to Print）一书中的做法，里头所誊录的民间故事除了排成诗行的文字之外，上面还有许多标志，就像五线谱一样，斜的、左上的、右上的、打弯儿的……各种各样的符号，然后她对这些符号有一个统一的列表，说明哪个符号表示眨眼睛啊、扭头啊等，非常复杂。可见在表演视角的影响下，人们对民间文学文本的理解和展现都有了很大的改变。

再一个例子是鲍曼自己的一篇论文《13世纪冰岛的表演与荣誉》，是对冰岛一种口头艺术"萨迦"（Saga）的考察。鲍曼通过对一系列萨迦的分析看到，在13世纪的冰岛，人们对于荣誉的追求不亚于后世资产阶级思想越来越盛行时期对于爱情的态度，就是把它看成人生至高的追求。一个人怎样才能有荣誉？根据对萨迦的分析，他发现许多勇士觉得只有我们自己的行动能够符合、能够达到为萨迦所歌颂的程度，我们才是有荣誉的。另外那些行吟诗人，那些艺人，萨迦的演唱者，他们如果有高超的才华和杰出的艺术才干，也是能获得很高荣誉的。鲍曼借此回应了一批学者对他的批评，证明这个工具不仅可以用来探讨现实的、即时的民间文学表演，同时也可以用来观察历史上的现象。虽然依据的是文献记载，但由于有表演的视角，他能从中看出一般人所看不出来的特点。比如萨迦里写到当勇士们临死前跟很多敌人搏斗、身受重伤的时候，他往往会说"这没什么，我的行为已经足够让萨迦记载了"。鲍曼说：你看，英雄们即使在战斗中也时时刻刻有一种表演的意识，他实际上是在被一个特定的框架所框定的模式中行动。

表演理论最重要的意义就是突破以往文本中心的取向，而把研究的视角引向丰富的社会生活和实践。鲍曼在这个过程中对这一理论观点做了非常精细化的阐释。他的成就不仅在同行中、在学科内部受到了很多赞扬，得到了很高的评价，并且在文学批评、演讲与大众传媒及教育学等其他许多领域也产生了影响。比如鲍曼夫人贝弗莉·斯道杰（Beverly Stoeltje）有关性别展演的研究、杰茜卡·安德森·特纳（Jessica Anderson Turner）对旅游景点文化表演的观察，以及亚历山大（B. K. Alexander）

等人对教学活动中的表演与表演性的讨论，等等，都是从表演的视角对不同学科问题的探讨。

这里需要特别说明的是，表演可以有三个角度的理解：第一个是基于马克思主义立场的实践观，它把表演当成一种实践。彭牧几年前曾有一篇文章用布迪厄（Pierre Bourdieu）的观点理解表演，可以参考，但这和鲍曼所说的马克思主义立场上的实践观还是有细微的不同。第二个是文化表演，就是把表演看成一种大的文化事件，通过这一角度来理解一个社会的仪式等活动，有影响的代表人物如维克多·特纳（Victor Turner）等。第三个就是从口头艺术的角度理解表演。这种理解，是鲍曼自己的观点，他 2005 年来北京访问时在一个报告中曾做过比较详细的解释。

四、表演理论与当代中国民间文学研究的转型

中国民间文学研究自 20 世纪 70 年代末 80 年代初逐渐恢复起来以后，有很多新的变化。尤其 80 年代以来，中国开始民间文学三套集成的采集和编纂工作，研究者包括采集者都要到实际的生活场所去搜集各种各样的民间文学作品等。这个过程中，许多有特殊才干的人物被发现了，比如故事家；还有一些特殊的群落也被发现了，比如故事村。有些人敏感地意识到，民间文学并不一定完全是我们原来理解的劳动人民大众集体的创作，事实上许多具有创造性才能的个人发挥着很重要的作用。这是一种感性的经验性的归纳，同时也有些学者开始总结民间文学本身所具有的特殊的性质。马学良、刘锡诚等曾倡导民间文学的"整体性研究"，北京大学中文系的段宝林则提出"立体民间文学"的概念，这都是非常有见识的观点，其中的基本思路和表演理论有相似的地方，但没有引起国内学者更多的呼应，可能是因为这些学者在对观点进行论述的过程中没有做更系统化、精细化的处理。由于这样一个基础，20 世纪 80 年代后期以来，美国表演理论的观点和具体内容逐渐被介绍到中国，国内学界也比较自然地接受了它

的影响。进入 21 世纪之后，随着表演理论影响的日益扩大，国内很多学者开始结合自己的研究对象，运用表演的视角来考察民间文学的问题。这方面出现了很多新成果，例如巴莫曲布嫫的博士论文中，表演的视角对她观察彝族史诗起到了非常重要的作用，而她在分析"克智"论辩的过程中提出的一些分析模式如田野研究的"五个在场"等，对我们更好地去把握和理解表演理论，或者说用该视角解决我们的具体问题很有参考价值。然而，随着越来越多的人知道表演理论、运用表演理论，有的时候，我们的同行可能觉得有点疲倦了，有人会抱怨：好像什么都是"表演"，哪里都是"文本""语境""语境化"之类的术语。

这里我觉得有几个概念需要进一步澄清。一是语境。很多人说表演理论没有什么了不起的，不过就是一个语境研究嘛，单说语境研究的话，我们中国人很早以前就有了，如我们在分析文学作品的时候说知人论世，就是结合社会背景，结合他生活的时代来看待诗人自己的作品，这种观点并没什么新鲜的。就民间文学来说，我们原来只看民间文学本身，现在注意到这个村子大概的情况，如位于河北省某某地区，人口多少，就已经照顾到了语境。这确实是语境的内容；但同时，这里又有一个很大的误解。这种认为只要交代一个背景就好像已经有了语境的看法，其实太简单了。对于语境，鲍曼曾经列举过一些条目，如情境化的语境、制度化的语境、文化语境、风俗制度语境等，这些内容都构成了有关文本实践的背景。但现在鲍曼自己又有了新的发展：语境，更多是指一种情境化的语境（situational context），而不是漫无边际的背景，它是和文本密切关联的。所谓语境，是和文本密切关联的语境；所谓文本，也必须要结合语境才能有意义。这也是近年来鲍曼在综合各种批评和他自己思考的基础之上提出的概念，就是文本化和语境化的过程。鲍曼指出，原来我们只会列举什么是语境，包括周围的环境、气氛、时间，等等，但这其实是一种比较机械化的理解，是把语境看成了一个物理性的、客观性的存在。实际上语境并不是那么客观固定地存在于周围，它是和表演者自己的才干密切关联的一个因素。表演者在表演的过程中，他周围确实有各种各样物理性的存在，但他把哪些东西编织进他的表演中，这是最关键的。他放进来的这些东西才构成了语境，这也是一个"语境化"的问题。我们现在最重要的是观察表演者的这种策略和手段，而不是简单地说，这个活动就在北京大学中文系的会议室举行，这里有几张桌子几十张椅子，还有厨房——不是这样的。在这个活动的过程中，可能是现场坐的某些人某几把椅子对表演起了作用。我们要观察在具体情境里，表演者如何把具体的、物理化的一些内容结合到他表演的文本中去，同时对文本的延续、生成和发展产生作用。也就是说通过语境化，我们要观察表演者的创造性。

还有一个"文本化"问题。文本不是一成不变的放在那儿的东西，实际上通过表演者不同时间、不同情境化语境的表达，它在不断地生成，不断地改变。所以文本也不是固定的，而是通过口头表达对一个具体内容加以文本化的结果。总之，我们需要用一个动态的视角来观察我们原来以为是固定不变的东西。

另外一个就是"表演"。前面我一再提到什么叫表演什么不叫表演。表演是交流模式中的一种，但并不是所有的交流都是表演，并不是所有的故事讲述或者说歌谣的演唱都是表演。所以这里一定要注意，最关键的是：表演既是交流的模式，同时在交流的框架中表演者要承担责任，这个责任就是要接受听众或者观众对于我的表演技巧的评判。

现在中国有些同行主张我们要走出表演理论：你这天天"表演""表演"，"表演"得让人烦了！我想说的是，其实中国学界远远没有达到要"走出"的程度，我们现在甚至还没进去！我们还需要认认真真地对表演的视角、对表演理论的一些具体观点做精细的了解和认识，而不应该仅仅止步于一知半解的印象。只有在这个前提下，我们才能批评它、反思它，并考虑如何把文本自身的形式、意义、功能和文本的表演结合起来进行研究。

前面已经提到，表演理论有很重要的贡献。如果在20世纪八九十年代，有人说你要是参加美国民俗学会的年会，随便推开一个小组讨论的分会场，进去可能听见大家都在说表演、语境、文本化这样一些话题。但如果现在你去美国民俗学年会，可能没人再提表演理论，或者说只有极个别的人会提到表演理论的概念。从这个角度来讲，有人说表演理论已经过时了。但实际上呢，我们看到，表演理论所提出的许多理念其实已经沉淀下来，构成了我们今天思考问题的一个基础。就像我们知道了"民间文学"这样一个概念以后，不会再说"正如钟敬文指出的，中国还有一种文学叫民间文学"，而是已经拿民间文学作为一个基本概念，作为我们思考的出发点了。表演理论的许多观点，如结合语境分析文本，从文本来看语境，这样一些思考的视角，其实也已经成为民间文学研究者最基本的素养。所以从这个角度看，我们不能说表演理论已经过时了，只能说它的影响它的贡献变得更加基础化，成了更基本的思想和观点。

以上是对表演理论的一个简单介绍，也许有些地方我也没有理解得很准确，希望听到大家的批评和指点。

学生互动摘要

安德明研究员讲演结束后，在场同学进一步围绕表演理论提出诸多关联思考。有同学发现，表演理论较少虑及历史因素，且更强调个人性，似乎有违民间文学固有的共识基础。对于历史维度的缺失，安老师一方面提示鲍曼的《13世纪冰岛的表演与荣誉》等论著已在一定程度上回应了表演理论没有历史感的批评；同时他还表示，历史性本非表演理论关心的重点，任何理论工具都有其特定的适用性，无法辐射所有方面。关于个人创造性的问题，安老师承认以往谈及民间文学时更多强调其集体性，而较少关注传统在传承、传播过程中可能加入的个人创造性因素，这点恰是表演理论对于我们的启发与补充。而针对表演过程可能存在伪装的隐忧，安老师则以为，诸如表演者刻意迎合观众的举措，其实正是在特定情境下出现的一个特殊的文本化结果，这些都可以用来分析，而不必纠结于真伪。

另有同学好奇应如何把握对表演细节的关注尺度，安老师建议应重点观察对交流本身造成直接影响的细节；当然，反过来探讨其他细节为何没有产生影响，或许亦有意义。

2015年10月29日，大家继续就表演理论的各面向展开评议与讨论。主持人张志娟首先从学术史、概念界定、发展趋向三个方面对表演理论进行梳理与反思。据她归纳，鲍曼等人其实一直在不断丰富与发展表演理论，自20世纪六七十年代至八九十年代，前期主要从以文本为中心到以表演（语境）为中心；大致从20世纪90年代开始，后期提出文本化、去/再语境化，则又转向语境中的动态的文本化过程（以文本为中心），国内学界对表演理论的阐释和批评大多仅针对于前期。而作为口头诗学的"表演"概念，仍存在不少难以克服的问题，如用"责任"作为界定标准仅适用于比较充分的表演或非表演；且界定时对品评的倚重一定程度上会将表演行为从语境中抽离，然而事实上并不存在一个完全对象化的表演；"表演"在汉语语境中还容易招致误解，作为口头艺术概念工具的"表演研究"也几乎为"语境研究"所覆盖；另外，时下表演理论和语境主义者逐渐开始重归文本，但应该如何在研究本体的同时而不至于滑向纯粹的形式分析，仍待考量。

在讨论环节，有同学谈及"表演"概念的界定与民间文学文类划分的关系，张志娟认为表演可能不是某个特定文类，只是一种行为，鲍曼曾提出表演的本质在于一个框架性的东西，但这个框架与文类并不一定重合。而对于表演与非表演框架之间的分野，不少人仍感到颇为模糊，张志娟也认为鲍曼对于表演框架的界定略显随意，日常交流中框架有强弱，甚至存在各种框架的转换，或许并不存在完全充分成熟的、理想形态的表演。表演理论仍有诸多可改进之处。

（摘要撰写人　郑芩）

超越语境，回归文学
——对民间文学研究中实证主义倾向的反思

刘宗迪

编者按： 2015 年 10 月 8 日，山东大学儒学高等研究院刘宗迪教授为北京大学中文系民间文学专业的学生带来一场题为"超越语境，回归文学——对民间文学研究中实证主义倾向的反思"的讲座并展开交流。

在 20 世纪初叶，现代民间文艺学的先驱们曾经继承古代悠久的"采风"传统，基于书面记载对民间文学进行文本研究。随着时间推移，西方的理论思想不断引入中国，当代的民间文学开始走向"活的"语境研究，田野研究范式日益成为学科的主流。然而，伴随这场学术新变的一个重要现象，却是民间文学这一学科本身的日渐衰落。面对学科危机，学者们纷纷建言献策，刘宗迪教授的这场讲座，便是为危机开出的一张独家"药方"。讲座指出，只有坚持浪漫主义、民族主义的精神，民间文学才能接续其伟大传统；只有超越语境，回归文本，民间文艺学才有可能走出危机。

一、问题的提出：民间文学学科的衰落

中国民间文艺学面临危机，已是一个毋庸置疑的事实，最明显的表现就是从事民间文学研究和教学的人越来越少了。很多原本从事民间文艺

学研究的人都转型去研究民俗学甚至非物质文化遗产去了。为什么会出现这样的局面？其实，从民间文艺学学科诞生之日起，就注定了它会有这一天，它的衰落是必然的。所以，我想追溯一下这个学科产生的背景，民间文艺学在中国的产生、发展，并且讲一下这个学科在当前以田野研究为中心的实证主义、语境主义研究范式下所面临的基本问题。

首先，我想提一个问题：为什么我们学科会出现实证主义、关注语境的倾向，会把田野研究放在至高无上的地位上？这跟它对"采风"传统的批判和反思分不开。在中国文学传统中，"采风"的模式自古就有：《诗经》中的《国风》，就是采风的结果；《楚辞·九歌》也是屈原根据民间祭祀曲辞而创作；汉武帝立乐府采诗的故事，是最早关于"采风"活动的明确记载；至于冯梦龙的《山歌》《桂枝儿》、李调元的《粤风》，作为古代文人"采风"的佳作，更是大家耳熟能详的。中国的采风源远流长，可以说，没有采风，就没有古老的华夏文学传统。

北京大学歌谣运动的发起者为了获得民间歌谣，自始至终所采取的仍是传统"采风"的方式，一方面利用刊物征集地方来稿；另一方面，刘半农、顾颉刚等人利用返乡的机会亲自搜集歌谣。所谓"采风"，简单地讲，就是文人利用文字将民众唱的、说的记录下来，进行整理，然后依据记录的文本进行研究。我们知道，民间文学的基本特点是口头性，由于口头语言和书面语言存在很大的差异，因此记录下来的文本，跟口头讲述的文本一定是有差异的。真实可靠的材料是一个学科赖以获得其科学性和可靠性的基础，没有了真实可靠的材料，学科也就丧失了安身立命的根据。民间文艺学既然是以民间文学为研究对象，而民间文学是口头文学，那么，民间文艺学的科学性就要看它的材料能否真实地反映口传文学的本来面目。鉴于传统的"采风"模式无法做到这一点，那么，对它的反思和摒弃就是顺理成章了。20世纪80年代以后，随着民间文艺学学科的重建，民间文艺学从业者日益强调田野研究，田野研究模式逐渐取代采风模式。学者长期地、密切地跟踪关注一个表演者、一个传承人，他们要全面记录民间文学的表演活动，不仅要记录文本，还要对语境、场域、社会空间、仪式背景、个人生活史等进行全面的考察，这就是田野研究模式。20世纪90年代中期以后引进的一系列西方理论，例如口头诗学、民族志诗学、表演理论等，都是基于田野研究的范式。

民间文艺学从采风模式走向田野研究模式，是为了让学科打下更坚实的基础，变得更具科学性，让学科更健康、更茁壮地发展。但是，事与愿违，民间文艺学研究者一头扎到田野中去，沉入了语境，却忽略了文本。研究者都去关注语境，对民间文学的周遭现象做了细致的观察记录，却日渐忽略了对文本本身的收集、整理、研究、批评、鉴赏。本来田野研究只是手段，目的是为了解释和理解文本。但结果却是，目的被忘了，手段本身成了目的，最终，民间文艺学让位于民俗学，实际上，对民间文学田野现象的研究是民俗学之所以兴起的一个重要原因。民间文艺学研究范式的转变，最终没有让学科变得更好，却事与愿违地导致了学科本身的边缘化和衰落。

迄今为止，我们学科的大部分人还都把这个"到田野去"的转变看作是学科发展的"正能量"，仍认为民间文艺学之所以衰落的原因，乃在于学科的"科学性"不够，因此要重振民间文艺学，就需要更科学、更深入地推进田野研究，尤其是要更加准确地把握民间文学的口头性、表演性、活态性特征。笔者在2004年写过一篇文章《从书面范式到口头范式——论民间文艺学的范式转换与学科独立》，就是基于这一认识，认为民间文艺学要重新获得学科地位，需要在走向田野的同时，以口头诗学为中心，实现从书面范式、田野范式向口头范式的转换。但是，现在看来，口头诗学以及表演理论等，也并非民间文艺学学科的救命稻草。

这两年，关于民间文艺学的衰落，不少人都做过深入的思考。特别是户晓辉、吕微，他们都对这个问题做出了自己的解释，也都提出了解决问题的路径。但我个人觉得，他们的思考虽然堪称殚精竭虑，但是对民间文艺学学科衰落问题的诊断存在偏差，因此开出的处方也不能对症下药。从根本上说，他们理论的基本出发点是自由主义或个人主义、启蒙主义。户晓辉的大作《返回爱与自由的生活世界》《民间文学的自由叙事》，都是在自由主义和个人主义的前提下思考民间文艺学的问题。但在笔者看来，民间文艺学与个人主义、自由主义恰好是水火不相容的。笔者并不是说民间文艺学反对自由、反对个性，而是说它作为一门学科之所以能够成立，与自由主义、个人主义的立场不相容。

吕微在为户晓辉的新书《民间文学的自由叙事》写的序言中，提出"接续民间文学的伟大传统"，把民间文学说成"伟大传统"，这个说法掷地有声。但是，笔者认为，如果从个人主义的立场出发，是无法接续民间文学的伟大传统的。首先，我们要问的是：什么是伟大？伟大也可以称为崇高，上帝、神、大自然、民族、历史的关键时刻是伟大的、崇高的，它们超越个人，决定个人命运，个人对其只有敬畏的资格，而没有选择的可能，你必须把自己的命运交给它，受它启示，听它安排，这才是伟大或者崇高。只有超越个体、比人更高的存在才叫伟大。但是，个人主义无法和这样的伟大接续。因此，要接续伟大的传统，首先要抛弃个人主义。民间文艺学过去为何伟大？我们民间文艺学从业者为什么有资格像阿Q那样声称"我们过去阔着哩"？正因为民间文艺学从其诞生之日起就反对启蒙主义、个人主义、自由主义，而与浪漫主义、民族主义密不可分。个人是归属于民族的，所以相对于个人，民族是伟大的。对个人来讲，民族就像神和大自然一样，个人只有皈依它、信仰它，而没办法摆脱它、超越它。在现代世界，宗教衰落，上帝已死，取代上帝地位的是民族。民间文艺学的伟大传统，就在于它曾经与浪漫主义、民族主义一道参与了现代民族国家的建设历程。

伟大或崇高之物拥有对个体的绝对权力，与个体、权利、理性势同水火，因此，在基于个人主义、自由主义和实证理性的认识论立场上，是无法理解伟大之物的。认知，是主体对客体进行审视和观察，但你面对一个崇高的神，面对像民族这种超越你、包容你的东西，却无法站在它之外进行观察。所以,民间文学的伟大不是供人认知的,而是供人承受的,这才是其作为"伟大传统"的"伟大"所在。所谓个人主义、个体主义,就是把人与世界、我与他人相分离,把世界变为主体认识的客体,把同胞变成我揣摩的他者,确立二元对立的格局,实证主义认识论传统就基于这种二元论格局。这样一种认识论——二元论格局,在其出发点就是躲避崇高的,所以它无法理解伟大。只有基于浪漫主义的解释学,才能理解和领受崇高和永恒之物,也才能接续民间文艺学的伟大传统。

二、德国浪漫主义与伟大的民间文学传统

众所周知,民间文艺学的诞生,与以赫尔德(Johann Gottfried Herder)为代表的德国浪漫主义、民族主义密不可分,由此才形成了民间文艺学学科的伟大传统。赫尔德为什么要重视民间文学?他认为,由于德国上流社会的文化被外来文化尤其是矫揉造作的法国文化所玷污,要发现真正的德国文化之根、要发现德国的民族精神,只有去民间、到乡野中寻找。因此,他特别重视歌谣,他认为民歌、歌谣离大自然最近,一片天籁,最真实地反映了德意志民族的心声,它的语言没有被法语玷污,是纯粹的、真正的德国文学,就像孔子赞美《诗经》说:"诗三百,一言以蔽之,曰思无邪。"所以,德国要确立自己的民族独立性,就要发掘整理民间文学。赫尔德自己就亲自搜集了很多德国民歌,他认为,没有荷马就没有希腊,希腊是荷马史诗缔造的,他把自己作为德国民族的荷马,要通过搜集、弘扬德国的民歌来缔造德意志民族。格林兄弟正是受赫尔德的影响,才着手对德国民间故事搜集、整理和出版。德国民间故事传播学派的代表人物本菲(Benfey)在回顾时,高度评价了赫尔德发起的民间文学运动在德意志民族建立过程中发挥的作用,他说:"对民歌伟大价值的认同唤醒了对德国民间精神的其他表达方式和创造的兴趣,以同样的热情,传说、神话、故事、生活方式和习俗开始被调查,搜集和研究……从这开

始，它被许多力量所声援，它不仅引出了一个全新的文明历史概念，而且唤起在德国丢失的对人民尊敬和热爱。个人必须扎根于他的民族，必须与民族和民族精神融合为一体，只有在这块土地上个人才能成熟，才能独立。这种认同已经在人民的意识深处开花结果，已在人民的生活中成型。"[1]

民歌、史诗对于一个民族的缔造确实非常重要。这一点，对于中华民族也不例外，华夏民族的成立，就与《诗经》密不可分。《诗经》是周人编纂而成的（且不管这个编纂者是否就是孔子），如果说《周颂》《大雅》中的祭祖诗篇保存了周人的历史记忆，那么，《国风》将各诸侯国的歌谣汇于一书，则是周民族作为一个"想象的共同体"认同的重要纽带。孔子说："诵诗三百，授之以政，不达；使于四方，不能专对。虽多，亦奚以为？"中原各国各民族的交流，都靠《诗经》，他们靠《诗经》来确立自己的华夏文化身份。我们看到，《左传》里大量的出使活动要赋诗，不能赋诗或赋诗失当，就会被人耻笑。诗歌对于一个民族的奠定、确立非常重要，因为诗歌朗朗上口，便于记忆，体现了人的文化修养。所以，诗歌会成为一个民族最基本的身份象征。由于诗歌脍炙人口，不胫而走，风靡天下，教化万民，所以能够塑造一个民族的基本精神。孔子讲"兴于诗，立于礼，成于乐"。孔子以《诗》教化，就是用《诗》把人教化成华夏君子。

赫尔德所倡导的民间文学运动，不仅在德国激发了浪漫主义和民族主义运动，也在东欧、北欧争取民族独立的各国掀起了民族主义的狂飙，而民间文学的收集和出版则无一例外都成为这些国家民族主义运动的重要组成部分，最著名的当然要数芬兰诗人埃利亚斯·伦洛特（Elias Lönnrot）对《卡勒瓦拉》的收集与整理，以及爱尔兰诗人叶芝等对盖尔民歌和民间故事的收集和整理，可以说，没有《卡勒瓦拉》，就没有芬兰。如果说，民族主义改变了世界的政治格局，那么，民间文学运动在其中则发挥着不

---

[1] 转引自威尔森《赫尔德：民俗学与浪漫民族主义》，冯文开译，《民族文学研究》2008年第3期。

可或缺的作用。欧洲现代民族国家的建立,歌谣搜集、民间文学运动发挥了非常重要的作用,民间文学成为现代民族国家的奠基石。因此,民间文艺学、民俗学才受到了欧洲知识分子的高度重视,这个学科才得以建立,因为它有意义、有价值,人们才会为它倾注心力,进行研究。这才是民间文艺学这个学科的伟大传统之所在,显然,它和个人主义、自由主义、启蒙主义是格格不入的。所以,从个人主义、自由主义出发,无法接续民间文学的传统。

民间文学学科和浪漫主义的关系大家都清楚。吕微专门论述过民间文学的"浪漫主义原罪",毋庸讳言,德国浪漫主义和民俗学后来与种族主义、纳粹牵扯在一起,是这个学科历史上很不光彩的一页。不过,浪漫主义和纳粹的关系纠葛,非常复杂,此处不可能详谈,只好暂且置而不论。

三、中国民间文艺学的浪漫主义、民族主义底色

我们现在讲学术史,追溯中国现代民间文艺学和民俗学的历史,都是从北大歌谣运动和《歌谣周刊》开始,而提到歌谣运动和《歌谣周刊》,都会很自然地把歌谣运动与新文学运动、白话文运动放在一起讲。这样实际上是把歌谣运动视为启蒙运动的一个分支,把中国民间文艺学的创建视为启蒙运动的一个事件。

但是,如果我们把眼光放得更久远一点,越过歌谣运动、新文化运动和启蒙运动,往上追溯到晚清,像梁启超、章太炎、蒋观云、刘师培等晚清民族主义者,就对白话文学、神话、歌谣开始有了初步的关注。而且,中国的启蒙运动本身,实际上就是在列强入侵、中华民族面临生死存亡的危机这个大的背景下才兴起的,启蒙是为了唤起民众,争取民族独立,建立新的国家。所以,启蒙运动背后有民族主义的背景——先有民族主义,后有启蒙主义。因为中国的知识分子要唤醒民众、建立新的国家,才要反传统、搞启蒙,引入科学和民主,才有了新文学运动,也才有

了歌谣运动，这个历史脉络对于我们理解中国现代民间文艺学兴起的意义十分重要，却往往被视而不见。所以，中国现代民间文艺学的诞生，如果追溯起源，并不仅仅是一次启蒙主义事件，而是一次民族主义事件。

关于中国民间文艺学和民族主义的关系，可能作为局外人的西方学者看得更清楚一些。美国学者洪长泰在《到民间去》中、德国学者施耐德（Axel Schneider）在《顾颉刚与中国的新史学》中，都曾谈到中国民间文学运动和民俗学兴起的民族主义背景。北京大学歌谣运动发起人在《歌谣周刊》发刊词中说，搜集歌谣的目的有两个，一是学术的，一是文艺的。搜集歌谣作为民俗学研究之用，把歌谣作为学术研究的材料，是为学术的目的；歌谣作为民众的心声，可以作为创造一种新的"民族的诗"的依据，是为文艺的目的。周作人的这个说法取自意大利人韦大列（Baron Guide Vitale），与赫尔德的浪漫主义、民族主义歌谣观遥相呼应。不过，在《歌谣周刊》同仁接下来的研究中，对歌谣的民俗学研究一枝独秀，文艺的目的则基本上被悬置了，只有胡适一直对文艺的目的念念不忘，但胡适作为一位坚定的自由主义者，也只是就文学论文学，对歌谣与民族主义的关系则未曾上心。关于歌谣的学术研究取向塑造了中国现代民俗学的学术传统，也塑造了我们观望历史的眼光，因此，现在我们学科在回顾学术史时，也不由自主地对中国现代民间文学运动的文艺取向置而不论，原本两条腿走路的中国现代民间文学运动只剩下了一条腿，这条腿最终把民间文艺学学科带到了民俗学的道路上。

今天我就想侧重讲一下歌谣运动的文艺方面，即其搜集民间文学、建立新文学的目的。以胡适、刘半农、顾颉刚、董作宾为代表的《歌谣周刊》同仁，作为大学教授，显然不可能完成这一任务，这不仅是因为学术研究才是其安身立命之地，更是因为他们根本上就缺乏创造一种"新的民族的诗"的历史契机，要创造一种新的民族的诗，只有顺应了历史潮流、代表了人民利益的历史力量才能做到，在那个时代，这种力量毫无疑义地就是延安的中国共产党。所以，我们看到，正是共产党，真正继续了五四知识分子"到民间去"的口号,并将它变成革命实践中的重要一环,于是才有共产党的"群众路线",也正是共产党,才将北京大学歌谣运动建立一种新的民族文学的理想,从空想变成了现实。对于继承并发展五四运动的精神,毛泽东有明确的论述,他在纪念五四运动 20 周年的《五四运动》一文中说:"在中国的民主革命运动中,知识分子是首先觉悟的成分。辛亥革命和五四运动都明显地表现了这一点……然而,知识分子如果不和工农民众相结合,则将一事无成。"①因此,他号召全国青年和文化界"到民间去","把自己的工作和工农民众结合起来,到工农民众中去,变为工农民众的宣传者和组织者"。在《新民主主义论》一文中,他明确指出了五四运动"平民文学"的口号的历史局限性正在于它还没有真正与工农群众相结合:"五四运动所进行的文化革命,则是彻底地反对封建文化的运动……当时以反对旧道德提倡新道德、反对旧文学提倡新文学,为文化革命的两大旗帜,立下了伟大的功劳。这个文化运动,当时还没有可能普及到工农民众中去。它提出了'平民文学'的口号,但是当时的所谓'平民',实际上还只能限于城市小资产阶级和资产阶级的知识分子,即所谓市民阶级的知识分子。"②为了建立"民族的大众的科学的文化","文字必须在一定条件下加以改革,言语必须接近民众,须知民众就是革命文化的无限丰富的源泉。"③这些思想,在其《在延安文艺座谈会上的讲话》一文中进一步展开,讲话指出,文艺要能够为人民大众服务,文艺要为人民大众喜闻乐见,文艺工作者就要在感情上跟人民大众打成一片,要到民众中去,向民众学习,"人民生活中本来存在着文学艺术原料的矿藏,这是自然形态的东西,是粗糙的东西,但也是最生动、最丰富、最基本的东西……它们是一切文学艺术的取之不尽、用之不竭的唯一的源泉。"④毛泽

---

① 《毛泽东选集》(第二卷),人民出版社,1991 年,第 559 页。
② 《毛泽东选集》(第二卷),人民出版社,1991 年,第 700 页。
③ 《毛泽东选集》(第二卷),人民出版社,1991 年,第 708 页。
④ 《毛泽东选集》(第三卷),人民出版社,1991 年,第 860 页。

东尽管没有具体提到民间文学调查，但是，正是在毛泽东文艺讲话的鼓舞下，延安的文学艺术家开展了轰轰烈烈的民间文艺调查活动，并根据民间文艺创作了大量既富于革命激情，又富于民族气派和乡土气息的文艺作品。刘锡诚先生的《二十世纪中国民间文学学术史》提供了这方面丰富的史料，此不赘述。可以说，延安文艺及其民间文学运动才是北京大学歌谣运动和五四运动"到民间去"思想的真正传人。由于延安讲话的"文艺为人民大众服务"的文艺路线在十年"文化大革命"期间演变成极"左"路线，对文化事业造成灾难性的影响，因此，一般学者都对延安文艺与五四运动之间的关系讳莫如深，实际上，就连美国学者洪长泰在其《到民间去》一书中，也并不否认共产党和五四运动、延安文艺与歌谣运动之间的渊源关系。在那个时代，共产党的延安文艺绝对代表了中国文化的进步力量。周作人、胡适希望搜集歌谣能够为建立"新的民族的诗"奠定基础，但是，他们的自由主义、个人主义的价值观决定了他们无法担当起这个重任，当然，共产党在延安所发动的民间文学运动，也肯定不会入学院派知识分子的法眼。

中华人民共和国成立之前，民国时期的知识界和学院中，歌谣运动发起者所倡导的两个方向，即学术的（民俗学）和文艺的，只有前者一枝独秀。中华人民共和国成立后，则发生了倒转，民俗学被视为资产阶级的学科从大学课程中取消了，而民间文艺学则以"人民口头创作"的名义获得了崇高的地位，正式进入了中文系课程，民间文艺学与古代文学、现代文学、语言学等被并列为中文系的一门学问。民间文学之所以获得这样的地位，自然是延安文艺路线的延续，也与民间文艺学在国家政治中的地位分不开。我们已经说了，荷马缔造希腊，赫尔德用民歌缔造德国，也可以说，孔子用《诗经》缔造了华夏世界。中华人民共和国成立之初，也面临着建立一个新的多民族社会主义国家的伟大任务。文学由于具有深入人心的情感力量，因此是民族"想象的共同体"赖以认同的重要纽带。但是，要担当这一重任，靠五四运动的平民文学、启蒙主义文学显然是不行的，靠传统的贵族文学更不行，为了建立社会主义的新文学，文学艺术工作者就必须到人民大众这个取之不尽、用之不竭的唯一的源泉中去，向人民学习，到民间采风，搜集民间文学，对其进行改造和提升，创造出为人民群众喜闻乐见的文学。民间文艺学学科在新中国成立后获得崇高的地位，可以说是历史的必然。

中华人民共和国成立后面临的一个重要任务就是建立多民族的人民共和国，民族国家是一个"想象的共同体"，文学艺术在缔造民族共同想象中发挥着不可或缺的作用，因此，搜集、整理少数民族的民间文学艺术，并运用少数民族文学艺术资源创造多民族的社会主义新文艺，就成了摆在中华人民共和国成立后民间文艺学事业面前的重要任务。当下国家面临的民族问题，常常让我们怀念中华人民共和国成立初期那种融洽的民族关系，殊不知，除了合理的政治、经济、社会政策之外，民间文艺学对于造就这种多民族和谐共处的政治局面也功不可没，少数民族文学的搜集、整理、出版、创作，有力地帮助各民族形成共同的民族想象。20世纪五六十年代，中国民间文艺家协会和各地民间文艺家协会搜集、整理并出版了大量少数民族民间文学作品，出版的整理本不仅文字优美，具有很高的文学价值，而且书籍的印刷、装帧也很用心，往往请名家绘制插图，所以这些作品一旦出版就很受欢迎，被读者视为真正的文学作品。在传播少数民族文化、促进多民族国家认同方面，具有强大的传播、宣传功能的电影、音乐更是功不可没，诸如《山间铃响马帮来》《芦笙恋歌》《边寨烽火》《五朵金花》《摩雅傣》《刘三姐》《冰山上的来客》《阿诗玛》等少数民族题材电影，以及雷振邦、王洛宾等的少数民族音乐采风等，都脍炙人口，或风靡一时，或久唱不衰。少数民族民间文艺采风和再创造，为中国这样一个社会主义的多民族国家的国家认同做出了重要贡献。这些作品，可以说就是当代的"国风"。除了民间文艺的采风活动，城市俗文学的改造，如戏曲改造、曲艺改造，都是中华人民共和国成立后民间文艺学的重要组成部分。可见，民间文学正因为在1949年新中国成立后文化建设中发挥了重要作用，所以才能获得国家和社会各界的重视，在大学学科体系里获得一席之地。从中华人民共和国成立到"文化大革命"这一时期，民间文艺学在中国文学艺术事业中的作用，值得认真梳理。

四、从采风派到田野派：民间文学丧失文学性

民间文艺学事业在 1949 年中华人民共和国成立后的 20 世纪五六十年代之交迎来了黄金时代，这个时期的民间文学工作者在民间文学搜集和整理活动中所采取的仍是传统的"采风"模式，其搜集整理的目的，主要不在于学术研究，而是在提升、出版、传播，作为文学作品反馈到人民大众中去。

正在民间文学采风活动如火如荼地进行的时候，1956—1960 年期间，在民间文学界爆发了一场关于民间文学搜集与整理问题的争论，这次争论的文献由中国民间文艺研究会汇编为《民间文学搜集整理问题》一书出版，为我们保存了一份宝贵的学术史资料。这场争论的一方是以刘魁立先生为代表的学院派或田野研究派，一方是以民间文学搜集家董均伦等为代表的文艺派或采风派。采风派在全国各地搜集了大量民间文学作品，他们的目的主要是文艺的，而非学术的，因此他们在出版其搜集到的民间文学作品时对之进行了大量改编，甚至将原来的民间故事改得面目全非。刘魁立作为一位在苏联受过正规民俗学训练的年轻学者，对这种做法非常不满，针对董均伦等人的搜集整理工作提出了尖锐的批评。文章一出，激起了采风派的强烈反弹，很多人写文章反驳刘魁立先生。

刘魁立认为搜集民间文学应该以真实性、科学性为基本准则，他提出搜集民间文学要一字不改、全面记录，而且他提出了一个著名的命题，即"活鱼应在水中看"，他认为，我们不仅仅要记载民间文学作品，还要记载民众生活，把民间文学的背景、语境等情况都记录下来。只有这样忠实记录、未加改纂的民间文学作品，才能作为可靠的资料供科学研究之用。但是，刘魁立先生的批评，对于对方来说作用不大，因为董均伦等人

搜集民间文学的目的从来就不是为了供学术研究，而是为了作为文学作品出版，他们服务的对象不是学术界，而是广大的工农兵读者。所以，歌谣运动发起人所主张的两个取向，学术的和文艺的，在此重新相遇了。本来，在 1949 年中华人民共和国成立以后，文学取向一花独放，学术则无人问津。刘魁立先生的文章重新激活了歌谣运动的这个内在矛盾。今天，作为学院内的民俗学研究者，我们很自然会站在学院派立场，同情刘魁立先生，而认为老民间文艺工作者的做法毫无意义，他们对民间故事的改造没有任何学术价值，可问题是，他们原本就不以学术价值为追求。所以，以纯粹学术的尺度，实际上是无法对文艺派或采风派工作的价值做出评价的。可是，如果我们跳开学术取向，从民间文学的本文立场出发，我们会更同情哪一方面呢？我把双方的对立简单地列成如下的表格：

学院派	采风派
搜集者是研究主体，民间是供学者研究的对象	搜集者只是人民群众的一员
文字记录是民间口头讲述的镜像，因此强调真实性	文字记录是口头讲述的延续，因此追求文学性
民间文学是研究的材料，应该建立档案	民间文学是文学，来自人民回到人民
忠实记录，一字不改	艺术加工，提高升华
主动地观察	被动地倾听

我们也许会觉得学院派对于民间文学的态度很谦虚，忠实记录、一字不改，而采风派则显得傲慢，居然认为可以随意改动民间文学作品，并且把过度整理后的作品仍冒称为民间文学。但是，如果我们换一个角度，我们会认识到，采风派只是作为一个民间故事的听众和传播者，他听了讲故事的老乡讲故事，然后再把这个故事换一种方式，用一种更为人喜闻乐见、传播更广的方式（文字读本）讲给别人听，他只是作为民众的一员，作为故事传播过程中的一个环节，他对民间故事家的态度反倒是平等的，对于民间文学，他是作为一位倾听者；而学院派对于民间故事家或民众，

则是用一种客观冷静的态度去观察，他虽然一字不改、忠实地记录故事家讲的故事，但他记录故事的目的不是为了听故事，也不是为了把故事讲给别人听，而只是为了把故事作为研究材料采集回去，供其学术研究之用，因此，他先天上就没有把自己当成民众的一员，他是置身于民众之外，也是置身于故事之外，他把自己当成高高在上的主体，而民众和古史则是供他观察和研究的客体，对于民间文学，他不是倾听者，而是观察者。"倾听"乃是用"心"的被动接收，而"观看"则是用"眼"的主动探求。听，是把自己归属于声音，是跟着声音走；看，则是通过视线对被看者施行权力。换句话说，我看的东西是"我想看的"，而我听的是"对方让我听的"。可见，看和听是两种有根本区别的姿态。按照上表中的归类，采风派的工作是听，而学院派的田野研究是看。

说到这里，我们可以发现，这场争论，其实是关于民间文学的两种态度的争论：一方是浪漫主义的文学传统，一方则是实证主义的科学传统。一直以来，有一个重要的环节都被民间文艺学界忽视了，即文学的传播问题，文学必须被传播、被阅读和被欣赏，才能实现其美学的、教化的功能，才成其为文学，才有意义，民间文学也不例外。采风派是把民间文学按照文学标准来看待，在保留口头文学特点和民间文学乡土色彩的前提下，用适合于书面阅读的修辞和文体进行改编，配上精心绘制的插图，出版发行，让更多的读者能够读到。甚至把它改编为电影、戏剧，让广大民众欣赏、观看、阅读，起到教化民众的社会功能。民间文学因此摆脱了它原本狭小的乡土传播圈子，进入了一个更大的传播空间。唯有如此，民间文学才有可能成为感动千千万万人的"伟大的"作品；也唯有如此，民间文艺学才能成为一个对人类做出伟大贡献的"伟大的学科"。刘魁立先生主张"活鱼要在水中看"，意思是说，民间文学作品只有在其原生的乡土语境（水）中才是"活鱼"，离开了这个语境，就会变成失去生命的"鱼干"，但是，真正的鱼，不仅能够在小溪和池塘中游泳，它还要游到大江大河中才能成长为具有生命力的大鱼。而采风派的所作所为，其实就是把鱼从乡野溪流中引导放到广阔的江河之中，让民间文学从狭小的民间语境进入一个更大的、全国范围乃至世界范围的文学流通之中。不难想象，如果没有格林兄弟的妙手点化，德国民间故事就难以"格林童话"的名义风靡全世界，成为德意志民族共同的精神家园。董均伦等老一辈民间文学工作者所继承的正是格林兄弟的浪漫主义民间文学传统，而刘魁立先生所主张的实证主义立场，尽管是学术研究所必需，却无助于民间文学的传承和弘扬。

所谓"一字不改，忠实记录"的文本，确实是本真的、可靠的吗？大家都有丰富的田野研究经验。讲述者高不高兴讲、喜不喜欢你，他讲出来是截然不同的。那么，他讲的哪个词是真的？哪个词不是真的？也就是说，你记录得再认真，也不一定可靠。所以，忠实记录，一字不改，并不能获得可靠的文本。这才是采风派和学院派的根本分歧。采风派常常并不进行当场记录，也不录音，因为他们觉得当场记录会破坏讲述者的兴致，反倒听不到真正的好故事，所以他们宁愿在回家后根据自己的记忆"重编"故事，他们认为这样得到的故事比当场记录的"更真实"，他们这一做法深受学院派的诟病。学院派认为他们如此获得并非真正的民间故事，而只是冒牌的民间故事。他们认为，只有当场一字不漏地记录，或者是录音机的现场录音，才能获得本真的民间文学文本。事情果真如此吗？民间文学作为文学，其价值主要在于其意义，我们听故事，听到的是意义，也就是故事中所蕴含的那些世代相传的生活智慧、道德教诲，这种意义是离不开讲述者与倾听者现场的活泼的交流和理解的，而录音机无法理解，所以录音机只能记录声音，而无法记录意义，因为无法理解意义，因此，录音机记下的文本，可能并不是最好的文本。只有设身处地的生动的交流，才能获得真正的意义，也才能获得最好的文本。举个例子：杰克·古迪（Jack Goody）的《神话、仪式与口述》讲他到非洲做田野研究，他长期跟踪部落讲的神话，发现他们每次讲的文本差别非常大。但当他问：你们讲的是不是一个故事？部落成员回答总是肯定的，就是同一个故事。可是古迪明明发现他们每次的用语，甚至情节，都极为不同。这里的问题就在于，对于部落成员来说，他们重视的是意义而不是文本，因此，他们相信他们听到的是同一个故事，意义没有变，故事就没有变。而古迪作为外来者，则无法领会这些意义，他所能关注的只能是文本，他通过录音机，"一字不改"地记录每次讲述的文本之后发现了文本的改变，此在部落成员每次都领会到相同意义的地方，古迪只能看到变动不居的文本。谁说得对？记录人注重的是表象的真实性，而部落成员注重的是意义的真实性，在这一方面，部落成员当然较之古迪这位外来的研究者更有发言权。明白了这个道理，我们就会认识到，按照刘魁立先生所谓"一字不改，忠实记录"的原则，并不能获得民众自己心目中那个真实的民间故事。

我们知道，整个田野研究和语境研究，一般称为民族志诗学，关键是忠实地记录。对口头演述文本的方方面面，都要无所遗漏地记录下来。杨利慧在《民族志诗学的理论与实践》[①]一文中讲到一首印第安人诗歌，早期传教士是这样翻译的："母亲从沉睡中醒来，她醒来了，因为夜晚早已过去；黎明的迹象已经呈现；东方诞生了新的生命。"这确实是一首诗，一个新生命和太阳一起诞生，是非常优美的赞美新生命的诗。但是现代民族志诗学的调查却发现，传教士的这个翻译与印第安人演唱的实际版本相去甚远，做了极大的篡改，学者们根据调查，将这首诗歌"忠实地"翻译如下："噢，噢，噢。啊母亲她现在已经移动，啊母亲她现在已经移动，如今黎明诞生，啊母亲她现在已经移动。"如果没有相关的背景知识，你根本无法理解这几行文字是什么意思，这不再是一篇有意义的文字，更不是诗。民族志诗学的记录和翻译确实"一字不改，忠实记录"了，但是，这首诗固有的意义却丧失了，印第安人对于新生命诞生的喜悦和赞美也无法被传达出来。可以说，由于录音机的发明和应用，让研究者对声音以及"时间"的"观看"成为可能，让研究者能够"一字不漏"甚至是翻来覆

---

① 杨利慧《民族志诗学的理论与实践》，《北京师范大学学报》2004年第6期。

去地审视、观察民间故事歌手的讲述或演唱过程的每一个细节，从而发现了很多以前仅仅靠耳朵当场倾听所无法发现的细微的差异。但是，再多的关于细节的观察，也无法替代设身处地、生动活泼的聆听、交流和理解：对声音的观看和审视，让研究者从诗和故事的聆听者变成了观看者，观看只能看到表象和细节，而聆听才能获得意义和教诲。意义不在表象和细节中，意义只存在于聆听和交流之中。这种对于声音的观看态度，就是我今天要说的值得反思的对于民间文学的"实证主义倾向"的要害所在。

时间有限，有些问题我们无法在今天展开讨论了。最后我再补充一点：民间文艺学科的衰落是不可挽回的，再多的呼吁也不能挽救它。民间文学作为文学，其生命存在于传承和传播之中，文学只有通过传播，被接受和欣赏才有生命，今天，这种传播民间文学的机制已经不复存在了。当年，在特定的政治背景和文化政策之下，中国民间文艺学界出现了一大批优秀的采集家，他们怀抱崇高的政治使命和艺术热情，又对人民群众及其文学艺术怀有满腔热情，还有高超的民间文学采集、整理技巧，收集、整理了大量优秀的民间文学作品，这些作品被作为真正的文学作品出版、流通。这其中，一个关键的环节，今天已经不存在了，就是一个完善的民间文学出版、流通机制。当年，为了建设为广大人民群众服务的社会主义新文艺，从出版，到电影，到文艺界，都把民间文学放在重要的地位，民间文艺的收集、整理、改造、发行、流通、接受、批评，来自人民又回到人民，存在一个完整的流通循环渠道。当年的采风派就是置身于这个循环之中，它是作为循环的一环。今天，这个循环机制已经不复存在了。现在，你去做田野调查，你对民间文学的演述语境进行密切的观察，你看到讲故事的人在讲，听众在听，这也是一个文学流通和传播的过程，但它只是一个乡土传播循环，它自生自灭，与当今社会的文化流通毫无干系。而我们学者既置身于乡土社会的民间文学流通循环之外，同时又置身于整个社会的大的文化传播流通循环之外，已经没有能力像当年的采风派那样，参与到整个文学流通的循环之中。在高度市场化的现时代，民间文学跟农民的命运一样，已经被从整个文化生产和传播流通的主流中排挤了出来，随着民间文学在市场机制下的失落，民间文艺学学科的地位也必然失落，必然被边缘化，曾经的"伟大的学科传统"，如今只能作为凭吊的对象了。

学生互动摘要

刘宗迪教授讲座结束后，在场学子围绕如何秉持民间文学研究的文学本位立场，与刘老师展开热烈探讨。针对讲座认为当下学界缺乏"采风式"的民间文艺出版物，有同学例举"非遗"申报过程中催生的诸种传说故事整理本；但刘老师认为，这类文本多仅供评委参考，并没有进入大众传播，仍与采风有别。也有同学对传播或再创造民间文学是否应成为学院派之职表示怀疑，刘老师则对举古代文学及现当代文学专业，认为它们均可通过对作品主旨或价值进行分析、阐释和鉴赏，也即经由文学批评直接参与文学的生产、流通、传播，目前唯独民间文学缺少此环节，只有"研究"，没有"批评"，根源在于从业者并未将民间文学视为文学。另有同学补充道，讲座提倡回归文本，反思语境研究、实证主义研究，却未曾言及故事类型研究、结构主义理论、普罗普形态学等这类素以文本为中心的传统研究方法；对此，刘老师表示历史地理学派、传播学派、故事形态学等古典方法，虽看似过时，但它们运用跨时空的宏观眼光，关心基本结构、形式、意义、内涵等超越语境的东西，的确反而是民间文学领域值得称道的方法。

2015年10月25日，同学们继续就不同的研究取向进行评议与讨论，主持人朱佳艺重点对讲座中归纳的"采风派"和"学院派"的相互关系展开反思：首先，刘老师立足20世纪50年代末民间文学搜集整理大论战背景而将两个流派对立视之的态度，在当下或应得到调整，现代科技手段的革新已能够在很大程度上弥合采风派重听、学院派重看的分野。其次，讲座希望通过整理和再创作来推广民间文学的愿景固然美好，但也应虑及这一过程中可能存在对部分民间文学的压抑与删改，因此最好将文化部门的宣传工作和以求真为旨归的学术研究分而治之。再者，采风派和学院派似乎并非如刘老师所言那般"高下立判"，尽管前者多能虚心倾听民众，但终究要回归民间（让民众欣赏、对民众进行再教育），故也可能会对民众构成某种"干扰"，感性的文本分析还容易流于主观臆断；而后者虽讲求实证，但也不乏对民族心声的关注，且这种解读往往立足于更为广阔也更接近真实的语境，有利于滋生出更高层次的审美和意义。

在讨论环节，有同学声援刘老师，认为民间文学研究者应积极承担文学批评之责，以促进民间文学的改编、出版。但朱佳艺认为如何操作仍是棘手难题，一方面，文学批评容易滑向极端的个人体验，与学术逻辑明显冲突；另一方面，民间文学的审美性不同于作家文学，主要在其形式而非内容，而仅关注形式又有悖于"回归文学"的初衷与期待。具体谈及讲座倡议的"回归文学"的内涵时，有同学指出，刘老师实际是想借由民间文学改变国民的精神景象，所谓"回归"，是想回到一种文学与政治的媾和；也正是在这一意义上，刘老师对于实证主义倾向的反思，似乎只是反对以实证主义做纯粹的科学研究，这种取向并未超越语境；相反，是要回到语境中进行文学实践。

（摘要撰写人　郑芩）

社会、科学与文学的互涉
——民间文学研究方法的省思

锺宗宪

  编者按：2015 年 10 月 22 日，台湾师范大学国文学系教授兼系主任锺宗宪老师为北京大学中文系民间文学专业的学生带来了一场题为"社会、科学与文学的互涉 —— 民间文学研究方法的省思"的讲座并展开交流。

  从 21 世纪初开始，民间文学研究就一直在摸索属于自己的学科定位，由于它具有跨学科的特质，因此与文学、人类学和社会学都存在相似的链接。但也因为始终无法明确其归属，导致在这种寄人篱下、摇摆不定的情形中逐渐模糊和局限自己的观照视角与操作方式。近几年，民间文学学科多以母题、类型的集合归类对所收集的文本进行研究，甚少进一步延伸文本可能存在的社会意义与现象。因此，锺宗宪老师在指出当前的研究困境后，以"唤发民间文学对人文社会的贡献价值"为讲座主旨，借助刘魁立的《狗耕田》故事生命树为基点，延伸提出自己的《白蛇传》生命树概念，并以马来西亚的田野成果作为思维与操作的拓宽例子，引导学生能够在研究过程中灵活思考、多元验证，萃取民间文学学科深层的本质意义。

一、民间文学研究的局限与跨越

民间文学研究在百年间的学术史上，一直存在广义与狭义的争议，且始终被涵盖在文学的范畴内。在这些异议与归类的过程中，笔者尝试思索民间文学研究应当如何回归"文学"。历来"文学研究"多被视作中文系的学科专长，中国台湾尤为偏重，从中也显现出两岸在民间文学研究方式上的较大差异，即大陆的研究视角和路径更贴近于"民俗学"；中国台湾则在广义的学科概念层面上就与大陆不同，学界一般认为民间文学本当归入文学学科范畴，并没有独立的民间文学专业。而大陆不仅有专设的民间文学学科，甚至还吸收民俗学与人类学的研究方法，例如人类学所具备的田野调查能力，这些显然是中文系，特别是中国台湾的中文系不会有的训练。笔者的主要研究对象是"神话"，在求学时期也尝试跳脱文本分析的局限，将观照范围拓宽至活态的田野当中；但当笔者开始教书时，特别是在与大陆学者频繁接触后，对该学科又有了颠覆性的认识。

笔者开始思考该如何将中文系对古典及现代文学既定的分析训练运用到民间文学的研究上，并利用中文系旧有的分析方法，做了一些鲜少学者进行过的尝试，例如以诗学理论来剖析素朴的民间歌谣。但过程中仍然无法抛去民间文学所独具的特征，即"集体性""口头性""变异性"与"传承性"，在这带有匿名性特质的变异过程中，倘若我们选择一个熟悉的文本作为研究范式，试图用传统的文学研究方法进行分析，仍会遇到"如何认识文本""何以产生变化"的疑惑，而这些问题则甚少出现在作家文学的研究当中。以戏曲为例，该内容可能改编自前人的杂剧，产生另一部新的剧本。此现象若是置于纯粹的讨论文学性方面的话，便会自觉地从作家的身世背景、年谱建立、写作时间等方面进行全面细致的了解。但如果眼前的对象属于民间文学范畴时，上述操作条件便无法发挥实质的观照效果，而作为民间文学的研究者该如何突破这些问题呢？

因此笔者将题目定为"社会、科学与文学的互涉"，跟各位分享一些笔者的思考和目标，传达当前民间文学研究的局限问题，希望吸取多元的学科专长，使民间文学的思维范式能有一个较宽广的跨越。

二、民间文学"文本"的多元研究视角 ——以《白蛇传》研究为例

如果以国文系（中文系）的视角来观照民间文学，"文学研究"似乎是我们常见的切入面向且都必须结合人文历史等各种背景因素，但民间文学除了以传统文学研究范式作为分析模板外，是否还能结合人类学或文化人类学这些方面的思考，即运用广义民俗学的概念来进行探讨？

实际上，由于历来总是强调大量地收集文本，以至于笔者在初期亦多局限在文学研究层面。例如在 2000 年时，笔者到泸沽湖走了数个村寨，寻找能讲故事的人。因为在那个时期，学术界非常重视所谓的"民间故事家"，即指具备讲述 150 个以上民间故事的能力者，便可被称为"民间故事家"。于是笔者开始收集，之后就进行分类，由于过去的训练使我们直觉地用母题、类型、AT 分类法的角度来分析民间故事，试图从中找到一个"基本母题"以作为参照的基础。然而我们的研究似乎便一直停留在这里，只是不断寻找新的文本加以分类，就以为已将所有的问题解决，但事实上并非如此。笔者认为民间文学研究除了收集文本和母题类型分析外，应当还能萃取出更丰富的意义。所以笔者在此以《白蛇传》为例子，尝试突破过往的研究范式。

目前，笔者指导的一份仍在撰写中的硕士学位论文即是以《白蛇传》故事演变的文化背景为主题，笔者建议学生试着运用上述的思考方式。首先，因为该学生研究的对象是《白蛇传》，所以选择以冯梦龙的《白娘子永镇雷峰塔》为"基本主干"，即以此确立"母题""类型"的概念，于是便形成类似刘魁立的《狗耕田》生命树中间的核心故事基干，而后再放入时代元素，结合明清两代和现代的作家、剧作家的作品，断开内部的情

节段落，呈现一棵全新的生命树，当中便体现出多层面的现象因素（因新绘生命树图形较复杂，无法排版，故从略。——编者注）。

例如戏曲和现代文学就有各自的面向偏重，加上笔者的这位学生所收集的作品皆可透过作家年代判断出其先后次序。但若以普遍接受者来说，今天都得以看到甚至接受并讲述这些内容，而这能否算是一种共时性的共相？与刘魁立的《狗耕田》研究又是否一样？基本上，《狗耕田》是排除时代性的切片分析，而此处的《白蛇传》生命树虽然也先将时代排除，但因为清楚知道每一系列的支干都代表一个作家作品，于是以此去核对网络或中国台湾普遍流传的《白蛇传》故事，会发现每个片段都曾出现，与民间收集的《狗耕田》故事相比，《白蛇传》的来源（时代、作家）是相对明确的。

刘魁立是在特定范畴内组织出故事的基本形态，并由此产生像《狗耕田》那样的故事生命树，但此处的《白蛇传》所处的研究阶段则不同。试想，若以20世纪80年代的《民间文学集成》为基础，与当前所采录的内容相核对，彼此仍然无法摆脱历史的问题，这便是笔者非常重视的"下一步"研究。例如我们发现某些情节人物并没有太大变化，但属于某则故事的生命树却增加了许多枝丫分岔，而这些改变从何而来？例如，《白蛇传》所有版本的主角都是白素贞与许仙，阻拦彼此的人也皆是法海，却增添了不少次要人物，甚至原来为次要人物小青的地位也逐渐提升，开始与白蛇争风吃醋。由此可见虽然名称基本不变，但人物的地位更动却不断地在影响整体的情节走向。

事实上，是刘魁立研究的《狗耕田》故事启发了笔者开始思索每一个环节的内涵，怀疑为何会出现变体二、变体三？在何种情况下出现？是否要予以重视？确实在某些情况下无法得到一个明确答案，民间文学研究更是如此，当前就面临一个假设性问题，即"表演理论"的概念，在哪些语境下故事的讲述篇幅必须拉长或不变？若以此理论来分析，故事家因受到现场的语境影响，使其增减其讲述内容。倘若我们真的用共时角度来分析的话，同时出现这些故事确实引人疑窦。是讲述者当下的主观情绪使内容分岔？还是特定时空环境使然？因此相对而言，经过多位文人作家之手（文人文学）的《白蛇传》故事具有较高的可操作性。换言之，即是用民间文学的方式来讨论俗文学或作家文学的主题，探讨每一个分岔可能存在的理由，思考人物身份和形象转变是否和社会风气、地域风情、特定建筑有关？例如《白蛇传》故事不论情节怎么变化，其叙述场景西湖和雷峰塔为何始终是不动的元素？在此笔者具体举一个当地流传的"法海即蟹黄"的说法，根据文献记载，鲁迅曾提及"蟹和尚"一词。在江浙一带有不少关于法海的故事，如法海变身自螃蟹精或蛤蟆精，但不变的原则皆在丑化法海，因而产生了一个"蟹黄图"，只是为何要丑化法海？或许是因为百姓对白蛇的同情。于是综览整个白蛇故事，若以"白娘子永镇雷峰塔"为故事基干的话，得以看出白蛇的形象逐渐优化，慢慢以"迷恋"取代"魅惑"来描述白蛇对许仙的情感，并为"迷恋"提供合理的说法，如五百年前许仙曾救白蛇，因此白蛇以此谢恩，于是使非凡的物种恋情得以跳脱纯粹害人的格局，赋予一个报恩的结果。

上述这些变化是否蕴藏着社会因素？如果只以共时态分析，似乎就只是罗列各种说法，而民间文学研究若只是收集不同说法而无法提出理解的话，便可能只会停留在文本的收集与母题、类型的分类。因此笔者认为不论是纯粹的文学研究或对诸多民俗现象的理解，"背景"始终是无法忽视的一环。所以透过此处的《白蛇传》研究对"故事生命树"有一个诠释推进后，进一步要关注的就是能否找到某故事当时所处的意识形态。例如中国台湾作家李乔曾改编过《白蛇传》，将"族类平等"视作叙述核心，让所有角色都成为一种符号，法海即象征为阻拦者，由此提出能否不带任何歧视的眼光，平等地对待每个族类，例如"贵族"与"贱民"之间的婚姻关系，将二者赋比为人类的许仙和异类的白蛇。倘若贵族娶了贱民可能会阻碍贵族的仕途发展，于是贱民就和白蛇一样将遭受舆论的打压，东、西方文化中都有类似的故事，目的就在突显所谓的族类平等。又例如张晓风的《许仕林的独白》，许仕林即是许仙的孩子，试想，在冯梦龙的《白娘子永镇雷峰塔》中是否需要许仕林这一个角色？不需要。那为何在此会出现？是否在体现一种婚姻的意义或父母亲各自的心态等？甚至这只是一时灵光闪现的创意，也或许表达出一种大众的社会心态？这些都是可能存在的动机因素。

关于民俗学或民间文学研究，前面所谈的大多是人文社会因素，其实还可以从上述的质疑进一步提出延伸性的问题：为何历来的《白蛇传》故事始终发生在西湖并选择雷峰塔作为情节基干？与杭州的人文地理是否有所关联？作为民间文学研究者除了文本的交叉比对分析外，应当如何深化这些存在元素？

三、人文地理与通讯科技双管齐下的民间文学研究

随着年纪增长，笔者开始思考该如何丰富"民间文学"这个学科对人文社会的价值。事实上，已有一些学者将文本的出处视为分析的关键，例如实地田野所获取的相关文史材料。如果没有对某地进行定点了解并与当地居民接触的话，能否全面分析所收集到的民间故事？举个例子，中国台湾的妈祖信仰相当兴盛，与大陆早期渡海来台有关，当地流传一则保生大帝向妈祖求婚的故事。据传观世音菩萨试图撮合他们，但妈祖却一口拒绝，相传是妈祖曾看到母羊生小羊的过程，深感痛苦，因此决定终生不婚，但保生大帝却因为被拒绝而感到颜面尽失，于是便诅咒每年在妈祖圣诞时定有豪雨，以此破坏她的装扮。当然，妈祖也为此做出反击，在保生大帝圣诞当日刮起大风，吹乱保生大帝的装束以报复。

如果对这则故事的历史背景不了解的话或许就是一笑而过，倘若晓得，即有学者考证在妈祖农历三月二十三的圣诞确实较易下雨，于是判断此故事类型当与气候相关，猜测该故事的目的应当是结合当地信仰以解释中国台湾各阶段的气候变迁。若再更进一步思考，或许故事中还潜藏着中

国台湾庙宇经营和族群之间的特殊互动情形：一方面由故事内容可看出神灵的观感印象已非至高无上，同样有与俗人相似的婚配观念；另一方面从保生大帝和妈祖之间的报复行为推测，可能存在双向的信徒沟通问题。由于中国台湾庙宇在长时间中形成了一种地域性信仰及社会组织中心，因此当同时有多间庙宇经营时，彼此就可能为了争取地域组织的领导权和地位而借助各项祭祀行为来获取信徒的信仰香火与捐赠，而这些假设性现象都可能是故事身后蕴藏的复杂地域人文背景。因此除了大量收集文本和分析母题、类型之外，我们是否要将地域人文背景作为分析的参照材料？又该如何将"人文地理"和"科技整合"吸纳进民间文学的研究当中，让文本与特定地域的活态情形能够结合剖析？

如果我们先以文学研究的方法思考，刘魁立当年提出的故事生命树概念，用共时性的故事形态为概念，探究故事的基本结构和内部的主次分配。他选择先排除故事的演变概念，试图从有限度的范围内找到故事的发展，而这样的分析范式是我们所熟悉的，但只以这个方式观照是否又过于局限？于是笔者进一步思量地理要素的重要性与可行性。

在今年2月时，笔者到马来西亚柔佛州的一个小渔村进行采风，因为听闻当地某间庙宇同时供奉关羽和池府王爷二位主神，此现象在中国台湾并不多见。在行前准备时收集到一则当地的民间传说，描述当地居民起初要前往新加坡迎神，不料船只无法运作，正当众人困惑难解时，突然出现一名乩童表示自己乃池府王爷的附身，并向人们提出若欲让船驶出港口就必须将他一同奉迎至马来西亚，因此船便在百姓的答应下随之出港了。不过当我们亲临当地时却没有听闻这样的传说，华人移民也未留下充分的文献记载。甚至我们原先还预设这则传说应与当时的卖"猪仔"有所关联，因为在19世纪中期确实有许多这样的情形，福建和广东一带尤为明显，有的还卖到新加坡或美国等地。这些苦力大部分是在1844年前后来此开垦山林的契约型移民，以3年的合约为往返期限，但多数人在当地就因各种因素死亡且未留下任何家眷。

起先以为这些情况与该信仰和传说有关,但事实并非如此,眼前的一切完全推翻我们的设想,无法找到任何移民者从家乡带来的痕迹。于是笔者就变向思考,由于开垦的缘故,目前有一部分是依亲,另一部分则是祖先为阶段性迁徙的半移民者,后者不属于长期定居,因此先前皆没有建立庙宇来供奉家乡的神灵。但当地仍有一些是长期定居的奴隶,需要一些日常生活用品,因此当地便开放经营少数的民生物资买卖,这个情况或许就存在着许多复杂的关系,甚至也与该信仰传说研究有所关联。简言之,即是为何先前没有庙宇。按理说有华人的地方就应该有庙宇,原先还猜测有可能是马来西亚人因与当地土著通婚而留下所建造的,但眼前所见的景况似乎颠覆我们以往的认知。反而有一个群体非常特殊,即这边所提的"社团",早期前往东南亚地区的华人总会有一个凝聚圈,大部分都和天地会有关,之后便成立像义兴公司这样的组织。天地会一方面保护华人,另一方面也同时引进华人,即说服"猪仔"签约登船卖力,当地的英国殖民者便以此以华治华。因此如果将庙宇的主体作用视为地域的组织中心的话,那么在义兴公司这个社团占据极大影响力时,庙宇似乎仍不具备庞大的组织力和需求性。

　　事实上,若我们进一步反向思考,为何立庙的时间和需求在那么后期,调查发现可能与秘密会社的退出有关。因为仍需要群聚的组织机构,所以便让庙宇来取代,成为类似华人地方政府的社会组织中心,最明显的例子就是在 20 世纪七八十年代左右庙宇有权利向村民收税,直到禁止抽税后成立了理事会,先前作为庙宇的负责人便顺势成为村长,由此可见两者之间的特殊关系。

　　从上述这样的观照指引,进而考量是否有必要思考该庙宇的主神同时是池府王爷又是关羽的问题。前者,我们能提出池府王爷可能与瘟神及开拓土地相关;后者,则有一个说法是地方统治者原先要迎请的只有关羽,但过程中却突然出现乩童,表示必须一同奉迎池府王爷,而此故事内部有无可深入结合人文地理情况来追踪的讯息?笔者试着从这则乩童故事推断此迎神内容应当流传于 1920 年左右,不过我们目前却发现在 1904 年间就已有明确的池府王爷信仰记载,由此说明该庙最初即为池府王爷信仰,不论是庙宇本身的主、配神供奉情况,还是后来流传的故事内容,都逐渐演变成关羽为主,池府王爷为辅。虽然如此,仍可看出庙宇主要乃祭祀池府王爷,从各方面皆加倍重视池府王爷,却也考虑到关羽位居主位,因此不举行烧王船仪式,而这些祭祀行为和故事内容从何而来?

综合以上种种情况,我们通过拍摄一千多座墓碑,抄录墓碑上记载的年代和祖籍,并在墓碑所立之处进行卫星定位,点出其确切所处的位置,试图从中找到特殊移民现象和"猪仔"路死沟埋的原因与可能性。例如,我们发现 20 世纪初或许是"猪仔"和目前移民祖先的交错时期,于是进而预估此现象大概发生在 1890 年到 1910 年期间,所以推测 19 世纪 90 年代之前的墓碑应当皆是早期移民,故可先行排除,而后再整理这 20 年间的墓碑主要的分布区域和祖籍。从中还通过墓碑上的特殊字样确定该墓碑与天地会之间的关系,例如清朝的"清"会写成"泪",成为无主之清,即以这种方式得知此乃天地会的墓碑。

至于应当如何看待两位主神的传说,不可否认渔村确实有较多的王爷信仰,并流传各种故事和传说。却不曾出现与关羽相关的内容,或许是因为他出现的时间相对较晚,又由于他崇高的地位,使人们不敢轻易讲述和他有关的事迹。

首先,我们必须分开剖析渔村和关羽的各自情况。因为渔港本身的卫生条件较差,传统的纸钱表面的红砂具有杀菌作用,所以烧王船或绕境等行为,实际上就是扫净村落,以此种方式避免瘟疫发生,也因配合此特定地理条件,才举行五年千岁的庆典仪式。

其次,则是关于池府王爷和关羽的存在动机。于是笔者便思考故事生命树除了运用在文学研究上,是否可以再深入找出各个枝丫环节分岔的原因,留心社会历史背景等各项因素。例如,中国台湾居民所祭祀的地基主,也可以尝试与《礼记》所记载的家中祭祀结合,而后再将历史地理等背景因素一并考量进来，或许能够画出一棵展示信仰变迁的生命树。并从"信仰的生命树"概念延伸提出信仰存在便会出现具有"互承现象"的民间故事，此现象即指庙宇的神灵一旦被人祭祀，便会流传神迹，而神迹内容本身就会透露出特定且明确的地域讯息，例如此处所说的乩童传说。再举例，当地还流传一则龙头的故事，描述当年人们在捕鱼途中遇上两条龙，于是展开一场激烈搏斗后将龙头斩下。特别是后来还流传人们也是在一次捕鱼过程中捞到两块木刻的龙头，心想应当为水中之物，因而又放回海中，不料，龙头却又都漂回来，因此当地百姓便为它们立了一座"山义宫"，再加上是成双成对，故以"龙公龙母"称之，且集合各种神迹以此巩固"龙公龙母"在当地的信仰，此即是所谓的"互承现象"。还有一个与闽南移民有较大关系的"恺泽宫"例子，该庙供奉为纪府王爷，当地流传一则与纪府王爷结拜相关的故事。此信仰故事和闽南族群有所关联，因为早在闽南地区就一直存在"联姓同宗"的习俗，这种形式或许与当地的地理条件有关，透过这样的方式团结各个家族的力量，成为一种结合自己居住地不同姓氏、不同家庭所形成的共同体。试想，这样的习俗有无可能被带到马来西亚？

结语

因此，笔者简单地总结上述内容。当我们在研究民间文学问题时，可以尝试拓宽现有的思考范围和方式。例如运用刘魁立的故事生命树概念，延伸提出《白蛇传》的分析成果，以此绘出一棵别具意义的流变故事树，丰富并提升这个概念的存在价值。

事实上，笔者只是以目前学界普遍认知和使用的故事生命树为例子，方便阐释出更多元的研究方式。但即便如此，仍必须知道由于现下能读到非常丰富的内容，所以目前所看到的《白蛇传》文本应当皆属于共时态的，甚至无法否认唐代时期的作品对当代也会产生影响。因此，笔者认为应该要关注每个分岔环节，结合历史、区域地理和田野采风的视角具体全面地考察当地的特殊性。

虽然我们仍旧要进行母题和类型等基本流程分析来对文本进行整体的了解，但除此之外，我们还需要在追求深入理解文本的当下，同时结合其他学科的概念或方式来协助更细化的分析，如此才有机会启发许多后续的调查灵感。

最后笔者还希望学者们能试着深入思考，当前所做的研究究竟存在哪些学术价值？除了形式上的基本母题、类型的归类操作外，能否再唤发出故事变体的深层意义？从大量相似文本中衍伸，挖掘故事所反映或潜藏的东西，甚至还能使这个故事在当下产生新的时代作用，这样或许才得以真正实践我们所谓的"人类研究"。

学生互动摘要

钟宗宪教授讲演结束后，在场同学围绕民间文学的研究方法踊跃向钟老师请教。有同学好奇，讲座中提到的运用传统文学创作理论来处理民间文学，具体该如何操作。钟老师援引陆机《文赋》中的"物"与"意"，认为二者的互动是作品产生的原因之一，民间文学同样适用这一规律，如对于歌谣研究，可借用乐府诗的概念来理解其中反映出的对现实的不满；对于故事研究，可以探讨在特定文化语境下为何选择"某地、某物"的原因等。另有同学关心应如何突破故事形态研究的共时比较范式，钟老师坦言，民间文学具有不易考证作者及作品年代的自身特性，故悬置历时流变的共时探讨有其合理性；但在此基础上，民间文学仍应具有更深层的社会价值意义，比如某个时代、社群的人为何将故事改成这样。不过这类探索从实践层面来看确实有一定难度。最后，钟老师勉励诸位学子，人文科学的累积是通过有限度的研究进行提炼归纳，除了母题、类型的分类外，还具有无限种可能。研究者应当在自我知识的建构基础上提出一套看法，并试着让它周延完善。

2015年11月12日，同学们继续就如何突破民间文学研究的既有范式展开评议与讨论。主持人陈姵瑄首先重申讲座主旨，呼吁同仁在主流的母题类型研究法之外，应大胆整合"历史社会背景"和"科技通讯技术"，运用跨学科的多元眼光焕发民间文学学科的人文价值；进而重点阐发共时研究与历时研究的相互关系，认为以刘魁立"狗耕田生命树"为标杆的共时研究重在解释民间文学的"不变"，而钟老师则希望在"不变"的规则中探寻"变"的各种表现情况及其原因，二者的先验设想根本有别，且要为民间文学进行时空定位仍困难重重。

在讨论环节，民间文学的历时研究能否与共时研究有机结合成为热议焦点。部分同学对此持消极态度，认为大多数民间文学存在诸多不可证的历史因素，除非经作家之手记录，具有相对明确的文本背景，方能展开操作。亦有同学提出，对于原生的民间文学，若能通过田野调查将文本的生成时间大致落实，同样可以将时间意识放入共时形态研究中。还有声音表示，历时因素本就与共时结构紧密相关，比如某个母题（共时结构）被讲述者提及时，可能是因这一母题对当下产生了直接意义（历史语境），这或许是综合研究可以切入的角度之一。

（摘要撰写人 郑芩）

多元喧嚣与 20 世纪 80 年代民间文学的转向

毛巧晖

编者按：2023 年 4 月 26 日，中国社会科学院民族文学研究所毛巧晖研究员为北京大学中文系民间文学专业的学生做了一场题为"多元喧嚣与 20 世纪 80 年代民间文学的转向"的讲座并展开交流。

毛巧晖研究员长期耕耘于延安时期以来的当代民间文学思想史和学科史，积累了颇多具有启发性的学术成果。这次讲座直面 20 世纪 80 年代，在纷繁复杂的历史线索中，结合自己的职业专长，特别从少数民族文学研究的角度来勾勒民间文学研究重建的一个重要机缘，她列举了大量重要史实，指出两者之间非但有很高的重合度，并且是互相生发的。从民间文学本体而言，她重点分析了"社会科学化"的研究趋势，其结果是学术研究日渐丰满，学科属性却日渐模糊，乃至后来发生学科归属与管理的重大遗憾。20 世纪 80 年代的民间文学学术史本身是一个开放空间，还有很大的开拓空间，值得有心之士进一步施展身手。

20 世纪 80 年代，民间文学在"文学与理论重构的风暴"中逐步打破 20 世纪 50—70 年代形成的文学研究范式和"一元"格局，呈现出繁荣的学术景象。长期以来，学界大多将 20 世纪 80 年代视为民间文学的恢复与兴盛期，但较少关注纷繁复杂的学术图景背后的学术重构及其对中国民间文学学术史的影响。① 本文通过对 20 世纪 70 年代末期少数民族文学领域的两次会议与民间文学的恢复、少数民族口头文学与书面文学的聚合与分离、民间文学对民俗学传统的接续与社会科学化的讨论，阐释 20 世纪 80 年代民间文学的研究肌理和重心的重构。

一、民间文学的恢复——在少数民族文学领域的呈现

研究 20 世纪 80 年代的民间文学②之前需要正确认识 20 世纪 70 年代的民间文学，正如鲍昆在《黎明前的跃动——我看到的七十年代》中所言："我们回望令人动情的八十年代，不能不回溯七十年代黎明前暗流涌动的阵痛。因为，一切历史都有其成因。历史也从未间断。"③ 对民间文学而言，20 世纪 70 年代后期既是研究恢复的开端，也是 20 世纪 80 年代多元走向的起点。通过梳理，我们看到在民间文学领域逐步形成两个重心，即少数民族文学、民间文化学（含民俗学）④，当然两者是彼此交织在一起的。但为了更好呈现这一时期的学术格局，现将其置于两条脉络之中。

当下少数民族文学与民间文学分属不同学科，但两者之间的重叠与交织并未因学科区隔消失。从学科意义而言，少数民族文学兴起于新中国初期。很多少数民族有语言无文字，书面文学并不是很发达，故其发展之初大多以口头文学为主。1956 年 2 月，老舍在中国作家协会第二次理

---

① 在民间文学学术史讨论中，有关时段的划分，王文宝、刘锡诚等都提出过须结合民间文学自身发展进行分期，但在具体的论述中，他们又认为以重大历史节点为标准依然是最有接受度的写法。另外，本文的写作也得益于参加清华大学人文与社会科学高等研究所举办的工作坊"重聆'短 20 世纪'的尾声：1980 年代的文学史与改革史"。故本文也以时间为节点，将 20 世纪 80 年代作为一个讨论时段。
② 本文的表述中，民间文学有时也用口头文学，视上下文而定，全文不予统一。
③ 鲍昆《黎明前的跃动——我看到的七十年代》，北岛、李陀主编《七十年代》，生活·读书·新知三联书店，2009 年，第 201 页。
④ 此处将少数民族文学置于前列，不存在学科偏重之意，而是因为 20 世纪 70 年代中后期少数民族文学领域的两个会议对民间文学的恢复与发展至关重要，故如此表述。

事（扩大）会上发表了《关于兄弟民族文学工作的报告——在中国作家协会第二次理事会会议（扩大）上的报告》，他强调"在还没有文字的民族里，目前我们应着重帮助的对象是歌手与艺人。他们保存了世代相传的民族文学遗产，同时也是创作者。如何帮助他们，还须详为计划"①。这一时期少数民族文学、民间文学交织在一起。从中华全国文学艺术工作者第一次代表大会（简称"第一次文代会"）对新中国文学格局的规划到"第一个五年计划（1953—1957）"文化建设中提到的民间文学、少数民族地区的文化建设，再到《1956—1967 哲学社会科学规划纲要（修正草案）》中发展民间文学、少数民族文学的具体措施，我们可以发现，两者是合为一体的，而在国家政策与文化表述中，它们都是新中国社会主义文学的重要组成部分：

> 一九五九年十月，全国人民欢欣鼓舞地庆祝了建国十年来各个方面所取得的伟大成就，其中也包括文学战线上的辉煌成就……各种体裁的文学创作，不论是小说，诗歌，戏剧，儿童文学，报告文学，以及群众创作——工厂史、公社史、部队史、革命回忆录和新民歌，等等，都出现了欣欣向荣、朝气蓬勃的新气象，对祖国和人民做出了重大的贡献。
>
> 为了充分肯定这些成就，总结经验，鼓舞干劲，坚定信心，以便向新时代的艺术高峰迈进，我们选了一些论述文学工作各个方面十年来的发展情况和总结性的文章……②

在《文艺报》编辑部编辑的《文学十年》所收录的文章中③，民间文

---

① 老舍《关于兄弟民族文学工作的报告——在中国作家协会第二次理事会会议（扩大）上的报告（摘要）》，《人民日报》1956 年 3 月 25 日，第 3 版。
② 《文艺报》编辑部编《文学十年·编辑说明》，作家出版社，1960 年，第 1 页。
③ 《文学十年》收录了有关文艺思想、报告文学、散文、新诗歌、民间文学、兄弟民族文学、中国文学在国外的传播等 20 篇工作报告。

学、少数民族文学只是被归入不同的"文学工作",即《民间文学十年的新发展》《突飞猛进中的兄弟民族文学》,两者都将民间文学、少数民族文学杂糅在一起,其中都包括少数民族民间文学。

1949—1966年民间文学发展的一个重要方向或成就即是对少数民族民间文学的搜集整理及研究,从而形成了多民族民间文学的研究格局。[①] 这在当时国际上也产生了一定影响,如苏联、日本、东欧等对《一幅壮锦》《刘三姐》《阿诗玛》的翻译与研究,中日之间有关白族民间故事整理翻译的讨论等。所以,20世纪70年代中后期民间文学研究的恢复从少数民族文学领域兴起也就是顺理成章的事情。

民间文学的恢复,无法避开中国少数民族文学教材编写暨学术研讨会(简称"兰州会议")和全国少数民族民间歌手、诗人座谈会。[②] 但过去大多研究并未充分关注这两个会议。1978年10月召开的兰州会议被誉为1976年之后"中国民间文艺学、民俗学界的第一声春雷"[③],这次会议主题是中国少数民族文学教材编写,其议题延续了20世纪60年代开始的中国少数民族文学入史的讨论及《1956—1967哲学社会科学规划纲要(修正草案)》中有关少数民族文学史的编纂工作,当然进入教材是在前期工作基础上的进一步推进。尽管"少数民族文学入史"有大量需要重新讨论与考量的问题[④],但其从国家政治文化规划、学术编撰等层面对民间文学发展的推动却不可忽视。兰州会议是对少数民族文学教材编撰的讨论,但"因为中国55个少数民族大部分没有自己的书面文学,只有口头文学,所

[①] 贾芝在《民间文学十年的新发展》中提到"十年来,最引人注目的现象之一,是少数民族的民间文学的发掘和研究工作"。参见《文艺报》编辑部编《文学十年》,作家出版社,1960年,第186页。
[②] 当然,20世纪70年代民间文学的恢复并不是仅与这两个会议相关,比如在会议召开前贾芝、钟敬文等就倡议恢复中国民间文艺研究会(简称"民研会")的工作等。
[③] 段宝林《兰州会议的重要意义——新时期民间文学工作回顾之一·编者按》,段宝林《民间文化与立体思维:兼及艺术规律的探索》(上),大众文艺出版社,2010年,第39页。
[④] 少数民族文学入史问题近年来引起了较多关注,它涉及口头文学与书面文学在历史脉络与时间线上的差异,本文在此不展开论述。

以民间文学成了大会的中心议题之一"。这次会议更重要的是对民间文学研究恢复的倡导,会上通过了"关于恢复和大力加强民间文学工作的呼吁书"。另外,会议还酝酿成立中国少数民族文学学会及建议编撰《民间文学概论》。之后,上海文艺出版社民间文学编辑部就开始策划编选了"中国少数民族民间文学丛书·故事大系",正如后来涂石所言"这一工程浩大图书的组稿、编辑、出版还在很大程度上带动了全国各地各民族民间文学工作的恢复和发展"①。

另外一个值得讨论的就是1979年9月24日至10月4日召开的"全国少数民族民间歌手、诗人座谈会"。《关于召开少数民族民间歌手、诗人座谈会的请示报告》中谈到举办座谈会是"为了认真落实党的民族政策和文艺政策","为了创造条件积极开展抢救各民族文化遗产","为了进一步调动民间歌手踊跃创作、放声歌唱"。②此次座谈会的举办,也是响应第五届全国人民代表大会第一次会议的政府工作报告中提到的"诚心诚意地积极帮助少数民族发展经济建设和文化建设"的重大任务,"少数民族民间歌手、诗人具有丰富的本民族的文化知识,是发展少数民族文化事业的一支不可缺少的力量"。因此,在培养民间诗人、歌手的"接班人"与"记录、整理"传统诗歌等方面应予以足够的重视。③筹备中的中国社会科学院少数民族文学研究所(2002年更名为"民族文学研究所")出版了12期《全国少数民族民间歌手诗人座谈会简报》(以下简称《简报》),有来自"十八个省(区)四十四个民族的代表122位"④少数民族歌手、诗

---

① 涂石《我与〈中华民族故事大系〉》,上海市出版工作者协会、上海市编辑学会编《我与上海出版》,学林出版社,1999年,第183页。
② 《关于召开少数民族民间歌手、诗人座谈会的请示报告》,贾芝主编《新中国民间文学五十年》,大众文艺出版社,2004年,第47—48页。
③ 杨静仁《全国少数民族民间歌手、民间诗人座谈会开幕词》,贾芝主编《新中国民间文学五十年》,大众文艺出版社,2004年,第51—52页。
④ 这一数字是《简报》第1期的记录。《中国民族》1979年第5期也刊发了《为实现祖国四化放声歌唱 全国少数民族民间歌手、诗人座谈会在京召开》的简讯,其中提到参加者为"四十五个民族一百二十三位",此出入不知原因,列于此谨请学界参考。

人，以及吕骥、陶钝、臧克家、袁鹰、严辰、杨堃、钟敬文、马学良等文学艺术界、大专院校的学者参加了会议。从参与的人员、学科来说，这次会议可以说是民间文学研究恢复的一次盛会。在座谈会期间，除了主导恢复民族政策、尊重少数民族民俗外，还提出少数民族民间歌手、民间诗人应为"我国社会主义新时期的总任务和民族工作方面的任务踊跃创作"，贾芝、吕骥从学术发展层面指出"民间歌手民间诗人与民间文学的关系问题"，"高度评价了各族民歌在中国文化中的地位和影响"及"抢救民间文学遗产"等。① 这些话题也在一定程度上主导了 20 世纪 80 年代初期民间文学的发展。

民间文学的恢复，还需要注意文学领域在新时期文学探讨中经常提及的第四次中国文学艺术工作者代表大会（简称"第四次文代会"）。这正如新中国文学都会从第一次文代会谈起一样。回溯 20 世纪 80 年代的历史细节，回到那个"思想淡出，学术兴起"②的历史现场，大多研究者都将第四次文代会作为"一个极为重要的里程碑"，其"预示着新时期社会主义文艺的伟大转折"③，"文艺民主"的要求与想象得到"热烈的表达"④。1979 年 10 月 30 日，邓小平代表中共中央和国务院在第四次文代会上的祝词中提出"文艺为人民服务，为社会主义服务"，这成为当时重要的文艺指导思想。第四次文代会作为当代文学史上的重要事件之一，带给有直接历史体验的人以深度震撼，"是会对个人生存、亲人命运等一档问题都将产生重大影响的东西"⑤。在推动文艺界思想解放进程的基础上，其加快了文艺指导思想的转变与文艺政策的调整，健全文艺机构的制度建设，倡

---

① 分别参见《全国少数民族民间歌手诗人座谈会简报》第 2 期中杨静仁的讲话、贾芝的讲话以及第 12 期吕骥的讲话。
② 卢燕娟《"当代"作为问题的发生——以延安文艺运动到"十七年"时期的文学史为对象》，《当代作家评论》2022 年第 1 期，第 79 页。
③ 朱寨主编《中国当代文学思潮史》，人民文学出版社，1987 年，第 562—563 页。
④ 洪子诚《中国当代文学史》，北京大学出版社，1999 年，第 226 页。
⑤ 程光炜《"四次文代会"与 1979 年的多重接受》，《花城》2008 年第 1 期，第 192 页。

导文艺从题材到风格、形式的多元发展。^① 民间文学领域亦如此。我们看到了在兰州会议及全国少数民族民间歌手、诗人座谈会中对大聚合及多元并存格局的研究。但随着20世纪80年代初各学科出台发展规划，学科分野思想初现。1983年3月召开的全国文学、艺术学科规划会议，确定了文学、外国文学、艺术学科列入国家"六五"计划的28个项目，其中文学13项，包含《文学原理》《美学原理》《中国文学批评通史》《现实主义论》等^②，其中"中国现代民间文艺学史""藏族文学史"及"藏族英雄史诗《格萨尔》的搜集、整理"等项目突显了民间文学、少数民族文学出现的剥离倾向，这在一些学者的回忆与访谈中有所提及。^③ 当然，两者之间依然叠合，它们在交融与张力中形成了20世纪80年代民间文学的发展格局。

二、少数民族口头文学的研究取向

学科意义上的少数民族文学虽然兴起于新中国初期，但早在20世纪30年代，国内就开始翻译苏联作家协会少数民族文学的研究，^④ 并在延安时期的陕北公学、延安民族学院有一定实践。在《在延安文艺座谈会上的讲话》精神践行中也对少数民族民歌、民间故事、曲艺等进行了搜集整理。这些成果为新中国初期少数民族文学及其研究奠定了基础。

很多民族的文学都是以口头文学为主，所以民间文学在少数民族文学研究中处于重要位置；中国作协第二次理事会扩大会议也专门邀请了民

---

① 斯炎伟《哗变与骚动：历史转折语境下的全国第四次文代会》，《文学评论》2016年第1期，第67—77页。
② 中国社会科学院文学研究所、《中国文学研究年鉴》编辑委员会编《中国文学研究年鉴1984》，中国文联出版公司，1985年，第289—290页。
③ 如王平凡在接受采访时提到了1983年3月在桂林举办的全国文学、艺术学科规划会议，并强调了这次会议对少数民族文学发展的意义。参见王平凡口述，王素珍、王素蓉整理《民研会：辉煌70年》，《民间文化论坛》2020年第1期，第5—9页。
④ 李琴《中国"少数民族文学"概念溯源》，《民族文学研究》2022年第3期，第24—34页。

研会参与，当时会议报道中也强调了民研会对少数民族文学较为熟悉。但是到了20世纪80年代，少数民族文学开始出现以作家文学为重的倾向。1980年7月2—10日，由中国作协、国家民委联合召开的全国少数民族文学创作会议在北京举行。会上，中国作协副主席冯牧做了题为《大力发展和繁荣我国各少数民族的社会主义文学——在全国少数民族文学创作会议上的报告》，在"基本的经验"一节专门谈到"少数民族民间口头创作"的问题，认为其不仅是"少数民族文学的重要组成部分"，还是"当前某些少数民族的主要创作方式"，并强调：

> 各族的民间艺人、民间诗人、民间歌手，是社会主义的少数民族文学创作的重要力量。他们保存了本民族的传统文学，又创作了许多新的作品。我们要重视和发挥他们的作用。在繁荣、发展少数民族书面文学的同时，也要大力繁荣、发展少数民族民间口头文学创作。①

报告将民间艺人与作家并置于同一体系，这是新中国初期文学观念的延续，是对老舍在中国作家协会第二次理事（扩大）会上讲话的延续与拓展，如对民族文学遗产的保护态度，报告强调了要根据本民族人民群众的需要，采取本民族人民喜闻乐见的形式和表现方法，同时还就加强少数民族文艺的理论研究、评论和翻译工作，培养和建设少数民族文艺理论队伍等问题展开了讨论。但我们也看到冯牧在报告中希冀少数民族文学能进一步"规范化"与"精品化"，并开始出现少数民族文学要以发展作家文学为重的理念。

如果说1980年召开的全国少数民族文学创作会议只是"呼吁性"地

---

① 冯牧《大力发展和繁荣我国各少数民族的社会主义文学——在全国少数民族文学创作会议上的报告》，吴重阳《民族文学简论》，新疆人民出版社，1988年，第61页。

强调要发展少数民族作家文学，而《民族文学》的创办及 1981 年、1985 年召开的全国少数民族文学创作评奖大会，则就此迈出了实质性步伐，且在少数民族文学研究领域，作家文学与民间文学的格局也出现了一定变化，这从《民族文学研究》的发文亦可以看出。

《民族文学研究》的创刊宗旨是：

> 以马列主义毛泽东思想为指导，贯彻党的"双百"方针和民族政策，刊登有关我国各少数民族文学的各种专题论文、调查报告和重要的文献资料等，为繁荣我国少数民族文学研究事业，为增进民族团结和民族文化交流贡献力量。①

这一宗旨，首先表达了《民族文学研究》的创刊是为少数民族文学研究提供新的平台，其次则是强调了少数民族文学创新发展的方向。周扬在创刊号中谈到少数民族文学研究时，指出新时期各少数民族文化之间交往越来越多，"在世界性的文学中，包括各个民族的文学"，但他依然强调"在少数民族文学中，民间文学的比重很大"，② 所以创刊之初民间文学的发文量较高。

但在 1985—1987 年期间，《民族文学研究》的发文趋势出现了变化。除了前文提及的 1985 年的少数民族文学创作大会外，还应关注 1986 年的一些事件。1986 年，恰逢"双百方针"出台 30 周年，时任文化部部长的王蒙在《在全国文化厅（局）长会议上的讲话》中讲道："目前的文化艺术工作正处在建国以来最好的时期。"③ 少数民族文学研究在这一时期迅速发展。这一时期少数民族作家文学紧跟国内作家文学创作主流和中心，

---

① 《民族文学研究·编后记》1983 年创刊号，第 145 页。
② 《一项开创性的事业——周扬同志谈少数民族文学研究》，《民族文学研究》1983 年创刊号，第 4 页。
③ 《中国文艺年鉴》编辑部编《中国文艺年鉴 1987》，文化艺术出版社，1988 年，第 39 页。

兴起了伤痕文学、寻根文学,在创作和批评中则注重现代意识。①同年10月还召开了全国第二届少数民族文学创作会议,"少数民族文学"概念的讨论再度引起学界关注。学科概念界定与清晰化是学科发展的一个重要指标,所以少数民族文学概念的讨论其实也是这一领域强调学科边界的表现。进铨在1986年第1期发表的《少数民族文学界定刍议》②将"少数民族文学"分为狭义、广义两种。在狭义的界定中,进铨认为少数民族文学就是"由该民族自己的艺人、歌师、作家创作"的作品。同年第6期,《民间文学研究》刊发的奎曾《新时期民族文学的重大突破》中将"少数民族文学"界定为"出身于少数民族的作家所创作的以反映少数民族生活题材为主的文学作品"③。他们所强调的民族身份,现在依然是确定少数民族文学范畴的标准。奎曾将少数民族文学圈定到作家文学,当时持此观念者应该有一部分学者,这从1985—1987年《民族文学研究》的发文我们也可看出。从1985年第3期开始,《民族文学研究》发文中,作家文学文章陡增,一期中出现了13篇与作家文学相关的文章;1986年第1、第2期共刊载5篇与"少数民族民间文学"有关的论文;1987年第2期整期均为作家文学研究文章,到了同年第3期"少数民族民间文学"才又开始发文。从中我们可看到少数民族文学领域对口头文学看法的变化。这一变化还表现在对两者关系的阐述上。

  书面文学与口头文学的关系一直是民间文学领域关注的论题。新中国初期,文学领域处于主流的观念是"民间文学源头论",甚至一度出现"民间文学正统论""民间文学主流论",这也是那一时期中国文学史编撰的基本观念。21世纪初,在对这一观念的学术史反思中,王锺陵指出:"'民间文学源头论'不仅将文学形式的产生问题简单化了,而且还

---

① 杨红《20世纪80年代中国少数民族文学的文化寻根》,《北方民族大学学报(哲学社会科学版)》2013年第6期,第90—94页。
② 进铨《少数民族文学界定刍议》,《民族文学研究》1986年第1期,第86—91页。
③ 奎曾《新时期民族文学的重大突破》,《民族文学研究》1986年第6期,第8页。

对雅俗两类文学的关系作了线性的、狭隘的理解。"[1]但在20世纪80年代这一时期讨论更多的是对前一时期的反拨，学术史、思想史考量并不多，再加上在少数民族文学领域，两者的关系更为特殊，主流文学领域的理论与评述无法囊括民间文学，而很多少数民族有语言无文字，他们的文学主要以口头形式表达。缘于此，20世纪五六十年代少数民族文学在民间文学创编、再创作领域取得丰硕成果，如萧甘牛《一幅壮锦》、韦其麟《百鸟衣》、伍略《阿蓉和略刚》等。他们在民间文艺创编中，强调自己遵循了民间文艺搜集整理的策略，注重作品的民间文艺特性。《一幅壮锦》《百鸟衣》很多时候都被收录于民间文学作品选。伍略所撰写的《阿蓉和略刚》的成书过程有一定代表性，他说："这是一本苗族民间叙事长诗。是作者根据民间艺人所唱'下阿蓉'加以发展创作的。"[2]20世纪80年代初期，少数民族文学领域依然延续了这一理念。郭辉《从韦其麟等作家的创作实践谈神话传说与作家文学的关系》关注到作家文学从民间文学沃土中汲取营养、撷取题材的现象，对民间文学资源的借鉴、改编、再创作展开讨论。[3]这一研究观照到少数民族书面文学的创作传统，无论是蒙古族的《蒙古秘史》、藏族的《仓央嘉措民歌》《萨迦格言》、维吾尔族的《福乐智慧》《突厥语辞典》，还是白族的《山花碑》，其内容和形式在吸收本民族民间文学的滋养时，还注意将各少数民族文学的优秀部分融会贯通，创作及发展本民族文学。[4]但是到了20世纪80年代中后期，少数民族作家更注重创作。他们依然谈及口头文学，但将其视为自己作品增色之处，如苗族作家吴雪恼谈及自己的文学实践时指出，民间文学为自己的作品提供

---

[1] 王锺陵《"文学民间源头论"的形成及其失误》，《学术研究》2002年第12期，第109页。
[2] 伍略阿养悠《阿蓉和略刚》，贵州人民出版社，1959年，版权页（内容提要）。
[3] 郭辉《从韦其麟等作家的创作实践谈神话传说与作家文学的关系》，《民族文学研究》1985年第1期，第66—72页。
[4] 马学良、陶立璠《少数民族文学》，中国大百科全书总编辑委员会《中国文学》编辑委员会、中国大百科全书出版社编辑部编《中国大百科全书》，中国大百科全书出版社，1986年，第698页。

了营养。他在《苗寨新婚夜》中直接运用了苗族婚礼赞词，当然其中也包含了他自己的翻译、加工：

> 孔雀，要一对才飞得过东洋大海，
> 金鹿，要一对才跨得过龙角高峰。
> 人也要成双成对的才好呵，
> 像筷子一样形影不离。①

这里并非诟病吴雪恼，而是这一表达呈现了少数民族文学领域文学观念的改变，从中我们也看到了少数民族文学领域民间文学与作家文学两者的交融、分离，似乎有内部产生学科区隔的趋势，两者从观念到范式的统合越来越低。这在20世纪90年代到21世纪初期的少数民族文学研究中表现得更为突出，目前这一领域的研究者意识到了这一问题，但从20世纪80年代中期开始的分野似乎短期内难以弥合。

少数民族民间文学研究是少数民族文学的一部分，同时，要全面展示20世纪80年代民间文学的理论格局，少数民族民间文学亦不可缺失。正因为它兼及两者，所以在研究中表现出了一定的特殊性。

其一，少数民族民间文学特色文类研究及其理论趋势。本文主要通过对《民族文学研究》1983—1989年间的发文数量、主题等量化分析与定性阐释来进行论述。1983—1989年，《民族文学研究》发表少数民族民间文学研究的文章200余篇。

少数民族民间文学研究总体而言大概有两类，一类是"偏重于文学的欣赏作用或者说是教育的作用"，另一类则"注意文学作品在科学上的作用……是研究该民族的历史、语言、民俗、宗教、文化和人类学的重要材料"；两者在处理少数民族文学作品的记录、翻译、整理等环节上做

---

① 吴雪恼《浅谈民间文学赋予自己作品的营养》，《民族文学研究》1986年第4期，第81页。

法不同。① 马氏的表述其实代表了少数民族民间文学发展的脉络与转折。少数民族民间文学的研究最初与新中国初期民间文学一样（第三部分详述），上述两类研究融于一体，但到了20世纪80年代中期以后发生了较大变化。1987年第3期以后的《民族文学研究》发文中，少数民族民间文学注重马氏所言的第二类研究。这当然与少数民族民间文学研究注重当下、超越文学的转向直接相关，如王平凡在《新时期民族文学研究的现状及其展望》中所言："民间文学方面对远古文学观照较多而对近代文学观照较少。在研究角度上，从政治学社会学角度对文学进行短距离的照射较多而从民族文化、民族学、人类学等方面对作品进行长距离的照射较少……孤立型的微观研究较多而同质与异质间的比较型的宏观研究较少……"②

在少数民族民间文学研究中，史诗一直处于重要位置。20世纪80年代，《民族文学研究》中史诗研究的发文量一直居高不下，这与20世纪五六十年代少数民族史诗的搜集整理及当时将少数民族史诗视为重大文化发现直接相关，而且史诗也是少数民族文学领域的特色文类。再加上20世纪80年代兴起的中华文明探源工程③，中国少数民族史诗搜集、整理及出版进入一个"崭新的时期"④，蒙古族、藏族、苗族等民族史诗专集陆续出版，推动了中国少数民族史诗在海内外的传播及影响力，但其研究也是如少数民族民间文学的两类一样，最初重视对史诗文本的整理，主要分析史诗的主题、英雄形象等，20世纪80年代中期以后，则转向对其民族学、人类学、宗教学等意义的分析，其与民间文学研究的趋势相似，但也有不同。当然在上述讨论中，对史诗的口头创作、演述、流布等与口头性相关的要素都有所忽略。然而，研究者围绕人物形象、主题设置、情节结

---

① 马学良《中国少数民族的民间文学》，《民族文学研究》1983年创刊号，第19—22页。
② 王平凡《新时期民族文学研究的现状及其展望》，《民族文学研究》1986年第6期，第5页。
③ 江林昌《建构中国特色汉语史诗理论体系》，《光明日报》2019年10月9日，第11版。
④ 冯文开《20世纪中国少数民族史诗的搜集整理与出版》，《中国出版》2015年第22期，第66页。

构等展开的研究①引起了学界关注,也为当代口头诗学的引入打下了坚实的基础,我们应该看到它们之间的理论延续性。

其二,少数民族民间文学领域开始运用比较文学的研究方法,注重以"共同意识"作为切入点阐释少数民族民间文学。其实,这在创刊号发表的刘宾《少数民族文学研究四题》中已有表现,他提出比较文学是"少数民族文学史研究的一个重要组成部分",并认为在广泛的政治、经济、文化背景下所做的历史比较研究,"将有助于从文学现象的联系上阐明我国众多的民族不以人的主观意志为转移地走向统一的那些历史因素,令人信服地、生动地展现中华民族强大的'内聚力'"②。这一研究趋向的出现也与20世纪80年代中后期学界所兴起的比较文学与世界文学热潮有关。1985年,在中国文化书院开办的第一次文化讲习班上,海内外学者宣讲了中国文化与比较文化,一时间,关于比较文学性质的思考及比较文学与世界文学的关系成为讨论的热点。同年10月13日至31日,北京大学比较文学研究所和深圳大学比较文学研究所联合举办的全国高校比较文学师资或骨干教师讲习班在深圳开班。当时郎樱参加了比较文学讲习班的学习,她于1986年在《民族文学研究》发表文章,阐释比较文学的影响研究与平行研究③,并运用主题学、比较诗学等对少数民族民间文学进行个案研究。④比较文学研究方法的引入,掀起了少数民族民间文学领域一些

---

① 如仁钦道尔吉《略论〈江格尔〉的主题和人物》,《民族文学研究》1983年创刊号,第62—71、77页;索代《谈〈霍岭大战〉的人物塑造》,《民族文学研究》1984年第1期,第9—11页;夏然《哈萨克英雄长诗〈英雄塔尔根〉初探》,《民族文学研究》1985年第2期,第68—71页;张宏超《〈玛纳斯〉产生的时代与玛纳斯形象》,《民族文学研究》1986年第3期,第53—58页;余希贤《〈格萨尔〉版本初析》,《民族文学研究》1987年第4期,第15—18、44页。
② 刘宾《少数民族文学研究四题》,《民族文学研究》创刊号,第88页。
③ 郎樱《比较文学及少数民族文学的比较研究》,《民族文学研究》1986年第1期,第7—9页。
④ 郎樱《东西方民间文学中的"苹果母题"及其象征意义》,《西域研究》1992年第4期,第90—99页;郎樱《东西方文学中的独眼巨人母题——东方文化的西流》,《西域研究》1993年第3期,第20—26页;郎樱《我国三大英雄史诗比较研究》,《西域研究》1994年第3期,第6—13页;郎樱《〈玛纳斯〉与希腊史诗之比较》,《民族文学研究》1995年第1期,第9—

新话题的讨论，如姚宝瑄将云南傣族的叙事长诗《召树屯》、搜集于新疆卫拉特蒙古族的传说《格拉斯青》、中国四大传说之一的《牛郎织女》进行比较研究，并阐述了中国此类传说对古代印度的影响；① 杨保愿基于侗族神话《当述纪人汝》、远祖歌《嘎茫莽道时嘉》，拉祜族创世史诗《牡帕密帕》，德昂族神话《人与葫芦》，彝族史诗《梅葛山歌调》，结合蜘蛛信俗展开讨论，说明不同民族中留存的相同、相类的传统文化，这些正是各民族交往交流历史的标志。② 比较文学的研究理念对分析少数民族民间文学的传播特征、流传地域及信仰民俗具有重要意义，并取得一定理论成就。至今依然如此，而且少数民族比较文学有纳入比较文学研究范畴③ 的趋势。

综上，我们看到少数民族文学领域民间文学与作家文学研究的分野渐趋增强，两者的分野其实也是民间文学与作家文学在这一领域投射的镜像，但是因为少数民族文学兴起与发展的特殊性，一些问题就更为突显。同时，少数民族民间文学研究也呈现出一些新的发展趋势和研究取向，其形成了 20 世纪 80 年代民间文学研究的别样风景。

三、民间文学研究对民俗学传统的接续与社会科学化趋向

新中国成立后，民间文学纳入国家文化建设，成为社会主义文艺的重要组成部分。在文学研究领域，民间文学的人民性进一步被突显，研究

（接上页）12、22 页；郎樱《东西方屠龙故事比较研究》，《新疆大学学报（哲学社会科学版）》1995 年第 3 期，第 56—61 页；郎樱《贵德分章本〈格萨尔王传〉与突厥史诗之比较——一组古老母题的比较研究》，《民族文学研究》1997 年第 2 期，第 19—24 页；等等。

① 姚宝瑄《〈召树屯〉〈格拉斯青〉与〈牛郎织女〉之渊源关系——兼谈中国鸟衣仙女型传说对古代印度的影响》，《民族文学研究》1987 年第 5 期，第 73—78 页。
② 杨保愿《蜘蛛神话与民俗遗存》，《民族文学研究》1988 年第 3 期，第 72—78 页。
③ 国内比较文学研究，主要指国内外文学的比较，后来有些学者提出应将少数民族文学之间的比较也纳入其中，如王宁、宋炳辉等。而且在一些高校，比较文学与世界文学也设在中国少数民族文学院系，如中央民族大学。

者重视对民间文学思想性和社会历史价值的探讨。[①] 另外，这一时期的民间文学研究吸纳了苏联的口头文学、人民口头创作、少数民族文学等话语与理论，重视民间文学与书面文学、艺术学、历史学、民族学等的联系，而民俗学则在"资产阶级学术思想的批判"[②] 中渐趋隐匿。与书面文学类似，民间文学包括作品、文艺批评、理论研究。在20世纪70年代中后期民间文学恢复后，《民间文学》依然延续了这一思想，而且在1981年中国民间文艺研究会上海分会主编的《民间文艺集刊》第1集"编者的话"中也沿袭了这一思路：

（一）民间文艺和民俗的理论学术研究著作与实际调查材料；
（二）外国民间文艺、民俗的理论学术文章和学术研究情况的介绍；
（三）供理论研究用的民间文艺资料和作品。[③]

但是，到了《民间文学论坛》（简称《论坛》）创刊，这一思路就发生了变化。它与《民间文学》进行了分工，实现了文本与理论研究的分离。

《民间文学》主要是发表作品，作为群众性的民间文学读物；《论坛》主要是发表民间文学的评论和理论研究文章，也发表有科学价值的调查报告、重要的文献资料以及民族风土介绍等。

《论坛》的宗旨，是发展马克思主义的民间文学理论，发表对我国众多的民族的各种形式的民间文学作品的研究成果，期望对马克思主义的中国民间文艺学有所建树，为繁荣社会主义新文艺创作，

---

① 毛巧晖《新中国民间文学研究七十年》，《东方论坛》2019年第4期，第96—107页。
② 周纪彬《我们是怎样参加对资产阶级学术思想批判的》，《北京师范大学学报（社会科学版）》1960年第1期，第63页。
③ 中国民间文艺研究会上海分会编《民间文艺集刊·编者的话》第1集，上海文艺出版社，1981年，第1页。

发展马克思主义的社会科学研究，促进我国社会主义的精神文明建设做出贡献。①

在创刊号的编后记中也进一步回应与强调了《论坛》为"第一个专门性的民间文学理论研究杂志"②。

期刊"不仅仅是文学阵地，同时也是组织者"③。《论坛》从诞生初期即定位为"反映出学术水平的镜子""指引学术前进的方向牌"。④ 从《论坛》及当时另外一个重要刊物《民间文艺季刊》⑤，我们能看到20世纪80年代民间文学的学术样态与概貌。

首先，在民间文学领域恢复了民俗学，并强调两者的密切关联。上文所提及的《民间文艺集刊》第1集"编者的话"中已将民间文艺与民俗并列；《论坛》的发刊词、编后记、稿约中也提出：注意搜集"民俗学的材料"，如"产生作品的社会历史情况，有关的民族风习、宗教信仰，同文学联系在一起的民间歌曲、民族舞蹈，以至反映神话、传说的工艺品及历史的遗迹等等，都应当加以搜集"⑥；发文多倾向于"旗帜鲜明，短小精悍的关于民间文学、民俗学方面的两三千字的短文以及随笔、札记等"⑦，欢迎"关于民俗学的研究与介绍""有关民间文学和民俗学的文献与资

---

① 贾芝《民间文学论坛·发刊词》，1982年创刊号，第2—3、2页。
② 《民间文学论坛·编后记》，1982年创刊号，第93页。
③ 张自春《在媒介政治与媒介经济之间："十七年"时期的文学期刊与广告》，《文学评论》2023年第1期，第107页。
④ 钟敬文《建立新民间文艺学的一些设想——四月十一日在中国民间文艺研究会第二届年会上的讲话》，《民间文学论坛》1983年第3期，第1—8页。
⑤ 《民间文艺季刊》，其前身为《民间文艺集刊》，由于没有全部的电子资源，所以对于这一刊物没有做全部发文图。对刊物内容，笔者主要求助于当时进行编辑工作的复旦大学郑土有教授，同时也对当时在上海民间文艺家协会及民间文学、民俗学领域都较活跃的陈勤建教授进行过访谈。目前本人手中的《民间文艺季刊》虽然不全，但在郑土有教授的帮助下及笔者对相关资料的搜集，并不影响基本的学术判断。
⑥ 贾芝《民间文学论坛·发刊词》，1982年创刊号，第2—3、2页。
⑦ 《民间文学论坛·编后记》，1982年创刊号，第93页。

料"①等。其显然有接续20世纪二三十年代民俗学传统的趋向。但需要指出的是，最初研究者们虽然强调民间文学与民俗学的血缘关系，但依然坚持着"对民间文学本身的特点和规律做深入细致的研究，而不能用民俗学来代替"②。不过，民俗学的发展已经表现出了极强的势头。

第一，《论坛》所发文章中，民俗学从数量到主题都发生了极大变化。1982年至1989年，《论坛》共发表涉及民俗学的文章120余篇，如图1所示，以1986年为节点，《论坛》发表民俗学相关主题的文章在数量上呈上升趋势。另外，就栏目而言，从民俗之页、民间文学与民俗学逐渐拓展为强调科学研究的田野作业、田野考察、民俗研究和侧重宗教、文化研究的民间文学与原始信仰、民间文学与民族文化、民间艺术、萨满文化研究、傩文化研究、海岛文化研究等。1987年，恰逢中山大学民俗学会创立60周年，《论坛》1987年第6期专门增设了"纪念民俗学会六十周年"栏目。

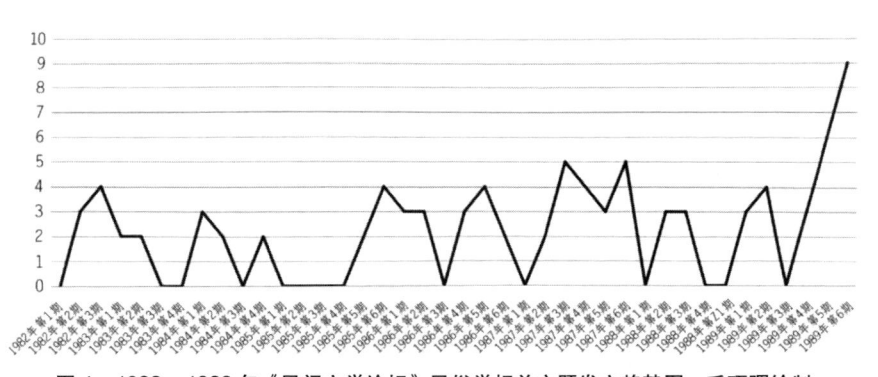

图1　1982—1989年《民间文学论坛》民俗学相关主题发文趋势图。毛巧晖绘制

第二，在接续民俗学传统的基础上，民间文学开始被置于多学科研

---

① 《民间文学论坛·稿约》，1982年创刊号，第94页。
② 连树声《民间文学与民俗学》，《民间文学论坛》1982年第3期，第35页。

究视域。这一发展趋势在当时另一本重要学术刊物《民间文艺季刊》[①]中亦有清晰展现。此刊物诞生之初，便凝聚了上海一批20世纪二三十年代活跃于民俗学研究领域的学者，如赵景深、姜彬、罗永麟、王文华、杨荫深、谭正璧、程十发等。[②] 自1986年更名为《民间文艺季刊》（以下简称《季刊》）之后，发文更为注重民俗学理论的探寻和争鸣，如陈勤建发表了《论民俗的特质及其对社会发展的影响》，他将民俗学视作"整个文化意识形态的奠基和支柱"，认为"经过选择、加工、改造、精炼的具体民俗事象，成为多种学科，特别是人文学科各部门宝贵的取之不尽的思想源头"。[③] 他的这一见解是其文艺学与民俗学交叉理论的前声。虽然当时陈勤建在民间文学或民俗学领域都尚属年轻学者，但他的这一篇纯粹对民俗学理论阐述的文章能刊发，代表了刊物对于民俗学的态度。[④] 另外，这也一定程度上对民俗学批评方法被纳入哲学社会科学"八五"（1991—1995年）国家重点课题规划和文学新方法新学科有一定助益。[⑤]

《季刊》1986年第2期"编者的话"中进一步将视野扩充到"民间文学与其他学科的关系"，明确提出民间文学"不但是文学艺术这个大系统中的一个组成部分，而且与民俗学、民族学、文化人类学有着血缘关系。此外，如语言学、教育学、历史学、社会学、政治学、宗教学等，民间文

[①] 1981年创办，名为《民间文艺集刊》，1986年改为《民间文艺季刊》，每年出版4期。
[②] 郑土有《〈民间文艺季刊〉的生命史》，《民俗研究》2021年第3期，第150—156、160页。
[③] 陈勤建《论民俗的特质及其对社会发展的影响》，《民间文艺季刊》1986年第1期，第207—243页。
[④] 1983年《民间文学论坛》发表了钟敬文有关民间文学新设想的文章，对于他将民间文学归入民俗学的范畴、民间文学是民俗学的一部分这一问题一直有争议。参见冯莉、施爱东《〈民间文学论坛〉创办时期的编辑工作及其特点》，《民俗研究》2021年第3期，第139—149页。1986年《季刊》能刊发陈勤建一文，说明当时对于民俗学及用民俗学方法审视文学的态度发生了变化。
[⑤] 可参见毛巧晖《文艺民俗学》，《民间文化论坛》2018年第3期，第125—128页。有关文艺民俗学的发展则是沈梅丽、陈勤建《文艺民俗学：近三十年交叉研究走向》（《文艺理论研究》2014年第4期，第85—91页）的论述最为详尽。

学无不与它们发生着相辅相成的作用"①。1987 年《季刊》第 4 期在封底发表"本刊革新版面启事",从四个方面——民间文艺本体研究、民间文艺与吴越文化、横向交叉研究、近当代民间文艺民俗学研究清晰地界定了刊物的刊文内容。到了 1989 年,《季刊》依旧延续着这一发文理念:"重视多学科交叉研究,相互引鉴,并从中探寻民间文学、民俗学与文学、历史、语言、宗教、伦理、人类学等学科的内在联系。"② 从表述中,我们看到民间文学与民俗学并举,在论述两者与其他学科关系中,更多将两者视为一体。这虽然与 20 世纪 90 年代中后期民间文学被涵括到民俗学领域不同,但两者合一已很明显,同时民俗学出现率越来越高。另外,民间文学与民俗学及其他学科关系的表述话语也从"相辅相成"到"横向交叉"再到"多学科交叉","交叉"较之"联系"来说更进一步,这可以说是对 20 世纪三四十年代民俗学多学科交叉研究态势的接续。③

纵观 20 世纪 80 年代《论坛》和《季刊》的发文趋向,我们看到:民间文学逐渐从对民间文学作品的艺术特征、价值论等研究中脱离出来,开始注重民俗学的阐释,同时关注学科之间的"交叉"与"联姻",在多学科研究视野中对民间文学进行多元观照,这一研究趋向在当时确实是学术上的飞跃与进步,但我们看到其也埋下了 20 世纪 90 年代中期以后民间文学在学科归属上的"暧昧不明"及文本研究"边缘化"的根源。

第三,受到 20 世纪 80 年代中期科学主义的影响,民间文学呈现出鲜明的"社会科学化"趋向。这种趋向与五四时期的科学主义潮流相呼

---

① 《民间文艺季刊·编者的话》1986 年第 2 期,第 1 页。
② 《欢迎来稿 欢迎订阅》,《民间文艺季刊》1989 年第 4 期,封底。
③ 1987—1989 年,《季刊》"横向交叉"研究栏目刊载了姜彬的《民间文学与有关学科的联姻》、李俊民的《民间文艺研究在学术史上的地位》、徐中玉的《从民间文艺中去寻真正的"根"》、王运熙的《提高民间文学研究的学术水平》、贾植芳的《建设新时期的民间文学事业》、智量的《民间文学与外国文学》、黄世瑜的《民间文学与理论研究》、苏仲翔的《佛典翻译对中国俗文学的影响》、许宝华的《略谈方言学和民间文学》、谭正璧的《民间文学与弹词的关系》10 篇论文。

应,"延续着20世纪初以来国人对科学漫长的意识形态建构"①。如,林兴宅在20世纪80年代主倡的系统论文艺学,不仅开拓了文艺研究的思维空间,还作为当时一股重要的思想启蒙力量推动了文艺研究的科学化。②此时,一批成长于、出生于20世纪三四十年代的民间文学学者也试图循着"科学主义"这条线索,对新时期民间文学话语进行科学建构,在对科学威望的追逐中调整着自己的学术话语,以此来建构"社会科学化"的民间文学,对新中国初期民间文学的文艺学转型及人民性、思想性等基本话语进行"反拨"。重溯这一过程,我们可以更清晰地认识到当下理论话语的"前史"。

新中国成立后,民间文学搜集整理成为民间文学领域的基本问题。在民间文学领域围绕民间文学的人民性、思想性、社会价值等掀起了"忠实记录""搜集、整理与再创作"的讨论。这一时期开始的少数民族历史、文学概况的普查以及新民歌、新故事搜集等,开启了全国性的民间文学普查工作。③到了20世纪80年代,民间文学领域受到"科学主义"风气的影响,同时也吸纳了人类学、社会学研究方法,逐步将"社会科学化"视为民间文学研究的创新④,故民间文学呈现出明显的"社会科学化"趋向。我们从1985年民研会创办"中国民间文学刊授大学"时开设的课程亦可看出这一风向。当时的主要课程有"民俗学与民俗调查""西方民间文艺学史""民族学概论""文化人类学""原始艺术""美学概论"等,⑤还有中国同日本、法国、芬兰、泰国等国家的学术交流及田野考察活动对这一时期民间文学理论范式中的"科学话语"的形成也起到了极为重要的影响。这一时期在接续20世纪20—40年代民俗学研究思想的同时亦有新

---

① 云韬《新时期文论与美学中的科学主义(1978—1989)》,博士学位论文,北京师范大学,2012年,第1页。
② 魏建亮《重审林兴宅的系统论文艺学思想》,《山东社会科学》2020年第3期,第97—103页。
③ 毛巧晖《民间文学搜集整理七十年》,《民间文化论坛》2019年第6期,第38—49页。
④ 王铭铭《新中国人类学的"林氏建议"》,《读书》2022年第5期,第3—12页。
⑤ 《中国民间文学刊授大学招收第一期学员》,《民间文化论坛》1985年第1期,第98页。

的拓展：

一是田野作业逐步代替采风、采录、写定、整理、记录、重述等。[①] 1985年5月8日至11日，《论坛》编辑部在江苏南通召开了题为"田野作业与研究方法"的座谈会，就田野作业的方法及其与民间文学、民俗学研究的关系展开讨论。时任《论坛》编辑部主任的吴超谈到民间文学研究中的"新鲜的气流"，即对"比较研究、结构分析、符号学、发生学、传播学、模糊带、系统论、控制论、信息论"等的借鉴，虽处于探索阶段，但仍使人振奋。座谈会上讨论的"田野作业"[②]已然与曾处于民间文学主流的"搜集整理"截然不同。田野作业被视为具有科学性，是"为了探讨规律性的东西，以求得科学的结论为目的"；与搜集整理不同，田野作业是研究的前提和基础，也是研究过程的一部分。如，刘锡诚在发言中提出民间文学研究中存在着"某种程度的狭窄性、孤立性与分散性的弊端"，为了克服这些弊端，就需要重视田野作业，通过田野作业"较为全面地洞悉民间文学的本身与环境"，他认为此时应当采取广采博纳的"拿来主义"态度去对待社会科学领域中的新思潮和自然科学领域中的信息论和系统论，其他很多学者的发言也认同这一观点。[③] 其后，《论坛》《季刊》《中国音乐学》《民俗研究》等刊载了一批有关田野作业方法论及理论译介的研究文章，如彭小明介绍了艾伦·邓迪斯（Alan Dundes）有关田野作业的实践及总结[④]；金辉结合1986年的中—芬联合考察介绍了劳里·航柯

[①] 笔者对此进行过专文论述，参见拙文《采风与搜集的交融与变奏：以新中国初期"忠实记录、慎重整理"讨论为中心》（《民俗研究》2022年第5期）。当然，这一论述主要指向民间文学的研究领域，而对于从事民间文学搜集工作的各地文化站、文化馆工作人员则依然延续着搜集采录的方法。这一话题笔者另撰文讨论。
[②] 1992年，姜彬主编的《中国民间文学大辞典》将"田野作业"作为名词术语正式列入词条。具体参见姜彬主编《中国民间文学大辞典》，上海文艺出版社，1992年，第17页。
[③] 徐纪民《本刊编辑部在南通市召开田野作业与研究方法座谈会》，《民间文学论坛》1985年第5期，第2—10页。
[④] 彭小明《邓迪斯的田野作业观》，《民间文学论坛》1985年第5期，第81—82页。

（Lauri Honko）的田野作业方法及理论。①

　　二是民俗学及多学科视域的讨论对民间文学科学化阐述的重视。1985年5月14日，《论坛》编辑部召开"上海青年民间文学理论工作者座谈会"，会上的对谈从民间文学研究的历史和现状出发，对传统方法在理论研究中出现的某些"不适应性"进行了思考和分析。② 这种"不适应性"实际上从1983年第2期《论坛》发表钟敬文《建立新民间文艺学的一些设想》后的相关讨论中即开始凸显。该文主要涉及两个方面的问题："一、建设怎样的民间文艺学？二、为建设新民间文艺学应有的努力。"讨论主要围绕"新民间文艺学"的"新"的含义及是否将"民间文学归入民俗学的范畴"展开。毫无疑义，民俗学为民间文学开辟了更广阔的空间与视域，如对"民"的讨论，突破了政治视野的"民"之内涵。另外，对文化人类学、比较文学、原型批评等理论的引入、借鉴，民间文学研究领域出现了新的发展高峰。在1988年3月23日至25日召开的全国民间文学基本理论学术研讨会上，学者们明确提出须改变新中国初期的单一研究范式，并就民间文化在21世纪的走向、建议，中国民间文艺学体系，民间文学的理论、观念、方法以及流派等问题展开讨论，不仅提出了从民间文学—民间文化的内部研究的视野，还谈到民间文学研究的主要三个流派，即单一民间文学派（文学角度）、复合派（人类学、文艺学方法的结合）、综合派（以民间文学为对象，无论用何方法，宗旨在民间文学）。为了摆脱妨碍、束缚研究工作"狭隘和短视的功利主义"，积极与世界学术界对话，学者们从田野作业、多学科研究视角切入，提出"要加强田野作业，特别是参与研究，对活的民间文学形态进行实地考察的方法对于建设民间文艺学的重要性"或"从西方批评学派中借鉴研究方法（系统论、接受美

---

① 金辉《劳里·航柯的田野作业观》，《民间文学论坛》1986年第5期，第67—73页。
② 毕尔刚、魏良健、郑土有、胡堃、徐华龙、洪善鼎、刘巽达、马信芳、彭小明、刘纲《方法论的思考与探索——上海青年民间文学理论工作者十人谈》，《民间文学论坛》1985年第5期，第11—14页。

学、二重组合原理以及比较研究法)的必要性和可能性"等。①

民间文学的"社会科学化"趋势进一步强化了研究中的多学科视域和理论研究,但在这一发展历程中,难免出现矫枉过正,民间文学由于与民俗事象的显著差异渐趋边缘化,20世纪80年代中期开始出现的文化学转向也注定了20世纪90年代民间文学研究中的本位缺失问题的出现。

结语

20世纪80年代,民间文学研究逐步走向多元与繁杂,这一时期民间文学的恢复从少数民族文学领域兴起,但随着少数民族文学、民间文学的学科分野,特别是随着少数民族文学创作与研究热潮的兴起及有关少数民族文学学科规范的讨论,少数民族民间文学与作家文学逐渐呈现出由聚合到分离的趋势,但作为20世纪80年代民间文学研究的重要一翼,少数民族民间文学在特色文类史诗研究中的突出成绩及在比较文学研究方法运用中的优势及理论成就不仅在当时民间文学理论格局建构中意义极大,对后世民间文学理论发展也是颇有影响。当然,其也有一些时代局限或对学科发展的负面影响,比如当下在少数民族文学领域书面文学与口头文学的分野依然是较大问题,而这一时期民间文学主流更多是希冀建立"新的民间文艺学"。当然对于"新"众说纷纭,其中民俗学方向及借鉴多学科理论占了绝对优势,并且在科学主义的影响下,呈现出显著的"社会科学化"趋向,但理论的绚烂并未让民间文学的繁荣持续很久,而是很快在20世纪90年代中期就暴露出了很多问题。我们亟须对这一时期的民间文学发展进行学术史反思。

20世纪80年代的民间文学研究在20世纪50—70年代研究底色之上

---

① 兰叶《新的视点——全国民间文学基本理论学术研讨会侧记》,《民间文学论坛》1988年第4期,第5—10页。

接续着 20 世纪 20—40 年代的民俗学传统，并试图对其进行超越。这一阶段不仅在方法论上得到极大丰富，而且在理论研究上也有了质的提升，很多研究表现出一定的理论创见。但在这种丰富和提升中，20 世纪 50—70 年代的民间文学基本话语"人民性""搜集整理"等没有被很好地整合到新的研究范式或者说研究者并未对其进行深度反思，这样就不自觉地将民间文学的理论创新依赖于对外学科的借鉴，当然在一定时期内确实对学科发展产生了积极影响，但由于借鉴或引入的基本问题、基本话语与民间文学有一定偏差，就难以建构"民间文艺学研究中的中国问题、中国话语和中国理论"[1]，并形成了对其他学科的过度依赖，出现本体研究薄弱、理论依附性强、理论探讨缺乏深度等问题[2]，这些问题在 20 世纪 80 年代中后期已经初露端倪。虽然也有学者从民间文学本体研究出发对其理论局限做出检讨，但并未在讨论中确立必要的学科意识及理论体系，反倒逐渐深化了民间文学研究中的人类学、文化学倾向。学者们不同的学术背景或风格特征也给这一时期的理论发展打上了个人的印记，这些无疑影响了研究理念的持久行远，很多理论、观念也是如昙花一现般转瞬即逝，这也是 20 世纪 90 年代末民间文学发生学科危机的根源之一。但我们也应该看到，20 世纪 80 年代的民间文学研究不仅推动了理论及实践的纵深发展，还呼应着五四时期新文化的曙光。20 世纪 80 年代民间文学领域产生的许多术语概念和研究范式依旧在今天习焉不察地使用着。

前事不忘后事之师，尤其是面对当下多维与多元范式交杂的景象，民族志诗学、表演理论、口头程式理论等多角度的考察，民间文学研究需要在吸纳学术遗产的基础上回应时代命题，与新中国文艺、新中国学术形成呼应与共鸣的理论图景。

---

[1] 郑元者《中国问题、中国话语与中国理论》，《杭州师范学院学报（社会科学版）》2004 年第 6 期，第 54—55 页。
[2] 孙正国《20 世纪民间文学本体的理论探索及其局限》，《中南民族大学学报（人文社会科学版）》2003 年第 5 期，第 120—124 页。

学生互动摘要

毛巧晖研究员的讲座结束后，同学们积极围绕民族文学在民间文学史上的地位、学术史研究的思路方法等内容展开了提问与讨论。有同学询问新民歌运动、少数民族作家文学创作等内容是否应纳入民间文学学术史，毛老师强调这些内容是民间文学学术史不可分割的一部分，但因民间文学的社会科学化趋向，一度被边缘化。关于如何将少数民族民间文学纳入民间文学学术史，毛老师建议打破口头和书面分野的传统，进行全面而深入的讨论。在讨论民间文学学科与思想界、学术界整体思潮的关系时，有同学提出应如何坚守学科本位。毛老师指出，尽管民间文学受时代思潮影响，但仍需加强理论建设，坚守学科本色。在学术史书写方法上，有同学向毛老师请教如何平衡不同材料。毛老师分享了自己的研究经验，强调利用多方资料互证，以凝练出立体多元的学术史脉络。

2023年5月10日，同学们又围绕讲座内容展开了评议与讨论。主持人李涛指出，毛巧晖老师的讲座以学术会议和学术期刊为核心观察对象，深入剖析了20世纪80年代民间文学学术繁荣背后的复杂因素和研究重心转向的脉络。讲座内容分为三部分：一是民间文学在少数民族领域的恢复，特别是通过重要会议事件展现民间文学研究的逐步恢复；二是少数民族口头文学的研究取向，通过分析《民族文学研究》等刊物发文情况，揭示民间文学与作家文学的关系变化；三是民间文学研究对民俗学传统的接续与社会科学化趋向，通过考察《民间文学论坛》等刊物的办刊理念和发文侧重，展现了民间文学与民俗学的紧密联系及其社会科学化趋势。毛老师通过发掘少数民族文学会议的重要地位，补充了学术史研究空白；同时，通过对刊物的详细分析，勾勒出了20世纪80年代民间文学的立体多元面貌。毛老师的研究不仅关注民间文学本身，还将其置于更广阔的社会文化背景中考察，展现了深厚的学术功底和敏锐的学术洞察力。

在讨论环节，同学们继续围绕民间文学学科本位、学科边界以及未来发展等话题展开深入探讨。对于"社会科学化"为民间文学带来的机遇与挑战，有同学认为"社会科学化"为民间文学提供了更广阔的研究领域和理论创新空间，但也需注意保持学科本位意识，避免被其他学科同化。关于民间文学学科的发展困境与未来走向，有同学询问为何民间文学总被"高高举起，轻轻放下"。对此，有同学认为这与学科本位意识的缺失有关，建议加强对学术遗产的梳理和继承，以推动民间文学的持续发展。在讨论"发展独立的本体理论"与"与其他学科展开对话"的关系时，同学们一致认为民间文学在与其他学科对话的同时，必须坚持学科本位，区分本学科的独特理论与方法。本次讨论不仅加深了同学们对民间文学学科史的理解与认知，也为探索民间文学的未来发展提供了宝贵的启示。

（摘要撰写人　李涛）

中国古代重农、劝农传统的多样化表达

王加华

编者按： 2023 年 3 月 29 日，山东大学儒学高等研究院教授王加华以"中国古代重农、劝农传统的多样化表达"为题，为北京大学中文系民间文学专业的同学们做了讲座并展开交流。

中国是一个历史悠久的农业大国，随着农业生产、农业技术的发展成熟，也形成了非常浓厚的重农、劝农的理念与传统。王加华教授致力于农业民俗学、图像民俗学、乡村社会史等领域的研究，取得了丰硕的成果。本次讲座中，王加华老师从口头传统、仪式行为、文字书写、图像系统四个方面梳理了中国古代重农、劝农的主要方式，分析了农书、耕织图等重农、劝农材料实际产生的意义。他指出"口头传统"成为农业生产的"神圣性"表达与知识传承的形式，"仪式行为"则成为这一传统的象征性表达，"文字书写"具有直接表达与间接表达两种不同的形态，"图像系统"则对这一传统进行了隐形表达。王加华教授还指出了农业生产特质对中华文明形成所产生的影响，认为重农、劝农的观念对中国古代社会的治理与稳定具有重要的意义。

中国具有非常悠久的农业起源与发展史，早在七八千年前就已出现比较成熟的农业生产体系，浙江余姚河姆渡、陕西西安半坡等是典型代表。在其后的发展过程中,农业生产体系更是日渐成熟与完善,进而在整个国家层面形成了浓厚的重农理念与思想。这一思想,早在原始社会末期就已有了萌芽,此后经过夏、商,到西周初期形成比较明确的理念,战国时期更是被作为一种系统性概念而提出。与此同时,重农思想亦逐渐被统治者采用进而转化为一种统治实践,形成了"以农为本"的立国之策——魏国李悝、秦国商鞅等的政治实践即是典型体现。[1]而随着农本思想成为统治国策,经过国家层面长期的制度性规范与宣传教化,到秦汉时期,作为一个群体的农民与定居农耕社会初步形成。[2]作为一个群体的农民与定居农耕社会的形成,反过来又进一步强化了"以农为本"的重农理念。翻阅古代文献,相关记载可谓比比皆是:"夫民之大事在农,上帝之粢盛于是乎出,民之蕃庶于是乎生,事之共给于是乎在,和协辑睦于是乎兴,财用蕃殖于是乎始,敦庞纯固于是乎成"[3];"农,天下之大本也,民所恃以生也";"道民之路,在于务本"[4];"大哉农桑之业!真斯民衣食之源,有国者富强之本。王者所以兴教化,厚风俗,敦孝悌,崇礼让,致太平,跻斯民于仁寿,未有不权舆于此者矣"[5]。

古代中国以农为本,农业不仅是最为重要的经济基础,是民众衣食与国家税收的最主要来源,也是施行民众教化、建立良好社会秩序、保证国家政治稳定的基础所在。正如英国著名农业科技史家白馥兰所说的那样:"中国农业还不仅仅是一种物化活动,而且同时也是政府实行社会管

---

[1] 高敏《秦汉时期的重农思想蠡测》,高敏《秦汉史论集》,中州古籍出版社,1982年,第123—125页。战国时期重农理念的形成并对国家政治产生重要影响,还可从"农家"的形成与其学说中窥见一二。可参见齐思和《先秦农家学说考》,齐思和《中国史探研》,河北教育出版社,2000年,第349—365页。
[2] 侯旭东《渔采狩猎与秦汉北方民众生计——兼论以农立国传统的形成与农民的普遍化》,《历史研究》2010年第5期,第4—26页。
[3] (春秋)左丘明《国语》卷一《周语上·虢文公谏宣王不籍千亩》,韦昭注,胡文波校点,上海古籍出版社,2015年,第10页。
[4] (汉)班固撰《汉书》卷四《文帝纪》,颜师古注,中州古籍出版社,1991年,第20—21页。
[5] 元世祖敕司农司撰《农桑辑要·王磐序》,中华书局,1985年,第1页。

理和伦理思想统治的基础。中国人本身对农业的界定，是将农业视为立国之'本'和兴国之'基'的。"① 基于农业生产的重要性，中国历朝历代的统治者都采取了一系列鼓励、促进农业发展的措施，其中"劝农"即是最重要的措施之一，目的在于提醒统治者（尤其是地方官员）重视农耕、劝勉民众致力于农业生产，以保证农事活动的顺利进行，从而农有丰收、民有衣食、官有租赋、国有治安。② 在中国古代，劝农发挥了非常重要的作用，被认为是传统中国"重要的政治文化之一"③。

总之，受以农为本传统的影响，中国古代形成了非常浓厚的重农、劝农理念与传统。这一理念与传统渗透于上自国家政治、下至民众生活的方方面面，并产生了多种多样的表达与呈现形式。大体来说，我们可根据表达所依赖的媒介或类型将其分为四个方面，即口头传统、仪式行为、文字书写与图像系统。其中，与重农、劝农传统相关的口头传统，主要指与农业生产相关的各种口头叙事，如故事、传说、谚语等；仪式行为，即与农业生产相关的多样化仪式活动，其中既有籍田礼等官方仪式，亦有照田蚕等民间仪式；文字书写，即记载农业生产活动与表达农业重要性的文字记述，如劝农文、农书等；图像系统，即描绘农业生产活动的各种图绘形式，如耕织图等。当然，这四个方面，并非截然分立，而是相互联系与渗透，你中有我，我中有你，形式与内容多样，却也有其一致性的地方，即深刻体现出农业生产的重要性且充满强烈的劝诫性意味。下面，我们即从这四个方面，从一个非常宏观的角度，对中国古代重农、劝农的多样化表达体系略做描述与分析，进而对农业生产与中华传统文明间的有机逻辑联系略做分析与探讨。

---

① 〔英〕白馥兰《跨文化中国农学》，董晓萍译，中国大百科全书出版社，2018年，第10—11页。
② 关于中国古代"劝农"的具体含义、措施、作用等，可参阅宋希庠《中国历代劝农考》，山西人民出版社，2015年。
③ 曾雄生《〈告乡里文〉：传统农学知识建构与传播的样本——兼与〈劝农文〉比较》，《湖南农业大学学报（社会科学版）》2012年第3期，第79页。

一、口头传统：农业生产的"神圣性"表达与知识传承

口头传统，即"一个民族世代传承的史诗、歌谣、说唱文学、神话、传说、民间故事等口头文类以及与之相关的表达文化和口头艺术"[①]。历史上，受农耕传统的影响，曾产生大量与农业生产相关的神话、传说、故事等口头表达形式，很多口头传统至今仍在民间广泛流传，其中一些还进入正式的历史书写而成为"正史"与"信史"。

在与农业生产相关的各种口头传统中，最具代表性的当属与农业起源相关的故事、传说与神话等，比如农业始祖后稷的神话。《史记·周本纪》："周后稷，名弃。其母有邰氏女，曰姜原。姜原为帝喾元妃。姜原出野，见巨人迹，心忻然说，欲践之，践之而身动如孕者。居期而生子，弃之隘巷，马牛过者皆辟不践；徙置之林中，适会山林多人，迁之；而弃渠中冰上，飞鸟以其翼覆荐之。姜原以为神，遂收养长之。初欲弃之，因名曰弃。弃为儿时，屹如巨人之志。其游戏，好种树麻、菽，麻、菽美。及为成人，遂好耕农，相地之宜，宜谷者稼穑焉，民皆法则之。帝尧闻之，举弃为农师，天下得其利，有功。"[②] 这段有关后稷的文字，虽进入《史记》而成为正史，但其最初肯定是以口耳相传的形式进行流传，今天陕西武功等地仍旧有与其相关的传说故事流传，《农业始祖后稷传说》被列入陕西省第二批省级非物质文化遗产保护名录。按后稷神话与相关文献记载，后稷生而卓异，好稼穑而成为农业之始祖。除后稷外，神农亦被认为是农业的发明者，"炎帝神农氏……人身牛首"，"天雨粟，神农遂耕而种之，作陶冶斤斧，为耒耜锄耨，以垦草莽，然后五谷兴助，百果藏实"。[③] 这一神话虽也进入文献，但其早期肯定也是以口耳相传的方式流传。众所周知，农业的发明绝非一人、一时之事，但为何还要将其放置于

---

① 中国民族文学网，"口头传统"，http://iel.cass.cn/ztpd/ktctyj，发表时间：2004年2月10日。
② （汉）司马迁《史记》卷四《周本纪》，中华书局，1959年，第111—112页。
③ （清）马骕《绎史》卷四《炎帝纪》引《帝王世纪》《周书》，清文渊阁四库全书本，第15页。

一位神异的圣人身上呢？姑且不论这两个神话产生的具体动机何在，从重农、劝农的角度来说，有将看似普通的农业生产"神圣化"的意味在里面，其背后目的则在于凸显农业生产的不平凡与重要性。当然，这种情况并非中国所独有，如马文·哈里斯（Marvin Harris）就认为，印度圣牛崇拜的实质，是基于母牛所具有的无可取代的社会经济功能（农业畜力、肥料与燃料的重要来源等）而对它们所进行的人为神圣化。[1]

与农业起源相关的类似的神圣化故事还有很多，比如蚕业起源与蚕神的传说。其中，在南方地区广泛流传的有嫘祖、马头娘或蚕花娘娘等传说。以马头娘传说为例，说古时有一女思念远行的父亲，向家中所养之马许诺若能载父而归便嫁给它。马载父而归，女却违背诺言并将此事告知其父，父怒而杀马并剥其皮。一日马皮卷女而去并于树上化为蚕，邻家取而养之，收获甚丰，由此养蚕在民间广泛流传开来。此故事最早见于晋干宝《搜神记·马皮蚕女》，其文以"旧说太古之时"[2]开篇，说明其最早是以口耳相传方式流传的，在我国江苏、浙江等蚕桑产区至今仍被广泛讲述并衍生出诸多的版本。北方地区则有蚕姑传说，比如辽东满族柞蚕养殖区流传的《蚕姑姑的传说》《蚕姑娘》《蚕姑姑的来历》等故事，发挥了解释农事信仰、传授生产技艺等多方面的作用。[3]这些故事虽然内容与情节各异，但共同的特点在于对养蚕的起源做了"神圣性"的解释。再比如在河北、山东等地广泛流传的麦王奶奶故事。相传麦王奶奶是一位老太太，曾帮助人们抗旱而确保了小麦丰收，人们为报答其恩情并祈求麦作丰收而祭拜她。正如一首流传在山东等地的民间歌谣所唱的那样："麦王奶奶从南

---

[1] 〔美〕马文·哈里斯《圣牛之谜——饮食人类学个案研究》，叶舒宪译，《广西民族学院学报（哲学社会科学版）》2021年第2期，第5—12页；〔美〕马文·哈里斯《印度圣牛》，贾仲益译，《原生态民族文化学刊》2009年第3期，第61—66页。
[2] （晋）干宝《搜神记》卷十四《马皮蚕女》，陈勇译注，二十一世纪出版社集团，2015年，第252页。
[3] 詹娜《民间口承叙事与农耕技术传承——以辽宁满族民间柞蚕放养叙事为例》，《民族文学研究》2013年第3期，第134—141页。

来，身穿红袄藕色鞋。麦王奶奶实是灵，手拿扇子扇太平。一扇风调并雨顺，二扇叫它挡冰雹。三扇防备蚂蚱咬，四扇扬场遇匀风。五扇大囤满小囤流，家家吃穿都不愁。"① 人们相信麦王奶奶能保证麦子的丰收，为此于农历三四月间举行仪式供奉她。② 此外，各地流传的诸如棉神故事、藕神故事等，也都是将农业生产"神圣化"的表现。

还有一些传说，表面上看与农耕生产无关，但其背后却有农耕生产的印记，体现出耕织生产的深刻影响，作为我国四大民间故事之一的牛郎织女就是一个典型例证。牛郎织女故事在我国有着久远的历史，至少在先秦时期已有这一故事的影子，汉代逐渐定型，魏晋时期又与七夕结合而最终发展为后来的内容。③ 我们在此关注的问题是，故事的主人公为何会被称为"牛郎"（牵牛）与"织女"。众所周知，中国古代以农立国，耕与织是民众衣食之需的最主要来源，所谓"女当力蚕桑，男当力耕耔"④，"一夫不耕，或受之饥；一女不织，或受之寒"⑤。由此，男耕女织也被认为是传统中国社会最为理想的分工模式，所谓"夫男耕女织，天下之大业也"⑥。让我们回到牛郎织女的故事，牛郎与织女过的即是一种男耕女织的生活。牛是传统时代最主要的农业劳动力，是农耕活动最重要的生产资料与象征符号之一，所以男主人公被称为"牛郎"；织则被认为是传统时代成年女性的最重要工作之一，因此女主人被称为"织女"。而牛郎织女故事之所以成型于汉代，尤其是东汉时期，也并非巧合。前已述及，汉代是

---

① 中国民间文学集成全国编辑委员会、《中国歌谣集成·山东卷》编辑委员会编《中国歌谣集成·山东卷》，2009 年，第 896 页。
② 张勃《丰收的祈愿——"拜麦芒奶奶"习俗见闻及几点思考》，《民俗研究》2002 年第 2 期，第 81—89 页。
③ 洪淑苓《牛郎织女研究》，台湾学生书局，1988 年。关于牛郎织女研究学术史，可参阅施爱东《牛郎织女研究批评》，《文史哲》2008 年第 4 期，第 77—86 页。
④ 赵孟頫《松雪斋文集》卷二"题《耕织图》二十四首奉懿旨撰·耕·十一月"，上海商务印书馆四部丛刊景元刻本，1919 年，第 100 页。
⑤ （汉）班固《汉书》卷二十四上《食货志》，中华书局，1964 年，第 1128 页。
⑥ （汉）桓宽《盐铁论校注》卷三《园池》，王利器校注，天津古籍出版社，1983 年，第 171 页。

作为一个群体的农民与定居农耕社会逐步形成的时期，精耕细作的传统形成并深刻影响了我国后世的农业发展模式。此外，西汉时期张骞"凿空"西域，丝绸之路兴起，东西方丝绸贸易大发展，"织"的重要性亦获得了进一步提高。因此，从农耕生产的角度来看，牛郎织女故事就是中国古代重农、劝农传统的一个投射与体现。

除故事、传说外，更广泛、普遍的与农耕相关的口头传统是农谚。农谚，即世代口口相传的有关农业生产的谚语，是古代劳动人民长期农业生产实践的经验总结，早在文字记载出现以前就已经存在了。其最初是以歌谣形式出现，后随着生产的发展而从歌谣中分化出来。农谚的内容，据游修龄根据《中国农谚》一书所搜集的三万多条农谚所做的统计，气象类农谚占 25.16%，水稻类农谚占 14.56%，小麦类农谚占 11.45%，棉花类农谚占 3.95%，蚕桑类农谚占 1.13%。[1] 农谚的这一分布态势，与中国传统农业发展完全一致。农业生产是人与自然相互作用的结果，传统农业主要靠天吃饭，必须遵循气象等自然节律，这既是前提与基础，也是决定农业生产能否丰收的关键因素之一，因此必须给予足够重视，由此导致气象类农谚所占比例最高。水稻与小麦分别是南北方地区最主要的农作物，棉花与蚕桑是解决民众穿着的重要衣料来源，因此与这四种作物相关的农谚所占比例亦处于前列。

农谚是广大劳动人民共同创造的产物，来自群众，具有通俗性、概括性、地域性、群众性以及科学性等特点，富有泥土气息，易于理解，便于记述与口头传播。农谚最主要的作用在于指导农业生产的顺利进行，正如民国时期《中国农谚》的作者费洁心所言："农谚是一种流行民间最广的谚语，它是农民经验的结晶，农民立身处世、耕种饲养，都用来做标准的……中国数千年来，因农民识字知书的不多，农事著作的稀少，他

---

[1] 游修龄《论农谚》，《农业考古》1995 年第 3 期，第 271 页。这篇论文是目前有关农谚研究最系统、最权威的成果，对农谚的起源、作用、内容与特点以及句法结构等做了全面系统的论述。

们只知农谚是一种切合需要的知识，所以父诏其子，兄绍其弟，一切稼穑之事，都取法于农谚的。于是农谚便成为农家唯一的课本。农人虽然一字不识，却能念之成诵，脱口而出。"① 因此，农谚就相当于一套农业生产指导手册，指导着农民大众从事各项农业生产活动。如果我们把各种作物的全部生产过程分解为一个一个的环节，则几乎每一个环节都会有相关的农谚与之相对应。以水稻为例，从土壤耕作到播种、中耕锄草、施肥、灌溉、除虫，再到收获的各个工作环节，都有相关农谚存在。② 当然，作为一种口头话语形式，农谚不会自动产生、散播与传布，必须有人的参与才行，而在这一过程中，有经验的农民又扮演了重要的角色：既通过生产经验总结而发明某些农谚，又通过口耳相传的方式将农谚传给下一代。③

二、仪式行为：重农、劝农传统的象征性表达

仪式是人类社会所共有的一种文化现象，意在通过特定的动作与辞令等表达特定的思想情感与价值观念，具有强烈的象征性意味在里面。古代中国以农为本，受此影响，历朝历代均建立了一套与农业生产相关的官方仪式或礼仪活动，具体如大雩礼、籍田礼、先蚕礼、鞭春礼等，以祈求风调雨顺、五谷丰登，或彰显统治阶层对农业生产的重视，以表达重农、劝农之意。④ 受此影响，民间社会亦发展出形式多样、内容丰富的与农业生产相关的仪式活动，并渗透于生产活动、岁时节日、人生仪礼等社会生活的方方面面，而这些仪式活动的实质，亦在于彰显农业生产的重要性并

---

① 费洁心《中国农谚》自序，《民国丛书》编辑委员会《民国丛书》第 1 编第 64 册，上海书店，1991 年。
② 具体情况，可参见农业出版社编《中国农谚》上册，农业出版社，1980 年，第 3—206 页。
③ 王加华《节气、物候、农谚与老农——近代江南地区农事活动的运行机制》，《古今农业》2005 年第 2 期，第 57—58 页。
④ 李锦山《中国古代农业礼仪、节日及习俗简述》，《农业考古》2002 年第 3 期，第 75—87 页。

教化劝农。

古代中国与农业生产相关的官方仪式中，籍田礼是由帝王亲自为之的最为隆重的礼典之一。籍田，又称耤田，即"天子亲耕之田也"①，"古之王者，贵为天子，富有四海，而必私置籍田，盖其义有三焉：一曰，以奉宗庙，亲致其孝也；二曰，以训于百姓在勤，勤则不匮也；三曰闻之子孙，躬知稼穑之艰难无逸也"②。因此，籍田礼即天子亲耕之礼，其目的在于提供祭天、祭祖之需，表达重农、劝农之意，其背后的逻辑是：连高高在上的帝王都要亲自耕田，升斗小民怎么能不努力劳作呢？正如贾思勰所言："天子亲耕，皇后亲蚕，况夫田父而怀窳惰乎？"③历朝历代，籍田礼虽然并非每年都会进行，但却一直代有举行。如，清代康熙、雍正、乾隆等帝王，就都举行过籍田礼，现藏法国吉美博物馆的《雍正皇帝先农坛亲耕图》，就描绘了雍正皇帝亲耕的场景。在中央与帝王层面有籍田礼等仪典，地方与地方官员层面亦有相应的劝农之制，正如《后汉书·礼仪志》所载："正月始耕……天子、三公九卿、诸侯、百官以次耕……郡国守相皆劝民始耕，如仪。"④这即汉代著名的行县、行春与班春劝农之制，主要用意即在于敬授民时、劝民耕种。⑤在今天的浙江省遂昌县，每年春季仍会举行班春劝农活动。⑥实际上，劝农一直都是中国古代各级地方官员的重要职责之一。除班春劝农等活动外，唐代之后，在地方层面举行的官方劝农仪式活动，不论是地域的广度还是民众的参与度，非立春鞭春仪式

---

① （元）王祯《农书译注》上，缪启愉、缪桂龙译注，齐鲁书社，2009年，第391页。
② （南朝宋）范晔《后汉书》卷九十四《礼仪志》引晋干宝《周礼》注，百衲本景宋绍熙刻本，第1269页。
③ （北魏）贾思勰《齐民要术校释》，缪启愉校释，中国农业出版社，1998年，第9页。
④ （南朝宋）范晔《后汉书》卷九十四《礼仪志》，百衲本景宋绍熙刻本，第1270页。
⑤ 薛梦潇《早期中国的月令与"政治时间"》第五章《汉代的"行县"与"行春"》，上海古籍出版社，2018年，第156—181页。
⑥ 中国小康网，周传人、王泽《浙江遂昌："班春劝农"励农桑》，https://www.chinaxiaokang.com/chengshi/2023/0414/1421092.html，发表时间：2023年4月14日，浏览时间：2023年4月24日。

莫属。立春是传统社会的重要节日之一，其最具代表性的仪式即迎春与鞭春，又尤以鞭打春牛为胜，故立春又俗称为"打春"。① 在一些地方，立春鞭春会伴有相应的颂词，如在吉林海龙，"打春并颂词曰：'一打风调雨顺，二打国泰民安，三打大人连升三级，四打四季平安，五打五谷丰收，六打合属官民人等一体鞭春'"②。一年之计在于春，立春代表春天的开始，因此要进行劝耕、备耕等各项活动，而鞭春的实质即在于劝农备耕并祈求丰收。这种劝农的意味，在有关鞭春的缘起传说中即有非常明显的体现。相传东夷首领少昊率民迁居黄河下游，要求大家从事农作并派自己的儿子句芒管理这事。春天来临，句芒要求大家翻土耕田、准备播种，人们积极响应，只有老牛仍在沉睡。为了督促老牛劳作，句芒让人用泥土做成牛的形状，然后挥鞭抽打。鞭打声惊醒了老牛，吓得它赶紧起身投入劳作，当年人们获得了好收成，从此鞭春习俗便流传下来。③

除官方农耕仪式外，民间社会亦存在着丰富多彩的与农业生产相关的仪式活动，比如各种节日中的祈农活动，如春祈秋报、二月二打粮囤等，都有祈求农业丰收的意味。在此仍以立春为例做说明。受官方迎春、打春等仪式活动的影响，各地民间亦产生了迎春、祀土神等活动，如浙江武义"家设酒肴以祭土神，谓之作春福"，安徽泾县"民家祀土地神"。④在浙江衢州柯城区九华乡妙源村，如今立春时节仍会举行立春祭活动，祭拜春神句芒，迎春接福，祈求五谷丰登，同时举行扎春牛、演戏酬神等活动。⑤在立春祈农等仪式活动的举行过程中，还往往伴随一定的说唱活动，如在贵州平塘毛南族立春日的迎春活动中，便边举行迎春仪式边唱迎春

---

① 立春的起源、发展与相关仪式、节俗等，可参阅简涛《立春风俗考》，上海文艺出版社，1998年。
② 民国《海龙县志》，丁世良、赵放主编《中国地方志民俗资料汇编·东北卷》，书目文献出版社，1989年，第310页。
③ 白虹编著《二十四节气知识》，百花文艺出版社，2019年，第44—45页。
④ 康熙《武义县志》、民国《泾志志》，丁世良、赵放主编《中国地方志民俗资料汇编·华东卷》，书目文献出版社，1989年，第875、1032页。
⑤ 可参阅陈才《祈春大典：衢州梧桐祖殿立春祭祀》，商务印书馆，2016年。

歌，祈求五谷丰登、儿孙满堂：

> 立春到来是春光，太阳出来暖洋洋。今天到此迎春光，迎接春牛到农庄。牛马六畜都健壮，庄稼丰收谷满仓。今天到此迎春光，天帝神君下凡阳。请你吃杯迎春酒，不会生病又健康。今天到此迎春光，五福仙君下凡阳。请你吃杯迎春酒，我们堆金又积粮。今天到此迎春光，玉堂星君到我门。请你吃杯迎春酒，儿孙满堂福满门。今天到此迎春光，天德星君来到堂。大家吃杯迎春酒，万事顺利大吉昌。①

受此影响，在一些地方，更是产生了以仪式为辅、说唱为主的立春习俗活动，即说春，如在重庆酉阳："立春日，州县官祀于勾芒之神，礼毕，以一人善口辩者奔走陈说，曰说春。"② 在长期的说春过程中，逐渐形成了诸多的固定唱词，如在甘肃西和、礼县与贵州石阡等地，说春（实为"唱"）的内容多样，其中又主要与二十四节气、渔樵耕读等相关，如《二十四节气》《十二月生产》等，意在告知民众不同时节应做何种农活并祈求农业丰收等。③

除上述立春等节日期间流行的祈农等仪式活动外，日常生产生活中与祈农相关的仪式亦是丰富多彩、类型多样，如江南稻作地区流行的开秧门、关秧门仪式，其中第一天插秧种田称为"开秧门"，最后一天结束称为"关秧门"。在开、关秧门的日子，农家都要置办酒席，菜肴的丰富程度仅次于除夕。其中，中晚餐要有一满碗拳头大的猪肉，俗称"种田片"，其他还有鸡蛋、竹笋、糕点等。蛋是彩头，竹笋代表节节高，糕则

---

① 石兴华《贵州毛南族民歌选》，香港紫荆花出版社，2018 年，第 3 页。
② 同治《增修酉阳直隶州总志》卷十九《风俗志》，同治三年刻本，第 2424 页。
③ 彭战获编著《陇南春倌》，中国文联出版社，2009 年；夏宽忠主编《石阡说春》，中国农业出版社，2019 年。

代表年年高、时时发。席间还要猜拳行令,称为"发从",寓意稻发于其中。进餐时若遇上不速之客,亦来者不拒,认为多请一个客、多添一双筷,下半年就能多收一担稻谷,[①]祈求稻谷丰收的意味一目了然。再比如在江浙稻作区流行的"照田蚕"活动,即将稻草扎成小把,于稻田中点火奔跑并焚烧野草。早在南宋年间,著名田园诗人范成大就曾作《照田蚕行》诗,描述照田蚕的盛况:"乡村腊月二十五,长秆燃炬照南亩;近似云开森列星,远如风气飘流萤;今春雨雹茧丝少,秋月鸣雷稻堆小;侬家今夜火最明,的知新年田蚕好;夜阑风焰西复东,此占最吉余难同;不惟桑贱谷芃芃,仍更苎麻无节菜无虫。"在此诗的"诗序"中,范成大解释此活动的目的为"以祈丝、谷"[②],即祈求蚕桑与稻谷丰收。此仪式以后代有流传,且不一定只于腊月二十五进行。照田蚕仪式举行时,通常会伴有祈求吉祥的话语,如上海郊区说"我家田里长稻,别人田里长草";浙江嘉兴的祝辞则是:"火把掼得高,三石六斗稳牢;火把掼到东,家里堆出个大米囤;火把掼到南,国泰民安人心欢;火把掼到西,风调雨顺笑嘻嘻;火把掼到北,五谷丰登全家乐。"[③]总之,照田蚕习俗既体现了江南地区的水乡生态,又是江南稻作与蚕桑并重的经济结构对民众行为影响的结果。[④]

即使是人生仪礼与日常社会交往等活动,看似与重农、劝农传统的直接关系并不大,但亦有其影响与印记。比如在甘肃皋兰,男女订婚仪式有这样一个习俗活动,即男方带到女方家的酒,喝完空出来的酒瓶,由女方家装满五谷,带回男方家中并播种在地里,春种秋收,生生不息。[⑤]这一习俗即体现出农耕传统对人生仪礼的深刻影响。古代中国以农为本,农

---

① 姜彬主编《稻作文化与江南民俗》,上海文艺出版社,1996年,第450—451页。
② (宋)范成大《范石湖集》卷三十,富寿荪点校,上海古籍出版社,2006年,第412页。
③ 姜彬主编《稻作文化与江南民俗》,上海文艺出版社,1996年,第472页。
④ 周晴《岁时习俗的生态民俗学考察——以江南"照田蚕"为中心》,《民俗研究》2013年第2期,第79—86页;王利华《"照田蚕"试探》,《中国农史》1997年第3期,第66—72页。
⑤ 据山东大学民俗学专业2021届硕士毕业生杨言妮(甘肃皋兰人)讲述资料。

业是人们获取生活资料的最主要方式,因此在空酒瓶中装满五谷并带回家播种,代表了女方对男方的帮扶与期望,即希望农耕有成、自己的女儿能过上好日子。再比如陕西关中地区,当地有"看麦梢黄"的习俗,即每年在麦子快要成熟的时候,出嫁的女儿带着杏、黄瓜等回娘家看望父母,问候夏收的准备情况;麦收结束之后,母亲则去女儿家探望,看女儿家的收成情况。对此,当地有俗语曰:"麦梢黄,看亲娘。卸了杠枷,娘看冤家。"[1] 唐宋以后,小麦逐渐成为北方地区最为重要的粮食作物之一,面食随之成为北方人最为珍视的食物,故清末来华传教士明恩溥说:"在中国北方,白面馒头和酒被认为是最高档的食物。"[2] 因此,麦收前后父母与女儿相互看望并问询麦收的准备及收成情况,体现出麦作对民众仪式生活的影响,其背后体现的则是农耕传统对民众生活的深刻影响。

三、文字书写:重农、劝农传统的直接表达与间接表达

中国具有非常悠久的文字书写传统,即使从已非常成熟的甲骨文算起,至今也已有三千年的历史。在这数千年的发展过程中,我们留下了浩如烟海的文献典籍与文字书写,内容涉及政治、经济、社会、文化等方方面面,而与古代中国以农为本、重农劝农的传统相适应,在各种文字书写中"农业"又是重要内容之一,留下了大量重农、劝农的直接或间接性表达,如各种劝农诏、劝农文以及农书等。

农业生产对维护国家之繁荣与稳定具有极为重要的价值与意义,因此历朝历代凡有作为之皇帝,都会表达对农业生产的深切重视与关怀,发布劝农诏即是重要方式之一。比如,西汉时期的"文景之治",其劝农、重农的手段即主要体现在劝农诏的颁布上。据相关文献记载,文帝、景帝

---

[1] 郑艳《四季风尚·夏》,泰山出版社,2020年,第41—42页。
[2] 〔美〕明恩溥《中国乡村生活》,陈午晴、唐军译,中华书局,2006年,第144页。

在位 39 年，共颁布过 6 次与农事相关的诏书，这其中还不包括与田租减免、赈贷等相关的诏书。[①] 在文辞表达上，这些劝农诏的开头，通常都以"农……本"开篇，以表达对农业生产的重视。比如，文帝二年（前 178 年）九月的诏书即云："农，天下之大本也，民所恃以生也。而民或不务本而事末，故生不遂。朕忧其然，故今兹亲率群臣，农以劝之，其赐天下民今年田租之半。"[②] 帝王发布劝农诏，地方官员则颁布劝农文。劝农文，即由地方官员制定与发布的督促、发展农业生产的文告，是宋代新出现的一种劝农形式，后世亦多有发布。翻阅宋代文人文集，可以发现大量的劝农文字，比如黄震《咸淳八年春劝农文》《咸淳九年劝农文》、黄裳《劝农文》、朱熹《（漳州）劝农文》《南康军劝农文》等。这些劝农文，一般包括三个部分的内容：开篇强调农业生产的重要性，宣传国家的重农政策与官吏的劝农职责；正文强调勤劳的重要性，并针对当地农业生产状况提出一些具体要求，强调保护农民利益的重要性；结语劝导广大农民要听从劝谕。[③] 劝农诏与劝农文的主要目标对象是下层民众，如劝农文就曾被"大字楷书，榜要闹处，晓告民庶，乡村粉壁，如法誊写"[④]。只是其实际效果可能并不令人满意，正如谌佑的《劝农曲》所云："山花笑人人似醉，劝农文似天花坠。农今一杯回劝官，吏瘠民肥官有利。官休休，民休休，劝农文在墙壁头。官此日，民此日，官酒三行官事毕。"[⑤]

与劝农诏、劝农文、劝农诗等相比，更为普遍与重要的、与农耕相关的文本书写则是农书。我国具有非常悠久与繁盛的农书写作传统，产生了大量的古农书，如《中国农业古籍目录》收集的各类农书就有 2084

---

① 刘明《汉初的劝农诏及农事题材创作》，《光明日报》2022 年 11 月 21 日，第 13 版。
② （汉）班固《汉书》卷四《文帝纪》，中华书局，1964 年，第 118 页。
③ 王兴刚《宋朝劝农文研究》，硕士学位论文，西南师范大学，2005 年，第 8—9 页。
④ （宋）李元弼《作邑自箴》卷一《处事》，上海书店，1934 年，第 9 页。
⑤ （宋）谌佑《劝农曲》，陆心源《宋诗纪事补遗》卷六十四"谌佑"，山西古籍出版社，1997 年，第 1496 页。

种。① 这些农书，体裁、内容以及所涉及地域范围等多样。② 关于不同农书分类间的区别，白馥兰曾从官修农书与私修农书的角度做过专门分析：官修农书涉及地域范围及内容广、注重泛化描述、重传播、重在利民、重教化，主要是给各级官员"牧民"之用；私修农书多呈现地方性特色、重细化描述、重实用、重实际的经济及经营考量，主要是给作者的亲戚、邻居等提供有用的技术指导。③ 关于这些古农书的性质，传统主流观点基本都将其作为一种技术性文本来看待，认为起到了记载、传播中国古代农业生产技术的作用。诚然，中国古代农书的主要内容，确实是在记述不同作物的具体种植技术，站在今天的角度来看，其当然是一种"技术性"的文本，是我们了解古代农业生产最主要、最直接的资料，但若回到农书产生的具体时代背景中去看却并不一定如此。笔者的看法是：中国古代的农书写作，重在教化与劝诫，是中国古代重农、劝农传统的重要体现，因此白馥兰有关中国古代官修与私修农书不同作用的观点，是失之偏颇的，虽然与劝农文、劝农诏等相比，其劝诫的意味并非那么直接与明显。

首先，中国古代农书的作者或编纂者，基本都是受过儒家思想教育的官员与知识分子。按照传统儒家观念与要求，儒家官员与知识分子的主要职责在于勤政爱民、管理国家、教化民众，所谓"君子务治，小人务力"（《论语·子路》），而在以农为本的社会大环境下，农事自是其中最需要关心的重要问题之一，所谓"农桑者……古之王政，莫先于此"④，因此，传统儒家知识分子都具有强烈的重农、悯农情怀，并自觉将重农、劝农视为自己的天然职责，而农书写作就是他们表达重农情怀的重要手段之一。当然，具体到每本农书来说，其具体的社会背景与创作动机可能是不

---

① 张芳、王思明主编《中国农业古籍目录》，北京图书馆出版社，2003年。
② 惠富平《中国农书分类考析》，《农业图书情报学刊》1997年第6期，第19—23页。
③ 白馥兰《技术、性别、历史：重新审视帝制中国的大转型》，吴秀杰、白岚玲译，江苏人民出版社，2017年，第216—254页。
④ （明）宋濂等《元史》卷一百五十三《高宣传》，中华书局，1976年，第3614页。

同的，但借农业说事儿、以表达特定的思想或观念却是共通的。以明末清初描述嘉湖地区农业生产的张履祥《补农书》为例，其本质上是明清易代这一特定时代的产物。清军南下，大明王朝一朝崩塌，于是明遗民们都在反思一个问题，即强大的大明王朝为何会被一个"蛮夷"所灭。在张履祥看来，对农业生产的不重视是其中的一个重要原因。于是，为唤起人们对农业生产的重视，他在《沈氏农书》的基础上，创作了《补农书》这一地方性农书。①

其次，就中国古代的农书写作来说，其重要特点之一是后书抄前书，即大量引用已有农书与相关文献，这在官方主持纂修的大型农书中体现得尤为明显。这一特点的形成，既与中国文化传统中尊重历史与过往的思想趋向有关，也与写作者基本是未参加过多少实际农事劳作的儒家知识分子有关。以作为中国古代四大农书之一的《王祯农书》为例，其三个主要组成部分中的《农桑通诀》《百谷谱》，"基本上是就以前的几部农书改写的"②，其中宋代曾安止的《禾谱》即是重要参考农书之一，而《农器图谱》则大部分引自南宋曾之谨的《农器谱》。③ 再以元代初年大司农司主持编写的《农桑辑要》为例，约有三分之一的内容直接引自北魏贾思勰《齐民要术》，还有比较大的部分引自汉代《氾胜之书》。蒲松龄的《农桑经》，作为一部个人性、地方性的农书，也并非作者基于实地调研写作而成，而是据已有的前人农学著作整理编写。其中的《农经》，主要依据的是韩氏的《农训》，《蚕经》《补蚕经》《种桑法》等，则系采集自前人的有关蚕书及其他资料。

再次，在具体的文字表述中，农书也是处处体现出重农、劝农的理

---

① 李燕《明清易代与文本书写：〈补农书〉写作动机及价值意义探析》，山东大学博士学位论文，2022年，第36—58页。
② 王毓瑚校《王祯农书》，农业出版社，1981年，校者说明第2页。
③ 曾雄生《〈王祯农书〉中的"曾氏农书"试探》，《古今农业》2004年第1期，第63—76页；曾雄生《〈农器图谱〉和〈农器谱〉关系试探》，《农业考古》2003年第1期，第152—156页。

念，其中序言体现得最为明显。以我国现存的第一部大型综合性农书《齐民要术》为例，其序言就是典型的重农、劝农之论，首先强调了农业生产的重要性，然后引经据典，指出勠力劳作对于国家、社会的重要意义：劝诫民众要努力劳作、以时劳作，劝导帝王官员要重视农桑、爱护民众并教化劝民。其后各章有关作物、蔬菜与树木等种植的论述，大量引用以往典籍中的相关文字——事实上引录古文占《齐民要术》全书篇幅的半数以上，[1]而其中许多都是劝诫性的话语。至于"齐民"二字，目前学界有"平民""齐地之民"等解释，但笔者认为更应将"齐"作为动词来用，有"使之整齐划一"之意，因此"齐民要术"即管理民众的重要技术与手段。由于农书的重要目的在于教化劝民，因此农书行文中经常出现的两个字是"早"与"勤"，劝诫民众要早做安排、勤于劳作，如此才能获得好的收成。[2]

最后，我们再来看农书的传播与运用问题。与今天相比，古代没有发达的印刷传播技术，因此一部农书写作完成后，最初主要是以钞本的形式进行流传，阅读范围相对有限。以《齐民要术》为例，其成书时间约在公元6世纪的三四十年代间，[3]但一直到北宋天圣年间（1023—1032）才出现第一个刻本，即崇文院刻本。据史载，由于印刻数量有限，"非朝廷要人不可得"[4]，也就是说传播范围极其有限，而这正是导致今天诸农书存在诸多版本的主要原因之一。比如《齐民要术》，有北宋崇文院本、南宋龙舒本、明湖湘本等30多个版本，《农桑经》亦有淄川天山阁抄本、平井

---

[1] （北魏）贾思勰《齐民要术校释》，缪启愉校释，中国农业出版社，1998年，"前言"第5、1页。
[2] 李燕曾以《补农书》为例，对农书写作中的"早"与"勤"做过细致论述。李燕《明清易代与文本书写：〈补农书〉写作动机及价值意义探析》，山东大学博士学位论文，2022年，第69—75页。
[3] （北魏）贾思勰《齐民要术校释》，缪启愉校释，中国农业出版社，1998年，"前言"第5、1页。
[4] （清）陆心源《皕宋楼藏书志》卷四十二《子部·农家类》，清光绪万卷楼藏本，第439页。

雅尾本、路大荒《蒲松龄集》本等至少十几个版本。虽然宋元以后，随着印刷业的发展，农书被刊刻流传的可能性大大增加，但实际上仍旧只是在文人士大夫间流传。受中国古代民众极低[①]识字率的影响，普通民众没有多少机会去阅读并借鉴农书中的相关技术记载。

明清时期随着商品经济大发展以及读书识字需求的提高，社会上出现了大量向民众传授日常生活知识、将识字教育与知识教育相结合的教材，即杂字类作品，其所涉内容广泛，如岁时节令、商业经验、百工技艺等，成为当时中下层百姓接受教育的重要途径。[②]其中农业生产即是重要内容之一。以在山东中部地区广泛流行的清代马益著（山东临朐人，乾隆年间岁贡）《庄农日用杂字》为例，其开篇即强调了农业生产的重要性，所谓"人生天地间，庄农最为先"[③]，然后详细介绍了各项农活所应注意的事项，其后才是衣食住行、农闲副业、神灵信仰、新春节庆、男婚女嫁等内容，充分凸显了农业生产的重要性。

四、图像系统：重农、劝农传统的隐性表达

图像是人类把握世界的一种重要方式。受中国古代以农为本传统的影响，历史上产生了大量与耕织生产相关的图像作品。这些作品生动描绘了耕织生产的各环节，如耕田、播种、收获、纺织等。表面看，这些图像主要是对技术的呈现，但其背后却有深刻的重农、劝农寓意，即通过具象的图像描绘，隐性表达重农、劝农之意。

据已有资料可知，历史上与耕织相关的图像最早出现于战国时期，

[①] 比如美国学者理查德·所罗门（Richard Solomon）认为，在1600—1900年间，中国识字人口约占总人口的1%—2%。Richard H. Solomon, *Mao's Revolution and the Chinese Political Culture*, Berkeley and Los Angeles: University of California Press, 1971, p. 82.
[②] 顾月琴《日常生活变迁中的教育：明清时期杂字研究》，光明日报出版社，2013年。
[③] 据笔者于山东沂源县所搜集《庄农日用杂字》文本，另可参见《春秋》1997年第1期第58—59页所载《庄农日用杂字》。

主要是画像青铜器上的采桑画像，如河南辉县琉璃阁 76 号墓战国中期铜壶盖部采桑图像等。到汉代，画像石、画像砖中更是出现了大量与耕织相关的画面表现，在内容上亦变得更为丰富，广泛涉及耕地、耙地、糖田、播种、除草、收获、打场、粮食加工（如舂米）、采桑、纺织等，具体如陕西米脂的画像石牛耕图、山西平陆枣园画像砖牛耕图等。此外，在唐、五代、北宋时期的佛教洞窟壁画中也有部分与农耕相关的图绘形式，具体如甘肃敦煌莫高窟唐代壁画耕获图、雨中耕作图、牛耕图、打场图等，宋代榆林窟耕获图以及敦煌莫高窟耕作图等。除上述与耕、织相关的图绘形式外，在唐、北宋时期一些表现隐逸题材的文人画以及风俗绘画中，亦有表现农耕、纺织等活动的图像存在，具体如唐代张萱的《捣练图》、宋代王居正的《纺车图》等。①

整体来看，宋代之前的农耕图像，往往只是对某一工作环节的描绘，还"停留在分散表达的阶段"②。而自南宋初年起，开始出现体系化的耕织图像，就是通过系列绘画的形式，将"耕"与"织"的主要操作流程与工作环节，进行具体描绘与呈现。与前述汉画像、墓室壁画、洞窟壁画等农耕图像不同的是，体系化耕织图的最大特点不是对某一个工作环节的描绘，而是对完整流程的描绘。目前确切可知的第一套体系化耕织图为南宋初年的楼璹《耕织图》，全图共 45 幅。其中，耕图 21 幅，描绘了从水稻"浸种"到"入仓"的相关工作环节；织图 24 幅，描绘了从"浴蚕"到"剪帛"的养蚕与丝织工作流程。受楼璹《耕织图》的影响，从南宋初年到清代末年，我国至少产生了几十套体系化耕织图，如元代程棨《耕织图》、明代宋宗鲁《耕织图》、清代康熙《御制耕织图》等。对于这些体系化耕织图，传统主流观点主要是将其作为如农书那样的农学著作与技术

---

① 关于这些与农耕相关的图像，可参见中国农业博物馆编《中国古代耕织图》，中国农业出版社，1995 年；王红谊主编《中国古代耕织图》，红旗出版社，2009 年。
② 游修龄《中国古代耕织图·序》，中国农业博物馆编《中国古代耕织图》，中国农业出版社，1995 年，序一第 1 页。

性文本来看待。如，楼璹《耕织图》就被称为"我国第一部图文并茂的农学著作"①，起到了"普及劳动生产知识，推广农业技术的作用"②。但实际上，耕织图技术推广的意义并不大，其创作的目的在于宣扬"农为天下之大本"的重农理念并劝课农桑，深刻体现出传统中国的时空观、地域观以及正统观等思想观念，而蕴藏于其后的根本目的，则在于宣扬并维持一种帝王重农并爱民、民则勤于业以供帝王的道德准则与社会秩序。③

南宋以后体系化耕织图的绘制，主要是一种官方行为，或由帝王赞助与发起，或由政府官员等主持绘制。与此同时，历史上随着越来越多耕织图册的绘制，其影响力亦越来越大并作为一种重要主题而广泛进入文人绘画、年画、苗蛮图、外销画、农书、日用类书、瓷器、家居设施等领域，表现出多样化的呈现形式与"图像环路"④。比如日用类书，从南宋末年的《事林广记》开始，宋元明清时期的日用类书中的"耕织门"都曾收录耕织图。⑤再以传统年画为例，其中的众多题材，即是体系化耕织图的变体与呈现，具体如天津杨柳青的《年年有余》《庄家忙》《五谷丰登》，山东潍坊杨家埠的《男十忙》《女十忙》，苏州桃花坞的《丰收图》《渔樵耕图》等。著名年画专家王树村认为，早在宋代，反映男耕女织的耕织图

---

① 臧军《楼璹〈耕织图〉与耕织技术发展》，《中国农史》1992年第4期，第78页。
② 闵宗殿主编《中国农业通史·明清卷》，中国农业出版社，2016年，第466页。
③ 可参见王加华《显与隐：中国古代耕织图的时空表达》，《民族艺术》2016年第4期，第119—127页；《技术传播的"幻象"：中国古代耕织图功能再探析》，《中国社会经济史研究》2016年第2期，第10—17页；《谁是正统：中国古代耕织图政治象征意义探析》，《民俗研究》2018年第1期，第57—71页；《教化与象征：中国古代耕织图意义探释》，《文史哲》2018年第3期，第56—68页；《处处是江南：中国古代耕织图中的地域意识与观念》，《中国历史地理论丛》2019年第3辑，第126—139页；《形式即意义：重农、劝农传统与中国古代耕织图绘制》，《开放时代》2022年第3期，第126—138页；《中国古代耕织图的图文关系与意义表达》，《民族艺术》2022年第4期，第141—152页。
④ "图像环路"指"某类特定图像在涉及图绘的不同媒介之间流通"，即同一种图绘主题在不同媒介中的传播与表现。具体参见〔英〕柯律格《明代的图像与视觉性》（第二版），黄晓鹃译，北京大学出版社，2016年，第50页。
⑤ 付永强《日用类书中的耕织图研究》，山东大学硕士学位论文，2023年；杜新豪《证史与阐幽：明代中后期日用类书中的耕织图研究》，《民俗研究》2022年第4期，第72—83页。

像就已出现在年画之中,明代以后更是在木版年画中大量出现。北方木版年画中的《庄家忙》《男十忙》等作品,就是受南宋楼璹《耕织图》、金代《稼穑图》等影响的结果。此外,一些非表现农耕的题材,如《大过新年》《合家欢庆》等,亦是以元代《农桑图》为稿本创作而来。[1] 通过将康熙《御制耕织图》与杨柳青年画中相关图像的对比分析,詹姆斯·弗拉斯(James Flath)亦确认了耕织图对年画创作的深刻影响。[2] 解丹则认为,目前所知最早表现耕织题材的年画为明嘉靖十年(1531年)南萧隐士所收藏的凤翔木版年画《女十忙》,画面内容为根据楼璹《耕织图》"织"图概括、组合而成的纺织劳动环节,只是将楼图的蚕桑生产与纺织换成了棉纺织劳作。[3] 正因如此,有学者将年画耕织图像称为民间化与民俗化的耕织图。[4] 那年画耕织图像的意义何在呢?装饰美化是其中的一个重要方面,但其背后亦有教化劝农的意义在里面。正如清人李光庭所言:"扫舍之后,便贴年画,稚子之戏耳。然如《孝顺图》《庄家忙》,令小儿看之,为之解说,未尝非养正之一端也",并配诗曰:"依旧葫芦样,春从画里归。手无寒惧碍,心与卧游归。赚得儿童喜,能生蓬荜辉。耕桑图最好,仿佛一家肥。"[5] 年画耕织图像上的文字也说明了这一点。如,天津杨柳青年画《农家自乐》就说:"世间乐,种庄田,农家总算头一行,自古种田尧访舜王,称得起是位大圣贤。不是我庄农夸口,草帽一戴,胜如做官;父母太爷管一县,庄稼老坐荒郊,指手为边。吾说这话如不信,鞭子一拿,荒地为王。调度工人,督办野场,以我独尊,自称皇上。横骑牛背乐安然,五雷阵唱几句二黄,虽无大富大贵,现有几石红高粱,倘若遇上大比年,不

---

[1] 王树村、王海霞《年画》,浙江人民出版社,2005年,第103、105—107页。
[2] 〔加拿大〕詹姆斯·弗拉斯《农耕、纺织、版画:〈耕织图〉影响下的年画》,王璐译,冯骥才主编《年画研究·2020年冬》,文化艺术出版社,2020年,第85—94页。
[3] 解丹《凤翔木版年画中耕织图像的研究》,《上海纺织科技》2018年第11期,第81—83页。
[4] 朱洪启《耕织图与我国传统社会中农业技术及农业文化传播》,《科普研究》2010年第3期,第91页。
[5] (清)李光庭《乡言解颐》卷四《物部上·年画》,清道光刻本,第39页。

如我天天进场，就是落了第，亦可再种晚庄田。"①

除年画外，耕织图还进入民居建筑，成为建筑装饰，如在浙江义乌一座建于清光绪年间的民居（名"楼下厅民居"）中，在槅扇门窗上就有仿清代《御制耕织图》木雕装饰。其中耕图12幅，分别为浸种、耕、布秧、插秧、淤荫、灌溉、收刈、登场、持穗、簸扬、入仓、祭神；织图12幅，分别为浴蚕、三眠、分箔、采桑、练丝、蚕蛾、祀神、织、络丝、经、染色、裁衣。只是每幅木雕根据图幅大小对雕刻元素做了不同程度的更改与重新布局，而非完全照搬。②耕织图还被应用于瓷器烧制，成为瓷器纹样。清康熙、雍正、乾隆一直到光绪时期，均生产过大量"耕织图"瓷器制品，如乾隆青花耕织图扁壶、胭脂地开光粉彩耕织图瓶、粉彩耕织图瓷挂瓶、道光粉彩耕织图鹿头尊、粉彩人物耕织图碗、粉彩耕织图茶壶，等等。③耕织图还进入钱币制造环节，成为钱币图案。比如，1935年中国农民银行委托英国德纳罗印钞公司印制的1元、5元、10元法币就使用了清代雍正《耕织图》图像：1元券正面左侧为"二耘"，右侧为"拔秧"；5元券正面左侧为"持穗"，右侧为"簸扬"；10元券左侧为"登场"，右侧为"帘"。抗日战争与解放战争时期，中国共产党领导的解放区人民政权发行的纸币也曾使用过耕织图，如晋察冀边区银行1944年版100元币中的"插秧"、北海银行1946年版100元币中的"耕"、华中银行1945年5角币中的"登场"和"帘"、西北农民银行1948年1万元币中的"灌溉"等。④这些不同形式上的耕织图像，也都体现出对农业生产的关注与重视。

此外，耕织图还东传日本、朝鲜等国并产生了比较大的影响，如据

---

① 转引自王树村《中国民间年画》，浙江教育出版社，1995年，第134页。
② 张枫林《义乌清代民居发现木雕系列〈耕织图〉赏析》，《南方文物》2020年第2期，第285—294页。
③ 王红谊主编《中国古代耕织图》上册，红旗出版社，2009年，第234—251页。
④ 单浩宇《民国纸币上的雍正耕织图》，《江苏钱币》2012年第2期，第37、38页。

日本学者渡部武的考证，中国古代耕织图最早传入日本大约是在 15 世纪末期。① 《耕织图》传入日本后，初期多被用于家庭装饰，其中的"耕图"多被制成屏风、隔扇等艺术品，作为山水画供人欣赏，并对日本绘画的技法、风格等产生了很大影响。比如，梁楷《耕织图》东传日本后，受到狩野画派追捧，形成风行一时的"梁楷样"，成为屏风绘、隔扇绘的"粉本"，并逐渐形成效仿中国耕织图的日本"四季耕作图"，流行时间约 400 年。② 而"织图"则对日本江户时代的浮世绘（也就是风俗版画）影响显著，甚至还出现了专门的养蚕浮世绘——"蚕织锦绘"。古代日本与朝鲜同属儒家文化圈，深受传统儒家文化的影响。此外，与古代中国一样，古代日本与朝鲜也都是以农为本的国家，因此耕织图的传入与产生影响，背后的根本支撑因素亦是重农、劝农的认知与传统。

结语

以上我们从口头传统、仪式行为、文字书写、图像系统四个层面，对中国古代重农、劝农传统的多样化表达方式做了非常宏观的论述与分析。从中我们可以发现，中国古代的重农、劝农理念可谓是渗入国家与社会的方方面面：从帝王圣贤到升斗小民，从宫廷大内到田间地头，从国家仪典到人生大事，从帝王诏书到农书创作，从文字创作到口头讲述，从高雅艺术到家居日用，从物质世界到思想观念，从现世人生到地下世界，无不体现着农耕活动的深深印记。这充分体现出农业生产对传统中华文明的深刻影响。

谈及中华文明，我们都会承认并强调其农耕文明的特质，承认农耕

---

① 〔日〕渡部武《〈耕织图〉对日本文化的影响》，陈炳义译，《中国科技史料》1993 年第 2 期，第 12 页。
② 陶红《梁楷〈耕织图〉存世和"减笔画"特征及对日本"四季耕作图"的影响》，《丝绸》2020 年第 12 期，第 105—113 页。

活动对中华文明产生了深刻影响,但对农业生产究竟是如何影响中华传统文明的却并未做深入探讨与分析,而更多将其作为一个似乎无须论证的先验前提与基础。事实上,不论是从国家政治运作,还是从社会维持与民众生活来说,都与农耕传统有着内在的紧密逻辑联系。以政治运作来说,受以农为本与重农、劝农传统的深刻影响,产生了相应的管理理念与政治实践。正如白馥兰所认为的那样,"在中国两千余年的农业社会中,劝农的伦理政治观,与相应的农耕仪式和实践,始终贯穿于国家管理体系中,通过各种政府管理事务体现出来"[1],由此成为中国古代"政府的哲学理念和治理技巧的核心所在"[2]。而从本源性的角度来说,中国古代亚细亚生产方式的形成,就与黄河中下游地区土质疏松易于发展农业生产同时又洪涝频发的自然地理条件紧密相关。为了发展农业生产,为了治水的需要,人们必须建立紧密的社会联系,于是天然的血缘关系便成为人们加强社会关系的最重要纽带,由此形成了中华文明重视血缘亲情的文化传统,而固居一处、安土重迁的农业生产方式则加固了血缘亲情关系的稳定性。对血缘亲情关系的强调,又进一步深刻影响了中华文明的国家治理、社会运作与民众生活,比如家庭本位、崇宗敬祖、泛神信仰、血缘宗法制、家国同构、重人伦情义、礼仪为本等。[3]再比如传统中国乡村生活,表面看来杂乱无章、毫无规律可言,但实际有其结构性特征在里面,即对农事节律的遵循,表现出一种强烈的农事节律特色,而这又深刻影响了传统中国的时间观与总体社会发展。[4]总之,农业生产深刻参与并影响了中华传统文明

---

[1] 白馥兰《跨文化中国农学》,董晓萍译,中国大百科全书出版社,2018年,第39页。
[2] 白馥兰《技术、性别、历史:重新审视帝制中国的大转型》,吴秀杰、白岚玲译,江苏人民出版社,2017年,第87页。
[3] 陈炎《儒家文化的历史生成》,《天津社会科学》2015年第4期,第108—119页;黄郁成《"礼"的塑型:"大一统"国家与小农经济社会》,《社会科学》2017年第7期,第145—155页;王亚南《中国官僚政治研究》,中国社会科学出版社,1981年。
[4] 王加华《被结构的时间:农事节律与传统中国乡村民众年度时间生活》,上海古籍出版社,2015年,第275—291页。

的塑造过程，使国家政治、民众生活等都深深打上了农耕传统的印记。在生产方式与社会文化剧烈变革与转型的今天，要更好地开展国家建设，更好地开展非物质文化遗产保护传承，更好地推进中华优秀传统文化"两创"，必须对中华传统文明的农耕印记有一个清晰的认识与了解。

学生互动摘要

王加华教授的演讲结束后，同学们针对古代重农、劝农思想的本质与当代社会的一致性、农业生产与中国人的基本生活方式、官方与民间在祈求农业丰收仪式上的互动关系等问题进行了踊跃提问。有同学疑惑，耕织图这类更多产生形而上意义的文本有没有可能深入民间发挥作用？王老师回答，"能不能发挥作用"与"是否相信能发挥作用"实际上是两个问题，目前还鲜有耕织图对民间发挥作用的材料。另有同学疑惑，耕织图所表现的主题大部分是基于汉文化元素创作的，那为何清朝统治者在实现了对全国的有效掌控后仍然进行着这类创作？王老师认为，尽管他们已经实现了对全国的统治，但不代表他们的心理上就能够实现完全的自信。耕织图的绘制与颁赐，也是清朝统治者应对明朝遗民不认同态度的一种"软手段"。还有同学好奇官方和民间都有祈求农业丰收的仪式，那么二者之间的互动关系如何？王老师以立春的节俗为例做了解答，他提及"祭春神""说春官"等民间节俗就是受到官方仪式的影响而出现的，而本属于民间的节俗"烧春"登上了官府的大雅之堂，则是民间仪式被官方吸纳的表现。

2023年4月12日，同学们又围绕讲座内容展开了评议与讨论。主持人张佳伟从多媒介材料的选择、文本的实际社会功能、民间文学名词意义的分析、耕织图作为研究视角和方法等方面，对王老师的观点予以总结与思考。他认为，首先我们还可以再细化王教授对于材料所作的分类，比如图像资料中，画像石、敦煌壁画、耕织图、年画等不同类型的图像资料，是否可以归为一类？其所承担的功能是否相同？其次，民间文学的演说场合与讲述语境也值得我们思考，比如王教授所列举的口头传统与仪式活动，是否确有重农、劝农之功用？"迎春歌""说春"等仪式活动可能只是农者之间的交流方式。最后，我们该如何去分析民间文学在生活中所实际发挥的功能？某一民俗现象，究竟是在真实环境中起着指导生活的作用，还是更多为了满足操行者的精神需要？

在讨论环节，同学们在语境意义、耕织图的性质、上位者视角与民间声音、统治阶级与民众的关系等问题上继续展开了讨论。有同学总结，语境是指引我们思考问题的重要角度，民众在言辞与行动之间有着微妙的关系。也有同学提出，"重农、劝农"本身就是一种上位者的视角，民众需要的则是切实的知识传递与情感满足。也有同学疑惑，统治阶层的创作究竟能否被纳入民众生活之中。在上述多元化的思考与交流中，同学们加深了对民间文学研究所需的资料范畴、文本功能的发挥及中华文明特性等内容的理解。

（摘要撰写人　张佳伟）

唐代经营西域的民间文学遗产

朱玉麒

编者按：2023 年 3 月 15 日，北京大学中国古代史研究中心暨历史学系朱玉麒教授为北京大学中文系民间文学专业的同学们做了题为"唐代经营西域的民间文学遗产"的讲座并展开交流。

朱玉麒教授在以西域为中心的中西文化交流史研究方面卓有成就。本次讲座涉及三个话题：首先是唐代征服高昌时涌现的一首童谣，朱教授不仅详细介绍了这首童谣与战争的具体关联，更展示了该童谣在不同学者笔下呈现出的多样面目，从一个侧面显示出民间文学文本具有脱离语境而独立存在和生发的生命力。其次是从吐鲁番出土文书中发现了多首西州学郎习字的通俗诗歌，而且在遥远的长沙窑陶罐上竟然也发现了类似的异文，再次证明民间文学尽管以口耳传播为主，但从不抗拒利用各种可能的介质，以穿透时空而延伸其内在活力。第三个话题则是关于唐代记功碑的，它们已经超越原本的功用，被后世附加上了多样的民间文化信息。朱教授的讲座提醒民间文学研究者应该更主动地向其他学科虚心请益，以期锻炼出更加宏阔的学术品质。

唐代两关以外的西域，是丝绸之路重要的经行之地，其民间文学遗产《大唐西域记》的记录是最重要的渊薮。① 但是，玄奘从焉耆国开始了西域的讲述，在其东边的高昌国，此时已不再是唐朝疆域之外的西域地面，而成为唐帝国的一个州郡（西州/交河郡），被"政治正确"的玄奘在《大唐西域记》中放弃了。② 吐鲁番盆地丰富的民间文学故事，因此而缺失。

通过其他的历史记录和出土文献，我们仍然可以让这缺失的部分有所呈现。本次讨论即将以吐鲁番盆地为中心，从三个方面揭示唐代经营西域的民间文学遗产。

一、高昌童谣——丝绸之路上的攻心战

（一）高昌童谣在战争中的利用

吐鲁番盆地遗存的唐代经营西域的民间文学遗产，第一个例证是高昌童谣，它展现了唐代征服高昌的过程中民间文学因素的参与，即利用童谣介入战争而发起的攻心战。

高昌原本是丝绸之路上吐鲁番盆地的一个绿洲地方政权，唐太宗经营西域，于贞观十四年（640年）平定高昌，是整个西域战役的开局，战争的成败决定着将来的走向，结果是侥幸成功。说是侥幸，因为劳师远征，兵家之忌。唐军因此如临大敌，做了相当细致的备战，以至于将民间文学的手段也参与其中。

《旧唐书·西戎传》的高昌部分，有差不多四分之三的篇幅在写平定

---

① 《大唐西域记》的民间文学元素，研究成果非常丰富，比较有代表性的成果，可参刘守华《唐玄奘采录的古代西域民间故事》，《中国典籍与文化》1998年第4期，第88—95页；董晓萍《〈大唐西域记〉的民俗学研究——佛典文献与口头故事》，《民俗典籍文字研究》2014年第2期，第44—65页。

② 玄奘《大唐西域记》地理描述的"西域"概念，可参荣新江、文欣《"西域"概念的变化与唐朝"边境"的西移——兼谈安西都护府在唐政治体系中的地位》，《北京大学学报》2012年第4期，第113—119页。

高昌的战役，从宣战、备战、征战到善后，描述井然有序，这与唐代国史修纂在资料收集上的严密程序直接相关。①

备战的过程，可以看到唐朝多方面的主动性。首先是确立了团结西边游牧部落的盟军机制，从中原本部派出的军队并不太多，而是外联具有内亚作战经验的薛延陀、突厥、契苾部落，就近兵临高昌。其次，是做了较好的情报工作，如了解到天山北麓大量的松树可为攻城器械，于是轻装上阵，"召山东善为攻城器械者，悉遣从军"②，到达西域之后才准备具有攻城杀伤力的重武器。再次是布将，在征服西边游牧部落如吐谷浑的战争中获得作战经验的侯君集、薛万钧，和善为攻城器械的将作大匠姜行本，均被派为此次"交河道行军"的正副大总管。

详细的征战过程，自然在缜密的备战之后，始终是胜利的凯歌，这里不赘述。值得专门提出的，是《旧唐书·高昌传》在高昌城破的记载之后，还补充了战争打响之前高昌城中的童谣传唱环节：

先是，其国童谣云："高昌兵马如霜雪，汉家兵马如日月。日月照霜雪，回手自消灭。"文泰使人捕其初唱者，不能得。③

此后，这首歌谣，在五代以来至北宋的《唐会要》和《新唐书》《册府元龟》等相关典籍中，均有所记载。

这一记载，说明战争还没有开始的时候，高昌国里忽然有儿童开始传唱"汉家兵马灭高昌"的歌谣，唱得人心惶惶，于是国王麹文泰派人去抓捕初唱之人。虽然是举国之力追根究底，仍然像大多数的民谣一样，来踪去影，杳不可得。麹文泰在唐军进入西域之后，尚未接战，就内外受惊

---

① 平定高昌具体的战争记录与战术分析，参见朱玉麒《高昌童谣与唐代西域的战争》，《敦煌学》第 39 期，南华大学敦煌学研究中心，2023 年，第 23—44 页。
② （后晋）刘昫等撰《旧唐书》卷六九《侯君集传》，中华书局，1975 年，第 2510—2511、2510 页。
③ （后晋）刘昫等撰《旧唐书》卷一九八《西戎·高昌》，中华书局，1975 年，第 5296 页。

而死。用童谣的方式来动摇地方政权，作用是明显的。

我们实际上也知道，所谓"高昌童谣"并不真的是高昌儿童的首唱，而是唐朝的先遣人员"候骑"——就是探子——预先进城用利诱的手法，教唆了这些孩子把朗朗上口的谣言散播开来。

用谣言这一手段蛊惑人心，不是唐军的发明，这在中国古代的战争中多有应用。例如，在帝制中国早期推翻秦朝的陈胜、吴广起义中，《史记·陈涉世家》就曾记载：

> 陈胜、吴广喜，念鬼，曰："此教我先威众耳。"乃丹书帛曰"陈胜王"，置人所罾鱼腹中。卒买鱼烹食，得鱼腹中书，固以怪之矣。又间令吴广之次所旁丛祠中，夜篝火，狐鸣呼曰"大楚兴，陈胜王"。卒皆夜惊恐。旦日，卒中往往语，皆指目陈胜。[1]

陈胜、吴广在起义之前，通过占卜者的暗示，用预置鱼腹中书和冒充狐鸣的方式，将"陈胜王"的谣言制造了所谓的天意，揭竿而起的舆情从此将陈胜、吴广推向了起义的风口浪尖。

所以，谣言的功效，要么就是如陈胜、吴广那样建立起本身的军心，要么就是像唐平高昌那样，摧毁对方的军心。"候骑"在高昌战争中的使用，是有明文记载的，如麹文泰死后，侯君集的大部队到达高昌国北边的柳谷，"候骑言文泰克日将葬，国人咸集。诸将请袭之"[2]。连麹文泰的丧葬时间都已经了如指掌，可见探子在高昌城中埋伏布局已久，散播谣言的机会绰绰有余。

---

[1] （西汉）司马迁撰《史记》卷四八《陈涉世家》，中华书局，1982年，第1950页。
[2] （后晋）刘昫等撰《旧唐书》卷六九《侯君集传》，中华书局，1975年，第2510—2511、2510页。

（二）宋人对高昌童谣的误读

五代时期修纂的《旧唐书》记录平定高昌的过程如此详细，是因为它的史料来源是唐代史馆保留下来的实录和国史旧本，使用童谣的战术被记录下来，是以当时战争凯旋后报送史馆的表状为依据。唐朝的史官都很明白，这是"制造"出来的"天人感应"，是战争使用的手段，并不属于史书"五行志"记录灾异的天意呈现，所以《旧唐书·五行志》里就没有收录这一事例。但是这首高昌童谣却在不太远的后世出现了各种误读。

北宋年间《新唐书》再修《五行志》时，宋人不明史源，将高昌童谣作为天意呈现的"妖言"，写入了《新唐书·五行志》中。[①] 这种史源混乱造成的童谣误读，一个旁证是在《新唐书》的《五行志》和《高昌传》两处都做了记载，可见北宋史官对于前朝往事的陌生，重新组合了史料，一方面是将制作的童谣当作"妖言"收入《五行志》，造成了对于高昌童谣历史背景的第一层误读。

而另一方面，《新唐书》又将高昌童谣进行修改，放进了《高昌传》：

> 先是，其国人谣曰："高昌兵，如霜雪；唐家兵，如日月。日月照霜雪，几何自殄灭。"文泰捕谣所发，不能得也。[②]

改造唐人原文，是《新唐书》书写被诟病最严重的因素之一。《旧唐书》的高昌童谣是"回首自消灭"，接近口语，是童谣体。到了《新唐书》，一切文句都以雅化为目的，"几何""殄灭"这样的书面语也写进了歌谣，雅则雅矣，而童真俱失。非唯如此，《新唐书》的编纂者还犯了唐诗之大

---

① 中古正史《五行志》的书写体例，可参游自勇《中古〈五行志〉的史料来源》，《文史》2007年第4辑，第77—91页；游自勇《"弃常为妖"——中古正史〈五行志〉的灾异书写》，《历史研究》2022年第2期，第55—77页。
② （宋）欧阳修、（宋）宋祁撰《新唐书》卷二二一上《西域上·高昌》，中华书局，1975年，第6222页。

忌，即唐人都自称为汉人，"以汉喻唐"是唐诗非常重要的修辞特点。有学者曾专门在《全唐诗》检索"汉家"和"唐家"的表述，结果发现唐人称"汉家"的有 230 例，自称"唐家"的非典型例子只有 2 例。[①]《新唐书·高昌传》忽略了唐人称谓的时代用词，使这一宋版升级，造成了高昌童谣语言背景的第二层误读。

这种曲解也不只发生在《新唐书》中，到了南宋，学者孙奕《履斋示儿编》中的诗学解读更加有趣：

> 光武即位，祝文曰"上当天地之心"，地果可与天同称上耶？宋玉赋曰"料天地之极高"，地果可与天同称高耶？《唐·高昌传》曰"高昌兵如霜雪，唐家兵如日月，日月照霜雪，几何自殄灭"，谓日灭霜雪可也，谓月灭霜雪可乎？昌黎诗曰"潢潦无根源，朝满夕已除"，谓潢潦无源可也，谓潢潦无根可乎？[②]

这里列举了古代诗文中复合词的使用问题。对于高昌童谣的解读，孙奕批评说，太阳的光热把霜雪消融是可以的，但月亮怎么去灭了霜雪呢？所以他认为"日月照霜雪"的"月"字是用错了。听起来这个分析好像也挺有道理的，但他忽略了中国诗歌创作的一个修辞特点，即"偏义复词"或称"复词偏义"。黎锦熙《国语中复合词的歧义和偏义——〈古书疑义举例〉的理董和扩张》将其定义为"复合词中之并行词，有偏用其一字之义，而他字则连举而不为义者"[③]，即两个意义相关或相反的语素组合成一个词，在特定的语境中实际上只取其中一个语素意义，另一个语素只起陪衬音节

[①] 刘明华《杜诗"以汉喻唐"的结构和内涵》，《文学遗产》2001 年第 4 期，第 123—126 页。
[②] （宋）孙奕撰，侯体健、况正兵整理《履斋示儿编》卷一三"正误·意误"，中华书局，2014 年，第 221 页。
[③] 黎锦熙《国语中复合词的歧义和偏义——〈古书疑义举例〉的理董和扩张》，《女师大学术季刊》1930 年第 1 卷第 1 期，第 9 页。

的作用。

　　偏义复词的现象，古人已经注意到，如王肃、孔颖达、陈骙、顾炎武、阎若璩等，都对此有所发明，见怪不怪。因为偏义复词的使用，在古今汉语中不胜枚举，以唐诗为例，比如"战士军前半死生，美人帐下犹歌舞"（高适《燕歌行》）中的"死生"，偏指"死亡"；"有孙母未去，出入无完裙"（杜甫《石壕吏》）中的"出入"，偏指"外出"；"二年流窜出岭外，所见草木多异同"（韩愈《杏花》）中的"异同"，偏指"差异"；等等。这些偏义复合词都是伴随着双音化词语的出现而诞生，从临时性的言语性偏义而定型化为语言性的偏义现象。高昌童谣中的"日月照霜雪"，"日月"正是这样一个为了迁就双声、押韵而组合的偏义复词，"月"字在其中只是诗歌的结构意义，并不具有语素意义。

　　高昌童谣的真实现场可能是：月光虽然不足以消灭霜雪，却在小儿辈熟悉的自然现象上产生了画面可感和押韵易诵的功能，这种符合民间口耳相传的语言特点，被唐朝的候骑所利用，从而制造出接近于原生态的童谣，赢得了贞观十四年（640年）高昌儿童在吐鲁番盆地的广泛传唱。

　　于此可以稍加总结的是：高昌童谣是唐军平定高昌战役所使用的一种心理战术，《新唐书·五行志》"诗妖"类中收录了高昌童谣，误将此童谣作为高昌国灭亡的天意表现。《新唐书·高昌传》修改了高昌童谣，违背了唐代文学修辞的"以汉代唐"的风格。而所谓"日月"一词的使用只是一种诗歌表现方法，《履斋示儿编》忽略了唐诗修辞偏义复词以迁就押韵的功能，批评难称公允。

二、西州学郎 —— 丝绸之路上的习字课

　　平定高昌后，吐鲁番盆地改称西州，成为唐王朝与内地一视同仁的地方建置，一系列的制度完全与中原同步，甚至包括儿童接受早期教育的学习方式。童蒙教育中的民间表现，出土文书为我们提供了丰富的素材。

（一）中古时期西州儿童的学习生态

大概从公元3世纪开始，河西走廊的内陆移民逐渐成为吐鲁番盆地的主要居民，一种与中原内地相关而独特的丧葬习俗在这里持续了五六百年，这个按照中原王朝纪年，相当于晋唐时期的中古时代。吐鲁番的先民利用文书写作后废弃的纸张做成纸鞋、纸帽、纸衣服，甚至还有纸棺下葬，它们在异常干旱的环境中保存至今。这些纸张，很多是在公文书使用废弃若干年之后，被转到凶肆（类似今天寿衣铺这样的设置）做最后的废物利用，有时甚至在进入凶肆之前，还被当作儿童习字用纸，比如儿童会在背面练字。吐鲁番干旱的地理环境，使得年蒸发量远远超过降水量，所以死尸没多久就变成一具天然的"木乃伊"，他所穿着的纸鞋等也保存得非常完好，变成了难得的出土文书。这些文书都不是为保存而保存下来的，所以它是历史时期的一种遗留性史料，是吐鲁番社会在运作过程中未经后世史家主观遴选的当地社会文献。

比起敦煌文书作为一个佛教寺院藏经楼的遗存，吐鲁番墓葬文书更多地体现为世俗社会日常生活的文字遗存；它也不像敦煌文书那样，在莫高窟17窟被打开之后就不太可能再有大批的文书出现。在吐鲁番，每一个3—9世纪的墓葬被打开，大概都能够看到多层文书粘贴出来的纸鞋及其相关附属物。虽然它们不完整，都是一些被剪碎成鞋样的碎片——我们常说历史文献本身就是历史的碎片，吐鲁番文书的研究更是这碎片的碎片——但它却是一种可持续发现的文书资料。如前所述，吐鲁番的移民来自中原内地，公元640年以后，吐鲁番更是唐朝的一个正州，正是由于吐鲁番文书的出土，为那些在内地未能留下证据的制度与生活细节提供了研究历史的历史机遇。

笔者曾经利用吐鲁番文书统计过其中的文学资料，[①]并据此研究过当

---

① 朱玉麒《吐鲁番文书中的汉文文学资料叙录》，《吐鲁番学研究》2009年第2期，第89—98页；增订本见朱玉麒《瀚海零缣：西域文献研究一集》，中华书局，2019年，第114—130页。

地汉文文学的传播与接受状态。^① 在笔者的研究中，吐鲁番的文学史料可以分为三种类型：经典文学、民间文学和应用文学。由于大量属于儿童习字残片和作业本的出现，我们得以管窥中古文学生成的民间生态。

首先，我们从儿童习字开始说起，比如说我们从墓葬里得到的吐鲁番文书，常常是皱巴巴的，碎成几片，文字隐约的官文书已经无法拼接出原本的状态，但是这些破碎的纸张背面，有时有儿童习字，且每个字会重复书写。这样的话，就比较容易根据背面的字迹把那些破碎的纸张缀合到一块。在获得一张完整的官文书状态纸张的同时，再翻过来看为复原这张文书做出贡献的背面儿童习字，你会发现中国教育史上的一个重要原则，即每个字写三遍的生字训练规律，原来在唐代就已经根深蒂固。这个重复训练的传统至今延续，但那不是我们现在的老师发明，而是在中国历史时期，历代的祖师爷对于形声字掌握的记忆规律琢磨出的重要经验：一遍两遍记不住，四遍五遍又会产生审美疲劳；所以，三遍是毛笔字习得生字比较合适的重复程度。

我们曾经试着把一篇出土文书中儿童习字中重复的字去掉，[②] 这时会发现这是一首诗歌。破碎比较严重的后半部分是《先秦汉魏晋南北朝诗》里隋朝人岑德润写的《咏鱼》诗：

剑影侵波合，珠光带水新。莲东自可戏，安用上龙津。[③]

在它之前，是仅缺一字的五言绝句，根据文意，我们拟题《咏月》：

□帘钩未落，斜栋桂犹开。何必高楼上，清景夜徘徊。

---

① 朱玉麒《中古时期吐鲁番地区汉文文学的传播与接受——以吐鲁番出土文书为中心》，《中国社会科学》2010 年第 6 期，第 182—194 页。
② 《古诗习字残片》（岑德润五言诗突）(2006TZJI：006+2006TZJI：007+2006TZJI：073+2006TZJI：074)，荣新江等主编《新获吐鲁番出土文献》，中华书局，2008 年，第 356 页。
③ 逯钦立辑校《先秦汉魏晋南北朝诗·隋诗》卷五，中华书局，1983 年，第 2694 页。

《咏月》抄写在岑德润之前，再根据格律方面的一些问题，可以判定大概就是六朝时期的作品。但它没有出现在今天已知的唐以前任何文学类典籍中，所以一千年以后，是通过西州儿童的习字，得到了一首佚诗。同时，也从中看到另一个具有教育史意义的特点：在启蒙教材的使用中，唐人将古诗作为一种新的习字模板，而不仅仅停留于《急就篇》《千字文》《开蒙要训》等传统识字课本上，这是唐诗作为一个时代的文学标志屹立于中国古代韵文高峰的群众基础。另外，我们也可以看到这种南朝化风尚的诗歌已经普及到了边州，可以证明吐鲁番的文化与中原文化早已水乳交融、一脉相承。①

（二）民间传播的学郎诗

吐鲁番文书保留下来的儿童作业不止一件。其中最具有民间文学意义的，是一个西州私塾学生卜天寿在景龙四年（710年）12岁的时候留下的一个作业本。这个长达5.2米的卷子，抄写了《郑氏论语注》177行，②这是儒家经典史上的一件大事，因为东汉郑玄注《论语》，在北宋之后就失传了，卜天寿的作业本帮我们恢复了将近五分之一篇幅的郑注。民间文学的元素在作业本上如何体现的呢？那是在卜天寿抄写完成他的《论语》作业后，纸幅余白，即末尾留下了一截空白的篇幅来，他觉得不能浪费，就开始在后面自由发挥，默写之前能够背诵的诗文，包括《十二月新三台词》及一些五言诗与杂写。③这种没有拘束的书写，体现了很多汉文书写的原生态特点，与前面抄写的《论语》大不相同，它更多地带有民间口传

---

① 关于这首佚诗的研究，可参李肖、朱玉麒《新出吐鲁番文献中的古诗习字残片研究》，《文物》2007年第2期，第62—65页；增订本见朱玉麒《瀚海零缣：西域文献研究一集》，中华书局，2019年，第153—162页。
② 《唐景龙四年（710年）卜天寿抄孔氏本郑氏注〈论语〉》[67TAM363：8/1（a）]，唐长孺主编《吐鲁番出土文书》叁，文物出版社，1992年，第571—581页。
③ 《唐景龙四年（710年）卜天寿抄孔氏本郑氏注〈十二月新三台词〉及诸五言诗》[67TAM363：8/2（a）]，唐长孺主编《吐鲁番出土文书》叁，文物出版社，1992年，第572—583页。

文学的特点，如其中的《写书今日了》：

> 写书今日了，先生莫酰池［嫌迟］，明朝是贾［假］日，早放学生归。

在书写特点上，可以看到卜天寿跟着众多学童背会这首厌学的诗歌时，还有很多字都不会写，所以将"嫌迟"写作了"酰池"，"假日"写成了"贾日"。唐代儿童的蒙学课，如前所述，《急就篇》《千字文》《开蒙要训》等是基础的识字教材，在"嫌迟"这样生僻的字眼还没有学过的时候，谐音的"酰池"二字就从以往《千字文》习得的"海酰河淡，鳞潜羽翔……昆池碣石，巨野洞庭"中冒了出来。

同音替换的文字误书还在其次，这种学郎体的诗歌，甚至在内容上也发生了替换，学者已经指出这首作品是敦煌文书中《今日写书了》（S.692）和《竹林清郁郁》（P.2622）的翻版。[1]我们还在远隔千里的湘江边的唐代长沙窑陶罐上读到过工匠在釉下彩里书写的五言诗句：

> 竹林青郁郁，鸿雁北向飞。今日是假日，早放学郎归。[2]

可见，"假日放归"这样的概念是当时的顺口溜，大家都从儿时的习得中自由改编，根据自己的记忆和当时的情景进行重组。卜天寿在这里的"贡献"，是根据自己的学识造成了文字的形音讹误，并即景做了想当然的改造。

又如另一首《高门出己子》：

---

[1] 徐俊《敦煌学郎诗作者问题考略》，《文献》1994年第2期，第14—23页。
[2] 《长沙窑·作品卷》编委会主编《长沙窑·作品卷》贰，湖南美术出版社，2004年，第29、19页。

> 高门出己子［杞梓］，好木出良才。交□学敏［问］去，三公河［何］处来。

诗歌里也是别字很多。"己子"可能是"杞梓"，"学敏"当然是"学问"，"河"当作"何"。这是一首宣扬"读书做官论"的"励志"诗作。相似的内容，敦煌文书 S.614 有"高门出贵子，好木出良才。男儿不"的残句。同样是长沙窑中，也出现过相似的诗句：

> 天地平如水，王道自然开。家中无学士，官从何处来。①

诗歌的格调一样，但是随着传唱，改变了很多内容，譬如前两句的比兴手法，就更换了兴起的场景，后面的"三公"，在这里也直截了当称作了"官"。

长沙窑在唐代海上丝绸之路贸易中的地位，在世纪之交因为印度尼西亚海域"黑石"号沉船被打捞，其中宝历年间大量外销陶瓷品的出现而成为热点话题，其中有 5 万多件陶瓷品被确认来自长沙铜官窑，也有书写着不被《全唐诗》所编入的民间诗歌，它们被学者称为"唐诗的弃儿"。有关民间工匠的集体诗歌创作与文人创作的互动，在这里可以找到很多生动的例证。

通常所说的民间文学的口头性、集体性、变异性等特征，都在相隔千里的不同地域发生着。

在以上的揭示中，我们可以看到这样的现象：即使是边州，人们对诗歌的爱好，受到时代的影响，也已经趋之若鹜，因此诗歌成了学习的重要范本，而高昌童谣之所以能够成为唐代击败高昌国的攻心战术武器，就是因为这种朗诵诗歌的爱好，早就在汉文化"从娃娃抓起"的歌谣状态中

---

① 《长沙窑·作品卷》编委会主编《长沙窑·作品卷》贰，湖南美术出版社，2004 年，第 29、19 页。

养成了习惯。[1] 学郎诗的普遍存在，使得儿童在改作、书写过程中，对于汉语声律与诗歌的理解也逐渐增长。唐诗成为文学高峰的群众基础，在边地学郎的临习和涂鸦中可见一斑。

三、唐碑避火——西域石刻的后世演绎

贞观十四年以后，吐鲁番盆地与中原内地的关系更加密切，制度保障使得文化教育走上了一体化的历程，这是唐代经营西域在当时产生的影响，而唐朝在经营西域的过程当中留下的纪念物，也在相隔千年之后被重新发现，继续在民间文学中演绎出新的文化信息。

（一）唐碑避火——神异与禁忌

汉代以来，中原王朝的边塞战争在取得胜利之际，总以"刻石纪功"的方式作为凯旋前的总结，因此，纪功碑的方式从东汉永元元年（89年）《燕然山铭》之后形成传统。[2] 贞观十四年平定高昌也同样有侯君集在高昌城"刻石纪功而还"的记载，[3] 甚至在战争未及发生之际，作为行军副总管的姜行本带着先遣部队"率众先出伊州，未至柳谷百余里，依山造攻具"，在攻城器械制作的时候，就利用旧有的汉碑，刻凿了纪功碑来表达必胜的信念，即所谓"其处有班超纪功碑，行本磨去其文，更刻颂陈国威德而去。遂与侯君集进平高昌"[4]。

---

[1] 在吐鲁番盆地成为唐代西州之前的高昌国时期，虽然我们没有找到类似的童谣习字例证，但是大量高昌国时期汉文文书的发现，证明了高昌童谣发生之前的吐鲁番盆地已然是一个汉文化盛行的时代，其儿童在文化习得方面的方式不会有太大改变。根据学者对吐鲁番出土文书姓氏的统计，高昌王国时期汉人占吐鲁番总人口的比例高达70%—75%。参见杜斗城、郑炳林《高昌王国的民族和人口结构》，《西北民族研究》1988年第1期，第80—86、282页。
[2] 朱玉麒《汉唐西域纪功碑考述》，《文史》2005年第4辑，第129—148页。
[3] （后晋）刘昫等撰《旧唐书》卷六九《侯君集传》，中华书局，1975年，第2511页。
[4] （后晋）刘昫等撰《旧唐书》卷五九《姜行本传》，中华书局，1975年，第2334页。

这个史书明文记载的《姜行本纪功碑》过去一直没有找到，到了清初的康雍乾三世重新经营西域，平定准噶尔，在翻越东天山达坂到达巴里坤时，找到了这块碑。它的重新发现，自然为后世增补了更多历史学的细节。同时，它在之后也衍生出很多民间传说故事，演绎了民众知识谱系中石刻神异的故事和西域战争的新史。

首先是这一碑刻在从巴里坤移置天山顶上的关帝庙后，被赋予了许多民俗学的神异和禁忌。例如，清代金石学家毕沅出使西域勘查屯田时，访问天山顶上的纪功碑，作有《访唐侯君集纪功碑》诗，自注："碑在松树塘顶，用砖石封砌，禁游人读，读之风雪立至。"[1] 同期的纪昀流放新疆，在《阅微草堂笔记》里也有类似的记录："嘉峪关外有阔石图岭，为哈密、巴尔库尔界。阔石图，译言碑也。有唐太宗时侯君集平高昌碑在山脊。守将砌以砖石，不使人读，云读之则风雪立至，屡试皆不爽。"[2] 在以上的记载中，说山脊上有一个唐太宗侯君集平高昌碑，实际上是搞错了，侯君集碑应该是立在吐鲁番的高昌城里面，这里所立的是《姜行本纪功碑》，他们作为学问家的身份，没有在这里得到体现，倒是附和当地守将的说法，将"读之则风雪立至"的神异性记录了下来，可见民间传说的过程中往往有文人的参与。

后来，道光年间的流放文人方士淦从新疆赐环东归，在《东归日记》中更加详细描述了听说的神异故事：

> 余丙戌（道光六年，1826 年）九月秒过此，曾进屋内一看碑文，约四五尺高，字字清楚，不甚奇异。因庙祝云"不可久留"，旋即出屋。顷刻间果起大风，雪花飘扬，旋即放晴，幸未误事。乃今年二月望前，伊犁领队大臣某过此，必欲看碑，庙祝跪求，不准，强进

---

[1] 《访唐侯君集纪功碑》，（清）毕沅《灵岩山人诗集》卷二五，《续修四库全书》第 1450 册，上海古籍出版社，2002 年，第 237 页。
[2] （清）纪昀《阅微草堂笔记》，上海古籍出版社，1980 年，第 171 页。

屋内。未及看完，大风忽起，扬沙走石。某趋马下山，七十里至山下馆店，大雪四日夜，深者丈余，马厂官马压死者无数。行路不通，文书隔绝数日。吁！真不可解也。①

这则亲历亲见与道听途说，逼真显示了纪功碑神秘而禁忌的功能。

比《姜行本纪功碑》更早的东汉永和二年（137年）《裴岑碑》，也在雍正年间天山北坡的巴里坤境内被发现，方士淦《东归日记》说："汉敦煌太守碑在镇西府关帝庙，石质年久，直如黑玉。桐轩多赠数张，相传能避风，船上携之吉。"②到了宣统三年（1911年）新疆布政使王树枏代表地方政府所修纂的《新疆图志》中，《裴岑碑》和《姜行本纪功碑》的神异被结合起来，以"汉碑避水，唐碑避火"的护佑功能而流传深广：

> 敦煌太守碑，在巴里坤天山关壮缪祠内，高五六尺，厚尺余，色黑，坚润，类玉，天然石笋，不假雕凿。碑阳、碑阴均凸凹不平。碑文下虚尺余，无字。有回民欲盗之，挖至丈余，根不能尽，其人病魔而死。相传汉碑能避水，唐碑能避火。须五月五日午时拓者方验。唐碑在巴里坤北门外，覆之以亭，平卧地上。③

笔者看陈泳超老师在2016年"重走纪晓岚新疆之路"而访问巴里坤时，当地文物局局长还在继续演绎着两方碑刻的神异故事：

> 那个记录的是姜行本碑，天山庙的那个。就是说不能把内容读出来，你念出来以后就风雪大作。……（《裴岑碑》）当时叫镇海碑。

---

① （清）方士淦《东归日记》，李正宇点校，甘肃人民出版社，2002年，第33—34页。
② （清）方士淦《东归日记》，李正宇点校，甘肃人民出版社，2002年，第33—34页。
③ （清）王树枏等纂修，朱玉麒等整理《新疆图志》卷八七《古迹志》，上海古籍出版社，2017年，第1631页。

左宗棠的部队不是收复新疆吗，他们就知道这块碑非常神奇，把拓片都装在身上以后带回家。过湖的时候风平浪静，一路平安。现在清代的拓片在深圳好像还有。[1]

由此可见民间传说一旦被文字记录下来，它的接受和传播就会更加风靡。

（二）樊梨花征西——变异与附会

唐平高昌的纪功碑，在东部天山地区的发现堪称无独有偶，另一块《姜行本纪功碑》出现在天山南坡的焕彩沟，是一块天然巨石，清人发现它时，考证是比《裴岑碑》晚三年的永和五年（140年）汉碑，因为对模糊字迹的辨识不一，先后有"沙南侯碑""沙海侯碑""伊吾司马碑"等别称。原本这条沟有"棺材沟"的说法，据说是岳钟琪经过此地，改名"焕彩沟"，后世在这块巨石上刻下了双沟填朱的大字。[2] 1981年，马雍先生在对哈密地区石刻的调查中，在该碑的西面（即刻有"焕彩沟"三字的一面）发现了两行楷书刻文，可以观察到"贞观十四年六月"和"唐姜行本"字样，这被认为是《姜行本纪功碑》的旧碑。[3]

这一镌刻有汉、唐、清三朝文字的巨石，在当代民间故事的演绎中，已经完全丢失了其中记载汉征匈奴、唐平高昌的历史背景，而敷演为"樊梨花征西"的题材：

> 从前，从哈密去巴里坤，不是步行，就是骑马，再就是赶个马车。不管你怎么走，反正得三四天，第一天，就住到南山口下边的黑帐房小站里头。传说这个黑帐房的名字，还有个来历呢。说的是

---

[1] 陈泳超《声教所及——对纪晓岚新疆行脚的民俗回访》，中西书局，2018年，第73页。
[2] （清）徐松撰，朱玉麒整理《西域水道记（外二种）》，中华书局，2005年，第177页。
[3] 马雍《新疆巴里坤、哈密汉唐石刻丛考》，文化部文物局古文献研究室编《出土文献研究》，文物出版社，1985年，第196—203页。

唐朝一次征西，先行官薛丁山带的人马，先到这里，前面就是南山口，是樊洪的地盘，南山口由樊洪的大儿子樊龙驻扎。薛丁山为了迷惑樊龙，把营房帐篷都弄成黑色，后人就把这个地方叫作黑帐房，成为哈密走巴里坤的第一个驿站。

话说这个樊洪，有两个儿子，一个女儿。女儿樊奴尔阿娃，从小就受到樊洪的百般宠爱，想干什么就干什么，自小就喜欢舞刀弄枪、骑马、射箭，学得一身好武艺。……

就在这个时节，唐朝征西的兵马，一路来到了南山口，驻扎在黑帐房这个地方，准备先拿下南山口番敌。樊龙接到禀报，寡不敌众，连夜赶回营地"棺材沟"搬兵。樊洪立即派女儿前往南山口，和樊龙一起抵挡唐将。

……樊奴尔阿娃回营后，蒙过父亲樊洪，暗令女兵，夜里偷了兵符令箭，带领被俘将领，冲出了关口，投顺了大唐。

敬德这就做主，薛丁山和樊奴尔阿娃结为夫妻，樊奴尔阿娃改名为樊梨花。又由敬德保荐，唐皇封樊梨花为征西大元帅。

从此，樊梨花用父亲的令箭，一路挺进。到"棺材沟"，收服了樊洪的部将。北进过山。嫌"棺材沟"名字不吉利，就借其谐音，改为"焕彩沟"，立碑为据。直到现在，"焕彩沟"三个字还清晰可见呢。

…………

樊梨花连薛丁山，将剩余人马重新编排整顿，继续西征，将巴里坤命名镇西县，象征西征的胜利。这名字一直用到全国解放时，解放后才改为巴里坤县。[①]

[①] 杜秀珍讲述，韩爱荣采录《焕彩沟和鸣沙山》，哈密市民间文学集成编辑委员会《中国民间故事集成新疆卷·哈密市分卷》上卷，新疆人民出版社，1993年，第191—195页。

焕彩沟碑石传说故事的变化，跟当地民众的文化知识背景有密切关系。薛丁山与樊梨花，都是根据唐代名将薛仁贵征讨铁勒而在后世小说、戏曲中创造出来的文学形象。[①] 哈密地方民间汉文化的影响，主要来自关中和河西地区，"薛丁山征西""三箭定天山"等历史改编故事，通过民间戏曲发生在民众教育中，他们将征西故事附会在本地的山川名胜中，因此使贞观十四年的《姜行本纪功碑》史实在民间文学中产生了相隔千年的另一个平行文本。

结论

在《汉书·西域传》以来形成的传统西域概念下，《大唐西域记》表现中古时期丰富的西域民间文学内容，缺失了吐鲁番盆地的描述。但是这样的内容并非无迹可寻。唐平高昌的传世典籍与出土文献资料，就是我们追踪丝路民间文学因素非常典型的个案。

传世典籍中的贞观十四年唐平高昌，利用高昌童谣而发动攻心战术，体现了民间文学因素对战争的深度参与，而童谣的历史书写与评判，也体现了文学修辞在后世的被误读。吐鲁番文书作为 20 世纪以来新的出土文献，揭示了唐平高昌以后汉文化在吐鲁番盆地的传播，其中"学郎诗"所代表的民间文学形态，是唐代诗歌繁荣群众基础的生动说明。西域碑刻从 18 世纪前后平定准噶尔的过程中续有出现，唐平高昌的《姜行本纪功碑》因此在清代重光于世，它不仅补充了战争的历史细节，对于碑刻的传说也成就了民间文学演绎的个案文本。

---

① 由元代戏曲、清代小说的传播而创造出来的薛家将故事，研究成果甚丰，文学与史实间的关系，可参考较早的研究，如许天柏《"薛家将"的戏与史》，《陕西戏剧》1984 年第 4 期，第 13—16 页。

学生互动摘要

朱玉麒教授的演讲结束后，同学们围绕高昌童谣的生成和流变等相关问题展开提问。有同学提出高昌童谣是否可能只是胜利者在进行历史书写时采用的叙事策略。朱老师表示有此可能，不过从中古时期整个吐鲁番地区诗歌创作的情况来看，这首高昌童谣很有可能并非高昌人所作，而是唐代军队在战争时采用的心理战术，起到了造成恐慌的一定作用。也有同学询问造成新旧《唐书》记载中高昌童谣异文的原因，朱老师则进一步结合新旧《唐书》编纂过程中所利用的档案资料的不同、史官修史观念的差异，对"汉"改为"唐"这一细节予以细致阐释，指出这两部史书各有优势，不可偏废，需要在具体研究中互相参看。

2023年4月12日，同学们又围绕讲座内容进行了讨论。主持人王敏琪从古代谶谣的个案研究、唐代群众创作的文学史定位、西域碑刻传说的文化土壤三个话题，对朱老师的观点进行总结与反思。她认为谶谣鲜明的政治性特征决定了其研究除了重视文本内部研究外，还要结合历史学、社会学等交叉学科的视野打开外部研究的视角；西州学郎诗与铜官窑瓷器题诗表明歌谣并不仅仅依托于文本或史料而存在，而是一类民众文化的实践形式，不但可视作民众创作与传播情况的直观反映，也体现出民间文学与文人文学之间的紧密关联；而西域碑刻传说背后的一些文化因素，如"金石永固""五行厌胜"，为其传播起到了推动作用。

在讨论环节，同学们就谶谣的生成机制与传播流变，以及史学与文学研究的互动关系问题进行更为深入的探讨。在谶谣研究方面，同学们普遍认为应当兼顾对其生成机制和使用流变的研究，也有同学提出二者有先后之分，首先根据具体语境下谶谣的生成原因进行相应的探究和辨析，然后才能评判流变研究的效用和价值。在文史互动方面，有同学认为，史学研究对文学研究的启发，不仅有助于材料的整理搜集，还能够帮助我们对材料的史学价值、可信度、句读划分等方面进行判断。也有同学进一步提出史学研究和文学研究的交融互补，除了有利于提升书面材料的数量和质量外，也有益于研究观念的转变，即历史和文学两者之间不是截然二分的"决定/反映"关系模式，而应视作两类文本之间互相印证、互为参照的"互文性"关系。总而言之，同学们的讨论，蕴含着对综合运用多学科研究方法的可行性与合理性的探索。

（摘要撰写人　王敏琪）

神话史诗

神话信仰
——叙事实践的内容与形式

吕微

编者按：2013 年 3 月 13 日，中国社会科学院文学研究所吕微研究员为北京大学中文系民间文学专业的学生带来了一场题为"神话信仰——叙事实践的内容与形式"的讲座并展开交流。

关于"神话"，国内学界至今已产生不下十种定义，学者们各执己见、莫衷一是。在吕微研究员看来，众声喧哗的根源在于这些定义本质上并非经由有效论证得来，知识论的正确方法应先从表象还原推论出概念的最简单规定，再考察人们如何通过这个最简单的规定来逐步建构起所谓的概念，也即在解答神话"是什么"的问题之前，应先廓清概念史的逻辑进程。依循这一理路，吕微研究员的讲座首先区分出内容（字面）的定义和形式（使用）的定义，提出只有形式规定性才是神话的本质；在此基础上，进一步回溯至古希腊哲学及维柯，继而逆推还原出格林、马林诺夫斯基、顾颉刚、茅盾等中西方现代神话学者对神话概念的构拟过程。从中发现，早期中国学者与西方学者不同，对神话的定义偏重内容而抛弃形式，从而导致此后"神话历史化"等系列问题的生成，而其中引申出的儒家神话等问题又可说明，神话在现代社会必然存在。吕微研究员的讲演不仅在方法论上反思了"神话"概念的生成逻辑，亦从认知上破除了神话属于原始时代的进化论观点，赋予神话在现代社会中的合法地位。

我最初进入神话研究这个领域，是非常偶然的，但是我觉得这是一个很偶然的幸运。今天我发现，我所研究的问题和我们这个学科面临的一些理论和实践问题关系特别密切。从研究神话这个角度，也许能解决一些我想到的问题，比如说信仰问题。学界关于信仰的问题讨论过许多次了，民间信仰的合法性到底在哪里，特别是在我们这个现代社会，过去都说封建迷信，今天这个弯要转过来的话，也不是个很容易的事情。因为你看民间信仰是非常庞杂的，什么都有，确实按照过去的标准，它的确有好的，有不好的，比如说一些恶俗的成分，在民间信仰里确实都有。笼统地说它好或不好，这是很难说的。怎么能有一个标准把它区分开来，肯定一些，否定一些。过去简单地说精华糟粕，但精华糟粕是一个笼统的说法，什么是精华，什么是糟粕，这些标准都是很难确定的。而研究神话对我们处理信仰问题是有很大帮助的。因为我们知道，神话是一个信仰的叙事，不能说光是讲一个故事，它就是神话，如果你不相信的话，那就不是，只能当作一个一般的幻想故事。我们也可以这样对待它，作为纯文本的话。就像陈泳超老师在山西做调查的时候，谈到传说，他说有的传说和地方有密切关系的时候，我们可以说它是传说，但换了一个地方，它同样是讲白蛇传，或是别的什么故事的时候，它完全就不是一个传说，它就完全可以当作一个一般的幻想故事来看待，跟地方没有什么关系。所以单单看文本的内容，我们说它是神话或者说不是神话的时候，都是可以的。但如果是信仰的一部分，就不一样了。如果我们把神话叙事作为一个信仰的行为来看待，对民间文学整体上一些理论和实践中面临的问题也会有一些帮助。这是一个好处。再有一个，我们的研究对神话学本身，也是有一些好处的。

今天我这个讨论方式，和我们以前习惯的讨论"什么是神话"的思路是不太一样的，而更接近于西方学者在这个问题上的思路。我就是想看看他们是怎样处理这个问题的。我们不大考虑这些问题，我们有很多关于神话的定义，但我们不是像西方学者那样处理这个问题。这是一个希腊哲学的思想和传统，这一套思想方法和传统并没有随着西方神话学的引进成为中国学者考虑这个问题的思想和传统。所以我们引进神话学过了一百多年，我们只是知道了"神话是什么"或者"什么是神话"，但是真正的神话学，我觉得还是差一点。我们也可以说"我们要建立我们自己的中国的神话学"这样的豪言壮语，但这至少应该有一个前提：你得知道人家这个学科的思路到底是什么。所以我想通过这个事情梳理一下西方学者在神话学方面，如何讨论这个概念、如何讨论这个概念的应用，以供我们参考。

再有一点，我想说，我们在写论文的时候，有时老师会教我们：你在讨论一个东西的时候，你有一个理论的起点、一个逻辑的出发点，你的讨论整个是建立在一个假设上——这套理论是一个假设。我们写博士论文的时候，第一章会说我们的基本观点，我们的立场，这些我们会放在第一章绪论中讨论。我们的基本理论出发点到底是什么，我们依据这个理论来看待事情。这时候我们会把这作为一个假定，不再考虑这个理论本身，就这样把它接受下来了。因为一个理论总是套着另一个，一个套着另一个，这样不断后退的话就没完没了了。就像胡适说的，我们截断众流，从《诗经》开始。我们也从一个理论假定开始，以前的我们可以不讨论。在倪梁康《现象学及其效应——胡塞尔与当代德国哲学》中开篇一句话是这样的："我们暂且不经检验就将胡塞尔所提出的一个重要命题作为我们的出发点接受下来，当然，随着阐释的展开，这个出发点将会得到论证。"[1] 就是说，这个前提我们先把它摆在这，但是以后的过程中你要证明它。这个证明的过程就是你写这篇论文的过程。这是一种方法。还有我其实比较推崇的一种方法是马克思的方法论，这对我来说是

---

[1] 倪梁康《现象学及其效应——胡塞尔与当代德国哲学》，生活·读书·新知三联书店，1994年，第38页。

多年受益。马克思的方法区分了两个东西：一个是事实表象的起点，一个是逻辑概念的起点。这两个起点的意思是说，我们看到的时候当然是一个现象，是直观的，比如说他举的例子是民族、国家、国民经济，这些都是大的东西、宏观的东西，从中直接看到就是资本，这是我们的事实表象。研究的时候，这是一个出发点，但它不是写作的出发点。写作的出发点是把这个事实的表象经过分解再分解，用他的话来说就是达到了最简单稀薄的时候，从最简单的规定性开始的，他的《资本论》就是这样开始的。《资本论》不是从资本开始的，而是从商品、从劳动时间开始的。他用一套还原分解的方法，一直分解达到一个最简单的规定性，就是劳动时间的时候，他从商品和劳动时间开始论述，最后到《资本论》的结尾才谈到了资本。他是从一个最简单的起点构建出一个大厦的。这形成一个从具体到抽象的过程，就是从最具体的开始，然后抽象再抽象，最后到了一个最简单的。我们在叙述的时候，这就是逻辑起点、理论起点，从这里开始构建出一个大厦。我在《民俗学的笛卡尔沉思》中讨论高丙中的博士论文的时候，一看到他的论述，就知道他一定读过马克思的《资本论》，因为他这整个的构造过程就是这样的。他通过民俗这个表象，还原到最后是普遍的生活模式，再从这个普遍的生活模式，还原到主体，还原到生活，他完全是根据这个来的。所以说这个方法很有效，在很多经验研究、理论认识的方面，这个方法对我们来说都是很有启发性的，甚至是有范式的作用。

那我今天讨论神话的时候，我可以按照我们中国学者以往的一些办法，比如说我可以首先列出这么多"神话"概念的定义来——据说有几十个吧，锺宗宪曾经统计过——然后我说，这个也不对，那个也不对；这个是错误的，那个是错误的，那么现在我自己提出一个"神话"的概念，就按照它讨论什么是神话，神话是什么，然后来做我的分析。我觉得这种方法就是一个所谓的独断的方法。你完全是从自己的意见出发，而没有成为一个论证。就像史铁生在一篇小说里说的，知识青年到农村去，晚上开全村大会，大家都在发表意见，最后自己糊里糊涂的，什么都听不进去了，只听见大家说"我觉得""我觉得""我觉得"……每个人都在"我觉得"什么，大家都在说"我认为是什么"，最后说大家认为的，全不算数，没有一个能站得住脚，为什么，因为我们没有采取一种知识论的正确方法。所以我写的这个论文，是按照马克思的方法论，从一个事实的表象开始，最后要还原到一个最简单的规定上去。我们在讨论一个概念的时候，我就先按照事实本身，正确不正确我们再说，这个表象并不在于我觉得它是什么，因为我们讨论的是概念，并不是在讨论神话的具体内容，而是讨论这个概念在人们之中的观念：他们认为神话是什么。我是中国人，我既然已经引进了这个概念、这个观念的表象了，那么我们讨论首先要从中国学者的观念开始，从"五四"学者的观念开始，分析胡适、茅盾、黄石、鲁迅他们在神话学方面的概论。所以我讨论神话概念，不是先回到古希腊去，看古希腊的神话概念是怎么说的，然后按照这个神话概念判定我们现在这个定义不对，不符合古希腊概念，而是先从我们自己的表象开始，从我们的表象经过还原之后得到一个最简单的规定，我们看这个逻辑的形成最后会达到什么结果。这个结果不是我自己想到的，而是一个学术史、概念史的逻辑进程推论出来的，不是"我认为"，不是"我觉得"。最早我引用的材料你可以看到，就是我说的中国学者。其次，第二步，我才要还原到一个古希腊的哲学思想，然后再回溯到维柯（Giovanni Battista Vico），维柯是个连接现代英语中神话这个词 myth 和古希腊语 mythos 之间的一个过渡阶段。然后再往后是格林、马林诺夫斯基、博厄斯、博尔尼、汤普森、波德，还包括中国的学者，从这些人中，看"神话"概念最简单的规定是如何在学术史中被还原出来的。

我们应该采取的是这样一个方法：首先推论出一个神话的最简单规定是什么，再通过这个最简单的规定来建构起我们认为神话是什么。这是一种还原的方法。通过还原的方法，这次讲座的结尾就是还原到一个基本点。至于下一步，再用这个最简单的规定来讨论一个完整的"神话"概念应该是什么，我会以中国的神话来作为例子，这是一个从抽象到具体的建构。我这个方法其实和户晓辉的有相似之处，只不过具体的有区别，晓辉的这个更现代一些。大家如果看了户晓辉的《返回爱与自由的生活世界》那本书，就会发现关于神话他也是采取一套相似的还原方法，但他的理论来源主要是现象学、存在论，我这个比较古典，基本是亚里士多德、康德的古典哲学。我们进行分解的时候用的一些基本概念，比如说质料、形式这些范畴，都是来自亚里士多德和康德的古典哲学。我现在假设诸位对康德的理性的理论运用和实践运用的划分大概了解，这确实是一个很关键的出发点。我们最后要还原到的就是这样一个区分：理论理性和实践理性的区分。

在一个"神话"的概念里，它到底是意味着什么，这不是一个字面意义，而是一个使用意义。神话最简单的规定性是一个使用。但是我在这里又区分了这样一个规定性，就是我们过去在讨论什么是神话的时候，比如说茅盾认为神话是"神们的行事"，鲁迅说神话是"神格的叙事"，这样两个规定基本是根据神话的内容确定的。这方面陈连山老师在他的一篇文章中讨论过，说这个观念是一个现代神话学的观念，和古希腊的并不一致。但这个概念主要是从内容上来定义的。神话故事讲的是关于神的故事，如果不是讲神的故事就不是神话，这是个非常简单的内容定义。但我们讲到后来会发现，神话不光是个内容定义，不光是一个字面的意义——内容定义我称之为字面定义，字面定义是直接指向内容的。字面定义只是一个方面，神话的另一个方面是在使用中赋予它的含义。我这里引用了高丙中在《民俗文化与民俗生活》中关于定义的一段话，他是这样说的，"所谓'含义'是我们从组织成一体的活动或符号中所阅读出的内容，是英语中的 meaning；所谓'意义'是活动或符号所发挥的作用，显示的重要性，是英语中的 significance"[1]。他区分了内容的意义和作用的意

---

[1] 高丙中《民俗文化与民俗生活》，中国社会科学出版社，1994 年，第 157 页。

义,这个"作用的意义"就是马林诺夫斯基所说的功能。马林诺夫斯基后来就把神话的定义放在了功能上。这种对意义的区分也很符合维特根斯坦所说的"词语只有在使用中才有意义"。但是我现在给它一个新的区分,作为我对马林诺夫斯基的补充:马林诺夫斯基只谈到了一个使用中的意义,但是使用还有一个区分,就在于你是经验的使用,还是一个先于经验的使用。经验的使用,我们现在的民俗学已经有所研究,比如杨利慧老师所代表的,考虑一个神话文本在使用时会被赋予怎样的意义,这个使用的意义是和讲话者、聆听者之间的一个互动,这是形成一个具体的意义,比如她的学生所写的论文中举的一个例子:一个老先生给学生讲故事时正好他老伴也在,那个老人在讲到女娲故事的时候,就说了一句"这个妇女是很伟大的"。然后学生就分析说,这句话是故事里没有的,是临时加的,因为他老婆在,他为了讨好他老婆,就说妇女是非常伟大的。这个意义是神话故事里没有的,但是这语境意义是经验性使用的。

但是在使用时还有一种意义,在语境之前就决定了怎么使用。这个维特根斯坦没讲。其实在使用以前就决定了怎么去使用,而这个康德已经分析过了,他所说的理性的理论使用和实践使用就是这个意思。不是说一个词拿到一个语境中,才决定对它如何理论地使用和实践地使用,而是在这之前就决定的。理论地使用,就是说一个词是为了认识某种东西。比如说这个桌子,我现在决定要认识它,这个桌子是做什么用的,这就是理论地使用。另一种是实践地使用,举例来说,在说出桌子这个词的同时甚至之前我已经准备用这个桌子了,它是意志的对象,要使用这个对象、如何使用这个对象,这在使用以前就决定了。认识的使用,以及实践的使用,在经验之前、在具体的使用之前就已经决定了。或者用康德的话来说,这是先天的使用。所以"使用"的意义有两种,一个是理论的、经验的使用,一个是先验的、实践的使用。但是在具体的使用之前,我们就可以区分理论地使用和实践地使用,这不是由经验语境所决定的。这个区分对我来说是非常重要的。很多时候人类学家会在这个问题上犯错误,就是因为他只区分了字面意义和使用意义，而没有区分先于经验的使用和经验地使用。没有区分这两者导致他最后在定义"神话"的时候，没有能真正讲出神话是什么。

"神话"定义的时候有两层定义，一个是内容的定义，也就是字面的定义；另一个是使用的定义，通过使用这个词给它意义。通过使用给词语一个意义，我们称作形式的定义。比如说这个桌子，我们使用它的时候，用来吃饭看书，经验中认识它的时候会这样认识它。但是我也可以把它当作床来睡觉。在认识中我们把它当作看书吃饭用的桌子，但是具体的使用中是当桌子用还是不当桌子用是任意的，当床用当然也可以。什么叫内容定义与形式定义的区分，简单一点我就用了罗素和亚里士多德的"质料"与"形式"的区分，他说一个雕像，它的材料，无论是石膏还是金属，都是材料，但是这材料是不是雕像的本质呢？不是，雕像是一个形式，是图形，不论雕的是什么，没有这个图形就不能成为雕像，光是材料是不行的。质料规定是个潜能，不是一个现实。现实的东西是由一个形式规定性决定的，是这个图形。我们说形式规定性，它是一个事物的本质规定，事物的本质规定是由形式决定的，不是由材料决定的。雕像是一个很明显的例子。罗素的另一个例子是大海，海水是大海的质料的规定性，它的形式规定性是平静，海水很平静。先不管这个例子合适不合适，它都体现了一个思想：一个事物的形式规定性，而不是材料规定性是它的本质。在亚里士多德的概念里，质料是潜能，而形式规定性是本质的东西。这和我们下面分析的东西是一样的。一个神话的内容规定性不是本质，它如何被使用、最后赋予它什么意义，这个使用的规定性可以称之为形式规定性。比如这个桌子我拿回去当床用，那它就是个床。再进一步区分，这个使用的规定性又有经验的规定性和先天的规定性之分。就是我们使用一个对象的时候，对象有经验质料的和先天的形式之分，一个纯粹的先天的形式规定性才是一个事物真正的本质规定性。因为一个在语境中使用的临时的形式规定性只是一个临时性的、偶然性的，我们拿回去一个桌子当床，这是临时性的本质规定性：我们临时说这个桌子是床。临时性的规定性脱离了这个条件就不适用，比如我把它卖掉了，人家拿回去还是把它当桌子用，它不是一个床，所以这只是临时性的本质规定性。一个本质规定性一是要形式性的，一是要先天的，不是经验的形式规定性，这是必须的。

现在说明了这些以后，我们可以讨论神话的形式规定性、质料规定性，或者说内容规定性。其实内容规定性和形式规定性在中国学者最早引进"神话"概念时就已经有所表述了，鲁迅、茅盾等人都讲到了。他们的"神话"定义的内容规定性首先是关于神的故事，其次是被信仰的，那么我们就可以说"神的故事"是一个质料规定性，"被信仰"是一个形式规定性，神话的形式是信仰的形式、意志的形式。我们要做一个事情，最重要的是通过实践的观点来看，一个神话如果是一个叙事实践的话，它的实践是靠一个意志来推动的，它的意志的形式在这里就是信仰的意志形式。

但是在早期，20 世纪二三十年代的中国学者来看，这两个规定性中偏重于前者，偏重于内容，所以后来才有了中国神话历史化这一系列问题存在。因为它拿一个内容规定性"神的故事"来看待中国传统上这些问题，在这些文本里要找出神的故事，他就说中国有神话，没有就说神话断裂了。虽然茅盾、鲁迅、谢六逸在他们的定义中都有内容规定性和形式规定性，但是他们在检验中国神话、中国文本和传统的时候基本上都只考虑前者，这样才产生了一些争论，关于中国神话贫乏不贫乏、丰富不丰富这些问题才出现。

1914 年，英国民俗协会会长博尔尼（Char Lote Sophia Burne）在《民俗学手册》中关于"神话"的定义也是两点，内容定义和形式定义，就是叙事的故事和信仰的形式，这两个层面她都讲到了。但是她对内容的定义不是"神的故事"，她说神话不一定要是神的故事，起源故事、历史故事都可以，重要的是原始人相信这个，把它当作过去的一个神圣时代来看待。这就是她对"神话"的定义。这个定义被后来马林诺夫斯基（Bronislaw Kaspar Malinowski）1925 年写的文章所肯定，认为这个定义是

"人类学给神话的最后的见解"。博尔尼《民俗学手册》在30年代实际没有完整翻译过来，那时只有介绍，比如林惠祥有的介绍中也是这两点都讲了，指出了所谓"神的故事"讲的是关于一个神圣时代的故事，不一定是关于神的，但是强调信仰是神话的一个重要方面，一个形式规定性。这两点虽然都规定了，但是中国人似乎不怎么重视这个区分，好像这个区分不是那么重要，只要你找出了内容的方面，就是神的故事，你就找到了神话。我们看到中国学者最初对神话的定义，两个规定性其实都有了，但是从他们具体找材料来看，他们是偏重于前者，即内容规定性。

现在我想讨论神话、神的故事这一套概念是从哪来的。在此我引用了陈连山老师《走出西方神话的阴影——论中国神话学界使用西方现代神话概念的成就与局限》这篇文章：

> 目前，中国神话学界一般都把神话理解为"神的故事"，但是，这个来自西方的神话概念实际上只是现代神话学的一个分析的范畴，而非原生的范畴。在西方，它并非自古皆然、一成不变的。在古代希腊语中，"神话"的意思是关于神祇和英雄的故事和传说。其实，古代希腊人并不严格区分神话和历史，他们把英雄神话当作"古史"，并且为神话编定系统，为神话人物编定年谱。另外，希腊神话主要依靠荷马史诗保存下来。在荷马史诗中，神灵的故事和英雄的传说也是交织在一起的。在荷马心目中，神话和历史是交织在一起的。当然，在希腊神话故事中，神和人在身份上彼此不能转换，存在着一定的区别。
>
> 公元前3世纪，欧赫麦尔（Euhemer）认为宙斯是从现实的人被神化为主神的，看来他也没有严格区分神和人的关系。后来的基督教只承认上帝耶和华是神。为了维持这种一神教信仰，打击异教，基督徒引用欧赫麦尔理论贬斥异教神灵都是虚构的，这显示出基督教把神与人的关系做了彻底区分。

18世纪，西方理性主义觉醒，历史学家开始严格区分神话与历史，所以，在西方现代神话学中，myth的意思一般只包括神祇的故事，而删除了古希腊词汇中原有的英雄传说部分。这种做法固然有一定的根据，超自然的神和现实的人之间的确存在差异，但是毕竟过分夸大了希腊神话中神和人之间的差异，同时忽略了古代希腊人把神话看作上古历史的思想。西方现代神话学的神话概念并不能真正反映希腊神话的实际。

现代神话概念与古代希腊社会的神话概念之间的差距，是个十分棘手的问题。德国的希腊神话专家奥托·泽曼（Otto Zeman）在其《希腊罗马神话》中一边承认古希腊神话概念——"神话是讲述古老的、非宗教性质的神和英雄或者半人半神的诞生及其生平事迹的"，一边却又企图使用现代神话概念，他说："人们默契地达成共识，把叙述神的生平、事迹的称为神话，而把讲述英雄事迹的称为传说。"他遵循古代希腊的传统，在其著作中同时叙述了神的故事和英雄的故事，但是这些英雄故事时而被他称作"神话"，时而被他称作"传说"。因此，在他的著作中，神话和传说这两个概念之间几乎是一笔糊涂账（［德］奥托·泽曼《希腊罗马神话》，周惠译，上海世纪出版集团，2005年）。其他西方神话学家（例如弗洛伊德、列维-施特劳斯）偶尔也把希腊英雄传说（例如俄底浦斯王的传说）当作神话看待，列维-施特劳斯就认为：神话与历史之间的鸿沟并不是固有的和不可逾越的。

中国学者引入的神话概念通常都只包括"神的故事"，不包括英雄的传说，因此只是西方神话学界主流的一个分析范畴。只有吕微曾经注意到西方神话学中神话概念的不统一，可惜对此他没有深究。严格地说，中国现代神话学引入的神话概念只是西方启蒙主义运动以后的神话概念，是西方现代神话学根据自己的需要总结古希腊神话作品的结果。[①]

这是一个现代神话学所构造的概念，其实出自古希腊。这个词确实是从古希腊经过了拉丁文以后转过来的，"秘索斯"（mythos）在古希腊最早和"逻各斯"（logos）没有很大的不同，都是故事，可以指很多的内容，今天我们所说的情节、母题、话语、词汇等等，都可以用它来指称，必须在一个具体的上下文中才可以知道它的意思。而且它并不是假的意思，它的确是真的。我们后来为什么强调一个形式和质料必须区分，为什么需要强调神话必须是信仰，就是因为这个词后来变了，变成不是讲的真实的东西了，所以我们才必须强调区分。原来它并没有这个区分，形式和质料并没有分化。mythos 讲的是故事，不一定是神的故事，但一定是信仰的故事。它和 logos 的不同之处在于，如果 mythos 讲的是描述，logos 讲的就是论证，希罗多德用"历史"这个词，也是指经过调查的、可以被调查证明的。而 mythos 无法被调查证实。是到希腊的古典时期，这三个词语被区分开来，mythos 变成了一个不太可信的，虽然讲的是传统但不太可信的东西，这是后来的事情。我根据纳吉的一段话列了一个表。

mythos 与 myth 的不同意义

	真实的叙事	虚构的叙事
mythos	早期意义（原始意义）	后期意义
myth	学理意义（学者用法）	通俗意义或现代意义（日常用法）

Mythos 在希腊有经过早期意义到晚期意义的一个变化，早期是"真的"，晚期是"假的"。而现代英语这个词也有两层意义，一是日常意义，就是说不是真的；一是学者的用法，是根据人类学田野调查来的，一些原

[①] 陈连山《走出西方神话的阴影——论中国神话学界使用西方现代神话概念的成就与局限》，《长江大学学报》2006 年第 6 期。

始民族在讲神话时依然认为是真的。这和希腊的 mythos 的用法正好颠倒，那个是早期是真的，到希腊晚期变成了假的。现在的用法不涉及时间，但是一个对照。这两个对照可以说是息息相扣的。现在很多学者在讨论神话这个词的时候说，神话学是从神话的没落开始的。这是一个进化论的观点，认为早期我们是有信仰的，后来进入理性的时代才有了神话学，是在面对一个没落的信仰之后，我们才有了神话与神话学这样一个区分。按这个观点来看，mythos 的早期和晚期用法是一个时间的区分，学者用法和日常用法所代表的，也正是一个时间的区分。人类学家所发现的是在原始部落中，这是一个时间上的过去。而日常用法代表我们现在，在现代理性思维中当然认为它是假的，这就做了一个时间的区分。而从词语使用的立场看，这不是一个时间的区分，而是一个词语用法的区分：理论的使用和实践的使用的区分。你考虑神话到底讲的什么，是真的假的的时候，这就是理论的。而你信仰并实践地使用它的时候，就相信它是真的。这完全是两种不同的用法。学者的用法反而是承认是真的，日常的用法认为是假的。其实日常的用法是理论理性，和学术用法中的理论理性是一致的。我作理论理性和实践理性的区分，是在人类学的实践所遇到的困境中。

纳吉（Gregory Nagy）分析了古希腊以后，我引用了维柯。维柯所处的时代很有意思，在《新科学》的时代，意大利语中并没有与希腊的"神话"相对应的词语，他在翻译时用的词是"寓言"（favola），他用"寓言"翻译古代的希腊神话 mythos，说明他所用的是一个假的后起意义。但同时维柯也说，意大利语有一个词 mitologia 是从古希腊传过来的，直接从拉丁文传过来的，它保留了古义，就是真实的叙事。在维柯那里，神话是神的故事，他的确讲了 mythos 这个词的意思就是神的故事，但他同时认为神话就是历史。在维柯那里神话与历史是不分的。到了德国学者那里，神话这个词同历史分开了，也与传说分开了。但在维柯那里神话与历史是不分的。

终于，到现代神话学的时候，神话经过了一系列的分裂，把哲学剔除出去了，把历史剔除出去了，这时候只剩下神的故事。这个过程最后我认为是在格林那里确立的。所以后来博厄斯所说早期德国民间文学，我想应该指的是格林（Brüder Grimm），虽然他没有明确说。在格林那里有明确三分法：神话，故事，传说。他的《德意志神话》《德意志传说》《德意志民间故事》三本书，就是按照这个划分的。这三个区分实际是非常重要、非常经典的，一个最重要的区分就是它里面有没有信仰。神话是信仰程度最强的，传说其次，民间故事一般没有信仰，格林的定义除了内容的定义，还有一个信仰的意志形式的定义，这是一个非常重要的定义标准。再一个，在格林那里，这三种体裁的区分是一个信仰程度递减的区分。格林的一个很大的贡献就是把一个我们认为统一的、后来巴斯科姆（William Bascom）所说的散体叙事、散文叙事区分出来，这时候神话真正成为一个研究对象。别人没有做这个区分，恰恰是格林，是民间文学做了这个区分，其他学科的学者没有做这个区分，人类学家没有，社会学家没有，其他古典学者也没有。以后谁讨论神话不以格林为出发点，谁还认为神话不是关于神的故事、神的信仰？把神话从散文叙事的混沌中区分开来，才成为一个独立的学科。神话成为一个独立的学科是民间文学的贡献。

但在之后的一百年间，确实发生了天翻地覆的变化。在格林做出定义之后不到一百年，在1914年，博尔尼和博厄斯同时对这个定义表示了质疑。很多学者都指出了这一点。博尔尼所做的内容兼形式的双重标准的定义不仅考虑西方文化，而且考虑西方文化与其他文化的关系，考虑他在田野作业中所看到的异文化对神的故事的信仰之后，他才增加了这样一个指标。恰恰是这样一个定义也在田野调查中遭到了质疑，而这个质疑恰恰是来自西方文化与非西方文化的关系。所以在很长一段时间内这个定义遭到质疑，被认为是因为一个西方的理论概念遇到了一个非西方的经验，它无论怎么使用都是为了认识一个对象，我们在认识一个异文化时遇到了这个问题。

回到最早提出的问题，词的使用有一个先验决定的使用方式，认识是为了把它作为一个被认识的对象。西方人类学家犯的一个极大的错误，是他始终在拿这个理论的概念认识某一东西，而且在他把这一理论投入某一异文化的时候，他还是在认识。所以他会陷入一个矛盾：一个故事在不同的民族中会变成不同的使用方式。这是博厄斯在 1914 年《北美印第安神话》（后来收入《语言·种族与神话》）中就遇到的这一问题。原来格林所定义的神话，换了一个民族，就不把它当作神话，就纯粹是一个幻想故事。所以博厄斯后来非常极端，说定义一个神话不能根据故事，不能根据题材，只能根据信仰。他是只拿一个形式规定性来认识其他民族，那就拿着这个标准到其他民族中去找，你们信仰的东西就是神话。这里还有一个问题，他所说的这个信仰，因为它是认识的对象，是一种现象，那你的信仰还是一个现象，一个心理现象。马林诺夫斯基也是这样定义的，《原始心理中的神话》也是这样，从题目就看出来，信仰是一个心理现象。那我今天信仰明天就不信仰，古代人信仰现代人就不信仰，那神话就是信仰的时候有，不信仰的时候就没有，神话就是个偶然现象，是个特定条件下的偶然现象，不是生而具有，而是受一定的历史条件限制的。所以我们始终认为神话是和原始人、原始心理有关的，那神话永远是一个原始文化，和我们现代人没什么关系，它永远是一个古典学的命题。

回到一开始，其实我还有一个想法就是神话学能不能研究现代人，是要面对一个问题，就是神话能不能研究现代，我们要研究的是神话能不能面对现代社会。我最后想论证一下神话是我们生存的必然，那它就不仅仅是心理的：若是心理的它就是偶然的，不是必然的，受种种偶然事件限制，受感性、欲望等等限制。神话不是说我想拿来就拿来用，可以拿来研究现代人，要是这个观点不改变，你研究现代人，就只是说你这个人别看你现代，你还有原始思维呢。这与之前的观念有什么不同呢，还是一样，这还是遗留物。

我说到博厄斯的时候，他取消了神话学本身，他把神话归于心理，而不是关于人的生活、关于人的实践这样一个本质规定性，那么神话学也就是一个偶然，除非是你在发思古之幽情的时候。马林诺夫斯基也是碰到了同样的问题，几年前我写过一篇关于马林诺夫斯基的悖论的文章，没有发表。马林诺夫斯基没有博厄斯那么极端：只有信仰形式是神话的本质规定性，它的内容不是本质规定性。马林诺夫斯基承认格林定义——三分法和双重标准。因为马林诺夫斯基非常幸运，他去的南太平洋那个岛上人讲故事也是三分法，和格林定义差不多。其实按后来巴斯科姆举的例子，原始人大多是二分法，就是真实叙事和虚构叙事，还有四分法、五分法，而马林诺夫斯基正好遇到三分法，和格林定义丝丝入扣，于是他认为格林定义符合事实，没有质疑这个定义。但是他也遇到了问题，这个问题他没有回避：马林诺夫斯基给神话最基本的定义是功能，功能是我刚才说的使用的意义中的经验性意义，它起的作用，比如你把这个桌子当床用。神话最后是什么，它是一套社会宪章，是对我们的政治制度、经济制度、道德起到规定性的东西，它是发挥了作用的。马林诺夫斯基认为它是经验的，没有考虑到先天的成分。所以这些实践的使用、理性的使用、信仰的使用，他都不大考虑，他考虑的是信仰的心理，尽管是主观的，但是是偶然的。所以他就遇到这个问题，他发现古人在讲故事的时候不是这么回事，并不是只有神话是有信仰的，发挥了 charter（宪章）的作用的。从远古的历史到现实的叙事传说，是连为一体的，是一个谱系，相当于一个家谱，从远古的神灵、祖先，到现代的我，是连着的，这样的血缘关系才有功能，才能起作用，连起来功能才发挥作用，没有连起来怎么发挥社会作用？所以马林诺夫斯基就陷入这样一个悖论：按神话发挥功能的角度看，这个叙事不能分别，是连在一块的，但是按照格林定义的内容三分法来说，他必须把它们区分开来。

在博尔尼 1914 年的《民俗学手册》中，她的落脚点在心理事实，她对叙事的要求不太严格，起源故事也可以，只要被当作一个神圣的东西来看待就可以了。博尔尼是把内容的标准放宽了，而博厄斯就太极端了。我们看到这样一个过程，西方学者在讨论这个问题时的思路，非常亚里士多德。也许他们自己不太自觉，但他们的背景在这里，他们会自然地从两个方面来看，就是形式规定性和内容规定性，而形式规定性是本质。在神话之中就是信仰的形式、实践的形式——即信和不信，决定了一个叙事是不是神话。而这个思路走到博厄斯那里就穷途末路了，就取消了神话学本身，只要信仰就是神话，你到哪里都可以看到信仰，所有的信仰都是神话，那你怎么办呢。而且你说信仰是心理，这就更存在问题了，那今天有明天就没有，到这就穷途末路了。

我们再看中国人怎么处理的，这与西方学者有很大不同。中国学者，无论是顾颉刚还是茅盾，他们讨论神话时，说起定义，形式和内容两个标准都有，但在运用时他们关注的就只有后一个。茅盾说过的一句话，和马林诺夫斯基犯了几乎同样的悖论，他说我们要在中国找神话，不能到儒家文献中去找，因为儒家都被经典化了，我们要到《庄子》、到《山海经》中找，那里才有神的故事。认为儒家神话里没有神的故事，因为他们的标准叫作内容定义法。当然这个也不完全只有中国学者是这样，西方学者也会这样。茅盾和顾颉刚的困境与我们一样，我们要在中国找神话，找到的是《庄子》和《山海经》，但《庄子》和《山海经》没有信仰；我们找到儒家的东西倒是有信仰，尧舜传说都是信仰，是典范，但那些又不是神的故事。这和马林诺夫斯基是一样的问题，但是中国学者的处理方法是专讲神的故事，西方学者也有这样的情况。汤普森在 1955 年给"神话"下定义时，也是不论信仰，专看文本，所以他给"神话"的最低定义是起源故事。这太坐井观天，完全不管博厄斯几十年前已经给出的观点。其实神话的最低定义按照博厄斯的说法应该是形式规定性，而汤普森正好反了过来。你让一个人给你讲一个神的故事的时候，其实就是个幻想故事，没有信仰，不能说是神话。神话就是你认为是真的东西，不是假的，而且它在你生活中起着决定性的作用，这个东西终于有一天当你发现它是一个神话的时候，你会非常吃惊。我们确实有过很多这样的经历。而且还有一点，当你真的认为一个神话是真的的时候，你甚至可以证明它。证明它是真的，或理论上证明它是假的，并不影响你相信它。它可能是真的也可能是假的，但是一定要采取一种现象学的方法，神话研究一定要采取现象学的方法，一定要把相信是真的那个所指的实体对象悬置起来，从理论理性来讲它可能是真的也可能是假的。

最后我想讨论的，是中国神话历史化的问题，以及中国学者在这个问题上犯的错误。1914 年博厄斯和博尔尼都提出过对神话的定义，特别是博尔尼那个定义，被马林诺夫斯基称为"人类学最后的见解"。这个中国学者也知道，但是没有这样做。中国神话的历史化，是人们相信一个内容的理论定义，我用它来做一个理论的用法来认识中国的现状时，发现中国的材料不符合这个定义。中国学者的聪明才智用在哪里了？不是像西方学者那样穷追猛打，看定义本身有没有问题，而是绝对地相信这个西方概念千真万确，问题出自我们自己——我们自己的材料有问题。而我们找的原因在哪儿？是神话的历史化：原来我们有神话，我们的神话丰富得很，但是儒家把它改造了，所以我们要透过历史找到我们的神话，是我们材料出了问题。当西方学者在质疑格林定义的时候，我们做了一个工作就是维护格林定义，就是中国神话历史化问题的最大问题。反思的最主要思路，就是汤一介为《儒家神话》写的序言中说的那样："中国神话往往存在着把'历史'神话化，又把'神话'历史化。"[①] 历史的神话化也是常金仓等学者在质疑时一个最重要的论据，但是我觉得毫无意义。因为茅盾、顾颉刚等学者的论证不是没有经验证据，他们从一个理论的观点来看这个问题时，他们有充分的证据，比如黄帝、夔，都是铁证如山的。而后来提出的反对意见也一样是铁证如山的。所以说他没有撼动中国神话历史化这样一个理论命题。因为你这个是可证实的，他那个也是可证实的。问题是我们如何看待这个"神话"概念的使用方式。

我们从来没有认真对待这样一个问题：为什么"神话"的定义在文

---

① 叶舒宪等编《儒家神话》，南方日报出版社，2011 年，第 5 页。

化之间使用时会出现问题。回到博厄斯、马林诺夫斯基，他们仍然在理论地使用，拿这个问题去认识，而没有还原到一种实践。文化是一种实践，这种实践是自由的实践，也许不是一个纯粹自由的，是可能带有语境化的实践，但依然立足于人的自由意志。当它应用于人的信仰形式去指向一个材料的时候，这个材料都是一个后天材料，是什么样都没有关系，但是这时它的意志的形式和它的叙事内容是先天统一的，它并不是矛盾的。这就是中国神话所提供的一个很好的证明。当我们指向于一个材料的时候，无论这个材料是一个神的故事还是圣王的故事，它完全可以作为我们信仰的对象来规定我们的行为。在实践中，其实不存在形式和内容的矛盾，只是在用我们理论的观点去看待别人的实践的时候，我们才发现我们的理论无法配套，这是因为你的理论用错了地方。我们以为理论的观点是一个必然性的概念，一定要放诸四海而皆准，一定要和对象相互符合。理论和对象的不符合，其实并不是一个文化间的问题，而是一个人们的主观的实践的问题。每个文化的人都在实践，我们都在用我们的文化信仰去实践一个具体的东西的时候，那个具体的东西，经验材料究竟是什么没有什么太大的关系。

这时候中国神话的问题恰恰是一个反证。当博厄斯认为一个主观的信仰心理和叙事不统一的时候，他们会简单地抛弃内容的一边，只考虑形式。回到中国，反证是，中国神话如果是一种神话，如果它建立在信仰的基础上，如果我们说儒家有神话，如果它讲的确实是神话，那么它就不是建立在主观的信仰心理上，而是建立在实践的理性上，建立在康德所说的理性的信仰上，而这个理性是普遍的。关于马林诺夫斯基的功能理论，在信仰形式这方面，茅盾、鲁迅、顾颉刚这一代没有过多的考虑，对此比较重视的是在60年代的张光直和80年代的叶舒宪，他们引用马林诺夫斯基，从功能的角度来看待中国神话。我引了两处，都是他们当年的论述。最近是叶舒宪主编的《儒家神话》，这本书对中国的信仰研究来说是重要的，他第一次把儒家神话放在一个重要的位置上。儒家神话命题的提出是对博厄斯理论的纠正。尽管巴斯科姆为博厄斯做了很多辩护，但巴斯科姆无法回避博厄斯所说的神话建立在信仰心理基础上这个问题。如果儒家神话是存在的，那它是建立在理性基础上的，而理性，不是受环境，不是受一时冲动，不是受感性、欲望这些东西影响的。这是康德所说的，儒家的神话如果确实表达了一个社会的原则，一个信仰的原则，一个普遍的原则，那么它对所有人都是客观有效的。个人信仰不信仰，信仰也好、不信仰也好，都无妨，这个人不信仰你信佛去，没关系，但是儒家作为一个经典是提供给全民族的，是马林诺夫斯基所说的具有 charter 功能的第一叙事。我用这个第一叙事来标示神话，它在汉语民族中就是一个第一叙事，这个第一叙事是靠理性建立起来的，靠理性的信仰建立起来的。

　　这个中国的案例，这个中国神话历史化的反命题所提供的，就是证明从叙事的内容上，神话不一定是神的故事，它可以是圣王的故事，或者其他的什么故事，从信仰的形式上，它不是建立在个人心理的基础上，而是建立在一个普遍理性的信仰的基础上。这样神话就成为一个人的存在的必然性。如果我们说我们相信人是理性的，那么人一定会在我们的生活中，或者用理论的方法去生活，去认识某种东西，或者用实践的方法去生活，通过我们的意志去实现什么东西，神话就是我们在实践中所信仰的一个对象，我们用这个对象来规定我们的意志，提供道德法则或者提供其他行为原则，最终在经验中实现马林诺夫斯基的 charter 的作用。

学生互动摘要

　　吕微研究员的演讲结束后，在场学子们就神话的定义等话题向吕老师积极请教。有同学好奇，若按讲座所言以"信仰形式"作为神话的判断标准，那么当人们逐渐失去信仰时，是否还存在神话？吕老师认为，任何人都有信仰，但这种信仰不是心理上的；换言之，当人们自以为相信的不是神话而是真实时，恰恰正在讲述信仰"人是理性的"这样一个神话。继而有同学质疑，仅以信仰形式来定义神话似乎会模糊其边界，难以与历史叙事、宗教叙事等其他同样具有信仰功能的文体相区分；对此吕老师自认不讳，但同时表明如此定义至少一方面能破除"神话是在时间中的"这样一种进化论思想，证明神话同样存在于现代思维中；同时还能破除理性桎梏，揭示出理性的源头在于信仰，而其本身就是一种神话。至于应如何对先验的信仰开展研究，吕老师表示，正如康德认为自由从哪来我们不得而知，自由的结果却是能够认识的，因此，我们虽无法还原信仰之前的存在，但可以言说乃至分析它的表现方式，比如神话的叙事、神话实践等。

2013年3月20日，同学们继续围绕神话的界定等相关话题展开批评与讨论。主持人李昕桐在回顾讲座基本内容后，举其要者做出了进一步的深化阐释。首先，她认为吕老师提出的"心理的信仰"和"理性的信仰"这对概念还需进一步厘清各自的内涵，例如前者指向的是个体还是集体，而后者是否果真为中国儒家思想所独有。其次，吕老师的神话概念似乎存在矛盾，即神话若意指被我们"信以为真"的东西，但我们一旦称某物为"神话"，就等于承认其幻觉性质（否则应称为真理等）。最后，讲座所言的"神话"与一般的神话故事其实是不同层级的概念，二者之间类似"神话性"与"具体神话"的区别，前者更多是由一系列关键词（比如理性）组成，而后者则表现为我们所熟悉的叙事形态。

在讨论环节，吕老师对神话定义采取的还原论思路及其可行性成为热议焦点。有同学认为神话概念应建立在与传说、故事等其他表征的比较之中，而讲座从本质来定义的方法无法实现文体的有效区隔。亦有相反的声音认为，吕老师其实已然关注到神话与其他体裁的区别，讲座在讨论神话的质料规定性、形式规定性时均曾提及其他故事等体裁。此外，同学们还对主持人李昕桐的评议提出再反思，如认为她对"心理的信仰"和"理性的信仰"的理解或许存在偏差，二者无关集体和个人，所谓"心理的"指的是经验层面，而"理性的"则指先天或者说实践的层面；在检讨神话概念时，则似乎混淆了神话的原生范畴与分析范畴。

（摘要撰写人 郑芩）

神话的跨域性与地方性
—— 以观察新疆洛浦博物馆氍毹为基础

段晴

编者按： 2018 年 3 月 7 日，北京大学博雅讲席教授、外国语学院段晴教授为北京大学中文系民间文学专业的学生带来了一场题为"神话的跨域性与地方性 —— 以观察新疆洛浦博物馆氍毹为基础"的讲座并展开交流。

从 21 世纪初开始，民间文学研究在摸索属于自己的学术定位过程中，提出了许多新颖的研究视角，不过，作为一门学科的民间文学，多数仍将研究的物件停留在文本，以此来分析特定的族群文化，甚少结合那些"富含文化意义的非文字"画件、雕刻或文物，以至于无法较为全面地阐释所研究的对象。段晴教授透过五幅从新疆山普鲁地区出土的毛织毯，具体向我们展示了她的研究方法，即严格从素材出发，不受任何传统思维的束缚，多方求证，探讨叙述逻辑。她最终解释了隐藏在氍毹背后的秘密，为我们揭开一个兼具"跨域性"和"地方性"的古代于阗国文明。

一、揭开氍毹的真面目

本次讨论的主话题是"神话的跨域性与地方性"。首先定义本次讲座的"地方性",在本文中,所谓地方性特指历史上存在过的于阗王国。于阗王国曾经坐落在新疆丝路南道,公元 11 世纪时彻底消亡。但依据古籍文献和出土材料基本可以确定,于阗王国所处位置大抵与今天新疆和田地区吻合。而所谓"跨域性"则是以于阗王国所处的地理位置为核心,往东有汉民族文化圈,向西在古代则多是印欧语系民族的分布地。于阗语是中古伊朗语的一支,属于印欧语系。以语言的视角观察,便可感知古代于阗文明与印欧语系文明之间有不可分割的联系。而关于这个消逝千年的古代文明中的"跨域性"和"地方性",我将从收藏于新疆洛浦博物馆的五幅氍毹谈起。

这五幅氍毹现收藏在新疆洛浦县博物馆。其实际出土的大致地点,位于今日的洛浦县山普鲁乡。据说是在 2007 年至 2008 年之间,找玉的人在一处河道支流的沙碛滩上无意间挖到了七幅色彩鲜亮的地毯,其中有两幅地毯据传因挖玉人擅自兜售而流失,目前保存于洛浦县博物馆的即是剩下的五幅氍毹。2017 年 6 月,北京大学考古文博学院对其进行碳 14 鉴定,明确这五幅氍毹应是公元 420 年至 565 年时期的产物;而再深入分析地毯上遗留的文字,例如古代于阗词汇"spāvata",该词语应当是个过渡词语,早期应该写作"spādapati",中期过渡成"spāvata",最后晚期形成为"spāta",古汉语译作"萨波",即将军的意思。从语言的角度分析,可进一步判定这些地毯应当织成于公元 560 年前后。

先说技术名词"氍毹"。"地毯""毛毯"是汉语对栽绒类毛织品的统称。之所以如此泛泛统称,是因为地毯不是汉民族日常生活不可或缺的用品。而在古代,尤其如新疆丝路南道出土的胡语文书所揭示的,栽绒类地毯曾经是那里人民的日常生活用品。事实上,在新疆古代,栽绒类地毯以其结扣方式的不同,还有明确的分类。例如,尼雅出土的佉卢文木牍文书[①],针对三种栽绒类地毯,使用到三种专门术语。目前考古发现,新

---

① 段晴《酒、氍毹、毾㲪与罽》,段晴、才洛太《青海省藏医药文化博物馆藏佉卢文尺牍》,中西书局,2016 年,第 53—68、59 页。

疆地区出土的地毯可识别出三种不同的结扣法，即"马蹄扣""U 型扣"和"八字型扣"。而佉卢文献使用的三种术语，应正是基于地毯纺织技术的不同而产生，与考古发现相吻合。其中 U 型扣法编织出的地毯，又称为"天鹅绒扣"，如此方式编织出来的地毯特别柔软、密实。① 但是一旦破开，又容易脱落，洛浦博物馆藏的这五幅地毯，正是使用 U 型扣编织。这种扣法编织加工的毯，叫作"氍毹"。佉卢文文书多次提到，氍毹来自于阗。玄奘在《大唐西域记》记述到瞿萨旦那国的特产时，首先提到的就是"氍毹"②。

佉卢文/犍陀罗语的"氍毹"写作 ko ava，即巴利语的 kojava。这个巴利语词有英文翻译：a rug or cover with long hair, a fleecy counterpane，即"长毛毯，长毛床单"。2017 年 5 月，石河子大学人文艺术学院的郑亮教授与我一起前往洛浦博物馆，发现除上面说到的纺织技术，即 U 型结扣法之外，还可以看到毯子的背面有约两寸的长毛。由此最终确定什么是"氍毹"。氍毹实际上是两毯合一毯，正面使用栽绒技术编织而成，背面是长毛毯。目前这种双毯编织技术似乎已经失传，说明洛浦博物馆的五幅氍毹是来自古代的实物。

二、非文字的表述传统

自从新疆和田洛浦县博物馆的氍毹发现以来，我已经发表一些文章，重点从氍毹画面的基本构成入手，解析画面的神谱。在我之前，也有学者对氍毹所描绘的神做过探讨，例如认为 1 号氍毹底层织入的青色小人，是印度教的"黑天神"，进而认为整幅氍毹表现的是印度教"黑天"的业绩。我认为此种"印度教黑天"的解释完全不能成立。这里应简单介绍，

---

① 贾应逸《新疆古代毛织品研究》，上海古籍出版社，2015 年，第 186 页。
② （唐）玄奘、辩机著，季羡林等校注《大唐西域记校注》，中华书局，1985 年，第 1001 页。

进入公元 6 世纪时，即五幅氍毹织成的年代，印度教早已是发展成熟的宗教。从公元 1 世纪开始，印度教（早期称婆罗门教）就已经发展完善。所谓完善，是指从那时起，印度教已经具备成熟的宗教伦理及仪式。印度教万神殿中的各个神灵已经拥有依据神话传说所建立的标配，即各有各的特征，各有各手持、胸配、头戴的标识，或者各自拥有的坐骑。这些标识，清晰而不容混淆。因为以宗教神谱构成的基本原理而观，任何宗教信仰所尊奉的神灵必然具备特殊标识，必然具备区别于其他宗教的符号。印度教天神有其基本特点，例如众天神皆头戴高冠。"黑天"是毗湿奴的化身，有特殊的表现方式，例如脚踩巨蛇之上，作为牧童的形象等。氍毹上的青色小人不符合黑天的特征。而且，青色小人的手、脚特别选用肉色线织成，表明他并不是皮肤黑。用青色来表现他，是因为他处在冥间。因此，基于上述基础知识，早在 2012 年，当我们开始关注氍毹上的图案时，就已经将印度教的神灵排除在外。当然，氍毹上的形象也不是来自佛教。那时我已经感觉到，这几幅氍毹可能蕴藏着未曾被揭示的"古于阗信仰"。

目前已知，两幅大氍毹揭示了从前未被获知的、古代于阗王国曾经流行的宗教。这一古代宗教，既不属于佛教，也不属于古代伊朗文明派系的所谓琐罗亚斯德教，当然也不属于拜火教，因为所谓拜火的形式普遍存在于民间信仰当中，印欧语系各个民族普遍存在对火的崇拜，例如欧洲曾广泛存在对火的崇拜，冬至、夏至都有以火为中心的仪式、聚会、狂欢。[1] 而古代于阗王国曾经信奉的宗教，其起源应比琐罗亚斯德教更为古老，反映了古代的已经消亡的民族的宗教，很可能是塞种人曾经信奉的宗教。两幅大的氍毹，正是这一古老的宗教所信奉的女神的宣言书。

两幅大氍毹，描述的是神话。神话属于民间文学的范畴，而从文学的角度观察分析，可以深入这些神话的深层意义。特别是把广泛流行的神

---

[1] 本篇文章使用的《金枝》版本如下：James George Frazer, *The Golden Bough*, I volume, abridged edtion, reprinted from the English by the Macmillan Company 1940（以下简称 Frazer）。

话，与织入氍毹的情节加以对比，氍毹中所表达的核心精神，神话的目的性，可以非常清晰地展现出来。为方便下文进一步分析，首先扼要讲述两幅氍毹所描述的神话故事，而在讲故事之前，先阐明我的观察原理。

实际上，当文章使用"描述"这一语词时，已经在提醒：虽然我们面对的是两幅织入氍毹的图画，但图画是在表现神话。图画表现需要运用元素、构图结构，一如语言需要运用词汇、语法。图画的元素与语汇一样，具备"描述"的功能。读懂一部文学作品，需要认识足够的词汇；听懂一个故事，需要熟知语汇语法；而读懂织入氍毹的神话图像，同样需要掌握图案所运用的表达元素，以及串联起图案的逻辑关系。

这里先说宏观的。中华民族中的汉族，是以书写见长的民族，拥有古老的书写文明。但是，世界上很多古老的文明不是以书写文明见长的。例如古印度文明，以口耳相传为特色，直到公元前4世纪左右的阿育王时期才有文字出现，甚至与印度教有关的佛经、文献，皆已是在开始接触中亚地区的书写文明之后，才不断被记录下来。历史上，活跃在西域广袤土地上的有塞种人、大月氏人等，塞种人在希腊历史中叫作斯基泰人。语言学家认为，从语言的角度看，粟特人、于阗人是塞种人。以我熟悉的于阗人为例，他们曾经使用佉卢文作为官方文字，使用印度西北方言即犍陀罗语作为官方语言，后来寺院使用梵语。真正开始把于阗语落实到文字上，是在6世纪后半叶，即洛浦博物馆氍毹织成的年代，但是，不能说塞种人的文明不发达。他们选择了以其他方式传承文明，例如以形象的方式。以新疆尼雅遗址出土的佉卢文木牍为例：迄今为止，已经出土一千余件，而这一千余件，几乎全部是公文，或者是契约文书，或者是王的指令等，几乎无文学作品（大约只有一首诗）。在和田地区出土的古代于阗王国的文书也类似。当然除去寺院出土的佛经，佛经中有文学作品。但是，在此之前，难道曾经生活在尼雅遗址上的古人，或者于阗塞种人，其生活中不曾有文学作品吗？事实不是这样。洛浦氍毹证明，塞种人的精神生活十分丰富，拥有历史悠久的神话作品、文学作品，以创造力见长。传承文明的方式可以是多种多样的，不仅限于文字的传承。在不以文字传承文明的民族中，或有这样的模式："文字—简单—生活性"和"非文字—复杂—精神性"。我认为，应该摆脱在文化研究领域只关注文本、文字的局限。在古代，并非所有的文明皆以文字书写为特色。我认为氍毹上的图样可能是古代于阗人更擅长的模式，用以呈现神话，描述神的故事，表达复杂的精神性，实现其在精神世界的追求。例如，古希腊的雕刻、绘画等，同样呈现了信仰，呈现了文学的情节。我在解读氍毹的图案时，试图将画卷的元素翻译成语言的元素，来解析图像，尽管这些图像是非文字的。

今天的主旨，是利用洛浦博物馆的这五幅氍毹来显示神话的跨域性与地方性。考虑到于阗语是中古伊朗语中的一支，从根本上说，属于印欧语系的语言，因此，氍毹图像所反映的神话必然与印欧语系各个民族所传诵的神话有共性，可以在印欧语流行的神话中找到源头。如上所述，排除了古代印度一脉的神话之后，探索跨域的范围可以扩展到西亚以及地中海沿岸的广泛地域。这一广袤的领域曾经孕育了人类文明，孕育了丰硕的神话。事实上，经过一番研究，氍毹的神灵果然来自耸立在那片神话世界的万神殿。但是，体现在氍毹上的神话却又具浓郁的地方风格，跨域性和地方性鲜明表现在两幅氍毹上（以下称洛浦1号氍毹和洛浦2号氍毹），突出了神话可以是共有的，但一定会因为地方的不同而不同。共有神话的一些元素，可以因为地方信仰的不同而得以突出。

三、氍毹图像叙事解析

观察两幅大氍毹的构图（图1、图2），首先可以明确，两幅氍毹所讲述的故事是连贯的，叙述是完整的。以洛浦1号氍毹为例，故事从底下a层开始，脸相对的两个人物形成核心轴，一个青色，一个黄色。黄色人物随后出现在第b层的左侧，又出现在第c层的右侧等，以不同的姿态穿

神话的跨域性与地方性　183

梭在整幅图样中。由此可知，整幅图案是连环的叙述结构。黄色人物是串联起整个结构的主人公。此外，两幅氍毹底层的主人公，即黄色人物，表现为下跪状（图3），可知整个史诗是求助型的。随后，在洛浦1号氍毹的第e层，表现了大结局。

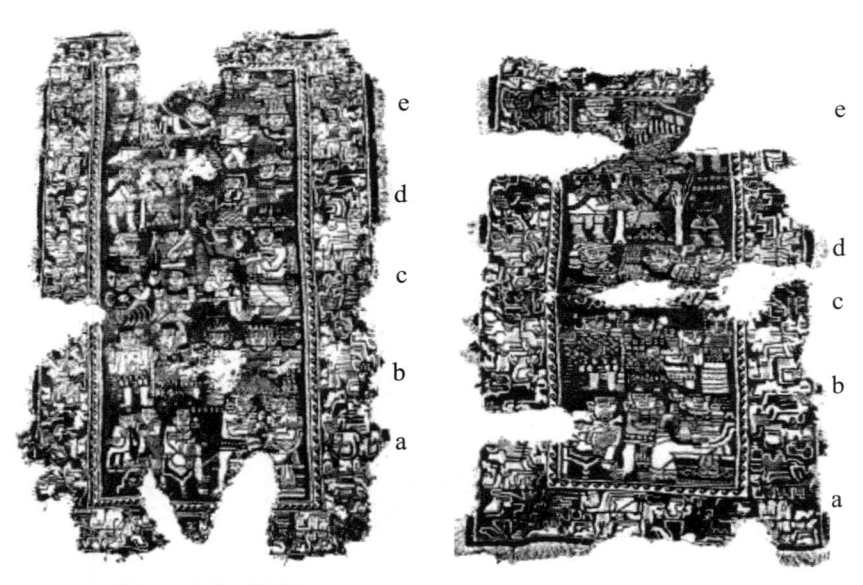

图1　洛浦1号氍毹

图2　洛浦2号氍毹

图3　洛浦1号氍毹a层，中心人物吉尔伽美什呈跪状

我曾经以为，洛浦氍毹所表现的是人类历史上第一部史诗《吉尔伽美什》的第 12 块泥板所讲述的故事。但后来发现，氍毹所表现的并非如此，并非该故事的图画版本。两幅氍毹的画卷，只不过是运用了第 12 块泥板的故事结构，即以恩基都进入冥间，英雄吉尔伽美什为了营救恩基都而遍求神灵为主线，一方面展现了不同神灵的存在，以及各个神灵所具备的功能；另一方面，其根本目的在于，选择这一故事的框架以展现核心理念，即人的起死复生。两幅包含神话内容的氍毹的织就，其目的不是为了成就一部好的文学作品。古人在讲神话时，确实运用结构、故事情节等，但这些方法的运用，是为了描述神灵的存在，体现他们的宗教信仰。神话，说的是神之间发生的事情，描述的是各个神灵所管辖的领域。两幅氍毹以古代传说中介乎于人和神之间的角色为引，导入了神的故事。人，因为需求而进入神的领域，而这个切入点在于：人是否能够死而复生。人不能像神那样长生，这已经是人类历史上第一部史诗《吉尔伽美什》已经解决的问题。而阳寿未尽的人是否能够死而复生呢？这个问题其实在过往的神话中没有得到解决。至少是在氍毹的年代，即 6 世纪时，于阗人相信起死复生。而且他们相信，只有他们信奉的神才具备这样的能力。

上面提及，洛浦 1 号氍毹底层的黄色人物主人公和青色小人，是串联起故事的主干。他们的颜色，黄色象征生命，青色象征冥间。青色小人头上的横竖线条，是大地的象征。青色小人的手脚拥有清晰可见的肉色，意味着该小人虽然身处冥间，却是阳寿未尽，等待着起死回生。青色小人面对的黄色主人公呈跪求状，指明主要线索与"起死复生"的母题相关。青色小人是阿卡德语史诗《吉尔伽美什》第 12 块泥板中的恩基都，他为捡回被神灵扔到冥间的球而自告奋勇下冥间，被大地女神扣留。在阳间的吉尔伽美什于是遍求神灵，展开"求助型"故事。而有趣的是，1 号氍毹上青色小人的右手，确实高擎着一球状物，这与《吉尔伽美什》第 12 块泥板的故事框架相吻合。

以上是氍毹图样故事的叙事主线。虽然主线用了《吉尔伽美什》第12块泥板的故事结构，但主人公所寻求帮助的神灵却完全不同。以下将氍毹上的内容由下至上分割为a、b、c、d、e五层（图1、图2），分别加以说明。

a层：灵魂的引导者赫尔墨斯。

洛浦1号氍毹、洛浦2号氍毹a层的右侧（图4），描绘了一位大神坐在高台之上。两条蛇紧紧依附着这位大神，其中一条花蛇代表生命，象征阳间，而黑蛇象征冥间。在遍寻希腊神话以及广泛流传在欧亚结合地域的神谱之后，可以发现，唯有赫尔墨斯拥有双蛇的特征。在荷马史诗中，赫尔墨斯是游走于阴间和阳间的神灵。

图4 赫尔墨斯

关于赫尔墨斯，我已在《天树下娜娜女神的宣言——新疆洛浦县山普鲁出土毛毯系列研究之一》[①]一文中有详尽说明，这里不再赘述。在此要强调，虽然赫尔墨斯是众所熟知的希腊神话中的神，是灵魂的引导者。他的特殊使命在于，当世间人死去，他负责将其灵魂引导到冥间。赫尔墨斯是唯一可以游走于阴阳两界的神灵。但是，在迄今为止所见到的赫尔墨斯的形象当中，他所具备的双蛇特征，唯独在两幅氍毹中得到如此生动的表现，即一条花蛇象征阳间，一条黑蛇象征阴间。双蛇象征生命的周而复始。应当说，古代于阗人在其保存的希腊神话中，赫尔墨斯的形象更加具体而鲜明。这说明，古代于阗人十分熟悉希腊神话。

不过，依据救助型故事的逻辑，赫尔墨斯显然未能帮助吉尔伽美什

---

① 段晴《天树下娜娜女神的宣言——新疆洛浦县山普鲁出土毛毯系列研究之一》，《西域研究》2015年第4期。

达到所求的目的，所以才有继续寻求帮助的下一步。

b 层：冥后佩尔塞弗涅。

洛浦 1 号甗瓾的 b 层左起第二位是希腊神话的冥后佩尔塞弗涅（图 5），身边头戴王冠者则是她的丈夫冥王哈迪斯。

关于佩尔塞弗涅，对她的认识来自公元前 7 世纪的荷马史诗。她在希腊神话中与德墨忒尔不可分割，所以在西方流行的希腊神话的雕刻、绘画等当中，她的形象多是与母亲德墨忒尔一同出现。

图 5　佩尔塞弗涅

弗雷泽《金枝》第 44 章对这一对母女有专门讲述（Frazer，393），认为公元前 7 世纪荷马写下的对德墨忒尔的赞歌，在于揭示曾流行于 Eleusis（埃辽西斯）的神秘宗教仪式。但在诗的深层次，更揭示了隐蔽的秘密。在诗人笔下，当佩尔塞弗涅被冥王哈迪斯掠走，德墨忒尔陷入悲伤时，大地上牛儿空犁地，下种不见苗。人类将因为饥馑而灭亡，天神再无供养。继而诗中描绘了女神如何将埃辽西斯的荒芜的平原，变成了长满金色麦穗的农田。所有神话最初都是与一定的仪式相关联。而献给德墨忒尔的赞歌，其核心在于揭示她是这一仪式的主角。德墨忒尔与佩尔塞弗涅在古代的埃辽西斯，是一出神戏的主角，构成古希腊一种神圣的宗教仪式的核心部分。弗雷泽认为，德墨忒尔以及女儿佩尔塞弗涅都是谷物的神化象征，尤其是女儿佩尔塞弗涅。她停留在地下三个月，在冥间，在死人的世界。另有版本说停留半年。当她不在人间的时候，燕麦种子藏在地下。春天来临，当她返回时，万物复苏，燕麦种子发芽。女儿代表了新生的谷物、植物，而母亲代表了去年的收成。弗雷泽的理论可以得到证实：两个女神都是头顶谷物的冠，手持麦秆加麦穗。在古代希腊，在对德墨忒尔崇拜的流行地，其实还有另一位男性，他是埃辽西斯地方国王的儿子，受到德墨忒尔的养育，受女神派遣，把发现谷物的秘密传给雅典人，传给希腊人（Frazer，396）。

一直到 19 世纪，那里的人们依然保留对德墨忒尔的崇拜，尽管那时当地的居民早已经是基督教信徒的后代。但是在打谷场上，一直保留着德墨忒尔的一尊雕像。在一般希腊人的信仰中，两个女神都是谷物的代表。

现在来看甄氍 b 层：只有佩尔塞弗涅，手持一束麦，头上戴着谷穗冠，这是与希腊神话一致的地方。由此可知，古代于阗人熟知来自公元前 7 世纪古希腊的关于德墨忒尔和佩尔塞弗涅的神话。但是，我们在这一排人中，并未见到她的妈妈，这是因为，她处在地下。这里突出的是佩尔塞弗涅地母的身份。正如哈迪斯说，我哥哥是天上的神，我是地下的神。佩尔塞弗涅地母的身份在古希腊却并不流行。我曾经前往德国柏林的博物馆，那里有大量的古希腊的艺术品，有专门的展厅，展出古希腊人的石制棺材，其上雕刻着各种古希腊神话。但是，在所有陈列的展品中，没有佩尔塞弗涅作为地母的形象。《金枝》虽然对这一对神灵母女做了深入的分析，但丝毫没有提及佩尔塞弗涅作为地母形象的其他意义。叙述至此，希腊神话的跨域性已经体现出来，曾经在和田绿洲，古代人民熟悉希腊神话。但是，希腊神话在古代于阗王国具有浓烈的地方色彩。至少在甄氍上，他们更加突出了佩尔塞弗涅的地母身份。在此，可以点题：所谓地方性，更多是目的性。

神话的地方性，以及古代于阗人之于神话的创造性，突出体现在甄氍此层吉尔伽美什手中举起的这朵青色的花上。在希腊神话中，佩尔塞弗涅是因为下凡采摘水仙花而被冥王哈迪斯掠走。在这里，水仙花被作为觐见地母佩尔塞弗涅的敲门砖。原本希腊神话中的一个元素得到创造性的升华。尤其是，在这里，这朵水仙花被赋予了青色，代表了冥间的色彩。

这一层，对于希腊神话的"跨域性"以及"地方性"的展现，可谓淋漓尽致。一方面，对于佩尔塞弗涅的描绘完全符合其在希腊神话中的形象；另一方面，希腊神话的元素得到扩大、延伸，体现了"地方性"，为"地方性"的仪式服务。这一点今后再阐释。然而，依据求助型叙述发展的逻辑，冥后佩尔塞弗涅也未能帮助吉尔伽美什实现起死复生，未能帮助他从冥间带走恩基都,即洛浦1号氍毹底部的小青人。于是进入c层。

c层:大工匠神"赫菲斯托斯",下过冥间的爱神"阿芙洛狄忒"。

这一层比较特殊,洛浦1号氍毹呈现为"左右"两组构图,而洛浦2号氍毹的c层即是洛浦1号氍毹左侧构图的展开状,我在此主要阐释这一组[1号左侧(图6);2号c层(图7)]的神灵身份。

图6　1号氍毹c层

当我在撰写《天树下娜娜女神的宣言》一文时,认定这一组神灵必然以希腊工匠神赫菲斯托斯为中心,一方面,画面显示吉尔伽美什是来学艺的,因为在此他获得了工具作为装备。在这一组吉尔伽美什与希腊神话人物的构图中,却有苏美尔以及巴比伦神话的影子,因为一则苏美尔神话讲到,吉尔伽美什使用斧子等工具帮助伊娜娜女神赶走了盘踞在柽柳上的魔鬼,打造了宝座等。史诗《吉尔伽美什》开篇也提到,吉尔伽美什具备两种工具,皆是从天上落下,其中一件是斧子。另一方面,洛浦1号氍毹

图7　赫菲斯托斯、阿芙洛狄忒

这一组图的右下角有人物面部的条纹状，这里明显是运用了赫菲斯托斯制网捕获妻子爱神阿芙洛狄忒与战神阿瑞斯私通的情节，来达到凸显赫菲斯托斯之身份的目的。因此，我当时认为，这一组中心的神灵就是赫菲斯托斯。但是，想到前面两层出现的赫尔墨斯及佩尔塞弗涅，皆以与冥间有联系为前提，相比之下，赫菲斯托斯却与冥间无关联。直到最近，在准备这场跨域的神话以及地方神话的讲座时才发现，这一组的核心神灵或许还有赫菲斯托斯的妻子阿芙洛狄忒，因为从与她相关的神话可知，她与冥间和"起死复生"亦有联系。

根据弗雷泽的研究，在地中海东岸，埃及、西亚等地，古代都有一位神灵，虽然各地对他的称呼不同，但这位神灵在各地都做着相同的事情，即每年皆会"死而复生"。弗雷泽讲到阿芙洛狄忒和植物神阿多尼斯的关系。在古巴比伦神话的记载中，阿多尼斯是个漂亮的少年。阿芙洛狄忒曾将他藏在箱子里，并交给了冥间的佩尔塞弗涅看管。佩尔塞弗涅打开箱子，看见美丽的少年，便不再打算归还给阿芙洛狄忒。于是阿芙洛狄忒气急败坏，跑到冥间，希望从佩尔塞弗涅那里要回阿多尼斯。最后，天神宙斯仲裁，让阿多尼斯和佩尔塞弗涅在一起四个月，和阿芙洛狄忒四个月，另外四个月自己独自生活。或许，氍毹表现阿芙洛狄忒，不仅因为赫菲斯托斯能传授技艺，而且还在于阿芙洛狄忒具有前往冥间的能力。

实际上，这一组神灵中，赫菲斯托斯能够制造永生的灵药，即葡萄酒，而阿芙洛狄忒的经历也与冥间相关。由此可知，这一组神灵，虽然都是纯粹的希腊神，却因为"起死回生"的主题而被织入氍毹之中。不过，对氍毹上的吉尔伽美什来说，他们仍然是求助过程中的过客，由此进入d层。

d层：长生女神"伊娜娜"。

这一层是整幅氍毹图样的重点所在。以上曾说，我写过的那篇文章标题是《天树下娜娜女神的宣言——新疆洛浦县山普鲁出土毛毯系列研究之一》，正是从这一层出发。求助型叙述的逻辑在于，那个帮助求助者实现愿望者是最伟大的。回顾两幅氍毹的主题,在于起死回生,救人出冥间。古代于阗人相信,世间虽然有冥后佩尔塞弗涅掌管冥间,虽然有赫尔墨斯往返阴阳两界,还有大工匠神赫菲斯托斯可以创造长生的灵液,但是他们面对已经下到冥间的生灵却束手无策,将这些神灵织入氍毹,其根本作用在于烘托出现在 d 层的女神,因为她是最终帮助吉尔伽美什实现起死复生的那个神灵,是她将恩基都从冥间拯救出来。换句话说,两幅氍毹是以织入氍毹的画卷而创作出的长生女神的宣言。

所谓天树,是指出现在这一层的两棵树,体现了古代伊朗宗教的信仰:一棵是生命树。传说喝了树上的汁液,可以超越生死。另一棵是万籽树。同样是出自伊朗古代信仰,世间所有植物的生长,其种子最初来源于万籽树。① 但是,需要明确指出,没有迹象显示两幅氍毹传承的是古代伊朗文明的部分族群曾经普遍信仰的琐罗亚斯德教。氍毹所描绘的情景并非与巴列维语琐罗亚斯德教的宗教百科全书《班达喜申》所记载的神话一般无二。② 虽然我认为,织入氍毹 d 层的两棵树样图案,反映了伊朗古代信仰中的双树。但于阗故地的双树,并非如琐罗亚斯德巴列维语文献所描绘的那样生长在海的中央。而且,琐罗亚斯德教的双树下并没有女神。这里要再重复先前强调的观点,我认为,两幅大氍毹揭示了从前未能被现代人获知的、古代于阗王国曾经流行的宗教。这一古代宗教,既不属于佛教,不属于所谓伊朗派系的马兹达教,也不属于琐罗亚斯德教。氍毹显示的宗教传统非常古老,直接起源于苏美尔文明。

《天树下娜娜女神的宣言——新疆洛浦县山普鲁出土毛毯系列研究

---

① 关于伊朗宗教对于双树的信仰,请参阅段晴《天树下娜娜女神的宣言——新疆洛浦县山普鲁出土毛毯系列研究之一》,《西域研究》2015 年第 4 期。
② 简单说明,伊朗语分为东西语支,使用楔形文字的古波斯语属于西支现存最古老的伊朗语,相对所谓《阿维斯塔》文献使用的属于东支的伊朗语。到了中古伊朗语阶段,例如巴列维语属于西支,而粟特语、于阗语属于东支。关于巴列维语的《班达喜申》,其有多种版本,例如可参阅 Zeke J. V. Kassock, *The Greater Iranian Bundahshn*, a Pahlavi Student's 2013 Guide, Fredericksburg, VA, 2013。

一》之"娜娜女神",是指最初苏美尔人神话中的伊娜娜女神。这里应说明"娜娜女神"是粟特人曾经信仰崇拜的女神。"娜娜"之名未曾出现在于阗语当中,所以称出现在氍毹上天树下的女神为"娜娜",谬也。

认为站在天树之间的,正是源自苏美尔神话的伊娜娜,依赖于氍毹上的提示。洛浦1号氍毹的e层(图8)显示,这是个皆大欢喜的结局。原本出现在氍毹底层呈青色的小人,现在恢复了象征在阳间的黄色,他面朝一位女性打扮的人,两腿前后分开,腿部膝盖呈向前弯曲状,脚掌未着地,这一切都是奔跑的表现。迎接她的女性明显在笑,伸出了双臂。小人

图8 洛甫1号氍毹e层,大结局。主人公手握一根曲棍棒

身后是贯穿整个情节的主人公。此时的主人公,双手握住一根曲棍棒。结合洛浦1号氍毹底层小人手中的圆形物,这就映射到苏美尔的神话,即《吉尔伽美什与怪柳》的神话[1],因为只有在这一则神话中才能追踪到"棒

---

[1] 这一则故事的大意如下:创世之初,天地分开,人类被造出,大神Anu、Enlil、Ereshkigal分别掌管上天、大地和冥间。Enki启程从海上进入冥间。为了对这位大神表示尊敬,大海泛起波涛。一棵本来生长在幼发拉底河之岸的怪柳(ḫuluppu),被南风连根拔起,顺着幼发拉底河漂流。一位在河边漫步的仙女看到这棵树,将树移栽到天神的花园中。女神伊娜娜精心培育,希望有朝一日,可用成材的树木为自己打造座椅和床榻。十年过去,伊娜娜却气恼地发现,她的希望落空了。一条蛇踞在树根处,一种鸟在树上筑了窝,一名叫作梨丽的魔女lilith住在树干中央。吉尔伽美什杀死了蛇,驱赶走了鸟,魔女落荒而逃。他用这棵树的树干,为女神伊娜娜打造了座椅和床榻,用树根为自己造了pukku(球),用树冠的木材为自己打造了mikku(曲棍棒),这两样东西皆具备魔力。参阅Samuel Noah Kramer, *Gilgamesh and the Ḫuluppu-Tree*, A Reconstructed Sumerian Text, The University of Chicago Press, Chicago, Illinois, 1938。

和球"诞生的来龙去脉，而这一源头与苏美尔神话中的女神伊娜娜有直接的联系。但是，氍毹的描述，似乎与原始版的苏美尔神话存在一定的差异。按照氍毹的描述，似乎是先有"木球"的故事，然后才有"曲棍棒"的故事。主人公获得曲棍棒是在伊娜娜帮忙搭救了小青人之后。但无论怎样，正是因为有了"曲棍棒"的存在，才牵引出伊娜娜的存在。

同时，更为重要的是被织入洛浦1号氍毹d层的两个小神（图9）。这两个形象，看不出性别。在洛浦博物馆的氍毹出世之前，无论在敦煌出土的于阗文献中，还是在藏文的《于阗国授记》当中，几次遇到两个小神，一叫作"Ttaśa"，另一叫作"Ttara"，甚至在敦煌第98窟于阗国王李圣天的头上，也能见到两个如飞天孩童的形象。

图9 无性别双神

一直以为，小神Ttaśa和Ttara是一对小龙王。[1]凡是神，皆有关于他们起源的神话。但在氍毹发现之前，一直弄不清楚二者的起源以及所司掌的范围。两幅大号氍毹起死复生的主题背景，清晰衬托出两个小神的身世，他们起源于伊娜娜下冥间的神话。

20世纪40年代中，德国一位图书馆管理员最终破译了苏美尔语，传世的苏美尔语泥板上的故事得到逐一解析。苏美尔人留下的神话中有"伊娜娜下冥间"的故事，描述伊娜娜下冥间参加姐夫金牛的葬礼。伊娜娜的姐姐是司掌冥间的女神，住在暗无天日的地下，所以颇多抱怨。伊娜娜下冥间，在见到姐姐之前，必须经过七道门，在每道门前被要求卸下身上的物品。按照描述，经过第一道门时，伊娜娜被要求卸下头上的冠；第二道

---

[1] 关于之前发表的有关两个小神的文章，可参阅段晴《新疆洛浦县地名"山普鲁"的传说》，《西域研究》2014年第4期。

门时，卸下颈项上戴着的青金石项链；第三道门时，卸下胸前的双道璎珞；第四道门时，卸下胸前佩饰；第五道门时，卸下腕上的金镯子；第六道门时，卸下青石的丈量绳和丈量杖；第七道门时，伊娜娜被要求脱去裙装。赤身裸体的伊娜娜，在姐姐投射来的死亡的目光下，变成一具死尸，被挂在墙上。三天后，伊娜娜的仆人按照她临走前的嘱咐，向天神求救，于是一天神从左右手的指甲盖里抠出两坨泥，制成两个无性神，让他们进入冥间，先要安抚伊娜娜的姐姐，然后将生命水和生命食物撒在伊娜娜的身上。伊娜娜站了起来。我曾有个学生，现在已经是四川大学的著名教授罗鸿，他曾经自问自答："为什么伊娜娜可以起死复生？因为伊娜娜是经历过死而复苏的唯一的神。"我认为他的判断是符合逻辑的。

两尊小神起源于苏美尔神话。这也就定性了氍毹 d 层位于双树间的女神是苏美尔神话中的伊娜娜。所谓定性，还有另一层意思，即除苏美尔的《伊娜娜下冥间》外，还有阿卡德语的伊士塔尔（Ishtar）下冥间。但大神为帮助她起死复生时，仅创造了一尊小神。

断定两幅氍毹 d 层两树之间的女神，正是苏美尔神话的伊娜娜（图10），当然以女神的所谓标配为最终依据。《伊娜娜下冥间》走过七重门的描述，一方面为了显示冥间的深不可及；但另一方面，其实关键目的，在于描述属于女神伊娜娜的标配，描述唯有她才拥有的神的标识。对比那些描述，我们竟然发现，洛浦县博物馆的氍毹，世间绝无仅有，唯一表现了来自远古的苏美尔的女神伊娜娜的形象。伊娜娜过七道门时卸下的那些标配，基本可以在织入氍毹的她的形象中找

图 10　来自远古的女神

到。其中最为显著者有三：一是她颈项上环绕的蓝白相间的项链，那应该是对青金石项链的描绘；二是手腕上的黄金镯子；这第三项最为重要，因为那是女神的标识，女神握在手中的正是所谓"青金石的丈量绳和丈量杖"。

必须说明，在于阗语文献中，来自苏美尔神话的"伊娜娜"并非叫作"伊娜娜"，而是另有其名。我曾经发表了一篇英语文章[①]，对此做过探讨，这里不再赘述。简单说来，在敦煌藏经洞出土的于阗语文献当中，尤其在呼唤众神的祈愿文中，常见到一位女神的名字，出现在上文提到的两小神"Ttaśa""Ttara"之前，于阗语名 būjsaṃjā-，或者 *būjsyajā-*。于阗语文献中也显示，这位女神司掌生命。她的形象也应该是出现在敦煌第98窟于阗王李圣天脚下的女神，作为地母保佑于阗王李圣天长生。但是，关于她的于阗语名的来源，还有待探讨。在此，我称她作"长生女神"。在古代于阗人的信仰中，她司掌生命，可以令人起死复生。她在于阗语故地不叫作伊娜娜，或许也是同一神话元素而发生了地方性变异的结果吧。

结语

新疆洛浦博物馆的两幅氍毹十分珍贵。说其珍贵，含义是多方面的，既来自物质层面，更多则来自精神层面。它们保留下古代于阗文明的传统宗教信仰。织入氍毹的神谱，蕴含着丰富的神话，既有来自远古的苏美尔神话，又兼有古希腊的神话，生动体现了神话在古代民间的流通，反映了神话拥有强大的"跨域性"能力。但是，所有的神话不会是一成不变的。共有神话的一些元素，或许会因为所服务的对象不同而得到引申、夸大、衍生，显示为地方特色，发展成浓烈的地方性文明。

[①] Duan Qing, "Greek Gods and Traces of the Sumerian Mythology in Carpets from the 6th Century"，载《丝绸之路研究》创刊号，生活·读书·新知三联书店，2017年，第12—13页。

至于为什么会有这两幅氍毹的诞生？这两幅大的氍毹与三幅方型氍毹之间有什么必然联系？更多揭秘，将在下一讲完成。

学生互动摘要

段晴教授演讲结束后，同学们针对氍毹上的神话叙事结构、图像释读等问题进行了踊跃提问。有观点认为若按照苏美尔语版《吉尔伽美什与桎柳》故事在前、阿卡德语版的第12块泥板《吉尔伽美什》在后的顺序，那么将难以解释氍毹上方描绘的两棵树。另有同学对氍毹第三层的神灵为何不是《梨俱吠陀》中的图阿湿斫，且其核心反映的究竟是赫菲斯托斯还是阿芙洛狄忒感到疑惑。段老师认为洛浦氍毹的记述内容与阿卡德语版本一致，但也与苏美尔神话存在联系，因此她倾向于认为第三层神灵表现的是赫菲斯托斯，这在于吉尔伽美什要获得伊娜娜的接见就必须得有所准备，所以他先拜访了赫尔墨斯和佩尔塞弗涅并可能获得了一些提示。此外，段老师还回应了第四层的核心女神为何是苏美尔女神伊娜娜的提问，她指出判断关键其实是氍毹右侧的两个无性别小人，他们在于阗语里均被记载与起死复生相关，而女神身上的青金石丈量绳、丈量杖等各项装束也都与苏美尔神话的描述吻合。

2018年3月28日，大家又围绕讲座内容展开了评议与讨论。主持人陈姵瑄从新疆出土氍毹的"跨域性"与"地方性"、延伸思考氍毹的破译成果等两方面对段老师的观点予以回应与反思。她认为，段老师透过具体个案的层层剖析，经假设与验证的反复推求，分析出土文物氍毹的材质、内容及所在位置，提出某些古代民族具有曾经交流过的可能性，且各自在吸取对方的文化特色后，进一步形成符合自身民族特征与需求的信仰表现，从而实现神话的"跨域性"与"地方性"。但她也提出，或许于阗人只是割裂式地描述每一层神灵的各自特征，或许氍毹上所有神灵反映的是一种"能量的叠加"，即重生力量的积累。因此需要罗列多种解释的可能性，才能窥测氍毹承载的文明秘密。

在讨论环节，同学们从自己的专业出发，探讨了氍毹上的神话叙事结构，深入思索该物件作为"曼陀罗"时，除了接近顶层的女神伊娜娜之外，当中提到的神灵是否可能也发挥相似的能量，以此结合成为一幅"重生职能神"的汇集图。有同学提出讲座题目"神话的跨域性与地方性"实际上是指神话的传播与变异，采用的是比较文学的研究视角，但由于年代久远、证据链的缺环，以目前掌握的证据只能采取逻辑推测的研究方法。在思想碰撞中，大家获得了跨文化视域内的新知。

（摘要撰写人　陈可涵）

神话与仪式
—— 以观察新疆洛浦博物馆氍毹为基础

段晴

编者按：2018 年 3 月 14 日，段晴教授继续为北京大学中文系民间文学专业的学生做讲座并展开交流，题为"神话与仪式——以观察新疆洛浦博物馆氍毹为基础"。

此次讲座仍然建基于前一讲所涉及的古代氍毹出土实物上，段晴教授在继承前一讲综合运用图像学、文字学以静态解读其深层含义的基础上，主要参考了《大唐西域记》等古代文献材料，并充分发挥自己的推源性想象力，向我们揭示了这五块色彩缤纷、图案丰富鲜活的氍毹背后所隐含的惊人秘密：它们不仅都含有死而复生的主题，并且就是《大唐西域记》里"龙鼓传说"的直接写照，其历史真相是为解决古代于阗国连年大旱而举行的一场具有斯基泰人/塞种人民族特性的"人祭祈雨仪式"，而这些氍毹正是这场仪式使用过的、带有神坛性质的关键物证。在段晴教授看来，这五块新疆洛浦氍毹是将神话与仪式结合的最好的教科书。

今天探讨神话与仪式，主要是因为洛浦博物馆的氍毹上隐含了令人称奇的神话，而种种迹象显示，这些神话曾经真实服务于某种宗教仪式。揭示这些神话以及所服务的仪式、民俗，最终目的在于揭示古代于阗的原始宗教信仰。关于古代于阗故地的宗教信仰，虽然如众所周知，于阗王国庇护佛教，大乘佛教曾经在于阗王国盛行，但是，于阗王室以及所代表的传统在信奉佛教之前是否崇信其他宗教？在崇信佛教的同时是否仍然并存其他宗教信仰？由于历史材料的匮乏，这些问题并未得到明晰的答案。一般认为，从语言学的范畴出发，因为于阗语是中古伊朗语的一支，而古伊朗文化圈的民族多信仰拜火教、琐罗亚斯德教，以拜火教、琐罗亚斯德教的神话与仪式主导其宗教生活，所以古代于阗或许也曾流行拜火教、琐罗亚斯德教。而洛浦博物馆的氍毹，显然出乎上述已知判断之外，展现了令人惊异、前所未闻的宗教民俗之源。在聆听了关于氍毹神话的阐释之后，有同学发出这样的疑问：那氍毹上怎么囊括了那么多神啊？一些来自希腊神话，怎么又追溯到两河流域文明、苏美尔文明？针对我的阐释，历史学家认为，必须先找到从西亚到和田绿洲的各个点，并在各个点上找到遗落在沿线的相同的文明痕迹，宣称氍毹上有苏美尔文明之遗存的理论，方可成立。探索人类文明，应兼顾多种方法。氍毹上涌现了丰富的神话，并且给出了神话与仪式结合的清晰线索。如果从诠释神话的理论方法出发，反而可以发现隐藏在氍毹背后的真实历史。神话代表了虚构的世界，而仪式则是现实。本文将以神话的虚拟世界为一条线索，以其所服务的真实世界为另一条线索，以达到揭示古代于阗的宗教信仰以及民俗之源的目的。

谈及神话，就想到曾经令我纠结的一些基本问题，例如什么是神话，为什么历史上会有那么多神话，以及今天为什么还要研究神话。记得最初接触印度神话时，有些摸不着头绪。以印度教三大神之一因陀罗为例，在《梨俱吠陀》中，因陀罗是最大的神。如果按照人类的道德标准衡量，大神因陀罗之坏，十恶不赦。他是大地与天空结合而生，寄养在工匠大神家中。工匠大神为他打造了棒子，从此他拥有金刚杵。工匠大神家里有长生不老的灵药，不传外人。因陀罗偷喝灵药，被养父的儿子发现、制止。他遂用工匠大神赐予的棒子打死了养父的亲生儿子。他却因偷喝灵药，获得长生，力气增长，又打死了父亲老天爷。[①]当然，这只是神话，关乎神之间发生的事情。大约是《梨俱吠陀》时代的古人相信，因陀罗手中握有金刚杵，击打老天，所以有雷电，所以下雨。所以因陀罗被尊为雨神，享受人间供奉。由此看来，弗雷泽（Frazer）的理论是有道理的。他认为，所有神话原本皆服务于宗教仪式，只不过因为年代久远，我们往往无从知晓神话与仪式之间曾经发生怎样的联系。

神话反映的是人和自然的关系。按照弗雷泽的观点，人类最初发展出巫术，由巫术上升到宗教，再从宗教过渡到科学。这样的发展进步，是基于人类对自然的认识。在巫术阶段，愚蠢的人类中某些人认为自己有能力左右自然界的现象。[②]当那些巫师发现，他们其实根本没有能力控制自然现象。于是，人转而相信在强大的不受控制的自然界背后，有强大的神灵。这便是宗教的诞生。现在看来，弗雷泽关于神话、关于宗教的解释是经典的，但不免片面。任何从现象出发得出的理论，正如产生理论的现象，皆可能是片面的。对于希腊神话、希腊宗教，弗雷泽了如指掌，因此，他对于神话和宗教的观察、阐释，多从此出发。如果进一步概括弗雷泽的逻辑，可知在他的理论中，神话以及宗教更多体现的是人与自然的关系。显然，弗雷泽并未接触到佛教，完全不了解佛教，所以他的观点具有片面性。佛教更关注人类社会，认为只有人可以成佛。但今天这一讲，不是为了评论弗雷泽，而是回顾他的经典理论：各个神话与特定的仪式相关，神话体现了人与自然的关系。凡是神话，例如上述《梨俱吠陀》的神话，尽管讲的是神灵之间发生的故事，但其真实目的在于服务人类。

以下将试图把握神话以及真实世界的两条线索，展开对洛浦甋甀的

[①] 参阅 Thomas Oberlies, *Die Religion des ġveda*, erster Teil—das Religiöse System desġveda, Wien: Institute für Indologie der Universität Wien, 1998, p.247。
[②] 本篇文章使用的《金枝》版本如下：James George Frazer, *The Golden Bough*, I volume, abridged edtion, reprinted from the English by the Macmillan Company, 1940, p.711（以下简称 Frazer）。关于"人类愚蠢的错误"等观点，见 Frazer, p.711。

神话以及相关仪式的探讨。首先回答上文提及的问题，那些来自希腊神话以及两河流域文明、苏美尔文明的众神为什么会集中出现在氍毹之上？让我们先梳理出现在氍毹上的神谱。

一、织入氍毹的神谱

氍毹第一层有可以来往于阴阳两界的神，如希腊神赫尔墨斯。

第二层是冥间王后佩尔塞弗涅。这一层，因为出现了一个希腊词与一个于阗词组合而成的复合词，其前词是希腊的"冥间"，其后词原本借自梵语，表示"洲""岛"，所以可知，织入氍毹这一层的尽是阴间的神灵。佩尔塞弗涅身旁头戴王冠者，应是冥间王哈迪斯。

第三层，来到赫菲斯托斯这一组，可以将赫菲斯托斯看作是协助吉尔伽美什敲开伊娜娜大门的人，最终见到伊娜娜。

第四层，这是氍毹真正崇敬颂扬的女神，即长生女神。她站在双树之下，黄色的是生命之树，另一棵应是万籽树。

除此之外，1号氍毹上伊娜娜旁边吹横笛的，也应是一位广泛流行于西亚地区的女神，她应该是伊诗闼尔（Ishtar）。按照弗雷泽的描述，希腊神话中的阿多尼斯（Adonis），即阿芙洛狄忒喜欢的那个少年，在西亚的神话中其实叫作塔穆兹（Tammuz）。在巴比伦阿卡德语文献中，塔穆兹是女神伊诗闼尔的情人。而伊诗闼尔是巴比伦神话的母神（the great mother goddess），她是自然界再生能量的化身。虽然巴比伦泥板未能找到她与情人塔穆兹的结缘故事，但塔穆兹死去，伊诗闼尔追随他下冥间，进入暗无天日的房屋，门和门闩上布满灰尘。当女神进入冥间，所有爱情停止，人和牲畜停止交配，不再延续后代，一切生物面临灭绝。她下冥间的故事，犹如伊娜娜下冥间的简写本。所不同的是，为救伊诗闼尔，大神仅造化出一个小神，令他为伊诗闼尔撒上生命之水，令女神重返阳间，一切自然恢复生长。巴比伦的神话保留了多首伊诗闼尔对塔穆兹唱的挽歌，其中最著名的叫作《长笛悲悼塔穆兹》(Lament of the Flutes for Tammuz)。她的笛声是哀乐，哀怨的笛声起，万物不生长（Frazer，326）。

图 1　伊娜娜手持青金石的丈量绳和丈量杖；双树；手持横笛者，即伊诗闳尔；右侧是一双无性别小神

经过梳理，线索凸显：氍毹上的神谱确实繁杂，来自多个文明，若以时间顺序排列，最古老的是伊娜娜，或许还有双树；然后是伊诗闳尔，以及希腊的诸神。这些神的聚集，必然体现了一个古老民族的民间信仰，体现了尚未认知的古代于阗的宗教。崇信这一宗教的民族显然不排斥来自古希腊万神殿的神灵，但这并不意味着该民族放弃了自己的原始宗教而改宗信奉了古希腊的诸神。正如上一篇文章所分析[1]，两幅氍毹以营救进入了冥间的小人为线索，串联起一个个神灵，展现了求助型的故事结构，而最终帮助实现愿望的神是主神。所以整部氍毹画卷就是一部宣言书，是具备起死复生之神力的长生女神的宣言书。这说明，古代于阗的原始宗教中，长生女神是崇信的主神。

但是显然，氍毹上的神灵经过选择。为什么偏偏选择了这些神的聚集呢？以古希腊的万神殿为论，其中供奉的神灵众多，脍炙人口者有宙

---

[1] 段晴《神话的跨域性与地方性——以观察新疆洛浦博物馆氍毹为基础》，《民族艺术》2018年第 4 期。

斯、波塞冬等。为什么舍弃其他希腊的神灵，而仅仅挑选了如赫尔墨斯、佩尔塞弗涅等与冥间、长生相关联的神呢？尤其是，如上篇文章已经点到，在希腊神话中，佩尔塞弗涅总是与其母德墨忒尔一道出现，而两幅氍毹为何偏偏选中佩尔塞弗涅，却没有提到她的母亲呢？放之四海而皆准的一条定义认为，凡是经过特殊制作的，必然是为了服务于一个特定目标。氍毹上的神话必然服务于特定的仪式，而在所服务的仪式中，氍毹应是作为神坛而存在。

二、氍毹神坛

神的聚集处便是神坛。我们经常见到的神坛，多在楼堂庙宇之中。庙宇才是神聚集的地方，供奉神的地方。但在古代，献祭天神并非在庙宇举行。以印度古代宗教为例：其核心文献是四吠陀，而其中最为古老而著名的是《梨俱吠陀》。那是一部合集，包含了仪式所用赞颂天神的歌，祭天神仪式的祝词。《梨俱吠陀》反映了古代印度乃至古代伊朗文明中曾经实行的宗教仪式，所供奉的天神可谓纷繁，天地日月星辰以及雷神雨神水神，等等。有学者甚至认为，可以吠陀赞歌为线索而了解某些仪式的细节。[①] 不过，这赞歌的合集却反映了一项重要的不存在，这就是庙宇建筑的不存在。"针对吠陀仪式，没有庙宇或者持久性建筑。更多是针对每一次仪轨，按照其自然性质的特殊要求而重新选择一处圣地。"[②] 这里提及《梨俱吠陀》以及古代的宗教仪式，目的在于阐明，对天神的祭拜可以不在庙宇，而是在露天举行，只要选择适合献祭牺牲的地方。使

[①] Thomas Oberlies, *Die Religion des gveda, erster Teil–das Religiöse System des gveda*, Wien: Institute für Indologie der Universität Wien, 1998, pp. 270-271.
[②] 原文："There were no temples or permanent structures devoted to Vedic ritual. Rather, a sacrificial ground was chosen anew for each performance according to certain characteristics required of its natural features." 引自 S. W. Jamison and M. Witzel, *Vedic Hinduism*, 1992, p.33。目前仅检索到网络上的 PDF 版本。但婆罗门教没有庙宇，这是共识。

用氍毹表现众神的聚集，提示这两幅氍毹原本应是为了露天的祠祭而准备的祭坛。若非为了露天进行的宗教仪式，何必使用经过特殊织造的坛场？庙宇内更适合竖立单体造像，因为一座庙就是按照一定的规格而建立的为宗教仪式服务的道场。

梨俱吠陀的时代毕竟太遥远，似乎缺乏可直观的形象对比。若将两幅氍毹与仍可在藏区喇嘛教寺院观察到的道场做一番类比，其道场功能似更清晰。佛教道场，又叫作曼陀罗，或者坛城，或者按照英译，叫作 Magic Circle（"魔力圈"）。曼陀罗呈几何图形，在方形或者大圆形中画出圆形。曼陀罗象征神居住的地方。受到祈请的神居于曼陀罗的中央。举行宗教仪式时，按照仪式规则，供养、焚香、念咒语，呼唤神赋予神力。[①] 常常可以见到，举行重大仪式时，藏传佛教的僧侣要重新画曼陀罗。

当然，梨俱吠陀所反映的宗教仪式，属于早期印度教。曼陀罗、坛城以及画有曼陀罗的唐卡是藏传佛教的习俗。形式的不同反映了宗教归属的差异。实际上，洛浦博物馆几幅氍毹所表现的神坛十分直观，构成神坛的关键，在于环绕在周边的图案，而正是这些周边的图案，表征了氍毹神话的宗教归属。那正是我们迄今为止尚未揭晓、尚未认知的古代于阗人的宗教。让我们先回到洛浦县周边，回顾真实的历史世界。

洛浦县西南 14 千米处是著名的考古遗址，山普拉（又称山普鲁）墓地。自 1983 年起到 1995 年，国家文物局、新疆维吾尔自治区博物馆以及和田地区文物局对这一地域的多个墓葬群进行了抢救性发掘，出土了令世人震惊的反映多元文明的文物。例如，1984 年发掘的 1 号墓葬群出土了具有希腊神话风格的"人首马身""武士"纹样的毛织物，原本裁剪成裤子，包裹在死者的腿部。根据德国考古学家王睦的分析，这裤子是从一

---

① 关于藏区佛教曼陀罗道场的参阅文献较多，例如 Antoinette K. Gordon, *Tibetan Religious Art*, New York: Columbia University Press, 1952, p.24。

件挂毯临时裁制而成，为了装殓混战中死去的人。① 而这件壁挂描绘的武士以及"人首马身"等，完全符合古典希腊的风格，例如类似的"人首马身"，出现在罗马郊外迪沃里小镇哈德良宫殿的马赛克图案上。② 不同之处在于，哈德良宫殿的人首马手中高擎着一块巨石，身后躺着一只受伤的老虎，而山普拉1号墓的人首马双手把持住一件长管乐器（图2-1），叫作萨芬克斯（salpinx）。王睦认为，尽管"人首马身"图案反映古典希腊风格，所吹奏的萨芬克斯号却表明，这是斯基泰人文化的符号，因为萨芬克斯管乐起源于东方。例如《希腊人的音乐生活》一书特别描绘了一个吹奏萨芬克斯号的斯基泰人，最为显著的特征是其头戴的尖帽，以及手持吹奏的长管乐器（图2-2）③。除此之外，散落在"人首马身"周边的花儿也不是希腊人的风格。那些花儿与斯基泰人的金属制品上的花样是一致的，例如可见于斯基泰王之大墓出土的那件著名的黄金护心配饰（图2-3）④。

除外，"人首马身""武士"的毛织挂毯所裁成的裤子之外，1号墓同时出土了所谓"龙纹缀织绦裙"（图3，1—2）。拥有类似图案的绦裙在山

---

① Mayke Wagner（王睦）, Wang Bo（王博）, Pavel Tarasov, Sidsel Maria West–Hansen, Elisabeth Völling & Jonas Heller, "The ornamental trousers from Sampula（Xinjiang, China）: their origins and biography", *Antiquitty 83*（2009）, pp.1065-1075. 具体见第1068页。
② Mayke Wagner（王睦）, Wang Bo（王博）, Pavel Tarasov, Sidsel Maria West–Hansen, Elisabeth Völling & Jonas Heller, "The ornamental trousers from Sampula（Xinjiang, China）: their origins and biography", *Antiquitty 83*（2009）. 图版参阅第1067页，描述在1069页。这里简单说明，哈德良（Hadriana）是古罗马的一个皇帝，117—138年在位。
③ "人首马身"图，此处去色处理。原图见新疆维吾尔自治区博物馆、新疆文物考古研究所编著《中国新疆山普拉——古代于阗文明的揭示与研究》，新疆人民出版社，2001年（以下简称《山普拉》）。见图版360，360-1—360-4。"吹奏萨芬克斯号（salpinx）的斯基泰人"之图，此处做了黑白明暗处理，原图见 Max Wegner, *Das Musikleben der Griechen*, Berlin: Walter de Gruyter & CO., 1949, 图版第26。
④ 这件配饰出土于位于南乌克兰的托尔斯塔娅·莫及拉的斯基泰人的大墓。局部线描图是北京大学考古文博学院博士郝春阳绘制。原图可见 O. Dally, "Skythische und Greco–skythische Bildelemente im nördlichen Schwarzmeerraum", in H. Parzinger（ed.）*Im Zeichen des Goldenen Greifen: Königgräber der Skythen*, München: Prestel, 2007, pp.291-298. 精美的图版印在第296页上。

普拉的古墓中出土了多件。目前看来，缀织有如此图案的绦裙，只用于安葬，是随葬品，其用意在于护佑死者的灵魂。德国考古学家王睦对这一图案的阐释做出了突破性贡献。她认为，这些蓝、红、黄色交织的绦裙带，其上图案经过了高度抽象化，而图案的主题正是斯基泰人的神话形象，即格里芬扑咬偶蹄兽。格里芬扑咬偶蹄兽的画面普遍见于草原游牧部落的艺术作品，这样的艺术作品流行于公元前长达一千年的时间跨度中。通常见于金属类艺术品、木雕，例如，图2-3出土于斯基泰人大墓的黄金护心饰物。以王睦的观点，格里芬扑咬偶蹄兽的形象，最早是南西伯利亚的斯基泰人影响到古代波斯的阿黑美尼德王朝，再传到塞种人，并影响到匈奴人。因此，无论是俄罗斯巴泽雷克1号墓出土的皮制酒囊上的图案，还是表现匈奴艺术的蒙古诺颜乌拉6号墓出土的丝织品上格里芬撕咬山羊的纹样，这些图案皆有共同的起源。王睦特别指出，山普拉墓葬出土的绦裙上格里芬扑咬偶蹄的图案与哈萨克斯坦塞种人墓葬出土的图案最为接近。[①] 山普拉出土绦裙的特殊意义在于，尽管格里芬扑咬偶蹄兽的主题图案多见于考古发现，但山普拉地区出土的，是唯一用各种色彩的毛线织就的。王睦教授

图2　山普拉1号墓
1.山普拉出土"人首马身"；2.吹奏萨芬克斯号（salpinx）的斯基泰人；3.黄金护心饰品。

---

① 这一节所引王睦教授的观点，见 Mayke Wagner（王睦），Wang Bo（王博），Pavel Tarasov, Sidsel Maria West—Hansen, Elisabeth Völling & Jonas Heller, "The ornamental trousers from Sampula (Xinjiang, China): their origins and biography", *Antiquitty 83* (2009), p.1071。

认为，山普拉1号墓的毛织裤子（挂毯）上面虽然描绘的是古典希腊的"人首马身"以及"武士"，但依据花样，尤其是格里芬图案的应用，说明墓里埋葬的并非纯粹的希腊人，而是深受斯基泰文化影响的所谓"希腊-斯基泰人"。而碳14分析的结果表明，这些人或许是在公元前1世纪时进入新疆丝路南道的绿洲。

上文重点介绍了山普拉1号墓出土的具备浓郁希腊风格的文物以及王睦教授突破性的见解。这是因为，上述特点，即古典希腊与斯基泰文明的交融，更加具体、多样地出现在洛浦博物馆的氍毹上。依据2017年6月北大考古文博学院吴小红教授所做碳14分析的结果，洛浦氍毹应是织成于公元420年至565年之间；而依据出现在氍毹上的于阗用字分析，[①] 这些氍毹应织成于公元560年前后。从山普拉公元前1世纪的希腊武士、绦裙，到洛浦氍毹，这中间居然相隔了几百年，证明了于阗故地的传统几百年未曾根本改变。

洛浦氍毹周边所用图案（图3-3），与山普拉绦裙的图案是一脉相承的，只是更加抽象。如果没有山普拉的绦裙图案做对比，已经很难看出其格里芬扑咬偶蹄兽的主题。洛浦氍毹其实也补足了山普拉希腊/斯基泰文物的遗憾，因为有议论认为，绦裙未与裤子缀合出现，或许绦裙是另加入墓葬中？而洛浦氍毹，格里芬扑咬偶蹄兽的图案就围绕在希腊神灵的周边。

洛浦氍毹的意义重大。其意义并非在于显示了希腊与斯基泰风格的融合，而是相反。关于谁是斯基泰人，谁是塞种人，一般的观点认为，黑海以北、以东，是斯基泰人的故乡，斯基泰是古代希腊人对所谓"野蛮部落"的称呼。而中国古代汉文献中的塞种人，即古代波斯铭文中的sakas，指散布在阿姆河与锡尔河之间，散布在中亚地区乃至新疆丝路南道各个

---

① 段晴，"Greek Gods and Traces of the Sumerian Mythology"，载《丝绸之路研究》创刊号，生活·读书·新知三联书店，2017年，第1—17、2页。

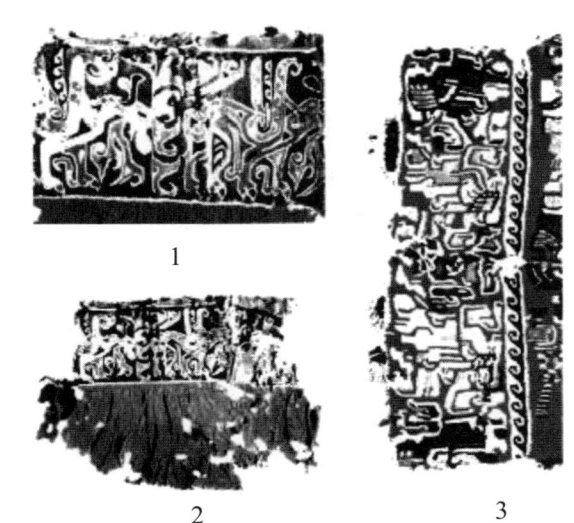

绿洲的部族。但无论是古希腊史籍中所谓斯基泰人,还是汉文史籍的塞种人,他们的特征虽然明显,例如头戴尖帽子等,以格里芬为共同的神物,但是迄今为止,没有人知道他们的原始信仰。有人甚至认为斯基泰人的原始信仰与萨满教不分伯仲。[①] 而洛浦氍毹则鲜明表述了其原始信仰,至少苏美尔的伊娜娜,于阗故地记载

图 3 山普拉基地 1 号墓出土毯
1. 山普拉 1 号墓出土毯裙;2. 毯裙图案细部;3. 洛浦氍毹周边图案。

中的长生女神,是他们崇敬的神灵。如果说,王睦睿智的分析揭示了公元前 1 世纪于阗故地的居民或许是所谓"希腊-斯基泰人",那么,现在凭借洛浦氍毹可以进一步修正王睦的认知。留下这些图案的,并非接受了斯基泰或者塞种人文化的希腊人,而应将主次颠倒,他们是真正的斯基泰人,是他们吸纳、接受了希腊多神教的众多神灵。

洛浦氍毹的意义非是狭隘的,非是地域性的。洛浦博物馆的五幅氍毹皆采用了格里芬扑咬偶蹄兽的抽象纹样作为周边图案,而 1 号氍毹、2 号氍毹的中心画作表现的是各个神灵,不论来自两河流域文明,还是来自希腊万神殿的神灵。这说明,格里芬扑咬偶蹄兽的图案具有特殊的意义。图案的作用,在于隔离开神界与人间。顺此思路,我们发现,同一题材图

---

① Ellis Hovell Minns, *Scythians and Greeks*, a survey of ancient history and archaeology on the north coast of the Euxine from the Danube to the Caucasus, published in the United States of America by Cambridge University Press, the first edition published in 1913, digitally printed version 2010, p.26.

案其实大多出自斯基泰人的墓葬，甚至是匈奴人的墓葬。例如上文展示的黄金护心配饰（图2-3），正是出土于乌克兰的托尔斯塔娅·莫及拉的斯基泰人的墓葬。而当古代于阗的斯基泰人下葬山普拉时，仍然将织入了格里芬扑咬偶蹄兽图案的绦裙作为随葬品带入坟墓。这就是为什么同样题材的绦裙在山普拉的各个古墓葬中出土众多的原因。现在又发现了五件洛浦氍毹，格里芬扑咬偶蹄兽之图案围绕众神，其图案的真正意义较然甚明。使用这一图案，目的在于区分开人界与天界，圈内是神灵，圈外是世俗，而人死后的灵魂归属于神界。这就是传统的斯基泰人的信仰，存留在古代于阗的斯基泰人的习俗中。

格里芬扑咬偶蹄兽的图案，经过从生动具体到抽象的过程。例如在上文展示的黄金护心配饰上（图2-3），可以看到生动的描绘：两个格里芬正在抱住一匹马撕咬。从首饰的层次看，马匹似乎代表了试图闯入神界的世俗界。而在山普拉的绦裙上，那图案已经抽象化，但仍可多少辨认出鹿角以及翅膀的形象。而到了洛浦氍毹的阶段，那已经是公元560年前后了，原始的模样几乎不可辨认，唯剩下红、黄、蓝织成的图案。然其威力依旧在，依然环绕起神圣不可侵犯的神的住地，组成神坛。

以形式而观，1号、2号氍毹是独特的神坛设计。织入氍毹的是古人的神话，反映了斯基泰人的宗教信仰源远流长。神坛，是接受崇拜的客体，是人吐露愿望的地方。神坛上的神总是为专门的祈请仪式受到召唤。上文通过梳理氍毹的神谱，发现聚集在氍毹神坛上的神，或者与冥间相关联，如赫尔墨斯；或者司掌冥间，如佩尔塞弗涅；或者拥有长生的灵汁，而主神长生女神具备起死复生的神力。如果说，氍毹神坛，是用于古代于阗丧葬仪式的，是为了已经死去的人举行的某种仪式，这样的假设似与氍毹主司起死复生不违背，更何况那些格里芬扑咬偶蹄兽的图案本来更多见于墓葬之中。但是，如果认为这样的氍毹神坛就是用于普通民间的丧葬仪式，似乎不恰当。原因在于，假若此种氍毹神坛曾经专用于古代于阗民间普遍流行的丧葬仪式，那么，画有长生女神的物件文物应更多些，至少在于阗斯基泰人墓葬地应有类似发现。目前洛浦博物馆的氍毹,是唯一发现。现在看来,虽然可以认为氍毹反映的神话在古代于阗民间拥有绵长的历史,有山普拉出土的斯基泰人的裤子、挂毯、绦裙为佐证,但那几幅氍毹的织造,应是为了特殊的事件,而非为了丧葬仪式。上文已说,几幅氍毹织成的时间,如果按照碳14的测年,应在公元420—565年之间,而分析语言文字,织成的年代应在公元560年前后。那些年,究竟发生了什么,而需要织出如此豪华的氍毹神坛呢?

三、苏摩"灵汁"已献给萨波梅里

与1号、2号氍毹一同出土的,还有三块方形毯。三幅方毯同样使用了红、蓝、黄三种色,那是山普拉墓葬绦裙的传统用色。三幅方毯上各织入两小人的图案,与1号氍毹第4层右侧的一双小人一样,即皆无性别的特征,看不出他们是男抑或是女。他们手中握着象征吉祥的飘带,[①]做供奉的姿态。环绕于四周的,依然是格里芬扑咬偶蹄兽的图案。由此而判断,他们只能是那一双小神,拥有恢复生命的神奇力量。

三幅方毯上皆有一行婆罗谜字,表达同样一句于阗语:spāvatä meri sūmä hodä。这一行于阗语,尽管每一个词清晰可辨,但其实整体句义初看时却不甚明了。如果仅从句子的语法形式出发,确实可以有多种解释的可能性。所以,当我在2012年发表英语文章解读这一行字时,选择了遵循词序而翻译,并在2014年发表的汉语文章中沿用了当初的选择。[②]我当初给的译文"萨波梅里供养给Sūmä"。现在看来,2014年的译文是错

[①] 段晴《飘带来自吉祥——反映在于阗画中的祆教信仰符号》,中山大学艺术史研究中心编《艺术史研究》,2015年,第153—166页。

[②] 英语文章:Duan Qing, "The inscription on the Sampul Carpets", *The Journal of Inner Asian Art and Archaeology*, Vol.5, 2012, Brepols, pp. 95-100. 汉语文章《新疆洛浦县地名"山普鲁"的传说》,《西域研究》2014年第4期。

图 4　印章上的神鸟

误的。对于这一句话的意义需要重新考察。

令笔者犹豫并导致错误翻译的，是第三个词 sūmä。在于阗语现存文献中，该词只是作为"月曜"出现在敦煌藏经洞出土的于阗语发愿文，排列在日月星辰的神化形象当中。溯其词源，sūmä 出自古印度语，相应梵语为 soma。但是，从词源出发，soma 的词义首先是"苏摩"，即古代伊朗语的 haoma "豪摩"。"苏摩"或者"豪摩"是古代印度、伊朗神话中神奇的植物，这种植物的汁液可以令人长生。梨俱吠陀大量的颂歌是用于榨取苏摩汁的仪式，而伊朗神话也多有篇章讲述"豪摩"树。伊朗神话特有双树，一棵是"豪摩"树，即生命树；另一棵是万籽树，世界上植物起源于这棵树。传说只有神鸟可以飞到万籽树上，将树上万籽抖落在地，又经过天狼星的一番作为，万籽树的种子才得以在大地生长。中国古代艺术文物中常见所谓"连珠纹"，正是起源于神鸟传播万籽的传说。这鸟的形象就出现在公元 8 世纪上半叶的一件于阗语世俗契约的封泥上。① 而双树的形象就出现在两幅大氍毹上，长生女神站立在双树之间（图 1）。② 种种迹象显示，于阗的斯基泰人熟知什么是"苏摩"。在此背景之下，再观察三幅方毯，其上所描绘的双神明显在做供养。他们是拥有生命之水的双神。那么，他们在供养什么？什么是他们的生命之水？以两幅大氍毹所描绘的神话作为诠释的依据，这里应将 sūma 首选理解为"苏摩"，即能令人起死复生、永生的灵液，那是双神拥有的灵汁。

回想 sūmä 之所以引起了恍惚，又因为一则传说，记载在藏文的《于

---

① 这是叶少勇博士在原图基础上进行了些许处理。原图见段晴《中国国家图书馆藏西域文书——于阗语卷》，中西书局，2015 年。见图版第 38。
② 笔者曾经撰写文章，叫作《天树下娜娜女神的宣言——新疆洛浦县山普鲁出土毛毯系列研究之一》，载于《西域研究》2015 年第 4 期。

阗国授记》当中。传说有一座小寺院的高僧，眼见快要修成阿罗汉果，摆脱六道轮回，却逢天大旱，河水断流。于是，为了保住寺院，他发愿变成龙，誓愿一出，水从他的身体流出，他变成了一条小龙，沉入地下，永远保佑那条清流，永远守护那座寺院。这位高僧的名字叫作 Sum-pon[①]。

Sum-pon 是藏文拼写，于阗语是 Sūmapauña。虽然于阗语文献并未保留下关于 Sūmapauña 的传说故事，但这个名词两次出现在敦煌藏经洞出土的于阗语发愿文当中。[②] 例如在编号 S.2471 的写卷，该名词排列在一组被奉为龙王的神灵当中。这组龙王的前六名显然来自佛经，而第七到第十一名，是古代于阗的地方神。其中 Sūmapauña 是第七位，第八位是 Ttaśa，第九位是 Ttara，第十位是长生女神 Būjsyaja，第十一位是 Ṣaṇīraka，其身份待考证。

我曾经撰写文章，论证了于阗语的 Sūmapauña 正是现代地名"山普拉"或者"山普鲁"的源头。于阗文明不复存在，于阗语已经消亡，但显然一些于阗语词直接保留在当地维吾尔语中，Sūmapauña 就是一例。当这一词转入维吾尔语时，因为维吾尔的语音系统中没有颚音鼻音 ñ 的存在，所以选择了最为接近的落尾辅音 l 替代了于阗语的 ñ 音，如此 Sūmapauña 变成了 Sampul。从维吾尔而翻入汉语，则有了两种汉字写法"山普鲁"或者"山普拉"。

Sūmapauña 一词，是一复合词。拆分之后，得到前词 sūma、后词 pauña。先说后词，该词相当于梵语的 puṇya，词义"福德"。按照逻辑，当一复合词作为人名时，拆分之后，作为限定词的前词名词，不可能与复合词所指是同一人。比如，那位化作龙沉入地下的圣僧叫作 Sūmapauña，即"Sūmā 的福德"，这个圣僧本人必然不是"Sūmā"，因为没有人用自己本

---

① 藏文及英译可参阅 R. E. Emmerick, *Tibetan Texts Concerning Khotan*, London: Oxford University Press, p.106。
② 关于这些写卷以及该于阗语的神名，笔者曾经写过多篇文章。可参阅段晴《新疆洛浦县地名"山普鲁"的传说》(《西域研究》2014 年第 4 期) 给出的相应参考文献。

名来限定另一名词而作为自己的名字。作为前词的 sūma 只能是表示"月"或者"苏摩"的那个词。以神名作为名字的前词，这种现象在粟特人名中十分常见。类似者如 xwmδ't/Xōmδat，意思是"豪摩所赐"，或者"灵汁所赐"[①]，粟特语的xōm 等于sūmä。这里需要说明，粟特语与于阗语同属中古伊朗语范畴。粟特人是塞种人之一支。

回到上文正在讨论的那句于阗语。spāvatä meri sūmä hodä 一共四个词，先讨论了第三个词 sūmä。在撰写《新疆洛浦县地名"山普鲁"的传说》一文时，我曾误解 sūmä 是人名，并且恍惚认为 sūmä 或者是 Sūmapauña 的缩略。但那时还是心存疑惑，如果三幅方毯皆是为了献给一个叫作 sūmä 的人，为什么没有给出他的各种光辉名分呢？这似乎不符合供养的礼仪。尤其是，两幅大型氍毹的神话讲述起死复生，讲述灵汁的起源，用此神话的诸神所构成的神坛，服务于三幅方毯所献之人，如此大的礼仪，怎能不给出受益之人的名分呢？现在看来，sūmä 是"苏摩"。sūmä 是第一格单数，是那一句的主语，而后面的动词 hodä 是动词 hor–"赐，给予"的被动过去分词，也是第一格单数。sūmä hodä = "苏摩被献了""灵汁被赐予了"。梳理于阗语的句型，发现于阗语用于祝祷的句型似乎有特殊词序规则。用于祝祷的句子，受益者的名字出现在句首，但不是语法概念的"主语"，词干附加上为/属格的格尾。这样的句型目前已经发现三例。

第一例见于斯坦因当年在和田哈达里克发现的一件长条形纸质护身符。其上书有这样一句于阗语：sūrade rakṣa sarvakālya ṣīvi haḍāya āysdai yanāte.["惟愿此护身符于一切时，（无论）黑夜白天，护佑苏洛德（Sūrade）"。]此护身符原本是为了一个名叫苏洛德的人而量身定制的，苏洛德（Sūrade）出现在句首，却是为/属格，句中第二个词 rakṣa "护身

---

① Pavel B. Lurje, *Personal Names in Sogdian Texts*, Iranisches Personennamenbuch Band ii, Mitteliranische Personennamen Faszikel 8, Wien: Verlag der Österreichischen Akademie der Wissenschaften, 2010, p. 440.

符"是句子的主语，āysdai yanāte 是动词词组，即"惟愿护佑"。[1]

第二例见于珍藏在中国国家图书馆的《对治十五鬼护身符》。那是一件接近 2 米的长卷，为一于阗贵妇而量身定制，保佑她美丽、多子多福。卷末题记有这样一句话：mijṣe sävākā rakṣa sarvakālya āysdai yanāte ṣṣīvi haḍāya tta tta khu mara hvaṣṭa pūrānī pyālya himāte.［惟愿赛飞（Sävākā）夫人的护身符于一切时,（无论）黑夜白天护佑于她，令她此世儿郎繁多昌盛[2]。］这一句的关键句型同上例。

第三例便是织入三幅方毯的这句于阗语：spāvatā meri sūmä hoḍä.（"苏摩献给萨波梅里"。）位于句首的萨波梅里，其语法形式是为/属格单数。meri 的词干必然是 mera-，因为-i 是以-a 为末音的词的标准为/属格，在早期于阗语的变化尤其如此规则。spāvatā 是早期于阗语词，进入唐代文书，所见拼写皆是 spāta，古代音译"萨波"。在于阗的官僚体制中，萨波是高官，相当于部族首领，地位仅在王之下。可以将这萨波的名字音译作"梅里"。"梅里"似乎是丝路南道绿洲较为流行的人名。3 世纪末有鄯善王叫作 Mairi，或者 Mahiri，应与"梅里"是同源词。在句子当中，spāvatā meri 才真正是动词"hor–"的间接宾语，"苏摩被献了"，正是被赐予了这位萨波梅里。

四、"苏摩"与山普拉的传说

spāvatā meri sūmä hoḍä（"苏摩给萨波梅里"或者"灵汁献给萨波梅里"），正是这织入三幅方毯的同一句话，挑明了两幅氍毹神坛以及这三块方毯所服务的仪式，不是为了丧葬仪式，而是为了制造"苏摩"的仪

---

[1] 因为未能正确判断这一类句型的首词非主语，Emmerick 曾经错误理解词句。详见段晴《对治十五鬼护身符》,《于阗·佛教·古卷》，中西书局，2012 年，第 219 页。

[2] 因为未能正确判断这一类句型的首词非主语，Emmerick 曾经错误理解词句。详见段晴《对治十五鬼护身符》,《于阗·佛教·古卷》，中西书局，2012 年，第 207 页。

式,为了萨波梅里而量身定制。

先要问,什么是"苏摩"?这一问题将我们带入充满神秘的核心境界,追溯"苏摩"一词上溯到印欧语系中操印度、伊朗语言的各个部族尚未分庭抗礼的时代。在公元前1200年时已经形成的印度文化一方,在其最古老的口头赞歌的集成,即在《梨俱吠陀》当中,"苏摩"是个高频词。如上文点到,《梨俱吠陀》中大比例的赞歌皆是伴随苏摩的制作仪式而吟唱的。探讨"苏摩"与《梨俱吠陀》的宗教,甚至构成了大部头的学术专著。[①] 而在伊朗文明方面,代表了古伊朗文化的《阿维斯塔》文集以及相应的诠释文献,haoma "豪摩"依然是大量神话必然涉及的内容,似乎所有祠祭天神的仪式均有"苏摩"/"豪摩"的参与。

时间进入19世纪,一些西方学者悟到,古代印度伊朗神圣仪式离不开的所谓"苏摩"/"豪摩"其实就是一种植物,从这种植物榨出的汁液可以令人高度兴奋、欣喜若狂,从而达到人神合一的境界。[②] 从那时起,有西方学者就开始研究,究竟何种植物是制造"苏摩"/"豪摩"的原材料,以及如何制造方能获得。迄今为止,许多植物被认为有可能是制作"苏摩"/"豪摩"的原料。以德国柏林大学原印度学系法尔科(Falk)的批评为观察,可以分为三类:第一类是其汁液可以令人产生幻觉的植物,例如大麻,以及蘑菇类。但是,法尔科认为,此类推测依据不足。第二类是可以经过发酵而成为酒精类饮品的植物,例如大黄、粟类,或者干脆就是葡萄。这一类也被法尔科否定了,因为无论是《梨俱吠陀》,还是琐罗亚斯德教的文献,描述如何"苏摩"/"豪摩"时,根本没有提到发酵的时间。第三类便是兴奋剂类,例如麻黄。主张麻黄就是"苏摩"/"豪摩"

---

① 例如 Thomas Oberlies, *Die Religion des gveda, erster Teil—das Religiöse System des gveda*, Wien: Institute für Indologie der Universität Wien, 1998, 其中探讨苏摩与《梨俱吠陀》宗教的篇章长达近200页。

② 探索"苏摩"/"豪摩"是何物质的文章汗牛充栋,可重点参阅 Harry Falk, "Soma I and II", *Bulletin of School of Oriental and African Studies*, University of London, Vol. 52, No. 1, 1989, pp.77-90。

制作原料的学者，例如法尔科本人，给出了十多种理由。择其要者，例如生活在印度的帕尔西人，他们是拜火教的继承者，直到今天还在用麻黄作为"豪摩"仪式的原料。又例如，在卑路支、普什图语中，麻黄属植物的名称就是 hum 或者 hom，而到了吉尔吉特地区，就是 som 或者 soma，依然承袭了古代的名称。尤其是，法尔科注意到，在新疆罗布泊地区大约 3000 年前的墓葬中大量使用了麻黄，有的墓中有大量麻黄枝，有的尸体腹部塞满了麻黄枝。[①]

以上对于何谓"苏摩"的讨论，仅是略做介绍，因为三幅方毯的于阗语句指明，瞿氍神坛的建立是为了把"苏摩"献给萨波梅里。

那么，谁是萨波梅里？为什么要为他举行献"苏摩"仪式？在《梨俱吠陀》的神话中，天神因陀罗喝了"苏摩"，威力猛增，打败了魔鬼。而在现实世界中，传说第一次世界大战时曾经实验让士兵吃从麻黄提炼的精华，以让他们保持警醒，增强战斗力。虽然不能认为将"苏摩"献给梅里是为了增加他的力量，让他去参加一场战斗。因陀罗服用"苏摩"的神话提示了时间的先后顺序，即喝下"苏摩"时，人至少是活着的。这也是为什么发现瞿氍的地方并非在传统的山普拉墓地，而代表了古代于阗文明的山普拉墓地并没有发现过类似瞿氍神坛。这些瞿氍不是服务于丧葬仪式。

此刻我们讲述"苏摩"，仍然不能偏离几幅瞿氍的语境，不宜大量引用古代印度伊朗的文献来说明"苏摩"/"豪摩"的功能。回到瞿氍的语境当中，其实可以发现两幅大型瞿氍神坛与三幅方毯之间的关联是清晰的。瞿氍神坛代表神话，而三幅方毯指向人间，体现了神话为人间所用的功能。展现在五幅瞿氍上的语言、神灵、神话的细节，看似兼容了多种文明的元素，却是烘云托月，衬托出斯基泰人信仰的主脉。首先论词：三幅

[①] 这一段落多从 Falk 1989 的文章中摘要。关于罗布泊古墓葬出土麻黄的情况，可参阅夏雷鸣《古楼兰人对生态环境的适应》，《中国社会科学》1997 年第 3 期。相应引文见第 126 页。

方毯给出的"苏摩"是 sūma，从发音，与印度语的 soma 似一脉相承。氍毹上展示了生命树，隐含了"苏摩"源自生命树，这又与伊朗神话"豪摩"源自生命树的神话吻合。但是，古伊朗神话的生命树在海中，而斯基泰人的生命树生长在苏美尔神话伊娜娜的花园。曾经让伊娜娜复活，救女神出冥间的一双小神握有生命之水，这生命之水才是能令人起死复生的灵汁。而这生命之水，就是三幅方毯上的 sūma，由一双无性别小神献给了萨波梅里。氍毹神话所传达的意旨，献给萨波梅里"苏摩"，是希望他永生。

自然界有暗物质之说，它们的存在只能从可见物质无缘无故发生了位置移动而得知。在语言的世界里也有一种逻辑：当特别强调一件事情时，实际上有其他不同的物质或者相反的事情发生。氍毹神坛上，有受到召唤的长生女神，她体现了斯基泰人的原始信仰。三幅方毯也是神坛，那是一双小神 Ttaśa 与 Ttara 把充分体现了神力、能永生的"苏摩"献给梅里的神坛。所有这些神的聚集，启用一双小神的神坛，表达了强大的愿望，他们希望梅里永生。

氍毹神坛的制作是为了一场仪式。求其永生的意愿之镜像是生离死别，萨波梅里即将赴死。那么，这是怎样规格的一场仪式？是梅里的家族行为，还是有国王出面的国家行为？从氍毹神坛的规格看，似乎是国家行为。洛浦 5 幅氍毹，大者长 2.5 米，宽 1.5 米，三幅方毯的尺寸皆是 1.18 米 × 1.18 米，而且所谓氍毹皆是双毯制，二毯上下合一而成。如此巨大而厚重的地毯，即使拿到现代，其制作周期也很长，其造价也必然不菲，何况是在古代？似是倾国力而织造的。萨波梅里究竟要做什么，而使神人齐心合力来制作"苏摩"，令其永生？

上文提到藏文献《于阗国授记》，其中记载了一位名叫 Som-pon 的高僧，为了让干旱而断流的河水续流，发愿放弃即将修成的正果，而变成一条龙，沉入地下。这位高僧舍身为断流的故事，体现了古代于阗人关于人与自然之关系的理念。在于阗王国，这一事迹必然曾影响深远，因为他的名字，即于阗语的 Sūmapauña，永驻于于阗语的神谱当中，至今地名"山普鲁"，还在诉说这一事迹。但是，《于阗国授记》的记载也有几分蹊跷。其一，藏文的记载具有浓烈的佛教色彩，但 Sūmapauña "苏摩的福德"却绝非佛僧应有的名字，显然是外道的。《梨俱吠陀》是最典型的外道经典，一个佛僧如何能用《梨俱吠陀》的核心词作为自己的名字呢？按照常识，加入僧团信徒，无不重新起名，以突出佛教的色彩，更何况将修成阿罗汉果的高僧。其二，高僧发愿变成龙，人进入神谱，怎么也要有仪式，例如喝下"苏摩"，好比萨波梅里。另有蹊跷在于，依照藏文的记载，Sūmapauña 原本是人，从人变为神，甚至进入了于阗的神谱，怎么会在其他文献中没有记载呢？

《于阗国授记》关于人变龙的传说，提醒我们再去翻阅古代汉文的记载。中国古代，多有西行求法高僧前赴后继，有些曾经逗留在于阗王国，留下关于于阗王国的记载。这些记载大多得到了印证，或被印证为历史事实，或被印证确实曾是来自于阗故地的传说。例如法显，3 岁出家，于东晋隆安三年（399 年）从长安出发，经河西走廊、敦煌等地，大概是顺和田河穿越塔克拉玛干沙漠，于 5 世纪初年到达于阗王国。停留数月后，取道今印度河流域，经今巴基斯坦入阿富汗境内，再返巴基斯坦境内，后东入恒河流域。在摩竭提国（即摩揭陀）留住 3 年，学梵书佛律。与他同行的僧人或死或留天竺，法显从海路回国。《高僧法显传》记载，当法显到达于阗国后：

>　　国主安顿供给法显等于僧伽蓝。僧伽蓝名瞿摩帝，是大乘寺。三千僧共揵搥食，入食堂时威仪齐肃次第而坐，一切寂然器钵无声。净人益食不得相唤。但以手指麾。（CBETA, T51, 857）

法显记载的瞿摩帝寺被证实确实存在，持续的时间长达数百年。近年来发现一部《无垢净光大陀罗尼经》完整的于阗语本，正是为了瞿摩帝另外,《洛阳伽蓝记》中有宋云五入天竺记,其中有对于阗国王装束的描写:"王头着金冠似鸡,帻头后垂二尺生绢广五寸以为饰。"所谓"帻头后垂二尺生绢广五寸以为饰",是古代伊朗文化圈王者的特殊装饰。飘在头后的两条飘带表征王者的荣耀。② 敦煌第98篇于阗王李圣天的身后,还可以依稀看到两条垂下的飘带。但是,无论是法显还是宋云皆未记载因为天旱有人自愿变为龙的事迹。玄奘在于阗停留的时间相对较长。玄奘到达于阗时,有于阗王室亲自迎接,并被安置在小乘的一所庙中住下,居住时间长达七八个月。尤其是,他所记载的于阗王国的风土人情、传说故事,许多或者得到考古发现的印证,或者得到了于阗语、藏文记载的相应印证。例如关于于阗的特产,玄奘记载:

> 瞿萨旦那国,周四千余里。沙碛太半,壤土隘狭。宜谷稼,多众果。出氍毹、细毡,工纺绩絁紬。又产白玉、黳玉。
> (CBETA, T51, 943)

这些于阗的特产全部得到了印证。其中"絁紬"是一种特殊的丝织品。根据玄奘讲述的桑蚕西传的故事,于阗故地是等到蚕破茧之后才收集蚕茧,先得丝绵,从丝绵纺线,再织成布。因此"絁紬"不如绢等平滑。于阗语交纳税收的文书,多提到这种丝绸。③

翻阅玄奘的《大唐西域记》,可以发现玄奘擅于记载各地民间的传说故事,而对于阗故地的传说、故事之记载最为丰富,超过其他各地。这

---

① 段晴《于阗语无垢净光大陀罗尼经》,中西书局,2019年。
② 详阅段晴《飘带来自吉祥——反映在于阗画中的祆教信仰符号》,中山大学艺术史研究中心编《艺术史研究》,2015年,第163页。
③ 可参阅的文献较多,例如 Duan Qing and Helen Wang, "Were Textiles used as Money in Khotan in the Seventh and Eighth Centuries?" *Journal of the Royal Asiatic Society*, Vol 23, Issue 02, April 2013, pp. 307-325。

大约是因为他在于阗居住的时间最长。其中也有些蹊跷的现象,例如瞿摩帝寺在法显笔下是最为宏大的于阗佛寺,但是玄奘却只字未提。玄奘本人应是大乘佛教的拥趸者,却被安排住在一所小乘寺院。于阗曾流传的传说故事,玄奘记录下十条之多,这些传说多与王室相关联。或许是因为,玄奘与于阗王室有更多的接触。在被记载下来的传说中,有一则文字十分生动。依循玄奘几乎是如实的描述,那事件所有的场面仿佛历历在目,这一则传说便是《龙鼓传说》。

五、玄奘记载的传说

《大唐西域记·龙鼓传说》[①]:

> 城东南百余里有大河,西北流,国人利之,以用溉田。其后断流,王深怪异。于是命驾问罗汉僧曰:"大河之水,国人取给,今忽断流,其咎安在?为政有不平,德有不洽乎?不然,垂谴何重也?"
>
> 罗汉曰:"大王治国,政化清和。河水断流,龙所为耳。宜速祠求,当复昔利。"
>
> 王因回驾,祠祭河龙。
>
> 忽有一女凌波而至,曰:"我夫早丧,主命无从。所以河水绝流,农人失利。王于国内选一贵臣,配我为夫,水流如昔。"
>
> 王曰:"敬闻,任所欲耳。"
>
> 龙遂目悦国之大臣。
>
> 王既回驾,谓群下曰:"大臣者,国之重镇。农务者,人之命食。国失镇则危,人绝食则死。危、死之事,何所宜行?"

[①] 季羡林等《大唐西域记校注》,中华书局,1995年(重印),第1024页。为方便更好阅读,笔者经过重新分段。

大臣越席跪而对曰："久已虚薄，谬当重任。常思报国，未遇其时，今而预选，敢塞深责。苟利万姓，何吝一臣？臣者，国之佐，人者，国之本，愿大王不再思也！幸为修福，建僧伽蓝！"

王允所求。功成不日。其臣又请早入龙宫。

于是举国僚庶，鼓乐饮饯。其臣乃衣素服，乘白马，与王辞诀，敬谢国人。驱马入河，履水不溺，济乎中流，麾鞭画水，水为中开，自兹没矣。

顷之，白马浮出，负一栴檀大鼓，封一函书。其书大略曰："大王不遗细微，谬参神选，愿多营福，益国滋臣。以此大鼓，悬城东南。若有寇至，鼓先声震。"河水遂流，至今利用。岁月漫远，龙鼓久无。旧悬之处，今仍有鼓池侧伽蓝，荒圯无僧。

这一节文字，有几处值得细琢磨：当初，于阗国赖以生存的大河断流，于阗王向罗汉僧咨询。更多史实证明，于阗王室确实曾庇护佛教，所以有事找罗汉咨询，合情合理。于阗王以先验认为：自然界的阴晴圆缺与王室相关，以为天不下雨是因为国王执政出现问题。而佛教僧侣显然不具备干预自然的能力。众所周知，佛教是反对婆罗门教而诞生的。婆罗门教信奉吠陀天启，尊崇似乎能够掌握自然的天神，比如向因陀罗求雨。佛教则不同，佛教是针对人类社会而建立的宗教，宗旨以人为关怀。例如原始佛教以十二因缘为核心，宣讲修行，摆脱贪欲，不做干预自然的事情。佛认为，只有人可以成佛。但是，人类活在世界上，除了人与人的关系之外，还有人与自然的关系。尤其在和田地区，自古以来，自然与人类社会的关系胜于严峻。当大旱持续不退，河水断流；当佛僧束手无策时，民间尚存的传统信仰认为是龙在作怪。于阗王室转而求助自家的原始宗教。

玄奘记载的这一关键点涉及于阗国王室的宗教信仰，他们虽然是佛教的庇护者，但自身恐怕还保留了原初的宗教信仰，至少在早期当如此。这里应补充一条《后汉书》记载，当年班超来到于阗，于阗王"广德礼意甚疏。且其俗信巫。巫言:'神怒何故欲向汉?汉使有騧马,急求取以祠我。'"[1] 于是于阗王遣使到班超处索要那匹浅黑色的马。班超得知,遂让巫师自己来取。"有顷,巫至,超即斩其首以送广德。"此一则记载说明,在于阗王室的原始信仰中,有杀生祠祭天神的习俗。这种习俗,既不符合佛教的,也不符合琐罗亚斯德教的传统,而与罴氄神坛所反映的宗教是一脉相承的。

杀生以祠祭天神的宗教认为,自然嗜血。当大旱持续,导致大河断流,于阗王认为继而要做的事情,是举行人祭。这场人祭,以龙女丧夫,欲择一名贵臣为托词。而斯基泰人的人祭,显然不同于汉文化的人祭,并非从平民家找年轻女子,如西门豹的传说所记载的那样,他们要选拔真正的贵族。人祭,必然是面临重大天灾时的选择,需要牺牲一名贵族。正当国王犹豫不决时,一位大臣挺身而出,情愿牺牲自己,以利万姓。

这一则大臣献身,与上文转述的藏文《于阗国授记》之高僧变龙的传说在本质上是一致的,起因都是天旱水断流,情愿自我牺牲。只是《大唐西域记》与《于阗国授记》之间相隔二百年。玄奘是公元644年到达于阗,而《于阗国授记》的成书年代当在公元830年,且成书地点或在敦煌。[2]《于阗国授记》最初应是来自于阗的佛教僧侣所撰写,后来翻译成藏文。通篇讲述于阗王对佛教的扶持,更像是于阗佛寺的历史。但《于阗国授记》的珍贵之处在于,它记下了牺牲者的名字叫作Sum-pon,而这个名字,即于阗语Sūmapauña,是作为神灵出现在于阗语的发愿文中。玄奘的记载以及藏文《于阗国授记》,串起了同一事件的线索,诉说了这样的史实:有人确实曾经为天旱牺牲,以祠祭河龙。而Sūmä出现在三幅方毯之上,那是献给萨波梅里的"苏摩",来自神灵的灵汁,可以起死复生,令

---

[1] (南朝宋)范晔撰,(唐)李贤等注《后汉书·班超传》,中华书局,2003年(重印版),第1573页。
[2] 这里引用了朱丽双的研究成果《有关于阗的藏文文献:翻译与研究》,北京大学博士后研究工作报告,2011年(尚未出版),第8、10页。

他获得永生。五幅氍毹显示，牺牲人以祠祭，要经过隆重的仪式，经过将人变为神的仪式，即喝下可以永生的"苏摩"。升格为神灵的 Sūmapauña，以及地名"山普拉"则证明，那位牺牲的人确实获得了永生。"山普拉"或者"山普鲁"，一直在纪念这一位为了万姓而牺牲了的人，尽管人们已经遗忘了他的伟大事迹。

上文已涉及，5世纪初年停留在于阗的法显以及公元519年前后到达于阗的宋云，均未记录大旱而用人祠祭的事情，也未记录到龙女求贵臣的事情，而玄奘写下了。玄奘的记载真实而生动，这是因为，当玄奘于公元644年到达于阗时，大旱而实行活人祠祭的事件发生的年代并未浸远，还生动地活在当地人的口述中。氍毹、玄奘的记载显示，用人祠祭曾经真实发生过。其发生的年代就应该在宋云离开之后到公元6世纪中期之间的30年之内，因为三幅方毯上"萨波"的于阗语词拼写是古老的形式，因为那些氍毹必然是在于阗语升级为官方文字之后不久织就的，而有证据显示，于阗语成为于阗国的官方文字应该在公元6世纪中期。[①] 这一时期，距离玄奘到达不到百年，惊天动地的事件还在于阗国广为传颂，这大约是玄奘笔下的记载依然生动的原因所在。

六、祠祭河龙的仪式

以下让我们依据玄奘的生动记录，回顾那场惊心动魄的事件，并且把氍毹的记载带入其中。

先是，于阗王国出现了连年大旱。依据中国气象提供的数据，隋唐之前，中国普遍进入冰川期，[②] 反映在新疆是持续不断的大旱。著名的鄯

[①] 段晴，"Greek Gods and Traces of the Sumerian Mythology"，载于《丝绸之路研究》创刊号，生活·读书·新知三联书店，2017年，第2页。
[②] 葛全胜、刘浩龙、郑景云、萧凌波《中国过去2000年气候变化与社会发展》，《自然杂志》2013年第35卷第1期。例如第10页："魏晋南北朝期间（公元221—580年），东部季风区的气候总体偏干；隋唐期间（公元581—907年）围绕过去2000年的平均干湿水平上下波动。"

善王国也应该是在这一阶段消失的。连年大旱,本来于阗王城东南百余里、西北流向的大河断流。还保持着斯基泰人古老信仰的于阗王室慌张了。国王求助佛教高僧,但佛教高僧擅长的是内在修行,不以自然界的天神为大。于阗王室启用传统的宗教信仰祭拜神灵,得到的结论:如此之大的旱灾,必须实行用人祭祠。理由是河中的龙女丧夫。斯基泰人的风俗,祭拜自然神灵需要用勇士贵族的血。于是,一位大臣挺身而出,所谓"大臣",他的真正官位是"萨波"。大臣名叫梅里。

玄奘笔下一句"功成不日",道出于阗举国上下曾为萨波梅里祠祭河龙的仪式做了充分准备,因为人需要变成神,需要用"苏摩"实现这一目的。为了这样的仪式,王室下令倾国力织造氍毹神坛。为了打造五幅氍毹作为神坛,履行传统宗教仪式的牧师,下令将千百年来口头传诵下来的神话织入氍毹,以期召唤长生天女的到来,两位小神的到来,令所制造的"苏摩"真正具有神力。不久,大功告成,牧师提炼出"苏摩"。终于到了祠祭河龙的日子。那一天,河岸上站满了来自于阗国的贵族和百姓,为了目睹萨波梅里入河变为龙,实际上是为了目睹萨波梅里慷慨捐躯。鼓乐奏响,那应是仪式的组成部分。萨波梅里换上白色的衣衫,绉绸为质。他从牧师手中接过"苏摩",一饮而尽,然后与国王辞诀,敬谢国人。他翻身上马,纵马向河中奔去。初时河水没有淹没他,济乎中流。但梅里决意赴死,于是再次麾鞭,从马上滚入水中,从此沉入水中。后来,白马浮出,那是因为,白马的身上绑了鼓,而鼓是有浮力的,白马活了下来。萨波梅里获得了永生,他变成了神,所以有了新的名字,叫作 Sūmapauña,意思是"苏摩的福德",音译"山普拉"。而我相信,玄奘记载的人祭真实换来了几年的水流复昔,因为依据气象学统计,进入隋唐之后,气候转暖,雨水增多。

至此,关于洛浦氍毹所体现的神话,以及氍毹神话与现实之间或许存在的关联,已经阐述完毕。阐述过程中,难免运用了想象。但是,文物是真实的,氍毹织造的时间,以按照碳 14 测定的结果并考虑到于阗语的发展，应在公元 560 年前后。古代于阗人对长生女神的崇拜必然自古有之，但织造入氍毹应是特别事件的结果。

结语

以上试图以神话以及仪式为线索，梳理氍毹神话的宗教归属，探讨于阗王国传统的宗教信仰。无论萨波梅里是否就是龙女索夫事件的大臣，无可争议的事实是：那个事件证实了于阗王国有不一样的宗教信仰，既非佛教的，也非琐罗亚斯德教的。洛浦博物馆的氍毹是古代于阗文明留下的反映斯基泰人宗教信仰的真实文物。鉴于苏美尔文明的遗存出现在氍毹之上，总有一天，人类文明的历史会因为这氍毹的存在而重新写过。

学生互动摘要

演讲结束后，段老师进一步对新疆洛浦出土的五块氍毹所体现出的"人祭祈雨仪式"做了补充说明，强调了自己的核心观点。她认为这些氍毹在承载着神话叙事的精美图案的同时，主要功用是彰显一场具有斯基泰人/塞种人民族特性的"人祭祈雨仪式"，即洛浦氍毹就是一个"神坛"，是众神汇集的地方，也是古代于阗文明留下的有关神话与仪式的直接凭证，从而为二者的结合提供了最好的教科书。有观点指出，段老师在季羡林对玄奘《大唐西域记》一书的整理基础上，在使用方法论层面上作出了突破。

2018 年 3 月 28 日，同学们又围绕讲座内容展开了评议与讨论。主持人程雪充分回顾段老师的观点，归纳其要旨为：五块氍毹表达了共同的"死而复生"主题，隐含了公元 6 世纪前后于阗王国发生的一场"人祭祈雨仪式"。在此基础上，她提出了一些可供讨论的问题：来自不同文明的神灵何以汇聚在五块氍毹之上？对不同文明神话的解析是否全面？玄奘所载能否对应史实而非传说？以此能够复现出一场以"人祭"为主题的原始宗教仪式？由此，程雪认为五块氍毹所呈现出的神话与仪式及其与所谓历史事件的对照关系或可留待更深入的思考，而这也恰恰是此类研究的魅力所在。

在讨论环节，同学们就这五块氍毹的图像学分析、神话与仪式的对应关系、"龙鼓传说"的性质与细节因素、多种文明因素的交汇与影响等方面提出了各自看法，共同探索对洛浦氍毹解读的多种可能性。有同学谈到段老师根据出土材料与历史文献进行图像阐释的方法相当有启发意义，也希冀能够通过民间文学视角促使这一阐释结构更趋合理和圆融。另有同学指出关于 sūmä 的解释或许仍有其他的可能性。还有部分同学认为对《大唐西域记》"龙鼓传说"与氍毹图像之间关系的释读值得商榷，比如有观点认为或许可将这类传说理解为当地民间信仰与佛教扩张势力互相博弈的一种隐喻，因此需要考虑到玄奘在选取材料时可能存在的偏向性，这会影响到最终结论的有效度；也有观点从故事类型的角度出发，认为"龙鼓传说"中的部分叙事因素显然具备类型化特征，那么就有必要将汉民族的文化影响纳入研究范围内，否则可能会造成将传说作为史实的错位。在思想碰撞中，同学们不断深化对洛浦氍毹的认知，更好地把握了图像释读的多重维度。

（摘要撰写人　陈可涵）

英雄观、英雄叙事及其故事范型：传统指涉性的阐释向度

巴莫曲布嫫

编者按：2013 年 5 月 15 日，中国社会科学院民族文学研究所巴莫曲布嫫研究员以"英雄观、英雄叙事及其故事范型：传统指涉性的阐释向度"为题，为北京大学中文系民间文学专业的学生做了讲座并展开交流。

巴莫曲布嫫研究员长期专攻彝族史诗及相关口头传统研究，她的讲座为定位、分类和阐释南方少数民族英雄史诗提供了案例参考。讲座重申南方史诗中的英雄大部分为文化英雄的重要判断，讨论了彝族社会的英雄观，进而通过勾勒英雄史诗《支格阿鲁》的文本形态与叙事范型，呈现出文化英雄与学界关注较多的战争英雄之间在叙事上的结构差异。她特别强调应回到演述的仪式文化传统中对史诗进行阐释，创造性地为彝族史诗的生成机制与运作方式构拟出关涉发生、时间、空间三种维度的解释模型，提出了"观念—仪式—文本"三位一体、相互参照的英雄史诗阐释向度，这种生根于本族传统、关注不同文化传统间交互指涉的视角或可对其他史诗叙事传统及其口头实践的研究提供范式意义。

在这个讲座正式开始之前，我想面向远方，感谢彝人的祖先，感谢我们的史诗传承人，感谢我在美姑进行田野研究的过程中给予我帮助、

给予我思想、给予我力量的那些乡里乡亲。每每谈到史诗,我的话语都跟他们分不开;我正是跟随着他们的引领,来跟大家一块儿探讨"我们的传统"。

一、英雄观与问题意识

我先从我第一次在现场的史诗"观看"经历说起吧,由此进入英雄史诗的田野发现。

我1991年第一次到美姑去做田野的时候,当地正在举行反咒仪式。[①] 彝族认为春天万物都在萌生,好的、不好的事情也会发生,所以在初春之际"解春愁",家家都要举行反咒仪式。在这个仪式的开头,我很快就听到了很多我们叫作创世神话的内容。仪式的第一个环节是放神烟,通知各路神灵,尤其是毕摩的护法神前来助祭。第二个环节是将火塘点燃,然后把一块从很高、很干净的地方取来的石头放在火里烧,烧热以后放在水里,通过蒸汽对仪式空间进行清洁。这个时候毕摩就要开始唱"尔搽石的来源""火的来源""水的来源"等等。这些经颂,实际上都属于《波帕特依》即《起源经》,自然会跟创世神话发生关联。到了仪式快结束时,我突然听见了支格阿鲁的名字,接下来的一段毕摩经颂跟英雄史诗是同一个叙事程式,讲支格阿鲁射日射月和征服人间妖魔鬼怪的神迹。

凉山彝人心目中有很多英雄,大家公认的、最顶礼膜拜的英雄就是支格阿鲁。支格阿鲁的叙事也穿插在"勒俄"里面。"勒俄"是一种复合型的史诗,即创世、迁徙和战争的内容都统合在一个叙事传统中;演述人在不同的语境中会调用不同的片段。

这幅画就是毕摩经书中的英雄形象支格阿鲁(图1),诗画合璧,短

---

① 参见巴莫曲布嫫《凉山义诺彝族的季节仪式及其节日化之走向——春季反咒·秋季转咒·冬季招魂》,《凉山民族研究》2002年刊,第70—85页。

短的几句诗就把支格阿鲁的神迹都给点到了。我们称之为"支格阿鲁神图",它也是文本的一种投射,投射的是整个英雄史诗的传统。

这里,我们来探讨一下本土社会的英雄观是什么,我们的问题意识又是什么。

第一个问题跟中国的英雄史诗界定有关,过去许多学者认为中国南方没有英雄史诗。有一年夏天,我陪钟[敬文]老在八大处避暑,他提出一个"文化英雄"的概念,给我启发很大。我们俩在聊到南北方史诗的不同时,他认为南方史诗里的英雄大部分应该都是文化英雄,主要的事迹是文化的创造、两性制度的创立、社会伦理的规范等等,尤其是文化创造。①

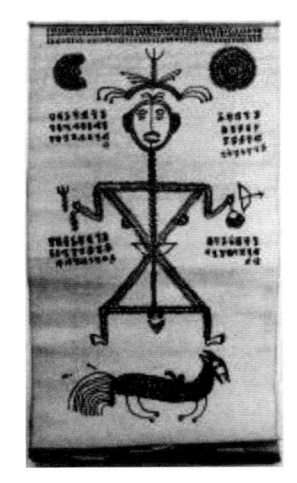

图1 毕摩经书《努土特依》中的支格阿鲁(曲比索莫毕摩绘)

另一个问题是文类的问题,因为所谓的史诗——创世史诗、迁徙史诗、英雄史诗——实际上都是学术的概念。当你走进本土的时候,你就需要去找到当地的话语系统及其文化表达形式,并从中去理解他们的"史诗"到底是什么。

我们现在没有办法去复述英雄史诗所反映的彼时彼地的社会场境和历史事件,通过手上的一些资料、一些文献和史志,来考察彝族的英雄观念。

20世纪40年代的时候,阿侯家是凉山最强势的一个黑彝家支,他们联合苏嘎家向毕子家进行血族复仇。阿侯家的头人唱起他们家支当年击溃土司的英雄歌,特别有气势:

---

① 参见钟敬文、巴莫曲布嫫《南方史诗传统与中国史诗学建设——钟敬文先生访谈录(节选)》,《民族艺术》2002年第4期,第40—47页。

> 活捉了土司举凡一拉,
> 擒获了白鼻头人巴马一狄,
> 杀掉了三百官兵。
> 狼三年不吃野物,
> 蜂三年不采花蜜,
> 鱼三年不舔舌头。

意思是说,打了胜仗后,敌方的尸首遍野,动物和昆虫都失去了食欲,几句诗行就彰显了当年的辉煌战果。

这里还得谈谈彝族武士冉阔。根据文献记载,他们每逢出征和凯旋都要发表口头演说,有点像《荷马史诗》里面的场景,先舌战再动武。美姑一位长老曾向我示范地演述过一种叫"库则"的"鼓动词",用于武士出征,其中的语言使用也是非常震撼人的:

> 我方有英明的统帅,他带领着大兵,就像岩石间盘绕的一根勒洪藤,藤根深深地扎在大山里,所有的岩石都一样稳定,我们永远也不会退缩!
>
> 我是远近有名的黑彝后代,我是吃人的老虎,吃虎的鹫鹰;我曾剥过虎皮九张,我是虎上之虎,人上之人,天下无敌手,谁能比我更勇猛?

云南彝族古籍《彝汉教典》,成书于乾隆五十八年(1793年),距今两百多年,述及"勇士三义礼"。彝族传统社会分层为"兹、莫、毕、戈、卓",即君、臣、师、匠、民。"三义礼"就是勇士必须做到的三条守则:首先是乐于助人;其次是能够舍身取义,不存私念;再者是襟怀坦荡、肝胆照人。① 我们由此可以再去映照一下岭光电先生——凉山彝族地区最后的一位土司——他在一篇文章里面描述了凉山这边的"冉阔"即武士的群体性格：

> 内部不论何支，均甚团结，每有外来力量时，必一致抵抗。
>
> 重工艺，凡铁工、木工、铜银等工均有，其技亦高，所出品甚为人重视……如马鞍、弓矢、铠盾等，以看哈式为上也。
>
> 勇敢善战，作战必结友为伴，前进时，有低头者，呼责之曰："你让弹，谁来抵弹"，以低头为耻。中弹不能呻吟，各有担架，以示必死。进退相依，不前不后，接受指挥不乱秩序，且纯由黑彝作战，白彝仅随后运送粮弹也。②

从这些叙述里面，我们能够窥探到当时彝族的尚武精神和英雄观念。

二、英雄叙事的故事范型

接下来谈谈彝族英雄叙事中的故事范型，跟学界传统观念里的英雄史诗的叙事结构有什么样的区别，文化英雄和战争英雄到底有什么不同的地方。

故事范型（story-pattern）③ 这个概念，在"帕里—洛德理论"中被理解为基本的叙事单元（narrative unit）。洛德当时研究了"归来歌"的故事

---

① 中央民族学院彝文文献编译室编《彝文文献选读》，中央民族学院出版社，1992年，第10页。
② 岭光电《若干年来倮民之活动》，原载于《倮情述论》，成都开明书店，1943年。转引自岭光电《忆往昔一个彝族土司的自述》，云南人民出版社，1988年，第219页。
③ 洛德的"基本假设是，在口头传统中存在着诸多的叙事范型，无论围绕着它们而建立起来的故事有多大程度变化，它们作为具有重要功能并充满着巨大活力的组织要素，存在于口头故事文本的创作和传播之中"。参见〔美〕约翰·弗里著，朝戈金译《口传诗学：帕里—洛德学说》，社会科学文献出版社，2000年，第109页。

范型，他结合南斯拉夫的英雄史诗传统，归纳出以下五个要素的序列：缺席—劫难—重归—复仇—婚礼。这样的一种故事范型在世界各地的英雄史诗传统中都能找到，比如《奥德赛》。荷兰学者弗里斯（Jan de Vries）认为，史诗英雄的一生是一个普世性的，全球范围内能发现、能找到的叙事程式。① 对照来看，英雄支格阿鲁的一生也有类似的序列：1. 神奇的家世和出生；2. 被弃；3. 不凡的成长；4. 奇才异能神勇的获得；5. 降魔伏妖；6. 创立功业；7. 成婚；8. 远征他界；9. 归来；10. 死亡。

这几年有关支格阿鲁的文献整理和出版工作突飞猛进。但令人遗憾的是，我们一些彝族学者在创造支格阿鲁的文本。支格阿鲁的故事不仅流传在凉山，而且是整个彝族跨支系、跨地区的一个叙事传统。然而这些年，有一些学者依然在做"格式化"文本，把凉山口头演述的《支格阿鲁》跟贵州的拼接。但贵州的是古籍版本，出自家谱。这两个版本被嫁接后，前面是凉山的，后面是贵州的。贵州关于支格阿鲁的叙事很古老，有完整的支格阿鲁的谱牒，是按父子连名方式续传下来的。历史上，贵州彝族文化很发达，当地的土司府培养了一大批经师（布摩），他们是专门著书立说的知识分子；古代贵州彝区的歌场制度也很发达，有专门的歌师（摩史）。这些歌师、经师中有很多人专门从事文字工作，因此贵州版的《支格阿鲁》相较凉山版就显得更长，叙事更完整。但没想到，有学者居然就把贵州和四川凉山两个版本的《支格阿鲁》整合起来出版了。这样的汇编版当然可以作为当代学者建构版的旁证和参考，但是不能当作传统文本来研究。

比较好的一些版本是曲莫伊诺演述的《支格阿鲁茨》、额尔格培讲述的支格阿鲁神话②、陆占雄搜集的彝文版本《支格阿鲁》，以及阿洛兴德从

---

① Jan De Vries, *Heroic Song and Heroic Legend*, Oxford and London: Oxford University Press, 1963, pp. 210–226.
② 巴莫曲布嫫提到的文本有：（1）曲莫伊诺演述，摩瑟磁火翻译《支格阿鲁茨》（"勒俄"第五枝，未刊稿）。（2）额尔格培讲述，新克整理《支格阿鲁》，四川民族出版社，1982 年。

古代谱牒里边整理出来的《支格阿鲁王》。这些文本基本上都是围绕支格阿鲁的神迹来进行叙事的。下面是曲莫伊诺口头演述本里的支格阿鲁出生的故事：

  "勒俄"第五枝：支格阿鲁茨

……	普媒列依呢
从此以后呢	从此以后呢
远古的时候	普媒列依呢
支格阿鲁未成年	三年做织桩
白天出六日	三月架织机
夜晚出七月	织板闪闪如鱼跃
从此以后呢	穿梭如蜜蜂
支格阿鲁成年了	织桩闪如星
来述一段支格阿鲁的来源	织布路上方
支格阿鲁的来源呢	天界鸥一对
远古的时候	来自白云端
大地生龙子	地上鸥一对
给上天的龙子	来自柏林间
上天生龙子	四只大鸥呢
给杉林的龙子	到张张垭口
杉林生龙子	三滴鸥血掉
给古措措火	落在普媒列依身

（接上页）（3）陆占雄先生搜集整理凉山彝族英雄史诗《支格阿鲁》（彝文版），四川民族出版社，1987年。（4）阿洛兴德整理翻译贵州彝族英雄史诗《支格阿鲁王》，贵州民族出版社，1994年。（5）云南彝族英雄史诗《阿鲁举热》：1979年云南省楚雄州采风队在金沙江南岸小凉山一带搜集、发掘出这部史诗，由肖开亮唱述，黑朝亮翻译，祁树森、李世忠、毛中祥记录整理，最初载于《楚雄民族民间文学资料》第一辑，后来公开发表于《山茶》1981年第9期上。

生古莫阿芝	一滴落于头
嫁给狄史硕诺	穿透九层辫
生硕诺玛吉	一滴落于尾
嫁给俄尔则沃	穿透九层裙
生则沃妮楂	一滴落于腰
嫁给俄卓达日	穿透九层毡
达日媤诗瑟	以为是邪兆
嫁给达阿木格都	派遣飞禽去
嫁给格阿木普都	前去请毕摩
……	

这段"感孕"叙事属于"勒俄"的第五枝,叫作"支格阿鲁茨","茨"就是谱系、家谱的意思。在彝族的史诗叙事传统中,"茨"有时候就等于历史,因此也被译成"史谱"。讲天地的开辟、日月的产生,也都称为天地的"茨"、日月的"茨",就是用谱牒来串联情节。这样的一种叙事模式,是在时间这个向度上建构传统,推进叙事的进展。

下面这段故事是我根据额尔格培讲述的《支格阿鲁》缩写的:

相传,在遥远的古代,彝家龙部落美丽的姑娘蒲莫列依嫫在草坪上织布,天上飞来四对八只神龙鹰,她看见以后大声惊呼,只有一只大黑鹰没有飞走。黑鹰向她俯冲下来,从鹰身上滴下三滴血,一滴落在她头上,断了九根头发;一滴落在她腰上,穿透了七层衣服;一滴落在她的裙子上,穿过了三层百褶裙。后来蒲莫列依嫫就怀孕了,在龙年、龙月、龙日、龙时,生下一个男孩,取名为"支格阿鲁",意思是神龙鹰的儿子。

支格阿鲁日夜不停地啼哭,传到了吃人魔王特比阿嫫那里,使她无法安睡,她便派儿子特比惹将蒲莫列依嫫和支格阿鲁抓走了。

途中，蒲莫列依嫫悄悄将儿子放在悬崖边，想让牧人发现后救走他，自己却被魔王之子带到了魔窟。支格阿鲁从悬崖上滚到了河水中，又落进了山洞中，他与会说话的三块石头交上了朋友，相依为伴。刚满一岁的支格阿鲁就像九岁大的孩童，岩石对他讲述了他的身世，支格阿鲁发誓要找到母亲，向女魔报仇。到了十三岁，支格阿鲁长成为一个又高又大的英俊小伙，他的披毡能叫山风倒旋，云雾让路；他的铜弓铜箭，会使雀鸟惊飞，野兽乱蹄；他的眼睛像闪电夺目，坚硬的岩石碰上他的目光也要迸裂。他成了众人称道的英雄。

支格阿鲁作为文化英雄，他的神圣业绩是集部落君长、祭司毕摩、天文学家、历算家于一身的。作为君长，他亲率族人战天斗地，治理洪泛，劝勉耕牧；作为毕摩，他曾统一规范过古老的彝文。他既是一位神性英雄人物，又是一位无所不能的神人先祖，备受后世各地彝人的祗敬与崇拜。[①] 这样一种程式化的故事范型，实际上在南方好多少数民族的英雄史诗中都能找到类似的案例，也就构成了一种有关"文化英雄"的叙事模式。

三、叙事传统的交互指涉

在彝族的叙事传统中，不管是口传还是文传，都能找到英雄支格阿鲁的种种叙事，它们彼此是互相呼应的。除了口传、文传这两种形式外，还有一种传承形式可以叫作"图传"，即支格阿鲁神图（图1）。神图通常在仪式上使用，也有人家挂在自己家里火塘的上方，起一种镇宅的作用，或请毕摩画在木板上，放在自家门头，认为支格阿鲁会保护全家。

在口传文化和书写文化的文本交织中去解读英雄史诗，也有很多可

---

① 近年来更为系统的文本研究当属肖远平的博士学位论文《彝族"支嘎阿鲁"史诗研究》，华中师范大学文学院，2009年。

能性。弗里（John Miles Foley）和纳吉（Gregory Nagy）这两位学者在他们的著作中都指出，我们要从传统本身去解释传统。

以荷马史诗为例，不论是我们现在看到的《奥德赛》还是《伊利亚特》，都是整整齐齐的二十四卷，其成因至今还存在争议。但是，古希腊的文献记载表明，在泛雅典娜赛会上，荷马史诗的吟诵人不可以按照他们自己的选择去演述史诗的叙事段落，而是以"接力"的方式按顺序来依次进行的；荷马史诗最终的文本化，则是在泛雅典娜赛会上通过季节性重复出现的演述过程而得以实现的。此外，还存在以城邦命名的各种荷马史诗文本，在发生战争需要主张自己的土地、主张自己的权利的时候，各城邦往往要引用自己的史诗文本，因此它们的叙事也应该是有差异的。亚历山大里亚时期，有一批批学者在做文本校勘工作，正是他们将《伊利亚特》和《奥德赛》从其他史诗中区别开来并归到了荷马的名下。古希腊还有若干更古老的英雄史诗，在亚里士多德时代，归在不同的几位作者名下，叫作 epic cycle；而 cycle 这个词是"圈"的意思，我们把它译作"英雄诗系"，当属更早期英雄史诗的流存。可以看出，从英雄诗系，到两部荷马史诗，再到各种城邦版的荷马史诗，这些文本之间是互有关涉的，取决于叙事传统的渐进演成和构合。有些典型的史诗叙事片段还出现在壁画和瓶画上，在细节上有一些差异。所以，纳吉提出了"交互指涉"（cross-referencing）[①] 这个概念，并指出应当从一种历时性的观察出发去理解史诗传统，从一个吟诵片段到另一个吟诵片段之间的任何一种交互指涉都当视作传统。在弗里那里则被概括为"传统的指涉性"（traditional referentiality）[②]，跟纳吉的概念可谓异曲同工。

我自己的学术受到西方许多理论或概念工具的启发。但是当我在把

[①] 参见格雷戈里·纳吉著，巴莫曲布嫫译《荷马诸问题》，广西师范大学出版社，2008年，第109—110、179、183页。
[②] 参见 John Miles Foley, *Immanent Art: From Structure to Meaning in Oral Traditional Epic*, Bloomington: Indiana University Press, 1991, p. xiv, pp. 6–8。

握这些工具的时候，怎么样切合自己研究的本土传统，还需要做新的阐释，以便和传统的话语系统衔接起来。尤其是在讨论彝族英雄史诗的文本关系时，当以叙事传统为本。

如何看待民间传抄的文本？传抄本不能等同为"演述中的创作"，有的只是一个记忆的纲要。我在凉山搜集史诗文本的时候发现，有些家族传下来的"勒俄"文本非常完整，也很考究；而有一位毕摩带我跑很远的路去他家，结果他拿出来的"本子"只有几页纸。后来我终于明白了，实际上这样的文本，通常在他们习得史诗内容的时候发生作用，也就是告诉你，传统程式是什么，基干情节是什么。

史诗演述的叙事构型，以"勒俄"为例，包括七枝黑的、十二枝白的。① 叙事一定要从根柢开始讲，然后讲到枝干，再讲到叶子，整体上就构型为一棵树的记忆图式。婚礼上演述十二枝白的，葬礼上演述七枝黑的，唱完以后就要叙谱。叙谱片段就叫"勒俄"的叶子，叶子是无数的，因为每个家支叙谱肯定都是不一样的，所以这些片段的差别就很大。这就是我为什么说英雄史诗大部分来源于谱牒。当然创世过程中也会出现英雄，也会去唱他们的故事。但是情节发展到了叙谱这一环节时，每家都有自己的祖先和英雄，叙事的差别就大了。

彝族史诗是一种在口承和书写之间形成的叙事传统。在抄本系统之间去做比对，也是研究的一种方式，但还是要从本土的知识系统中去找一种路径。我认为，彝族创世史诗实际上跟仪式述源的仪轨是分不开的。

贵州彝族和汉文化接触特别早，他们留下了非常多的文本，因为他们有歌场制度或者经师制度做支撑。贵州和云南流传过许多经典，尤其是贵州，那里是彝族经典的渊薮之地，但现在他们的仪式或是简化或是消失了，布摩（等于凉山这边的毕摩）的传承也处在濒危状态。凉山这边虽然

---

① "枝"（jjie）是诺苏彝族史诗的叙事单位，类似蒙古族史诗的诗章（bölög），参见朝戈金《口传史诗诗学：冉皮勒〈江格尔〉程式句法研究》，广西人民出版社，2000年，第127页。

没有大规模的经书集成活动,但仪式实践是比较完整的,而且到现在还在传承。因此,贵州那边"丢失"的传统在凉山这边还可以找到。贵州和云南的一些古籍文本不通过仪式构拟还原是解释不了的。如果你不懂仪式,你连断句都可能断错,因为这些文本没有标点符号。贵州的起源类经典特别多,三卷本的《物始纪略》全部是从这类古代经书中翻译整理的,一共有179个起源问题,它不光像屈原的《天问》要提问,提了问之后还要回答,所以文本体量是非常大的。为什么会有这么大规模的起源经结集?到了凉山你才知道,这边的民间,举凡有仪式活动,"述源"必是仪式的先声,要追溯各种事物的源,还要追溯主人家的源、毕摩的源,这样便跟"叙谱"发生衔接,在婚丧嫁娶、祭祖送灵的种种仪式上都能观察到。

所以我认为,如果回到彝族自己的口头文类和经书分类系统中去,再跟学界现有的文类去做比较研究,一方面需要释读古籍,另一方面需要根据仪式去进行阐释。

四、彝族叙事传统的构拟

通过梳理彝族的史诗文本,我也在思考到底什么样的叙事动力,或者叫文化表达诉求,能够在千百年来的传承中发展成种种模式,并且构合为叙事传统,其生成机制和运作方式怎么样才能书写为学术表述并加以系统的探究。后来我把古籍文献和口头文本中出现的叙事方式做了一个归总,打一个比方,叫作"火塘边的叙事"[①]。

彝族每家每户都有一个火塘(图2),故事讲述也好,宗教仪式也好,大多发生在火塘边。我前面提到的放神烟仪式"蒙谷兹"、清洁仪式"尔

---

① 巴莫曲布嫫《火塘边讲述的故事》,《中国国家地理》2013年第6期,第139—145页。又见《述源/叙谱/指路:彝族的叙事传统与文化认同》,http://www.chinafolklore.org/web/index.php?NewsID=11444。

搽苏"，一般都要从家里的火塘开始点火。此外，彝族日常的传统教育都是在火塘边开始的。在岭光电先生在他家乡创办斯补边民小学之前，凉山这边是没有学校教育的，那么彝族的神话、古歌、故事、生产技术、工艺，是怎么传承的呢？基本上是围绕这样一种"火塘教育"，按家庭的教育、家支的教育、村落的教育和社会的教育来展开的。

图2 彝家火塘（钟大坤摄影）

彝族火塘有三个石头，这三个石头在彝语中都有专门的名称，且各司其职。这三个石头也跟一个英雄海俄滇古有关。海俄滇古是东汉时期的一个彝族武士，他被一个谋臣害死了，因为在外面征战回不了家，他的尸体埋在了三个地方。所以后来彝族每家每户以三个锅庄石来悼念这个英雄。

我用三石锅庄来比喻彝族的三种仪式化传统叙事模式。"波帕"即述源，讲万事万物、天地和人类是怎么来的，是从发生的维度来叙事。"茨沙"是叙谱，是时间的维度，主要靠父子联名制来实现叙事的推进和故事的连续性。"莫玛"是指路的意思，用于彝族一生中最重要的也是最隆重的送灵仪式，跟六祖分支是有关系的。川、滇、黔、桂的彝族人死后都要回到当时分支的地方去，毕摩在这个时候就要给大家唱《指路经》，会连着往回追溯一站一站的地名，这样民族的迁徙图就出来了，而且大部分的地名是能够跟现在的地名对应上的。在祖界观念上，各地是有方音上的差别的，但是基本都指向昭通到会泽一带。"莫玛"这样一个叙事模式，实际上是空间的维度，沿此向度还有若干的空间叙事方式。

我刚刚讲了三种叙事的模式，但我还没把"锅"放上去。火塘上头肯定会有锅，彝族的锅和锅盖是分公母的，上面的锅盖是公的，属天；下面的锅是母的，属地。这是彝族传统思维方式——万物雌雄观的一种体现，彝族许多歌诗里头讲到天就要讲地，讲到天地自然就要讲到人，这种构式则来自"天—地—人三才观"：第一段谈天，第二段谈地，第三段谈人。这种"三段诗"在贵州、云南、凉山都有发现，不论是短歌还是长诗，都按这样一种三段结构排比下来。"万物雌雄观"给彝人造就了什么样的诗性智慧呢？简言之，就是古代诗学理论中的"对正观"和口头艺术中的"对正法"。除对偶之类的格律外，彝族歌诗还有一些翻叠的技巧，都跟天、地、人有关，像三六九、三十三、六十六、九十九这样一些数字型修饰语的程式化表达，九十九通常用于男性，七十七则用于女性，等等。

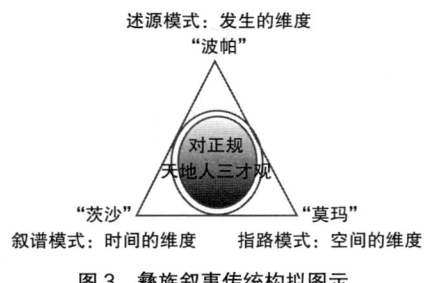

图3 彝族叙事传统构拟图示

我之所以要讲传统的指涉性，就是因为传统作为一种叙事方式可以根据不同的语境被调用。史诗叙事本身并没有一种僵固不变的序列，而是根据仪式诉求和当时的语境去调用传统叙事单元的。我觉得从这样的一种视角，通过一种诗学的分析，应该可以把彝族叙事的传统方式、叙事的口头诗学法则给构拟或建立起来（图3）。

总之，我们可以从生活世界中的"火塘叙事"来探寻文化表达中的叙事模式，进而从发生的维度、时间的维度、空间的维度，以及天地人辩证和谐的传统美学观念和对正诗艺技巧来阐释彝族的叙事传统及其口头实践。

学生互动摘要

巴莫曲布嫫研究员的演讲结束后，同学们针对史诗文本的分类体系、史诗的演述逻辑及其与整个传统的交互关系、田野调查过程中的"自观"与"他观"等问题进行了踊跃提问。有在场者根据自身丰富的田野调查经验提问彝族民歌的分类体系，巴莫老师指出凉山民歌并非按照内容分类，而是以唱法、场合、歌手身份为依据，大致分为六种韵体的诗歌。另有同学疑惑，每位歌手对于"叙事构型"的理解与侧重是否更能说明"交互指涉"的问题？巴莫老师认为彝族史诗的树状构型是一个记忆模式，使得演述不会偏离传统太远，但具体的演述能力、个性风格、语言技巧则依靠临场发挥，除此之外，文本和文本之间、演述和演述之间、不同的载体形式之间也会形成"交互指涉"。还有同学好奇应如何在田野中更好地处理"自观"与"他观"的关系，从而有助于认识叙事传统。巴莫老师指出这两个概念是相对的，民间文学的研究者一定要找到当地的话语系统和地方知识，从中去做学理阐释，将学界概念与民间分类系统勾连起来。

2013 年 6 月 5 日，同学们又围绕讲座内容展开了评议与讨论。主持人范雯将讲座要旨归纳为：如何从彝族本土传统出发来为英雄史诗做恰如其分的定位、分类、阐释？所得出的结论是这一"传统"实由仪式、文本、观念共同呈现。在此基础上，范雯探讨了文本的"格式化"问题，并提出疑问：首先，应如何处理本土叙事法则与普遍的史诗模式之间的关系？其次，关涉到如何理解"传统"的问题，她指出由于传统往往是交互指涉的，所以需要关注整体性的"传统场"，与此同时不仅关注其时间维度，还要考虑到通过语境（仪式语境）和文本间的互文性来解释史诗文本。

在讨论环节，同学们聚焦于本土话语与学者概念、本土叙事法则和普遍叙事模式这两个紧密相关的议题。有同学认为在比较文学视野下归纳出的普遍共性甚至"大传统"或许能对本土模式起到补充效用。另有同学就学者分类是否会与民间分类错位甚至对抗这一问题展开讨论，认为应在二者间寻求平衡。还有同学提出不必将本土叙事法则上升为一个普遍模式,而可将其处理为一个多维、立体、动态的系统;此外,仪式语境中演述片段的背后存在一个整体性的史诗传统,但传统也在变化之中,后人可能会出于现实需要来攀附或建构身份认同。

(摘要撰写人 陈可涵)

多神崇拜与一神独尊
—— 河北民间后土地祇庙祭考

尹虎彬

编者按：2013 年 4 月 3 日，中国社会科学院民族文学研究所尹虎彬研究员为北京大学中文系民间文学专业的学生带来了一场题为"多神崇拜与一神独尊 —— 河北民间后土地祇庙祭考"的讲座并展开交流。

20 世纪 90 年代以来，伴随着信仰实践复兴，民间信仰研究逐渐走向社区传统，基于国家—社会、文化—权力等视野下的学术探索更是蓬勃发展。华北地区民间信仰的历史传统与活态实践，正是在这样的背景下同华南、江南一起，成为各学科关注的热门区域对象。其中，民间文学界怀揣着对学科经典命题的关怀，通过深入系统的田野调查，产出了不少精彩个案。尹虎彬研究员关于河北民间后土地祇庙祭的研究，便是其中的典型。在本次讲座中，他基于对洪崖山后土庙的长期观察，提出"多神崇拜与一神独尊"作为民间信仰普遍模式的可能性。在此基础上，他重点探讨了该个案中信仰叙事的层累现象，指出官方、学者、民众、地方精英作为民间信仰传统持续再生的参与力量，如何以各自不同的方式，合力型塑出当下洪崖山地区复杂多元的信仰文化。

华北饱经战乱，伤痕累累，历史遗迹多化为瓦砾。民俗学历来有研究遗留物的传统，因此，民俗学家在许多时候更像是个修复古物的人，把散落的陶片粘合起来，重新制造一尊陶罐。民间传统文化研究者就像修补陶罐一样，努力在生活文化中寻觅素材以建构文化的形式。中国民间传统文化，其盛衰起伏，一方面与现代国家和民族的历史命运交织在一起，另一方面也与民间传统文化自身的规律紧密关联。民间文化总是借助特定的传统形式获得新的生命，这种形式的突出特征就是它的类型化表达、集团性共享和在地化的适应性。更为重要的是，民间传统的每一次重生都因应时代而获得新的面貌。今天我要探讨的后土地祇信仰传统，其类型化的表达植根于古代神灵与祭祀的传统，以神话与仪式的交互作用来体现民间信仰的集团型、传承性、稳定性和变异性。神祇与英雄的口头叙事总是依附于传统，后土的灵验故事遵循了神话范例，刘秀走国没有脱离英雄叙事范式。大而言之，河北洪崖山后土地祇庙祭传统与北京妙峰山、丫髻山，河北邯郸涉县的女娲宫，河南周口淮阳的伏羲女娲庙的神灵与祭祀传统在文化空间和信仰表达形式上大致属于同样的类型。

传统具有再生和再造的机能。民间信仰在造神和崇祀的过程中不断地寄托着福禄寿喜愿景，反映了人们趋利避害的心理。包括庙会习俗在内的民间传统文本化的复兴，这不仅是旧俗的简单恢复，而且是民间力量的崛起、民间社会的兴盛和民众自主能力的增强。民众获得了一定的自由空间，他们就会按照自己的方式行事。这就像官员可以利用权力来展示自己的政治抱负、知识精英按照自己的思想来构建传统一样。我们使用大量笔墨来描述一个普通人感到陌生的村落传统，一个看上去与我们自己的生活并无关联的生活文化，一种我们不敢苟同的世界观和生活方式，这一切表象背后的意义究竟何在？一言以蔽之——这一切不过是一介书生的反思而已。道理很简单，我们在田野调查过程里所进行的拍摄和记录，总是用自己的眼睛，而不是别人的眼睛。我们分析材料时用的是自己的头脑，调动了所有的知识储备，表达了自己的感悟和思想，包括对于民众和同行的评论。这一切难道还是在叙述"他者"吗？

　　由传统的形式看到传统的意义，从传统的一成不变的表象看到变化，探索现象背后隐藏的意义、通过民众的生活文化反观自己。我们在谈论神圣世界的事物时，也不要忽略了世俗性、实用理性的一面。不同的人在面对同样的对象时，因为动机不同而各取所需。民众通过民间社会组织志愿参与信仰仪式活动。知识分子主要是旁观者，他们没有真正融入信众的信仰世界里，成群结队的拜庙的队伍里没有他们的名分。总之，信仰行为的主角还是民众，他们通过供奉神灵和参与村落捐资募化而积累公德。如雨后春笋般出现的神庙最能说明民间资本的价值取向、民众力量的崛起和民间社会的活力。

　　我们今天所探讨的后土信仰，其地方传统由于历史的作用，具有层累的文化积淀，融合了多元的宗教和多神崇拜的传统，因此，这里的后土崇拜也具有多重的历史文化特性，其历史根基深厚，地方化历史过程比较长，民间社会基础牢固，能够历经劫难而香火不灭。总之，洪崖山后土信仰具有历史内涵的多重性，植根于民间社会的稳定性、民间叙事的多样性、文化取态的多元性、并存选择的灵活性。后土地祇，既凝聚了敬天礼地的信仰根基，也满足了人们寻根问祖的需求。

　　说到学术史，前辈学者在河北乡村进行的调查，如李世瑜在河北万全县、李景汉在定县进行的社会调查，[①]日本人的满铁调查资料，[②]以及近来来自英国和中国艺术研究院的一批学者所做的一系列调查研究，[③]在许多方面深深地影响了我在易县、涞水两地的田野研究，提供了丰富的背景材料。该研究主要关注民间神社与仪式，这是中外汉学家、文化人类学家

[①] 参见李世瑜、贺登崧《万全县的庙宇与历史》、李景汉《定县社会概况调查》（上海人民出版社，2005年）。
[②] 参见《满铁调查报告（影印本）》（全25册），广西师范大学出版社，2008年。
[③] 自1986年起，薛艺兵、吴奔与英国伦敦大学亚非学院音乐系钟思第教授联合中国艺术研究院音乐研究所在冀中地区对民间音乐会所展开长达十年的普查研究。

业已涉足并不断深化的课题。

我认为"多神崇拜与一神独尊"是民间信仰的一个普遍模式，它的神图里有一百多个神，佛道都有，还有很多是民间一些名不见经传的神，但只有一两个神是灵验的，我想以后会有人探讨为什么会有这样一个规律。我研究的重点是观察这些神社在上香的时候做了什么，在民间的社火仪式当中做了什么。我归结了三个落脚点，最大的一个落脚点是庙祭传统。庙会（emple fair），实际上是"庙祭"，通过庙祭的形式，把周围的村落组合起来，形成一个信仰的共同体，同时一个村落还有自己的祭祀仪式，也就是坛祭传统。一个村落有一个后土神，这个后土神是这个村落祭拜后土时膜拜的对象，这种祭拜也是一年一度的。第三个层次是个人的膜拜，比如求子、求福、求寿等，这种信仰是普遍存在的。这三个层次证明了民间信仰在不同层面上普遍存在。

我再简要介绍一下村落、庙宇和庙会。在华北，如河北的民间宗教或民间社会，隋唐是一个历史节点。隋唐以来，华北很多地方开始建村。很多最古老的村子历史的追溯也只到唐代，更多的村子建于明代以后。这里我们可以借鉴王庆成老师研究中对"村"的界定。他提出"村"要具备两个核心，一个核心是要有井。旱作地区掘井才能有水，在华北大片平原地区，流传有很多马刨泉的传说，就说明了这里井多。另一个核心是庙。有水，还要有神来保佑。所以华北村落在明代以来有非常丰富的民间文化传统，有很多的庙，每个庙有每个庙的功能，一个村落是一个完整的文化空间，营造了一个历史传承的氛围。开门见山地说，这张图，就是我们经常所说的文化空间，是最好的一个个案。① 这张图是我 1988 年在河北易县发现的。最初河北易县政府档案局印了一本《后土皇帝庙》，只有 54 页，残缺不全，里面所有照片都是翻印的，十分不清晰。54 页的小册子能有什么内容呢？它什么都没有，但这是传统最后留下来的东西，但这

---

① 见于本人在本次报告中所使用的材料。

二三十年来大家的重构把这个小册子丰富起来了，这是一个人为打造的过程。图中的这个山叫"洪崖山"，又叫"后山"，是一座道教名山。隋唐以来，这里逐渐成为道教和佛教的中心，最后发展成民间宗教中心。

我先念一段我曾经做过的一个描述：

> 今天的后山庙会，其神圣空间的多重纬度是历史地形成的。从道仙传说对洪崖胜境和洞天府第的想象，从前山后岭的庙宇分布和宝卷描绘对后山十景的渲染，这些持续不断的打造，使得这里的自然风物成为人化的自然，成为信众向往的地方。这里依山傍水，最南边的是马头水库，向西远眺矗立着马头峪，马头峪下面有建新村。水库左岸大片台地上坐落着老马头村，水库下游一片平地上的那些住家就是新马头村。这三个村子，它们的后面都背靠着一座山，它是道教名山洪崖山，远看像展翅的凤凰，又叫凤凰山，当地俗称后山。由此往北，山峦起伏，山溪顺流南下，形成河流，注入水库。水库上游有片河谷和山谷汇集而成的平地，这片地由村口一直向北延伸到黄崖，黄崖前面有个小庄；由黄崖到山门是一条通向后山的溪边小路。山门到盘道根又是一条上行的山路。盘道根南面，坐北朝南，有一片新建的黄琉璃瓦屋顶的建筑群，叫前殿。右边坡道上新建上山的空中索道，叫"洪崖山后土皇帝庙索道"。从盘道根经过中盘和一株枯树——花树，就到了欢喜台，上山十里，山路崎岖十八盘。后山，它的主体部分，即前山后岭，遍布着五十多座大大小小的庙宇。从后山阳坡上头的塔梁儿，经过中殿，就是太阳殿、三爷殿、龙王殿，远看那棵白果树后面就是老道房、玉皇大帝宝殿，过仙人桥，拾级而上就是后山正殿，后面是退宫殿，再往山后去，经过东风根、老道坟，就到了后殿，俗称后山奶奶老家。
>
> 后山庙会的地理空间要从河南岸的村口开始，河滩地辟为庙会专用收费停车场，由村口到黄崖，道路两边散落着村民私立的小庙，

还有各色店铺，有地摊、行商、小贩，大概有二三百家。从山门到盘道根，只有杂耍、地摊和乞丐。十八盘，上山十里，山路两边乞丐占据。在后山庙会，这些外地来的各色人等，都可以根据自己的身份占据不同的地盘，根据自己的能力来获取利益。而山上的几十座庙宇，其经营为老马头村的村民专有权利。山上的庙宇，叫老庙，具有传统的权威，按照老百姓所说的，这些庙是"真实的"。那些山门以外的庙，私人立的小庙，被许多人认为是"不真实的"，是"骗人的"小庙。可见，庙宇除了根据神明不同而分类外，还有许多其他的种类。

每年农历三月一日到三月十五日，是庙会的日子，那这个庙会都有谁参加呢？从图中可以看到，易县、涞水、定兴是核心区域，周边还有满城、徐水、融城、涿州、房山，附近这些县的居民都会到这个地方来朝顶进香。[①] 周围这些村落是这个庙常年的供奉者，但每个村子都有自己的音乐会或花会。这张图就是后土神灵祭祀的信仰区域范围。洪崖山周围有很深厚的宗教传统，我们在洪崖山找到几个碑，其中比较有名的一个碑是明代的，记载了六门堂凌虚观，还讲到这个地方唐代就有道士。从遗迹来看，那是一个很大的道观。洪崖山的庙宇，有名的有五十多间，这五十多间庙并不属于一个教，而是层累的。从金代开始，先是道教的庙，后来有佛教的庙，后来又有一些祭祖的庙、祭神灵的庙、祭英雄的庙。庙会的一个最基本的条件就具备了，也就是寺庙广建。

关于后土皇帝庙，民国时期的《易县志稿》记载："后土皇帝庙，俗称圣女庙，在县北三十五里洪崖山上，上山十里，山经九道十八盘。按，今庙祀女神，乡民信仰杂以神怪之说。金云，女神为山居老夫，曾免汉光武帝于难，故庙祀至今。考光武帝追铜马、五幡贼于县南徐水上，兵败

---

① 见于本人在本次报告中所使用的材料。

投崖，遇救，退保范阳，见于《水经注》。然救之者为突骑王丰，老妇之说实不足凭。惟既称后土皇帝庙，当为祀黄帝轩辕氏者。《史记》黄帝与蚩尤战于逐鹿，又会诸侯于釜山，今县南五十余里，釜山相传黄帝会诸侯之所，是则黄帝在易有祠里或然也。今乡民望走极盛，每岁三月，远近数县人民麇集进香，为邑中庙会之最盛者。"这里祭祀的是一位女神，这个女神救了汉光武帝，而这个地方是轩辕黄帝战胜蚩尤的地方，这是一个分歧，这个分歧衍生出后面很多变化。另一份民国资料是南高洛村的《后土宝卷》，作者是民国当地的文人，叫寿鹏飞，他对后土皇帝的记录是："后土皇帝始自东汉，重兴，有两千余年，灵异非常，每逢春秋大祭、圣诞之日香火甚盛。至我民国三民主义铲除迷信，各庙香火渐衰，又接民国戊寅年中日事变以来，民心一日数惊，民无圣心顾瞻。每逢三月十五日，只可望西北遥拜，以达圣恩。……又应人间男女，有求必应。净手抄录以达圣恩，又可补我村弘阳圣会之匮。"三月十五日庙会仪式上，首先要念这部宝卷的《请神祭》请诸神下凡："后土卷，初展开，虔诚敬意。"第一炷香请的是后土老母，这是第一尊神，又请眼光母、子孙娘娘、三清老祖、紫薇勾陈、玉皇大帝，这都是道教的神灵。里面还提到守门四圣，也就是一进山门的四个庙，这是一个大的庙群中所应有的。后面是半空寺，祭掌教佛祖；再之后有背坐庵，祭救苦观音；还有开山弥勒佛祖、达摩祖，然后还有灶公灶母等家宅神、门都尉。

最后，我们今天讲的这个庙会背后的意义是什么？就是变化。只看庙祭传统，这个庙祭传统二三百年来发展到今天有了一个很大的变化。第一个变化来自地方精英。地方精英用自己的思想和想法重构了传统。一个例子是，易县文化馆的王公李先生，在当地做了三十多年的田野调查，收集了大量的民间传说、宝卷，给我提供了很多帮助。他一辈子做的就是层层建构后山文化。为什么说他建构？首先，他出了几本书，是关于后山神话的，里面有几百个神话，形成一个完整的神灵体系，很多文本是从古史传说里找到的母题、情节、人名，他对此重新做了编织。我总结出了其中的技巧：第一是神话建立具有宏观结构上的逻辑性和完整性；第二是在文本内容上载记神话具有高度重合；第三是叙事上表现多线索、角色关系复杂和情节交错的特点。另外，在文笔上，他还模仿了《故事新编》。而民间传说的叙事非常简单，因为民间传递的信息非常简单，一个母题，一个角色，一个非常事件，一个单纯叙事。他的研究，从20世纪80年代到现在有差不多30年的时间，发表的大量的论文或出版物最后影响到了官方。这里的一个契机是2000年以后，非物质文化遗产引进到中国，文化部采用这个政策进行全国范围内的文化普查，中国民间传统文化从那一刻开始发生很大的变化。2003年保定涞水县南高洛村因为接待亚非21个国家而名声大震，之后河北省非物质文化遗产保护把后山文化作为全省十大重点抢救文化之一，南高洛因民间古乐成为"民间古乐之乡"。2004年6月《河北日报》根据新华社的消息报道，后山文化是黄帝部族东迁后聚居发展祭祀的根据地。2008年，我在当地发现了一个经卷，叫《禘祖经经卷》，其中有一篇后土卷敬录随笔："夫今尚近神佛而远祖先也。自金大定二十八年后土佛庙立成，而祖庙即锁迹矣。是之谓舍祖先有违规训，而敬神佛可得果报。此实乃急功近利之举也。素为人子之道，必当祭献有序。是宜首祭祖先，而神佛其次矣。想当是先有祖先而后有神佛，其众生或可修成神佛，而断不能修成祖先也。其神佛实可敬，而祖祭定不可废之者，我华夏源远流长，贤才辈出，此非先驱之余脉祖宗之阴德耶。察此禘祖经卷，近乎为孤本，是为拜摹，以备流传者。"这是南高洛村老高山一个叫单福义的秀才自己写的，讲黄帝的事迹，他的叙事非常有韵味，有史诗的活力，再比如："黄帝会诸侯于釜山之阳，战九黎于涿鹿之野，黄土坡擒蚩尤，诛黎蚩，收涿鹿，领督亢，踏燕山，临东海以及仓颉图百象，始制文字；后祖织丝帛，乃服衣裳。"当地人欹光和贾瑞增还写了诗《我们只有一个祖先》："我们祖先是轩辕，大定天下在后山。后山庙数千年，黄帝的家在上边儿。秦以前历代王公来朝拜，还要封禅祭天，黄帝嫘祖就在长谷托养蚕绞丝，给予民以有衣穿，至今后山古乐还在相传。"

这其实是对民间传统文化一个利用的过程，这个利用的过程背后是利益的驱动。中国文人都有一种怀古的情结，这些易县的干部或精英，把当地的民间信仰同黄帝联系起来，因为黄帝是始祖、人文始祖，是国家的神、民族的祖。而后山奶奶格调太低了，她是个女神，民间的神。这两个神解决两个问题：黄帝是一个民族的神，是全民族的历史认同；民间所信奉的神灵是一个民间的村姑演变成的女神，解决人生的苦恼，她解决不了一个民族的认同、国家传统的认同。在这个问题上，老百姓选择的是奶奶神，而国家、当地精英选择的是黄帝，这也印证了一个理念：精英从来是为国家说话的，代表民族国家。

最后我想给大家读一段我在后山采录的一个包庙的人，他叫卢子起（音），今年57岁。在采访中他口若悬河：

> 后山奶奶庙，奶奶老家，就在这场地，这儿有一个老奶奶修仙的洞口，洞内有一百多米，多少年的历史，你得讲上来了，这个地方是老奶奶出家、修好、修炼、受苦受难、积善成德的地界，奶奶还有个纺车。王莽赶刘秀，刘秀跑，跑到这儿着，向奶奶跪下，叫老奶奶救他。老奶奶叫刘秀躺下，装死人，盖上破被子，蒙上门帘儿，跟死人一样。老奶奶一口大米饭，喷到刘秀身上，当下有零星，变成蛆。王莽追上一看是个死人，快被熏死了。王莽还是追赶刘秀。实际这里边躺的就是刘秀。老奶奶救刘秀，刘秀认了干娘，这算刘秀命大。老奶奶救他了，到了汉朝，皇上封的后土皇娘。明白了吧？后边还有一个大洞，一百多米，现在为什么不叫人们进去瞧了，国家保护起来了，保护什么，老奶奶用的石头筷子、石头碗、石头桌子、石头炕、石头床，哎，为什么不叫瞧了？国家封上了，保护起来了，只许敬，不许看，等到国家开发了，安装灯，卖票，明白了吧？奶奶的纺车是石头刻的，"文化大革命""破四旧""立四新"，

庙砸了，许了个木头的来，明白了吧？从洞口搭着梯子上来，洞口很大。现在为什么大了，现在许愿的多，磕头的多，捐款的多。现在为什么比过去好走了，都捐款，修路，那叫功德，功德无量。任丘一万，房山八千，几百几十的不算。为什么好走了，功德在修庙修道。哎，知道了吧，这叫后山庙，后山奶奶后山老家，统统叫后山。后山属国家，属县政府宗教局。从山门开始，道路两边不许私人建庙，谁建庙，罚款，拘留。

他的叙事很有韵律，用了很多传统的段子，如王莽赶刘秀，把后山庙的历史也讲了一遍，是很好的艺术创作，体现出一种表演才能，所以他能打动人，可以多赚点钱。所以我想民间庙会到了现在，所有的意义，最实实在在的意义，是民富。农民承包庙宇，修建庙宇，重兴庙会，把庙会搞红火的最后意义是什么呢，是发家致富。据我的调查，马头村所有的村民，人均可耕地面积少，曾经是一个非常穷的村子，兴庙这二十多年，赚了大钱。同时带动很多制造业，比如香。当地老百姓每家都生产香，使用了有毒的黏合剂，当地在长达半个月的时间是在烟熏火燎中，十分不利于健康。在中国，神灵与祭祀历史悠久，我们有自己的信仰。但是，这种信仰的虔诚程度，非要用香的高矮、香火的大小来衡量吗？我想不是这样的。

学生互动摘要

　　尹虎彬研究员的演讲结束后，同学们针对"文化空间"的研究方式、文化精英再造黄帝的行为、民间信仰活动及其与国家之间的关系等问题进行了踊跃提问。有同学好奇"文化空间"的研究是如何推进的，尹老师指出他是从实证开始，结合地理条件、历史语境、文学传统等因素进行综合考量。另有同学对民间造神与地方精英再造传统这二者之间的异同感到困惑，尹老师认为前者主要依据所在村落的风俗特征，在整体行事风格上相当自由随意；文化精英则基本代表政府，难以设身处地同情民众们的信仰与情感，因此与崇尚实用主义的民众相区别，精英们不会朝拜后土神灵，只是借助各种官方媒介宣传黄帝。还有同学指出民间宗教的研究范式常体现为预先设置国家与民间二元对立的关系，进而以国家渗透民间的形式展开讨论。尹老师肯定了这一观点，提到自己调查时发现政府干预是确实存在的现象，而城镇化趋势也将对民间传统文化的存续带来影响。

2013年4月17日，同学们又围绕讲座内容展开了评议与讨论。主持人郑渝聚焦讲座中寻根问祖、再造传统这两个话题，从国家信仰和地方信仰的关系、地区复杂信仰文化的"层累"或"建构"面貌、"文化空间"的地域化等三个方面对尹老师的观点予以细致回应与反思。她认为，"多神信仰中的一神独尊"现象是易县地区民间信仰的重要特征，体现出了民众讲求实用功利的生活指南；其次，"重构"和"层累"均是民间文化发展的核心，这一动态过程又牵涉诸多主体，他们在或共谋或博弈的关系中再造传统，并历时性地促进不同信仰叠加交织；再有，"文化空间"不仅具有独特的地域维度，还存在时间维度方面的横向、纵向特点，同时作为整体也与地理空间形成互动。

在讨论环节，同学们集中在地方信仰的研究目的与价值、民俗文化的重构这两个相关议题上发力。有同学认为尹老师主要研究的实际是信仰圈问题，且希冀为其提出一个华北地区的普遍模式，因此他既研究层次问题也关注空间分布，并结合历史、地理情况做出相应梳理。另有部分同学就研究地方信仰现象的目的与价值这一问题展开讨论，得出应从现象得出理论规律进而有助于认识社会的共识。还有同学探究民俗文化的层叠与重构过程，并以台湾地区信仰、民俗、经济挂钩的个案进行了论述。在思想碰撞中,大家加深了对地方信仰研究的理解与认识。

(摘要撰写人 陈可涵)

现代口承神话的民族志研究
——个案调查与理论反思

杨利慧

编者按： 2013 年 4 月 24 日，北京师范大学文学院杨利慧教授以"现代口承神话的民族志研究——个案调查与理论反思"为题，为北京大学中文系民间文学专业的同学们做了讲座并展开交流。

在 20 世纪人文社会科学实践转向及语言学转向的大背景之下，口头诗学、表演理论、民族志诗学等理论愈趋成熟。受这些理论的影响，民族志方法在中国神话研究中的基础性地位得以进一步确立。作为该研究范式的实践者之一，杨利慧教授从 20 世纪 90 年代中期起，便开始探索如何对汉族神话进行民族志书写。本次讲座是杨利慧教授十几年来不断深入思考的成果，在提出"现代口承神话的民族志研究"这一鲜明主张的基础上，她向同学们依次介绍了对神话文类性质、世界神话学局限的认识，并分享了她意识到神话民族志方法之重要性的具体历程，以及近年来的个案探索与理论反思。整场讲座兼具现象关怀和理论深度，针对中国神话学的当下性、本土性和实践性，形成了颇为充分的探讨。

一、神话作为文类

民间文学又常常被称作"口头文学""口头传统"或者"口头艺术"

（spoken art）。我不知道当我们说到"民间文学"的时候，诸位脑海中会出现一些什么样的概念。2003年，一位美国学者编辑了一本很有影响的书，叫《表达文化的八个概念》(*Eight Words for the Study in Expressive Culture*)[①]。这本书主要站在民间文学/民俗学（folklore）的角度，检讨了学科范畴中大家所共同承认的那些核心。编者举出了集体（group）、传统、文本、语境、表演、认同（identity）等核心概念。这些概念实际上就是我们这个学科最为基础、最为关键、我们赖之而安身立命的概念。

"文类"（genre）也是这些核心概念中的一个。有一些人类创造的口头艺术形式，无论是在内容、形式、功能还是在表演场合上都有它自己的特点，从而和其他的口头艺术形式相对地区别开来，于是形成了一种特定的文类。比如说"刘罗锅的故事""乾隆皇帝下江南"等等，我们知道那大体属于历史人物传说；史诗则长篇大论地讲述民族的迁徙、民族之间的战争。从内容和形式上看，史诗就和历史人物传说之间有所区别，它们有各自的边界。这就形成了文类。

在人类创作的诸多艺术文类中，有一种特殊的文体形式，我们把它叫作神话（myth）。无论大家从哪些角度界定神话，大体上，在世界各地，神话通常被用来指称这样一种口头艺术表达形式：它讲述的是关于神祇、始祖、文化英雄，包括神圣动物等的故事；它是叙事性的，一般包含着事件，要讲故事；这个故事是发生在一个"创造的时刻"（creation moment），或者在这个时刻之前；神话还是起源性的故事，它解释今天的世界是怎么来的、人类是怎么来的、文化是怎么样在最初被创造并且成为今天这个样子的。无论世界各地的神话学者从什么角度切入去研究神话，作为一个文类，神话大体上有一些公认的边界，正是这些边界把神话和刘罗锅的传说、灰姑娘的故事区别开来。

人类的口头艺术形式非常丰富。对于一个学者而言，终其一生，也

---

① Burt Feintuch ed., *Eight Words for the Study in Expressive Culture*, University of Illinois Press, 2003.

无法穷究所有文类，所以学者们通常会选择一种或兼顾几种文类来加以研究。但是，不同文类的研究之间是可以而且应该对话的，因为无论研究什么，我们最终的目的都既在于研究对象本身，也在于它背后的东西。就像我们研究神话，当然要顾及神话本身的性质和特点，但同时也要考虑神话背后有什么？为什么世界各地的人都在讲神话？神话能够反映出我们人类、这个世界所经历过的一种什么样的共同历程？……无论我们在研究什么样的文类，我们最根本的目的是达至对人的理解、对人类社会的理解、对人类创造力的理解。这是很多人文社会科学研究最终指向的一个目的。从另一个角度来讲，大家研究的文类可能不同，但我们的研究视角和方法之间有很多是可以相互启迪的。正因如此，我希望今天的讲座对那些并不研究神话这一文类的同学也有积极的启示作用。

二、世界神话学的局限

我多年来在北师大为本科生讲授神话学的课程。很多同学刚来听课的时候，都认定老师肯定会讲古希腊罗马神话，一定会讲《山海经》等，他们是带着对世界和中国洪荒年代的想象进入神话学课堂的。但是在学期的期末，他们会告诉我说："您讲的和我们想象的神话学特别不一样。"我想不仅我的学生们，很多人都会觉得神话一定是古老的，一定是和洪荒年代那些原始遗留物相关的，一定是和那些头上插着野鸡毛、身穿兽衣草裙跳着肚皮舞的人群联系在一起的。这是很多人头脑当中对神话的一种想象，也是神话学中一种根深蒂固的学术偏见。古老、原始、愚昧、不开化等标签都会被贴在神话身上。所以长期以来，古代典籍神话研究是世界神话学的核心。在世界上的很多国家，研究神话靠的就是那些泥板、残卷、古文献当中记录的文本。

2001 年，我在印第安纳大学访学时，美国 ABC-CLIO 出版公司想在新世纪出版一套"世界神话学丛书"，他们邀请到了世界多个国家和地区比如日本、墨西哥、美洲等地的专家学者，来完成各国神话的梳理和介绍工作。我和安德明有幸受邀，承担了其中《中国神话手册》(*Handbook of Chinese Mythology*)①的撰写任务。在这套丛书里面，学者们依据的基本上都是历史文献，很少有神话学者论述到现在活形态的神话。这无疑加剧了神话学就是古典学、考古学或者考据学的社会成见。为纠正这一成见，我们的《中国神话手册》一书力图打破神话学领域里的时间区隔，着力展示古典神话在现代中国的流布和变化情况，算是中国神话学者对世界神话学的一点贡献吧。

2012年，在北京师范大学主办的民俗学暑期学校里，我曾应董晓萍教授的要求做了一个讲座，题目是《21世纪以来的世界神话学》。我对包括美国、英国、德国、荷兰、日本、韩国等国家的十多位神话学者从2001年直到现在所进行的研究做了一个梳理，想看看当前世界神话学研究的主导性取向是什么。从梳理的结果可以看出，绝大多数国外学者依然在使用比较神话学的方法，也就是在大范围的神话资料搜集的基础上进行神话的比较研究。尽管一些新的研究方法和理念在不断涌现，但这依然是当前神话学最主要的研究方法之一。对古代典籍神话的研究，毫无疑问地、压倒一切地占据着世界神话学的核心。

但这并不排除还有其他取向的神话研究存在，比如说人类学取向的神话研究。日本神话学者大林太良曾提到人类学（他表述为民族学）的一个非常重要的长处就是它能够研究活着的神话。马林诺夫斯基也曾经批评过去的那些神话研究者都是在依靠断简残篇进行研究，而人类学家最大的优势就在于他们能够深入到那些生动的语境、那些会产生神话的生活、到那些真正相信这些神话的人当中去进行研究。马林诺夫斯基在特洛布里安德岛就研究在当地人的信仰中神话处于一种什么样的状态，神话与传说

---

① Lihui Yang, Deming An, with Jessica Anderson-Turner, *Handbook of Chinese Mythology*, ABC-CLIO, 2005, Reprinted by Oxford University Press, 2008.

和故事等等之间有什么区别。他的这种研究直接推动了人们去关注实际生活中所存在的神话。除了马林诺夫斯基之外，博厄斯以及他的学生露丝·本尼迪克特等人也都有不少的研究。直到 20 世纪五六十年代以后，人类学家也不断有类似的文章零星发表，虽然他们的方法在神话学研究中并非主流。

然而，人类学取向的神话研究也存在一个问题，就是它长期以异文化为主要研究对象，所关注的往往是那些偏远落后的所谓"原始""野蛮"的地区。在文明社会，或者说是在更复杂的社会里，神话究竟处于怎样一种状况，却不在他们的关注范围之内。

三、中国现代口承神话调查与研究的历程

我所指的"口承神话"，是那些主要以口头语言为传承媒介（media）、以口耳相传为传播方式、在现实生活中仍然生动存在且担负着各种各样实际功能的神话。古代也有口承神话，比如《搜神记》就采录了一些，但那不在我的研究范围之内。我研究的"中国现代口承神话"就是在现代中国（"现代中国"是一个很大的概念，讨论这个概念无疑会涉及很多争论，我无意于卷入复杂的概念之争中去，在我看来，"现代中国"大体发端于 20 世纪初叶的"五四"运动，尽管其转型在晚清时期已逐渐开始）的时间和空间的场域里传承的口承神话。

在我之前，已经有中国学人开始关注这个领域了，比如钟敬文先生，他受"五四"新文化运动的影响，觉得在渔夫、农民、妇人的口头存在着一个异常丰富的民间文学宝库，是可以跟中国古代文献资料相媲美的。所以 20 世纪 20 年代初期，他就已经开始从事"民间神话"（有时他也用"口头神话"这个概念）的采录工作了。他在 30 年代写作《盘瓠神话的考察》时，就开始使用后来被我叫作"民俗学的方法"去进行民间神话的研究。20 年代末，芮逸夫也开始在湘西苗民中调查洪水神话。他后来写了

一篇非常有影响的论文，对比湘西苗族的洪水神话与汉语古籍上记录的伏羲女娲故事之间的异同。

到了 80 年代，以河南大学张振犁为首的"中原神话调查小组"对河南和河北境内流传的现代口承神话进行了实地调查。当时他带着一些学生翻山越岭，搜集了很多民间流传的神话，并出版了《中原神话专题资料》，[①] 在中国口承神话的研究史上非常重要。

对中国少数民族的所谓"活态神话"的研究相对比较活跃。李子贤和孟慧英两位教授尤其注重这方面的研究，不过他们两位谈到"活形态"神话时，指的都是那些与宗教信仰的仪式等密切相关的、依然存在于人们信仰体系中的神话。他们把除此而外的其他神话叫作"口头神话"，认为口头神话在原始时期是非常鲜活的，它与宗教仪式相关，但随着历史不断地发展和进化，这些神话虽然遗留下来，却已经快要"干死"了。"干死""枯死""枯萎"等是他们在描述这一类型神话时经常使用的词汇。

我对神话的理解和他们有不小的差异。今天有些神话，虽然不是在宗教仪式场合出现，比如妈妈给孩子讲"盘古开天"的故事哄他睡觉，或者导游给游客讲述兄妹婚的洪水神话等等，这些难道不是活态的吗？它们在不同的语境下，还在担负着实际的功能。我并不认为过去的传统就更本真、更纯粹。今天很多神话在它们各自的语境中，一样的本真、一样的纯粹。

通过上面的学术史梳理，大家能够发现神话学领域中存在的一些问题：第一，主要关注古代典籍神话，这一直是世界神话学的主流取向；第二，即使一些学者关注当下民间的、口承的神话，也多集中在少数民族的神话上，很少关注汉民族的神话，这也和学术界一个深刻的偏见有关——认为越是在那些原始的、落后的、偏远的、人迹罕至的、离现代文明非常遥远的地方，越能够保存有最本真、最纯粹、最活态的神话；第

---

① 张振犁、程健君编《中原神话专题资料》，中国民间文艺家协会河南分会内部印行，1987 年。

三，即使研究汉民族的神话，也基本上是在把这些活态的神话当成是古代神话的印证，比如说去印证大禹治水就是在这个地方发生的等等，至于这些神话在当下的社会生活中有一些什么样的功能和意义，反而不是考察的重点；第四，以往很多成果都是在大范围的历史—地理比较研究的视角下取得的，学者们往往通过大规模地搜集书面文献，然后把它们排列起来，考察其流传、演变的规律。然而这种做法，往往使我们"只见森林，不见树木"。比如大家可能知道从先秦到两汉到明清，一直到现在，在这几千年的流变中，女娲神话发生了什么变化，却不知道女娲神话在一个特定的社区，在一个传承和创造的瞬间，在一个特定的讲述人那里是怎样一种情形。我依然很清晰地记得，90年代我参加北大举办的一个人类学高研班时，曾经谈到女娲神话在现代流传、演变的规律——基本上就是历史—地理学派那种大规模的研究。当时有个韩国学者问我当地人是怎样去解释女娲神话的变化的。这个问题当时我无从回答，因为历史—地理学派并不关注个体讲述人是怎样看待神话的，但这个问题促使我不断去思考：我们怎么才能既看见森林，又能看到一棵一棵的树木。只有看清树木，才能增加我们对森林的立体的、富于质感的认识。

四、四个汉族社区的个案

带着对学术史的反思以及对其中生成问题的探索愿望，2000年，我用"中国现代口承神话的传承与变异"为研究课题，申请到了一个教育部项目，随后便指导我的四个研究生一起对现代口承神话进行民族志研究。我们选择了四个汉族社区为个案。其中一个是河南淮阳的太昊陵庙会，俗称人祖庙会，庙里供奉的是伏羲女娲，是神话里传衍人类的祖先。每年阴历二月二到三月三，这里都会有盛大的庙会。附近的人，甚至还有很多外省人都到这里朝祖进香。从我们拍摄的照片中可以看到，一个讲述人正在唱经。在当地，唱经是很重要的一种文类形式，表达的内容常与民间信仰有关，可以用来赞颂人祖的功绩，从盘古开天唱到伏羲、女娲兄妹结婚。她在唱，旁边有香客和游客在聆听。这就是我说的那些传承和创造的瞬间——神话知识就这样从一些个体的大脑进入到更广大的群体中。这是一个当时已经八十多岁的老太太在跳敬神的担经挑舞蹈，她还给我们讲述了一个非常生动的伏羲女娲兄妹结婚、繁衍人类，以及人为什么没有尾巴的神话。她讲得非常生动，是我在很多论文中都着力分析的一个文本，包括她是怎样表演的，当时的听众是怎样跟她互动的，这些互动又怎样影响到了她的表演策略等。

第二个个案是重庆市走马镇的一个村，我的学生张霞给那里起了一个化名叫司鼓村。这是一个非常有名的故事讲述村，村里有一个著名故事讲述家魏显德，他前些年去世了。魏显德曾在多个不同的语境中讲述大禹治水的神话，内容包括12个月是怎么来的、大禹治水之后怎样确立了宇宙秩序等等。这些创世神话是张霞分析的重要内容。

第三个个案来自山西洪洞县侯村。那里也有一个女娲庙。据县志记载，明清时期皇帝曾派官员来这里祭祀，它在历史上应该是很显赫的。解放战争中，该庙毁于战火，后来用作小学，90年代得以重修。在庙宇修复的过程中，这个地方早已不再流传的一些神话传说，慢慢又回到人们的口头，重新进入讲述的流通、循环过程。

第四个个案来自陕西安康的伏羲山和女娲山地区，相传伏羲和女娲就在这里滚磨成亲并重新繁衍人类。当地不少人不仅能以散体的形式讲述相关的神话，还能用韵文演唱神话中那些片段的或完整的故事。

我们这个项目差不多做了十年。我和学生们想通过对特定社区和传承主体的民族志考察，弄清楚一些中国神话学得以安身立命的基本事实（facts），例如在当代中国，神话是怎样在一个个特定的社区中生存的？它们担负着何种功能？是哪些人依然在讲述神话？他们是如何看待和理解神话的？神话如何在具体的讲述情境中发生变化？中国现代以来的巨大社会变迁给神话传承造成了怎样的影响？等等。

五、引发的理论反思

通过上面四个个案的考察，我们的项目对于中国神话学安身立命的基本事实有不少重要的发现，以此为基础，我们也对世界神话学领域中一些流行的视角和观点进行了理论反思。限于时间，这里我只简要地说说其中的一部分。

关于现代口承神话的功能。马林诺夫斯基曾经说过：神话是信仰的"社会宪章"（sociological charter）①，也就是说神话一个最重要的功能是论证信仰的合法性，为信仰提供基础。我们田野调查中也发现：在很多地区，口承神话依然起着这样一种作用。比如在淮阳，你会听到人们解释自己为什么要来到这里拜人祖——因为人祖在大洪水之后重新创造了人类，是人类的祖先，所以他们才来祭拜。可见神话的"社会宪章"功能仍然非常强大。但是我们也发现，神话还有很多其他的功能，而且这些功能是不断变化的。我的学生仝云丽研究了20世纪30年代直到2005年间淮阳流传的人祖神话和庙会之间关系的变化。她发现，解放前，国家力量对民间信仰钳制较少的时候，人们用讲神话来表达信仰，地方社会也用神话来规范社区。但解放以后信仰被破除，70年代以后又复兴。现在人们会在媒体以及政府文件中看到神话，它们被当作地方文化的名片，成为政府发展经济的重要手段。关于神话的多种功能以及它们在社会中的变化，还有神话对于讲述人个体所具有的多种功能，大家可以参看我们已经出版的该项目成果：《现代口承神话的民族志研究——以四个汉族社区为个案》②。

关于现代口承神话的讲述人，我想特别提醒大家注意的是：导游成了新时代的职业神话讲述人。在淮阳人祖庙和涉县娲皇宫，导游们整天都

---

① 〔英〕马林诺夫斯基《巫术、科学与宗教》（*Magic Science and Religion*），见〔美〕阿兰·邓迪斯编，朝戈金等译《西方神话学读本》，广西师范大学出版社，2006年，第238页。
② 杨利慧、张霞、徐芳、李红武、仝云丽《现代口承神话的民族志研究——以四个汉族社区为个案》，陕西师范大学出版总社有限公司，2011年。

在向游客讲述伏羲女娲兄妹婚以及女娲造人和炼石补天等神话。他们很注意从民间搜集神话传说，也结合书面文献的记录，然后又通过口头传播给游客。此外，教师也已成为传播神话的主要力量。我曾经连续几年在北师大的神话学课堂上做过调查。2010 年，在 103 名中国学生中，93% 的学生选择了"听老师讲课"为他们了解神话的主要方式之一。一般情况下，在提到神话的讲述人时，人们首先会想到萨满、祭司和巫师，认为他们掌握着最丰富的神话资源，但是如今在绝大部分地区，宗教性的职业讲述人正在逐渐淡出人们的视野，导游和教师却日益肩负起了新时代职业讲述人的角色。

关于现代口承神话的传播方式。通过个案研究我们发现：无论是听长辈讲，听邻居、朋友讲，还是听老师、导游讲，口耳相传依然是现代口承神话最主要的一种传播方式，但是在年轻人当中，书面传承和电子传媒的传播正变得越来越重要。在淮阳和安康地区，神话的传承已经呈现出了"反哺性"的趋势，就是说老人有时候反而会从年轻人那里去了解神话传统，因为他们从书本和新媒介中掌握了更丰富的神话资源。这种现象非常值得关注。再说我在 2010 年所做的调查：在 103 名学生中，选择"读书"为了解神话的主要方式的占 96%（可做多样性选择），选择"听老师讲课"的是 93%，选择"观看电影电视"的是 82%，选择"听长辈和朋友讲述"的是 67.5%。其次，选择"网络浏览"的有 40%，选择"听广播"的也有 3%。通过这些数据，我们会发现在这些"80 后"的大学生当中，书面阅读和面对面的口头交流是他们了解神话最重要的两条途径，而观看电影电视则成为年轻人了解神话传统的第三种主要方式。

鉴于上述发现，我现在正在主持一个新的课题，即"当代中国的神话主义"。我想进一步考察遗产旅游（heritage tourism）和电子传媒对于神话传统的影响，看看旅游、电影、电视和电子游戏是怎样利用神话传统的，而神话传统在这一过程中又发生了一些什么样的变化，观众或者玩家看了这些电影电视、玩了这些游戏之后，会不会对他们的神话观有一定影响。我们的研究对象甚至包括了《仙剑奇侠传》这样的电子游戏。这个新课题和前一个课题之间既有连续性，也有不同的地方：它更关注年轻人而不是老年人，更关注都市而不是农村，更关注旅游和电子媒介占据着文化消费的主要形式的后现代社会。

关于神话的神圣性。神话一直被视为"神圣的叙事"。记得2001年初夏，我们在美国加州大学伯克利分校访问了著名民俗学家阿兰·邓迪斯（Alan Dundes）教授，曾和他讨论神话研究的方法问题。那时他斩钉截铁地说："你讲到的那些中国神话，人们认为它是神圣的吗？"我回答说："有的人可能认为是神圣的，有的人认为不是神圣的。"他说："那好。认为神圣的就是神话，认为不神圣的就不是神话。"可见"神圣性"基本是一个贴在神话身上的铁定标签了。绝大部分学者都认为神话是在一种庄严肃穆的宗教仪式的场合里被讲述的，这是神话神圣性的一个重要根据。但是我们在调查中发现，神话讲述人的神话观其实是非常复杂多样的，有很多人干脆说神话是胡扯，完全不可相信、不足为凭。如果无法考证某一则神话的讲述人的态度和讲述语境，同样都是"女娲炼石补天"，你怎样去判断这一则是神圣的因而是神话，而另一则就不是呢？其实在神话的界定上有很多观点是名实不符的。我觉得把神话僵硬地规定为"神圣的叙事"无助于对神话本质的认识。

关于神话的"综合研究法"。很多学者都曾感叹：神话实在是太复杂了，一个观点不可能解决所有的问题。所以要想深刻地理解神话，就一定要具有开阔的视野，使用灵活的方法。用一种方法可能只能洞察一面，只有将这些研究统合起来，才能对神话的特质有更深刻的认识。那么，我们应该怎样去做呢？这是我一直在思考的问题，并尝试提出了"综合研究法"（Synthetic Approach）的观念。这一方法主张在研究现代口承神话时，要把中国学者注重长时段的历史研究的长处和表演理论注重"情境性语境"（the situated context）和具体表演时刻（the very moment）的视角结合起来；把宏观的、大范围里的历史—地理比较研究与特定社区的民族志研究结合起来；把静态的文本阐释与动态的交流和表演过程的研究结合起来；把对集体传承的研究与对个人创造力的研究结合起来。以往我们常常使用的方法是文本的比较研究，把一个一个的文本搜集、排列起来，然后进行对照分析。采用综合研究法，却可以包容进更多的考察维度。如右图所示，我们可以把从文本一到文本五看作是一段传承的链条，其中每个文本就是这段链条上的各个结点。以往我们是"只见森林，不见树木"，就是说我们能梳理出女娲神话从先秦、两汉至唐宋元明清的流布和嬗变的宏观链条，可是却不知道这链条中每一个结点的具体形态：屈原在《天问》里为什么说"女娲有体，孰制匠之"？他听谁说的？是怎么说的？讲述人对女娲的态度怎样？《山海经·大荒西经》里记载的"有神十人，名曰女娲之肠，化为神，处栗广之野，横道而处"，讲述人到底说的是什么意思？该神话一般在怎样的语境里讲述？女娲是怎么化生的？她的肠子怎么化为十个神的呢？……这些重要的细节我们全都说不清楚。因此，我们现在需要做的是，不仅要研究和描摹出一段完整的链条，同时还要特写、细察其中的一个结点。比如把"文本三"定格、放大，考察其传承和创造的一瞬间。在这个结点上，我们既能看到它对传统的继承，同时又能看到包括讲述人和听众等在内的语境因素怎样综合地影响了文本三的变化。通过这样的方法，我们就能够细致地考察传统与创造之间的关系。

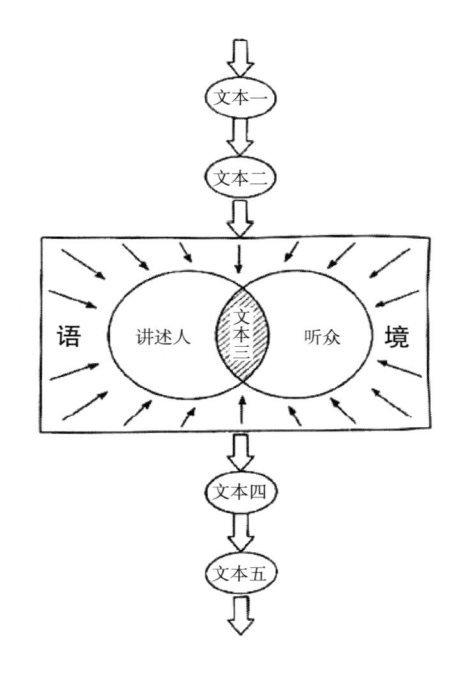

学生互动摘要

  杨利慧教授的演讲结束后，同学们针对神话的定义、神话的传承方式、神话的文类划分等问题进行了踊跃提问。有同学认为需从语境方面定义神话，即其在社会中必然具备"神圣性"与信仰功能，杨老师则认为神话是"神圣的叙事"只是多元声音之一，她更希望用"神话主义"的概念来指称当代社会中对神话或神话元素的有意识利用现象。另有同学表达了对导游、老师等群体是否能实现神话口传方式的疑惑，杨老师指出口头传承与书面传承的互动传统长期存在，绵延至今依然如此。还有同学以"大禹治水"为例反思神话文类的划分标准，杨老师认为虽然文类的边界具有相对性和流动性，却也有一定的章法可循，比如能够在与其他文类的比较中确立规范，并借"牛郎织女"这一例证深化论述。

  2013年5月8日，大家又围绕讲座内容展开了评议与讨论。主持人张文奕肯定了杨利慧教授认为神话未必是"神圣的"叙事的看法，但也对她"神圣的"即"信实性"的观点提出商榷。张文奕认为神话是对世界形成、人类诞生等的解释，其"神圣性"主要体现在某一特定群体对它的认同感上，从而引起责任感和义务感。但有心之人可能会由此创造出新的神话来加强某一个群体对他们"神圣价值"的认同。在此种意义上，当代社会中是否还会产生新的神话，并不取决于新的时空观、新的神格、新的母题或是情节类型的出现，而取决于是否有人能利用某一个全新的文本以及与它相对应的仪式，将某一群体紧紧凝聚在一起，从而形成一个与其他群体不同的组织。

  在讨论环节，同学们继续在神话的定义以及"神圣性"的内涵、功能这两个紧密相关的议题上发力。有同学提出对神话的定义应服务于研究诸多对象时的实际操作过程，而其判断关键在于"神圣性"的内涵。其他同学在此基础上深化讨论，从内容、信仰程度等方面对神话进行分类：前者涉及神话文本研究，坚持"神的行事"的立场；后者则依托"神圣叙事"概念，将"信实性"与特定的演述和传承场合联系起来。此外，同学们还针对"神圣性"是否可被设立标准、量化研究这一问题各陈己见，并从各自专业角度出发，纷纷给出已有的田野经验作为参照。在思想碰撞中，大家不断加深了对于神话定义及其内涵、功能、传承方式的理解与认知。

（摘要撰写人 陈可涵）

从"国"到"家":虞舜神话的社会形态学研究

赵丙祥

编者按: 2023 年 3 月 8 日,中国农业大学人文与发展学院教授赵丙祥以"从'国'到'家':虞舜神话的多重文本与主题变化"(发表时更名为《从"国"到"家":虞舜神话的社会形态学研究》)为题,为北京大学中文系民间文学专业的学生们做了讲座并展开交流。

赵丙祥老师致力于社会学、历史人类学等领域的研究,取得了丰硕的成果。本次讲座中,赵丙祥老师钩稽了虞舜神话的文本流变脉络,以法国学者葛兰言提出的"拼贴"为主要视角,用社会学范式分析了叙事取舍与历史现实的关系,指出虞舜神话的主流"让贤"类型以其背后的"消极事实"(即"篡位"类型)为基础和前提。赵老师还采用社会统计学方法整理了虞舜神话的异文,发现文本细节可以呈现虞舜神话的"家—国"结构和形态,并分析了虞舜神话发展的历史趋势,强调因为演述者所处地位之不同,也会在叙事的主题、情节取舍等方面有不同的安排。赵老师的演讲是一个典型文本研究的新颖样例,为经史互动的相关研究提供了新的视角。

从一个世纪之前的顾颉刚、徐旭生等众多先辈学人到目前的中国神话学研究者，虞舜神话始终是中国神话学者最为关注的研究对象之一。不仅如此，由于神话与古史的复杂关系，虞舜神话同样也是历史学家和考古学家的关注对象。虞舜神话在神话学等领域中的研究成果堪称宏富，限于篇幅，不复一一赘引。在这种丰厚积累的学术史背景下，社会学家有可能做出怎样的贡献？

与其他学者一样，社会学家要直接面对一个令人挠头的现象：中国古典时代的神话呈现出相当破碎的状态，以至于神话在总体上能否采用"体系"这样的说法，都成了一个问题。每一个神话的片段实际上都是被人为地镶嵌（marqueterie）在众多文本中间的。[1] 换言之，先秦诸子和经史学家可以根据论题所需而随时撷取某个神话片段为己所用。这类似一种"马赛克"的拼贴状态。

也正是出于这种考虑，葛兰言（Marcel Granet）才会说，在考察中国古典神话时，我们不能生硬地套用欧洲神话学家传统上所用的语文学批评方法，因为从文体学而论，这些片段不仅很少以一个完整而丰满的故事的形式出现，更重要的是，它们之间并不具有"风格的统一性"（unité de style），故应代之以社会学的分析方法。[2] 尤其是社会学的分析应当考虑神话的形态学方面，这里指的是从涂尔干（Émile Durkheim）开始发展并逐渐成熟的"形态学"——以"社会的物质基础"作为研究的对象。[3] 在这个基础上，莫斯（Marcel Mauss）、哈布瓦赫（Maurice Halbwachs）、葛兰言等人做了推进，力图克服涂尔干在"心""物"二元论的弊端，"社会形态学从外部视角出发。但事实上，对于社会形态学来说，这也不过是个起始点而已"，它最终的目的是要把内与外统一起来，抵达集体意识的层

---

[1] Marcel Granet, *Danses et légendes de la Chine ancienne*, Les Presses universitaires de France, 1926, p. 28.

[2] Marcel Granet, *Danses et légendes de la Chine ancienne*, Les Presses universitaires de France, 1926, p. 28.

[3] 〔法〕涂尔干《社会学与社会科学》，渠敬东主编《涂尔干文集》第十卷，商务印书馆，2020年，第430页。

面，也就是"坚实且具有集体意识"的结构。① 任何一种类型的文学题材不仅有其外在的历史学和社会学意义上的物质形态，如它所生存的环境（milieu）、分布和流通及变化状况等，而且有其口头的或书面的形貌。

在这方面，神话的社会形态学研究与民间文学领域中的"故事形态学"等路径有着很大的不同，尽管二者可以找到一些共同的思想渊源，但后者所指"形态"偏重于对文本本身的描述和分析，而前者除了强调对文本的内在分析，也不放弃文本作为"社会"事实的一面，更具体地说，也就是它的外部形态方面。在这一点上，莫斯、罗伯特·赫尔兹（Robert Hertz）、葛兰言、范·根纳普（Arnold Kurr-Van Gennep）深受安东尼·梅耶（Antoine Meillet）等历史语言学家的重要影响，在从事神话和传说研究时更紧密地结合内外两个方面，也如梅耶所说，语言从来不是一个"完整而刚硬的系统"，诸如社会事物（社会条件、职业、地点等）的变化、社会组织（如阶级等）的差异以及不同群体间的借用、流通，而是考察词语意义变更的根本因素。② 就内在的分析来说，神话和传说作为一种特定的语言形式，有它自身的构造、句法和词法，毕竟，从词源来说，"形态学"（morphologie）这个说法原本就是"词法"的意思。③

当然，这并不是说这种方法完全是独创的。例如，顾颉刚关于尧舜禹神话的"层累"之说，从文献和文献的生成时代来考察它们的意义流变，与葛兰言的方法实有殊途同归之妙。故无怪乎杨堃在介绍葛兰言的学说时指出，虽然顾颉刚等人与葛兰言的具体观点和结论或有所不同，但在大的方法论上，却是"不谋而合的"。④

---

① 〔法〕莫里斯·哈布瓦赫《社会形态学》，王迪译，商务印书馆，2021年，第8页；毕向阳《社会形态学：人文生态学的知识谱系与"社会学中国化"》，《社会》2021年第5期，第80—116页。
② Antoine Meillet, *Linguistique historique et linguistique générale*, Champion, 1982, pp. 234, 241, 244.
③ Marcel Granet, "Quelques particularités de la manque et de la pensée chinoises", in *Études sociologiques sur la Chines*, Les Presses universitaires de France, 1953, pp. 63-94.
④ 杨堃《葛兰言研究导论》，杨堃《社会学与民俗学》，四川民族出版社，1997年，第139页。

质言之，从社会形态学的角度来看，一个古典神话在不同作者和文献中的散在状态，正可以视作一种特别的生命史状态，这显示在两个相互关联的方面：一者，在编年史的意义上，由于每个时代的每个作者所需、所取皆有所不同，恰可以由此考察神话的历史重心是如何偏移的；二者，这种历史的偏重同时也是社会学意义上的重心摇摆，一种社会统计学的方法有可能显示出某种"社会（学）事实"。而这种社会形态学下的统计学方法，也正是涂尔干在《自杀论》等著作中奠定、葛兰言和高本汉（Klas Bernhard Johannes Karlgren）等人发展并应用于中国古典神话研究的一个重要方面。[1]一种详尽的外部形态学考察非一篇短论所能承担，也因基于文献学所做的全面梳理已经完成，[2]故本文只在此基础上选取一些最典型的材料作为例证。

一、文本的生成：消极与积极

由于中国神话的复杂生存状态，如何做整全的社会形态学研究，尚需做更多探索。简言之，大概可以分为三个层次：（1）神话文本的分析；（2）在神话赖以生存的文献学基础上，考察它们的社会学意义；（3）上述两种形态与历史趋势的关系。这需要做大量工作。笔者借用葛兰言用过的一个概念，即"消极事实"（fait négatif）[3]，从一个特别的方面尝试做形态学的研究。这个说法借自德国法学家对于两种法律事实的区分：所谓"消极事实"，并不是"积极事实"（fait positif）的对立面，也不一定构成

---

[1] R.-A, Stine, "Introduction", in Marcel Granet, *Études sociologiques sur la Chine*, Les Presses Universitaires de France, 1953, p. XVI.
[2] 陈泳超《尧舜传说研究》，南京师范大学出版社，2016年。
[3] Marcel Granet, *Danses et légendes de la Chine ancienne*, Les Presses universitaires de France, 1926, pp. 8-9. "消极事实"在葛兰言的神话研究中的重要性，已经由路易·热尔奈特别指出，见 Louis Gernet "*Préface*", Marcel Granet *Études sociologiques sur la Chines*, Les Presses universitaires de France, 1953, p. VIII.

对它的否定，而是说它们往往以不在场的方式存在着，却未必能够直接加以证实。①

在这里，我们可以就这个"消极事实"略做发挥。虞舜的神话，从先秦时代开始，就散见于各种经史文献和诸子作品中，我们说这是一种散见状态，但散见并不意味着这些片段之间是没有关联的。凡考察尧舜神话者，莫不知有两种版本，一为让贤说，一为篡位说，而且两种版本之间存在着结构上的转换关系。②也有研究者分别称为"贤孝型"和"暴力型"，从情节结构而论，只在最后的环节有所区别。③我们可以由这种类型的关系窥见所谓"积极事实"与"消极事实"的关联。《尚书·尧典》和《孟子》主让贤之说，而直到战国末期，法家才提出篡位之说，如《韩非子·说疑》："舜逼尧，禹逼舜，汤放桀，武王伐纣，此四王者，人臣弑其君也。"④《古本竹书纪年》亦云："尧之末年，德衰，为舜所囚"；"舜囚尧，复偃塞丹朱，使不与父相见也。"⑤《竹书纪年》系由魏襄王墓中盗发，从编年时间而论，若将之系于魏襄王之时，则与孟子为同时。故此两种文献同时，或稍晚于孟子之说，在文献学的意义上，我们确实不能断定孟子读过或知道《竹书纪年》所载故事之类型。

然而，问题在于，虽然孟子及其对话的门徒皆未曾提及篡位之说，但此种故事作为一种社会事实，是否就真的不存在？虽然从文献学来看，它是后起的，但从神话学本身论，篡位故事却未必真的是后起的。"篡位

---

① 当然，这种消极状态在实际上更为复杂，最典型的可以表现为两种情况："未发生（nitchtgeschehen）不能够直接予以证明，而只是从中推导出，觉察出某个事情，但若在事实存在的情况下是不可能觉察到的，或者未察觉到某个事情，但若在事实存在的情况下是可以觉察到的。"[德]莱奥·罗森贝克《证明责任论：以德国民法典和民事诉讼法典为基础撰写》，庄敬华译，中国法制出版社，2002年，第341页。
② [美]艾兰《世袭与禅让：古代中国的王朝更替传说》，余佳译，商务印书馆，2015年，第31—32页；陈泳超《尧舜传说研究》，南京师范大学出版社，2016年，第35—38页。
③ 张开焱《帝舜形象的两个版本及其神话流变的叙事学考察》，《徐州工程学院学报》2014年第3期，第73—77页。
④ （清）王先慎撰《韩非子集解》，钟哲点校，中华书局，2013年，第443页。
⑤ 范祥雍订补《古本竹书纪年辑校订补》，上海古籍出版社，2011年，第2页。

说"当然不是所谓的历史本来面目,它同样是一个典型的神话。若以其他文明的类似神话作为旁证,不论是在希腊的神谱系统中,还是在太平洋的酋邦神话中,篡位说都是一种王权继承的普遍模式,即便两任国王之间在实际上是和平继位的,也必须将之说成是"篡位"[1]。韩非子持篡位之说,并不完全是一种马基雅维利式的政治和权力观的产物:他并没有凭空发明这个版本,而是从前人那里继承了它。若据以反观中国古典神话的面目,谓孟子之时在社会上亦曾流行这种模式,当在合理推测的范围内。孟子师徒之不言篡位,是他们不愿言此,而非不知此言。

这个例子可以很好地表明两种事实之间的关联。舜篡尧位,作为一个神话类型,甚至很有可能是比让贤故事更早的一个类型,很有可能是孟子师徒所熟知的。毫无疑问,既然《竹书纪年》出自魏襄王之墓,襄王自然熟知这个"舜逼尧"故事。而孟子见魏襄王时,对他有"望之不似人君"的恶评。[2] 显然这是由于二人不同的政治理念所致。据此推测孟子熟知舜篡尧位的类型,当在情理之中。在这个意义上,《孟子》所呈现的那个文本,便不再是孤立的,而是处在与韩非子所继承的篡位故事并行的关系之中。换言之,"舜逼尧"是一个隐秘的文本,是一个缺席的在场,它不在孟子的笔下,却潜藏在他的心里。正是在这种关系中,它多少有些类似于诸如"自杀"之类的"病态"事实。它在大多数时候会遭到有意无意的无视,我们不愿意说它,甚至在刻意地回避它,但它仍然可以不用顾忌我们的好恶,继续作为一种"日常事件"(everyday event)[3] 而存在着。如果我们承认这一点是有道理的,那么,可以说,在文献学的意义上,孟子呈现了一个单独的文本,而在社会学意义上,却是呈现了多重的文本。

---

[1] 〔美〕马歇尔·萨林斯《历史之岛》,蓝达居等译,上海人民出版社,2003 年,第 112 页;在《历史的隐喻与神话的现实》中,萨林斯讲述的桑威奇群岛殖民遭遇史从始至终是一个篡夺王权的故事,参见第 233—333 页。
[2] (清)焦循撰《孟子正义》,沈文倬点校,中华书局,2017 年,第 75 页。
[3] 渠敬东《缺席与断裂:有关失范的社会学研究》,商务印书馆,2017 年,第 18 页。

这些作为"消极事实"的文本，数量不一定很多，但如"舜逼尧"这种消极的文本，一定会成为最重要的代表，其有着不可忽视的生产力量，在无形中助成了另一种文本，比如《孟子》中让贤说文本的生成。当然，在诸如《孟子》让贤说文本生成过程中，并不是只有这种作为反面的隐在文本，还有同类文本，它们的数量甚至更多，这都是"积极"的事实。

如果说，无论是孟子的文本，还是韩非子的文本，确实是"日常事件"意义上的，那么，在这种"消极"与"积极"互相生成的文本下面，一定有社会学意义上的生产机制。这种篡位之说终究不是中华文明认可的主导模式，最终会代之以"天命"的名义行"革命"之事，从而转化或消除那种不可接受的叛逆色彩。不过，这不在本文讨论的范围之内。对这种篡位的消极事实之生产力量尽管应当给予足够的重视，但在虞舜神话集群中，它没有成为《尚书·尧典》的后续主流（至少是儒家的）文本的主要生产机制。那么，真正的机制又来自哪里？看来我们需要到别处去寻找。

众所周知，在虞舜神话集群中，《尚书·尧典》是最重要，也是最原始的典型文本。作为一个政治神话，它的核心是"历试诸难"，为虞舜最终继承帝位做铺垫。而在这种政治考验的前面、中间和以后，是从一个家庭向另一个家庭的过渡与转化。尽管这方面的情节相比于后来是比较简单的，但前后的分别是清楚的：在考验之前，舜没有建立自己的家庭（"鳏"），他的本生家庭关系及其伦理也出现了严重的问题，"父顽，母嚚，象傲"。帝尧之所以看重虞舜，也是因为他能很好地处理父子、兄弟与母子之间的关系，"克谐以孝，烝烝乂，不格奸"①。因此，"家"成为政治历程（"试"）的一个起点。

尧将二女嫁舜的情节，伊藤清司曾以后世口头故事形式加以解释，谓其原型为"难题求婚"，后面"诸难"皆是尧为嫁女而考验舜所设。他

---

① （唐）孔颖达传，（唐）陆德明音义《武英殿仿相台岳氏本五经·尚书》，上海古籍出版社，2022年，第21页。

以南方诸族婚俗和神话为参照，认为这个考验故事背后实际上有一种"成人礼"的性质，旨在考察男子的劳动能力、智力及胆量，从其中甚至可以看出一种以杀害为目的的"死亡考验"[1]。就其原型而言，"成年礼"之说颇有启发。不过，将故事抽离于文献语境，则是其短，他借鉴的口头神话皆为后世晚出形态，以所谓原始形态而逆推至尧舜神话，颇有以后代先之嫌疑。即便尧舜神话的原型内容或有所类似，但它从一开始便已是一个帝王故事，故这种溯源至多只是在原型意义上而言，究其实，其原始形态究竟如何，甚至有无原始形态，则是不可知的。

顾颉刚的著名论断，谓周人创造虞舜神话的时间晚于夏禹神话，[2] 即如近年来出土的遂公盨所载，也正可证明它在总体上依然是成立的。[3] 大禹神话中并无"考验"的内容，那么，虞舜神话创作的模型又来自哪里？伊藤清司集中于"考验"母题的启发在于，这个大方向应当是没有太大问题的，故还是应从这个方面去确定。弗洛伊德及其同道奥托·兰克在一个世纪前所做的区分，或许不无参考意义。兰克在弗洛伊德的建议下，曾对诸文明中的英雄诞生及磨难神话做过分类，这些英雄的经历通常是出生于"高贵之家"，刚一出生，就被抛弃甚至被预谋杀害，然后，他被收养并长成于一个"卑微之家"。但俄狄浦斯神话则有所不同，他所出生和养成的两个家庭都是皇室。弗洛伊德十分敏锐地看出了摩西神话的反常性质。摩西出生于犹太族的利未人家庭，而被埃及公主收养、长成，即从一个"卑微之家"而至于一个"高贵之家"。这是一种"颠倒的典型模式"。弗洛伊德认为，从"真实性标准"来说，第二个接收、抚育摩西成人的家庭

---

[1] 〔日〕伊藤清司《难题求婚故事、成人仪式与尧舜禅让传说》，叶舒宪选编《神话——原型批评》，陕西师范大学出版社，1987年，第408—435页。
[2] 顾颉刚《尧舜禹的关系是如何来的？》，顾颉刚《古史辨》第一册，上海古籍出版社，1982年影印版，第127—133页。
[3] 裘锡圭《遂公盨铭文考释》，《中国历史文物》2002年第6期，第13—27页；裘锡圭、曹峰《"古史辨"派、"二重证据法"及其相关问题——裘锡圭先生访谈录》，《文史哲》2007年第4期，第5—16页。

才是他"真实的家"[①]。犹太人将摩西说成是本族人，实际上是为了自身的命运，于是将他的真实背景和身份掩盖起来，有意识地制造了一个虚幻性的神话。换言之，犹太人的版本是一个二次创造的结果。

这对探寻虞舜神话的摹本有参考价值。舜是出身侧微之人，然后登帝位，这个版本或许也经历了一个与摩西相似的翻转过程。实际上，虞舜神话本身已经提供了一些蛛丝马迹，如瞽叟有乐官太师的特征，琴作为乐器也隐约透露了贵族的身份，诸如此类。自 20 世纪初以来，许多史学家和神话学家虽然曾在现代思潮的影响下指摘儒家思想对虞舜神话的改造，但这种批评实际上也等于承认了这种双重累积的事实，个中原因恰在于后来的版本中并没有彻底消除第一重文本。在周人那里，最有"考验"性质的神话是始祖后稷的史诗《大雅·生民》，它与舜在家外的磨难经历有很大的相似性：姜嫄在野外踩了上帝的脚印而生子，将他抛弃在隘巷、平林和寒冰（河流之变形），分别为牛羊避行、伐木人收取、大鸟覆藉，因有这些神迹，姜嫄于是将他抱回，并名之为"弃"："诞置之隘巷，牛羊腓字之。诞置之平林，会伐平林。诞置之寒冰，鸟覆翼之。鸟乃去矣，后稷呱矣。实覃实訏，厥声载路。"[②] 由此也可更清楚地知道，虞舜出身"侧陋"可能为后来覆盖的结果。有许多迹象表明，即使从现在的版本中，也可以看出一种先前的隐藏版本。《五帝德》《舜本纪》的诸侯血统显然是最晚才创造出来的，却又无意中恢复了更早的形貌，也就是说，舜在最早是出生于诸侯之家的。

先看《诗经·生民》《尚书·尧典》和《孟子·尽心》三种文本，它们在结构上是相似的（表1）。在这三种文本中，诸难不是单项间的一一对应，如《诗经·生民》"隘巷"并不与《尚书·尧典》"慎徽五典"、

[①] 〔奥〕弗洛伊德《摩西与一神教》，李展开译，生活·读书·新知三联书店，1989年，第6—8页。
[②] （汉）毛亨传，（汉）郑玄笺《毛诗传笺》，中华书局，2018年，第382—383页。《史记·周本纪》所载情节稍有不同，其中谓"适会山林多人，迁之"，见司马迁撰《史记》，中华书局，1982年，第111页。

《孟子·尽心》"耕稼"相对应,而是每种版本的诸项之关系具有一种结构上的相似性,如《尚书·尧典》版本"降二女,嫔于舜"在具体内容上是与《孟子·尽心》版本"鳏"相反的(有家与无家),但需要提出两点:由于舜被迫离家而行走于社会,帝尧在此时将二女嫁给他,是对初生家庭造成的"鳏"的反拨,故这是一种"反常的反常"。王充以远超当时经学家的眼光和卓识,看出这几种文献讲的是同一个考验神话,统名为"吉验",他不仅将虞舜和后稷的磨难故事并置于一处,又举出许多同类例子为证,最典型者如当时汉人肯定熟知的西域乌孙王传说:"乌孙王号'昆莫'。匈奴攻杀其父,而昆莫生,弃于野,乌衔肉往食之。单于怪之,以为神,而收之[长]。"①

孟子在向神话的复归方面比墨子走得更远,他进一步铺展情节,将舜置入一种离群索居、远离文明的"野人"状态,这在诸子著述中可谓别出一格,"舜之居深山之中,与木石居,与鹿豕游。其所以异于深山之野人者几希"②。刘熙注曰:"当此之时,舜与野人相去岂远哉?"③这个情节见于《尽心上》,编排于《公孙丑上》所列三项社会职业("耕稼、陶、渔")之后,这种设置与《尚书·尧典》将"纳于大麓"置于三项政治考验("慎徽五典""纳于百揆""宾于四门")之后,在结构顺序上是相同的。与此同时,它也可以视为后稷被"弃"于野的翻版,不过在顺序上是颠倒的。在这一方面,《孟子·尽心》文本与《诗经·生民》的情节结构在前半部分有局部的差异。后稷是作为一个无父而生、"不祥"的婴儿(《周本纪》语),刚出生便被母亲不断地置于越来越野性、残酷的自然状态中(由"隘巷"而至"平林""寒冰"),更近于一个"自然人"等待进入家庭生活和社会状态;虞舜虽已是一个"社会人",拥有一个初生家

---

① 黄晖撰《论衡校释·吉验篇》,中华书局,2017年,第101页。
② (清)焦循撰《孟子正义》,沈文倬点校,中华书局,2017年,第968、657页。
③ 《昭明文选》卷六十引《孟子注》佚文,见(梁)萧统编,(唐)李善注《文选》,中华书局,1977年,第830页。

庭，但父不为其娶妻、被逐离家，自主地进入了一种"自然状态"（"野人"）。不过，它们在总体结构上仍是相同的，皆处于一种被初生家庭抛弃或排斥的例外状态，前者是"弃"，后者是"鳏"，与父母之关系都是遥远的；他们也都为此哭泣，"后稷呱矣，实覃实訏，厥声载路"[①]，"舜往于田，号泣于旻天"[②]。质言之，后稷被弃与虞舜遭难，都是一个圣王重生的故事，只不过一个偏重于出生，一个偏重于成年。从"消极"与"积极"两种事实来看，如果说"篡位"说更类似于一个由生转死的过程，那么《孟子·尽心》文本与《诗经·生民》的潜在关系则更多地呈现为一个由死转生的过程。从《尚书·尧典》开始，这样的典型文本一旦生成，就会迅速造成一种持续扩大的趋势，星星点点地出现在各种文类的文本之中。如何处理这种弥散化的状态，一种社会统计学的方法也许不无裨益。

表 1　三种典型文本的结构比较

	版本	家庭	社会	自然
后稷	诗经·生民	弃	置之隘巷、置之平林、置之寒冰	蓺
虞舜	尚书·尧典	降二女	慎徽五典、纳于百揆、宾于四门	纳于大麓
虞舜	孟子·尽心	鳏	耕稼、陶、渔	居深山之中

二、家之外：结构与趋势

虽然经过了数度的转变、覆盖，虞舜神话的基本构造依然顽强地存活了下来，在结构方面，未有过根本性的改变。这典型地体现在"历试诸难"方面。如果说《尚书·尧典》的"诸难"是为舜安排的政治历练，那么，从墨子和孟子开始，战国与两汉时期的诸家皆为舜安排了诸般社会

[①] （汉）毛亨传，（汉）郑玄笺《毛诗传笺》，中华书局，2018 年，第 382—383 页。《史记·周本纪》所载情节稍有不同，其中谓"适会山林多人，迁之"，见司马迁《史记》，中华书局，1982 年，第 111 页。

[②] （清）焦循撰《孟子正义》，沈文倬点校，中华书局，2017 年，第 968、657 页。

经历，这些阅历显然是在《尚书·尧典》"诸难"基础上所做的自由发挥。不过，与《尚书·尧典》中的相关情节比较起来，又有重要的差别。

这些情节皆是安排在家庭迫害以后的历难，如李光地所说"避地远去"①，当为不误。从目前文献看，《墨子》所载应是最早的，这显然与墨家"日夜不休，以自苦为极"（《庄子·天下篇》）的政治理念和行事风格有着直接的关系。在墨子笔下，舜四处行走，从事各种职业，"昔者舜耕于历山，陶于河濒，渔于雷泽，灰［贩］于常阳。尧得之服泽之阳，立为天子。使接天下之政，而治天下之民"（《墨子·尚贤下》）。孟子力辟杨、墨，斥为"无父无君"，"是禽兽也"②，然而在舜的社会磨难方面，仍从墨子处继承说法，"自耕、稼、陶、渔以至为帝，无非取于人者"③。在强调舜作为一个"社会人"的面向时，儒家并不刻意地立异于墨家，甚至有所吸取，"劳其筋骨，饿其体肤"④，"舜之少也，恶悴劳苦"⑤，与墨家笔下的虞舜形象在实质上相去不远。直至汉魏之际，这种形象依然是稳定的，如"舜……四体不得暂安，口腹不得美厚"⑥。

我们来看一下，这些小型母题是否表现出某种社会形态学的统计趋势。表2汇集了战国至两汉20种文献的34种异文。不难看出，这些异文的母题可以分为四组：（1）Ⅰ—Ⅲ，说的是生计，以"耕、陶、渔"职业为主；（2）Ⅳ，居住的主题；（3）Ⅴ—Ⅶ，也是生计，以贩运的职业为主；（4）Ⅴ—Ⅷ，王朝政治的范围。这些情节显然是以《尧典》"历试诸难"先在的基础和前提发展起来的经历，尤其是第（1）和第（3）组最为突出，而这两组又可以视为两个次级的系统，而第（3）组的频次与密

---

① （清）李光地《榕村四书说·读孟子劄记》卷下"万章曰尧以天下与舜章"，《影印文渊阁四库全书》第二一〇册，台湾商务印书馆，1982年，第21—106页下。
② （清）焦循撰《孟子正义·滕文公下》，沈文倬点校，中华书局，2017年，第491页。
③ （清）焦循撰《孟子正义·公孙丑上》，沈文倬点校，中华书局，2017年，第261页。
④ （清）焦循撰《孟子正义·告子下》，沈文倬点校，中华书局，2017年，第930页。
⑤ （清）王聘珍撰《大戴礼记解诂·五帝德》，中华书局，1983年，第124页。
⑥ 杨伯峻撰《列子集释·杨朱篇》，中华书局，1979年，第231页。

集程度要逊于第（1）组。看起来，这两个次级系统似乎有着不同的源头，因为在同一种文献（或某个篇章）中的两组母题并存程度并不是那么高（如《孟子》）。可惜第（3）组的数量较少，尚不能作为定论。

第（3）组最早也起于《墨子》和《孟子》。但这一组结构关系显然不如第（1）组流行，越到后来，看起来诸家作者越对这一组失去兴趣。它也显得更加残破，且各版本互有错乱。如，《尸子》《尚书大传》《五帝本纪》所言"就时负夏"源自《孟子·离娄下》："舜生于诸冯，迁于负夏，卒于鸣条，东夷之人也。"[①] 但此处之"迁"本是"迁徙"，到了《尚书大传》等书则变为有"贩运"之义。再如《尸子》所言："（虞舜）顿邱买贵，于是贩于顿丘；传虚卖贱，于是债于传虚。"[②] 举顿丘与传虚两地，意在褒扬舜"以均救之"的德行，并不与常羊、寿丘及负夏三地同等，而《尚书大传》则以"顿丘"混于"寿丘"。

表2　虞舜神话战国至两汉的母题统计表

版本	出处	I	II	III	IV	V	VI	VII	VIII
1	墨子·尚贤上 尚贤中 尚贤下	—	—	—	—	—	—	—	尧举舜于服泽之阳
2		耕历山	陶河濒	渔雷泽	—	—	—	—	尧得之于服泽之阳
3		耕于历山	陶于河濒	渔于雷泽	—	灰于常阳	—	—	尧得之于服泽之阳
4		耕、稼	陶	渔	—	—	—	—	—
5	孟子·公孙丑上 离娄下 尽心上 告子下	—	—	—	—	—	—	迁于负夏	—
6		—	—	—	居深山之中	—	—	—	—
7		—	—	—	—	—	—	—	舜发于畎亩之中

---

① （清）焦循撰《孟子正义》，沈文倬点校，中华书局，2017年，第579页。
② （清）马骕《绎史》卷十"有虞纪"引佚文，四库全书本，页二。

续表

版本	出处	I	II	III	IV	V	VI	VII	VIII
8	楚简《容成氏》	耕于历丘	陶于河滨	渔于雷泽	—	—	—	—	—
9	清华简《保训》	亲耕于历丘	—	—	—	—	—	—	—
10	郭店竹简《穷达以时》	耕于历山	陶埏于河浒	—	—	—	—	—	遇尧
11	尸子卷上	—	—	—	—	—	—	—	尧举舜于畎亩
12	卷下	田历山	—	渔雷泽	—	—	—	—	—
13	卷下	—	—	—	一徙成邑，再徙成都，三徙成国	—	—	—	有虞氏身有南亩，妻有桑田
14	佚文（《绎史》十引）	—	—	—	—	灰于常羊	什器于寿丘	就时于负夏	—
15	管子·版法解	耕历山	陶河濒	渔雷泽	—	—	—	—	—
16	管子·治国	—	—	—	一徙成邑，再徙成都，三徙成国	—	—	—	—
17	庄子·徐无鬼	—	—	—	三徙成都	—	—	—	—
18	韩非子·难一	往耕历山	往陶东夷	往渔河濒	—	—	—	—	—
19	吕氏春秋·慎人	耕于历山	陶于河濒	钓于雷泽	—	—	—	—	—
20	吕氏春秋·贵因	—	—	—	一徙成邑，再徙成都，三徙成国	—	—	—	—
21	尚书大传	—	陶于河滨	渔雷泽之中	—	—	贩于顿丘	就时负夏	—
22	韩诗外传卷七	耕于历山	—	—	—	—	—	—	—
23	淮南子·原道训	耕于历山之阳	—	钓于河滨	—	—	—	—	—
24	淮南子·俶真训	耕	陶	—	—	—	—	—	—

续表

版本	出处	I	II	III	IV	V	VI	VII	VIII
25	史记·五帝本纪	耕历山	陶河滨	渔雷泽	一年而所居成聚，二年成邑，三年成都		作什器于寿丘	就时于负夏	
26	大戴礼记·五帝德	家（稼）	陶	—	—	—	—	—	—
27	新序·杂事一	耕、稼	陶	渔					
28	杂事一	耕于历山	陶于河濒	渔于雷泽					
29	说苑·杂言	耕历山	逃于河畔						
30	反质	耕历山	陶东夷	渔雷泽					
31	论衡·自纪篇	耕历山	—						
32	越书·吴内传	耕历山	—						
33	孔子家语·五帝德	—	陶	渔					
34	列子·杨朱	耕于河阳	陶于雷泽	—					

从表 2 可以看出，战国到西汉是虞舜神话的兴盛期，而至于东汉，则仅有 4 种 (30—33)，在社会磨难诸项方面，不仅因袭前人，而且内容也大为削减。究其原因，固然有可能因东汉时人早已熟悉西汉的反复陈说而失去了继续言说、创造的兴趣和动力，但更有可能，且更为重要的是，此一时代对这个神话的兴趣已经发生了重心的挪移。这不意味着虞舜神话失去了实际的效用，恰好相反，当一种观念已经沉淀并落实为社会习俗时，往往会带来绝非漠然，却有兰芷鱼肆的效果。

第 (2)、第 (4) 两组、两种经历，它们各自的意义究竟何在？在前面说过，这两组经历所反映的是出离家庭之后的个人，舜既不完全属于原来的家庭，也尚未进入王朝政治的范畴。其中，这种孤立状态最典型地体现在《孟子·尽心上》中："舜之居深山之中，与木石居，与鹿豕游，其所以异于深山之野人者几希。"①乍看起来，舜不仅脱离了家庭，也走出了社会的日常范围之外。可是，孟子接着说："及其闻一善言，见一善行，若决江河，沛然莫之能御也。"这显然不是一个孤独的个人，而是一个圣王必备的德行。故赵岐注云："闻一善言则从之，见一善行则识之，沛然不疑，辟若江河之流，无能御止其所欲行。"焦循作疏，以《梁惠王上》《离娄上》两篇"沛然"之义解说赵注，以为此是说舜之"德教满溢"，如"大雨润物"②。

如果这种基于政治与德行的理解无误，那么，从第（3）组（Ⅳ）中的其他几项也可以发现类似的取义趋势。《尸子》③《庄子·徐无鬼》④《吕氏春秋·贵因》⑤诸书皆记载，凡舜之所居都会发展成更大的聚落，所谓"成聚""成邑""成都""成国"，其中的政治含义更为明显，亦是说虞舜因其德行而吸引民众聚居，这显然是舜即将作为圣王出现的先兆，或者说，已经预先赋予了他圣王的身份。众所周知，建城乃是王权的标志，如果没有王者的身份而作城，或据有逾制之城邑，则是僭越或叛逆的象征，比如"鲧作城郭"⑥，又如"郑伯克段"故事⑦，皆属于此类。

而《史记·五帝本纪》所载，又尤有可说者。太史公撮取《吕氏春秋》等文曰："一年而所居成聚，二年成邑，三年成都。"⑧是将此段经历置于尧以二女妻舜之后。对于这段文字应在的位置，历来学者多有质疑、

---

① （清）焦循撰《孟子正义》，沈文倬点校，中华书局，2017年，第968页。
② 以上皆见焦循撰《孟子正义》（下），中华书局，2017年，第969页。
③ （清）马骕《绎史》卷十"有虞纪"引佚文，四库全书本，页五。
④ （清）王先谦撰《庄子集解》，沈啸寰点校，中华书局，1987年，第268页。
⑤ 许维遹撰《吕氏春秋集释》，梁运华整理，中华书局，2009年，第386页。
⑥ （汉）宋衷注，（清）秦嘉谟等辑《世本八种》（陈其荣增订本），《作篇》，中华书局，2008年，第6页。
⑦ （战国）左丘明撰，（西晋）杜预集解《左传》（春秋经传集解），上海古籍出版社，1997年，第6页。
⑧ （汉）司马迁《史记》，中华书局，1982年，第34页。

批评，如崔适云："'舜耕历山'至'三年成都'皆四岳荐舜之辞，当移于上文'四岳咸荐虞舜曰可'之下。"梁玉绳亦云："耕稼陶渔，乃顺微时事，在尧妻舜前，上文已载之矣，则让畔、让居以成聚、成都，宜并入上文，何又重见于釐降后邪？疑当时'舜耕历山'至'苦窳'三十一字，置上文'舜冀州之人也'下，而上文衍'舜耕历山渔雷泽陶河滨'十字。再移'一年成都'十五字，置上文'就时于负夏'之下，盖史文之复出错见者也。"泷川资言也同意二人的意见。[①] 就文本对勘而言，此说自然可以成立，太史公将此段经历置于娶二女成家之后，尽管确有"复出错见"的因素，但在结构取义方面也并非没有道理。崔、梁说当在尧妻舜前，是以舜此时尚未有家室，则"成邑""成都"只有偏于政治（"国"）方面的含义，然而太史公挪移于娶二女之后，果真没有自己的考虑吗？依笔者之见，在这段经历中，舜正在接受帝尧之"试"，既然尧妻以二女是欲观舜如何"齐家"，那么，有理由推测，相比于《管子》《尸子》诸篇放在前面，也就是说，偏重于强调"国"的含义，太史公所做的位置改变，实际上补充了"家"的方面，恰好可以使"齐家—治国"结构变得完整起来。因此，这一组（Ⅳ）与第（4）组（Ⅷ）正式进入政治（"举舜于畎亩"）的主题构成了一个合乎逻辑的叙事顺序。

那么，与这两组有着明显政治意图的主题相比，又该如何看待第（1）组（Ⅰ、Ⅱ、Ⅲ）和第（3）组（Ⅴ、Ⅵ、Ⅶ）？看起来，这两组是距离政治最远的，因为第（1）组以"耕、陶、渔"职业为主，第（3）组则以商贩职业为主，这无疑是最有社会意味的两个方面。如果这样单独分开来看，确实可以这样判定它们各自的属性。实际上，若是将这两组放在一起，恰好就是古圣王肩负的两种经济使命，也就是《尚书·洪范》所谓"八政"中的首要两政："一曰食，二曰货。"刘志伟教授指出，《汉书·食货志》遵循《洪范》的基本框架，呈现了中国王朝政治—经济体

[①] 以上皆见泷川资言《史记会注考证》（一），上海古籍出版社，2015年，第46页。

系最重要的"原理":"如果用我们今天的常识来理解,'食'就是农业,'货'则是工商业。但如果放在经济学的理论框架下,'食'可以理解为生产,'货'则近似地理解为流通,也许更贴切一些。"① 在第(1)组"耕、陶、渔"职业(Ⅰ、Ⅱ、Ⅲ)中,不仅"耕"的次数最多,而且在后世文献举例时,往往只需举出"耕于历山"即可,可见"耕"之一项即可代表"食";而第(3)组"贩""负"等字表明,这无疑是"货"。他指出的这种"食货"结构对我们理解整个《尚书》的圣王系统有着十分重要的意义,不仅虞舜如此,禹也是一样,在《大禹谟》《益稷》等篇中,他不仅与后稷共同履行了"耕"的职责,《禹贡》所载巡行与风土记载也表明,这是一个方物与贡赋的流通系统。在虞舜神话中,"食""货"与圣王之不可分,最典型的表述见于《管子·治国》:"不生粟之国亡,粟生而死者霸,粟生而不死者王。粟也者,民之所归也;粟也者,财之所归也;粟也者,地之所归也。粟多则天下之物尽至矣。故舜一徙成邑,二徙成都,三徙成国。"② 在这段论述中,粟既是国之"本事",也是招致财富("财"即"天下之物")的手段,故舜("先王"之代表)能够由"成邑"而"成都",然后"成国"。据此可知,这两组看起来最具社会性质的活动,实则正是走向圣王政治的必由之路。

综上所述,从先秦到两汉期间,这种社会统计学的母题和主题分布表明,基于《尚书》诸篇而铺衍的散篇文献中,形成了一套完整的家国系统;尤其是经济系统,在《尚书》中,虞舜在这一方面所承担的功能并不明显,而到了此时,已经在大禹—后稷共同承担的"平水土—奏庶鲜食—贡赋"基础上发展出了"食货"体系。这种结构性的特征完全可以从某种统计学的趋势中浮现出来,从中可以看到,它表现为一种"家—国"构造,但在主题的走向方面,最终指向了"国"。

---

① 刘志伟《作为经济史方法的"食货"》,《开放时代》2021年第1期,第73页。
② 黎翔凤撰《管子校注》,梁运华整理,中华书局,2004年,第926页。

三、续篇:"家"的回归

就表2中所见,无论在《尚书·尧典》还是后来散篇文献的家国系统中,虞舜与二妃的家尽管是完满的,但依然存在着一个根本性的问题没有得到彻底而完满的解决,那就是他的本生家庭。《尧典》没有讲述舜登天子之位后如何处理父子、兄弟和母子三种家庭关系,尤其在家庭伦理方面,那么,如果只有夫妇关系是完美的,而另外三种关系是不完美的,它终将是虞舜神话集群中最为薄弱的一道伤痕。因此,必须补足"齐家"这个环节:它需要一个续篇。

首先是家庭成员和规模的变动。先秦时期已见数种,为虞舜的本生家庭增添兄、妹两个角色,如《太平御览》卷八十一引《尸子》云:"舜事亲养兄,为天下法。"[1] 又有郭店楚简《唐虞之道》说:"古者尧之与舜也;闻舜孝,知其能养天下之老也;闻舜弟,知其能事天下之长也;闻舜慈乎弟〔象□□,知其能〕为民主也。"[2] 陈泳超推测,这段文字说到"舜弟(悌)",可能也暗示着舜有兄长。又有说舜有一妹者,分别见于《列子·杨朱》《列女传》《说文》等。如《列子·杨朱篇》:"舜……父母之所不爱,弟妹之所不亲。"[3] 目前,主流意见多以《列子》为伪书,即令有先秦流传内容为所本,亦难以一一断定,故本条当先存疑。[4] 而无可疑者,当属刘向《列女传》,载舜有女弟,名"繫",在《汉书·古今人表》,其名作"敤手",注谓"舜妹"[5],《说文解字》作"敤首"。王照圆作《列女

---

[1] (宋)李昉等《太平御览》卷八十一"帝舜有虞氏",中华书局影印版,1960年,第378页。
[2] 李零《郭店楚简校读记》(增订本),中国人民大学出版社,2007年,第124页。
[3] 杨伯峻撰《列子集释·杨朱篇》,中华书局,2016年,第243页。
[4] 其中尤以杨伯峻先生所作《列子》之语法和词汇的考订为代表,见《列子著述年代考》,载《列子集释》第341—366页。而高本汉同样从语言学角度考订,认为《列子》虽非先秦之作,却可据以定为汉初,见 B. Karlgren, "Legends and Cults in Ancient China", *Bulletin of the Museum of Far Eastern Antiquities*, 1946, No.18, pp. 203-204。
[5] (汉)班固撰,(唐)颜师古注《汉书》,中华书局,1962年,第878页。

传补注》云："舜女弟名敤手，俗书传写，误合为'擊'字，又误为'繫'字。"① 高本汉亦持此说。② 到了东汉，《越绝书·越绝吴内传第四》也继承了这种状态："舜父顽，母嚚，兄狂，弟敖。"③ 尽管这些杂说均未形成虞舜故事的主要内容，应当为不同作者在《尧典》所述家庭关系基础上再行添加的枝节，④ 但这种增添表明了虞舜故事的新发展有很重要的社会学意义，恰恰表明了向"齐家"这个环节的回归。

其次，从《孟子》开始，对于虞舜的家庭伦理进行了深入的讨论。从思想史角度来说，那场孟子、万章谈话的重要性是再怎么强调也不过分的，其影响之深远已经超出了这个神话本身，学界已有不少研究，笔者将另行撰文讨论，在此不复赘述。既然有将虞舜塑造为"大孝"形象的趋势，也就会有相反的趋势，即舜有不孝不悌之行，一之于父，一之于弟，或放或杀。⑤ 最典型者如《韩非子·忠孝》所云："瞽瞍为舜父而舜放之，象为舜弟而杀之。放父杀弟，不可谓仁；妻帝二女而取天下，不可谓义。仁义无有，不可谓明。《诗》云：'普天之下，莫非王土；率土之滨，莫非王臣。'信若《诗》之言也，是舜出则臣其君，入则臣其父，妾其母，妻其主女也。"⑥

无论将虞舜塑造为善还是恶，都表明自战国中期至两汉出现了一种回归——"家"的总体趋势。有史料表明，东汉的士人阶层在处理日常家庭关系时，会引用这个故事为例，如东汉末崔烈攀附灵帝的傅母程夫人，以钱五百万买官为司徒，由此"声誉衰减"，心不自安，于是故作从容，问其子崔钧（字州平，后与诸葛亮、徐庶相善）公议如何。崔州

---

① （清）王照圆撰《列女传补注》，虞思徵点校，华东师范大学出版社，2012年，第4页。
② B. Karlgren, "Legends and Cults in Ancient China", *Bulletin of the Museum of Far Eastern Antiquities*, 1946, No. 18, p. 301.
③ 李步嘉校释《越绝书校释》，中华书局，2013年，第84页。
④ 陈泳超《尧舜传说研究》，南京师范大学出版社，2016年，第71—72页。
⑤ 陈泳超《尧舜传说研究》，南京师范大学出版社，2016年，第71—72页。
⑥ （清）王先慎撰《韩非子集解》，钟哲点校，中华书局，2013年，第511页。

平直接答曰"天下失望","论者嫌其铜臭",令父十分难堪:"烈怒,举杖击之。钧时为虎贲中郎将,服武弁,戴鹖尾,狼狈而走。烈骂曰:'死卒,父树而走,孝乎?'钧曰:'舜之事父,小杖则受,大杖则走,非不孝也。'烈惭而止。"①这则逸闻足以表明,虞舜孝悌故事已经是何等的深入人心。

再次,更重要的是,刘向在前汉末期所做的创新,绝不仅仅是增添了一个可有可无的角色,舜的女弟繄给这个传说带来了很重要的新变化。这种创新凸显了虞舜神话的时代意义。刘向尤为重视虞舜故事,《新序》与《列女传》二著均将之列为开篇。《新序》所载承自《尚书》《孟子》等书,无太大发挥。②而《列女传》所做的发挥则饶有趣味。

《列女传》首篇"母仪传"之首章"有虞二妃"大有不同,除取《尧典》《万章》与《五帝本纪》外,也有可能传自当时的口头传说,清人宋翔凤即认为"《列女传》自别有所本"③。然而其谓刘向并无增饰,则亦无直接的凭据。刘向以"宗室遗老"身份,并不讳言作《列女传》有明确的政治初衷是有感于成帝之时"俗弥奢淫",实际上更多地指向宫廷的"赵、卫之属",即"赵皇后、昭仪、卫婕妤"之类的后宫妃嫔,她们"起微贱,逾礼制";又上疏成帝,直指外戚对朝廷的威胁问题,"外家日盛,其渐必危刘氏"。自汉初吕后以来,外戚干政始终是两汉面临的最大问题之一。故《列女传》承《尚书》《诗经》王化之旨,以期庶几有救于时弊:"向以为王教由内及外,自近者始。故采取诗书所载贤妃贞妇,兴国显家的法则,及孽嬖乱亡者,序次为《列女传》,凡八篇,以戒

---

① (南朝宋)范晔撰,(唐)李贤等注《后汉书·崔骃列传》,中华书局,1965年,第1731—1732页。
② (汉)刘向编著《新序校释》卷第一"杂事·昔者舜自耕稼陶渔而恭孝友章",石光瑛校释,陈新整理,中华书局,2001年,第3—20页。
③ (清)宋翔凤《孟子赵注补正》正五,《皇清经解续编》卷四百三,清光绪十四年(1888年)南菁书院刻本,页二。

天子。"①

《有虞二妃》的最大特点是突出了二妃的角色和行为，尤其是古本所传情节，与通行今本相比大有不同。从总体风格看，刘向确实着重强调了二妃恪尽"妇道"："二女承事舜于畎亩之中，不以天子之女故而骄盈怠慢，犹谦谦恭俭，思尽妇道。"整篇故事自始至终不断重申二妃的美好德行："二妃德纯而行笃。"并引《诗经·周颂·烈文》云："不显惟德，百辟其刑之。"刘歆所作"颂"又总结道："元始二妃，帝尧之女，嫔列有虞，承舜于下，以尊事卑，终能劳苦，瞽叟和宁，卒享福佑。"②但其中的"鸟工、龙工"因素又是极为显眼的，前人早已注意到这方面的创新，如宋翔凤云："史迁亦据孟子，以意饰之。《列女传》之鸟工、龙工，则又因其说而饰以神奇者。按太史公书多古文说，未必尽据孟子。刘向见中古文，《列女传》自别有所本，亦非意饰。《七略》之书，亡者多矣，岂独有《孟子》也。"③

初看起来，这个新家在地位方面与此前的版本没有什么不同，它既独立于舜的初生家庭，又依然部分地从属于它。不过，如果我们仔细阅读这个故事所增添的情节，对于舜在两个家庭之间扮演的角色，会不由获得一种特别的印象。当瞽叟与象使舜涂廪时，舜没有立刻前去，而是先回到自己家中与二妃商议定夺，"告二女曰：'父母使我涂廪，我其往？'二女曰：'往哉！'"显然，拿定主意的是二妃，连用词与语调都是与其父帝尧相同的（"俞，往哉！"）。到了随后两道难关，"浚井"和"饮酒"，甚至尧以诸难试舜，舜也皆与二妃谋划对策，"尧试之百方，（舜）每事常谋于二女"。无论是舜本人，还是二妃，相比于当时通行的"舜饬正二女，以

---

① （汉）班固撰，（唐）颜师古注《汉书·刘向传》，中华书局，1962年，第1957—1958页。
② （汉）刘向撰《古列女传》卷一（《钦定四库全书本·史部七·传记类》），中国书店，2018年影印本，第8—12页。
③ （清）宋翔凤《孟子赵注补正》正五，《皇清经解续编》卷四百三，清光绪十四年（1888年）南菁书院刻本，页二。

崇至德"①，变化委实不小。二妃的做法让故事更多地蒙上了一种父子"相斗"的氛围，这是此前所有版本皆未有过的。尤其是古本，二妃言辞明显是一种法术咒语，带有"斗法"的意味。②这已经不见于今之通行本。《楚辞·天问》"何肆犬体而厥身不危败"句，洪兴祖补注引《列女传》云："瞽叟与象谋杀舜，使涂廪。舜告二女，二女曰：'时唯其戕汝，时唯其焚汝，如汝裳衣，鸟工往。'舜既治廪，戕，旋阶，瞽叟焚廪，舜往飞。复使浚井。舜告二女，二女曰：'时亦唯其戕汝，时[唯]其掩汝，汝去裳衣，龙工往。'舜往浚井，格其入，出从掩，舜潜出。"③在对抗瞽叟"杀"舜的过程中，二妃言辞也用"戕""焚""掩"等字眼，重复强调作为家长的瞽叟之恶，迫害与反迫害的对峙意味大为增强。

　　刘向自己是否也意识到这些言辞里面潜含着一种令人不安的张力？是否后世作者已经有感于此而删除了她们对瞽叟父子恶行的指控及应对咒语（"时唯其戕汝……"）？二妃之强势举动显然与刘向本人撰写这个故事的主观意图是很不相合的。也许他受制于原出版本的情节安排，也许是他一时忽视了内在的不谐，抑或他根本就认为，二妃襄助丈夫对抗父弟是与"谦谦恭俭"的妇道不相冲突的？作为读者，也许可以做那样设想，这是出于不违孝道而做出的不得已之举。但这难以解释笼罩在这个故事上面的那种多少有些诡异的氛围。唐人陆龟蒙看出了刘向文本不同于前人的特征，点出了"谋""教"等字眼，描述舜、二妃和瞽叟斗法的异常之处：

　　　　舜谋于二女，二女教之以鸟工龙工药浴注豕，而后免矣。夫势之重，壮夫不能不畏，位之尊，圣人不得不敬。……舜反受教于女子，其术怪且如是，是不教人以孝道，教人以术免也。④

---

① （汉）班固撰，（唐）颜师古注《汉书》，中华书局，1962年，第3446页。
② 闻一多《天问疏证》，生活·读书·新知三联书店，1980年，第77页。
③ （宋）洪兴祖撰《楚辞补注》，白化文等点校，中华书局，2002年，第104页。
④ 何锡光校注《陆龟蒙全集校注》"杂说"，凤凰出版社，2015年，第1117页。闻一多也遵从陆龟蒙的看法，见《天问疏证》，生活·读书·新知三联书店，1980年，第77页。

这种"不教人以孝道,教人以术免"的色彩是如此的显眼。当然,从某个方面来说,这种特征很近似于伊藤清司引用的"难题求婚"故事中的斗法情节,然而,在这种后世类型中,斗法是在主角的妻子与岳父之间展开的,即父女之间的"斗争",而不是父子之间,也不是翁媳之间的斗争。故此,若说刘向的版本没有时代的意味,反倒有些奇怪。看起来,他所警惕的那种宫闱政治斗争已经有些不可思议地进入了这个旨在宣扬后妃之德的版本之中,以"谋"敌"谋"就无形中带有了一种难以言传的"双面"意味。除此之外,还有一个佐证可用:在此前的主流版本中,舜并未有妹,而《列女传》中却忽然出现了这样一个角色。刘向不仅给这个家庭增加了一个新成员,且在双方冲突中,她显然偏向于二妃一方,"女弟繫怜之,与二嫂谐"①。她们似乎组成了一个三人团体,站在瞽叟三人(父、母、弟)的对立面。夹在这两个三人团体中间的则是舜,他既得尊孝道而听父之"使",又要全身而从二妃之"谋"。假如这种两难困境的推测是有道理的,不能不令人感叹,当作者意欲纠偏现实政治之时,它却戴上一副"妇道"的面具悄悄地潜入了。不难想到,在这个家庭的小剧场里,从她们身后正在逐渐浮现出影影绰绰的外戚形象。

《有虞二妃》更加突出了迫害的主题,这种趋势并非偶然一见。在"家—国—天下"的连续体中,家庭变成一个政治舞台的缩影,是自然而然之事。如果说,刘向所做的改变仍然放在"家"的范围内,那么,到刘向身后不久的后汉之初,王充所做的发挥和议论则更直接地将家与国纠缠在一起。在前、后汉两朝诸家子书中,《论衡》对虞舜事迹的讨论是最为全面的,从《尧典》所载尧舜禅让,到《孟子》所述故事,几无不涉,在此先集中关注其迫害、考验的部分。王充尝师从班彪,史称其"好博览而不守章句"②。回到虞舜神话的问题,王充并非质疑《尚书》经文本

---

① (汉)刘向撰《古列女传》(四库全书本),中国书店,2018年影印本,第10页。
② (南朝宋)范晔撰,(唐)李贤等注《后汉书·王充列传》,中华书局,1965年,第1629页。

身，而是反感于当时通行的今文学家之道德说，反对他们对经典文本所做的附会，"经之传不可从，五经皆多失实之说"，提倡回到经本身而"原"其"实"。他举尧"试"舜为例：说《尚书》者释"试"为"用"，"我其用之为天子也"，意思是尧试用舜"为天子"。"女于时，观厥刑于二女"句，经学家释"观"为"观尔虞舜于天下，不谓尧自观之也"。王充认为，说《尚书》者有意拔高了尧、舜的形象，认为"若此者，高大尧、舜，以为圣人相见已审，不须观试，精耀相照，旷然相信"。又针对始于今文夏侯氏之说"入于大麓，烈风雷雨不迷"句进行质疑，夏侯氏以"大麓"为"三公之位"，谓尧命舜"居一公之位，大总录二公之事，众多并吉，若疾风大雨"。王充则动用日常生活的情理看待尧试舜，他认为，尧这样的圣人虽然"才高"，但也如常人那样，不经过亲自的考验，彼此间不能了然于胸，"未必相知"。舜也要使用皋陶陈述"知人"的方法，才能识别佞人，所谓"舜知佞，尧知圣"，也是出于同样的道理。故在尧试舜之事上，在四岳荐舜后，尧"心知其奇而未必知其能"，才决定"试之于职"，将二女嫁予舜，以观察他在家庭范围内如何修身、齐家，"观其夫妇之法，职治修而不废，夫道正而不僻"。然后又将他置于野外，观察他是否为"圣"，故"逢烈风疾雨，终不迷惑"乃是实指，而不是经学家所说的"譬喻"。总言之，王充认为，《尚书》之"观""试"，不是"用为天子"，也不是命以三公之位，这都是在"观试其才"之后才能发生的事情。①

前文已述及，王充之解"观""试"，尤其是"入于大麓"句之说，颇类似现代人类学家将之视为一种必不可少的仪式性磨难，他确实在一定程度上恢复了它的本意。如果做一个类比的话，那么，帝尧就像一个政治—宗教团体的首领，而举荐舜的"四岳"则类似于"入会介绍人"，舜则是一个等待入会的"新人"，必须经过一次残酷的仪式性考验才能加入

---

① 以上皆见黄晖撰《论衡校释·正说篇》，中华书局，2017年，第1304—1333页。

团体。这近似于米尔恰·埃利亚德（Mircea Eliade）归纳的第二种类型即"秘密会社"的入会礼；① 不过，这种说法只有原型的意义，从社会和历史而言，它至多近似于埃利亚德所说的"高等宗教"中的类型，其早已脱离了"原始"的阶段。古代经学家们也没有将之与成年礼联系起来，而是称为"历试诸难"。有基于此，虽然它保留着迫害的某些特征，我们最好还是遵从经学家的说法，称之为"磨难"。这在王充的"经验论"分析中最为明显。在《吉验篇》中，王充更明确地将帝尧的考验（"试"）直接与瞽叟之迫害（"杀"）前后并置起来，并指出两者的后果是相似的：瞽叟父子之"杀"的后果可能为"害"，而帝尧之考验的后果可能为"伤"。②

我们没有也无须改变王充这段文本的顺序，他综合了《尚书》和《孟子》的两个典型文本，并且将它分成了四个阶段，其中包含着两个对比的序列：

（1）舜未逢尧，鲧在侧陋。瞽瞍与象谋欲杀之。
使之完廪，火燔其下；令之浚井，土掩其上。
舜得下廪，不被火灾；穿井旁出，不触土害。
（2）尧闻征用，试之於职。官治职修，事无废乱。
使入大麓之野，虎狼不搏，蝮蛇不噬；逢烈风疾雨，行不迷惑。
（3）夫人欲杀之，不能害；
之毒螯之野，禽虫不能伤。

---

① 《大雅·生民》近似于第一种类型即"成年礼"，而第三种类型是成为巫医的入会礼。参见 M. Eliade, *Rites and Symbols of Initiation: The Mysteries of Birth and Rebirth*, Spring Publications: Dallas, 1958。
② 实际上，"试""用"在语源学上皆含有与"伤""害"同样的暴力性质。"试"，有一种主要含义为军事方面，即"试兵"，如"兵革不试，五刑不用"（《礼记·乐记》）。《说文》亦解"试"为"用"。自商周到汉代，"用"有一种专门的含义，即杀牲、杀人以祭，如《春秋》僖公十九年，"宋公使邾文公用鄫子于次睢之社"。

（4）卒受帝命，践天子祚。[①]

在这段文本中，两个序列显然是同一种类型，无论从用词，还是在语法结构上，每个步骤及其后果（"验"）几乎可以完美地前后对应。从四个阶段看，文本也存在着语态上的对比：在前两个阶段，从语法上来说，文本皆为使动用法，而到了后两个阶段，则变为主动语态。在制度的层面上，第（1）阶段和序列属于"家"，而在第（2）阶段和序列，则进入"国"的范畴。

在家的范围内，这种迫害是由家之父主动发起的，而在"国—天下"的范围内，这种磨难是由尊长（"帝"）主动发起的。无论是在仪式层面，还是在制度层面，"亲"与"尊"恰恰形成了共谋的关系。今文学家试图祛除帝尧的"迫害"与虞舜的"受害"特征，从而强化尧舜作为圣人的天生资格之时，王充以去神圣化的手法强调尧舜作为社会正常人的"迫害"行动（"试""验"），反而从一个与前者相对的方面强化了虞舜的"例外"状态，这两种方式是殊途同归的：这是王朝政治的正常程序。

在这里，要着重指出的是，王充想要祛除时人过度加诸尧舜身上的神秘光辉，但在他强调"历试诸难"的残酷性质时，实际上是强调了另一种成圣的基本方式。问题在于，这种祛除的做法本身就表明了一种趋向于现实的态度。王充就像一个观众一样，站在远处观看王朝政治舞台上的家人与君臣，并将他们紧紧地绑在了一起。在这里，"篡位"作为一种王权更替模式，并没有回归，但它所蕴含的那种机制和暴力氛围却悄悄地再度潜入进来，也得到了更大的强化。正是在这个意义上，这同样是一个有着鲜明时代特征的新文本，只不过，两人身份和地位相去甚远，刘向高居庙堂，是王朝政治舞台上的一个演员，而王充身处乡曲，顶多是作为一个远远看戏的观众，由此造成了他们所注重的情节和主题有所差别：对于前

[①] 黄晖撰《论衡校释·吉验篇》，中华书局，2017年，第98—99页。着重号为笔者所加。

者,更多透露着宫廷政治的气息,故极力强调瞽叟、虞舜和二妃的内部"斗法";而对于后者,则更多专注于进入王朝政治的磨难过程,故舍弃相斗的情节,转而描述一个"鳏在侧陋"的匹夫如何经由考验而"受命"进入帝王之家。

结语

从一个世纪前开始,对于这样一个王朝政治的典范神话,顾颉刚、徐旭生、童书业等先贤便致力于呈现它与历史现实之间的复杂关系,虽然路径和取向各有区别,尤其是在"层累"之下的动态过程,这是本文的出发点。在这一方面,社会学方法有可能做出自己的贡献。从形态学角度来看,一个典型文本的生成往往有一种"消极"的文本作为前提和基础,这种过程有时候难以在严格的文献学层次上表现出来,尧舜"篡位说"便是如此,它是作为一种不在场的事实存在的。除了这种经常以反向的面目出现的文本,还有更多的同类文本,在各种文献传抄、改编甚至发明的过程中,它们互相催生,形成了一种弥散的存在状态。如果只从单个文本来看,往往会消解它们的神话学意义,只能成为作者思想的一种譬喻式片段或素材。但是,如果适度地引入社会统计学的方法,就有希望看到,一种社会形态学意义上的"家—国"主题浮现出来了,它同样是有结构的,也是有趋势的。比如说,在先秦到两汉期间的社会经历方面,虞舜神话十分清晰地呈现出"食""货"结构,这也是理解《尚书》圣王系统的关键环节之一。而在历史的纵贯方面,在前述"家—国"结构的基础上,基于《尚书·尧典》和《孟子》确立的基本命题,进入两汉之后,刘向、王充等人考虑到"汉家尧后"的时代思想,当然还有其他很多人又赋予虞舜神话以新的含义,因每个作者所处的地位之不同,自然也会在主题、情节取舍等方面有不同的安排。综上所述,这篇短文所做的形态学研究可以给某种典型文本(如《孟子》)的分析奠定一个相对可靠的基础,也是下一步工作的开始。

学生互动摘要

　　赵丙祥教授的演讲结束后，同学们就故事与历史的关系、尧舜神话中一些细节的设置机制等问题进行提问。有同学引用列维-斯特劳斯的观点提问，在中国古代"神话""历史""传说"的概念比较混杂的情况下，赵老师怎样看待故事与历史的复杂关系。赵老师回答，重点要看我们处理的具体问题是什么，讨论不同体裁和社会之间的关系或讨论某一类体裁在不同时代或者不同场景里边的关系，这二者是不同的。有同学疑惑，为什么尧舜神话中会将舜的出身构拟成微寒之家，以及尧舜神话中生父和岳父的职能是否呈现出一种文本关系上的背反。赵老师回应，关于第一个问题，对神话细节的演述分析不能脱离文献学基础，至少在战国时期需要在思想史意义上去看他们的动机。关于第二个问题，从文本内容看的确如是，但社会学思路也强调外部研究，有文本结构之外的关怀。

　　2023年3月22日，大家又围绕讲座内容展开了评议与讨论。主持人石子萱从社会学的视野与民间文学的观照、"他山之石"与文化内部思维这两个角度，结合陈泳超老师的尧舜叙事研究和葛兰言的观点等，对赵老师的结论予以回应与反思。她认为，赵、陈二位老师的研究体现了社会学研究和民间文学研究的不同思路，比如二位老师都点出诸子对相关叙事进行了各有心思的编创，不过陈老师的说法似乎更强调诸子以尧舜为棋子营构能"为我所用"的内容，赵老师的阐释则隐含着诸子在一个巨大的素材库中进行择选的过程。她还以葛兰言书中的阐述为例，说明在谨慎践行"他山之石可以攻玉"理念的同时，我们也需要警惕对语言文字已经发生了巨大变革的他者文化进行分析时可能产生的误读。

在讨论环节，同学们围绕对"神话""传说""历史"等文类的认定以及在传说流变的过程中，民间话语和士大夫话语怎样进行互动等议题展开了讨论。大部分同学认同，我们出于专业特点会非常谨慎地区分文类的概念，但没有必要以文类的指认和定名来限制我们对材料的选取、分析，应该与具体的研究目的紧密联系。关于不同主体演述文本之间的关系，我们或许可以参考赵老师的思路，寻找看似分散的文本背后可能潜藏的稳定质素，相关内容的流变动因、文本与时代的关联互渗等也是值得关注的学术话题。在诸般思想的碰撞中，大家不断加深了对于神话结构研究、经史互动分析等问题的理解与认知。

（摘要撰写人　石子萱）

民间传说

地域资源与历史的正统性[*]
——从传说到历史

菅丰

编者按： 2013年5月29日，日本东京大学东洋文化研究所的菅丰教授远道而来，走进北京大学中文系的课堂，为学生们带来了一场题为"地域资源与历史的正统性——从传说到历史"的讲座并展开交流。

传说与历史的关系，是人文学术领域的一个经典话题。长久以来，主流观点都将传说视为随意性、人云亦云、不可信的同义语。近二十年来，受后现代史学思潮的影响，将传说与历史作为虚构与真实的传统二元对立史观渐趋消解，无论是社会史还是民间文学界，来自不同领域的学者纷纷以精彩的个案，有力揭示传说与历史叙事在多个层面上所具有的同构关系。菅丰教授同样秉持着这一观念，在此次讲座中，日本石川县加贺市片野鸭池地区流行的"坡网猎"传说被作为讨论"传说"和"历史的言

---

[*] 译注：与讲演有关的研究内容请参考日文论文：菅丰《"歴史"をつくる人びと—異質性社会における正当性（レジティマシー）の構築》（中文：创造"历史"的人们——异质性社会中正当性（legitimacy）的建构），宫内泰介《コモンズをささえるしくみ—レジティマシーの環境社会学》（中文：支撑共有资源管理的结构——正当性的环境社会学），新曜社，2006年。在该文中，菅丰教授对于"legitimacy"有以下注解：在日语中"legitimacy"被翻译为"正当性"和"正统性"，但其原意比起日语译词更为宽泛。此处讲演题目按照日文原文汉字。

说"同一性话题的核心案例,充分展现传说随时代语境和地方文化传统之变迁而被持续再建构的情形,甚至成为部分人群认定的"历史的事实"。菅丰教授进而提出"转历史"(historically modified)的概念,以总结传说研究所能带来的历史认识论启发。

今天在这里的民间文学专业的同学比较多,首先想说明一下,我并不是民间文学方面的专家。我主要关心的领域是地域社会中自然资源、文化资源的管理,研究"共有资源管理论"[①]或者"集体行动论"[②]。"集体行动论"指的是围绕某个资源,一群怀着不同目的、不同利害关系的人集中在一起行动,对其进行管理。他们如何顺利地进行资源管理、过程中会出现怎样的问题,这些是我的关注对象。虽然和地域资源论并没有直接的关系,今天要讲的是和资源有关的"言说"[③](narrative)却具有十分重要的意义。Narrative 大家都知道,就是叙事。现在世界性的学术动向是口承[④](orality)研究,口承不仅仅是指民间故事之类,还包括日常的会话、对历史的言说,将这些全部包含在内。这些方面对地域资源管理的研究有很重要的意义,对于今天在座的民间文学专业的各位应当也有一些参考价值。

另一个想要事先说明的是,今天要讲的是和历史有关的话题。现在日本的政治家对历史问题有不少敏感的发言,今天我说的并不是国家大事,而是一个非常小的地方社会中的话题。虽然是关于地域历史理想型的具体个案,但实际上它和国家的历史观、当今政治家们重新建构历史之类的问题也是有关联性的。

---

① 日文原话为"コモンズ論"。
② 日文原话为"集合行為論"。
③ 译注:"言说"(narrative)为日文原文汉字。
④ 译注:"口承"(orality)为日文原文汉字。

一、讨论的前提

一般人说的"历史"包含着两面性。一个侧面是"历史的事实",就是除去可知、不可知这些人类智慧的制约,俨然而确实存在的事实。另一个侧面是"历史的言说"(historical narrative),是在人类智慧的制约或者意图、愿望基础上成立的,作为应该有的事件,或者被人们认为好像确实是那样而描绘并相信的故事。比如说,今天 2013 年 5 月 29 日午后 3 点左右,我在北大这里和大家讲话,这是事实。假如到了一百年以后,由于今天留下了录像等等资料记录,这段历史的可信度是很高的。但是与这个事实相关的其他方面,比如我为什么要到这里来,有些人可能会说我是因为明天有会议所以顺道来的,也有的人可能会说因为我和泳超老师是好朋友,为了一起喝一杯所以来了,会产生很多不同说法。关于这个话题,大家今后传给自己的孩子,说法或者是原封不动的,或者会发生变化,一代代就流传出了各种各样的言说。这种现象并不仅仅限于个人记忆,对于一些大的历史事件,教育、教科书、媒体等各种形式也会对事实之外的东西进行记录和言说。一般人对这种混合着两面性的历史是当作事实来相信的。

这样来考虑,所谓的"传说"并不是历史的事实,这点大家都知道,但"传说"有时候可能是"历史的言说"。在把"历史的事实"进行改编、组合,增加其可信度的同时,"传说"可以变成为"历史的言说",并有可能作为"历史的事实"被解读和相信。日本的人类学家、民俗学家,庆应大学的铃木正崇教授对于传说有一个有趣的定义:"……至于传说,与其说是历史性的事实,其中大量的不如说是作为信仰的事实在记忆中被继承,当人们对其可信度产生疑义的时候,凭借通晓文献的有识之士等的言行,为之加上特定的年号和人物,使之变得好像是史实。""什么才是真的?以什么把它看成是正统的?——当这些问题被提起的时候,当有关过去事件的实际经验和记忆伪装成历史出现的时候,传说就浮出水面。在其生成之际，文献的知识也被动员起来。传说是有关土地以及空间的多样性解释，不仅制造了对解释现在状况具有意义的动态性依据框架，也提示了多维度的现实。"[1]将传说记录下来，形成文字出版成书，被固定化，就成为一种民间文学了。铃木教授认为，虽然很多人认为传说讲的是过去的古老的事情，但实际上，传说也是为了对现代社会、对人们当下的问题进行说明而存在的言说。这样讲来，"传说"和"历史的言说"可以看作是相似的概念，是大同小异的。在大家的印象中，传说就像虚构小说那样，不一定是事实的；历史的言说也不一定是确定的事实，而是被人们创造出来的、作为解释的说法。传说和历史的言说二者之间是频繁互相转换的，二者之间的边界是模糊的，具有连续性。而且，二者之间的互相转化不仅仅发生在过去，现在乃至将来也会一直发生下去。

二、具体案例

今天要讲的是在日本某地存在的传说被转化成历史的言说的过程，在这个过程中，传说不断对应社会的各种状况，被导入各种新的价值和理论，作为新的历史的言说被反复地再建构，最终可能作为一个历史的事实被利用。虽然是一个很细小的个案，但背后有大的历史过程支撑着它的发生。我平时的研究主要基于田野调查，不是单纯地进行书斋式理论研究，一定会引入田野的资料，这个案例也是田野调查的成果之一。

我的这次田野调查在石川县加贺市，该市位于京都北部不远。这里有一个叫作片野鸭池的小池塘，非常小。这个水池现在是个在日本的环境保护上具有重要意义的地方。根据日本的若干环境保护制度，这里被作为保护自然的典型，成为"国定公园第一种特别地域""国设片野鸭池

---

[1] 原注：铃木正崇《祭祀伝承の正統性—岩手県宮古市の事例から》（中文：祭祀传承的正统性——来自岩手县宫古市的事例），《法学研究》2004，77（1），第185—235页（原注皆来自营丰在课上的演示文稿）。

鸟兽保护区",以及日本"野鸟会"①的圣地等。1993年,这个小小的池塘被国际重要湿地公约《拉姆萨尔公约》(Ramsar Convention)指定为登记湿地。

但是另一方面,在这个地方的历史上却曾经存在着利用自然资源的方法,即捕猎鸟类的"坡网猎"②。捕猎者拿着一种带有柄的网,站在坡上,当野鸭飞过来的时候,将网向上扔,使野鸭撞在网里被捕获,"坡网猎"就是这样一次只捕一只鸭子的捕猎方法。日本人没有吃家鸭的习惯,但是喜欢吃野鸭。虽然像上面所讲,这里是自然保护区,却也同时存在着猎杀鸟类、破坏自然的人,本来互相对立矛盾的自然保护和自然利用这两方面,在此处共存着。其实,在几十年前,持这两种态度的人曾经有过激烈的对立。虽然现在是并存的状态,在达成这种状态的过程中,就发生了我刚才讲到过的历史的言说被反复再建构。既是传说,也是历史的言说。下面讲讲这种言说是如何变化的。

关于"坡网猎"有300年历史这件事,自然作家、自然保护团体的成员中村玲子女士曾这样说:"鸭池的价值,不仅仅在于它是大雁、野鸭的少数越冬地之一,更重要的是,这个鸭池从江户时代开始在300余年漫长的时间里,由大圣寺藩开始,经过了地域的人们亲手管理和保护。在这个背景中,流传于此地的传统猎法'坡网'发挥了重大的作用。"

这个历史的言说的重要之处在于,自然保护团体的人们是将其作为历史上的事实来认识的。还有一点值得注意的是,他们对"坡网猎"评价很高,将"坡网猎"的300年历史作为肯定的历史。然而,中村女士所说的话的根据,并不是依照历史事实而写成的史料文献,而是关于一个叫作村田源右卫门的人物的传说。

在江户时代(1603—1868年),武士阶层处于支配者的地位,支配着一般百姓。20世纪30年代,有个叫清水冲一郎的地方乡土史家写到:元

---

① 日本野鳥の会,日本民间的野鸟保护组织。
② 日语原文为"坂網猟"。

禄年间（17世纪末），大圣寺藩士村田源右卫门到片野浜去钓鱼，回家时路过大坡，此时已经是傍晚，偶然遇到一群野鸭扑着翅膀从坡上飞过。[①]村田源右卫门吃了一惊，没有多想就将随身携带的渔网向上扔去，这样抓住了一只野鸭。此后，他又下功夫对网进行了很多改良。看到他的做法，许多藩士也开始效仿。藩主知道之后，认为这种早晚爬坡、冬天耐寒的捕猎活动有助于武士们锻炼筋骨，因此特许武士们这样做。[②]

这个传说是为了说明两层意思：一是这种捕猎方法是武士发明的，二是只有武士能够进行这种捕猎，一般人则是不被允许的。如果这是事实的话，我搜索了各种文献，却没有发现能够证实它的史料，只能认为它是一种历史的言说或传说。根据清水冲一郎的记载，我收集调查了现存的17世纪末前后的文献，发现其实当时的野鸭猎师都是一般平民，完全没有武士从事"坡网猎"的记载。这则传说从历史的角度看是比较奇怪的，因为武士一般是不直接进行体力劳动生产的。但是，检索18世纪、19世纪的文献，会发现武士进行"坡网猎"的记录开始出现了，并不是在17世纪。历史的事实似乎应该是：17世纪"坡网猎"是作为普通民众的生计而存在的，18世纪末之后武士们才逐渐排除了平民，占领了这个领域。而且一个特别的理由是，这个地方的武士主要是贫穷的武士，他们迫于经济压力，才参与到了平民从事的捕猎野鸭的活动中来，独占了这项权力。

虽然这个传说有很多并非事实的地方，但村田源右卫门其人是真实存在的。在1652年的文献中，出现了他的名字。不过这个村田源右卫门并不是一般的人，而是一个似乎有些奇怪的人，围绕着他有各种各样的传说。据说他是个心思敏锐、身形矫捷的人物。他能消除自己的气息靠近跑

---

① 译注：野鸭是晚出早归，傍晚出去觅食，早晨回来栖息。
② 原注：源右衛門之を観て咄嗟の場合、携へたる漁具の攩網を投げ揚げてその一羽を獲た。之より種々に工夫して坂網を案出し、自身之を携へて出猟したところ、多くの藩士も之に做ひて坂構を始め、藩主に於いても、朝夕山坂を跋渉し寒天を凌ぎ以て筋骨を練るの一法として諸士に之を許した。（大聖寺藩史編纂会 1938：1003）

过的狐狸，突然将其捕获，或者徒手抓住屋檐下走廊上的麻雀。此外，江户时代留下的还有一个关于这个人物的有趣传说，说是当野鸭越过山顶时，他飞身上天抓住了野鸭。[①] 这就完全是所谓的传说了。但是，这种飞上去抓野鸭的说法，对之前提到的"坡网猎"传说的创造我觉得应该是有影响的。根据江户时代的资料，现在所说的向上扔网子的方法以及村田源右卫门作为发明人的说法完全没有出现。因此，实际上是由关于村田源右卫门的"传说"，加上18世纪之后武士独占猎鸭这一"历史的事实"，融合在一起而创造出了村田源右卫门发明"坡网猎"这一"历史的言说"。

那么，村田源右卫门创造"坡网猎"的这则历史的言说是在什么时候产生的呢？我查阅了种种文献，发现它在江户时代的文献中是没有的，而是在之后的明治时代（1869—1912年）的资料中出现的。在日本，从江户时代进入到明治时代，武士阶层的特权被剥夺了，变成了一般人，武士作为支配者的历史终结了，这是当时的历史背景。我调查了从1881年（明治十四年）到1948年（昭和二十三年）的57种文献。其中，我观察《加贺国江沼郡捕鸭沿革略》（1889年，明治二十二年）和《江沼郡捕鸭业沿革》（约1908年，明治四十一年）这两种文献，发现它们虽然相距约20年，但其内容的99%差不多都是一样的。简单地说，后者是把前者复制移植了过来，连用词也是一样的。但是，仔细去看，就会发现上面有修改的痕迹。在1889年的文献中，关于"坡网猎"的发明人，只说是"旧藩士某"，没有具体名字。发明的年代也没有具体记载，而是模糊地说大概在"百数十年前"。然而，1908年的文献在移用这段文字之后，进行了改写，只有人名和年代被改了。将"旧藩士某"先是改成了"村田弥□□□□"，最后改成了"村田源右卫门"，经历了这三步。年月的部分也是，由年代不详变成了享保九年（1724年）。此外，再看别处，还有一行加笔，看上去很奇怪。添加的这一行将年代从享保九年变成了元禄元

---

① 原注：《秘要雜集》卷二（年不详）。

年（1688年），完成了年代的提前。综合其他资料之后，可以看到这则言说的演变过程：最初的资料记载是人物不详；之后出现了"村田弥五右卫门"这个名字，但在历史资料中找不到这个人；再后来变成了村田源右卫门这个历史上存在的人物；此后将他的名字固定下来，和"坡网猎"的发明形成了稳定的联系。关于年代也是：最早是年代不详；之后出现1724年的说法；村田源右卫门被当作发明人之后，为了配合他所生活的年代，又改成了1688年。经过这个长期的过程，现在人们所说的"坡网猎"300年历史的观点就产生了。从中可以看到，原来是一种传说，通过给它赋予真实性，进行强化，最后变成了一种历史。

为什么会有这样一个变化？这和明治维新之后社会的状况有很大关系。明治维新后，武士阶层独占捕猎方法的特权丧失，水池对民众开放了。为了和这些异质行为者进行对抗，适应新的制度，武士想要通过文献记载来证明自己对水池的拥有权。以这些历史资料作为依据，在明治时代的一段时间内，旧武士们确实保持了在片野鸭池的捕猎权。他们通过将传说进行历史化，成功保护了自己的优越地位。

在这之后，历史又发生了新的变化。大正时代（1910年代）之后，武士阶层的优越性已经十分淡薄了，一般人也加入了捕猎野鸭的行列。因此，对"坡网猎"价值的讲述焦点发生了转移，不再像明治时期那样强调武士，而是更强调其历史的悠久。关于猎鸭的资料在很多的场合得到运用，我举一个例子：在二战之后，美军来到当地，他们用枪来捕猎。当地人就将"坡网猎"拥有的悠久历史翻译成英语，送到美军基地总部直接上诉。当时在美军中恰好有一位美国鸟类学家，这个人后来成为日本鸟兽保护的原点。他看了之后，向军队提议保护片野鸭池，让美军撤出那里。

20世纪60年代左右，和美军不同的另一波异质力量又进入了这个地区，就是我之前所说的日本"野鸟会"的人们。以前的"野鸟会"里有不少奇怪的人，他们是极端的动物爱好者，甚至将动物看得比人还重。"野鸟会"把这里作为禁猎区、野鸟保护的圣地，和加贺市政府一起建立了片野鸭池观察馆。这些外来的力量要保护野鸭,当地人要用传统的方式捕野鸭,因此双方之间经常有斗争。针对这个情况,1989年,有的捕鸭的猎师批评说:"观光客蜂拥而来,对于捕鸭组织的人们当然不是什么有趣的事。自从新馆(片野鸭池观察馆)成立以来,野鸭就减少了。'野鸟会'的人没有头脑。如果这样下去,野鸭就不会来了。"同一年,"野鸟会"的人士则说:"因为有坡网的传统才保存下来了现在的片野鸭池,这是事实,目前不会反对坡网猎。……会坡网猎技术的人越来越少,应该总有一天会绝迹的。"① 虽然看似对坡网猎表示了一定的理解,但实际上完全没有去理解对方,而是觉得从事坡网猎的传承人都老死、灭绝就好了。所以20世纪70年代到90年代初,自然保护团体和当地狩猎者之间产生了很强烈的冲突,互相争吵不断。如果现在去采访当地的猎师关于那个年代的事,他们对那时的"野鸟会"还留着不好的印象。

1993年,这里被评定为重要湿地公约中的登记湿地。"野鸟会"的人当然非常高兴,当地的捕猎者们对此很担心,大家都预想双方的斗争会更加激化。意外的是,这种状况并没有发生。因为登记湿地公约的这件事,双方的关系反而缓和了。加入公约成为自然保护研究者、专业人员对当地捕猎者进行深层次理解、发现新价值的契机。其中,国际重要湿地公约提出了一个新的概念,就是"明智利用"(wise use)。关于"明智利用",《拉姆萨尔公约》中是这样定义的:"对低湿地的适当利用(明智利用)是指,人类的利益和生态环境的自然特性的维持,二者兼顾的持续利用。"以前的环境保护只考虑自然,现在的"明智利用"将人类的利益也考虑在内。并不仅仅只有"明智利用"这个概念,在20世纪80年代以来,其实有很多新的想法替代了原有的价值观,在自然保护中,除了湿地保护,其他领域中也把人作为一个重要的考虑方面。根据"明智利用"的价值观,不仅是猎师,自然保护团体、专家和研究者都获得了肯定"坡网猎"300

---

① 原注:中村玲子《動物と人間の[共存]最前線・片野の鴨池》(中文:动物与人类"共存"的最前线・片野的鸭池),《週間宝石》1989,9(45)光文社。

年历史的新的伦理。①

就像我刚才所说的，"坡网猎"拥有 300 年历史这种说法，在明治时代是武士为了巩固自己特权而建构的言说，现在以加入《拉姆萨尔公约》为契机，人们对这一历史的言说又进行了新的建构。一开始提到的，像中村玲子那样对"坡网猎"300 年历史的说法当作事实来相信，这样的观点现在正越来越增生，得到更广泛的认同。世界自然保护基金（World Wide Fund for Nature）的事业报告书里，也肯定了"坡网猎"具有 300 年以上的历史。② 这个言说在当代的意义，在于新的价值的发现，新的历史（的言说）的再发现。此外，对于捕猎者和自然保护团体来说，这也是自觉回避冲突的一种表达路径。现在，这些异质行为者之间的对立关系已经趋于平稳状态了。只是趋于平稳，并不是说问题已经解决了，今后随着时代的前进、情况的变化，问题或许还会再次出现，以其他的形态再次改变历史。

三、结语

在明治时代，因为旧武士们的言行，在"传说"中存在的内容当作"历史（的言说）"被建构，然后作为"历史（的事实）"进行利用。当时，这是武士为了和其他阶层进行对抗而提出的。这样的"历史（的言说）"在当代，因为新参与进来的作为异质相关者的一些外来人士的言行，又经历了再建构。在全球政治（global politics）的背景之下，因为

---

① 原注：鴨池観察館「坂網猟法は、元禄時代から 300 年の伝統を持つ独自の猟法で……片野鴨池は、稲作や坂網猟など「賢明な利用」をしながら、湿地環境を守ってきた、人と自然が共生する加賀市の貴重な財産です。」（http://www.city.kaga.ishikawa.jp/administ/gide/702.htm）

② 原注：世界自然保護基金（World Wide Fund for Nature）1999 年度自然保護事業報告書「鴨池では、江戸時代から 300 年以上に及ぶ坂網猟というカモの捕獲の伝統猟法が、大聖寺捕鴨猟区共同組合により伝承されている。全体を保護してその一部を捕獲する wise use（"明智利用"）の理念での猟法で、池の水位管理、草刈、人の立ち入りの監視活動などの保全活動も行っている。」（http://www.wwf.or.jp/enetwork/josei/1999/no 9921.htm）

与被赋予价值的"明智利用""持续可能性""共生"等现代价值观相融合，致使其意义和作用都发生了变化。所以，一种关于历史的说法，一种"传说"或"历史的言说"，是经历了多次的反复改造的。我把这种现象描述为"转历史"（Historically Modified），这个词是我模仿"转基因"（Genetically Modified）造出来的名称。我们知道，转基因大豆具有很多优点，比如产量高、抗病性强等，这些优点对人类是有益的，但是另一方面它对于自然界也有可能具有潜藏的危害性。对遗传基因进行改造操作，可能给人带来幸福，也可能带来不幸。在这种意义上，历史也是同样的。在我今天所讲的案例中，既有为了斗争而构筑的历史，也有为了和解而构筑的历史，这样看来，对历史的构筑——"转历史"——也是具有复杂的两面性的。

学生互动摘要

菅丰教授别开生面的案例与探讨引起了大家的兴趣和思考，有同学好奇传说背后的"坡网猎"在当地民众日常生活中扮演何种角色。菅丰教授指出年代越早，坡网猎在经济上的意义越大，明治维新以前占有捕鸭权的武士可以凭此获得一笔可观的收入；到了现代，坡网猎的经济属性就较弱了，人们主要出于兴趣爱好、自然保护等文化原因参加这项活动。有同学对"传说"和"历史的言说"的概念界定提出疑问，菅丰教授认为二者间并无严格界限，是连续的、可以相互转换的，如何划分关键在于人们是否相信它具有历史真实性。还有同学注意到坡网猎传说中缺位的民众，提出传说主体与话语权力的问题，菅丰教授肯定了关注民众声音的重要性，指出尽管民众自己鲜少留下文献记录，但江户时代流传于农民间的"天狗传说"，以及现代当地人关于其祖先从事捕鸭的说法，都揭示了民众与武士阶层间的复杂关系，双方话语均应纳入考量。

2013年6月5日，这场跨文化的学术对话继续延伸。主持人张晓鸥从民间文学的学科视角出发，对"从传说到历史的言说"这一核心话题进行了梳理与生发。她首先借助后现代史学的理论资源，厘清了菅丰老师所使用的"传说"与"历史的言说"的概念内涵，指出该立论本就是以承认历史的主观性为前提的，在此意义上，传说与历史的言说均是人为建构的产物，是本质相通的，这正是二者间所谓"连续性"的内在逻辑。而后，主持人引入传说研究的思路，对菅丰老师提供的案例分析进行了再阐发，将坡网猎传说的生命史补全为"传说的生成"+"从传说到历史的言说"两个阶段，并从明治时期没落武士、当代环保主义者等不同传说叙述者的身份与动机入手，对坡网猎传说的构建与承续过程做出了分析。

　　讨论环节中，同学们继续聚焦"传说与历史的言说"的概念边界与相互关系问题展开探讨。有同学认为"传说"与"历史的言说"仍应严格区分，二者显然存在不完全叠合的部分，不应笼统地将它们混为一谈；至于具体的划分问题，有同学认为信实性是重要指标，有同学则指出不同民族的历史观不同，自然导致了概念划分的歧义，应当将这种文化差异纳入考量。另一种观点则认为不必纠结于这两个概念的细部区别，菅丰老师的定义是基于这一案例的研究需要提出的，应当着眼于整体的研究脉络，"从传说到历史的言说"的提法并非为了强调此二种叙事的阶段差异，而旨在从"集体行动论"的问题视阈出发，关注传说在不同力量影响下进入地方正统历史的过程。此外，还有同学注意到传说的接受史问题，指出武士阶层通过书面文献建构的坡网猎传说来重申其捕鸭权，这是问题的一面，而该传说在民众当中的实际流传度如何则是问题的另一面，同样值得进一步追问。

（摘要撰写人　李思羽）

民间文献与民间传说的在地化研究
——以沂源牛郎织女传说为中心的探讨

叶涛

编者按：2015 年 12 月 10 日，中国社会科学院叶涛教授为北京大学中文系民间文学专业的学生带来了一场题为"民间文献与民间传说的在地化研究——以沂源牛郎织女传说为中心的探讨"的讲座并展开交流。

在传统民间传说研究中，不论是对传说的历史流变、形态机能还是审美意义的讨论，都是站在普泛立场上进行的以文本为中心的研究范式。随着当代民间文学研究的语境化范式转型，地方取向的"在地化"研究成为前沿热点，而作为民间文学研究的传统范畴，民间传说自然成为"在地化"研究这一范式转换的题中之义。其中，叶涛教授对山东省沂源县牛郎织女传说的讨论无疑是这一研究取向的典型案例。在叶涛教授的讲座中，山东省沂源县燕崖乡大贤山的织女洞和牛郎官庄村一带的牛郎织女传说被作为讨论民间传说"在地化"这一话题的核心案例。在当地碑刻、族谱等民间文献的交互参证中，充分展示了牛郎织女传说从所谓全国性的"公共知识"经由"沂源牛女风物传说的形成""孙氏家族与牛女传说"与"'非遗'运动对牛女传说在地化的催化作用"三个阶段逐步"在地化"而进入地方话语的历史建构过程。

一、沂源牛郎织女风物传说的形成 ——大贤山碑刻资料释读

　　沂源牛郎织女传说的调查研究是在 10 年前，也就是在 2005 年国家第一批非物质文化遗产名录工作开始的这一背景下展开。当时第一批国家级非物质文化遗产名录的评选程序是由文化部发布通知，各省自主申报，比如山东省淄博市申报的"孟姜女传说"就入选了第一批国家级非物质文化遗产名录的民间文学项目类别。由于是工作初期的第一批申报评选，大家都没有经验，所以材料准备也各不相同，在民间文学这个项目类别里面，除了牛郎织女传说外，四大传说的另三个（孟姜女传说、梁祝传说、白蛇传传说）都进入第一批国家级"非遗"名录当中。在名单公布之后，由于"非遗"工作与政府业绩直接挂钩，各地政府纷纷开始重视，沂源县的有关领导就在此背景下关注了当地的牛郎织女传说，并通过关系找到了当时在山东大学工作的笔者。2005 年的山东大学民俗学研究所已经有了民间文学博士点，虽然李万鹏老师等人过去做过一些民间文学的调研工作，但是在整体上山东大学还是偏向于民俗学研究。比如我们最初办《民俗研究》期刊时就有些"矫枉过正"，在前几期几乎没有刊登民间文学的内容，因此笔者对于沂源牛郎织女调查自然很感兴趣。在这个背景下，笔者从 2005 年开始，先是自己去沂源做了初步了解，后来组织老师和学生到当地进行田野调查，并且在帮沂源县地方政府进行"非遗"申报的同时，陆陆续续地拉着几位民俗圈里的老师去开会和编书，并指导学生的学位论文。到了 2009 年，这件事就告一段落。

　　今天在这里笔者主要把对沂源牛郎织女传说的研究思路和大家进行交流。关于这一话题，笔者一直在思考的着眼点在于：在传说中存在着一些流传非常广，历史很悠久，影响非常大，同时不拘于一时、一地、一族的传说，比如"四大传说"，而这些"大"的传说存在着一种"在地化"的过程，虽然这个问题实际上和所谓的起源之争有关系，但笔者在这里最想讨论的是牛郎织女传说是如何被"在地化"的。换言之，牛郎织女传说

作为一个本来在整个中国,起码是在文人阶层里流传,从《诗经》《古诗十九首》到唐诗、宋词,一直到后世戏曲小说都有的题材,如何被某一个地方认为"是我的"而"不是你的",而且认为只有我这里有,你那里流传的版本都不对。这类传说现象是如何造成的,对此笔者希望通过沂源牛郎织女传说这个案例来讨论这一现象。正因如此,笔者的讨论和民间文学的关系不大,笔者更多地是把传说作为一种文化现象,讨论它是如何从一个公共知识变成地方性知识,甚至成为一个家族知识的。笔者的运气也比较好,沂源的牛郎织女传说给笔者提供了一个比较好的研究个案,尤其难得的是,它恰恰有一批史料,并不是传统的历史文献,而是留存在当地的地方文献。因为传统文献往往难以具体地指向某一个具体空间,然而我们调查中发现的一批地方文献材料则能够为笔者的上述想法提供佐证。

在"四大传说"中,牛郎织女传说从起源、历史和传说类型等方面来说都是值得我们认真讨论的话题,然而相比于其他三大传说而言,它恰恰被研究得很不足,这或许与后来董永传说把它分流了的原因有关。具体来说,董永是在进入《二十四孝》里面之后影响更大,而牛郎织女传说反而被大家所忽略了,这是很有意思的现象。作为传说,牛郎织女传说实际上涵盖的内容非常丰富,笔者在这里特别强调它作为风物传说的面向,因为风物传说是笔者下面所要讨论的"在地化"话题中最重要的问题。事实上,牛郎织女风物传说的形成最早可能和星宿传说有关系,因此不存在所谓的起源地,谁看见牵牛、织女星宿谁就可以说是传承人,但是在沂源,这则传说是如何被在地化,这是笔者从一开始进入田野时就关注的问题。

笔者接触沂源的牛郎织女传说有一定的背景,沂源县政府方面非常明确是为了参与"申遗",他们相信自己是牛郎织女传说的起源地,并且希望能得到学者的肯定。但笔者在一开始就明确说明,牛郎织女传说不存在起源地,只有流传地。对此,沂源县政府也很尊重学者,为我们提供了一系列条件。从笔者的角度讲,笔者始终就有自己的主观希望,笔者是要进到田野当中寻找材料,调查清楚沂源牛郎织女传说的来龙去脉。

我们从沂源县的历史地理背景开始进行介绍。沂源县处于山东省的中心位置，是山东屋脊，平均海拔有 400 多米，有四条河流发源于沂源县，所以这里生态环境历来很好。由于沂源县是 1948 年建立的，沂源县的史料查找起来比较麻烦，比如它的南部地区（涉及牛郎织女传说的部分）要查沂州府的《沂水县志》才有可能找到。虽然沂源县的成立很晚，但是由北京大学考古系吕遵谔教授在沂源县境内发掘的沂源猿人就是和北京人同时期的。在沂源县，燕崖乡牛郎官庄村非常重要，尤其要特别强调的是这个村庄的人大都姓孙。沂河从鲁山发源后大体向南流，但到了牛郎官庄村这个地方则是往东拐了一下再往南。这里有座大贤山，它的悬崖叫作燕子崖，燕崖乡由此得名，在大贤山上有一个织女洞，沂源县牛郎织女的故事就要从这儿讲起了。

织女洞的命名年代大约在宋金时期，从织女洞俯瞰是在这里拐弯的沂河，沂河对面就是牛郎官庄，当然还有牛郎庙。我们的田野调查目的是查到能够证明这个地方开始有和牛郎织女传说有关系的文献资料。在此之前，我们在《沂水县志》中几乎找不到线索，连牛郎官庄村甚至燕崖乡的名字也没有提到。虽然我们后来从山上的碑刻里面看到许多文人的记载，但是这些内容并没有被收录到志书里。因此，我们只好从当地、从大贤山展开对地方文献的发掘收集。大贤山是道教名山，这一点从唐宋以来的史料可以看出来。大贤山的织女洞里有碑，2005 年 10 月，笔者在第一次的调查中看到这些碑刻后就觉得事情有眉目，而 2006 年第二次去调查时又发现了家谱，后来就集中带着学生去做了全面调查。在织女洞里面，除了碑刻还有织女像，不过织女像前后更换了好几次，本来最初是老百姓自己塑造的，后来由景区负责，而后县委书记不满意又重新塑造，各个时期不同。

我们在调查中把山上的、庙里的、村里的所有碑刻全部做了完整的拓片,并收录在《中国牛郎织女传说·沂源卷》①中。其中,最早的碑刻是一通宋代元丰四年(1081年)的碑,宋碑在民间留存至今很不容易,虽然这通碑刻和牛郎织女传说没有任何关系,其内容是元丰年间皇帝祝寿时当地的士绅在此做法事的记录,不过它却印证了当时道教活动在这一地区非常兴盛的事实。从织女洞再往上走,有一个九重塔,这个塔上面有字有图,是一个仙风道骨的仙人的线描图及其弟子给这位仙人师父做的小传,其中写道:"乃游此地,……山名大贤织女崖。"从碑刻传记中可以读到,这位名为张道通的道士在此山修炼,生于唐代,活了318岁,到金泰和六年(1206年)升仙。宋金时期,山东地区是金的统治范围,而这个生于唐代死于金代的仙人活动的地方是在大贤山织女崖,说明金代已有织女崖的称呼。(图1)

图1 大贤山金代石塔拓片。李久安拍摄,2007年

在此之后是明代的碑刻。山顶的玉皇庙有正德年间的碑刻"重修玉

---

① 叶涛、苏星主编《中国牛郎织女传说·沂源卷》,广西师范大学出版社,2008年,第412页。

帝行祠",这个碑本身非常重要,因为上面有这么几句话:"山曰大贤,观曰迎仙。所谓山之大贤者,因织女之称也;观之迎仙者,昔仙人所居也。"可见,这个迎仙观是和活到318岁的道士张道通有关,而大贤山则是因为织女的贤惠而得名。更重要的资料则是织女洞里明万历年间的两块碑。明万历七年(1579年)的《沂水县重修织女洞重楼记》碑是我们解决在地化问题的关键,"志云:唐人闻个中札札机声,以故织女名。旧矣,踵踵骚文勾翰寿石为沂上选胜焉。万历戊寅,邑侯王公过谓守者曰:洞固灵异,而岩依贵秘,秘贵虚顾。弗虚则灵室,弗秘则异泄,弗窒弗泄盍通以重甍。守者会公意,即礼多方金粟,展力为之,对岸并起牛宫,于是乎,在天成象者而在地成形矣。……公畅然曰,牛女之晤不在苍苍七夕,而在吾山间旦暮矣。"①(图2)可见,大贤山、织女崖都和织女有关系,而到万历年间的这块碑刻,尤其是其中"在天成象,在地成形"这八个字更是集中概括了沂源牛郎织女在地化的过程。万历十五年(1587年)的《沂水县重修织女洞记》碑文则进一步记载到,由于当时织

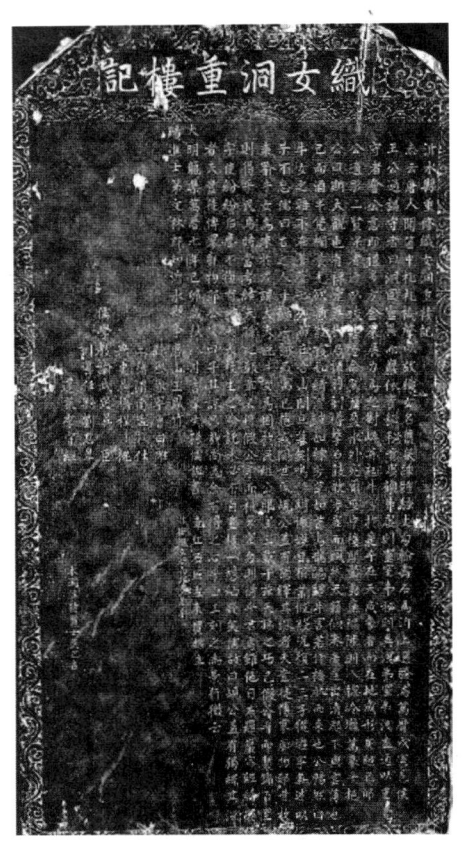

图2 明万历七年(1579年)《沂水县重修织女洞重楼记》拓片。李久安拍摄,2007年

---

① 叶涛、苏星主编《中国牛郎织女传说·沂源卷》,广西师范大学出版社,2008年,第412页。

女洞的洞口面向东方，从星宿上来讲位置不对，所以当地人把织女洞口改向偏北，然后在织女的后面添一尊神像，加了屏风和暖阁，这样就进一步和天上对应起来。这两块碑刻基本上反映了这个广为人知的传说成为沂源牛郎官庄村实实在在的风物传说的过程，即所谓"在天成象，在地成形"。从万历六年（1578年）县令的一番谈话，到万历七年牛郎庙落成，这个地方开始可以实实在在地说牛郎织女传说是我们的，比如万历年间的县令说"牛女之晤不在苍苍七夕，而在吾山间旦暮矣"。牛郎织女作为一个风物传说在这里就基本形成了。其他许多地方也都有相类似的风物传说，只不过没有这么丰富，比如湖北郧西县的天河里有牛郎织女传说中王母娘娘划隔天河的金钗石，郧县县委书记就据此打造七夕文化。诸如此类的风物传说都是如此。

二、孙氏家族与牛郎织女传说——孙氏家谱与碑文资料的互读

前面的内容是关于一个传说是如何在当地实实在在地落地，这从上述碑刻的部分得到解释。另外还有一个内容是笔者比较关注的。笔者在2005年第一次去沂源的时候，当地人向我们提到说牛郎是牛郎官庄村姓孙的家族的祖先，这个说法是笔者特别感兴趣的，这里面透露出一个信息，也就是一个传说故事和一个家族又是如何结合起来的呢？虽然不用去坐实这件事，但是这个说法本身就很有趣，于是我们可以继续讨论传说、村落、庙宇和家族在这个空间的关系。

基于此，我们对牛郎官庄的孙氏家族做了调查。笔者在第一次调查时纯粹是看空间；在第二次调查时笔者问到了孙氏家族有没有家谱，照片上的这个老人就把家谱拿出来了（图3）。笔者用300万像素的旧相机全部拍下了这两本家谱。家谱全部是手写，两本内容一样，是同一次修谱的东西，一个是草本，内容更丰富，另一个则更严整。正本中的序言很珍

图3 收藏族谱的孙氏老人。叶涛拍摄，2006年

贵，笔者那次全部拍了下来，过两个月再去调查的时候家谱就找不到了。笔者想通过家谱证明孙氏家族是什么时候到这里的，什么时候开始参与地方上的信仰活动，以及这个家族在牛郎庙、织女洞信仰活动中所起的作用。我们的研究不是去佐证所谓的家族关系，而是讨论这种拟血缘关系是怎样被构筑的，我们希望得到一个时间的脉络。

牛郎庙有明确记载是修建于万历七年，清代碑刻还提到说当时的牛郎庙不过是三间屋的小庙。家谱资料则是民国初年山东省议员顾石涛撰写的，他是牛郎官庄孙家的外甥。在序言里，他详细地叙述了他姥姥家的来历。家谱是在民国二十年（1931年）到民国二十三年（1934年）之间修成，其中，序是民国二十年写的，但顾石涛在民国二十三年时还曾来到这座村庄了解家族的沿革情况。按照家谱记载，孙家大约在明代末年由淄川县（属于淄博，和沂源之间隔着博山）的孙家大庄迁到了沂水县西北乡安乐社高厂庄，再迁到牛郎官庄定居。这是民国年间孙氏族人在经过相关考证的基础上做出的推断，即孙氏家族是在明代末年才开始迁移，经过了大约两三代才在牛郎官庄定居。因此，孙氏家族最早是在明末清初到达牛郎官庄村，先有牛郎庙，后有孙氏家族，这是根据这些家谱材料可以得出的一个推断。（图4）

根据当地另外的一些碑刻资料，我们还可以对这一推断进一步加以补充。其中，较早的有天启年间（1621—1627年）天齐庙的碑刻资料，其中出现姓孙的人名，但是这个人在家谱里找不到；嘉庆年间（1796—1820年），落款里开始出现可以和家谱对应的孙姓人名，不过这时孙姓族人只是参与人员；到咸丰、道光、光绪和民国年间，孙家在其中渐渐开始扮演重要作用，这是和家族发展历史有关系的。在家谱里可以看到家族逐渐发展并参与地方活动，包括修庙祭祀等，比如在天齐庙最早创修的嘉庆年间，孙家作用不大，而到了后来光绪年间，孙家就成为重修庙宇工作的领袖了。不过，对于牛郎就是孙家祖先的这一说法则没有任何文献材料可以证明。

尽管牛郎是穷小子，但是他娶到了天上的仙女这也不是不荣耀的事情，但是在所有文献里却没有提到任何相关的事情。那么牛郎是孙

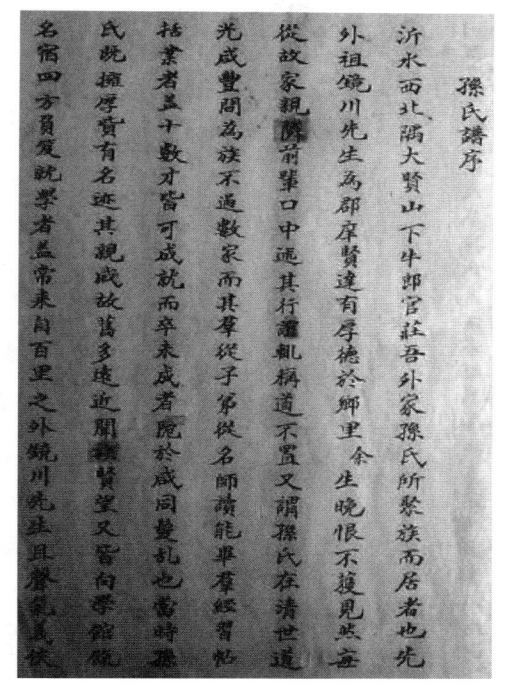

图4 《孙氏谱序》。叶涛拍摄，2006年

氏家族祖先的这个说法是如何被提出，又是何时出现的呢？从现有各种文献中是找不到答案的，那么我们就得用另外的思路。在《中国牛郎织女传说·俗文学卷》中，所有地方戏曲里牛郎都姓孙，比如在最早的秦腔里面有哥哥孙守仁、弟弟孙守义。《俗文学卷》把牛郎织女的戏曲从最早的到现在的全部搜集到了，但是最初的牛郎织女是没有姓名的，只是在地方戏曲里面开始出现。按照现在学界的推断，大概是清代中晚期的乱弹兴起，地方戏曲里的《天河配》才开始有名有姓。而孙家大概恰恰是清初以后才到达牛郎官庄并定居下来，而这一时期的民间戏曲里，《天河配》已经是民间比较盛行的应节戏了，由此，孙姓的牛郎自然而然地就与牛郎官庄的孙家连接成拟血缘关系，虽然没有证据，但是这种推断对于解释民间的说法应该是合情合理的。

这是我们讨论的第二个问题,由此,牛郎织女传说在地化的过程和家族结合起来,得到了进一步的强化,这个本是虚无缥缈的天上传说落到地上,落到家里,甚至过年过节还要去拜祖宗了。当然我们最早去调查的时候比较有趣,询问牛郎官庄的老百姓,大部分人对于这个问题就只是一笑而过,但是外村的人绝对都说牛郎就是孙家的祖先,孙家人自己反而并不是那么确认。但是后来不一样了,比如我们 2006 年在当地开会,笔者就拿到一个政府下令村里不能说牛郎不是孙氏家族祖先的材料,而当时我们开会是会影响到"申遗"的,因此县里特别重视。对于讨论传说在地化的问题而言,前面笔者所说到的这些地方文献恰好和传说有着很密切的关系,但在其他地方,碑刻不一定这样丰富,而碑刻内容也可能与传说的关系没有那么密切。当然,我们在进一步做研究的时候不仅要考虑民间文献、村落家族等层面,还要联系起当地的整个道教信仰环境做综合性的讨论。

三、"非遗"申报对牛郎织女传说在地化的催化作用

以上两部分内容是笔者下功夫比较大的,也是笔者比较幸运的部分,不论是民间文献还是家族家谱,都成为我们讨论牛郎织女传说在地化问题的关键。最后一部分笔者想进一步谈谈"非遗"活动对民间传说在地化的催化作用。

在 2005 年国家"非遗"第一批名录申报的时候,由于"非遗"活动作为政府工作可以列入政绩,各地就开始重视起来,比如沂源在 2006 年我们调查结束后,政府工作报告中就将牛郎织女传说"申遗"作为"政府要为民众做好的十件事"之一列入政府工作。可见,第一批国家级非物质文化遗产名录公布之后,各地都开始重视,尤其是由于牛郎织女传说没有进入第一批名录,从 2005 年到 2006 年出现了 11 个地方都说自己是所谓的牛郎织女传说起源地。到 2006 年年底开始申报第二批国家"非遗"名录时,有 6 个地方把它纳入省级名录并报到国家,后来第二批公示的有陕

西长安、山东沂源和山西和顺。如果没有"非遗"申报名录,沂源的县委书记不会找笔者来做这件事,加上沂源县属于淄博市,而淄博市的孟姜女传说申报第一批"非遗"已经成功,于是当地就觉得牛郎织女传说同样可以作为一个文化资源来用,并且淄博文化局局长曾经在沂源县工作,所以就支持了我们的调查和研究。

"非遗"申报构成沂源县牛郎织女传说调查的直接背景。从2005年到2006年,沂源县牛郎织女传说的民俗调查开始展开,2006年召开全国首届牛郎织女传说研讨会。2008年,中国牛郎织女传说研究中心建立,并编纂五卷本《中国牛郎织女传说》(起初策划的还有"史料卷",共六卷本)。2008年,沂源县牛郎织女传说入选第二批国家级非物质文化遗产名录。不难看出,"非遗"申报对沂源牛郎织女传说的在地化起到了强化、催化的作用,比如政府要求村民说牛郎是孙氏家族的祖宗,诸如此类的事情都出现了。

当前中国非物质文化遗产的普查、申报和后期的保护工作,涉及政府、学者和民众三方面的力量,而这三方的出发点、利益诉求和对"非遗"的认识都是不同的。政府将"非遗"作为政绩,学者则有理论诉求,民众则是被动地卷进来,因为"非遗"涉及的就是民众本来的生活内容。可见,政府、学者和民众这三方的力量是不一样的。

从沂源的例子来看,政府是整个"申遗"行为的主导方,比如在2006年首届牛郎织女传说研讨会之前,牛郎织女传说研究唯一的专著只有台湾学者洪淑苓在其硕士论文基础上的《牛郎织女研究》;再比如2008年沂源县牛郎织女传说列入国家级非物质文化遗产名录后,2009年春节前县委常委开会讨论牛郎庙与织女洞景区的修建等。沂源县对于牛郎庙的修建,当时县委常委会一致决定要盖成唐代风格,笔者得知后哭笑不得,春节后笔者在拜访沂源县韩书记时提到此事,笔者提出史料明确记载牛郎庙只是一座明清小庙,而且唐代风格的庙宇放在当地的环境里会显得不伦不类。于是韩书记联系几个部门负责人,经过讨论决定改盖明代风格的庙。可见，牛郎庙的修建倘若不是由政府主导也无法完成。在过去，牛郎庙一带是包含有三官庙、天齐庙在内的庙宇群，但是现在这一带的整个地基都被改成了牛郎庙。在牛郎祖堂里，原来既有牛郎也有织女，但是作为祖宗祠堂，现在的牛郎庙里就只有牛郎了。另外，在牛郎庙旁边还盖起了牛郎织女民俗展览馆，这也很难得。此外，县里还做了一件让人很感动的事情，2006年2月，沂源县委做出决定，在景区周边河道里不能挖沙，而上游的造纸厂虽然是县里的利税大户，但由于会污染，造纸厂也被关闭炸掉，这是牵涉几百人安置的大事，但为了避免景区污染而被关停，这都是只有政府才能完成的大事。关于政府的作用，其中还有一例是，当地本来有一处天孙泉，由于韩书记觉得"孙"字不好听，于是改称"织女泉"。诸如此类都是政府主导的事情，有利有弊，但是现在看来还是利大于弊。

学者在这个问题上的角色是理论建言与积极参与者，在沂源牛郎织女传说的案例中，学者的作用是很明显的。我们在当地展开了长期而细致的调查，比如对于当地传说，笔者的学生郭俊红写了硕士论文；再如我们对村落信仰与庙会的全面调查等，都是学者所做的工作。学者的参与还有召开研讨会、成立中心、出版调研成果等。在这种合作当中，学者并不是只给地方政府做事，而是一方面要有自己的立场，比如在沂源的案例上，笔者从一开始就明确不谈起源地的说法；另一方面是要立足我们的学科本位，比如笔者的学生要去调研做论文，正好可以借机培养学生做田野；再比如学者写文章出书、开研讨会等，这几本书（《中国牛郎织女传说》五卷）做得比较痛快，合作也比较愉快，从学者和政府的合作来看是双赢的结果。

最后谈民众这方面的力量。老百姓是遗产的拥有者，但他们是被动地参与进来，不知道情况的人会认为是干扰民众的生活，但是百姓在"申遗"当中积极配合，也可以说是一定的受益者。图6很有趣，这是2008年首届牛郎织女情侣节时拍摄的。图5的场合是开幕式，笔者也在其中准

图 5 2008 年七夕情侣节开幕式。叶莺拍摄，2008 年

图 6 2008 年七夕牛郎庙民众祭祀场景。叶莺拍摄，2008 年

备剪彩，同样的一个空间旁边，也就是图 6 则是老百姓在举行自己的仪式，可见在同一个时空当中，老百姓有自己的一套生活方式，尽管这时当地的牛郎织女传说已经列入国家级"非遗"名录，举办了首届七夕文化活动，一直到现在每年还在如期举行，但老百姓也同样在继续着自己的仪式。另一方面，这些七夕的仪式活动过去不可能有如今这么隆重，现在由于"申遗"成功，政府重视所以百姓也重视。类似的情况还有，此前春节虽然也会在庙里烧烧纸，但没有大型家族祭拜活动，而现在政府重视，老百姓自己也随之重视起来，相应的活动场面也很壮观。

从上述沂源的案例出发可见，牛郎织女这个传说只有流传地，而不存在所谓的起源地。笔者觉得四大传说都存在这样的问题，不过笔者只能从牛郎织女传说来讲，它的起源地就是天上那两个星宿，对于这类传说，我们确实可以换个角度再做更多的思考。

学生互动摘要

叶涛教授的演讲结束后，同学们围绕民间文献的阐释限度、地方民众与传说在地化的关系以及如何看待"非遗"等问题与老师进行了交流。关于如何处理地方民间文献的问题，叶老师指出应当注意收集田野调查过程中发现的文字材料，它们很可能在意想不到之处提供线索，而对这些材料使用与解读到什么程度，则需要置于地方的整体环境（如地方信仰系统）中具体分析，将历史文献和现实生活相互对读。关于地方民众与传说在地化过程的复杂关系，同学们有的好奇在地化是否是当地人有意为之；有的猜测这是否与当地特有的信仰系统有关；有的则想了解作为"传说风物"的牛郎庙和织女洞在当地人生活中实际扮演的角色。叶老师表示，这些问题同样需要结合地方历史脉络及信仰空间进行观照。他分别从沂源的道教信仰背景与家族迁移历史入手，梳理出牛女传说在地化过程中发挥作用的两条纽带：民间信仰与祖先认同，并指出在当地信仰实践中，牛郎织女实际上处于附属的地位，今天当地人在七夕祭拜牛女与"非遗"的介入有关。

2015年12月17日，同学们围绕该话题进行了评议和讨论。主持人程梦稷首先从叶涛教授在研究方法上的亮眼处入题，指出得益于借鉴地方社会史研究过程中保持的方法自觉，沂源牛女传说的个案研究一方面通过对地域性面向及地方性话语的开掘，突破了传统传说研究宏大主义、文本中心的旧路；另一方面，对碑刻、家谱等田野文献的发掘有效呈现了传说在地化的历史建构过程，从而在"革故"之余打开了在地化研究的新局面——"他山之石何以攻玉"的议题由此彰显，这不仅涉及方法借鉴层面的问题，还昭示着学科交叉处可能蕴藏的学术生长点——从"在田野中发现历史"到将田野本身视作传说生长的活态生命场，跨学科经验的转化要求民间文学在吸收启迪的同时也对自身的问题意识与研究方法加以厘清。在此基础上，主讲人进一步回归民间文学自身的问题域，廓清了传说研究的两个主要面向：地方话语与文类文本。

讨论环节中，同学们从如何把握"在地化"研究理路的基本问题出发，对民间文学研究何以与之互动、学者的田野伦理等延伸话题进行了探讨。不少同学表示讲座呈现的在地化讨论与起初的理解有所出入，研究中包含的牛女传说文本不多，而传说本身与在地化进程的联系似乎也是后附的、较弱的。这一困惑在交流中逐步解开：不同于追踪传说文本之地方性演述的传说本位研究，叶涛教授在地化研究的目标毋宁说是考察牛郎织女作为全国性的整体知识是如何与当地知识系统相对接的，传说只是地方牛女知识谱系中的一部分，它是作为代表民间文献建构力量的地方知识被纳入讨论的。那么，民间文学如何能发扬传说研究的专长，与已有的在地化研究成果有效接轨呢？有同学对纯文本分析与语境研究能否精准衔接表示存疑，有同学则从考古地方话语如何动态生成的角度提供了进路。关于学者的田野伦理问题，同学们就学者是否能够保守学术边界，或在何种程度上介入地方进程发表了各自的看法。

（摘要撰写人　李思羽）

从中国四大传说看异界想象的魅力

刘晓峰

编者按：2015 年 11 月 26 日，清华大学历史系刘晓峰教授为北京大学中文系民间文学专业的学生带来了一场题为"从中国四大传说看异界想象的魅力"的讲座并展开交流。

如果将中日民俗学发展进行比较，我们会发现：在日本民俗学发展历程中，妖怪学在其学科草创和发展过程中地位非常重要；而在中国民俗学、民间文学学术脉络之中，妖怪学的话题尽管或多或少分散在以往的相关专题研究中，但有意识地、系统全面地对妖怪学进行的研究与讨论，颇为少见。自刘晓峰教授在 2015 年民俗学年会组织"妖怪学"专场讨论开始，学界似乎有了研究妖怪学的热情。本次演讲中，刘晓峰教授以中国四大传说为案例，对传说各自的情节进行讨论，认为"异界想象"增强了传说的魅力，并将其与时间观、空间观联系起来思考，试图推进学界对妖怪学的基本概念、学术边界、研究方法、研究目标、民族特征、妖怪学史等方面的持续探究。

一、中国四大传说与异界想象

四大民间传说，牛郎织女、孟姜女、梁祝、白蛇传，其实都是爱情故事,这四个故事都是悲剧。古代这种故事很多,为什么这四个悲剧故事成为中国流传最广的传说?而一个传说之所以成长到进入四大传说这个程度,肯定有很多重要要素在里面。一个传说就好比是一颗种子,正如黑格尔所说:一颗橡树的种子,包含了这棵橡树的所有命题。如果我们把传说看成一颗种子,这颗种子必须拥有足够重要的要素才可能成长为流传普遍的大的传说,否则它就可能是众多平凡的、局限于某一地域的小传说之一。那么,什么要素让四大传说成长到如此著名的程度呢?我们可以有好多角度分析:都有一个特别优秀的女性;都关联爱情;中国古代很少有悲剧,多的是大团圆结局,但这四个传说结局都能够唤起人们深深的同情。除此之外,能够让它们成长起来的特殊因素还有什么?我觉得是对异界的想象。对异界的想象给了这四个传说以非常大的魅力。

异界想象是中国民间文学中一个重要的表现手段,可以说它是民间文学的重要组成部分。我认为异界想象和中国人的时间观和空间观有很深的关联。我们所认识的这个世界的存在是一种常态;超越这种常态,我们认为它是"非常"。这种超越了我们日常生活的"非常",在古代人那里是存在的,在儿童的世界它也存在,我们可以把它看成是有情世界里的一种非常丰富的想象。这是一种对常态的超越,是思维或存在方式的一种整体超越,是通过超越建设起来的一种非常世界。这一非常世界自有它的认识价值,不论是时间或空间两种超越的哪一种,在最根本的地方都与我们民族的文化有非常深的关联,跟我们的终极文化价值有非常深的关联,需要我们认真加以思考。

异界想象赋予了这些传说什么要素?《诗·大序》云:"诗者,志之所之也,在心为志,发言为诗。情动于中而形于言,言之不足故嗟叹之,嗟叹之不足故咏歌之,咏歌之不足,不知手之舞之足之蹈之也。"[1] 那么,"手之舞之足之蹈之"也不足怎么办?我想就到了使用"异界想象"来表

---

[1] (清)阮元校刻《十三经注疏》,中华书局,1980年,第269—270页。

现。也就是说，当我们无法用这个正常的语言行为来表达自己的情绪，无法表达对自己的期盼时，就到了使用超越我们这个世界的手段加以表达的时候。那个手段是什么呢？是异界想象。

郭娟写过一篇文章《白娘子饮下雄黄酒》，文章很短，但很值得读。一个故事的发展需要有一个突变的契机。白蛇传这个故事突变的契机，就是许仙让白娘子喝下雄黄酒。因为白娘子与许仙的夫妻情分深到了一定程度，白娘子想着自己有千年修炼的功力，也许喝这点雄黄酒没事，结果一喝就现了白蛇的原形，把许仙给吓坏了。从这个点开始，这个故事一下子进入另一个节奏。这个故事情节的突变契机从哪来？从雄黄酒来。而一杯雄黄酒为什么能带来突变的契机？那是因为这个故事潜在的异界的要素在里面。孟姜女故事也是一样，钟敬文讲，孟姜女传说中出现"哭倒长城"这个环节是一个重要的转折点。孟姜女成为影响全国的传说，"哭倒长城"这个情节是一个重要因素。反之，如果孟姜女传说中没有"哭倒长城"，梁祝传说中没有"化蝶"，那么这两个故事会变成什么？我们知道明代有很多才子佳人小说，你看到最后连名字都没记住，好多小说也都写到了男女主人公殉情死了，但你就是没记住。梁祝能够被我们记住，能够在老百姓中广为流传，甚至被谱写成那么美的小提琴曲，原因之一就在于最后这一点，在于它非常、它超常，它是异界想象。文学和自然科学不同。对于人来说，理性和科学非常重要，但在理性和科学之外人还有情感，情感是人类精神的重要组成部分，而情感的表达完全可以非理性、非科学。妖怪学就是这样一种非理性、非科学的表达。

二、从异界想象到妖怪学研究

妖怪学在日本比我们发展早。井上圆了最早研究妖怪学是在日本明治年代，他的《妖怪学讲义录》是蔡元培翻译的。他写这本《妖怪学讲义录》目的并不是向世界宣传妖怪的，蔡元培也是因为反迷信这一点才翻译这本书的。蔡元培写道:"余自初识学问,涉略理科,常以天下事物,有果者必有因,有象者必有体,无不可以常理推之,无所谓妖怪也,于是将幼年所闻妖怪之谈论,所受妖怪之教育,洗濯净尽。又怜家庭之内,社会之间,常窟穴无数之妖怪,思一切扫除之。惟自知学力未足,他人之所谓妖怪者,吾虽常决言其非妖怪,而不能确言其非妖怪之所以然,又不能证明他人所以误为妖怪之故,惟觉妖雾漫空,使人迷喧而不知方向耳。"①蔡元培认为这是在中国将妖怪清除的一个好机会。井上圆了研究妖怪的动机和蔡元培是一样的,也是要破除迷信。井上圆了说:"妖怪学者,论究妖怪之原理,而说明其现象者也。"②井上圆了认为有各种各样的神奇现象,是因为普通的知识、寻常的道理没有把它讲明白,所以我们会认为它是妖怪。他一辈子搜集妖怪的材料,并加以分类,他的目的何在呢?明治时期是日本人用西方文化改造自己文化的时代,井上圆了一个重要的诉求就是把过去的各种迷信打碎,因为迷信就是文明的敌人。他与妖怪搏斗了一辈子,整天批判妖怪不是真的,把各种各样的妖怪资料搜集起来并加以分类,最后想破除之。结果事情很像汉人写赋,前面竭尽笔力写亭阁园囿物产之丰赡,到最后才进谏几句帝王你不可以如此奢侈,作者想曲终奏雅,但读者对"奏雅"这部分大都忽略了,都只注意前面辉煌灿烂的笔墨去了。井上圆了想破除妖怪而倡导妖怪学,却因为讲妖怪而广受欢迎,日本各地都有人请他去演讲,尽管他讲的时候要说几句破除迷信,但大家都叫他妖怪博士,这就是历史的吊诡。我感觉他后来也自认这种身份。将来中国的妖怪学研究肯定也是一个很受欢迎的方向。

马克思在《政治经济学批判·导言》里面说:

困难不在于理解希腊艺术和史诗同一定社会发展形势结合在一

---

① 亚泉学馆《妖怪学讲义录(总论)·初印总论序》,东方出版社,2014年,第1页。
② 〔日〕井上圆了《妖怪学讲义录(总论)·绪言》,蔡元培译,东方出版社,2014年,第1页。

起。困难的是，它们何以仍然能够给我们以艺术享受，而且就某方面说还是一种规范和高不可及的范本。

一个成人不能再变成儿童，否则就变得稚气了。但是，儿童的天真不使成人感到愉快吗？他自己不该努力在一个更高的阶梯上把儿童的真实再现出来吗？在每一个时代，它固有的性格不是以其纯真性又活跃在儿童的天性中吗？为什么历史上的人类童年时代，在它发展得最完美的地方，不该作为永不复返的阶段而显示出永久的魅力呢？有粗野的儿童和早熟的儿童。古代民族中有许多是属于这一类的。希腊人是正常的儿童。他们的艺术对我们所产生的魅力，同这种艺术在其中生长的那个不发达的社会阶段并不矛盾。这种艺术倒是这个社会阶段的结果，并且是同这种艺术在其中产生而且只能在其中产生的那些未成熟的社会条件永远不能复返这一点分不开的。①

这段话讲得特别好。在科学发展的时代，在工业革命已经开始的时代，希腊神话还有没有地位？马克思认为还有，因为希腊神话可以超越时代，它拥有的是永恒的魅力。中国古代的妖魔鬼怪，其实也是我们民族"固有的性格"的一部分，是我们"以其纯真性又活跃在儿童的天性中"的要素，是我们宝贵的文化财富。

在辽宁大学开会围绕妖怪学讨论时，日本民俗学会会长小熊诚讲了一段话：

日本民俗学从开始起步起，妖怪学就是它的重要组成部分，柳田国男的民俗研究一开始做的很重要的工作之一就是编辑出版了收入很多妖怪故事的《远野物语》。中国的妖怪学研究最近才刚刚开

---

① 〔德〕马克思《政治经济学批判·导言》，《马克思、恩格斯选集》（第二卷），人民出版社，1995年，第29页。

始。2015年民俗学年会第一次将妖怪学作为主题进行讨论。柳田国男认为,民俗学为什么重要?是因为它是通向每一个民族心灵深处的那把钥匙。妖怪学里面有很多值得重视的概念,比如恐惧,我们怕什么?这有很大的研究空间,甚至有中国和日本进行比较研究的空间,比如先找出日本妖怪学的核心、找出日本人最怕什么,再去琢磨中国的妖怪学的核心、找出中国人最怕的是什么,再把这两者做比较研究,这会是中日比较研究中非常有意思的一个课题,但是这样的工作还没有人做。[1]

小熊诚上述讲话很重要。妖怪学研究在中国其实有很多基本的方面都还没有展开。比如妖怪学的基本概念、妖怪学的学术边界、妖怪学的研究方法、妖怪学的研究目标、妖怪学的中国特征、妖怪学的东亚特征、妖怪学研究的历史等。

在蔡元培翻译《妖怪学讲义录》之后,民国曾经出版过妖怪学方面的教材,它是作为破除迷信的小学教材出版过[2],原来我们都不知道。北京外国语大学王鑫的博士论文对中国妖怪研究发展有一个回溯,提到了这本教材。妖怪学研究当然也有一些积累,但还没有一个可以做样板的研究,有的只是一个空的框架,这需要一代学人、两代学人琢磨、研究、探讨,把它填补下来。我们需要自己的理论建构。当然国外有一些理论,我们可以把它们搬过来参考,但时代不同了,已经不是梁启超、鲁迅那个时代,也不是一个把国外的东西拿来就能说明中国问题的时代,需要认认真真地坐下来,思考怎么去研究去讨论。我看到了妖怪学研究这个世界,我也希望自己能为它做一点贡献。我一直做节日,后来做时间文化,我想从时间角度对妖怪学做一个讨论。

---

[1] 2015年中国民俗学会年会在辽宁大学举办,日本民俗学会会长小熊诚教授在会上的讲话,这段话是作者根据现场录音整理而成。
[2] (清)屠成立《寻常小学校妖怪学教科书》,新中国图书社,1902年。

究竟什么是妖怪呢？比方说孟姜女她哭倒长城，大家不会想孟姜女是个妖怪，她是一个贤妻，不是一个妖怪；梁祝合葬后飞出的两只蝴蝶，大家也不会认为这是妖怪；白蛇传有蛇妖变化在，是妖怪类，但牛郎织女有神界参与，鲁迅会把它编到神魔小说里面。那么究竟妖怪是什么？妖怪学的学术边界在哪里？我认为不能把妖怪学的学术边界界定太清楚，如果界定得太清晰，它就根本没法向前发展。我读过李福清的《神话与鬼话》，他研究台湾少数民族的神话故事，把少数民族民间故事分了四类：动物故事、神奇故事、生活故事和鬼故事。我看了一下他的内容，动物故事、神奇故事和鬼故事应该都在我们的妖怪学范畴里面。如果要给妖怪学定一个学术边界，那就是正常生活之外，有好多神奇事物都跟妖怪学相关，但它们并不一定都是妖怪学的研究对象。哪些可以是，哪些不可以是？对于我来说就回到时间角度。我从时间这个维度看妖怪学。

三、时间、秩序与妖怪学

《论语》中说"子不语怪力乱神"。我们这个文化有一个理性的传统，尽量把"怪力乱神"排除出去的传统，特别在古代知识分子这个阶层。中国古代这个理性传统何以如此强大，与中国古代时间文化有关。当个体生命的单线性时间和循环的时间相遇时，出现的就是一种永恒与瞬间的矛盾，是有情和无情，这是人生来就面对的根本矛盾，我们思考的很多问题都与这个矛盾有关。中国古典文学里有多少作品的主题都出自这个矛盾。所以时间文化里面是有很多重要问题的。围绕着时间我们有一个很重要的概念，就是正常，一个正常存在的时间秩序。这个正常的时间秩序是怎么来的呢？它源自古代人观察天、地和人自身形成的一套时间观念。关于这个秩序，我提出了几个重要的关键词，比如：循环、秩序、数、有情、时空一体化、顺生、超越秩序的想象等。

古代人如何观察这个世界的时间呢？这可不是简单地看到春夏秋冬

四季的变化。中国古人很早就窥破了这个世界存在一个有规律的循环。古代人对这种大自然的变化和循环掌握得特别准确，在天地万象中他们认识并掌握了时间的规律——一个不断变化的循环过程。中国人认识时间还有很多特殊的地方，比如时间的空间化，不仅把时间看成时间，而且把时间看成空间。例如东方是一个方位词，但在古代东方代表春天，代表生生之气，还代表很多相关的东西，这是一种时空一体化的思维，强调的是时间的循环。

跟循环直接相关的是秩序。《礼记·月令》里面所讲的一切用一句话来概括就是秩序。天有天的秩序，地有地的秩序。天地有序，人亦有序。人的秩序是什么？就是中国古代文化中的礼的精神、乐的精神，所以礼乐文化，要讲的就是人世间的等级秩序，长幼有序，尊卑有序。《论语》讲："八佾舞于庭，是可忍也，孰不可忍也。"[1] 佾是奏乐舞蹈的行列，也是表示社会地位的乐舞等级、规格。一佾指一列八人，八佾八列六十四人。按周礼规定，只有天子才能用八佾，诸侯用六佾，卿大夫用四佾，士用二佾。这就是秩序。秩序是古代礼乐精神的根本，是非常重要的关键词。

再者就是数。数是循环的时间观念里特别有意思的存在。《汉书》有"律历志"。为什么把"律"和"历"放在同一个"志"里呢？读本科时阅读"前四史"就很为此疑惑：一个是天文，一个是音乐，它们为什么要放在一起呢？后来明白把它们统在一起的，是数。古人看天空看出了时间的刻度，星星的变化是可以预先计量的，这意味着我们能用数字表述星空的变化，意味着我们可以"逆知未来"。在古人那里，循环的时间秩序可以用数来把握，还有一个可以用数来把握的是音乐。六千多年前的红山文化遗址出土的骨笛，据说出土时还能吹出准确的音调，那时候就知道该开多大孔，孔之间留多大距离，几管古笛都那么准确，表明制造者对孔的大小孔距是有数的。再后来古琴的音律已经和数字直接关联。所以数对于

---

[1] （清）阮元校刻《十三经注疏》，中华书局，1980年，第2465页。

我们的文化很重要，发现可以用数把握世界，古人变得很理性地看待世界，开始超越一般意义上的原始崇拜万事万物而思考物象背后某种绝对的力量。

对这一绝对力量，中国古代人一直在追究。张岱年说，中国哲学和西洋哲学有一个很根本的区别，就是追问本根性问题。为什么要追究本根性？如果我们理解中国古代时间文化发展的特点，这个问题就可以有另一层理解。当知道完全可以用数字把握星空的变化，完全可以依靠数字一步一步推量星空和这个世界未来的变化，很自然便会产生万事万物背后一定有一个巨大意志在把握它的想法，很自然会追问会思考这个意志是什么。而一旦无法完整把握这个意志，很自然地就开始把情感带进来把这一意志加以神圣化。既然想象这个世界有一个意志在后面主宰，那么这个意志肯定是一个有情的意志——"天地之大德曰生"（《易经·系辞下》），生生之意是天地的意志。《月令》里惊蛰有一个物候，叫"鹰化为鸠"，春天是生的季节，天上飞的鹰一下变为鸽子，从物种学从科学知识体系讲，这根本不可能，但这就是古代的世界，将有情带入无情的世界。所以，在古代时间的循环过程被过度解释、过度认知为有情。这种推演的顶峰是汉代，出现大量的纬书，里面充满谶纬的内容。董仲舒的"天人感应"也在这一思路上。《文史知识》刊登过陈泳超的一篇文章谈这方面的事，谈到古人认为跟天数相合人有三百六十块骨头，这种思路的要点是把这个世界看成是一个有情的世界。

这个有情的世界也是时空一体化的世界，它既是时间的，又是空间的。这种时空一体化跟欧洲文明很不一样。在亚里士多德时代，古希腊人就把时间和空间切割开来了，而我们不仅没有把它们切分开，特别在秦汉时期还把这种时空一体化的观念强化了。因此我们看《周易》，里面讲"元亨利贞"，就是春夏秋冬。如果你用春夏秋冬读《周易》，这书就变得有趣多了，元亨利贞是四德啊，它把人伦和天理合到一起。当我们讲仁义礼智信这套秩序，它的逻辑不仅只说我们人行动需要一个秩序来遵守，而且把仁义礼智信看作天道的一部分，也就是天理。

理解古代时间观念还有一个关键词叫"顺生"。《黄帝内经》里讲"人能应四时者，天地为之父母"，是说如果你能顺应四时的话，天地就能养你。这也是一个大题目。自然的时间拥有循环的特性，但我们每个个体的生命都是线性的。线性的生命如何超越自然的循环，这是人类所面临的终极问题。为克服这个矛盾，产生出诸多想象，这就是对永生的渴望。道教里讲神仙，成仙就是获得永恒生命的一种手段。秦始皇求不死药，汉武帝求长生不老药，历代帝王很多都沉醉其中。除了不死，还有一个思路是复活。如果我不能永生，我死了能够复活也很好，这就是围绕复活的诸多想象。比如如何进入轮回、如何进入审判，这都是超越现实时间的一种想象。在中国古代，和长生不死相关出现了两大神仙体系：一个是山东这边的，蓬莱仙境系统的想象群；一个是西北的，以昆仑为中心的想象群。以复活为核心的，也有两块：一个是泰山，一个是赤山。古代人认为人的灵魂死后进入泰山会被重新安排；后面这个赤山，知道的人少，这是为海外的人准备的。认为日本人、朝鲜人死后魂归赤山，这是山东半岛荣成的一座山。华夏之人死后去泰山，海外之人死后去赤山。今天日本京都有一个赤山禅院，里面供奉一个神叫赤山大明神，赤山禅院里还有泰山信仰，是两个合到一块了。

古代人的时间世界基本是一个正常的世界，就是完全按照秩序循环的世界，并且是可证的，天空旋转于上，大地变化于下，在人间这一切都是可以证明的。那么，在这样一个世界里，古老的神话世界就面临悲剧的命运了。海涅在《诸神流窜》中说过，当基督教在欧洲成为主流意识形态，希罗神话就不再具有权威性，结果希罗神话中的诸神被赶星分云散，波塞冬被赶到海上去了，好多大神都被赶到街市中成了行业神。我认为诸神流窜的过程在中国也存在。我推测殷商时代是有很多神的，但当这套时间文化兴起之后，这些神纷纷失去了自己存身的地方。比如正月十五我们祭祀的一个神叫紫姑，紫姑的前身是帝喾之女，也就是说正月十五我们要祭祀帝喾的女儿。可这位女神已经被赶到厕中去了。另一个是冬至的时候街上有个小孩,你如果碰到了他就会得疫病。这是古帝颛顼的孩子,不知为何冬至那天死了。他喜欢喝粥,给他粥喝后你就可以躲开灾难。想想他们都是远古大帝们的子女啊。我在日本还找到了一堆古帝高辛氏的子女,找到了五六个,在中国都没有记载了,在那边典籍中还有流传。他们都是古帝高辛氏的孩子,是被这套时间文化为基础的新的思想传统赶走的。被这套文化赶走的不仅是神,妖怪也同样活得艰难。那么是一种什么力量在跟巫俗巫风搏斗呢?就是这种后来在知识分子之中成为主流的思想观念。

与我们讲的正常相对,其实还存在一种非常的观念,它跟中国人的妖怪观息息相关。正常的反面是非常,非常是对正常的一种超越。比如狐狸修炼后可以成人形,这在正常世界里是不可能存在的,比如蛇修行千年之后就可以变成白娘子一样的美女,在断桥上与许仙相会。万物有情啊,在古代人的思维中,万物完全可能从正常进入非常。正常与非常的转换,可能有两个途径:一个途径是仙化,它是一种有序的超越;另一种是无序的,就是妖化。因为神仙世界依旧是循环的、有秩序的、可以用数掌握的。比方《汉武故事》说西王母跟汉武帝讲,我这个桃啊,三千年一结实,东方朔这个坏小子来偷了三回。西王母说,你拿回去也没用。三千年、九千年也依旧是时间啊,只是把人世间的时间放长了,它还是有秩序的。神仙世界可以看成是现实世界的某一种放大,我们可以这样去想象它。不过超越正常秩序需要很多手段,例如服用某种特殊的材料或者设置某种特殊装置。通常神仙和妖怪都是超现实的;中国古代著名的仙人奕棋,在旁边看棋人的斧子把都烂掉了,那是因为仙人的时间和人间的时间有差别。我们都知道的黄粱梦,也都是时间的变化,不同的时间向度带来的这种变化。同样的道理,空间的变化也是一样的。

所以在人、妖、仙之间存在三重转变的可能性:人与仙的转变,妖与人的转变,妖与仙的转变。认识到这种转变的可能性,我们是否可以考虑说有序的转变是神界,而混乱的转变即妖化。比如说认为妖化是一种非循环的、非秩序的、非数的、非有情的、非时空一体的、非顺生的转变,我们可不可以向着这个方向去思考呢？中国人的妖怪观，是一种超现实的东西。它是一种对时间和空间界限的突破。从空间角度，它是物之大小、力之大小；从时间角度也存在着这种转换和超越，超越时间会带来一种类似界限的突破和转换。比方说，正常情况下，东西是不会说话和动的，动物也不会与人说话，但超过这个界限，物件和动物都可能被赋予语言的力量，所以人与物之间，这种界限就被模糊掉了。

结语

回到四大传说与中国妖怪学的话题来。实际上，妖怪就存在于我们讲的四大传说中的异界之中，它是一种异界的想象。这种异界想象，在民间今天依旧留存很多。一个偶然的机会我到浙江澉浦做了半个月的田野。我发现田野里面有关妖怪的内容太丰富了，比方我碰到一个金牛洞的故事：这地方原有兄弟俩卖豆腐。豆腐板上老向下滴豆腐汁，掉到地上慢慢滴出一个小坑。小坑里每天都会长出一棵小草来，特别青，特别绿。每天都有一头牛来吃这棵小草。很多人卖豆腐都没人买，但兄弟俩在这里卖豆腐却很赚钱。突然有一天弟弟注意到这头牛了，想这牛从哪里来的呢，还有这草怎么第一天吃掉，第二天就长出来呢。某一天哥俩就偷偷跟着牛走。走着走着就发现牛开始拉屎，牛拉的全是金蛋子。这是金牛啊，兄弟俩就追着抓牛，牛就拼命跑。中间还有些情节很复杂，各种东西出来保护，最终牛还是跑了。牛跑到哪里了呢？跑到江那边去了，只留下这么一个山洞。

故事听过好多天后，突然有一天我意识到这个故事有很深的意味——江那边就是宁波。我调查的澉浦，是一个在南宋非常有名的地方。这里留下了中国第一本小镇的地方志。澉浦在南宋是紧靠临安的一个大码头，生活在这里的人很有钱，大家捐钱修了地方志。可是后来澉浦港由于淤积失去了运输功能，江对面的宁波港乘势兴起。澉浦人肯定想过，我们这个地方曾那么富裕，为什么突然就不行了呢？金牛跑到那边去了就是一个来自民间的解释。我还听到一个三姑娘的故事。溆浦街道很窄，两边住家隔路相望。相对的两家男孩女孩谈了恋爱，可父母不同意。小伙子找了把梯子架在两家窗子上爬进了姑娘家的绣楼。后来这位被称为"三姑娘"的女孩子怀孕了。那个时代未婚先孕是不得了的。这个姑娘后来横死在家。这是一尸两命，死后就成了厉鬼。当地请神看病，如果把三姑娘请来看病也看不好，那巫婆就没辙了，就说你去找医生吧。这是当地最厉害的厉鬼。

这种民间妖魔鬼怪的故事有很多，中国民俗学者的重要任务之一，就是抓紧把这些传说故事搜集起来。因为这一切正在消失。冯骥才讲十年里有90万个村子消失了，一天之内就消失将近300个自然村落。这里面好多村落是古村落，这些古村落里面有很多这类故事传说，它们是我们这个民族长期积累的对异界的想象。这些材料从来没有被认真地搜集过。当年编"民间文学三套集成"的时候，这些妖魔鬼怪很多都没收进来，当时因为政治观念，认为这些东西都是没用的。但这些都是很宝贵的，即便按照前引马克思的那段话来分析它们都是有价值的。

在世界上，日本的妖怪文化影响大到了什么程度？现在妖怪这个词，在欧洲好多词典里写作"Bakemono"，这是日语的发音。日语的"妖怪"有两个发音，一个是"ようかい"（You Kai），另一个是"ばけもの"（Bakemono），前者是源自中国的读音，后者是日本传统的叫法。如果有一天英语世界"妖怪"的发音都变成"Bakemono"，这对中国民俗学者应该是一种耻辱。我们也应当一点点地把妖怪研究发展起来，不是为了跟日本人斗气，而是为了保存我们的文化财富。我记得柳田国男讲的一件事：一个村落和另一个村落之间有一条小道相通，有一棵几百年的大树在路边被雷劈死后烂掉在半道上，外形非常狰狞，来回走路的人看了都很害怕，围绕这棵残树出了很多很多古怪故事；后来旁边修了直线相通的国道，两个村人走路都利用国道，这棵残树和小道几乎被荒草淹没了，相关的传说也都慢慢被忘记了。柳田国男提出，日本民俗学家应该在这些故事还流传时把它们搜集起来。日本民俗学家为此已经做了很多工作。我觉得，我们也到了应该为散布于中国田野上的这类传说认认真真做一些事情的时候了。

学生互动摘要

刘晓峰教授讲演之后，同学们围绕"妖怪学"这一在中国民俗学视野中尚显新鲜的话题踊跃提问。刘晓峰教授先后回应了引述马克思的逻辑、他对妖怪学的基本界定、中国妖怪学与中国神秘文化等问题，并对"有情的世界"做了进一步的阐释。关于是否应当对妖怪学的基本问题及研究对象做更为清晰的界定，刘老师指出，不同时期的妖怪学研究有不同的目标，今天研究中国妖怪是为了借此理解我们民族对未知世界的原初想象与解释，在研究对象上不必过分纠结于妖、神、仙、鬼的划分，而更应在意事物的本质，关注这些妖怪故事如何体现古人对秩序的整体想象方式；另一方面，妖、神、仙、鬼固然不能混为一谈，但在具体的故事中未必不能同时出现，乃至彼此转换，过于狭窄的概念划定反而可能扼杀研究空间，因此不妨暂做模糊化处理。关于"有情的世界"，它恰与汉代讲求理性的谶纬之学相区分，可以将之理解为对古人异界想象的超时空的提炼。这种有情的想象关乎人们对待未知世界的最根本理解方式，是贯通古今的。

2015年12月17日，同学们围绕该话题进行了评议与讨论。首先，主持人吴新锋以日本妖怪研究作为映照，补充了中国妖怪学研究的"前史"。他指出，尽管作为现代学科的中国妖怪学才刚起步，但相关的文化与学术传统实际上早有源流，从发端自古代的志怪传统，到近代留日知识分子从日本嫁接而来的早期启蒙科学或民俗学的妖怪知识，都为当下中国的妖怪学研究提供了丰厚的本土资源。而后,他分别从时空秩序与词源的角度入手,针对妖怪学概念划界的基本问题提出了自己的见解。他认为妖怪非人、非神、非鬼,对宗教神系世界(佛、道等)和人间世界的秩序构成威胁与破坏;另一方面,妖怪又会在特定条件下转化为神、人,实现秩序的回归。涵纳了超越与回归的妖怪叙事本质上是对人世间有序的映照,民间正是通过各种妖怪叙事来表达他们对秩序的理解。吴新锋认为这种秩序观念构成内在于中国民族文化的"大逻辑",它不仅使中国妖怪研究与日本学统相区分,在语境更迭、多元话语迸生的现当代,亦提示与召唤着中国妖怪叙事与研究更为丰富的可能性。

讨论环节中,同学们从自己的思考出发,围绕妖怪学的内部分类与外延边界等问题展开探讨。大家基本认同对妖怪与神、仙、鬼进行明晰划界的必要性,至于具体的划分标准则众说纷纭。有同学从人、神、仙、鬼、妖可以相互转换的现象切入,指出是否违背秩序往往是异界转换的关键,妖怪作为该过程的重要中介,可以通过"秩序"这一指标有效划定;其他观点则指出可以从中国传统的封神体系(是否被祭祀,"正神"还是"邪神")、形态(动物、植物和物体;鬼、灵魂)等指标入手。随着讨论的深入,同学们将焦点转向妖怪学本身是否成立的宏观命题,有同学指出中日文化语境的差异,认为妖怪学在中国并无另起炉灶的必要;有同学则相信妖怪学研究能够提供理解当代社会秩序问题的独特方式,由妖怪学开辟的广阔阐释空间是值得探索的。

(摘要撰写人 李思羽)

"传说动力学"理论模型及其反思

陈泳超

编者按：2018 年 3 月 21 日，北京大学中文系陈泳超教授以"'传说动力学'理论模型及其反思"为题，为民间文学前沿讲坛的同学们进行了一场演讲并展开交流。

陈泳超多年来持续关注全国各地的尧舜传说，此前出版的《尧舜传说研究》是纯粹基于文献的考察，其最近专著《背过身去的大娘娘——地方民间传说生息的动力学研究》出版之后，在学界不乏对话和跟进研究。在从文献到田野的范式转换中，陈泳超希望追问的是：到底何为传说？传说如何演变？他在田野中总结的"传说动力学"着重考察传说与具体人群的对应关系，将思考结果与通行的民间文学概论知识进行对话，提出传说的可感性与权力性，以及在民俗精英引领下，层级性动力、地方性动力和时代性动力这三种动力类型共同作用的"放映机模型"。事实上，各地传说的演变机制绝非只有这一种模型，重要的是模型背后基本的认知立场：一定是情景语境下的动态研究，传说必然有动力，动力也必有规则可循。至于规则的描述以及宏观的理论框架，尚须进一步突破和调整。

拙著《背过身去的大娘娘——地方民间传说生息的动力学研究》（以下简称"拙著"）出版之后，在学界颇有些对话和跟进研究。我与诸同道多次切磋后，意识到有必要对全书进行通盘总结，并就其中一些关键问题进行更简明清晰的阐述。兼之近两年我对此问题也有些后续思考，在此一并与诸位分享。

作为整个研究背景的"接姑姑迎娘娘"仪式活动以及其中的传说体系，相信阅读过拙著的同仁一定有所知晓，这里就不再介绍了。早在1998年博士毕业前，我就知道洪洞有这一民俗活动。我的博士论文《尧舜传说研究》是纯粹基于文献的考察，完成后我依然好奇：如此复杂悠久的远古圣王传说在当下是否还有传播？我抱着这个简单念头四处搜罗线索，终于在"民间文学三套集成"里发现了这一信息，2000年便亲自跑去洪洞实地观看，震天动地的锣鼓声让我颇为摇撼。当时我在历山上采访了一些人，最重要的收获就来自罗兴振（时年73岁）；但我那时尚无明确的问题意识，只在博士论文后附了一篇调查报告。后来一直心心念念地想去，却无机缘。直到2007年当地政府想申报国家级"非遗"项目，邀请北京学者前往，由刘魁立牵头，我终于得偿夙愿，非常兴奋地带一批学生开始了长达八年的调查。

我最初的设计是"文献与田野的文本对读"，当时的理念还是到田野里采集文本，与文献文本比勘究变，基本沿袭顾颉刚的思路。顾颉刚做孟姜女研究，早期的经典文献他都爬梳完备，然而对明清以后的材料却难以决断，因为各地文本忽然大量涌现、千头万绪，他只好整合为"地域的系统"，不做深入的文本分析了。我想，如能在洪洞搜集到更加丰富多彩的、与经典吻合或不吻合的材料，不是很有意趣吗？待我扎进田野之后，发现当地确有许多新鲜文本，如娥皇女英原为女德典范，同嫁一夫之后竟开始如凡间女子一般争大小，进行了三次民间文学式的难题比赛。诸如此类的异文，当然充溢着朴质刚健的民间文学特质，但我日渐感觉这样的比较研究缺乏智力挑战，不足以生成有深度的学术命题。

浸淫日久，我发现了新问题：同一传说，当地人的讲法千姿百态、纷纭不一，我们要转述给学界同行都很困难，因为每一个环节往下如何发展都有好几种分歧；每种分歧背后均有不同的人群支持，人群之间还因此产生了矛盾，他们时常争论得面红耳赤，在各种场合都要坚持自己、诋毁对方，甚至有时还请我仲裁。这种现象提醒我，文本对读太过易易，我要更深入地追问：到底什么是传说？传说如何演变？回答这个问题必须把文本与人群的意志对接，而不是抽离了语境、在实验室里进行纯文本分析。于是我转换了田野目标，重点考察传说与人群的对应关系。

一、传说定义的全知视角和限制视角

由此，让我们回溯已有的常识，看看民间文学概论中的传说跟存在于实际生活中的传说之间有怎样的反差。

（一）概论中的传说定义

那些千人一面的概论书通常都将传说定义为："凡与一定的历史人物、历史事件和地方风物、社会习俗有关的那些口头作品。"[1] 传说有三个特质：历史性、地方性、解释性。

一般而言，概论是抽象的、覆盖所有情况的，可借用叙事学术语表述为"全知视角"，它建立一套体系化的知识，用以指导科学研究方法。不过，任何一种对传说的界定被置入具体的"地方"之后，或是从具体"地方"中提取任一则传说之后，它是否依然完全符合概论式定义？若用地方的、限制性视角看待传说，它是以"局部化"方式存在的知识。故我对已有的概论式定义有相当质疑：上述这些都是静态的、脱离语境的纯文本描述性特质，即便我们没有进入当地，仅通过阅读文本也能感知，它不涉及内在机理和运作性，具体讲述人的因素完全缺失或非常微弱。历史性、地方性、解释性究竟对谁而言？我希望连接传说与人群，区别于纯静

---

[1] 程蔷《中国民间传说》，浙江教育出版社，1989年，第4页。

态研究来考察传说的实际存在方式。

（二）实存方式：可感性与权力性

在这样的认知下，一切传说都是"地方传说"，不存在脱离地方而普遍存在的传说。问题只在于：这个"地方"范围多大？关于羊獬的传说只有该村附近知道，对他们而言这就是传说，它直接解释当地村名的来历。我们尽管也知道，"獬"在早期文献里有记载，可我们只会把它当作志怪传奇或是像《山海经》那样的记录，不会目之为传说。再如全国汉语地区都知道的《白蛇传》，它的流传途径、影响范围远超羊獬；而全中国都知道毛泽东、唐太宗、朱元璋，他们都有很多未必是真实事件的传说；还有更大范围者，如上帝的传说大概遍布全世界。所有传说一定都与"地方"相连，"地方"范围大小正是其影响力的标尺。

传说的实质何在？传统定义中普遍认为传说有真实性。然而很多传说并不一定被所有人完全相信，它们大多介于真实与虚幻之间。"真实性"不是客观的传说检验标准，而是心理过程，是"相信它的人认为真实"。朝戈金在翻译巴斯科姆《口头传承的形式：散体叙事》[①]一文时将其表述为"信实性"，窃以为更贴切。

我们经常误认为，传说传播地区的居民都会对其信以为真，实际上当地人也有信与不信之间的诸种复杂情状。在"接姑姑迎娘娘"仪式中很活跃的几位积极分子就说："我其实不信，我以前当过村干部，接受无神论教育。但是大家都这么做，我觉得也挺好。"尤其是一些觉悟略高、知识略多、跟外界沟通频繁的人，他们认为此事无关信与不信，都是与他的生活相关、可以直接感知的部分。所以我将"信实性"进一步简化为"可感性"。同样讲《白蛇传》，更多杭州人会感觉到跟自己有关，所以是传

---

① 〔美〕阿兰·邓迪斯编《西方神话学读本》，朝戈金等译，广西师范大学出版社，2006年，第11页。

说；但对于羊獬人来说，可能就被视为一则离奇故事，与小红帽、狼外婆的故事并无性质上的区别。在某地被公认为传说的，其他各地并非都必须承认其为传说。各地的传说，无论当地人信或不信，都能感知到这是与他的生活有密切关联的文化现象。所谓的历史性、地方性、解释性，皆能用"可感性"概括：这段历史是与我有关的历史，这个地方就是我生活的地方，这种解释就针对我身边的事。

二、传说的权力属性

前文的"可感性"尚且是一种静态特质，下面的"权力性"则是动态特质，也是我最着力的发明。

（一）权力属性是绝对的

一切传说皆具备权力属性，任何人也都享有言说的权力。只要被当地人明确感知到与他有联系的言说，一定有权力性。故传说的权力性是绝对的，差别只在于权力的大小和使用的成效。

民间文学概论多将传说视为完整自足、有文学价值的一篇语言文本。在实际语境中，能将传说讲得完备、复杂、体系化的人极少；真正交流时，传说经常被演述得很简单："哎，就是羊群里生了一个独角的羊"，"不就是娘娘在山上嘛"。很快就说完了，背后却隐藏着复杂情节：娘娘是谁？家里都有谁？怎么上山的？为什么上山？等等。对于熟悉本地传说的人来说——无论是讲述者还是听众，讲传说只要三言两语，被外人记录之后几乎没有可读性，它不构成一个完整的文学文本。人们为什么还要言说它？这恰恰说明传说主要不是为了文学欣赏，而是为了人与人之间的社会交流，故传说是一套日常交际的地方话语（discourse）体系，人们在生活中使用这一体系进行多种多样的交流。话语当然是有权力的，它直接体现人的欲望和意志。

在概论体系中，传说通常被置于神话与狭义故事之间，是民间文学散体叙事的三大文类之一。若从权力意志进行评判，神话本质上与传说无异。神话是远古时代被神圣化了的传说，传说则是弱化了神性的神话；只不过，神话的权力远高于传说，因为它讲述天地来源、人类起源，带有极强的本原解释力，其权力性被马林诺夫斯基提炼为"社会宪章"（sociological charter）。传说则不需要解释如此神圣高尚的对象，它主要针对普通日常生活。据此，真正与传说形成相对区分的概念只是狭义的民间故事，后者没有明显的权力属性，讲小红帽、灰姑娘、葫芦娃，都是纯粹的精神娱乐活动，不与日常生活实践直接关联，没有实用性。

（二）权力关系体现于对地方的内外认同

1. 地方内：加法的极致

绝对地说，地方之中的每个人都是差异的个体，但是我们通常只能按照一定的类别予以分析和理解。人们出于身份、利益、观念等原因，对同一传说进行不同言说。为此我进行了一项实验：就我们采录的资料，把神灵的身世传说切分为理想状态的从 A 到 G 的七个情节单元，模仿刘魁立制作了一棵"传说生命树"（图1）。

这一传说体系该如何叙述？应该从 A、B 抑或其他单元开始？每个单元中都可搜罗到很多种异文，选哪一种继续讲述？比如娥皇女英争大小的情节单元 E 最丰满生动，汾河两岸流传的争大小结果不一；即便只在河东或河西内部，也有各种说法，包括相反的异说。其中的无穷多样性体现了不同人群的无限意志，我把它最大化、做加法，就得到这棵树。

它与刘魁立"故事生命树"的区别在于：按刘魁立的纯文本研究法，这些烦琐的分支并不构成故事形态的内在驱动力，凡具有同一功能的叙事情节皆可合并为一项。那么我的这棵树在刘先生手中就可能表述为 A→G 的单线推进，比他分析的"狗耕田"故事还要简单得多。而我所倾心的是文本之外的人群，对我而言这些代表了不同讲述者的异文至关

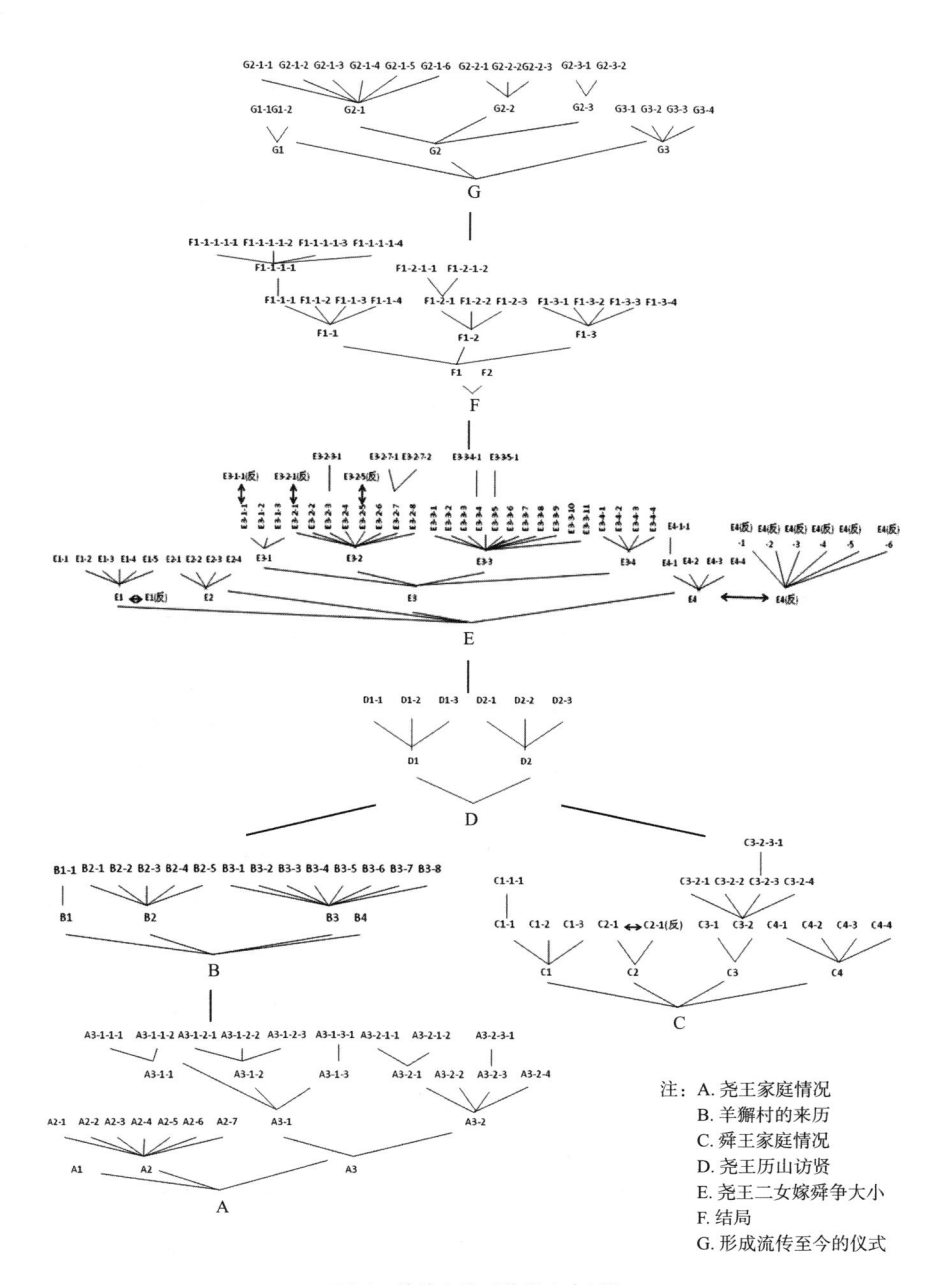

"传说动力学"理论模型及其反思　349

注：A. 尧王家庭情况
B. 羊獬村的来历
C. 舜王家庭情况
D. 尧王历山访贤
E. 尧王二女嫁舜争大小
F. 结局
G. 形成流传至今的仪式

图1　娘娘身世"传说生命树"

重要；它们没有对错轻重，我关心的是谁在讲、为何这样讲。将这些异文在树上加到极致，就可看出下文将谈的"差异性动力"，即地方内的权力博弈。

2. 地方外：减法的极致

当一个"地方"自觉意识到需要维护其共同身份与利益时，会找到与"地方"外的一些区分标志，传说便是其中之一。我们可以据此描述这一"地方"的存在范围：设若我们说娘娘是坏人，或是没出嫁，抑或舜王耕种的历山不在此地，当地所有人都会表示反对，因为牵涉到他们的共同身份与地方利益，传说的权力性是绝对的，只是在平时很和缓，感觉不到；一旦触及底线，它就会自觉反弹，这时候，地方的权力感、身份感就从文化现象中渗透出来了。一个"地方"的核心文化如何体现？"传说生命树"减无可减处就是地方文化认同的根基。

"（羊獬的）尧王将两个女儿嫁给了（洪洞历山的）舜王。"只有这句话是所有当地人都认为正确、没有任何异说的。作为传说的基本结构，此句绝不能更动。凡触犯此结构者，一定被排斥在"地方"之外。如果去掉括号里的地名，变成"尧王将两个女儿嫁给了舜王"，正是《孟子》《史记》等传世典籍所代表的主流文化，洪洞这一"地方"只是把尧舜二人具体化到当地，摇曳出千姿百态的变化。假设全国是"公"，这种"地方化"就是将大传统转化为私有财产，它的核心叙事模式一定不变，这个模式也是地方认同的共同符号。最要紧的是这两处附加的地名，传说结构的最简约状态只是两地的人际关系。

简化后的人际关系再投射到当地又会以加法的形式膨胀、复杂化。比如，传世文献中的娥皇女英二人未曾被分开，但是在洪洞的传说中，有说她俩分居两处、性情相异的：老大安静但是智力不高，老二活泼聪明、生而神异，因为她是在尧王到羊獬视察时降生的。连马子通神时的表现都不同，顶老二者活泼，顶老大者安静。这套地方文化体系会从核心结构一直蔓延到肢体的、神性的展演，这才有上述做加法的"传说生命树"。

(三)"地方"应该多大？

我为研究范围划定核心与边界时，套用了"文化圈"理论，引申出"传说圈"和"仪式圈"。我希望找出这种文化的共同元素，那么共享这些元素的人群可被视为属于同一地方；如果这些元素已经不被某个人（群）享用了，那么这个人（群）就超越了地方；对该传说而言，他就不算是这个地方的人。

我确定了几项标志：一是尧舜及娘娘的身世传说；二是信仰；三是互称亲戚。第三项的特征性很强，连我们调查者后来都被喊作亲戚，只要彼此认同就行。我们也喜欢娘娘传说、尊敬娘娘信仰，绝不冒犯它，并且我们愿意互称亲戚。所以"地方"不是纯粹的地理概念；虽然它极大地依附于地理，但同样包含心理过程。地方到底多大，是靠这些文化标志来划定的。

三、传说动力学总结

至此，我将开始对"传说动力学"的核心部分进行总结了。

（一）两个前提

前提一：权力的动态表达是"动力"。我不喜用"权力学"，因为容易联想到更高的政治、社会层面；民俗是偏于日常、低端的诉求，故特意将权力、霸权等词替换为"动力""威权"。我认为权力本身是静态的，它在人际交往中发挥的动态作用才是动力。传说的权力属性究竟如何表达并形成公共舆论场域，其机制即"传说动力学"。

前提二：传说动力学一定是语境研究，纯文本无法作为探究动力学机制的依据。虽然学界有很多关于"语境"的分类法，我还是取其大者，区分为"情景语境"（context of situation）与"文化语境"（context of culture）。动力学必须以前者为基础，后者在前者中隐含体现。

（二）两种动力机制

1. 整体性动力——均质人群

"整体性动力"对应于上述减法的极致。信受这个基本结构的人就属于同一地方，我把这个地方的所有人先假定为是均质、无差别的集团。整体性动力中有永远的身份感。

经常有人跟我讨论："你倡导动力学，是因为恰好你的田野对象发生了这么大的变动，或者只是在传说的发生时段有如此动力存在，它并不构成传说的根本属性。"我说："不是这样。当然，在爆发得突出、强烈的时候，我能够观察到一些平时看不到的东西。但是，整体性动力日常一定存在，只是隐而不显罢了。"整体性动力经常是在被指斥、歪曲、篡改的时候，才会显现出反弹力量。即便处于稳定时期，它的权力关系仍然存在，主要还是看"地方认同"的大小范围。比如《白蛇传》跟杭州有关，当地人一般情况下可能漫不经心不以为意；但你若说雷峰塔不在杭州而是北大未名湖边，一定会引起杭州人的愤怒，也会引起其他旁观者的干预。这就是整体性动力的效应，所以说权力性是传说的绝对属性。

"接姑姑迎娘娘"活动的地方人群差异再大，也绝对不可能突破"羊獬的尧王将两个女儿嫁给了洪洞历山的舜王"这个最后底线，并且尧、舜和两位娘娘总体上一定是正面价值的典范。拙著第三章"传说的附加身份"就是指这一整体性动力，它体现了集体身份感，还可以解释当地风俗——为何历山、羊獬不通婚？这项民俗禁忌背后有传说支撑，是传说在控制地方人群的生活实践。

类似的建构在中国历史上十分常见。战国秦汉时期各个民族部落汇聚为中华民族这一集体身份，就与前述的建构过程一模一样，基本理念就是将地缘关系改篡为血缘关系。以《史记·五帝本纪》为代表的传世经典将以中原为主体的各部落神话拼合为一支，各个单一部族就凝聚为中华民族这样一个民族文化共同体，开始享用同样的历史和神话叙事，神话在此等同于传说。虽然洪洞这一地方很小，但它与整个民族国家建构的逻辑和思路并无二致。由此可知：对于文化的上层与下层、主流和非主流，以前我们总强调其中的差异性和对抗关系，其实它们的共生性、互文性更强，不同阶层的思维方式、隐含的文化结构是相同的。

2. 差异性动力——非均质人群

"差异性动力"体现于地方内部、非均质的人群中。这是拙著最倾力观察、用心建构的理论模块。我概括了三种动力类型：

（1）层级性动力

如何对人群进行有效切割，以便将当地传说演变和互动的过程揭示得最清晰？我试过很多方法，如华南学派常用的"宗族"概念，但在华北可用这一概念分析的现象很少。后来，在布迪厄的启发下，我以"身份—资本"为软性指标，编排出地方人群对于传说影响力的序列，分别为七个层级：普通村民（很少主动言说）；秀异村民（有主动性但没有其他附加身份，经常评判别人的说法；"秀"是突出，不同于普通人）；巫性村民（代神立言，理论上有权威，实际调查发现权威很弱）；会社执事（为神服务者，但是很少讲传说）；民间知识分子（公认文化水平高，热衷表达）；政府官员（在"非遗"时代很有影响）；文化他者（包括调查者、记者、摄影家、作家等，颇受当地人崇敬）。后面五个层次的身份都有附加资本。他们的层级性身份将被作为变量考虑的主要因素。

（2）地方性动力：地方内还有地方

无论使用何种界定标志，我们所框定的文化意义上的"地方"，一定还可以分出更细的地方集团，故称"地方内的地方"，甚至连一个村都分南北村、东西门，其中亦有文化差异和矛盾。因此，如何对不同地方的身份和意志构成的交流关系进行区分，完全依赖观察对象之手段的有效性。洪洞这项仪式途经的二十余村中，很少人有热情直接讲出 A → G 所有情节单元，他们只喜欢讲与自己有关的部分。例如，赤荆村只讲争大小的第三次比赛，两位女神一个骑马一个坐车，骑马者以为自己快，没想到怀孕母马生小马，血染红了荆棘，故称"赤荆"。该村特别关注这个微小的母题，全村人都会讲这场比试，对其他两次比试就说不清。隐含的心态是：因为娘娘的这件事与本村有特殊关系，所以一定会特别照顾他们。他们的身份优越感就体现在"可感性"中，至于其他两次比赛给他们的可感性就很弱。这是优越感的例子，还有尖锐矛盾的情况：万安和历山为了娘娘的驻地发生争执，找我们申诉、请求仲裁。可知地方内的权力关系极强，地方中经常还有更次级的地方，直到你发现人群意志完全一致为止。

（3）时代性动力

时代性动力时强时弱，就目前来说，"非遗"思潮显然是最大的时代性动力。但调查深入之后我们发现，早在"非遗"之前就有当地的民间知识分子试图将传说规整化，提高它的道德感化力，但是在民间毫无影响。我们采集到这些说法，以为是现代人新编的，当地人说"不是，90年代有谁谁，80年代有谁谁，都编过"，还找出许多珍贵手稿，时间远早于"非遗"运动。当然，现在的时代性动力比平时表现更突出，当地人都认为申报"非遗"成功之后就能获得资源、发展旅游。

以上三种动力并非完全对等：时代、地方相当于外因，外因一定通过内因起作用，一定要通过某些层级的、有特别话语权的人来表达，故层级性动力才是最关键的，它是民俗集团内部的实践性动力。问题是，层级之中各说各的，谁说的话最有效？

我在相当长时间内以为会是民间知识分子。历山罗兴振最典型，我2000年初到时，向当地人一提问，对方就答"你问历山上罗兴振去"、"你去看黄皮书"，黄皮书就是罗兴振写的。我总认为他最有代表性。后来时间长了渐渐发现，当地还有比他对传说更具影响力的人物。我将这类人物定名为"民俗精英"，"专指对于某项特定的民俗具有明显的话语权和支配力，并且实际引领着该项民俗的整合与变异走向的个人及其组合"。虽然当地时常涌现出一些引人注目的英雄，但民俗精英不可能是一个人，多数时候是一些组合。关于"民俗精英"的特点可概括为以下两条：

第一，民俗精英并不固定限于一个层级，他们常常跨越层级，跨越层级越多，就越可能成为具有最核心话语权的人物，他们在不同的地方和时代中都会显露身手。如尤宝娅，她是巫性村民、会社执事、政府官员，甚至文化他者（她并不在该文化圈中长大，现在也不长住），所以她的话语权很大。第二，它是松散的组合，可能随时变动、重新联合。我们的调查持续八年，亲眼看到民俗精英换了好几茬人，新英雄将老英雄赶出文化舞台，夺取了话语权，因为新英雄有更强大的、适合当下形势的文化资本和权力资本。民间社会原本就是松散的联合体，没有制度约束。

我特别抗议很多人不加区别地将"民俗精英"引用为"民间精英"或"地方精英"，皆非我本意。我确实借鉴了社会史界的先行词"地方精英"，它一般指不在政府官僚体制内，却在地方事务各个方面始终具有强大支配权和优越感的强势阶层；而我的"民俗精英"特别强调他的话语权仅对某一项民俗活动有效力，超出此项活动，他可能依然很有权威，也可能一无是处，甚至低于平均线。比如马子在平时常被别人背后呼为"七分人"，受到歧视；然而在仪式中他一旦开口代神立言，诸家至少在表面上就不得不听从，话语力量极大。这才是民俗在地方上的特殊实存状态，"民俗精英"只针对民俗这一个场合，跟经济、政治、军事、宗族之类无关，它们不在同一基准线上。就此，"民俗精英"不能普遍推广为"地方精英"，后者在各个方面都大大优于普通民众。至于"民间精英"则语焉不详，若对应于官僚体制，那么非官僚的士绅、秀才之类也可称为"民间精英"，却与民俗无必然的关系。民俗学界若不假思索地引用"地方精英""民间精英"之类概念，将会遮蔽自身研究对象的根本属性，也将丧失民俗学者的自家面目。

总之，这三种类型的动力都聚焦在民俗精英身上。他们掌握了更多的公共话语权，统合各种说法、设定集体行为，直接影响民俗活动的实际走向。

(三)"放映机"的理论模式

我把"传说动力学"的全部理论建构比况为一个老式放映机的模式（图2），在三足鼎立的差异性动力作用下，民俗精英管理放映机，向地方外投射出他认为最好的、符合强势集团利益的"整体性"样貌，同时也会遮蔽其中的许多差异。作为地方外的人，我们不能被投影所诱导，要看清传说的真正存在，就必须了解整个放映机的运作原理。

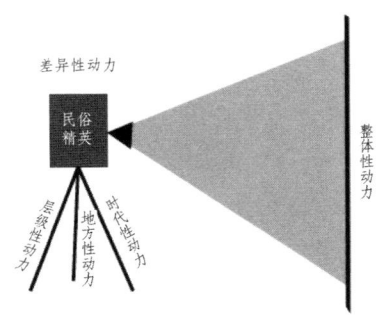

图2 "放映机"的理论模式

很多地方文献，如地方志、"民间文学三套集成"、新编的民间故事集等，大多都是整体性动力的呈现。这些文本经常通过民俗精英进行采录，甚至本身就是民俗精英书写的作品，因为他们有条件进入地方文献，普通百姓则不太可能。田野调查如果没有呈现差异性说法，一定是浮光掠影的。所见所闻看似是地方的集体意志，然而调查者必须知道，它只是银幕上的幻象，是民俗精英加工改造、最希望呈现的，是他们的意志对外放大、简化的结果。至于它在背后被如何制作出来，那是另外一回事，在地方内部有更复杂的动力机制。

四、几点反思

以上是对"传说动力学"理论模型的全面总结，下面将提供几点延伸性的反思。

（一）关于普通村民的问题

有学者批评我过多重视"民俗精英"或有较大话语权的人，忽略最大基数的普通村民，对此我颇感冤枉。我的目标是探讨传说怎样演变，普通村民缺乏演述传说的主动性，他们只有接受与不接受的消极应对。一旦他们进行积极的演述，就被我划入"秀异村民"甚至可能进入"民俗精英"，这是理论模式的规定所致。他们属于失声但是存在的大多数，由于没有特异性，很难一一列举。然而，普通村民在我的模型中绝非没有体现，而是经常以集体名词出现，如"人们普遍认为""当地人觉得"……民俗精英难以一意孤行，正因有普通村民发挥作用。当地民俗精英希望把两个娘娘塑造为无限高尚的形象，在放映机上加深印象，曾经想要取消争大小的传说；然而此举触犯众怒，若果如此，上述赤荆等几个村的村名就无意义，村民的特殊地位也被抹煞了。经过村民的反对斗争，民俗精英也不得不让步，采取另一种较为温和的方式改造传说。民众很少有话语权，在动力的细节上很少表达，但是他们有选择权，是沉默的大多数。每个人的力量合在一起也很强大，改造后的传说如果得到普通村民的认可，将来就是普遍的传说，否则很可能归于淡忘。他们的集体力量是无言的裁判，可以制衡民俗精英的对外投影。

（二）理论模型的可塑性

这个模型虽然总结自我的个案，但有相当程度的普泛意义。我只设置了第一个模型，它绝对不是唯一的。许多其他个案都呈现了不同的动力因素，机制也未必一样，比如王尧在同一地区所进行的二郎神研究，与我的"地方"有相当程度的重叠，并且同样以身份资本为标准，但她的层级分割就与我略有不同。再如，在传说动力学理论的根基建设上，我的个案强调"地方"，对人群的分割更重视地理关系，常以"地方内""地方外"表述。其他个案中"地方"未必是分割的绝对标准，或可换成"集团""人群共同体"等，人群纽带也可以是宗教信仰、家族构建等。比如，在华南地区的宗族力量可能更明显；而在新疆，是否相信伊斯兰教则是分割人群的重要方式。故"地方性"只是人群分割的一种方式，研究者自然可以采取更贴切、更有理论涵括力的基础概念。

最重要的不是这一模型,而是模型背后基本的认知立场:一定是情景语境下的动态研究,传说必然有动力,动力也必有规则("机制")可循。这是绝对不容怀疑的。至于规则究系如何,以及宏观的理论框架,都很希望有后来者的调整和突破。

(三)田野伦理

有几位学者从一开始就对拙著的田野伦理表示担心,这是出乎我意料的。我一方面接受他们的好意并自我警醒,另一方面也有点不服气。书出版之后,我特意给所涉的当地主要人物每人赠送一本,请他们告诉我阅读感受。2017年重新回访,所有人都很高兴。有几人我写得比较多,还特意逐一单独询问,他们都说:"你写得很对,没有歪曲我的意思!"未曾出现学者们担心的非议或拒斥情况。更令人惊喜的是,像尤宝娅以前对我们的调查比较冷淡,读了书之后大为热情,我们还没抵达,她就在庙上主持了几次会议专门讨论如何表彰我们的贡献。所以,至少在当事人情绪反应这一层面上,我们对伦理问题是大致放心了。但是田野伦理还有许多深层的问题值得探讨。比如,对于历山上的罗兴振老人,我的心情就非常复杂,他寄给我一封长篇读后感,之后又以信件的方式继续与我讨论历山的真实性问题。这些来往信件我给一些亲近的学者看后,激发了他们强烈的表达欲望。我已征得罗兴振老人的同意,不久后将把我们的往复通信以及相关的学术讨论文章作为一组专栏刊发,届时我非常希望听到各位的批评意见。

学生互动摘要

陈泳超教授演讲之后,同学们针对田野伦理、传说话语权力等问题与老师交流。关于田野调查中主动介入与被动介入的差别,陈老师指出二者存在实质不同:介入式调查者秉持明确的文化使命理念，希望自己作为该民俗的一份子共同参与其存在和改变的过程；参与式观察则绝不主动介入，即使出于田野人际交往的基本需要而被动介入其中，也应注意将学者的影响作为变量纳入考量，从而得出较为精准的结论。后者是陈泳超教授践行的田野准则，他认为尽管纯客观的参与观察难以实现，但学者仍应对学术研究的边界与效度保持警醒，尽可能将学者作为文化他者的影响力控制在最小范围，考察、揭示自发状态下的民俗生存情况。至于民俗精英强势话语权背后的利益动机问题，老师指出民俗在经济、政治上可以带来的实际利益十分有限，但话语建构带来的身份、集体认同效应在民众日常生活中倒是不乏体现。

  2018年4月11日，同学们围绕该话题进行评议和讨论。主持人王尧分别从民间文学的变异渠道、动力的整体性与差异性及共时与历时研究的限度与效度这三方面入手予以评述与阐发。她指出不同于音转讹变、字形讹误、语义迭变导致的"无意变异"，"有意变异"包含明确动机、有规律可循，这是动力学理论展开考察的立足点。具体到"有意变异"如何发生，陈泳超教授区分为整体性与差异性两种动力。前者对应集团外部视角，后者则深入地方集团内部，考察由"差异性动力"生长出加法的"传说生命树"。所谓"地方内还有地方"，从人群的角度来看，不断分割的集团最终可落实到个体叙事者，追溯每一位个体造就的差异性变化构成传说动力学破题的可循之径。而关于该理论的普适性问题，王尧例举雷蒙德·弗思的神话变异阐释、秃尾巴老李传说的人群分析以及她自己对洪洞通天二郎信仰的田野观察，对动力学机制在民俗各领域的普适效用加以辅证。

  讨论环节中，同学们就动力学模型的应用、"非遗"与时代性因素、大小传统、田野调查方法论等话题展开进一步探讨。有同学继续追问传说话语建构背后的动力因素，好奇除利益外是否存在信仰或心理层面上的原动力,主讲人肯定了这种力量的存在,但指出信仰与情感问题并非"传说动力学"的主要题旨,每个田野个案都有其限定的研究目标与阐释范围,本研究的目标限定于造成"变异性"的动力,故只聚焦于呈现社会现实中由人的欲望凝结而成的动力。关于时代性因素带来的外部影响,有同学将"非遗"视作"敕封"的现代变体,还有同学考虑到社会政策、商品经济、旅游业等变因,这打开了考察本土文化变异的新视角,需要重新设置与之适配的研究方案加以观测。谈及大小传统的经典议题,有同学提出洪洞尧舜传说是从大传统到小传统的案例,是否可以相应地用动力学的方法观照由小传统向大传统辐射的过程?对此陈老师指出,某一大传统形成之前的文献及话语材料均难以捕捉,因此由小及大的问题可能不适用于动力学模型,但可以为文献记载的"情境推原"提供一定借鉴。在围绕田野方法展开的讨论中,同学们结合各自的田野经验与思考,就田野调查效果的检验标准、通行模式、时效性等问题进行了交流。

(摘要撰写人 李思羽)

如何让背过身去的大娘娘转过身来[*]
——关于知识与信仰的界限问题

户晓辉

编者按：2020 年 11 月 26 日，中国社会科学院户晓辉研究员以"如何让背过身去的大娘娘转过身来——关于知识与信仰的界限问题"为题为北京大学中文系民间文学专业的同学们做了讲座并展开交流。

吕微、户晓辉等学者正在热切倡立"实践民俗学"。陈泳超《背过身去的大娘娘：地方民间传说生息的动力学研究》一书，以及与书中重要人物罗兴振老人的来往信件，被吕微研究员命名为"罗兴振—陈泳超公案"。本次讲座是户晓辉研究员近几年不断深入思考的成果，他认为该公案正是民众个体要求学者的经验知识支持其信仰实践的案例，并提出破解此案的实践解法即从他律的因果关系转向自律的目的—手段关系。从道德信仰的意义上看，他呼吁学界正视民众个体的意志和实践事实，期待学者从认识的旨趣转身走向实践的旨趣。

---

[*] 本文是对 2018 年 11 月 26 日笔者在中山大学中文系主办的"《民俗》周刊创刊九十周年学术研讨会"上的发言稿加以全面改写而成。承蒙刘晓春教授邀请笔者参会，承蒙吕微研究员对该文的改写稿提出宝贵意见，承蒙陈泳超教授邀请笔者以改写稿为题在 2020 年 11 月 26 日为北京大学中文系民间文学专业研究生做"民间文学前沿问题研究"讲座，在此一并致谢！讲座近两周之后，罗兴振老人辞世，谨以此文向这位民俗精英致敬！

《民族文学研究》2019年第1期设置"田野调查伦理原则研究小辑"专栏，除罗兴振与陈泳超的往来书信之外，还刊出吕微、施爱东、王尧、刘倩四位学者的相关讨论文章。陈泳超在"主持人语"中说："罗兴振老人是我们民俗学界难得一遇的实践者，他既有民俗精英的所有素质，又有相当的知识水平，可与学者进行平等交流，更有百折不挠地为信仰而战斗的决心和韧劲"，罗兴振的来信涉及"民俗学最基本的目的和方法问题，尤其对民俗学田野调查的伦理关系，有着十分痛切的质问"，而且罗兴振对"应该有"就是"真的有"的坚信"代表了大多数民间信仰实践者的基本态度，为此我拟将之命名为'罗兴振命题'。但吕微认为这不是民俗学实践者单方面的命题，而是与学者之间的互动命题，他将之命名为'罗兴振—陈泳超公案'"。

　　正因为这个"公案"涉及"民俗学最基本的目的和方法问题"，所以，为了在一定程度上避免"一场各说各话的关于学术与生活的伦理讨论"①，本文以"罗兴振—陈泳超公案"为例，对民俗学者如何根据理性原则来处理知识与信仰的界限问题以及如何依据伦理原则来区别对待民间信仰的理想类型做进一步思考。

一、"罗兴振—陈泳超公案"的实践解法

　　罗兴振"视为生命的历山真实性论述"，就是"舜耕历山在洪洞"的命题。从经验知识的因果关系来看，虽然《史记》等典籍有"舜耕历山"的记载，但所记载的事情真假难辨，更难以与当代某个"历山"直接对号入座。所以，陈泳超审慎地认为，"尧舜时代的真实性我无法证明（同时我也不能证明其一定不存在）"②；"我并不说'一定无'，只是说'未必

---

① 施爱东《学术与生活的不可通约性》，《民族文学研究》2019年第1期，第32页。
② 陈泳超《理智、情感与信仰的田野对流——兼覆罗兴振来信》，《民族文学研究》2019年第1期，第19页。

有',一切由证据说话"①。然而,罗兴振的本位立场却不是经验知识,而是信仰实践,所以,他以信仰先行的态度断言,"必须相信《史记》《尚书》的记载,这是真实的,因为这是我国史书中的正史,不能不信","所以我认为史书上这个记载,必然发生在洪洞历山。因为民俗证明舜耕历山在洪洞,这是我坚定不移的信念"。②可见,罗兴振不仅对"舜耕历山"的历史记载信以为真,而且把"史书上这个记载,必然发生在洪洞历山"视同信仰。为了证实自己的信仰,罗兴振一方面采用文献记载和实地考察相结合的方式加以验证——他不仅引用一些专家名流的支持意见,还亲自去其他有过舜耕传说和遗迹的省份考察,并且认为"所到过的地方,没有一处与走亲习俗相关的完整体系"③——另一方面又用当地民俗实践来加以证实。陈泳超在阅读洪洞县旧有方志和其他地方文献(包括1987年编的《洪洞县地名录》)时发现,早年的相关记载都只有"英神山""英山"而没有"历山"。"历山"一名要到20世纪80年代中后期才在一些文章中陆续出现。罗兴振多次表示,洪洞的"历山是我叫出去的……如果舜不在这个地方,娥皇女英就不会嫁到这个地方;如果不嫁到这个地方,这个民俗就不会产生嘛。这个在中国历史上无可非议。我一直强调这是历山"④。不仅"历山",还有其他一些相关地名,都与罗兴振的信仰实践息息相关:

  比如罗兴振,经过多年的努力,他已经为历山布满了舜王和两位

---

① 2017年9月28日陈泳超给罗兴振的第二封回信。感谢陈泳超惠示与罗兴振往来书信电子版原文。
② 罗兴振《来自田野的回音——〈背过身去的大娘娘〉读后感》,《民族文学研究》2019年第1期,第11、9页。
③ 罗兴振《来自田野的回音——〈背过身去的大娘娘〉读后感》,《民族文学研究》2019年第1期,第11、9页。
④ 陈泳超《背过身去的大娘娘:地方民间传说生息的动力学研究》,北京大学出版社,2015年,第259、159页。

娘娘的传说遗迹，在他的一篇题为《地名溯源》的文章里，不光有跟舜有关的舜井、舜田、神象岭、百鸟峰，还有跟娘娘有关的神立庙、女英泉，甚至还有跟舜的弟弟象有关的回心石与思过洞，等等。这些遗迹传说有些方志上是有记载的，比如神立庙、女英泉，有些我们听很多人说起过，比如舜耕历山的麦子没有壕（即麦粒上的缝缝），但很多恐怕是他自己的发明。比如当地有沟北、沟南两个村名，这本来很寻常，罗兴振为了符合《尚书·尧典》上所谓"厘降二女于妫汭"的记载，就把"沟北"说成是"妫汭"的音变，这当然很难让我们相信，当地民众有几个会对"妫汭"这样古奥的名称感兴趣呢？他的终极目标，是要将这个历山论证成就是舜当年耕种并生活的真正的历山（因为全国各地有很多叫历山的），所有关于舜与二位娘娘的传说都是在这山上发生的真实历史。[①]

罗兴振这种做法被陈泳超视为"传统的发明"。尽管陈泳超在回信中向罗兴振表明"发明"一词并无贬义[②]，但罗兴振仍然坚持认为，"陈老师

[①] 陈泳超《背过身去的大娘娘：地方民间传说生息的动力学研究》，北京大学出版社，2015年，第259、159页。
[②] "您列举了自己的亲身经历，认为是在认真老实的调查基础上，用唯物主义的观点进行的一些科学分析推理，并非是自己的编造，而我却一概归之于您在'话语权威'下的个人发明。这一点我首先诚恳接受，说明我的调查还有许多不够到位之处，没能将每一个细微的'发明'做出区别性的交代，将来出版修订本时，我一定要把这些经历写进去以更细致地展现这一过程。但这里我还想小小的申辩一下：在学术表达上，'传统的发明'是一个通行的术语，是中性词，没有褒贬色彩，它指的是对传统所进行的各类操作，包括选择、改造、分析、推理、新创、展示……所以，我这么说绝没有任何对您的不敬之意，请您明鉴！"（陈泳超《理智、情感与信仰的田野对流——兼覆罗兴振来信》，《民族文学研究》2019年第1期，第19页）"发明"的同义词是"编创"，陈泳超指出："当调查进行得越来越深入的时候，我们都会发现，很多被调查者有意无意地在编创着一些东西"（陈泳超《背过身去的大娘娘：地方民间传说生息的动力学研究》，北京大学出版社，2015年，第19页），"这样的编创，非但没有任何人品上的贬义；相反，我们从中恰恰看出了吴克勇等人对此项活动无比虔敬、热爱的内心，他们不能允许回答不出外人对它的任何疑问"（陈泳超《背过身去的大娘娘：地方民间传说生息的动力学研究》，北京大学出版社，2015年，第21页）。

说我有意发明的,把我冤枉了,我没有发明的本领","这些地名的来源都是历史真实的遗迹,并非我的发明"。① 罗兴振之所以坚决否认自己是"发明",也许正因为他把"发明"看作经验知识的胡编乱造,而他自己的行为则是一种信仰实践,所以,罗兴振在给自己撰写的功德碑记中说:"还有值得一提的是,'历山'两个字,在历山地区甚至在洪洞全境,自古以来不曾有闻,男女老少都知道那个建庙的地方叫作英神山,而今英神山的古称,早就没人再提了,而被'历山'两个字取而代之了。如此说来,罗君兴振不但是有功于历山,而且也为洪洞争了光,没有罗君兴振就没有今天的历山。"②

除此之外,罗兴振和当地民众个体一样,不仅把"舜耕历山在洪洞"当作"永远不会有变的"信仰,按照这种信仰把陈泳超依然视为模拟式的亲属关系实现为现实生活中的"真的有",而且把道德的超验理想变成实践上的"真的有":"早先汾河西面各村的娘娘庙里,是把女英塑在上首,面带笑容,娥皇则塑在下首,面呈愠色,甚至还出现过娥皇背过身去的塑像。但是当地民间知识分子的杰出代表罗兴振觉得这些塑像有损娘娘形象,在他的竭力鼓动下,仪式圈内多数村庄在新修庙宇时,两位娘娘的塑像就都变得庄严肃穆没有差别了,以至于我们第一年刚开始调查的时候,根本没有发现娘娘塑像有什么差别。"③

陈泳超敏锐地发现,"把应该当作事实"的合理主义推断法是"乡民们普遍的思维方式之一"④,也是"当地民众的信仰思维"⑤。所谓"信仰思

---

① 罗兴振《来自田野的回音——〈背过身去的大娘娘〉读后感》,《民族文学研究》2019 年第 1 期,第 11、13 页。
② 罗兴振《罗兴振功德碑记》,引者把原名改为"罗兴振"。
③ 陈泳超《背过身去的大娘娘:地方民间传说生息的动力学研究》,北京大学出版社,2015 年,第 148、21、117、172 页。
④ 陈泳超《背过身去的大娘娘:地方民间传说生息的动力学研究》,北京大学出版社,2015 年,第 148、21、117、172 页。
⑤ 陈泳超《背过身去的大娘娘:地方民间传说生息的动力学研究》,北京大学出版社,2015 年,第 148、21、117、172 页。

维",就意味着信仰先行并要求经验知识为信仰实践服务,因而并不在意经验知识的因果关系在证据链上的缺环和缺陷。罗兴振以信仰思维的方式让"按说有"与"真的有"互为因果,并且像当地民众个体一样,"总是往真实可信的方向去证明的。这是他们对于传说的基本态度……"[1] 罗兴振写道:

> 我认为尧舜其人其事,从地方民间传说来看,不论是传统传说、规范传说,抑或改编传说,它们的文化内涵都是秉持着"真的有"的观念而传播,相互间并没有质的矛盾。从传说的生息来看,传说的生息就是历史真实的延袭,推动生息延袭的动力是一种心的力量,这力量就是人们不愿意忘记自己的祖宗。这和我们每个人都有父亲、母亲、祖父、祖母乃至三代祖宗一样,虽然他们都已离世,但人们总不会忘记,每年清明时节,都要备以时馐祭品到祖坟上虔诚祭祀,有些在异乡工作的人,还要远道返里完成自己虔诚的心愿。这就是人们不愿意忘记自己的祖宗,落个大逆不道的人。这种行为是人伦道德忠与孝的高度表现。据此推理,尧舜之传不只"按说有"而是"真的有"。[2]

在罗兴振看来,"尧舜其人其事"的传说之所以"不只'按说有'而是'真的有'",正是因为当代"地方民间传说"必须以"真的有"为前提条件,"如果不承认尧舜其人其事的话,那么产生民俗的历史根源又该怎么说起呢?"[3] 如果没有对"尧舜其人其事"的信仰,当地的民间传说

---

[1] 陈泳超《背过身去的大娘娘:地方民间传说生息的动力学研究》,北京大学出版社,2015 年,第 148、21、117、172 页。
[2] 罗兴振《来自田野的回音——〈背过身去的大娘娘〉读后感》,《民族文学研究》2019 年第 1 期,第 8 页。重点号为引者所加。
[3] 罗兴振《来自田野的回音——〈背过身去的大娘娘〉读后感》,《民族文学研究》2019 年第 1 期,第 8、13 页。

就会是无源之水，当代洪洞人就会成为没有祖先甚至数典忘祖的"大逆不道的人"，而贯穿"按说有"与"真的有"的动力并非经验认知能力，而是"一种心的力量"，实际上是一种信仰的力量。2017年8月24日，罗兴振在给陈泳超的第二封信中又写道：

> 至于民俗的人群和隐藏的信息，很明显，这信息就是告诉人们，如果不是舜耕历山在洪洞，帝尧就不会到洪洞历山访舜。如果不是帝尧到洪洞历山访舜，他的两个女儿娥皇女英就不会嫁到洪洞历山。如果不是娥皇女英嫁到洪洞历山，那么羊獬人接姑姑住娘家，历山人迎娘娘回婆家的走亲习俗就不会产生和绵延，这已是无可辩驳的历史真实。这个真实的沿袭绝不是传说的产物，而是社会上的客观存在。这个客观存在衍生出许多事象，比如同宗共祀，礼尚往来，互不通婚，互不称名道姓，沿路腰饭吃野菜小米饭，以及韩家庄接待娘家人（羊獬人）不接待婆家人（历山人）等，从非文字的潜在规则来看，它有一定的可靠性、可信性，这个信仰我是永远不会改变的。①

这段话比较详细地展示了罗兴振的信仰思维过程。他把洪洞的民俗视为现实实践的"真的有"，以此反推"舜耕历山在洪洞"的"按说有"就是"真的有"。罗兴振这种推论并非知识水平和逻辑能力的局限，而是信仰思维对认识思维的征用、改造和"绑架"，也就是理性的实践用法对理论用法提出了强迫的要求。所以，罗兴振自己意识到，"我的思想叫走亲习俗绑架了，挣也挣不开，脱也脱不掉"②。

本来，经验知识是为了在经验范围内寻求认识上的因果关系，信仰

---

① 罗兴振第二封回信的电子版原文。
② 罗兴振《来自田野的回音——〈背过身去的大娘娘〉读后感》，《民族文学研究》2019年第1期，第8、13页。

实践则是超出经验范围来达成行为上的目的—手段关系。在这个意义上，陈泳超把二者严格区分开来无疑是正确的。如果仅仅着眼于经验知识，罗兴振的确"忽视了经验证据在时间中的因果性链条的完整性，或者说出现了经验证据链的断裂（至少截至目前都是如此）"①，"罗兴振思考问题的方式，虽然可以称为学者式的，但他的材料和逻辑却存在很大缺陷"②。但是，由于罗兴振的根本目的是信仰实践，并且要从理想的应然推论出、实现出实践上的实然③，所以，"罗兴振自打认识陈泳超之后，就对这个北京大学教授寄予厚望，希望借助陈泳超的学术力量'论证所有天下的历山都是假的，只有这里是真的'"④。面对罗兴振的不断追问，陈泳超明确表示，虽然自己对罗兴振和当地的信仰"表示无条件的尊重"⑤，但不仅不赞成舜耕历山在洪洞，而且"也不赞成别的任何历山，因为这个问题无法证明，没有答案"⑥。信仰求真的"信古派"罗兴振与知识求真的"疑古派"陈泳超之间的根本分歧就这样宿命般地成就了一段"罗兴振—陈泳超公案"。

既然经验知识来自理性的理论用法，实践知识来自理性的实践用法，那么，从罗兴振的实践本位立场来看，理性的实践用法有没有权利要求理论用法支持信仰实践呢？我们如何站在实践理性的立场来理解罗兴振强求经验知识支持信仰实践的做法呢？这是罗兴振给陈泳超提出的尖锐问题，

---

① 吕微《"日常生活—民间信仰"自觉的相互启蒙者——对"罗兴振—陈泳超公案"的康德式道德图型论思考》，《民族文学研究》2019 年第 1 期，第 22 页。
② 刘倩《诚与真：田野情感和学术伦理》，《民族文学研究》2019 年第 1 期，第 53 页。
③ 吕微评论说："陈泳超君却有惊人的发现，地方民众的所谓'应该'，还不仅仅是观念上的'应该'，在他们看来，'应该'就是'事实'，'按说有''应该有'就是'真的有'"（吕微《转过身来的大娘娘》，《民间文化论坛》2015 年第 2 期，第 118 页；吕微《民俗学：一门伟大的学科——从学术反思到实践科学的历史与逻辑研究》，中国社会科学出版社，2015 年，第 410 页）。
④ 施爱东《学术与生活的不可通约性》，《民族文学研究》2019 年第 1 期，第 41 页；施爱东《民俗学立场的文化批评》，中国社会科学出版社，2020 年，第 341 页。
⑤ 陈泳超《背过身去的大娘娘：地方民间传说生息的动力学研究》，北京大学出版社，2015 年，第 126、260 页。
⑥ 陈泳超《背过身去的大娘娘：地方民间传说生息的动力学研究》，北京大学出版社，2015 年，第 126、260 页。

更是"罗兴振—陈泳超公案"给中国民俗学提出的理论难题。当民俗学者仅仅希望知识与信仰是两股道上跑的车时，日常生活中的民众个体早已把它们拧成了一股绳，让它们纠缠、纠结在一起。当此之时，民俗学者应该如何应对这种局面呢？作为与民众打交道的一门学问，民俗学总不能老是以知识与信仰判然有别为借口，一直对民众个体要求学者的经验知识支持其信仰实践的呼声采取避而远之的态度吧。

在这样的重大问题上，民俗学者不仅不能满足于因人而异的主观态度，而且应该提出理论依据，应该根据理性原则来处理知识与信仰的界限问题并且依据伦理原则对民众信仰的理想类型做出理论辨析和客观评价。

二、从因果关系转向目的—手段关系

"罗兴振—陈泳超公案"表明，当理性的理论用法与实践用法结合为同一种知识时，我们不能仅仅把二者加以并列就以为它们能够相安无事，因为事实上它们不仅常常难以并行不悖，而且必然会发生相互冲突，由此导致同一个理性的自相矛盾。因此，理性的理论用法与实践用法之间的统一性"必须能够在一个共同原则中被展示出来，因为最终这也只能是同一个理性，这个理性仅仅在应用中才必须加以区分"[①]。尤其在信仰实践领域里，我们更需要让理性的实践用法优先于理论用法并且以实践法则或伦理原则作为把它们统一起来的"共同原则"，因为尽管理论用法和实践用法具有不同的规则和范围，但理论用法毕竟也是一种实践，而且应该服从于、服务于实践法则。归根结底，人的一切兴趣最终都是实践的，而且理论用法的兴趣是有条件的，只有在实践用法中才是完整的。[②] 正因如此，我们才需要根据适合于每个人的伦理原则，而不能仅仅根据适合于某一

---

① Immanuel Kant, *Grundlegung zur Metaphysik der Sitten*, Ernst Cassirer (Hrg.), *Kants Werke*, Band Ⅳ, Verlegt bei Bruno Cassirer, Berlin, 1922, S. 247.

② Immanuel Kant, *Kritik der praktischen Vernunft*, Verlag von Felix Meiner in Leipzig, 1929, S. 140.

个人的主观准则来区分并区别对待知识与信仰的界限以及民间信仰的理想类型。

第一，根据理性的不同用法可知：经验知识处于他律的因果关系之中，信仰实践则处于自律的目的—手段关系之中。① 因果关系涉及人的认识能力（Erkenntnisvermögen/the faculty of cognition）和理性的理论用法，目的—手段关系涉及人的欲求能力（Begehrungsvermögen/the faculty of desire）和理性的实践用法。② 欲求能力又分为三种：

愿望（Wunsch/wish）：不通过目的—手段关系产生客体的欲求能力。

决意（Willkür/the capacity for choice）：通过目的—手段关系产生客体的欲求能力。

意志（Wille/the will）：通过以理性为决定根据的目的—手段关系产生客体的欲求能力。③

---

① Hilmar Lorenz, *Kanis kopernikanische Wende vom Wissen zum Glauben: Systematischer Kommentar zu Vorrede B der Kritik der reinen Vernunft*, Lit Verlag Dr. W. Hopf Berlin, 2011, S. 274.
② Immanuel Kant, *Kritik der praktischen Vernunft*, Verlag von Felix Meiner in Leipzig, 1929, S. 12; Immanuel Kant, *Critique of Practical Reason*, Revised Edition, Translated by Mary Gregor, Cambridge University Press, 2015, p.9.
③ "从概念上看，只要使欲求能力去行动的规定根据是在其自身之内而不是在客体里面发现的，那么，这种欲求能力就叫作一种根据喜好去做或不做的能力。只要它与自己产生客体的行为能力这一意识和结合，它就叫作决意；但假如它不与这种意识相结合，它的举动就叫作愿望。人们发现其内在规定根据，因而喜好本身是在主体的理性中发现的那种欲求能力，就叫作意志"（Immanuel Kant, *Metaphysik der Sitten*, Verlag von Felix Meiner, Leipzig, 1919, S.13–14; Immanuel Kant, *The Metaphysics of Morals*, Translated by Mary Gregor, Cambridge University Press, 1991, p.42）。"决意"，德文是 Willkür，字面意思是 "意志的选择"（即 Wahl des Willens，参见 *Duden deutsches Universal–wörterbuch*, Herausgegeben und bearbeitet vom Wissenschaflichen Rat und den Mitarbeitern der Dudeuredaktion unter Leitung von Günther Drosdowski, Bibliographisches Institut Mannheim/Wien/Zurich, 1983, S. 1443），旧译 "任意" "任性"，但这个词在康德那里的要义并非任随其意、不受约束，所以英译一般不是 arbitrary, at will, at random，而是 choice 或 the capacity for choice，参见 Immanuel Kant, *Critique of Practical Reason*, Revised Edition, Translated by Mary Gregor, Cambridge University Press, 2015, p. 29. 与德语 Willkür 对应的拉丁语 arbitrium，其本意也并非 "任意"，而是 "自由决意" 或 "选择能力"。近年来，也有学者译为 "决断"［参见张荣《"决断" 还是 "任意"（抑或其他）？——从中世纪的 liberum arbitrium 看康德 Willkür 概念的汉译》，《江苏社会科学》2007 年第 3 期，第 19—20 页；

因果关系是他律的原因与结果之间的认识联结和自然联结，讲求实然的真假；目的—手段关系是自律的原因与结果之间的实践联结和自由联结，讲求应然和可然的善恶。人在因果关系中按照规律行事，这里的原因是由自然而不是由人造成的，因而对人来说是他律，而人在目的—手段关系中则是能够并且应该按照法则（人自己制定的必然规律）的表象行事，这里的法则表象和目的是由人自己造成的原因，因而是自律。因果关系的真假取决于人的认识能力，而目的—手段关系却从根本上取决于由理性参与并决定的高级欲求能力即决意和意志，因而出自自由的自律，而不取决于自然的他律。[①] 人的决意能力虽然和动物一样受到感性的影响，却能够不受感性的决定，这是人与动物在决意能力上的根本不同。意志能够通过规定决意来作用于人的行动。由此来看，"罗兴振—陈泳超公案"给民俗学提出的问题不仅在于区分经验知识的因果关系和信仰实践的目的—手段关系，而且在于怎样理解罗兴振用他律的因果关系来支持自律的目的—手段关系这种要求本身是否合理。

第二，需要我们根据目的—手段关系的目的类型进一步把信仰区分

（接上页）吕超《人类自由作为自我建构、自我实现的存在论结构——对康德自由概念的存在论解读》，《哲学研究》2019 年第 4 期，第 90 页］或"抉意"（参见胡好《康德哲学中的执意自由》，《道德与文明》2013 年第 6 期，第 58—62 页）；关于康德这个术语的讨论，参见胡万年《康德文本中 Willkür 概念的诠释及启示》，《安徽师范大学学报》2012 年第 4 期，第 428—434 页；Jörg Noller, *Die Bestimmung des Willens: Zum Problem individueller Freiheit im Ausgang von Kant*, Verlag Karl Alber, 2015, S. 54. 笔者在看拙稿校样之前发现，高小强已把这个词译为"决意"，参见〔德〕海因里希·纳特克：《康德〈纯粹理性批判〉术语通释》，高小强编译，四川大学出版社，2013 年，第 266 页。

[①] 因为"目的是自由决意的一个对象，目的的表象规定决意去采取一个行动，由此就产生出这个对象。因此，每一个行动都有其目的，而且若不自己使其决意的对象成为目的就没有人能够拥有一个目的，所以这就是行动主体的自由的一个举动（Akt），而不是自然的某种作用"，所以，道德目的指的"不是人依从其本性的感性冲动给自己制定的目的，而是服从自己的法则的自由决意的对象，人应当使这些对象成为自己的目的"，人依从其本性的感性冲动给自己制定的目的是技术的、实用的、主观的目的论（Zwecklehre），而服从自己的法则的自由决意的目的则是道德的、客观的目的论（参见 Immanuel Kant, *Metaphysik der Sitten*, Verlag von Felix Meiner, Leipzig, 1919, S. 224–225）。

为实用信仰和道德信仰。顾名思义，实用信仰为了技巧（Geschicklichkeit/skill）的目的，道德信仰为了道德的目的。实用信仰以意志客体为规定根据，道德信仰则以意志形式为规定根据。具体而言，实用信仰的目的是以信仰超验对象为手段来满足幸福安康、财运亨通之类的实用需求。这时的目的—手段关系往往不是道德的，或者只能偶然地不违背道德。道德信仰则以适用于每个人的意志形式的先验法则为目的，即以道德本身的实现为目的。为此，不仅我的道德目的在先验层面上必然能够与他人相通，而且需要我在形式上采取普遍的和相同类型的主观准则（即伦理原则）来确保使用与他人相同的道德手段，这就使道德信仰超出个人的主观确信而获得一种能够让每个人都分享、通约和赞同的确定性。但是，人以道德的手段实现道德目的的意志行为是否一定能够促成道德上的至善（德福相配）却超出人自身的能力范围，因此，人需要信仰超验的存在者来保障德福相配的实现，以此促进道德目的的实现。尽管这种超验的存在者可能是不同的意志客体，但道德信仰的准则形式却具有主观上的普遍性，因为它基于我们心中普遍的超感性原则，即自由的伦理原则。

　　由此来看，罗兴振和民众个体所信仰的舜既非万能的神灵，也不是一般的祖先，而是道德的始祖和化身，"同时舜的道德并非只是敬敷五教方面，他的道德行为还表现在政治道德、伦理道德、社会道德、职业道德等四个方面……所有这些表现都是集于舜一身的道德行为。……总的来说舜的道德文化对我国优秀的传统文化的形成和发展具有发轫之功"①。尽管舜作为历史上的道德始祖形象具有特殊性，但是，如果罗兴振和民众个体把"舜耕历山在洪洞"当作道德信仰，那么，这种道德信仰的形式和目的就具有了普遍性。这就进一步表明，罗兴振的"舜耕历山在洪洞"命题貌似经验知识，实则是实践信仰，而且蕴含着道德信仰和实用信仰的双重可能性。尽管罗兴振本人未必有明确的区分，但民俗学者却有必要做出区

---

① 罗兴振《来自田野的回音——〈背过身去的大娘娘〉读后感》，《民族文学研究》2019年第1期，第9—10页。

分：舜作为道德楷模受到罗兴振和民众个体的信仰，但这些信仰的理想类型却不取决于信仰对象本身是否具有道德性质，而是取决于其目的—手段关系的主观准则是哪一种理想类型。

第三，目的—手段关系的主观准则的理想类型取决于决意是否把准则的普遍形式当作意志和意志客体的规定根据。① 道德信仰的准则要求"主观目的（每个人都有的目的）被置于客观目的（每个人都应该使之成为自己目的的目的）之下"，也就是要把道德义务当作自身的目的，这样一来，"行为的准则作为达成目的的手段就只会包含着获得一种可能的普遍立法资格的条件"②。在自律的目的—手段关系中，伦理原则恰恰是从准则自身的普遍形式③ 推论出的普遍目的④：要实现道德的普遍目的就必然要求每一个我把每一个他人的目的都当作我的目的，而不能把每一个他人仅仅当作手段。只有这样，才能保障自己的自由不会侵犯他人的自由，也就是让每个人的自由必然得到相互保障。"换句话说，只有从道德实践的根本目的和普遍原则推导出来的具体伦理规范手段/工具在道德上才具有绝对地善的客观必然性，而道德上绝对地善意味着：道德实践者自己把他人始终当作目的而绝不仅仅当作手段。与此相应，道德上绝对地恶也就意味着实践者自己把他人仅仅当作手段而没有当作目的，而这恰恰正是

---

① 因为伦理学不为行动立法，而只为行动的准则立法，而且"法则来自意志；准则来自决意（Willkür）。决意在人当中是一种自由的决意；无非单纯与法则相关的意志，既不能被称为自由的也不能被称为不自由的，因为它并不针对行动，而是直接针对为行动准则立法（因此是实践理性本身），因此也是绝对必然的而且本身是不能够被强制的。所以，只有决意才能被称作自由的"（参见 Immanuel Kant, *Metaphysik der Sitten*, Verlag von Felix Meiner, Leipzig, 1919, S. 229, S.29–30）。

② Immanuel Kant, *Metaphysik der Sitten*, Verlag von Felix Meiner, Leipzig, 1919, S. 230.

③ 即伦理原则的第一个命令式（形式律）："按照一个同时能够被视为一条普遍法则的准则去行动！"（户晓辉《人是目的：实践民俗学的伦理原则》，《民族文学研究》2017年第3期，第22页）。

④ 即伦理原则的第二个命令式（目的律）："你要这样行动，不仅把你的人格中的人性，而且把其他任何一个人的人格中的人性，在任何时候都同时当作目的，绝不仅仅当作手段来使用。"（户晓辉《人是目的：实践民俗学的伦理原则》，《民族文学研究》2017年第3期，第23页）。

以认识为目的的伦理规范的先验实践形式甚至主体对客体的认识形式本身的自我规定性。"① 目的—手段关系的主观准则只有与"从道德实践的根本目的和普遍原则推导出来的伦理规范"保持一致才能是不违背道德的，或者说，只有以适合于每个人的最大可普遍化形式来规定自己的准则，至少让自己的准则与适合于每个人的最大可普遍化准则形式保持一致，才能使目的—手段关系成为合乎道德性的关系。从逻辑顺序上说，伦理原则给意志立法，意志给主观准则立法，再由决意选取不同的主观准则来行动。既然目的—手段关系的理想类型取决于决意对主观准则的选择，那么，主观准则是否与伦理原则保持一致就取决于它是否把自身的普遍立法形式用作意志和意志客体的规定根据。这样的伦理原则可以表述为："你要按照一个目的准则行动，拥有这些目的对每个人而言都能够是一个普遍法则。——按照这一原则，人无论是对自己还是对他人都是目的，而且他既无权把自己也无权把他人仅仅当作手段来使用（这时他毕竟可能对他人也漠不关心），这还不够；毋宁说，从根本上把人当作自己的目的，这本身就是人的义务。"② 简言之，即"不再把别人和自己当作单纯的手段（物），而是同时当作目的"或者"在把任何人当作手段的同时也要当作目的"③。伦理原则在主观准则的形式上要求并规定人与人应该在互为手段的同时也一定要互为目的。

第四，如果罗兴振决意把"舜耕历山在洪洞"当作道德信仰和实现至善的"促进条件"④，那么，尽管其意志客体具有偶然性，但他的准则所具有的普遍形式却应该成为意志客体的规定根据，并由此使意志客体与准则形式相统一，实际上也就是与伦理原则保持一致。这样的道德信仰就会

---

① 吕微《民俗学学术伦理规范的善与恶》，《民族文学研究》2017年第3期，第9页。
② Immanuel Kant, *Metaphysik der Sitten*, Verlag von Felix Meiner, Leipzig, 1919, S. 237.
③ 户晓辉《人是目的：实践民俗学的伦理原则》，《民族文学研究》2017年第3期，第26页。
④ 吕微《民俗学的承诺——康德与未来的实践民俗学的基本问题》，2019年4月打印稿，第535页。

在把人当作手段的同时也当作目的,由此也就对任何人都具有客观上充分的确定性,因而罗兴振就有充分的理由要求陈泳超以经验知识支持自己的道德信仰;如果罗兴振决意把争夺尧舜传说始源地和开发当地旅游资源等现实利益[1]当作信仰"舜耕历山在洪洞"的目的,那么,其主观准则就会用意志客体来作为意志的规定根据,从而与准则的普遍形式产生矛盾和冲突,进而无法与伦理原则保持一致,表现在行动上就是把自己和他人仅仅当作手段而不能同时也当作目的。由此可见,伦理原则不仅是区分实用信仰和道德信仰的客观标准,而且是鉴别真假道德信仰的试金石。只有真正的道德信仰才值得我们"表示无条件的尊重"[2],因为理性的纯粹运用的最高目的和最后目的是道德,因此,只有道德信仰才可以并且才有权利把包括认识目的在内的其他目的变成道德目的的手段。换言之,目的—手段关系的理想类型取决于其准则的意志客体是否与准则自身的普遍形式保持一致。道德信仰的主观准则是准则内容与其普遍形式的必然一致和统一,实用信仰的主观准则是准则内容与其普遍形式的偶然一致和或然统一,而伪道德信仰则是准则内容与其普遍形式的必然矛盾和不统一。当实用信仰的主观准则与其普遍形式不一致时,表现在目的—手段关系上就是仅仅把自己和他人当作手段而没有同时当作目的,而伪道德信仰表现在行动上就是打着道德的旗号、干着不道德的事情。

第五,我们也可以从内在的自我立法和外在的行为表现两个方面来辨别和区分民间信仰的理想类型。从内在的自我立法角度或第一人称视角来看,对实用信仰和道德信仰的主观准则的区分标准要非常严格,不允许

---

[1] 正如"非遗"保护运动以来有些地方为了申遗而进行的发源地之争那样,例如,河南南阳、河北邢台、山东沂源、山西和顺、陕西兴平有关牛郎织女故事发源地之争;河南西华、陕西平利、河北涉县有关女娲发源地之争;河南、广西、湖南有关盘古发源地之争。

[2] 这种"无条件的尊重"不同于我们对伦理原则本身的敬重,因为敬重(Achtung)是纯粹理性引起的先验情感,"对我们的能力不适合于达到对我们而言是法则(Gesetz)的某个理念所抱有的情感,就是敬重"(Immanuel Kant, *Kritik der Urteilskraft*, Verlag von Felix Meiner, 1922, S. 102)。

混杂,因为把意志的规定根据设定在自己的实用需求之中的主观准则根本不能产生道德。伦理原则就是在时间上和逻辑上先于意志客体来规定意志和意志客体的准则形式,这种形式是准则本身就具有的先天的、普遍的意志规定根据,当这种先天的、普遍的准则形式被当作意志和意志客体的规定根据时,准则就能够成为自我立法的普遍原则,并且必然能够与伦理原则保持一致。相反,"如果人们在道德法则之前把任何一个客体以一种善的名义假定为意志的规定根据,然后从它推导出至上的实践原则,那么这种原则任何时候都会带来他律并且排斥道德原则"[1]。但是,从外在行为或第三人称视角来看,由于难以完全看出他人的行为动机,所以,为了避免诛心之论,我们需要根据他人的外在行为来判断其信仰类型和目的—手段关系的主观准则是否与伦理原则保持一致。这是相对宽容的外在行为评判标准,可以允许有不同程度的道德等级。换言之,如果难以对罗兴振和民众个体的信仰类型做出明确区分,我们也可以看实用信仰与道德信仰在其主观准则中如何排序或者处于什么样的等级序列,也就是看他们是让实用信仰为道德信仰服务,还是为了实用信仰而牺牲道德信仰。如果实用信仰优先于道德信仰,这种准则排序就只能偶然地让意志客体与准则形式保持一致。只有让实用信仰服从于、服务于道德信仰,才能必然地让意志客体与准则形式保持一致,也才能够做到在把他人当作手段的同时也一定当作目的。如果罗兴振和当地民众个体决意把"舜耕历山在洪洞"当作实用信仰,他们的目的—手段关系的主观准则就难以做到在把他人当作手段的同时也一定当作目的,而且只有当他们的主观准则能够与伦理原则保持一致时,才是可以默许的或值得有条件地尊重的[2];一旦其主观准则不能

---

[1] Immanuel Kant, *Kritik der praktischen* Vernunft, Verlag von Felix Meiner in Leipzig, 1929, S. 127.
[2] "就此而言,只观察不介入"的纯粹认识论立场就有了一定道理,除非纯粹认识论者实现了向道德实践论者的身份转换,并且从道德实践绝对地善的根本目的和普遍原则("始终当作目的而决不仅仅当作手段")出发,重新规定伦理规范的具体内容,纯粹认识论者难以合(道德)目的,合(道德)原则地介入共同体的实践生活。(吕微:《民俗学学术伦理规范的善与恶》,《民族文学研究》2017年第3期。)

与伦理原则保持一致，我们就应该加以批评和谴责。也就是说，只有道德信仰的主观准则才能做到在把他人当作手段的同时也彼此当作目的，才值得我们"表示无条件地尊重"，实用信仰的主观准则仅仅值得有条件的尊重，而违背伦理原则的主观准则就应该受到批评和谴责。①

三、让大娘娘转过身来的正当方式

从经验知识的因果关系转向信仰实践的目的—手段关系的必要性在于，"罗兴振—陈泳超公案"实际上已经超出现象界的他律因果关系，而进入理知界（intelligible Welt/intelligible world，理知界也就是超感官的道德世界）②的自律目的—手段关系。在现象界，民众个体只是他律因果链中被决定的一个环节。只有在目的—手段关系中，民众个体才是自律的人，才能重新开启另一种自由的"因果链"并且觉识、施展自己的自由决意能力。

我们把实用信仰与道德信仰同时纳入自律的目的—手段关系，也就意味着把秉持这两种信仰的民众个体都视为有限的理性存在者。尽管民众个体当然会受到感性因素和外在环境因素的种种影响，但影响不等于决定，只有这种不受外在因素决定而能够自由决意的理性存在者，才有能力去选择哪一种目的—手段关系的主观准则来行动。③这是从理知界看现象

---

① "例如，面对猎头、殉夫等违背普遍道德原则及其最低伦理规范的实践行为，民俗学家有义务和责任制止此类恶俗，并放弃认识论'不持立场''客观观察'的山野做法"（吕微《民俗学学术伦理规范的善与恶》，《民族文学研究》2017 年第 3 期，第 15 页）。
② Immanuel Kant, *Kritik der reinen Vernunft*, Verlag von Felix Meiner in Leipzig, 1930, S.730; Immanuel Kant, *Critique of Pure Reason*, Translated and Edited by Paul Guyer & Allen W. Wood, Cambridge University Press, 1997, p.678.
③ "伦理的义务必须不是按照赋予人适合于法则的能力来评价，而是相反：伦理的能力必须按照无条件地发布命令的法则来评价；因而不是按照我们从人实际所是而得到的经验性知识来评价，而是按照人依据人性的理念应当是的那种合理性的知识来评价"（Immanuel Kant, *Metaphysik der Sitten*, Verlag von Felix Meiner, Leipzig, 1919, S. 248）。

界的立场，因为从理知界反观现象界，我们就能够看出现象界里的民众个体同时还在理知界，由此先"高看"现象界的人，并且相信处于现象界的民众个体有能力通过理性信仰而达至自由。只有这样，我们才会把民众个体当作人来对待，即在把民众个体当作手段的同时也要当作目的，每个民众个体的人格和自由决意权利都应当受到同等尊重。"因此，尊重每个人的人格中的人性与理性就意味着，即便有人在经验世界里表现为一时缺乏理性，我们仍然应该把他或她视为人，尊重其人格中的人性。"[1] 实践民俗学者恰恰不是透过现象界看理知界，而是透过理知界看现象界，并且力求通过理知界影响和改变现象界，由此主张把民众个体都视为具有自由决意权利和能力的人，因为民众个体的行为准则都内在地包含着能够普遍立法的形式。[2] 简言之，要想让目的—手段关系的主观准则与伦理原则保持一致，首先需要使主观准则的普遍立法形式成为意志的规定根据，[3] 其次需要让意志客体服从于、服务于准则的普遍立法形式。从理知界反观现象界，我们就可以看到：

> 实践法则或伦理原则之所以需要每个人内在的普遍立法，恰恰因为理性与普遍性可以相互界定，因为每个人都拥有同样的理性能力或理性潜质（Vernunftvermögen），因此，普遍的理性才是我们思维和行动的最高尺度和最高价值。尽管实际发挥和开掘这种能力或潜质的程度的确因人而异，但确定实践法则或伦理原则不能看每个

---

[1] 户晓辉《人是目的：实践民俗学的伦理原则》，《民族文学研究》2017年第3期，第23—24页；李秋零《"人是目的"：一个有待澄清的康德命题》，金泽、赵广明主编《宗教与哲学》第五辑，社会科学文献出版社，2016年，第32—40页。
[2] 这一观点来自吕微对准则与法则之形式关系的理解，参见吕微《民俗学的承诺——康德与未来的实践民俗学的基本问题》，2019年4月打印稿，第630、644页。
[3] "要这样行动，即让你的意志的准则在任何时候都能够同时被视为一个普遍立法的原则"（Immanuel Kant, *Kritik der praktischen Vernunft*, Verlag von Felix Meiner, Leipzig, 1929, S. 36；另见 Immanuel Kant, *Metaphysik der Sitten*, Verlag von Felix Meiner, Leipzig, 1919, S. 28, S. 29）。

人对自己理性的实际发挥和开掘程度，而是只能从每个人都拥有同样的理性能力或理性潜质这个实践设定即"每一个理性存在者的意志都是一个普遍立法的意志的理念"出发，因为这是我们共同的逻辑起点和平等的道德起跑线。事实上，即便每个人在经验世界中对自己拥有的理性能力或理性潜质觉识得有早有晚，发挥得有多有少，但这种理性能力或理性潜质作为能力和潜质对每个人来说却是一样的和普遍的（康德称之为"理性的事实"）。只有从实践上先高看人，才能透过经验现象的重重壁障而看到同一种理性和共同的人性，才能发现应然的伦理原则和法治原理的根本道理。[①]

只有内在地以普遍的伦理原则作为主观准则的规定根据并且让目的—手段关系的主观准则符合普遍形式意义上的伦理原则，民众个体的自由决意权利才不会受到相互侵犯，私民才能获得进入目的王国的真正资格并由此变成公民。这也是"实践中的民俗最终能够从传统（合特殊主观性准则）走向现代（普遍合客观性法则）并且走进现代（也就是'扬弃'实践理性的目的论及方法论二律背反）的最根本的伦理和政治实践保障"[②]。只有根据伦理原则，我们才能对目的—手段关系的主观准则做出客观的内在理解与评价，而不再是仅仅对民间信仰持有外在的观望态度。

由于实用信仰的目的—手段关系是技巧性的，当其主观准则的意志客体与伦理原则不一致时，就会导致出现当地民俗精英们争夺规范、创编传说的话语权并且压制他人权利的举动，而道德信仰则会对这种举动产生矫正和纠偏的作用，这种作用的一种体现就是促使民俗精英们主动让背过身去的大娘娘转过身来。例如，对于二姑姑庙的传说，吴青松的看法是：

[①] 户晓辉《人是目的：实践民俗学的伦理原则》，《民族文学研究》2017年第3期，第19—20页。
[②] 吕微《"日常生活—民间信仰"自觉的相互启蒙者——对"罗兴振—陈泳超公案"的康德式道德图型论思考》，《民族文学研究》2019年第1期，第30—31页。

"为什么我不主张争大小?第一,从中国传统来讲,礼让。家里姐妹俩都不礼让,怎么成为千百年的榜样?再一个,孔子的仁的学说,是我的第二个思考点。第三点,联系当今社会的和谐。第四点,对人的教育作用。要是我不写,那你们随便说随便传吧,但既然我要写,就要传播一个正统的文化","我的观点是,礼仪也是一种文化,教育人。比如你们都听过两个姑姑争大小,罗兴振也这样写,我一直反对,这次我全把它正过来。我的观点是:作为古典贤圣,以仁爱为本心,应该礼让,姐妹俩不礼让,后人是什么榜样?"[1] 本来固执己见的罗兴振后来也改变了主意:"原来争大小是这么传的,这个传说现在不能存在了,又变了。……这个传说我们现在不能接受,要变一下,故事情节还是那回事。"[2] 民俗精英们的这些想法和做法并不仅仅是出于对主流价值观的迎合与靠拢,也是他们决意让主观准则的意志客体与伦理原则保持一致的行为结果。所以,"经过多次调查,我们了解到,在申遗前后的一段时间内,羊獬几个民俗精英痛感二姑姑庙的旧有传说对姑姑形象颇有损害,着意为之正名"[3]。通过民俗精英们的信仰实践,不仅"娘娘塑像的表情变化了",而且"在当地广泛流传的姐妹俩争大小的传说,却始终没有看到过;甚至那些负面形象的灵验传说,当然就更不必说起。可见,壁画所选择的叙事内容,是经过某种正面价值净化过的"[4],以至于看庙大爷胡传瑞也说:"以前的驾楼里就是姐姐背过身去,现在都改了,左边是姐姐,右边是妹妹"[5],以至于"心心念

---

[1] 陈泳超《背过身去的大娘娘:地方民间传说生息的动力学研究》,北京大学出版社,2015年,第239页。
[2] 陈泳超《背过身去的大娘娘:地方民间传说生息的动力学研究》,北京大学出版社,2015年,第240页。
[3] 陈泳超《背过身去的大娘娘:地方民间传说生息的动力学研究》,北京大学出版社,2015年,第236页。
[4] 陈泳超《背过身去的大娘娘:地方民间传说生息的动力学研究》,北京大学出版社,2015年,第173页。
[5] 陈泳超《背过身去的大娘娘:地方民间传说生息的动力学研究》,北京大学出版社,2015年,第149页。

念"想去寻找背过身去的大娘娘的陈泳超也不得不承认,"至于'背过身去'的大娘娘,至今尚未见过"[1]。可见,民俗精英们在对传说进行发明和压制并以此彰显各自的话语威权时,体现的是实用信仰的主观准则,也就是仅仅把他人当作手段而没有同时当作目的。但与此同时,他们也在主动让自己的准则接受吕微所谓实践理性形式的"普遍化检验"[2],即决意遵循伦理原则来促进和谐与和睦的伦理关系,而不仅仅是向主流话语靠拢,这体现的恰恰是他们的道德信仰追求。尽管向主流话语靠拢寻求的可能只是意志客体上的相对普遍性,而不是准则形式上的真正普遍性,但这至少表明民俗精英和当地民众个体有能力以准则的普遍立法形式来规定自己的意志客体,也就是有能力以自由决意的方式让自己的主观准则成为普遍立法的原则,这也是他们具有应责力或承责力[3]的体现和明证。

正是在道德信仰的意义上,我们不仅应该重视民俗精英和民众个体已经"义无反顾地非要让大娘娘转过身来"[4]的意志和实践事实,而且应该作为学者率先主动转身,从认识的旨趣转向实践的旨趣、从理性的理论用法转向实践用法并且以道德的方式让理性的理论用法支持实践用法,因

---

[1] 陈泳超《背过身去的大娘娘:地方民间传说生息的动力学研究》,北京大学出版社,2015年,第150页。

[2] 吕微《转过身来的大娘娘》,《民间文化论坛》2015年第2期,第122—123页;吕微《民俗学:一门伟大的学科——从学术反思到实践科学的历史与逻辑研究》,中国社会科学出版社,2015年,第436—450页。

[3] "应责力"或"承责力"分别来自高丙中和吕微对 accountability 的不同译法,参见高丙中《社会领域的公民互信与组织构成——提升合法性和应责力的过程》,社会科学文献出版社,2016年,第286—291页,尤其是第290页注释①已经指出,"自律""公信力"也可以是 accountability 的意译;吕微《民俗实践的"承责"意识——民俗学实践认识的现象学直观与先验论演绎方法论》,2020年,未刊稿;2020年9月13日,吕微在电子邮件中写道:"'应责'能否在民俗学实践研究中用作'承责'?'承'原从属于'传承',是民俗学的经典概念,有'传递''承接'的意思。'传承'原是理论认识静观的结果,现在赋予其'承担'的实践新意。……而'承责'既是主体的自我意志,也是主体的普遍意识。表演理论强调'责任'responsibility,'承责'可以说 assume responsibility……"。

[4] 吕微《转过身来的大娘娘》,《民间文化论坛》2015年第2期,第115页;吕微《民俗学:一门伟大的学科——从学术反思到实践科学的历史与逻辑研究》,中国社会科学出版社,2015年,第382页。

为只有民俗学者率先转了身,作为学科的民俗学"才能让背过身去的大娘娘转过身来,让'按说有'变成'真的有'"①。当田野中的民众个体已经自觉不自觉地在用超验理想进行信仰实践之时,学者只有对这种超验理想和信仰实践具备更加理性、更加深入的理解力和实践力,才能积极有效地应对田野中的民众个体给中国民俗学提出的现实挑战。

对知识和信仰的界限和民间信仰理想类型的上述论证可以表明,民众个体有权利、有能力以自由决意的方式实践道德信仰,而且只要勇于尝试,民众个体都能够意识到自由的意义就在于每个人的自由都需要以他人的自由为边界,而伦理原则恰恰就是以最大的普遍化形式对这个边界做出的逻辑限定和先决条件。只有每个人的主观准则都与伦理原则保持一致并以此规范、引导自己的信仰情感和欲求对象,才能为他人的自由权利预留最大的施展空间和正当的发挥余地。实践民俗学者理解的学科目的就是在民间看见并维护民众个体的自由决意权利,以此进一步完成顾颉刚为中国民俗学提出的学科目的:"站在民众的立场上来认识民众"并且"探检各种民众的生活,民众的欲求,来认识整个的社会"②,使民俗学、民俗学学者与民众个体共同觉识和实践"让他人也承担起信仰义务的道德能力的法权"③,维护民众个体的自由决意权利,在把他人当作手段的同时也一定当作目的。以伦理原则为依据对学科目的与民众个体的实践目的做出内在区分并对实用信仰和道德信仰之间的关系加以价值排序,不仅能够让我们站在信仰实践立场来区别对待并从学理上同情地理解罗兴振的典型做法,也有助于民俗学者对自身应该以什么样的学科目的与民众个体的目的取得一致做出理性选择,进而思考中国民俗学如何与民众个体一起,以理所当然

---

① 吕微《民俗学:一门伟大的学科——从学术反思到实践科学的历史与逻辑研究》,中国社会科学出版社,2015年,第460页注释中的户晓辉批注。
② 《〈民俗〉发刊辞》,目录页署名"同人",系顾颉刚所作,参见《民俗》(合订本第一册),上海书店,1983年影印本,第2页。
③ 吕微《民俗学的承诺——康德与未来的实践民俗学的基本问题》,2019年4月打印稿,第561—659页。

的道德方式让背过身去的大娘娘转过身来。

学生互动摘要

户晓辉研究员演讲之后，同学们分别从理论阐释和田野实操两个层面与老师进行交流。有同学对民间信仰理想类型"让实用信仰服务于道德信仰"的解释表示困惑，提出是否可以将之理解为一种接近于制度性宗教（如基督教）的状态。户老师指出中国民间信仰具有特殊性，在道德方面与教会信仰存在相通之处，但在体制形态等方面上仍有很大区别。就内容而言，中国民间信仰既有道德的也有不道德的，户老师认为要判断其中是否存在道德信仰，亦即目的——手段关系的主观准则属于何种类型，不应以意志对象而应以意志形式作为标准。有同学则分享了自己在田野中遇到的伦理困境：民间搜集整理者视之为毕生心血的长歌文本，被学者鉴定为个人作伪的"伪记录本"——当学科目的与民众个体实践目的之间发生断裂，学者作为个体又应当如何面对民众？对于这一棘手问题，户老师也暂无明确答案，但他指出"伪记录本"背后实际上涉及界定标准的相对性问题、20世纪民间文学搜集整理热的背景等，因此在考虑田野伦理之前，可以首先对搜集整理的限度、真伪标准加以厘定，避免学理与伦理纠葛不清。

2020年12月24日，同学们围绕讲座内容进行评议与讨论。主持人关昕宇先后评述了理想型的伦理原则和经验型的田野策略，并对二者间的互动空间予以进一步阐发。他指出，理想型的伦理原则关注的是超越现实的学术根基性问题，以超验的伦理原则为目标思考中国民俗学如何与民众个体一起，以理所当然的道德方式"让背过身去的大娘娘转过身来"；经验型的田野策略则在经验世界中开展实践，遵循现实生活中经验性的普遍伦理原则，在与"世事人情"

的直接对话中打开了纯粹理性思辨难以照见的诸多面向,个体的喜怒哀乐、利益争夺、人情冷暖等等作为含混但鲜活的现世镜像与前者形成张力。对此,主持人指出,这两种研究范式并非在同一个平面上的对立面,而是可以相互参照的垂直存在:理想型的伦理原则不在现实之中,但引导我们接触和发现现实中的个体;经验型的田野策略就在现实中产生,却也推动着我们思考和总结学理上的原则。应当充分调动两种资源,彼此生发,共同照亮知识与信仰之间的幽微地带。

在讨论环节,同学们围绕实用信仰与道德信仰的区分、理想型伦理原则与经验型田野策略分别如何使用等问题展开详细讨论。关于如何在具体的信仰实践中判定"道德信仰",有同学认为道德与实用的面向往往是并存的,应结合具体的信仰语境分析;有同学指出鉴于不少民间神明未必具有较高的道德性(如五通神),应根据信仰主体的行为而非信仰对象的道德性来判断。此外,如何将高悬的理想型伦理原则融通于经验型田野策略当中是同学们共同关心的话题——真实的田野往往更加复杂且难以操作,应如何看待田野策略中无可避免的"非道德"手段与道德要求之间的矛盾?户老师呼唤学者用自己的知识关注民众的诉求,这是否将导致"把民众当成手段"滑向"学者自己成为手段"的另一种本末倒置?对此,有同学借鉴施爱东老师的"学术层级的金字塔结构",指出从"理论民俗学"逐层向下的过程必然经历多次磨损,因此操作层面应当具有一定包容性,允许有智慧的学者采取各自精彩的处理方式——顶层理论发挥的功能恰恰是"底线"而非"准线"。有同学则指出,理想型伦理原则的烛照之处在于,它提醒学者不仅仅以经验层面的学术求真目的面对民众,应当努力在道德层面与民众达成共通的追求。

(摘要撰写人 李思羽)

万志英《左道》的研究思路评析

黄景春

编者按： 2023 年 4 月 19 日，上海大学文学院黄景春教授以"从五通仙人到五路财神——兼谈《左道》的研究思路问题"（发表时更名为《万志英〈左道〉的研究思路评析》）为题，为北京大学中文系民间文学专业的同学们做了讲座并展开交流。

五通神是中国民间信仰神谱中一种特殊的存在，其博杂的形态持续引发着国内外学界的广泛关注。美国汉学家万志英（Richard von Glahn）的《左道：中国宗教文化中的神与魔》一书是近年来从历时视角研究的代表之作，黄景春教授基于多年的信仰考察经验，敏锐发现其中的学术增长点：一方面，《左道》未能充分认识中国民间神灵来源的复杂性，局限在中国本土寻找源头，忽视了它实际可能具有来自印度的更早渊源；另一方面，万志英虽已倾力钩沉出五通神在国家、儒士精英、民众及佛道等错综话语中生存演变的基本格局，但忽视了"巫觋"这一建构民间信仰的关键力量，且对不同话语内部的异质性面貌亦缺乏认识。本次讲座中内蕴的溯源研究方法论，发掘多元主体的自觉意识，以及不唯文本、重视田野的治学思路均对探索其他民间信仰事象有所裨益。

万志英（Richard von Glahn）是加州大学洛杉矶分校历史学教授，也是一位汉学家，主要研究 10—18 世纪中国经济社会史、全球经济史、东亚海洋史。2004 年他出版了一本研究中国宗教史的书《左道：中国宗教文化中的神与魔》(*The Sinister Way: The Divine and the Demonic in Chinese Religious Culture*，本文简称《左道》)。该书以宋代社会为中心，以五通神为例，讨论中国宗教文化的神性与魔性。2018 年《左道》被翻译成中文，立即引起国内学者的关注。该书对中国宗教和民间信仰讨论之深入，分析之敏锐，不少人读后都叹为"惊艳"。犹如杨庆堃《中国社会中的宗教——宗教的现代社会功能与其历史因素之研究》、孔飞力（Philip Kuhn）《叫魂——1768 年的中国妖术大恐慌》、武雅士（Arthur Wolf）《神、鬼和祖先》等著作和论文一样，这部书也给专业读者带来了思考和探索的新起点。但是，作为一位跨界研究者、一位主要依靠历史文献而非田野作业进行研究的汉学家，万志英对中国宗教和民间信仰的研究并非无懈可击，他不仅在中国宗教史的描述上有纰漏，而且在研究思路上也存在一些问题。当然，《左道》是一部很有特色的学术著作，取得的成果是不容忽视的。下面拟先介绍一下这部书，然后再讨论它的问题。

一、《左道》的创新性论述及存在的问题

万志英在欧美学者的中国宗教文化研究基础上展开对中国"通俗宗教"（vernacular religion）问题的讨论。《左道》一书共分为七章，前有导言，后有结语。导言部分评析了武雅士、桑高仁（Steven Sangren）、韩森（Valerie Hansen）及杨庆堃、蒲慕州等学者关于中国宗教文化的相关论述。第一、第二章分别讨论了商、西周、春秋、战国时期中国人对祖先、鬼和神的信仰，以及两汉的亡魂崇拜和救世运动。第三、第四章讨论了魏晋到隋唐的山魈传说和信仰，山魈散布瘟疫及相关疫鬼、瘟神崇拜。第五章考察了宋代中国宗教文化的转型，认为通俗化的仪式和使神灵更加平易近人的命理之术推进了转型的过程。第六、第七章详细考察了五

通神信仰及其向五路财神的演变,是全书最引人注目的内容。结语部分结合宋代以后的中国宗教实践,运用杜赞奇(Prasenjit Duara)的"叠写"(superscription)、康豹(Paul Katz)的"共生"(cogeneration)等概念,指出"五通神和他的众多化身派生出了历史与文化各不相同的多种地方信仰",如五显神、五郎神、五猖神、五路神、马元帅、华光等。"五通神扮演的角色,包括了阴狠的无赖、强大的伏魔将军、慈悲的菩萨、奸诈的财神,充分展现了神力在中国宗教文化中的多价性。"[1]前四章是对中国宗教传统的历史梳理,是总体背景的铺垫,后三章详述宋代以后五通神信仰的转变,是个案研究的印证。中国神灵身上神与魔的融合、神灵信仰中的个人幸福主义取向、五通神都堪称典型,对他的讨论具有充分的说服力。

《左道》的理论创新至少有以下两点:其一,提出"通俗宗教"(vernacular religion)这一概念来描述中国的宗教文化。"通俗宗教"概念与国内研究者常用的"民间信仰"(popular religion、folklore religion 或 folk belief)、杨庆堃的"弥散性宗教"(diffused religion)、韩森的"世俗宗教"(secular religion)都有所不同。采用这个概念就是承认儒释道三教与民间宗教是同一个整体中的相互联系的有机组成部分,是指"以信仰或仪式的形式呈现的地方性或共有话语,它可被用来解释和表达复杂多变的宗教意识和实践"[2]。通俗宗教淡化了"民间""世俗"这些限定词引申出来的排斥知识精英、忽视典籍和僧侣的倾向,也不同于弥散性宗教高度契合于世俗社会制度并巩固社会认同的观点,它强调中国宗教文化既具有文言文的、经典宗教的特性,又具有白话口语的、地方性的特色。

其二,《左道》认为,中国宗教文化具有两种基本取向:以实现个人幸福为目的的祈求,道德均衡。万志英认为:"1)它是一套用来协调凡人

---

[1] 〔美〕万志英《左道:中国宗教文化中的神与魔》,廖涵缤译,社会科学文献出版社,2018年,第290、14、15、18页。
[2] 〔美〕万志英《左道:中国宗教文化中的神与魔》,廖涵缤译,社会科学文献出版社,2018年,第290、14、15、18页。

与神灵世界关系的幸福主义的（eudaemonistic）慰灵（propitiation）与辟邪（exorcism）方案；2）它是对宇宙所固有的道德均衡的持久信仰。"① 两种取向相互对立，虽然人们没有坚持一种取向而完全排斥另一种，但也很难对两种取向做到真正的平衡。"五通神信仰是一个幸福主义取向几乎完全压过道德均衡的例子。"② 对五通神的研究揭示了中国宗教和民间信仰的实用主义、利己主义特质，从而增进学界对中国宗教观念的历史性、系统性理解。

中国神灵身上神性与魔性共存，而神与魔、正与邪、善与恶的混合，五通神都最具代表性。作为一位神灵，五通神身上的邪魔多于良善；事实上，他又是对一组神，甚至是一群神的统称，其名号、成员在各时期、各地方不尽相同。在不同宗教态度的人那里，或称五通，或称五显，或称五圣，或称五哥，名称各不一样，呈现出五通神复杂多样的神格特点。中国宗教与民间信仰中这类神灵并不少见，土地神、城隍神、财神、瘟神、龙王、阎王等都成员众多，且神魔兼备，但五通神更加复杂，在历史上的表现也更加引人注目。《左道》追踪五通神的演变，对其信仰形态的梳理十分清晰，一些卓越论述很有启发性。

但是，这本书还不能称作完美之作，它还存在不少问题。首先，万志英作为一位主治中国经济史的学者，跨界到中国宗教文化领域，难免有力不从心之处。他在中国文化内部寻找五通神的源头，认为"五通神最早就是山魈的一种"，"五通神的邪性源自山魈传说"。③ 他着力考察"山魈—五通神—五路财神"的演变轨迹，但对中国民间神灵来源的复杂性，对佛教影响中国宗教文化的深刻性估计不足。他说："山魈就是一种不折不

---

① 〔美〕万志英《左道：中国宗教文化中的神与魔》，廖涵缤译，社会科学文献出版社，2018年，第290、14、15、18页。
② 〔美〕万志英《左道：中国宗教文化中的神与魔》，廖涵缤译，社会科学文献出版社，2018年，第290、14、15、18页。
③ 〔美〕万志英《左道：中国宗教文化中的神与魔》，廖涵缤译，社会科学文献出版社，2018年，第104、288页。

扣的恶灵。"① 他对山魈完全邪性的判断也有问题，因为山魈还有与人互利共生的一面。② 其次，万志英主要在欧美学者对中国宗教文化研究的基础上讨论相关问题，研究思路和理论框架都来自西方，对中国当代学者的宗教和民间信仰研究成果不熟悉，也无法汲取，研究视角有较大局限性。其实，国内学者早就揭示了佛教的五通仙人与山魈结合，形成了中国的五通神信仰。对中国宗教和民间信仰的特性，20世纪80年代以来国内学者讨论甚多，但对于万志英来说，这些成果都不存在。再次，万志英主要依靠历史文献研究中国宗教文化，并未对中国宗教做过系统的田野调查，对其他人的田野调查及相关研究也了解不多，所以他所研究的主要是古代中国的宗教文化，是文献记载的宗教与民间信仰。他说："就乡村地区的宗教取向而言，幸福主义的取向则一直盛行到了1949年。"③ 事实上，中国改革开放以后，当代财神信仰重新大流行，财神崇拜者仍然奉行幸福主义取向。古代的信奉方式在当代中国得到复活，而且还创造出新的祭拜方式。这也激发出道教救世的使命感，他们努力宣扬"生财有道""惟德生财"，强调道德均衡论的观点。这种难以置信的复活与循环现象，在当代中国发生了。

---

① 〔美〕万志英《左道：中国宗教文化中的神与魔》，廖涵缤译，社会科学文献出版社，2018年，第19、290页。
② 山魈对人并非只有伤害，也能互利共生，如唐代《广异记·斑子》："山魈者，岭南所在有之，独足反踵，手足三歧。其牝好傅脂粉。于大树空中作窠，有木屏风帐幔。食物甚备。南人山行者，多持黄脂铅粉及钱等以自随。雄者谓之山公，必求金钱。遇雌者谓之山姑，必求脂粉。与者能相护。唐天宝中，北客有岭南山行者，多夜惧虎，欲上树宿，忽遇雌山魈。其人素有轻赍，因下树再拜，呼山姑。树中遥问：'有何货物？'人以脂粉与之，甚喜。谓其人曰：'安卧无虑也。'人宿树下，中夜，有二虎欲至其所。山魈下树，以手抚虎头曰：'斑子，我客在，宜速去也。'二虎遂去。明日辞别，谢客甚谨。其难晓者，每岁中与人营田，人出田及种，余耕地种植，并是山魈，谷熟则来唤人平分。性质直，与人分，不取其多。人亦不敢取多，取多者遇天疫病。"此故事表明，唐代山魈带有山中居民的特点，演化出与人合作种地、平分收成的情节。但是，在人表现出贪欲时，他就通过散布瘟疫予以惩罚，此时山魈又具有了神性。
③ 〔美〕万志英《左道：中国宗教文化中的神与魔》，廖涵缤译，社会科学文献出版社，2018年，第19、290页。

所以，万志英虽然对中国宗教文化考察深入，但中国宗教、五通神似乎更加复杂，他有意无意间忽略了一些重要方面，而不谙中国国内研究现状，也限制了他对当代问题做更有针对性的讨论。正因如此，下文针对《左道》中的几个缺失环节略做剖析，希望有助于学者在更加广泛、系统的历史分析和现实考察中讨论中国宗教及民间信仰问题，增加相关研究的系统性与可靠性。

二、中国神灵来源的多样性

欧美学者对中国宗教问题的研究一般都会套用西方宗教学理论，而这些理论主要是在西方宗教实践的基础上总结出来的，跟中国宗教文化有所疏离。正因如此，迄今公认的研究中国宗教的经典著作是美籍华人杨庆堃完成的。《中国社会中的宗教——宗教的现代社会功能与其历史因素之研究》[1]一书体现了他对中国家庭、社会团体、国家的宗教观及信仰策略的深刻理解。这部用英文撰写的著作，万志英是熟悉的，《左道》也多次引用杨庆堃的观点。但任何理论著作和文献资料都无法替代研究者本人的宗教体验或田野调查，尤其是对于神灵的历史认知，不能过于依赖文献记载，把文献无法查到的都当作"不存在"。这看似严谨，实则粗疏，会忽略一些宗教观念、神灵的历史纵深。中国对天帝的最早记载是甲骨文，但在此之前肯定有天帝崇拜。中国人信奉、利用神灵的历史十分悠久，信仰对象和崇拜仪式稳定传承，通过对神灵特性的把握和对文献内容的梳理，有些神灵的历史可以做更长远的追溯。

就《左道》而言，万志英认为，北宋时期僧侣开始用五通指代山魈。"最早用'五通'这个名字指代山魈等邪物的最有可能是试图阻止人们崇

---

[1] 〔美〕杨庆堃《中国社会中的宗教——宗教的现代社会功能与其历史因素之研究》，范丽珠译，2007年上海人民出版社初版，2016年四川人民出版社出版修订本。

拜邪神的佛教僧人。"①他找不到宋代以前五通、山魈结合的文献，就以为没有这样的结合，也没有五通神信仰。然而，事实上，五通与山魈的结合要早得多，它的名称也有多种。中国最早的五通来自佛经，被译作"五通仙人"。②印度没有中国宗教意义上的仙人。佛教初入中土，僧人运用格义法翻译佛经，借用中土制度和儒道观念对译佛经中类似的名物。佛经中的仙人，是对梵文 Rsi 的意译。③五通仙人也译作五通、五通仙、五通圣人、五通婆罗门，有时还简称"仙""仙人"。东晋跋陀罗译《大方广佛华严经》卷二七"十地品"说大地有十大山王，"如仙圣山王，但以宝成，多有五通圣人，不可穷尽"。④五通是佛祖及弟子传达佛教主张时经常使用的一个概念，至少出现在185部中译佛经中。⑤五通、五通仙人是中

---

① 〔美〕万志英《左道：中国宗教文化中的神与魔》，廖涵缤译，社会科学文献出版社，2018年，第202页。
② 五通仙人，就是具备五种神通的仙人。佛经中的神通（Abhijnā），指通过修持禅定所得到的灵力，译法也有多种，如神通力、神力、通力等。五神通也有多种名称，《佛说法集名数经》曰："云何五通？所谓天眼、天耳、他心、宿命、神境。"《阿毗达磨大毗婆沙论》曰："五通者，一神境智通，二天眼智通，三天耳智通，四他心智通，五宿住随念智通。"综合各部佛经，五神通分别是：一神足通，也作神境通、神境智通、身如意通，能飞天入地、出入三界、变化自在；二天眼通，也作天眼智通，能看见六道众生轮回苦乐之相；三天耳通，也作天耳智通，能听到六道众生苦乐忧喜言语及世间一切声音；四他心通，又叫知他心通、他心智通，能知六道众生心中所念之事；五宿命通，又叫宿住智通、识宿命通、宿住随念智通，知道自身和众生过去、未来所作所为的一切事情。在佛祖看来，具备五神通，还未达到大觉大慧的境界，修行达到"六通"，才能了断一切烦恼，超脱六道轮回，臻于至善之境。这第六通就是"漏尽通"，也叫漏尽智证通，只有佛、菩萨和阿罗汉才能臻于此境。因此，五通仙人还有缺陷，有时还很脆弱。
③ 季羡林指出，梵文中的"仙人"写作 Rsi，原意是吠陀诵诗的作者，可能实有其人，后来把意义推广为一般的圣人，是世袭的，是神、人、阿修罗等以外的像神又像人的人物，并被赋予极大的法力神通。仙人一般分为三类：出身于神的叫作天仙（Devarsi），出身于婆罗门的叫作梵仙（Brahmarsi），出身于刹帝利的叫作王仙（Rājarsi）。这三类在《罗摩衍那》及印度其他古代文学作品中都占有极其重要的地位。参见季羡林主编《季羡林文集》第十七卷，江西教育出版社，1995年，第420页。
④ （东晋）《大方广佛华严经》卷二七，《大正新修大正藏》第9册，跋陀罗译，台湾新文丰出版有限公司，1983年，第575页。
⑤ 钮卫星《"五通仙人"考》，《上海交通大学学报（哲学社会科学版）》2007年第5期，第38页。

译佛经的常见人物。在魏晋南北朝佛道论争的大背景下，五通仙人又被反向格义，用以指称道教神仙。佛徒将修行不够、尚有缺陷的五通仙人等同于道教神仙，成为贬低道教的一种策略。刘勰《灭惑论》曰："若乃神仙小道，名为五通，福极生天，体尽飞腾，神通而未免有漏，寿远而不能无终。"[1] 佛有六通而神仙仅得五通，未获"漏尽通"，最多也不过飞升天界，却脱离不了六道轮回。刘勰以此凸显佛教优越而道教低劣。然而，有意思的是，当时的道士也接受了这种说法。陶弘景书写的碑文：孙吴初年，左慈从洛阳来到茅山，传授葛玄白虎七变、炉火九丹之法，"于是五通具足，化遁无方"[2]。葛玄获授炉火丹法，在陶弘景眼里却成了"五通具足"，九转丹法与五神通成了一回事。[3] 南北朝时期在佛教视角下，五通仙人从来没有好形象，如南朝刘义庆《幽明录》载：

> 海中有金台，出水百丈，结构巧丽，穷尽神工，横光岩渚，竦曜星汉。台内有金几，雕文备置，上有百味之食，四大力神常立守护。有一五通仙人，来欲甘膳，四神排击，迁延而退。[4]

这个故事中，五通仙人到海中金台要做不速之客，遭到四大力神的驱逐。显然，五通仙人被当作盗食者了。故事延续了佛经中五通仙人的不良形象。

五通被视作神异、灵异的神仙，隋初已有此说。道士焦子顺曾帮助杨坚受禅，杨坚称帝后尊他为"焦天师"，在皇宫附近为他专设五通观。

---

[1] （南朝）僧佑撰《弘明集》卷八，刘立夫、胡勇译注，中华书局，2011年，第291页。
[2] （清）严可均校辑《全上古三代秦汉三国六朝文》第4册，中华书局，1965年，第3221页。
[3] 到北宋，苏轼曾任玉局观提举，他仍以五通仙自况："聊为不死五通仙，终了无生一大缘。""却著衲衣归玉局，自疑身是五通仙。"参见王文诰辑注《苏轼诗集》，中华书局，1982年，第2564、2213页。
[4] （南朝）刘义庆《幽明录》，鲁迅辑《古小说钩沉》，齐鲁书社，1997年，第143页。

以"五通"命名道观,是借五通的神异,彰显焦天师多有神机妙策。[①]

独脚是五通的特征,这一特点跟山魈是一致的。中国本土山魈故事可以追溯到《山海经》的山㧟、夔,《国语》韦昭注称的山缲(也作"獟"),《神异经》《荆楚岁时记》的山臊,《酉阳杂俎》的山萧、山臊,《舆地志》的木客等都是山魈。各种传说所述不同,但山魈的基本特点是独脚,喜欢接近人并盗取财物,让人生病,能役虎,会放火。唐代《会昌解颐录》《集异记》中还有官员火烧山魈巢穴而遭到报复的故事。山魈故事比较多样,形象差异很大,应该是对山林中猕猴类动物的神异化表述。这些故事已经掺入了五通仙人的成分。唐代道士施肩吾《寺宿为五通所挠作》云:"五通本是佛家奴,身著青衣一足无。"[②]此诗可能是施肩吾在所宿寺庙里遭遇猴子而作。他没有称猴子山魈,直接称它们"五通",而且称五通"身着青衣",是"佛家奴",身份比较低,且来自佛教;从诗题所用的"挠"字看,五通也没有被当作人来看待。可以看到,山魈与五通在唐代已经发生关联,而且呈现的是比较原初的关联。

五通神行事妖邪,经常通过放火显示威灵,这些情节出现也比较早。托名柳宗元的《龙城录》云:"柳州旧有鬼,名五通,余始到不之信。一日,偶发箧易衣,尽为灰烬。余乃为文醮诉于帝。帝悯我心,遂尔龙城绝妖邪之怪,而庶士亦得以宁也。"[③]五通鬼暗中作祟,箱中的衣物化为灰烬。通过醮事向天帝行文控诉,五通鬼的此类祟虐不再发生。唐五代时期,山魈身上有五通,五通身上有山魈,二者交融趋势明显。唐人称山魈姓"萧",宋代五通神称"萧某人",中间虽隔百年,这是文献记载的问题,不应理解为宋代才将山魈称作五通,或才将五通神称作萧某。民间叙

---

① (宋)王溥等撰《唐会要》卷五十,中华书局,1955年,第876—877页。
② (唐)施肩吾《寺宿为五通所挠作》,《全唐诗》第15册,中华书局,1960年,第561页。
③ 托名(唐)柳宗元《龙城录》,《唐五代笔记小说大观》上册,曹中孚校点,上海古籍出版社,2000年,第45页。此书产生年代,有人持晚唐说,有人持五代说,也有人持北宋前期说。后者如陶敏《柳宗元〈龙城录〉真伪新考》,认为此书大约在北宋前期编造。见《文学遗产》2005年第4期,第53页。

事和信仰进入文人记载往往滞后，不见记载，不能认为全无其事。唐代山魈与五通已经交融，二者共享姓氏是自然而然的事情。

万志英企图在中国本土寻找五通神的源头，他说"五通神最早的化身就被归为山魈一类"，"因山魈身份而带有的邪性从未完全消失"。[①] 他还借用洪迈比较泛化的说法，把木石之怪、野仲游光都归入山魈，将山魈门类扩大化。[②] 按照他的说法，好像五通神的所有邪性都来自山魈，与五通仙无关。实际上，他忽视了中国很多神话和宗教人物来自境外特别是印度的情况。盘古、龙王、龙女、吴刚、杜子春、孙悟空等都有来自印度的明确证据。中国的天帝，在魏晋以后就受帝释天影响，唐五代带有鲜明的帝释天的色彩，敦煌变文还屡屡称天帝为帝释天。五通神名称来自五通仙，好淫、盗窃等邪性也来自五通仙，情况也是如此。古代文化跨国传播是十分常见的事情，研究者不能局限在一国境内、一个地区内部寻找文化的源头。

三、佛教故事对中国文化的影响

佛教故事对中国文化的影响，国内学者已经从哲学、文学、宗教学、语言学等角度加以研究，出版专著、编纂词典甚多，成果丰硕。但万志英对这些成果并不熟悉，对佛教故事之于中国文化的意义理解不够。

佛教故事通过佛经翻译、僧人俗讲在中国民众中间传播开来。这些异域故事带来了新的神灵，也带来新的价值观和信仰方式。五通故事情节多种多样，五通仙人各有特点，如《大智度论》卷十二说到他贪恋宝物，

[①] 〔美〕万志英《左道：中国宗教文化中的神与魔》，廖涵缤译，社会科学文献出版社，2018年，第86—87、198—199页。

[②] 〔美〕万志英《左道：中国宗教文化中的神与魔》，廖涵缤译，社会科学文献出版社，2018年，第86—87、198—199页。

有藏宝行为。① 再如《佛说婆罗门避死经》说婆罗门仙人"精进修善法五通，常恐畏死"②。《经律异相》卷三十九提到一位五通仙人飞到国王宫中就食，"王大夫人如其国法，接足而礼。夫人手触，即失神通"③。他似乎对女性的触摸过敏，碰一下脚就失去神通，可见他很脆弱。最有名、影响最大的当数一角仙人的故事。该故事历史悠久，《罗摩衍那》中的鹿角仙人是他的原型。④ 佛祖曾借用这个故事为众比丘阐明佛法。比较详备的故事情节见载于《大智度论》卷十七：婆罗㮈国山中有一仙人，洗澡时动了淫欲，精流澡盆。母鹿饮水有孕，诞下一子，形状如人，脚如鹿蹄，头生一角，故称一角仙人（Ekaśrnga Rṣi）。他隐居山林修行，获得五种神通，因天雨路滑，上山时蹩地伤脚，遂诅咒此地十二年不得下雨。国王忧愁，招募天下能破其神通者，愿分一半国土。妓女扇陀前来应募，携五百美女进山，与一角仙人毗邻而居，以女色、欢喜丸、美酒相诱惑。

> 女手柔软，触之心动；便复与诸美女更互相洗，欲心转生，遂成淫事，即失神通，天为大雨，七日七夜令得欢喜饮食。七日已后酒果皆尽，继以山水木果，其味不美，更索前者。答言："已尽，今当共行，去此不远有可得处。"仙人言："随意。"即便共出。媱女知去城不远，女便在道中卧言："我极，不能复行。"仙人言："汝不能行者，骑我项上，当项汝去。"女先遣信白王："王可观我智能。"王

---

① （后秦）《大智度论》卷一二，《大正藏》第 25 册，鸠摩罗什译，台湾新文丰出版有限公司，1983 年，第 145 页。
② （东汉）《佛说婆罗门避死经》卷一，《大正藏》第 2 册，安世高译，台湾新文丰出版有限公司，1983 年，第 854 页。
③ （梁）宝唱编《经律异相》卷三九"外道仙人部"，《大正藏》第 53 册，台湾新文丰出版有限公司，1983 年，第 208 页。
④ 《罗摩衍那（一）》，《季羡林文集》第 17 卷，季羡林译，江西教育出版社，1995 年，第 51—62 页。

敕严驾出而观之。①

《经律异相》卷三九把一角仙人译作"独角仙人",情节相同。令人惊奇的是,佛祖说一角仙人是自己的过去身,被淫女诱惑破戒,失掉五通,现在彻悟成佛,淫女再来诱惑就不可能成功了。此属于佛本生故事。佛祖现身说法,向诸比丘阐明修禅必去色、声、香、味、触等五欲。人间美色、美味、宝物能打动仙人和凡夫,无法打动已经超脱的人。

佛祖借故事阐明义理,民众更喜爱故事本身。除了多部佛经记载,佛教壁画、雕塑也表现此故事,因而广为流传。保留至今的壁画、雕塑不在少数,如敦煌第428窟(北周)东壁门壁画,绘扇陀骑在一角仙人项上的模样;新疆克孜尔石窟第17窟壁画,也绘制"驾肩而还"的场面;犍陀罗地区贵霜时期的栏柱雕刻,也是"驾肩而还"的场面。在印度巴尔胡特围栏浮雕中还有一幅完整呈现一角仙人受生、被妓女诱惑等情节的石雕画面。此故事成为著名的劝诫色欲的佛教寓言,为多国民众所熟知。五通仙人禁不起色欲,是他自己的问题,但佛经把批评指向了女人。唐般若译《华严经》卷二八把女人描述成各种烦恼、过业的根源,其诗曰:"五通仙人大威德,退失神通因女人。"②五通仙人被女色诱惑,失去神通,所以修禅要远离女人,戒除色欲,这是佛经要表达的意思。

佛经中五通仙人都有"足通",不仅生有双足,还能自由飞行,此故事也不例外。但是,此故事中仙人有"一角",且脚如鹿蹄,汉语"角"和"脚"同音,口头讲述中衍生出一脚仙人、独脚仙人。影响所及,中国信众大多以为五通仙人都只有一脚。这是五通与山魈相结合的重要接口。当然,二者也有其他相近之处。(见表1)

---

① (后秦)《大智度论》卷十七,《大正新修大正藏》第25册,鸠摩罗什译,台湾新文丰出版有限公司,1983年,第183页。
② (唐)《大方广佛华严经》卷第二十八,《大正新修大正藏》第10册,般若译,台湾新文丰出版有限公司,1983年,第790页。

一脚仙人跟中国南方的山魈结合在一起，出现独脚五通。五通仙人好淫的品性，演化出五通神喜欢奸淫妇女的故事；五通仙人藏宝与山魈偷盗结合起来，演绎出五通神盗财的情节。两种故事交汇形成了常见的五通神用盗来的钱财诱惑女人的故事。佛经故事中的五通仙大多有点滑稽模样，山魈在接近人时也像猴子一样"挠"人，两者结合形成了五通神好搞恶作剧的情节。这些故事成就了五通神的灵异性。灵异是信奉者所喜欢的神灵品格，为五通神赢得大量崇拜者。中国信众对官僚化的、求而不应的神灵比较厌弃，对于像五通这样喜欢女色、有不良习性、能带来切实好处的神仙，感到好打交道，愿意通过献祭加以贿赂和收买，为我所用。于是，在故事中被描述为灵异、活跃的五通神得到民众接受，生成影响广泛的五通神信仰。

格尔茨（Clifford Geertz）《文化的解释》对马克斯·韦伯（Maximilian Karl Emil Weber）提出的人是悬在自己编织的意义之网上的动物一说表示认可。他说："我以为所谓文化就是这样一些由人编织的意义之网。人是悬浮于自己编织的意义之网上的一种动物，因此，对文化的分析不是一种寻求规律的实验科学，而是一种探求意义的解释科学。"[1] 他在另一本书中指出，人们通过讲故事来认识世界，讲故事"是最自然和最早的方式，借以系统化我们的经验和知识"[2]。人们通过讲故事阐释社会生活，借助于故事把对宇宙和社会的理解凝固下来，不仅形成了历史叙述，也表达了对当下境况的思考。好的故事犹如寓言，以象征方式表达特定价值观念和现实诉求。一角仙人的故事，五通神的故事，也是如此。

---

[1] 〔美〕克利福德·格尔茨《文化的解释》，韩莉译，译林出版社，1999年，第5页。
[2] Clifford Geertz, *Available Light: Anthropological Reflections on Philosophical Topics*, N. J: Princeton University Press, p. 192.

表 1　五通仙人与山魈之比较

	五通仙人	山魈
外貌特点	一角（后讹作"一脚"）	一脚
生活习性	隐居修行，有五神通，有的藏宝、好色、怕死	喜欢接近人，好化妆，偷盗，传染疾病，怕声响
居住地	深山林野之间	山林之中，大树之上
所作所为	雨天威脚，发怒，禁止下雨十二年	能役虎害人，烧人庐舍
故事结局	被淫女破戒，失去神通，下山遭人围观	被人驱赶，远离人间，也得到祭祀
后世影响	成为五通神名称、特点、故事情节的基础	成为五通神形象、特点、故事情节的重要来源

　　佛祖讲述一角仙人的故事，本意是劝诫五欲，尤其要禁戒色欲。佛经中不乏这种故事，但一角仙人的故事情节曲折，人物斑斓多姿，成为最为流行的戒色故事。中土佛教具有鲜明的禁欲特征，道教、儒家也有禁欲主义倾向。这些戒色故事随佛教来到中国，也得到了儒家、道教的接受。一角仙人在女色诱惑下堕落的故事，对佛教信众，对道徒、儒生乃至于普通民众都有强烈的警示意义。

　　但是，随着五通神的出现，这个故事在流传过程中又逐渐演绎出新的情节和信仰走向。五通神不但没有洗脱五通仙人原本的好色习性，民众还对他这一点津津乐道，"用女人换财富的母题仍然是建构民间五通神信仰的核心要素"[①]，无数风流韵事就此产生出来。在财色交换的情节中催生出他的新神格、新信仰方式。五通神故事以女色换取金钱的情节，与中国根深蒂固的钱财肮脏、不义之财、为富不仁等观念暗相合拍，给人们带来更多的价值观和生活取向的思考和启迪。

[①]〔美〕万志英《左道：中国宗教文化中的神与魔》，廖涵缤译，社会科学文献出版社，2018年，第 257、167、168 页。

四、巫祝建构神灵的重要作用

万志英主要依赖古代文献讨论"通俗宗教"问题，对中国民间文化缺乏生活体验和田野调查，对中国社会巫祝的文化创造有所忽视。《左道》以神灵演变为中心的研究方法，比较忽视对宗教活动中的人及其信仰实践的考察。即便讨论较多的僧道，万志英认为僧人和道士在社会生活中扮演了重要角色，但也远不如中世纪欧洲的教区牧师的地位和作用。他接着讨论所谓"法师群体"，认为法师是"灵力侦察方面的专家"，他们有大字不识的乡间灵媒，也有熟读经文的博学大师，"每人都精通一两种治疗仪式，可为中邪之人驱走邪鬼"①。万志英认为这些法师都是巫，他们"在守护神所在地的地方社会深深地扎下了根"，促进了宗教仪式的传播和世俗化。② 实际上，巫祝不仅是地方社区的仪式专家，还是地方神灵形象的建构者和守护者。万志英没有充分认识到巫祝在建构神灵、传播信仰方面的突出作用。

"巫祝"是中国社会一直存在的以巫术、信仰和仪式侍奉鬼神的一类人物。一般来说，事鬼神者为"巫"，祭礼主赞词者为"祝"。"巫祝"是总称，有时也被称作"巫觋"。上古社会"民神杂糅"，"家为巫史"，巫祝遍布民间。国家出现后，统治者独占神权，"他们已不允许民间巫觋沟通天地，而由上层祭司专门通天"③。先秦文献把这种转变描述为"绝地天通"。从此，服务于王权的祭司（大巫）垄断了沟通天神的权力，民间巫觋借由祭祀、唱赞、祈福、禳灾服务于民众，也有人以法术占卜命运、以阴阳五行八卦知识为人择地择日。职业化的巫祝还会冒称神意，预言国家

---

① 〔美〕万志英《左道：中国宗教文化中的神与魔》，廖涵缤译，社会科学文献出版社，2018年，第257、167、168页。
② 〔美〕万志英《左道：中国宗教文化中的神与魔》，廖涵缤译，社会科学文献出版社，2018年，第257、167、168页。
③ 钟敬文主编《民俗学概论》，上海文艺出版社，1998年，第187页。

未来，不仅招致朝廷的忌讳和打击，也遭到佛僧道侣的批评和排斥。但是，民间巫风畅行几千年，巫觋解读社会事件、指点人生迷津的行为从未停止，在有些特殊时期他们中的某些人物甚至起到领导社会运动的作用。有些巫觋还呈现出家族世袭的特点，如"巫恒"，就是对世代习巫者的称呼；① 再如张天师，是正一派道士家族的世袭职位。这些巫祝对民众宗教生活的影响是不容小觑的。

　　五通神的崛起与巫祝的神格建构跟灵验讲述密不可分。两宋时期无论民众怎样追捧五通神，在儒家、佛教的正统派那里都是受到抵制的，道教正统派也不愿接纳。② 然而，大观三年（1109年）朝廷却给徽州婺源县的五通庙敕额"灵顺"。随后朝廷不断给这里的五通神加封爵号："宣和年间（1119—1125年）封两字侯，绍兴中加四字侯，乾道年加八字侯；淳熙初封两字公，甲辰间封四字公，十一年加六字公，庆元六年（1200年）加八字王［公］；嘉泰二年（1202年）封两字王，嘉定元年（1208年）封四字王，累有阴助于江左封六字王，六年（1213年）十一月诰下封八字王。"③ 五通神在一百多年里连得加封，从二字侯到八字王，所得崇饰登峰造极。后期的敕封，连同五通神的夫人，乃至其祖父母、父母、长妹、次妹也得到恩泽。这一加封过程可能跟当时的历史事件有关。诚如万志英所说，1119年江浙爆发方腊起义，江南大部分地区遭到波及。朝廷镇压起义以后，对那些据说帮助过朝廷军队的神祇加以认可，"江南和江

---

① 《周礼·春官》云："国有大灾，则帅巫而造巫恒。"郑玄注："恒，久也。巫久者，先巫之故事。造之当按视所施为。"
② （北宋）元妙宗编纂《太上助国救民总真秘要》卷一："山魈精是五行不正之精，诈称贤圣，私通妇女，起水放火，抛掷砖石，引弄六畜，变现光怪，依附生形，昼夜游走，惊惧人口。"所谓"五行不正之精"正是后世对五通神的认识。元代汇编《道法会元》卷二六七："诸魈鬼，各有等降，能为祸于民，迷惑妇女，运财宝于空室，能使贫而富，富而贫，皆魈鬼也。"此时"诸魈鬼"已充分五通化。分别见《道藏》第32册第54页、第30册第642页，天津古籍出版社，1988年。
③ （宋）秦子晋《新编连相搜神广记》前集《五圣始末》，《绘图三教源流搜神大全（外二种）》，上海古籍出版社，2012年，第495页。此文与明《搜神记》卷二《五圣始末》、清末翻刻《三教源流搜神大全》卷二《五圣始末》略有舛谬，不同处以［ ］标注。下同。

东地区的众多地方性团体抓住这一良机，成功游说官府为自己的保护神赐下封号"①。万志英一笔带过这个讨封过程，没有分析"众多地方性团体"的人物构成和主要诉求。其实，地方团体既有地方士绅、儒士和官员，也有地方僧道、巫祝。巫祝讲述五通神护佑官兵和人民的显圣故事，而显圣故事的流传成为朝廷频繁加封的重要依据。巫祝热情为五通神讨封的，目的是让本地的神灵合法化，让他获得显耀爵位，毕竟他们以事奉神灵为业，也依托神祠谋取衣食，养家糊口。

婺源灵顺庙号称五通祖庙，成为江南香客的朝圣地，源于五通神降临王瑜家的传说。依照《祖殿灵应集》记载，唐光启年间，"邑民王瑜〔喻〕有园，在城北偏，一夕园中红光烛天，邑人糜至观之，见神五人自天而下，导〔道〕从威仪如王侯状"②。这五位神人声称降临此地享受庙食，永远保佑当地人民。于是王瑜跟邑人一起建五通庙。问题是，各地神灵降临、显圣的传说每天都在发生，王瑜是什么人，竟能建庙？从发布的神仙降临传说来看，他应是一位成功的巫觋。如果只是一般的巫觋，在自家地盘上建一座庙不会有太大影响，但他的这座庙不仅香火旺盛，辐射千里之外，还得到了朝廷的敕封，其间肯定涌现了一系列五通神灵应的传说。香客炽热信仰中涌现的各种灵验叙事，往往有巫祝提供的脚本。对于当地的灵异神仙，地方官员按照"崇饰制度"要把神灵的功德申报到太常寺，太常寺拟出封号，皇帝照准，颁布天下。

在这一过程中，巫性的地方官员、朝廷高官，甚至具有巫性的皇帝，都在发挥作用。对五通神的敕封是从宋徽宗开始的。他自称"道君皇帝"，对道教和民间神灵都很感兴趣，热衷于敕封神灵。他治下的各级官员对敕封神灵也持积极态度。南宋统治中心转移到巫风盛行的江南地区，

---

① 〔美〕万志英《左道：中国宗教文化中的神与魔》，廖涵缤译，社会科学文献出版社，2018年，第210页。
② （元）秦子晋《新编连相搜神广记》前集《五圣始末》，《绘图三教源流搜神大全（外二种）》，上海古籍出版社，2012年，第494页。

国都杭州，周边的徽州、苏州、秀州（嘉兴）、松江、四明（宁波）、温州、福州、南昌等地民间信仰都十分活跃，这些地方提交给朝廷的加封申报多，获封的神灵也多。对五通神的连续敕封也正是在巫祝的操作下，在这样的政治、文化背景下完成的。

由于五通祖庙在偏僻的山区县城婺源，各地民众进香朝圣需要跋涉千里，为方便祭拜，巫祝和僧道一起推动各地分香，建立行祠。到南宋末年，仅杭州一地就有9座较大的行祠，分布在城内、城东、城北及湖西的山区。至于五通小庙，"多依岩石树木为丛祠，村村有之"①。有些江南人家在庭院、室内设立神龛，供奉五通圣像或圣版，天天上香，事事祷请。五通神信仰风行之下，民间社会似乎又重新回到了"民神杂糅"时代。一些巫祝利用五通神信仰专职或兼职经营祠庙，获得经济上的收益。②

巫祝是五通神玄怪神格的建构者，也是五通神灵异叙事的守护者。巫祝按照自己的宗教经验和现实需要创造神灵形象，赋予五通神克里斯玛（Charisma）神格，扩大五通神信仰的民众基础。万志英认为："民间信仰中的神祇十分多变，反映了大众想象在神祇塑造过程中扮演的突出角色。"③ 民众当然会有自己的信仰体验和神灵想象，但他们在塑造神灵形象过程中的话语权并不大，他们讲述的玄怪、灵异故事也经常来自巫祝。很多地方志、文人笔记、官员奏疏都描述了巫祝在五通神信仰中所起的煽惑作用。汤斌描述说："妖邪巫觋创作怪诞之说，愚夫愚妇为其所惑，牢不可破。"④ 迟惟城在福州禁五帝信仰，他去世后不久五帝庙就重新建起，还

---

① （宋）洪迈《夷坚志·丁志》卷十九，何卓点校，中华书局，1981年，第695—696页。
② 文镛盛曾对汉代巫觋的类型和经济收入做过研究，把他们分为宫中巫官（主持国家祭礼，传达神意）、专业巫觋（以巫术从业并营利）、兼业巫觋（从事其他行业又兼行巫术，或以巫术为本业又兼营其他）、政治巫觋（组织叛乱团体对抗政府）等四种，他们的经济来源主要有供物、赋敛、卖术等途径。其实，汉代以后的巫觋大致也是这几种。〔韩〕文镛盛《汉代巫觋的社会存在形态》，《北京师范大学学报（社会科学版）》1999年第4期，第20—26页。
③ 〔美〕万志英《左道：中国宗教文化中的神与魔》，廖涵缤译，社会科学文献出版社，2018年，第196页。
④ （清）汤斌《秦毁淫祠疏》，载《汤子遗书》，《文渊阁四库全书》第1312册，上海古籍出版社，2003年，第469页。

增加了十余处。《福州府志》载："盖巫祝借以掠金钱，愚氓冀以免殃咎，故旋毁旋复，法令所不能禁也。"① 巫祝的收入来源于宗教仪式活动，他们侍奉神灵的热情来自信仰的支撑，也来自对提高收入的期待。香客拜五通神是否得到保佑、能否发财只是一句说辞，巫祝则实实在在地获得了收益。苏州有多座从婺源分香而来的五通行祠，其中上方山楞伽寺五通神香火最旺，信奉者遇事必拜。"每一举则击牲设乐，巫者叹歌，辞皆道神之出处，云神听之则乐。"② 巫者宣称五通神喜欢茶筵，喜欢人们唱赞他们的出处，让人遇事就来祷告，许愿举办茶筵，有大事相求则要举办隆重的"烧纸"仪式，其中有很大的利益追逐空间。

巫祝建构了五通神的玄怪神格和有求必应的灵异叙事，但他们无法推动五通神向社会主流价值观靠拢，因而把五通神塑造成了活跃的异类。巫祝的建构努力越大，五通神越灵异、灵验，越有可能遭到儒士反对乃至官方的禁毁。

当然，儒士们的表现需要特别注意。儒士是一个庞大的群体，他们或为官或为民，或务农或经商，或巫性或理性，他们的宗教观念并不一致。对于五通神，有人信向，有人反对，也有人介于信与不信之间。一些所谓"醇儒"，是五通神的坚定反对者，但他们对塑造五通神所起的作用不容小觑。他们的反对给五通神的演变画下一条条红线。禁毁是一种运用公权加以取缔的极端行动，是对逾越红线的五通神的全面制裁。禁毁行动形成的高压促使巫祝对五通神的灵验叙事、神格特点有所修正，适应官方政策和社会舆论的方向。但是，一些巫性儒士和官员跟巫祝同声相应，有些五通庙就是他们辟建的。温州的五通行祠是当地知府所建。③ 四明（宁

---

① （清）徐景熹修，鲁曾煜等纂《乾隆福州府志》卷二十四，上海图书馆藏乾隆二十一年（1756年）刻本，第 5 页 a-b。
② （明）陆粲撰《庚巳编》卷五，谭棣华、陈稼禾点校，中华书局，1985 年，第 92 页。
③ （明）邓淮、王瓒纂修《弘治温州府志》卷一六，《天一阁藏明代方志选刊续编》第 32 册，上海书店，1990 年，第 736 页。

波）也有五通行祠，是当地人徐侍郎在徽州做官，回乡后创建。① 有些巫性儒士在五通神格的论证方面也很卖力。理学家王炎不称五通而称五显，他认为五显神庇佑一方、司祸福之柄，这是"其大"；不时出现怪异，属于"其小小者"。② 胡升把五通神说成"五圣""五方帝"，是"五行主宰"，认为五通神降于婺源，默助五行之气而福佑生民。③ 巫性儒士有润饰五通神的热情和能力，通过撰文对五通神做出新的、符合主流价值观的阐释，对建构五通神格起到很大作用。

在五通神一再遭到官方禁毁的情况下，巫性儒士为五通神辩护，润饰其神格，修改其名号，以五显、五圣、五郎等更换其旧名。五显、五圣名称出现较早，后来也被污名化，成为官方打击的对象。巫性儒士另辟新论，认为五路神以五行、五方为本源，以赐财为功效，借助忠孝节义故事加以修饰，对神灵形象做全新包装，推动五路财神信仰融入社会主流价值观。

五、祭祀制度对神灵信仰的规范作用

中国民间社会是生产神灵的沃土，也是改造神格的永动机。民间信奉的众多的、面相各异的神灵只有一小部分符合封建国家的祭祀制度，大部分属于不被接受和许可的淫祀。万志英认识到民间神灵祭祀活动的复杂性，在"制度性宗教任命"和"朝廷加封"的综合作用下，"地方神祇可

---

① （元）马泽修、袁桷纂《延祐四明志》卷一五，《宋元方志丛刊》第6册，中华书局，1990年，第6353页。
② （宋）王炎《双溪类稿》卷二五《五显灵应集序》，《文渊阁四库全书》第1155册，上海古籍出版社，2003年，第720页。
③ （元）秦子晋《新编连相搜神广记》前集《五圣始末》，《绘图三教源流搜神大全（外二种）》，上海古籍出版社，2012年，第497—498页。文中缺"极"字，据《三教源流搜神大全》卷二《五圣始末》补。

以获得新的辖区，从而突破其原有的信仰体系，进入主流宗教文化"[1]；另外，他认为制度性宗教和官方都在干预民众的神灵信仰活动，"这些干预力量无法主导富有弹性和创造性的民间信仰"[2]。万志英所言不错，但他的论述是有缺陷的。制度性宗教和官方固然无法主导民间信仰，但它们能给民间信仰带来巨大影响，尤其是后者，唐宋以后对神灵地位的影响更大，更具本质意义。万志英没有充分认识到国家祭祀制度对民间神灵信仰的规范作用。

万志英所谓的"朝廷加封"，就是施舟人（Kristofer Schipper）所说的"国封"[3]，也就是中国古代的崇饰制度。在崇饰制度创立前，中国已经依照礼制管理神灵祭祀。古代礼制有吉、嘉、宾、军、凶五礼，吉礼居于首位，主要是对天神、地祇、人鬼的祭祀之礼。列入祀典，即为正祀。《礼记·祭法》对于哪些神祇和人鬼可以列入祀典，有明确规定：

> 夫圣王之制祭祀也，法施于民则祀之，以死勤事则祀之，以劳定国则祀之，能御大菑则祀之，能捍大患则祀之……此皆有功烈于民者也。及夫日月星辰，民所瞻仰也；山林、川谷、丘陵，民所取材用也。非此族也，不在祀典。[4]

有功德之人及日月星辰、山岳川林之神皆入祀典，其他神祇不属正祀。不在祀典，皆为淫祀。在崇饰制度诞生之前，这套祭祀神灵的制度历

---

[1] 〔美〕万志英《左道：中国宗教文化中的神与魔》，廖涵缤译，社会科学文献出版社，2018年，第286、196页。
[2] 〔美〕万志英《左道：中国宗教文化中的神与魔》，廖涵缤译，社会科学文献出版社，2018年，第286、196页。
[3] 〔法〕施舟人讲演《中国文化基因库》，北京大学出版社，2002年，第90页。施舟人讨论了国家敕封神灵的"国封"，也讨论了制度性宗教加封神灵名号的"道封"。这两种神灵名号、爵位的产生方式都能赋予民间神灵合法性。
[4] 李学勤主编《礼记正义》，龚抗云整理，王文锦审定，北京大学出版社，1999年，第1307页。

代相沿不废。正祀之神按照等级，给予相应的祭祀。这个等级儒家礼制也做了规定，如"天子祭天下名山大川，五岳视三公，四渎视诸侯"①。这套祭祀制度表面上看是对神灵铭功报德，实质上是以神道设教，引导人们遵从礼制，在宗教生活中恪守儒家价值观，如杨庆堃所言："'以神道设教'的基本观念通过民间信仰，成为传统政治制度中一个固定的组成部分。"②

中国民间社会不断涌现新神灵，祀典中的旧神也会焕发出新神格。对于这些新神，原本都由民间宗教仪式予以祭祀，佛道二教也逐渐接纳，并授予名号。当国家试图利用这些神灵时，就需要把它们列入祭典，这时礼制旧典就不合时用了。通过开创崇饰制度，朝廷把敕封、祭祀神灵的权柄置于皇权管理之下。

唐代开始出现按照礼制敕封神灵的制度。唐高宗敕封老子为太上玄元皇帝，武则天加封嵩山神为天中王。③ 唐玄宗改中岳为中天王，加封其他四岳为王，还封四渎之神为公、四海之神为王。④ 五代时期各国都在敕封神灵。

北宋也敕封不少神灵，朝廷逐渐完善封神制度。崇宁年间（1102—1106年）朝廷讨论民间神灵的管理问题，"太常博士王古请：'自今诸神祠无爵号者赐庙额，已赐额者加封爵，初封侯，再封公，次封王，生有爵位者从其本封。妇人之神封夫人，再封妃。其封号者初二字，再加四字。如此，则锡命驭神，恩礼有序'"⑤。朝廷接纳了王古的建议，崇饰神灵的

---

① 《周礼·仪礼·礼记》，陈戍国点校，岳麓书社，1989年，第332页。
② 〔美〕杨庆堃《中国社会中的宗教》，范丽珠译，四川人民出版社，2016年，第116页。
③ （五代）刘昫等撰《旧唐书》，中华书局，1975年，第91、925页。
④ 《旧唐书》之《玄宗本纪上》载，先天二年（713年）"封华岳神为金天王"，开元十三年（725年）"封泰山神为天齐王，礼秩加三公一等"；《玄宗本纪下》载，天宝五载（746年），"封中岳为中天王，南岳为司天王，北岳为安天王。"天宝六载（747年），"封河渎为灵源公，济渎为清源公，江渎为广源公，淮渎为长源公"；《礼仪志四》载，天宝十载（751年）正月"四海并封为王"，东海广德王，南海广利王，西海广润王，北海广泽王。参见刘昫等撰《旧唐书》，中华书局，1975年，第171、188、219、221、934页。
⑤ （元）脱脱《宋史·礼志八》，中华书局，1977年，第2561—2562页。

步骤和办法得到明确。当然，朝廷对神灵有赐额、封爵、封号的礼制，也有反淫祠、禁妖神的条款。由此，朝廷本着实用主义和灵应主义原则加封神灵，形成了一套管理民间神灵的新制度。神灵的爵位、名号、职司和地位都在朝廷加封过程中得以确立。皇权至高无上，朝廷的敕封对民间神灵秩序具有决定性影响。然而，万志英没有充分认识到崇饰制度的重要性，只做了浅泛的讨论。

当然，"国封"的动力源泉来自地方民间社会。民众对特定神灵大规模的热烈的祭拜会引起地方官员的重视，他们依据地方士绅、巫祝所讲述的显灵传说，把相关神迹奏报朝廷，为该神讨取封号。获得敕封的神灵就是正祀之神，名列祀典而具有了祭祀的合法性。在"国封"出现之前，民间活跃的神灵主要由佛僧道士制作经书授予神号，此为"道封"。文人也在小说戏曲中塑造神仙形象，赋予其名号，此为"文封"。三种方式都能为神仙加封爵号，而且都有相当的效度。[①] 当然，民众信仰实践和口头讲述也会赋予神灵朴素的名号，此可谓之"民封"。崇饰制度出现之后，"国封"成为最权威的神灵名号产生方式。国家对待神灵，强调"功德及人，事迹显著"，要求所在转运司查证其灵验是否属实，上奏太常寺，再由皇帝下诏敕封。[②] 一位神灵被认为有益于国家和地方，有助于教化，朝廷才会加封他。如果神灵有损于教化，朝廷会把他列入淫祀加以禁绝。

就五通神而言，朝廷敕封与民间的炽烈信仰相互激发，加封的是五显之功德，成就的是五通之灵异。但加封五显神促成教化的目的落空了，在民间却坐实了五通的神异与灵验。以儒士为主的朝廷官员是不甘于此的。他们在朝廷修订祭典时积极作为，把五通、五显、五方贤圣等都列入淫祠，对民众的信仰行为加以抑制。

[①] 黄景春《对泰山神的国封、道封与文封》，《泰山学院学报》2017年第4期，第1—7页。
[②] 对地方官员包装神灵的现象，朝廷有所察觉，并对崇饰制度做了完善："诸神祠所祷累有灵应，功德及人，事迹显著，宜加官爵、封号、庙额者，州据事状申转运司，本司验实，即具保奏。"［（清）徐松《宋会要辑稿》第二册，上海古籍出版社，2014年，第990页］朝廷要求地方官员逐级审查具保，以保证所封神仙灵迹不被过度夸饰。

前朝加封过的神仙，后朝一般予以承认，但也会依据神仙的具体表现有所调整。明朝初期将五显神列入正祀，南京"十庙"，五显灵顺庙是其中之一。在正祀的框架下，明朝出现了五通神的新传说，如朱元璋麾下阵亡士兵说，[①]抗倭义士何五路说。[②]但是，民间流传大量五通神淫秽、盗财、恶作剧的故事，民众拜神祈福的方式也背离儒家教化之道。"在人们的观念中，五通不是文化英雄，也不是高尚人格的体现，而是人性中的可鄙缺陷、贪婪与色欲的化身。"[③]五通信仰呈现的混乱和悖逆，促使官员、儒士采取行动予以打击。田汝成在杭州毁五通庙数十所，陆粲在苏州焚毁五通祠，都是儒士的个人行为。然而，苏州知府李从智、曹凤，昆山县令杨子器，都以官府的名义禁毁淫祠。明代苏松地区禁毁淫祠共21次，从弘治（1488—1505年）到万历（1573—1620年）前期是毁淫祠运动的高峰。[④]其中杨子器是在接到朝廷指令后展开行动的。就凭五通神的污秽神迹，每次毁淫祠他都在劫难逃，有时还是主要被打击对象。清初江宁巡抚汤斌在苏州禁毁淫祠，主要指向也是五通神，而且他是在康熙帝的支持下发起禁毁五通行动的。[⑤]此后，清代江南地区官员，如两江总督尹继善、

---

① 钮琇《觚賸》载："旧传明祖既定天下，大封功臣。梦兵座千万，罗拜殿前，曰：'我辈从陛下四方征讨，虽没于行阵，夫岂无功？请加恩恤。'高皇曰：'汝国人多，无从稽考姓氏，但五人为伍，处处血食是矣。'因命江南立五尺小庙祀之，俗称五圣祠。"见（清）钮琇《觚賸》卷一，台湾文海出版社，1982年，第20页。
② 无锡市实有何五路其人，明嘉靖三十三年（1554年）死于抗倭，邑人立庙祀之，后衍曲解为五路神来源。高攀龙《高子遗书》卷十之《王侯祠两庑记》载："嘉靖甲寅乙卯间，吾邑有倭寇，邑之义士何五路等三十六人，奋然持白梃出击之，败死城西之壕。巫觋往往有言其为厉者。邑人即其死所祠之，箫鼓缤纷，遂为淫祠。"见该书崇祯五年（1632年）刻本卷十，第55页a-b。
③ 〔美〕万志英《左道：中国宗教文化中的神与魔》，廖涵缤译，社会科学文献出版社，2018年，第20页。
④ 王健《明清江南毁淫祠研究——以苏松地区为中心》，《社会科学》2007年第1期，第98页。
⑤ 汤斌赴任前，康熙面谕："居官以正风俗为先。江苏习尚华侈，其加意化导，非旦夕事。"赵尔巽等纂《清史稿》卷二六五，中华书局，1977年，第9930页。另据顾公燮《消夏闲记摘抄》卷中《汤文正治吴》载："康熙二十四年，诸生范姓，被五圣占夺其妻，再三求祷，不应而死。范怒，赴抚院控告。汤公诣山坐露台上，锁拿妖神，剥去冠带，各杖四十，投其像于湖。"

江苏巡抚觉罗雅尔哈善、两江总督孙玉庭、江苏巡抚韩文绮、江苏按察使裕谦、江苏巡抚丁日昌等,先后发起禁毁五通淫祠的行动。其实,清朝依循崇饰制度敕封了不少神仙,但是对五通神却一再禁毁,表明此时朝廷和地方官员已不再承认宋朝敕给五通神的各种名号,把他纳入淫祠之列了。

五通神信仰盛行不衰,体现了民众解决生存和信仰两大问题的紧迫性。在这两个方面,官员、儒士都没有找到有效的解决办法。正祀之神允许信奉,但似乎大多都无益于民生;五通(五显)神能带来钱财,在正统儒士眼里早已成为妖神的代名词。地方官员发起一波又一波禁毁淫祠运动,五通神面临长期高压,改变名号、神格是其生存下去的必由之路。至于改变成什么名称和怎样的形象,官员、儒士、巫祝、信众在一千多年的碰撞过程中逐渐达成妥协。五通神与五盗神、五道神、五路神融合,① 转变为五路财神。这可视作社会协商的多种结果的一种。

五路财神在中国社会的信仰方式和价值观体系中找到了自身的位置,成为民间众多神仙中的一员,并把赵公明等五位财神也纳入名下。同时,五显、五圣、五猖、五帝、华光等名号并没有因此消失,而是在各地多样化的宗教实践中继续存在,在国家礼制之外的缝隙中顽强延续香火。因此,五通神仍在以中国民间信仰特有的复杂方式延续自己的历史,展现自身的神性与魔力。

结语

万志英《左道》运用西方宗教学理论并依托古代文献考察中国的神

---

① 江南五路财神宝卷演述杜平、李思、任安、孙立、耿彦正等五人经商发财故事,五人名字与《三教源流搜神大全》卷四"五道将军"相同。该书云,杜平等五盗寇被杀,显灵作怪,祭者皆呼作五盗将军。五盗神与五通神都是五人一群,都以盗窃为事,且盗与道同音,道与路同义,因而转化为五路神、五路财神。参见沈梅丽、黄景春《清代民国财神宝卷的文本系统及财富观念》,《民俗研究》2019 年第 5 期,第 32—40 页。

灵、祠庙、信仰事件取得了卓越成就，但也留下一定的遗憾。研究中国宗教和民间信仰更应重视人、制度和习俗，因为"通俗宗教"在中国受到来自世俗儒生、国家礼制和民间习俗的影响更深，时间也更长，生成的结果也更多。

作为宗教实践者的人，包括官员、儒生、乡绅以及僧道、巫祝、香客。前三种人注重维持国家祭祀制度，但也参与神灵信仰和神格建构活动，特别是其中的巫性成员；后三种人更注重神灵信仰和神格建构，但也有理性成员利用崇饰制度对神灵做主流价值观方面的润色。中国人都会信奉多种灵验的、有用的神灵，祈福祛邪，祈祷平安与好运。实用主义的信仰态度贯穿在社会各阶层，甚至皇帝管理国家事务也体现出明显的宗教实用主义倾向。考察这些人在神灵信仰活动中的行为和主张，是中国宗教文化研究的重要方面。

中国古代祭礼在崇饰制度出现后并没有消失，而是继续发挥规范神灵信仰的作用。新旧礼制共同规约民众神灵信仰，发挥引导、限定作用。就连道教、佛教也受到这套制度的强有力支配。杨庆堃指出："当组织性的宗教出现时，它面临的是一套成熟完善的政治制度，这一制度长期以来一直对宗教事务掌有支配权。"[1] 分散的、处于自发状态的民间信仰受到中国政治制度和价值观念的影响更大，特别是崇饰制度对民间神灵信仰活动的影响更直接，更值得全面考察。

民间信仰是民众生活习俗的一部分，习俗决定信仰什么神以及以怎样的方式信仰。由于中国文化结构的超稳定性，民众习俗保留了很多古老成分，连同交感巫术、自然崇拜在内的民间信仰及相关祭拜活动构成了中国宗教文化的基本底色。随着佛教传入，佛教故事、神灵、观念也渗入民间文化。道教崛起后，道教神仙与民间信仰互动更加频繁。儒释道三教深刻影响了中国民俗文化。同时，中国古代财神信仰建立在财富恒定论基础

---

[1]〔美〕杨庆堃《中国社会中的宗教》，范丽珠译，四川人民出版社，2016年，第165页。

上，认为社会财富有一个定额，此消彼长，我得他失，财神是财物的输送者，而不是创造者。财神只搬运钱财，不能增加社会财富的总量。因此，五通神被描述成盗窃者，依据社会习俗进一步把带来钱财的神灵描述成财色交换的追求者。透过民俗文化考察包括五通神在内的各种财神，才能更好地剖析他们的神格特点。

当然，战争、瘟疫、地震、洪水等社会动乱和自然灾害事件，人口迁徙、宗教传播以及朝代更迭引起的政治、经济、文化政策变化，也会深刻影响神灵的神格走向和信仰方式，但当相比于人、制度和习俗，这些因素的影响要外在得多，持续时间也短得多。万志英依靠历史文献考察神灵、祠庙、信仰事件对神格转变的推动作用，难免给人主次颠倒的印象。事实上，紧扣影响民间信仰的根本性要素，我们才能更深入地研究其中的关键性问题，准确呈现民间信仰的基本面貌及演变的主要动力源泉。

学生互动摘要

黄景春教授演讲结束后，同学们针对五通信仰的溯源过程，及从该个案中引申出的民间信仰历时研究方法等问题踊跃提问。有同学好奇，讲座依据叙事层面的相似性将五通神追溯至印度佛教中的五通仙人，这一过程中是否还可能曾受到"猿猴抢婚（盗妻）型"民间故事的影响。黄老师认为这种假设可以成立，"猿猴盗妻型"故事在南北朝已见载，猿猴和五通的前身山魈又都生活于山林中，相似角色的相关叙事确有被吸纳、归并的可能，但还需进一步论证。另有同学请教，探究信仰流变脉络时要如何判断诸种对象确为"一个信仰"，关键因素是神灵的名称、叙事、庙宇抑或其他。黄老师表示，若要为信仰建立界定标准，恐怕应从其核心元素——功能入手，只是由于我国民间信仰历来注重实用，同一神灵可能会经历从单一功能向综合功能的演变，应视实际情况具体分析。

2023年5月10日，大家又围绕讲座内容展开评议与讨论。主持人郑苓从信仰溯源研究的内部张力、发掘型塑信仰的多元力量、神灵形象流变的判定机制三个方面，对黄老师的观点进行总结与反思。她认为，黄老师对《左道》中五通信仰渊源的反思为民间信仰的探源研究提供了范例参考，然而如何恰切把握溯源时不同对象间相似性的范围与尺度是难点所在；另外，讲座的亮点还在于关注到信仰建构过程中不同群体内部心态的异质性及相互间的动态关系，而针对传统文献中民众身影常湮没不彰的困境，或可通过从通俗文艺（尤其是仪式文艺）、日用类书等具有一定历史性的文献中抽丝剥茧出相关蛛丝马迹，加之结合当下田野调查以"以今证古"来尽可能弥补；再者，与"向前"追溯起源类似，"向后"梳理信仰流变的关键亦在于考量不同神灵形象间核心指标的契合程度，指标的范畴选定和各自所占权重则需依研究对象来具体定夺。

讨论环节，大家就信仰溯源的路径与效度、民间信仰材料的释读方法、神灵形象流变的研究策略等问题做了更深入的探讨。有同学发现信仰溯源和神灵形象流变研究之间具有共通的逻辑和思路，二者都试图在纷繁复杂的历史演进中找寻事项之间的相似性，且基本做法都是将对象拆分为若干基本元素（如叙事、功能等）进行比对；另有同学补充认为二者间仍略有差异，溯源研究经常是跨文化比较，或许找寻到"相似性"即可，而要判定某一形象是否从 A 演变到 B，则需更直接确凿的吻合证据。另外，针对如何从主要由精英书写的文献中透视出民众的信仰心态，有同学提出可以通过发掘相关文献的预期读者、考察当时社会的阅读需求、探清书写过程可能受到的官方辖制等面向来蠡测文本的外部语境，从而有助于弥合书写者与被书写者之间可能存在的裂隙。经过热烈讨论，同学们不断深化了对于民间信仰历时研究的思考与认知。

（摘要撰写人　郑苓）

民间故事

民间叙事的形态研究
——历史、视角与方法简谈

刘魁立

  编者按：2015 年 11 月 19 日，中国社会科学院荣誉学部委员、民族文学研究所的刘魁立研究员为北京大学中文系民间文学专业的学生们带来了一场有关民间叙事形态研究的讲座并展开交流，发表题目为《民间叙事的形态研究——历史、视角与方法简谈》。

  在民间文学领域，从阿尔奈提出"类型"肇始，汤普森通过文本形态的比较归纳出"母题"，直到普罗普的《故事形态学》才正式给予形态学以专门研究和特殊地位，对 20 世纪的文学理论产生了深远影响。然而在中国文艺理论界，形态学长期被认为是带有负面意义的形式主义，即便在民间文学领域，所得成果亦颇有限，这与中国丰富多彩的民间文学的实际存在很不协调。事实上，民间文学因为多数情况下较为短小、简单和程式化，故非常适合进行形态学的研究，并从中发现口头叙事区别于作家书写的本质性规律。甚至可以说，形态学是民间文学研究的基本功。刘魁立研究员作为国内学界形态研究的倡导者，在本次演讲中阐述了故事学的研究历史、形态学方法与共时视角的应用，并结合本人的研究实践，引导学生拓展对理论、视角与方法的认识，探索多样的研究路径。

笔者将从以下四方面展开关于民间叙事形态研究的讨论：

第一，关于比较。比较是人类认识事物最早、最基础的方法。

第二，回顾民间故事的研究历程，认识该领域代表性学者及其成就。

第三，在故事的研究历程中，共时和历时的分解是研究路向的一次重要转变，这和语言学的发展有密切关系。过去对时间的概念仿佛只有"历时"这一种理解，时间有顺序，这很简单，从一个端点到另外一个端点。而后来的研究者思辨地换了一种办法处理时间，即共时研究。这两方面都在语言学领域取得了很多成就。另外，在大约1910—1920年期间的俄国，建筑、音乐、造型艺术、文学乃至哲学等一切领域中出现了形式主义派别，其中和我们直接有关的部分叫作民间文学或民间文化的形态学。

最后，简单谈谈关于民间叙事的类型学、形态研究的一个示例。

一、比较：人类认识、辨别和说明事物的最基本方法之一

比较一事看似简单，实际上我们对于任何事物的认识、定义和表述都离不开比较，任何一句话都是在比较中呈现的，也许我们自己也没有察觉。给自己和任何事物下定义，必然是通过比较。比较是人类认识、辨别、定义事物的最基本方法，人类莫名其妙很早就使用了。"昨天打了一只大老虎"，就是比平常打的老虎要大；"昨天做的事情难极了"，当然还是比较。不过，这些都是隐含的。笔者曾在一篇文章中特别讲到，比较有三种。[1] 以上是最普遍、最世俗的，此外还有进入科学领域的、更高层次的、专门作为一种方法论性质的，此处不再展开。

为何要先提到比较？因为下面的问题都是从这里开始，没有比较，所有的研究都变得无能为力，它是基础方法。

---

[1] 刘魁立《历史比较研究法和历史类型学研究》，《刘魁立民俗学论集》，上海文艺出版社，1998年，第92—119页。

二、民间故事研究历程的巡礼

在民间文学领域，通过比较或其他方式，大家最感兴趣和关心的问题是什么？几乎所有研究民间故事、民间文学、民间文化的，不管他从事哪一方面的专门研究，无一例外不能绕过一个题目：为什么大家都唱同一首歌？都讲同一个故事？即民间文化不断重复的特点。这种雷同性是所有人都感到奇怪的现象。我们有时会觉得千人一面，何以千人一面呢？大家都是这样的，所有的猪都是那样的，所有的蛇又都是那样的，而蛇、猪和人在生物界中完全是不同类别。生物界的分类学很清楚，但是民间故事可以随便讲，中国人、外国人却为何都讲同一个故事？甚至宗教领域也是如此，洪水滔天，人类再造，印度、两河流域和其他地方都是这样，为什么？许多贤人志士就此进行过讨论。

最初的研究应从格林兄弟谈起。1812年前后，他们出版了《儿童和家庭故事集》，即《格林童话集》。这仅是个标志，实际上当时有一批人专门研究语言。格林兄弟写过德意志语言学、语法方面的书，他们提出关于语言来源的问题：语言何以有亲属关系？他们努力要把语言的亲属关系理清楚，不断地梳理语言谱系：为什么这个语言和那个语言非常亲近？而另外一种语言又和它非常遥远？有些地方似乎可以听得明白，而有些地方完全像天书，到底语言之间是何种关系？当然，关于语言的分歧有各种说法，如《圣经》中的巴别塔等。后来神话学派的学者们钻研语言谱系，逐渐把相关语系、语族、语支做了井然有序的处理，处理的过程中发生了一些非常有意思的事情。比如在海盗时期，英国人、日耳曼人、犯罪以后被送到冰岛，在当地成为一个独立社会，相对较为封闭。二三百年之后再去观察他们的语言，两相对比之下，其与原先语言保持了较强的一致性，而欧洲大陆的语言变化则非常明显。语言的谱系研究首先是从日耳曼语系开始，然后逐渐扩大到整个印欧语系。

在此期间的一个重要事件是梵文的发现。梵语经典的出现成为一把钥匙，学者们开始对较早语言和梵语之间的关系进行研究，由此才有印欧语系的发现。很多基本词汇、词根都相同，那么这些语言可能在一定时期有某种关系。研究者不满足于厘清一个谱系，而是希望努力回溯，用历史比较法构建所谓"原始共同语"，它是最早的、构拟性的语言。如果我们是子孙，那祖先什么样？假设有五百位孔氏家族的后裔，三百年前他们的先祖可能是一百位，两千年前可能仅十位，他们是什么样？或许当时的学者认为构拟"原始共同语"极具意义，但实际上意义并不是很大。在这样的背景下，语言学之外，从事民间文化、故事、神话研究的学者就想，既然有"原始共同语"，为何不尝试寻找"原始共同神话"呢？于是他们就开始建构。这大概是故事研究中最早的一派，我们称之为"神话学派"。他们特别感兴趣的是为何不同民族、不同时代的故事都是雷同的，并认为雷同性是由民族或文化的同源性所决定，那么，民间故事的雷同就起源于原始共同神话。这批学者的文章在故纸堆里还有一两篇值得一读，其中之一是金泽译的弗雷德里赫·麦克斯·缪勒（Friedrich Max Muller）的《比较神话学》。其他在中国就没有翻译了，我们很难知道他们如何开展工作。

随着孔德（Isidore Marie Auguste François Xavier Comte）等实证主义逐渐抬头，有些学者认为，与其追随上述缥缈的观点，不如干脆做些实证。于是有一位法国学者本菲（T. Benfey），他将印度的《五卷书》进行分析，论证《五卷书》里的所有故事在全世界的流布途径。这个故事在印度有，看看中国有没有？德国有没有？这样他就做出了《五卷书》在世界流行的非常详尽的说明。最终的结论是，故事的雷同性是各民族、各地域之间相互进行文化交流和影响的结果。如丝绸之路、十字军东征、地理大发现，其他各种战争、文化交流等，只要有人走动，文化就跟着迁移，进而产生影响，彼此借鉴、模仿。以本菲为代表的这一派被称为"流传学派"。

学者就是要不断追求真理，不满足于前人给我们的既成结论，这才是推进学科发展的动力。后来又有一些研究者认为，把所有的故事都放在一起就导致了一个问题——一源发生。按此说来，只有一个民族有创造才能——比如印度，别人都是邯郸学步，缺乏创造的智慧。从格林到本菲，弱点主要在于他们的思想背后隐藏着一源发生的观念。一源发生是不是文化发生的唯一途径？在这种情况下，泰勒（Tylor）提出另外一种方法。泰勒家里还算殷实，但他幼年得了肺病，就到中美洲墨西哥去治病。他对古物感兴趣，年轻时志向范围也比较广，后来结识了一位富有的银行家，两人交往中，银行家就资助他搜集骨头、石头、瓦片等古董。在玩的过程中，泰勒做了一件非常有意思的事情，与下面要谈的共时和历时有关。他搜集了许多各时期的石器，然而他的分类既不依照出土年代，也不根据制作的年代，而是按它标志的文化发展水平。假设他挖掘到一柄石斧，非常粗糙，如果用碳14化验，仅仅是五百年前制成的；还有一柄两千年前的玉斧，漂亮极了，他就一定要把两千年前的玉斧置于五百年的石斧之后。这就打乱了历时的方法。泰勒对于后世的共时和历时研究提出了一个窍门，表明了一种态度：不以绝对年代来断定事物，因为各民族在不同社会历史条件下的发展是不平衡的。泰勒一派认为相似的社会环境是可以创造相似文化的，他们以人类学观点分析文化现象，所以被称为"人类学派"。

弗洛伊德和他的学生荣格（Carl Gustav Jung）则对文化的雷同性有不同认识。笔者在20世纪50年代看过一部"十月革命"后不久出版的回忆录，里面提到弗洛伊德进行精神分析的第一个病例。一位瑞士的年轻姑娘，懂法文、德文，文化水平相当高。她每天守护病危的父亲，突然有一日她自己病倒了，口不能言，身体亦无反应，可是并未检查出疾病，别人不知道怎么办，就把她交给了弗洛伊德。弗洛伊德每天使用各种办法，像拿给她一张照片，或放一部投影，去唤醒她的反应。经过比较长的时间，他居然设想了一种可能的途径：她的病是由于强烈的抑制将所有的兴奋机制全部控制住，使其不再活动了。他们做了一个假设，比如父亲在弥留中，她已几宿没睡、极度疲惫的情况下，朦胧中会将电灯灯绳的影子当作一条蛇，自己被它缠住，然后整个人就处于抑制状态。弗洛伊德不断通过各种方法来模拟原来的场景，告诉她"那是假的，你不要相信那是蛇缠你，只不过是个影子罢了"。从此以后他就开始进行心理分析，走得越来越远，直至进入哲学领域，并发展出一套术语，包括力比多、恋母情结等，将它们提升到社会学、哲学高度，对文学也有一定影响。荣格虽然和他老师的关系不太融洽，但总而言之，他们认为人类共同的心理会生发出共有的想法，包括道德理念等心理作用。

马林诺夫斯基（Bronislaw Malinowski）是费孝通的老师。战争期间，他被困在一个岛上，就继续做调查。他的观点也很有道理。他认为，那些对于共同的文化影响、社会心理的分析都很玄，不如就事论事：功能在起作用，也就是需求。需求创造了文化。

北欧的故事研究也很发达，主要有科隆父子（Julius Krohn，Kaarle Krohn）、阿尔奈（Antti Aarne）等。他们开始把全世界范围的故事异文都搜集到一起，并且考虑对于这些海量材料的整合方式，希望编制一个索引性质的工具，如同图书馆内的卡片箱。在此过程中，他们开始思考异文的共同点。

以上巡礼的过程告诉我们，对事物的认识是无穷尽的。随着时代变化、人类智力的提升，我们会不断挖掘出事物的本质和非本质的特点，对其有较为完整的或说更接近事物的认识。我们常问别人"你是哪个学派的"，实际上千万别以为某一条路就是绝对正确的。不断接受新知识特别必要。

三、共时研究·历时研究·形态学研究

从事故事类型和异文研究的学者手中都有一把钥匙，即阿尔奈的钥匙，叫"type"（类型）。丁乃通的《中国民间故事集成》所附的主要故事类型示例都是它。类型是一个很大的范畴，尚无人下明确严谨的定义，如

果非要笔者来解说的话，可能是：类型是一个或一群故事，由一个或者少数几个中心母题组成的情节基干构成它的中心。假定两则文本的情节基干和中心母题不一样，它们就属于不同类型。笔者表述得还不好，尚在摸索之中。

"类型"是1910年提出的，但并没有人给它严格、科学的定义。直到今天，类型究竟是什么、有哪些，还是一笔糊涂账。阿尔奈之后，首先是俄罗斯的安德烈耶夫（Николай Петрович Андреев），他把整个俄罗斯的故事都用阿尔奈的办法编制了索引，因为北欧和俄罗斯的故事相近者非常多。他的代码叫"AA"，就是"阿尔奈-安德烈耶夫"。其他国家后来也都陆续有了类型索引。最好的是德国的五卷本"格林童话世界各民族异文索引"。各国在编制过程中又加上自己的东西，比如日本的稻田浩二就有自己的索引体系，还有一位日本女士池田弘子把AT体系挪来之后也加上自己的内容。据笔者先前的统计，有四五十个国家都有自己的AT体系，现在可能更多。

1928年，普罗普（Vladimir Propp）的研究得出了比阿尔奈更为抽象的结论：凡神奇故事也就是通常所说的幻想故事都只有31个功能，其中或可能缺少某几个，或偶尔发生一些转换，但顺序大体都是一致的。他所做的相当于一块神奇故事的模板，超出这个模板之外的就不是幻想故事。他的工作辛苦到什么程度？所有的材料笔记展开来，一个20平方米的地方铺满了也不够，最后却凝炼为一张很简单的表。

普罗普提出31个功能项之后的1932年，汤普森被芬兰学派请去做了一项补充工作。为什么叫AT？就是阿尔奈（Aarne）和汤普森（Tompson），由汤普森把阿尔奈原来的索引加以丰富，使其更具有世界范围的权威性。在此过程中，汤普森并没有特别拘泥于阿尔奈的设计。他想，是否可以在类型之下，寻觅更小的工具或尺度，来解析故事？于是他提出"母题"（motif）。之后还有人把它更小化了，如列维-斯特劳斯（Claude Levi-Strauss）提出"神话素"（mytheme），邓迪斯（Alan Dundes）

也做了另外一种更细致的分析。

特别要谈到的还是普罗普。普罗普的上述工作直至 30 年后（1958 年）才被译为英文。形式主义在 20 世纪 20 年代的俄国特别兴盛，有些人甚至按五角星形状排列诗行，导致诗歌几为文字游戏，在这种环境下，有相当一批人专门研究形式。形式本身是极其值得研究的问题，我们经常为意义所困而搁置了形式。对于民间故事，我们固然知道意义可能有同异，但彼此间真正雷同之处更多在于形式，然而我们的研究却时常抛开形式谈意义。

这就要引入共时研究和历时研究。谈一切问题，时空的限制既有帮助，也使人困惑。它看似简单，好像基督教的十字架，我们讨论横坐标和纵坐标之间的交合地带。历时是我们探讨一切问题时最直接的感受，为什么？因为说到任何事情都会牵涉时间范畴。可是，我们通常都是在共时的环境中生活。过去常开玩笑："关公战秦琼，谁打得过谁？"如果叫小孩来说，"关公战秦琼"为什么不可以？都在一个舞台上，某种意义上它也是共时的。我们常把共时、历时搅在一起，却不大关注此二者的联系。其实，任何对事物的历时观察也都是要解构原有的总体结构，因此我们谈论历时问题，很难将所有的成分和关联都放在一起，必然仅限于某一具体对象。但共时不然，它能在更宽广的范围内集中所有对象，完全抛开时间概念。这两种研究方法是不相容的，如果同时使用，结论必然不准确。我们过去不太关注形态学研究。20 世纪 50 年代时，一位不错的翻译家将普罗普的《民间故事形态学》译为《民间故事的词法》，因为在语言学中，morphology 是"形态变化"，通常译为"词法"，是指词尾相关部分的变化。实际上它并非语言学的专有术语，而是更广阔的文化学概念。形态学并非从普罗普才开始，如果翻一翻亚里士多德的《形而上学》，其中已多次谈到形态问题，直到普罗普才正式给予它特殊地位。

《民间故事形态学》出版后，列维-斯特劳斯一方面评价说：真了不起，真是醍醐灌顶，普罗普为我们开辟了新天地；同时，他又有些沙文主义,说:一个俄国人,在闭塞的环境中,居然有如此发明创造,原因在哪里?思来想去,他的祖上是德国人,所以他有这般头脑,能得出形态学。他还提出一个问题:把故事像积木似的拆开,那么故事的历史发展哪去了?普罗普气坏了,原来他早就设计好,到"二战"时期才完成的另一本书,叙述故事的历史根源,即谈意义的方面。历史根源和形态学两书相当于姊妹篇。

四、民间叙事的生命树

《民间叙事的生命树》怎么来的?说来也简单,中国、日本和韩国有一个"东亚民间叙事文学学会",最初倡议是韩国的崔仁鹤,他向稻田浩二建议成立一个国际组织,并致信钟敬文。钟敬文表示支持,就让笔者去,从而成立了这一学会。其宗旨是研究三国共同的故事,每次会议提一具体题目,像两兄弟、蛇郎故事等,到今天已召开过十几届了。当时还有一个奢望——编一部"亚洲民间故事类型索引",即比较索引,因为现在虽然有世界性的索引,但东亚民族还没有共同索引。

一次开会提出"狗耕田故事"这个题目,笔者思来想去,决定与其急于写作论文,不如先把材料凑齐。于是笔者就选择了浙江的狗耕田故事,因浙江的少数民族相对不多,世居民族的成分也比较稳定,文化同质性较强。然后,笔者将所有搜集到的故事逐一分解,并写出梗概。最初,笔者将这三十余则故事信息都以横行列出,发现有一段情节在所有文本中都是一致的。一再分析研究之后,突然间将其纵向立起,凡各文本一致之处就变粗,不一致处则变细,出现一个树形图,粗者如树干,细者似树枝。而树枝上或有两则文本,它们又在某处有异同,因此又生出另一根细枝。最后发现,这是一个树状的结构。在此过程中,笔者逐渐对题目有了些想法:什么是类型?在一个类型中,各个不同的异文之间是何关系?这些关系有什么特异之处?另外,它们是如何彼此衔接的?笔者发现,一个类型下可出现类型变体,因此从类型中可再生发出另一单元。除了类型变体,笔者又发现,有些地方的链接能力特别强,另一些则很弱。一个类型,除了最基本的要素之外,它本身如何发展?笔者就采纳共时的方法,不谈它的过去,而是强调,如果我们平面地看,它呈现何种状态。现在说来简单,当时做起来挺费事,列的表特别多,纸铺开后比这张桌子面积还大,需一点点粘贴起来。

有趣的是,崔仁鹤问,得研究狗是不是真的可以种地,笔者答:"这就又涉及意义方面了。有些文本中狗不是种地,是能做别的,但实际上和种地得到的结果一样。"诸如此类。和稻田浩二也非常友好地争论了前后三年,他说:"为什么是两个中心母题?我给命名叫'核心母题'。"笔者说:"中心母题和核心母题不是一回事。"他坚持认为二者就是一回事,并说:"狗耕田并不重要,什么重要呢?狗坟上长出一棵神奇的树才重要。"狗在弟弟这儿才能种好庄稼,在哥哥那儿种不好庄稼,哥哥打死狗之后,将其掩埋,坟上长出一棵树。弟弟来哭坟,树上就掉元宝,哥哥一看也去,结果掉下的都是鸟粪、长虫。他认为"狗坟上长树"才是核心母题。而笔者命名的"中心母题",并不在于它能构成别的东西,因为共时研究不需要涉及历时的、将来的发展情况。但"核心母题"就会导致这个问题,"核心"一定是外围还要继续发展的。所以概念的选择很重要,需要费心琢磨。另外他问:"为什么有两个中心母题?能否合并为——一只会耕田的狗,有神奇的灵魂,它的坟上可长树。"笔者却认为,如此可能又陷入另外一个历时的思路中去了。笔者再三表示:"我和您的分歧是您还在历时的范畴里思考问题,我同意您的历时研究思路,但您不同意我在特定时候采用共时视角。"

最后,想强调一点:我们在从事研究的道路上,不要只抱着一棵树吊死。条条大路通罗马,各种方法都可以为我所用。如果共时研究能从索绪尔(Ferdinand de Saussure)那里多收获一些启迪,它将在我们的工作中发挥非常好的作用。

学生互动摘要

刘魁立研究员的演讲结束后，同学们进行了踊跃提问。有同学提出，"狗耕田故事"的核心母题应为"兄弟分家"。刘老师认为，"兄弟分家"本身不构成情节基干，不是类型或母题，而是属于更大范畴的"主题"，分家本身并非两人矛盾的焦点，焦点在于他们争夺的对象。关于形态学的研究难点及注意事项，刘老师指出，在进行民间故事研究时往往有重视意义超过形态的倾向，其实形态也必须得到关注。他建议大家在开展研究时把研究范围的外沿确定得小一点，从而提升材料的同质性，材料太杂就会无法展开。有同学提问，形态学研究是否会忽略对名词性母题的研究？刘老师回应并非忽略，名词可以变换，本身没有意义，有意义的是行为的变化、递进，这是普罗普特别重要的贡献。刘老师提醒大家，如果在一篇文章中结合共时和历时的研究方法，一定要说清楚，历时研究的对象通常是具体、单一的，而共时研究的对象必须是若干个。

2015年12月3日，大家又围绕讲座内容展开了评议与讨论。主持人王尧从"母题的组合""母题素与母题相""动词性母题与名词性母题"等角度出发与刘老师的研究进行了对话，并提出了可供讨论的问题。她认为，刘老师将固定组合的母题称为"母题链"，有大量母题是可能组合的，然而在某类故事文本中却很少见到，其背后的原因是什么？在何种条件下母题组合会变化？这些问题的答案可能不仅要从形态学内部寻找，还要考虑民族、地域等外部因素。在回顾相关理论后，她提问，"母题素"在不同文本中表现出的"母题相"变化的原因何在？是否受到语境的较大影响？另外，汤普森的母题范畴尚且包含名词在内，普罗普提出的"功能项"则是纯粹的动词性概念。民间叙事中的名词性成分是否也具有形态学意义？她以张志娟的"传说离散情节"研究和自己关注的"通天二郎"传说为例，提出如果从动词、名词性元素的角度区分文本层次，可以尝试建立一些标准，将这些元素辨认、提取、归类，从而归纳口头叙事变异的核心法则。

在讨论环节，同学们针对王尧提出的问题各抒己见并提出了新的疑问。关于民间叙事的动词性元素和名词性元素，有同学认为，普罗普只考虑动词性元素是因为其理论追求在于探索人类文化的共通性。关于名词性元素在传说和故事中的差异，王尧强调，故事中的某些名词性元素，比如"狗耕田"故事中的"狗"也是相对稳定的。如果母题也有名词性的，那么在其内部是否也存在相应的"母题素"和"母题相"之对应关系？这些问题都关涉生命树生长的最大潜力。陈泳超老师进行了几点总结和补充。第一，形态学研究是标准化、纯净态的，取样必须均质，材料务求密闭。第二，AT类型索引的分类标准是情节性、动词性，汤普森母题三类中只有第三类可以跟情节"type"对接成连贯的分析概念。第三，刘魁立老师"狗耕田故事"研究的意义在于用个案说明每个"类型"都必须有其存在的情节结构理据。第四，尽管叙事的形态学研究都是以动词性为主的，但我们也可以根据不同的目标和条件，加入名词性变量，在经典形态学分析中引入意义的变量因子。第五，动词性和名词性不仅是为了区分传说和故事，还有命名等功能。第六，借引自语言学的"母题素"和"母题相"其实是翻译的问题，已经有学者进行了爬梳辨异。第七，只有AT分类法中的简单故事才适用于形态学分析，过于复杂的故事要切割成不同的小故事才适配。第八，形态学研究对世界各种现象依照形式特征进行归类，从而化繁为简地予以总体把握，但其目标可大可小。在民间文学研究中，我们也可以用形态学思路对某些素材进行形式解析，使其简明清晰地予以呈现即可。

（摘要撰写人　石子萱）

理想故事的游戏规则

施爱东

编者按：2018 年 5 月 16 日，中国社会科学院文学所施爱东研究员以"理想故事的游戏规则"为题，为北京大学中文系民间文学专业的同学们做了讲座并展开交流。

自从刘魁立先生大力引进故事形态学，并以"狗耕田"故事为例建构出故事的生命树理论之后，民间文学的形态学研究得到了一批追随者。作为刘魁立先生的入室弟子，施爱东研究员秉承师学而又发扬光大，在故事形态研究领域卓有建树。其独到的见解和新颖的思路，有益于突破故事研究的固有范式而有所创新。本次讲座，施爱东研究员分享了他近些年对故事结构规律和逻辑法则的研究。首先，他确立了几个关于故事逻辑和结构形态的研究前提。接着，他设计了一套故事最简结构分析法，抽丝剥茧地分析出故事的最简结构，并借助最简结构图找出故事的情节、情节设置和推进核心情节的核心驱动设置。他用丰富的案例呈现了一个个理想故事设置的结构规律和逻辑法则，也引发了同学们长达两小时的热烈讨论。

所谓"理想故事"，指的是符合故事逻辑、适合于重复生产和讲述、超越于个别讲述之上的故事范本，类似于"精校本""完整版"的故事，相当于语法教程中的"句式"。

故事逻辑与生活逻辑不是一回事，平常事件不能成为故事，能够成为故事的一定是反常事件。比如，某位西医用手术刀治好了白内障不会被视作神医，但如果某位中医靠着针灸、按摩或中药治好了白内障，那一定会被奉为神医。

　　故事生产的关键步骤不是意识形态，而是结构形态。结构框架设计好了，伦理正当性、思想意义、宗教情怀，都可以通过平庸的背景交代来解决。比如，在一个戏弄残疾人的"恶作剧故事"中，我们只要把残疾人身份由普通残疾人转换成作恶多端的官员或地主，故事的伦理缺陷马上就得以补救；两个黑社会之间"狗咬狗"的恶斗，我们只要将失败一方设置成汉奸恶霸，"狗咬狗"的恶斗事件马上就变成了"正义终将战胜邪恶"的正能量教化故事。也正是从这个角度，普罗普（Vladimir Propp）认为，故事的结构和功能才是最需要关注的问题。"对于故事研究来说，重要的问题是故事中的人物做了什么，至于是谁做的以及怎样做的，只不过是要附带研究一下的问题而已。"[1] 陈泳超也说："相对于伦理而言，叙事的趣味性要强烈得多。"[2]

　　明确了以上几点前提，我们将围绕故事的封闭特征、故事的结局、故事的最简结构、情节的核心设置、打破常规等几方面，对故事的逻辑法则展开分析，看看一则理想故事是如何进行情节设置的。

一、故事的封闭特征

　　辩证唯物主义告诉我们，事物是普遍联系的，联系的方式是无限多样的。但在故事世界中，只有有限的人物、有限的事物、有限的联系。所

---

[1] 〔俄〕弗拉基米尔·雅科夫列维奇·普罗普《故事形态学》，贾放译，中华书局，2006年，第17页。
[2] 陈泳超《民间叙事中的"伦理悬置"现象——以陆瑞英演述的故事为例》，《民俗研究》2009年第2期，第121页。

有故事都有明确的边界，都是密闭时空中、特定关系中的虚拟游戏，一切行为的因、果，都要落实在有限的时间、空间、事件、人物及其关系当中。我们甚至可以说，故事是限定在密闭时空之中，依照特定规则运行的虚拟游戏。

金庸小说构筑的就是这样一个封闭的江湖世界。江湖世界没有法律，武林中的杀人、伤人事件，丝毫不受法律约束；江湖世界不存在生计问题，你永远不知道这些江湖中人怎么赚钱，靠什么谋生，故事主人公只负责打架和谈恋爱，其他一概不负责。他们一身轻功，飞檐走壁，上刀山下火海，行走江湖数十年，轻松得连一个行李箱都没有；甚至有些普通的生活逻辑都被排斥在故事边界之外。比如，他们怀揣一本武林秘笈，就算在水里潜一天的水，秘笈也能完好无损。尽管故事世界与生活世界的差距如此之大，我们却很少去质疑故事的真实性。为什么？因为我们在听故事之前，就已经预设了这是"故事"而不是"新闻事件"。我们从一开始就是以故事的逻辑来进入阅读的。

豪伊金格（Johan Huizinga）说："游戏是在明确规定的时间、空间里所进行的行为或者活动。它是按照自发接受的规则来进行的。这种规则一旦被接受就具有绝对的约束力。游戏的目的就存在于游戏行为自身之中。它伴有紧张和喜悦的感情与日常生活不同。"[1] 几乎所有关于游戏的认识，都适用于故事创作。故事的本质就是一项智力游戏。而游戏总是要限定在一个封闭的时空内完成，这里有固定、有限的角色，有特定的游戏规则，还有规定的结局。具体而言，作为游戏的故事具有如下五个封闭性特点：

（一）故事角色之间的关系是封闭的

故事中不能出现多余的、没有功能的角色。因此，故事要尽量减少角色的数量，相同的功能最好由同一个角色来担当。比如，故事中的坏人

---

[1] 转引自周爱光《竞技运动异化论》，广东高等教育出版社，1999年，第84页。

也是箭垛式的坏人，坏到"头上长疮、脚下流脓"，那么，如果"长疮"的功能由某个角色担当了，往往"流脓"的功能也得由该角色担当。这与文人创作的小说不同。茅盾的《子夜》第一章就走马灯似的出现了很多各具特点的人物，这种人物出场的手法得到许多评论家的交口称赞。但如果民间故事一开头出现过多人物，那么该故事就注定会成为一个失败的故事，因为听众根本记不住这么多人名，人物关系就成了一团乱麻。

此外，故事只考虑角色之间的关系，不考虑角色之外的"吃瓜群众"，如《白蛇传》的"水漫金山"，《窦娥冤》的"六月飘雪、大旱三年"，都不会考虑百姓无辜受灾的问题，因为群众不是故事角色，不被列入故事伦理的考虑范围。陈泳超也曾经提到，在陆瑞英的故事《山东赵员外、扬州白老爷》中，白老爷毒死了坏人张里花，顺便把白小姐的丫鬟也毒死了，可是到了故事结尾时，白小姐与赵少爷结成美满姻缘，白老爷一家皆大欢喜，丫鬟则半句未提，这当然是不符合生活伦理的。事实上，故事中让丫鬟死去，只是为了腾出一个位置，让故事主角赵少爷得到一个男扮女装接近小姐的机会，所以故事说到丫鬟之死是这么说的："白老爷喊丫头去，一样喊她吃药，一吃吃下么药死掉了，小姐没有丫头哉……"[①]由此可见，丫鬟并不是故事角色，只是"角色道具"。

（二）故事的功能和道具是封闭的

什么是功能？普罗普认为，功能"指的是从其对于行动过程意义角度定义的角色行为"[②]。通俗地说，功能就是故事人物的行为，这些行为对于推动故事情节是有作用的。

故事的功能是封闭的，故事中不能出现多余的、没有意义的行为。而

[①] 陈泳超《民间叙事中的"伦理悬置"现象——以陆瑞英演述的故事为例》，《民俗研究》2009年第2期，第123页。
[②] 〔俄〕弗拉基米尔·雅科夫列维奇·普罗普《故事形态学》，贾放译，中华书局，2006年，第18页。

相似的行为可以一再重复出现，一般会重复三次。比如，在《渔夫和金鱼的故事》中，在渔夫来到海边之前，只需要用一句"渔夫到海边打鱼"作为交代就可以了，完全不必详述渔夫如何起床、如何刷牙洗脸、如何吃早餐、如何查看天气、如何收拾渔具、如何跟老婆道别出门等细节。

如果某种行为跟后续的行为或情节只有时间上的先后关系，而没有逻辑上的因果关系，不构成故事因果链中的一环，那么，这种行为就是多余的，需要从故事中剔除。

此外，故事的道具也是封闭的，不能出现多余的、没有意义的道具。刘魁立曾举例说，如果一出戏开幕的时候，墙上挂着一支猎枪，那么在剧终之前，这支猎枪一定要取下来响一声。如果这支猎枪直到剧终还挂在墙上，那它就是多余的。

（三）故事的逻辑是自洽的，情节是自我闭合的

故事中的矛盾和冲突必须自产自销，自给自足。也就是说，矛盾的产生和矛盾的解决必须相对应而存在。刘勇强在《〈西游记〉中的"八十一难"，到底有什么深意》中指出，《西游记》第49回里有这样一个描写，老鼋将取经四众送过通天河，这个老鼋经过一千三百年的修行，会说人话，但还是鼋的形体，它希望能够脱除本壳变成人，就请唐僧到了西天以后问佛祖它什么时候能够得人身，唐僧当时答应了。到了第99回，也就是取经回来路上，取经四众再次经过通天河，老鼋又驮他们过河，问唐僧有没有替它问佛祖。唐僧在西天专心拜佛取经，忘了这事，无法回答，老鼋很生气，猛地下沉，取经四众落入水中，从而完成了这最后一难。[①] 第49回和第99回的情节就构成了一对矛盾，同样，在第99回内部，唐僧无言以对与老鼋生气潜水也构成一对因果关系，总之，故事中不能出

---

① 刘勇强《〈西游记〉中的"八十一难"，到底有什么深意》，搜狐网，http://www.sohu.com/a/232023671_168259，发表时间：2018年5月18日，浏览时间：2019年7月22日。

现没有结果的原因,也不能出现没有原因的结果,否则就会形成缺失。

我们再看《水浒传》,梁山英雄征田虎和征王庆就是一个后期添加的独立单元。在这个单元中,征田虎收纳了十七员降将,到了征王庆时,梁山好汉一个未折,而田虎的十七员降将几乎折损殆尽,剩余几个,也跟着乔道清到罗真人处从师学道去了,梁山英雄的所有指标都恢复到刚刚招安时的状态。在这个独立单元中,作者做了多少加法,就得做多少减法;同样,做了多少减法,就得做多少加法。所有矛盾都成对出现,自足解决。

(四)故事是一个"自组织系统"

故事能够利用自身的结构逻辑,不断地吸取外部信息,进行自我加工、自动修复、自我完善,从而形成一个具有完整结构和功能的有机体。山曼曾给我讲过一个"驴吃草"的故事:一个农民牵着一头驴到乡政府办事,驴把乡政府门口的草给吃了,农民遭到了乡干部的训斥,于是牵过驴子,啪啪给它两耳光,骂道:"你这头蠢驴,你以为你是乡干部,走到哪里就吃到哪里啊?"早期的故事到这里就结束了。可是过了不久,故事又出现了一个"加强版"。根据相似的结构逻辑,故事进行了自我加工和完善:驴子转过身来,反踢农民一脚,骂道:"你这蠢货,你以为你是警察,想打谁就打谁啊?"山曼听到的故事到这里就结束了。可是又过了两年,我在另外一个场合又听到故事的"加加强版":农民揪住驴耳朵骂道:"你这吃货、饭桶,你以为你是中国足球队,光踢人不踢球啊?"

再比如,前些年网上流行一个故事,穷小伙子骑自行车在路上走,被一个路过的宝马车溅了一身水,小伙子不服气,发狠道:"等我有钱了,我也要买宝马,买两辆,一辆在前面开道,一辆在后面护驾,我在中间骑自行车。"网友根据这个句式,创作了一系列"等有钱了"的妙句,如:"等我有钱了,我每餐买两个包子,一个用来打狗,一个用来打另外一只狗,我在边上啃馒头。""等我有钱了,我娶两个老婆,一个赚钱给另一个花,省得老婆说我不赚钱。"按照这样的逻辑,故事可以反复更新、不断延伸。

（五）故事必须是圆满的，不能有缺失

所有的缺失都必须被补足。这方面的讨论，如果有兴趣，可以看《故事的无序生长及其最优策略——以梁祝故事结尾的生长方式为例》[①]，这里不再赘述。

二、游戏目标：故事的结局

作家作品多为开放式结局，结局往往因典型环境、典型性格，以及社会发展、性格发展而变化。学过《文学理论》的人可能都知道福楼拜的故事：有一天朋友去看望福楼拜，发现他正在失声痛哭，朋友问他："什么事使你这样伤心？"福楼拜说："包法利夫人死了！"朋友问："包法利夫人是谁？"福楼拜说："我小说中的女主人公。"朋友就劝："你既然不愿她死，就别让她死呗。"福楼拜无可奈何地说："是生活的逻辑让她非死不可，我没有办法。"这个故事常常被用来说明"典型环境中的典型人物的必然命运，是生活逻辑的必然结果"。

但民间故事不是这样。民间故事的结局是既定的、封闭的，故事情节只是朝向既定结局的一个过程。一般来说，大凡熟悉民间故事的人，听了故事的开头，基本上就能知道故事的结尾。这是为什么？因为民间故事的结局本来就是预先设定的。为了区别于生活事件中或者作家作品中的、发展变化着的、具有不确定性的故事结局，我们把预先设定的民间故事结局称为"元结局"。

大团圆结局是一种元结局。对于普通民众而言，现实生活本来就是"不如意事常八九"，如果故事只是现实生活的再现，那我们直接照照镜子，看看身边街坊邻居的悲惨故事就好了，何必要看戏？看戏就是为了满足我们对于幸福生活的幻想。弗洛伊德说："我们可以断言，一个幸福的

[①] 施爱东文，见《民俗研究》2005 年第 3 期。

人从来不会去幻想，只有那些愿望难以满足的人才去幻想。幻想的动力是尚未满足的愿望，每一个幻想都是一个愿望的满足，都是对令人不满足的现实的补偿。"① 一个现实生活中的光棍汉，看个戏还不让主人公娶个漂亮媳妇，这戏还有什么看头？剧作家陈仁鉴说，20 世纪 50 年代搞戏剧改革时，他们为新剧设定了一个悲剧结局，希望借此引起民众的社会思考。结果新剧在一个村子公演完毕，老百姓都不肯走。他们认为好人死了，坏人却没有受到惩罚，故事并未结束。剧团只好临时加演一场，让好人死而复生、坏人受到惩罚。如此，群众才心满意足。对于普通老百姓来说，大团圆就是一种元结局。

幻想故事、名医传说、鬼故事、机智人物故事等，都有各自的元结局。比如名医传说，我们能预想名医肯定能治好病人的疑难杂症，甚至能治好坏人的心病，让坏人变好人。鬼故事中的人类主人公，结局一定是受到了巨大惊吓，这种惊吓甚至危及主人公的生命。

元结局是预先设定的、不可更改的。为了实现元结局，故事中的角色甚至可以违背生活伦理、生活逻辑。比如，在许多机智人物故事中，坏人都是说话算数、信守承诺、又蠢又萌的。如果坏人不蠢萌，他就不上当；如果坏人不信守承诺，就无法对他们实施惩罚。相反，好人或者机智人物常常是谎话连篇、说话不算数、不讲诚信的。如果好人不撒谎，事事讲诚信，他就没骗得到坏人的信任，也就没法以弱胜强、以巧取胜。

三、故事的最简结构

为了进行结构分析，我们试着将故事的结构简化到最简状态，看看哪些因素是最关键的结构要素。我们借用坐标来标示故事主人公的命运历

---

① 〔奥〕弗洛伊德著，车文博主编《弗洛伊德文集》第七卷《达·芬奇对童年的回忆》，长春出版社，2010 年，第 61 页。

程。每个坐标只用来标示一个主人公，如果是多位一体的分身主人公，也可以用一个坐标标示，如《十兄弟》。凡是对主人公有利的行为，我们称之为"增量"，用朝上的矢量表示。凡是对主人公不利的行为，我们称之为"减量"，用朝下的矢量表示。凡是预期的趋势，我们用虚线表示；凡是得到落实的结果，我们用实线表示。横坐标代表时间，纵坐标代表矢量的增减。虽然坐标有四个象限，但我们只考虑增减和时间，因为除了穿越剧，所有故事的时间只有一维。所以我们只需要考虑第一、第四象限。

我们以《求好运》为例。故事起点 O：一个穷小伙一生受穷。T'是故事预先设定的：只要去西天向佛爷求好运，所求一定能实现。在去的路上，穷小伙遇到三件事。A'：员外托他问女儿为啥不说话。B'：土地菩萨托他问为啥不能升仙。C'：大乌龟托他问为啥不能成龙。到了西天，穷小伙见到活佛，没想到活佛规定"问三不问四"，只能问三个问题，不能问第四个。小伙最终决定替别人问三个问题。A-：替员外问一个问题，他失去第一次机会。B-：替土地菩萨问一个问题，他失去第二次机会。C-：代乌龟问一个问题，他失去最后一次机会。等他回来时，他依次解决了别人的难题，又依次获得了回报。乌龟把头上的夜明珠送给他，用 C+ 表示。土地菩萨把脚下的金子送给他，用 B+ 表示。员外把女儿许配给他，用 A+ 表示。最终，穷小伙实现了问佛爷求好运的预设结局，即 T。（如下图）

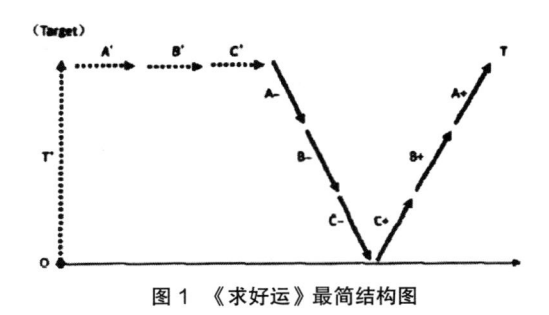

图 1 《求好运》最简结构图

故事结构图只能描绘一位主人公的行为、命运。因此我们必须排除如下几项干扰：第一，排除主人公之外所有其他角色行为的干扰，只考虑主人公的行为；第二，排除动机、原因，以及人物身份和经历的干扰；第三，排除非功能的、不推进情节发展的附加行为的干扰。

我们再以《渔夫和金鱼》为例。首先，我们排除渔夫妻子行为的干扰，事实上，妻子可以更换为女儿，也可以更换为高利贷的债主，或他自己内心的贪欲，画出来的结构是一样的；其次，不考虑渔夫为什么要一再向金鱼进行索求，不考虑他是出于主观贪欲还是被动无奈；第三，不考虑渔夫撒了几次网才打到金鱼，就算撒了 100 次，前面 99 次都是没有意义的，我们只需考虑有功能的那次撒网行为。于是我们可以设定故事起点 O：一个贫穷的渔夫外出打鱼。A：渔夫打到一条金鱼。A-：渔夫把金鱼放走了。B：渔夫向金鱼请求，得到了一只新木盆。C：渔夫向金鱼请求，得到了一栋房子。D：渔夫向金鱼请求，让他老婆变成了贵夫人。BCD-：渔夫向金鱼请求，让他老婆变成女皇，金鱼把他们打回了原形。我们画出《渔夫和金鱼》的结构图如下：

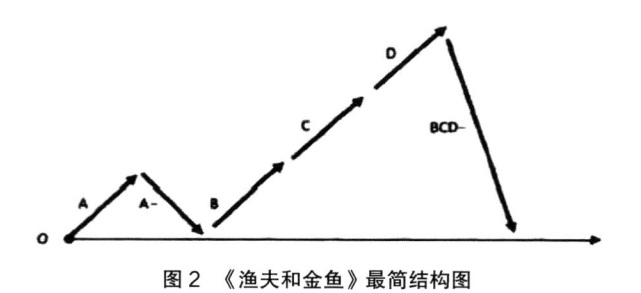

图 2 《渔夫和金鱼》最简结构图

我们画出《渔夫和金鱼》的最简结构，可以发现它与《人心不足蛇吞象》是完全同构的。如果以最简结构来进行故事分类，那么，这两个故事应该属同一类型。总之，通过这些看似简单的故事结构，我们发现故事就是一种语言游戏。而游戏规则的设置就在于故事的情节设置，以及情节的核心设置。这样的结构图正是帮助我们找到核心设置的第一步。

四、情节的核心设置

作家文学的情节指的是展示人物性格、表现人物关系的一系列生活事件的发展过程。但民间故事的情节不是这样的，而是状态的改变，既包括人物状态的改变，也包括事态的改变，表现在最简结构上，就是矢量的"转折"。

转折是矛盾和冲突的结果。在民间故事中，主人公在应对突发事件时，往往会一意孤行地选择那些快意恩仇的、容易产生误会的、富于戏剧性的行为方式，其目的就是要激化矛盾、制造冲突、实现状态改变。只有这样，故事才会紧凑、有趣、好看。如果主人公足够理性冷静，与对手进行了良好沟通，双方化干戈为玉帛，那就没有故事了。所以说，故事情节的形态标志就是转折。

"无论是神话还是抒情诗，戏剧还是史诗，远古的传奇还是现代小说，作者的目的都是要创造出会使读者'入迷'的紧张。"[①] 明白了这一点，我们就不会因为故事主人公在该出手时没出手、该说清楚时没说清楚而惋惜了。祝英台要是事先把话说清楚了，梁山伯及时赶到祝家提亲，两人结成美好姻缘，那就不存在所谓"四大传说"了。

当然，明白了这一点，所有的故事也就变得无趣之极，因为你已经知道那些动人心弦的情节都是故意生产出来的，结局你也猜到了，紧张感没有了，趣味性也消失了。所以说，研究故事和听故事是两码事，听故事是有趣的，研究故事是无趣的。梅兰芳曾经说过："旦角戏的剧本，内容方面总离不开这么一套，一对青年男女经过无数惊险的曲折，结果成为夫妇。这种熟套，实在腻味极了。为什么从前老打不破这个套子呢？观众的好恶力量是相当大的。"[②] 对于梅兰芳来说是熟套的东西，对于偶尔看戏的

---

① 〔荷兰〕J.胡伊青加《人：游戏者》，成穷译，贵州人民出版社，2007年，第169页。
② 梅兰芳著，傅谨主编《梅兰芳全集》第4卷，中国戏剧出版社，2016年，第280页。

观众来说未必是熟套，所以，梅兰芳浸淫其中早就腻味了，但观众依然兴致盎然。

这些故事中永远不变的套路，我们称之为"元情节"。民间故事的元情节基本都是围绕正面主人公而展开的：（1）主人公接到挑战；（2）主人公经过一段艰苦历程；（3）主人公战胜对手；（4）主人公获得奖赏。在元情节基础上，可以不断插入二级情节、三级情节。我在《史诗叠加单元的结构及其功能——以〈罗摩衍那·战斗篇〉（季羡林译本）为中心的虚拟模型》①中专门讨论过这些问题，这里不再展开。

确定了情节，我们就可以规划推进情节的人物行为，人物在这一场景下为什么会选择这样行为而不是那样行为，是因为他们受到了一些游戏规则的制约。故事中驱动或约束人物行为的游戏规则，我们称之为"驱动设置"。对于每一个具体的故事类型来说，都会有属于该类型的核心情节，以及推进核心情节的"核心驱动设置"（简称"核心设置"）。

在故事分析中，我们只有找到关键性的转折，才能确认关键性的情节，找出情节背后的核心设置。如果将故事的最简结构图进行再简化，变成示意图就很容易看了。我们还是以《求好运》为例，A'、B'、C'，或者 A-、B-、C-，还有 A+、B+、C+，都是同一事件的三次反复，从寻找驱动设置的角度来看，一次行为和重复性的三次行为，其所遵循的游戏规则是一样的，于是，最简结构图可以再次简化为一个示意图。

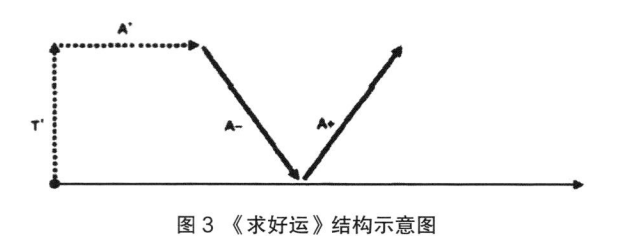

图 3 《求好运》结构示意图

---

① 施爱东文，见《民族文学研究》2003 年第 4 期。

从这图上我们很容易看出，故事的关键之处在于从 A'到 A- 的转折，以及从 A- 到 A+ 的转折。这两处转折很好地体现了"柳暗花明又一村"的境界。那么，这两个"又一村"是靠什么实现的呢？

第一，A'到 A- 的转折，从满怀希望到大失所望。主人公见到佛爷，本以为幸福即将来临，没想到却是无功而返。其原因就在于佛爷"问三不问四"的规矩，主人公每问一个问题就会减掉自己的一次机会，恰恰主人公一路上已经答应了三个代问请求，小伙子最终放弃了自己的问题。"问三不问四"的规矩在别的故事里面都没有，很明显是属于这个故事特有的游戏规则（驱动设置）。

第二，A- 到 A+ 的转折，从一无所有到满载而归，是源于"好心得好报""吃亏是福"的善恶报应观。"报应"不仅是这一个故事的游戏规则（驱动设置），也是许多教化类、伦理类故事的普遍预设。

可见，《求好运》故事成立的前提，就是这两个基本预设。它利用"问三不问四"的设置制造了"人—我"之间的矛盾；再借助"助人"与"助己"的报应设置巧妙地化解了"人—我"之间的矛盾。这一破一立之间，就生产出一个峰回路转的经典故事，而上述两个设置就是《求好运》情节得以展开的关键设置，其中后一个报应设置是普遍性的，而前一个"问三不问四"的设置是属于这一个故事的特别设置，也即我们所定义的核心设置。核心设置一旦确立，其他都只是细枝末节的问题。核心设置就像一部自控发动机，一旦开始运作，故事就会在传播中自动组织情节，不同的讲述者可以围绕该设置不断更新版本、重复生产。

我们再看《渔夫和金鱼》的结构图，这个故事共有三处转折。

第一，A 到 A-，"得到→失去"，这是很普通的动物报恩型故事的开头：即某人获得或遇见一个有灵性的动物，然后释放或救助了该动物。

第二，A- 到 B，"失去→得到"，动物获得自由或救助后，借助超能力报答主人公。

第三，D 到 BCD-，"得到→失去"，动物多次报答主人公，终于失去耐心，收回给予主人公的所有馈赠。这个转折是该类型故事区别于其他动物报恩故事最大的不同之处，也是故事的高潮部分、核心情节。情节背后的游戏规则（驱动设置）是：物极必反，人若贪心不足，必将失去所有。

简单地说，为故事的每一次转折设置一个让转折成立的恰当理由或游戏规则，就是我们所说的驱动设置。为关键性转折，也即核心情节设置的理由或规则，就是核心设置。核心设置不是结构本身，而是驱动结构的心脏、盘活结构的灵魂。

五、游戏规则的设置

当你听《老虎怕漏》故事的时候，你不会质疑"老虎怎么能听懂人说话"，因为故事逻辑不是生活逻辑，不能用单纯的生活逻辑来考量。那么，故事需要遵循什么逻辑或规则呢？答案是，故事既有共通的故事逻辑，也有属于"这一个故事"所特有的，但又很容易为听众所理解的逻辑。以"问三不问四"为例，很少有观众会在听故事的时候追问："为什么不能问第四个问题？"因为听众很容易默认这就是故事的游戏规则。接下来的问题是，"这一个故事"的游戏规则如何设置？

情节之所以发生转折，是因为主人公现有的状态和轨迹发生了变化。在民间故事中，引起变化的原因一定是外在因素的变化，具体地说，就是故事发展到了这里，在既有条件和主人公希望达成的目标之间，出现了新的"障碍"。障碍，成为打破主人公现有状态，诱发或促成情节发生发展的主要驱动因素。在故事中，障碍的设置必须同时包括出题和解题两个方面，我们称之为"系铃方案"和"解铃方案"。无论是系铃还是解铃，都必须遵循一定的游戏规则，利用规则来推进情节，实施解铃步骤。

故事的游戏规则大致可以分为两类。第一类是"通则"，即通用的游戏规则。这是听众默认的，不需要在故事中特别强调的规则。它是民间故事元情节共享的元设定，也就是一般民间故事和动植物故事都具备的预设规则。第二类是"特则"，即特别地为这一个故事而设置的游戏规则，它并不是听众的原有共识，需要在故事中特别强调。

民间故事的通则主要有三种：神性规则，生活逻辑，以及语言、情感、能力的设定。

一是神性规则，包括对于命运、神、鬼、精怪、梦、神谕等事物的基本设定。比如，故事一旦提及命中注定，就意味着对于人物命运的一种先验预设，在故事中是不可违背的、没有商量余地的人物必然宿命。故事中的神仙总是有神奇本领、超凡能力的；但神的力量又是有限的、受制约的，并非无所不能；神具有人的情感，会生气、会感动、会报恩，甚至渴望爱情。鬼则是人死之后的精魂化身，他们生活在阴间，但有时也会回到人间活动，关于鬼故事的设定，可参见"有鬼"君的《鬼世界的九十五条论纲》[1]。而梦在故事中一旦出现，通常只有两种情况，一种是鬼魂托梦，一种是神谕，醒来之后一定能够应验。还有诸如多年的动植物、古器物有可能修炼成精怪，获得超能力，等等。

二是生活逻辑，故事常常利用习焉不察的生活逻辑来设置矛盾、结构故事。这是掌故、笑话类生活故事常用的手法。例如，在我的家乡江西石城县流传的吴佳故事，就运用了这样一些生活逻辑：成年人白天出门一定会穿裤子，女人私处的记号只有丈夫知道，物品上写着谁的名字就是谁的东西，等等。例如这样一则故事：吴佳为了捉弄一个财主，于是来到财主家晾衣处，脱下自己的衣服并藏起来，再穿上财主的衣服，故意到财主面前晃，财主发现后告到县衙，要求吴佳脱衣归还。吴佳二话不说，财主指哪件他就脱哪件，最后脱到只剩内裤了，财主说内裤也是他的，吴佳这才高声喊冤，对县官说："大人，如果连内裤都是他的，难道我能大白天光着屁股出门偷东西吗？"县官认为有道理，于是吴佳赢了。又比如，新

---

[1] 微信公众号"有鬼"《鬼世界的九十五条论纲》，2016-12-24。

来的县官坐船到石城，刚好和吴佳同船，吴佳发现县官夫人喂奶时露出腋下一颗痣，下船时，他牵起县官太太要走，县官指责他拐骗妇女，于是官司打到赣州府，知府问他们各自有何证据，县官说不出来，而吴佳能说出女人腋下有颗痣，于是吴佳赢了。再比如，他和朋友一起外出，路上把朋友的伞偷换成绣有自己名字的伞，过了两天他去朋友家要伞，朋友不答应，打官司时，县官察看伞上绣有吴佳名字，于是吴佳又赢了。

三是角色所使用的语言，以及情感和能力的设定。在语言设定上，故事角色无论是人、鬼、神，还是动物、植物，甚至家具用品，一律使用人类语言，而且是故事流传地的当地方言。在情感设定上，所有角色都是有情绪的，但这种情绪是有限的，远不如作家作品中的情绪复杂多样，基本上只有喜、怒、哀三种。在能力设定上，角色能力的设定主要依据角色名称，比如在动物故事中，大象是强大的，狮子和老虎是残暴的，牛是忠厚的，狐狸是狡猾的，兔子是弱小机灵的。这些基本设定在故事讲述中都无须交代，名称本身就预设了他们的身份和能力，所以当讲述者讲到"狮子抓住兔子，要吃兔子"的时候，没有人会反问"为什么不是兔子抓住狮子，要吃狮子"。金庸很擅长这种设置，《笑傲江湖》中任我行、东方不败、左冷禅、风清扬这样的名字，一看就不是等闲之辈。反之，劳德诺、陈歪嘴、老不死、计无施、白剥皮这样的名字，一看就是能力一般、心地不善之人。

民间故事的特则，指的是只对"这一个故事"起约束作用的游戏规则。有些规则甚至只对特定角色起作用，所以在故事讲述中需要对这些规则进行特别强调。

民间故事的特则也有三种：神设定的规则、故事角色设定的规则、讲述者设定的规则。

一是神设定的规则。比如迪斯尼电影《寻梦环游记》中神设定的规则就有好多条："没有照片被家人祭祀就不能通过亡灵世界的花瓣桥"，这一规则显然是为了阻止埃克托通过花瓣桥而设置的障碍，是一个明显的系铃方案，目的是为米格解救埃克托制造机会。"生人接过受到亲人祝福的花瓣就可以重返人间"，这一规则显然是为米格这一个角色而特设的，是一个明显的解铃方案，目的是为了让米格能顺利地返回到人间。"亲人的花瓣祝福可以增加任何条件"，成为米格拒绝高祖母祝福，在阴间继续冒险的理由，这也是一个特设的障碍，又是一个系铃方案。你不能问这样的规则是谁设定的、为何要遵守，因为它就是故事中神设定的游戏规则，只能无条件遵守。

正是通过不断制造障碍，反复地出题和解题，故事才会不断丰满起来。此外，诸如前面提及的"问三不问四"的设定，关于烧窑、制药、铸剑需要少女献祭的设定等，都属于神设定。又比如，在罗隐的系列故事中，全都设定了"罗隐是金口玉言，具有语言神力，他说的话一定能应验"，而故事角色为了达到自己目的，如何诱导罗隐说出目的谶语，就成为有趣的语言游戏。

二是故事角色设定的规则。由故事角色作为出题者所设定的规则，比如故事中皇帝限定大臣三天内交出一只公鸡蛋、限定窑厂一个月之内烧出一件龙瓷，这些都是故事中的角色发出的限定。还有金庸小说《侠客行》中，"丁不三"限定自己一天杀人不超过三个，"丁不四"限定自己一天杀人不超过四个。丁珰正是利用这一限定，经常拿无辜者当替罪羊，让丁氏兄弟杀够三四个人之后，没法对石破天下手。

三是讲述者设定的规则。比如在机智人物故事中，往往坏人都是愚蠢轻信、信守承诺的，而好人都是说话不算数、不讲诚信的，如果没有这样的设定，弱势的穷人就没法轻易惩罚强势的财主、国王或黑势力。在美国电影《三个老枪手》中，影片开始就突出了银行的冷酷无情，于是三个老头经过周密策划对银行实施了小额度打劫，但在关键时刻，出现一个吓坏了的亚裔小女孩，黑人老头威利俯身安抚女孩时出现意外，他被小孩揭了一下面具，在监控中留下侧影。影片结尾，在嫌犯指认过程中，小女孩坚决地否认了威利就是那个戴面具的嫌犯，三个老人因此无罪释放。这个情节扣人心弦,但也表现了编剧的一个基本设定:危难之中的相互关心和帮助,可以温暖人心,融化隔阂,甚至超越种族和法律。这些设定都是有目的的,它与故事结局相伴而生。在故事中,我们可以让角色犹豫、纠结、彷徨,但情节的走向和最终结局是不可更改的。试想,如果电影结局让一个黑人老头因为关爱一位亚裔女孩而败露身份受到惩罚,那么,整场电影就全垮了:故事垮了,跨种族之爱的价值观垮了,人文情怀没有了,观众心里不爽,电影票房也垮了。所以,亚裔小女孩、黑人老头的角色设置,以及跨越种族和年龄的关爱,一定能够战胜作为黑势力的银行资本,这正是用来驱动"这一个故事"的游戏规则。

在实际的故事生产中,为了情节需要,可以不断追加设置。以前面讲到的"吴佳骗走县官夫人"故事为例,我第一次听长辈讲述的时候曾经提出一个问题:"县官老婆难道自己不会说她是谁老婆吗?"后来再次听这位长辈讲述的时候,发现他在故事中追加了几个细节:(1)吴佳上船之前,刚好当了一件皮袄;(2)吴佳发现了县官老婆的腋下痣,于是把当单和钱悄悄塞到了她的包袱里;(3)打官司的时候,女人说自己是县官的老婆,吴佳啪啪给她两巴掌,说:"你这个嫌贫爱富的贱女人,看到县官有钱就想跟他走?"吴佳辩称妇人挥霍无度,为了供她花销,自己把皮袄都当掉了,当单还在她包袱里,多少钱多少钱,知府打开包袱一看,果然有当单和钱,于是吴佳又赢了。在这个追加的情节中,讲述人显然使用了一个追设的游戏规则:嫌贫爱富的女人说话靠不住。

六、打破常规

在民间故事中,相似的行为可以一再重复,一般是三次。三次或多次重复之后,一定要有一个转折。如果按照正常的情节发展无法实现转折,就需要通过打破常规来实现。

打破常规的方法主要有四种。

一是偶遇和巧合。所谓"无巧不成书"说的就是这个意思。比如，民间故事中有大量因"偷听话"而产生的巧合情节。在《老虎怕漏》故事中，老虎雨夜到农夫家偷牛，正巧听见农夫对妻子说："什么老虎、小偷，都不可怕，我就是怕漏。"老虎以为"漏"是比自己还厉害的东西，正想溜走，刚好有一小偷来偷牛，看见檐下的老虎，以为是牛，就跨到老虎背上，老虎以为小偷是漏，狂奔而去，由此引出一系列因巧合而不停反转的滑稽情节。适当的巧合对于推进情节发展至关重要，如果能为这些巧合设置恰当的理由，使表面上的"巧遇"具备某种"必然性"，故事的趣味性就会更加强烈。

二是误解和犯错。由于误解或自作主张，主人公做出了反常的决定，导致了异常的后果，推动了情节的戏剧性转折。比如《梁山伯与祝英台》《白蛇传》都有借助男女之间的误解、误读来推动情节的设置。如著名的"十八相送"，虽然祝英台一再暗示，但梁山伯就是榆木脑瓜不开窍，怎么也听不出祝英台的潜台词，以至于错过提亲日期。又比如《乔太守乱点鸳鸯谱》，刘家和孙家假结婚，刘家让女儿代儿子去娶亲，孙家让儿子代女儿去出嫁，结果假新郎和假新娘一见钟情，两人将错就错，过了个实实在在的洞房花烛夜，双方家庭却始终蒙在鼓里。《皮匠驸马》更是处处误解，皇上以一篇无人能识的"番文"招驸马，一字不识的皮匠，被误以为只有一个字不认识，公主因误解而嫁给皮匠，皮匠因误用手势或说错话而化解了一个又一个难题，最终获得幸福。

在传统民间故事中，违反禁忌也是一种特殊形式的误解。很多情形下，神奇助手本应该将真相如实知会主人公，可是，如果主人公知道真相，他就不会去违反禁忌；如果不违反禁忌，就无法生成障碍；没有障碍，情节就无从展开，所以，故事的逻辑决定了主人公不能知道真相，而且必须犯错。

三是出现搅局者。当故事按原有逻辑生产不出新情节的时候，需要一个搅局者，一个不按常理出牌的捣蛋鬼，扰乱故事节奏，改变事态方向。《说唐》中的程咬金、《说岳全传》中的牛皋、《水浒传》中的李逵、《西厢记》中的红娘、《射雕英雄传》中的周伯通，都是典型的搅局者。在《西游记》中，猪八戒固然是一个搅局者，成事不足败事有余，他的言行常常把事情搅得更加糟糕；但是，从改变事态方向的角度来看，观音菩萨也是一个搅局者，她总是在矛盾无法得到解决的时候突然出现，轻易就化解了原本不可调和的矛盾。一个是系铃的搅局者，一个是解铃的搅局者，本质上都是搅局者。

四是规则失效。在特定的情境中，为了情节发展的需要，生活逻辑可以直接被忽略。比如在《寻梦环游记》中就有两个矛盾的镜头：一是埃克托的照片被德拉库斯扔到台下，刚掉进水中，迅速就化掉了；一是米格被德拉库斯的保安扔进了天坑水池，米格在水中泡了好一会儿才游回岸上，当米格与埃克托祖孙相认时，米格马上从口袋里掏出了全家福照片，照片居然完好无损。可见，照片会不会被泡坏，不是由生活逻辑决定的，而是由故事需要决定的。

总之，故事有故事的逻辑，有故事自身的结构规律和驱动设置。动人而有趣的故事都有跌宕的节奏、合理的障碍、巧妙的系铃方案和解铃方案。好故事都是巧妙设置的游戏。

学生互动摘要

施爱东研究员的演讲结束后，同学们就自己感兴趣的问题踊跃发问。有同学疑惑民间故事家和好莱坞等制作团队对故事逻辑应用的区别。施老师认为，制作团队集体讨论与民间故事在传播过程中被讲述人不断修改有异曲同工之处，都属于"集体创作"，所谓故事机制的自动运行和更新也就是故事在传播中不断被民众优化的过程。关于猜不到结果的"反套路故事"，施老师强调，反套路依然是按照套路的方式来反套路的，实质上是用另一个故事模式或类型的套路来"反"这一个故事的套路,是不同故事类型之间的糅合。施老师曾经提出"故事熵"的概念,强调故事需要不断吸取新的信息和流量才能吸引听众。有同学提问,相比于故事,传说中稳定的往往是角色的"人设",这是否是故事和传说在情节稳定性上的差别?施老师回应,故事中的人物性格一旦确定也不会改变,"性格"和"结构"只是对产生同一个问题路径的不同设想。

2018年6月13日,大家又围绕讲座内容展开了评议与讨论。主持人赖婷回顾了讲座内容并进行了延伸和再思。关于故事的"核心驱动装置",她指出,在寻找"核心驱动装置"的具体操作中,只能选取一个对象,需要排除动机、原因、人物的身份和经历以及非功能的、不推进情节发展的附加行为的干扰。不同的操作者可能会画出不同的最简结构图,可能产生结论上的偏差。另外,在分析复合类型故事时,选择哪一个对象绘制最简结构图也是值得思考的问题。她补充,当讨论"反套路故事"时,"特则"设置得新颖也能起到翻新故事花样的效果。最后,她提出了将"故事结构"作为中国民间故事类型索引的一种编制标准的可能。与其他分类法相比,故事的结构更具稳定性和抽象性,有助于建立更可靠的分类标准,并且操作简易,效果图清晰直观,也能为外部研究成果的信度和效度提供保障。

在讨论环节,同学们就"反套路""故事结构能否作为类型索引编制标准""故事最简结构图""故事逻辑规则的理解与应用"等问题各抒己见。有同学认为,反套路是故事生长的必然过程,其规则是可以归纳的,也有同学持相反观点。有几位同学提出,结构图能帮助研究者把握故事内部通行的二元对立结构,只是一种抽象的逻辑演绎,不同类型的故事可能拥有同样的结构图,所以不宜作为民间故事的类型索引标准。把结构和核心驱动设置统一起来,或许可以作为划分类型的标准。有同学还将格雷马斯的符号矩阵引入了视野，认为格雷马斯的符号矩阵是一切叙事的法则，而施老师讨论的是民间叙事的特则，思考的是怎样在故事的起始状态和终点状态之间找到一个最优路线。同学们还就电影、小说对故事规则的应用和改编进行了分析。在上述的思维碰撞中，大家加深了对故事逻辑法则的理解，也涌现了一些新颖的研究设想。

（摘要撰写人 石子萱）

口头与文本：中国古代民间故事谫议

顾希佳

编者按： 2018 年 4 月 21 日，杭州师范大学浙江省非物质文化遗产研究基地常务副主任顾希佳研究员以"口头与文本：中国古代民间故事谫议"为题，为北京大学中文系民间文学专业的同学们做了讲座并展开交流。

顾希佳研究员多次倡导展开从古代典籍中钩沉故事资料的工作，他的《中国古代民间故事选》和《浙江民间故事史》已做有益尝试。2012 年出版的《中国古代民间故事长编》，则是他系统搜检古籍、归纳其中民间故事结晶的鸿篇巨制。通过辨析古代民间故事的复杂质性，顾希佳研究员强调书写文本在民间故事保存与传播中的重要作用。通过分享古代民间故事研究历史与现状，他认为部分研究者已经关注从典籍文献中搜寻故事异文，更不乏爬梳古籍以追寻民间故事历史轨迹的经典成果，此后相关研究也不应忽视对古代文学文本的搜集利用。他还提出如何考证辨析古籍文献中的民间故事是重要的学术话题，除了进一步扩充古代民间抄本等资料，理论建设与实践工作亦有必要持续进行。

2012 年，我积累多年的一个成果——《中国古代民间故事长编》由浙江大学出版社出版，总字数 348 万，分 6 册。一晃 6 年过去了，近来欣闻"中国民间文学大系"出版工程已正式启动，春风拂面，怦然心动，回顾几十年来本人在古代民间故事范畴里所做的一些探索，颇有些感想要和大家交流。

一、什么是古代民间故事？

通常以为，民间故事的创作和流播大多以口头方式进行，而用书面方式进行的文学创作则被称为作家文学。20世纪60年代，曾有人以阶级划分文学，以为农民起义领袖黄巢的诗歌是民间文学。现在看来，至少我个人以为这是不妥的。反之，苏东坡讲的笑话倒是民间文学，而黄巢的诗则仍应归属作家文学。民间文学与作家文学的区别，应该主要是创作和传播的方式，是口头还是书面，而不应以创作者的阶级成分来划分。

远古时代，文字尚未被使用，全人类的文学活动都是口头文学。文字发明以后，逐渐有一部分人会使用文字创作了。但当时相当大一部分人还不识字，或只是识一小部分字而不足以支持他们进入文字的文学创作，但是他们却十分喜欢用口头方式创作并传播文学，这就是口头文学。同时我们还要指出，即使在古代的文人中间、贵族中间，他们早已习惯了使用文字，但是事实上他们仍然没有放弃口头方式的传播。在他们中间，讲故事、说笑话、猜谜语、唱歌谣等形式的活动仍然颇为流行。相关的文献记载其实是可以举出许多例证的。

我们还注意到，口头传播也有它的弱点。在今天的许多先进技术尚未发明和使用之前，口头语言总是稍纵即逝的，无法远距离传递，无法长时间保存，它的传播速度和力度都不如文本。有了文字，有了印刷术，人类才有可能较好地保存和传播口头文学。欧洲民间文学研究中的流传学派就十分重视文本在口头文学传播中所起的重要作用。本菲（Benfey）认为，东方的各种故事集正是通过文本的方式，经由中东的伊斯兰世界而终于在整个欧洲产生巨大影响。在这一系列传播环节中，恰恰不是口头，而是文本，发挥了举足轻重的作用。①

在我国历史上，我们考察水浒故事、白蛇传故事、杨家将故事等一系列民间文学作品的流播轨迹时，也都会发现文本的踪迹。一开始，它们是口头的，是民众中喜闻乐见的一种口头文学。后来就有文人介入其中，采用文字的方式，将其记录下来，并且做出了一系列重要的改编再创作，有的变成了戏曲、曲艺，然后又回到民众的口耳之间，成为一则则民间故事。这中间，口头与文本的互动，民间文学与作家文学的互动，往往十分频繁。然后我们可以回归到主题，什么是古代民间故事呢？有人会说，我们今天听到的口头故事，大多有历史的影子，它讲的是古代的事情，它不是古代民间故事吗？它不是历史吗？我们不是可以通过听这样的故事来了解历史吗？

这个说法不够科学。比如长江、黄河，今天的河床里也积淀着以往许多时代的沉积物，有着十分古老的成分。但它不是古代的长江、黄河，因为这里必然还有新近产生的许多成分。我们研究古代的长江、黄河，要依靠古地理提供的材料。民间故事也一样。今天我们从民众口头听到的故事，是传统的，却不是严格意义上的古代民间故事。严格意义上的口头上的古代民间故事，由于当时还没有录音技术，无法保存至今。能保存下来的只是当时人的文字记录。同时我们还注意到，限于当时的条件，这样的文本并非今天我们学术界所要求的那种记录稿。但至少它是当时人，或者是比较接近当时的人们所记录下来的。再进一步说，哪怕到了今天，口头讲述一旦被记录成文本，就会丢失掉许多极珍贵的东西，文字记录也有它的局限性。阅读记录文本和在现场听故事，毕竟还不一样。什么样的记录文本才称得上标准，其实一直到今天也还是很难规定下来的。

事实上，历代文人记录民间故事，他们的动机不一，他们的文学主

---

① 刘魁立《欧洲民间文学研究中的流传学派》，《刘魁立民俗学论集》，上海文艺出版社，1998年，第269—287页。

张、审美情趣、行文习惯总是千姿百态的。比如早期的文言文，和后来的行文习惯就很不一样。志怪和传奇不一样，明清笔记小说中也可以分出很多流派。什么样的文本是当初的民间故事文本？很难界定。我们使用古人记录的文本来研究古代民间故事，要有一个辨析、考证、比较、研究的艰苦劳动。这和文物工作者辨认文物似乎有某些相似的地方。内行一看就知真伪，外行可能要上当。对于古籍中的文献材料如何鉴别、认定，需要摸索。或者可以说，你的脑子里有多少这一方面的知识，你才有可能认识到古籍里有多少这一类的材料。目前我国的学术界还没有形成这一方面的一系列理论和约定俗定的规则。古代文学，是大家公认的学科分类，但是古代民间文学毕竟还没有独立出来，它其实还是古代文学的一部分，甚至是哲学、宗教、历史、农学、医学的一部分。

二、古代民间故事研究的历史与现状

古代民间文学，或者我们把范围再缩小一些，古代民间故事，它是不是我们的研究对象，它可不可以成为一门分支学科，还有待摸索，有待许多学者的实践。

早在20世纪20年代，顾颉刚进行的孟姜女故事研究，就是对口头故事做文本追寻和系统研究的典范。钟敬文对此有极高评价，说他把这种别人看不起的东西"当成庄严的学术对象，用狮子搏兔的劲头去对付它，并取得炫眼的成绩"[①]。

其实在那个年代里，许多学者都有着较扎实的文献学功底，他们一进入民间故事研究，就会驾轻就熟地使用古籍材料，这恰恰是今天我们这一代学者所欠缺的一种功力。我们不妨举出一些例子来说明当时的气候：

---

① 钟敬文《孟姜女故事论文集》，中国民间文艺出版社，1984年，序第3页。

钟敬文有天鹅处女型故事研究、植物起源神话研究[①]；江绍原有殷王亥传说研究[②]；黄石有烂柯山传说研究[③]；容肇祖有德庆龙母传说研究、王昭君传说研究[④]。

  我们研读以上前辈学者的成果，就会明显感觉到，他们当年限于历史的原因，到民间听老百姓讲故事的机会可能不如我们。但他们在典籍中钩沉的功力都是十分了得的，当然这又是十分辛苦的。最终他们都获得了可喜的成果，在当时的学术界也都产生过较大影响。只是由于历史的原因，这样一种势头并没有能形成气候。1949年以后，也有学者以某种民间文学体裁为专题，进行典籍钩沉，并在此基础上进入历史研究，在学术界产生较大影响的范例。我们大家都熟知的，有袁珂的神话研究、王利器的笑话研究、魏金枝等人的寓言研究。还有两本关于中国民间故事类型索引的著作是必须提到的。一是德国学者艾伯华（Wolfram Eberhard）1937年用德语在芬兰出版的《中国民间故事类型》[⑤]，一是美籍华裔学者丁乃通1978年用英语在芬兰出版的《中国民间故事类型索引》[⑥]。这两本书所依据的故事文本，主要还是当代采录的那种故事文本，不过他们都同时注意到了从典籍文本中搜寻异文。这种姿态，本人是十分赞赏并且认同的。我曾经多次在不同场合呼吁过，我们在花大力气从全国各地民间的口头上采集各种民间故事的同时，为什么不能也用一部分人力物力去做一做从古代典籍中钩沉古代民间故事资料的工作呢？

  在这一方面，当代民间文学界有两位学者是本人十分敬佩的。他们

[①] 钟敬文《钟敬文民间文学论集》（下），上海文艺出版社，1985年。
[②] 江绍原《江绍原民俗学论集》，上海文艺出版社，1998年。
[③] 黄石《黄石民俗学论集》，上海文艺出版社，1999年。
[④] 中山大学语言历史研究所《民俗》周刊第9、第10期（1928.5），第27、第28期合刊（1928.10）。
[⑤] 〔德〕艾伯华《中国民间故事类型》，王燕生、周祖生译，刘魁立审校，商务印书馆，1999年。
[⑥] 〔美〕丁乃通《中国民间故事类型索引》，郑建成、李倞等译，李广成校，中国民间文艺出版社，1986年。

在梳理、钩沉古代民间故事资料，进行中国古代民间故事史的学术研究方面都有着重要贡献。华中师范大学教授刘守华的《中国民间故事史》（湖北教育出版社1999年版）和中国社会科学院祁连休、程蔷两位研究员主编的《中华民间文学史》（河北教育出版社1999年版），可以说是差不多同时问世的。他们都主张从典籍文本中钩沉爬梳，以追寻古代民间故事的历史轨迹。随后祁连休又先后出版了《中国古代民间故事类型研究》（河北教育出版社2007年版）和《中国民间故事史》（河北教育出版社2015年版）。持之以恒，锲而不舍，他们的学术精神和成就，都是我一直以来十分钦佩并视为榜样的。刘守华教授从佛教、道教经典中钩沉古代民间故事材料并进行深入研究的卓越成就更让我十分敬佩。

我在这个领域里工作，至少也有三十多年了。1985年，我与我的老师刘耀林合作编写的《中国古代民间故事选》由江西人民出版社出版。在此前后，我对《搜神记》《搜神后记》这两种保存古代民间故事比较多的志怪小说代表做过选译，先后由浙江古籍出版社出版，则是本人从古籍中钩觉出古代民间故事材料来加以研究的两次尝试。从这个时候我就开始了这项工作，前后查阅过大约两千万字的典籍资料，披沙拣金，陆续积累，不断从中钩沉爬梳出我以为可以采用的古代民间故事的文本资料。与此同时，还随时为其中一些较为重要的材料撰写附记，搜集相关异文，以寻找其滥觞、定型、发展、流变的种种轨迹。在我的学术道路上，有两件事几乎一直是同时在兼顾着的，一是民间文学和民俗学的田野调查，注重向民众学习，在田野的基础上进一步开展理论研究。诸如对杭嘉湖蚕桑生产民俗的调查，对江南水乡稻作文化的调查，对吴越神歌的调查，对浙江传统节日的调查等。而另一件事则是对古代民间故事的研究，其中比较重要的有《浙江民间故事史》（杭州出版社2008年版），以及许多故事类型的研究文章，也往往会征引古代民间故事材料以寻找其流变轨迹。不过总的说来，我还是感觉到有些落寞，翻阅最近这些年有关民间文学的学术期刊和理论著作，其间以古代民间故事为研究对象的毕竟较少。这或许和今天的年轻学者对典籍史料的生疏和隔膜有一定关系。相当多的典籍也还没进入电子系统，查阅不太方便，即使在图书馆找到了相关典籍，阅读的困难也是无法回避的。在当今凡事追求效益的时代里，古代民间故事这个领域不受重视，也是难免的。

三、怎么做？

那么，怎么开展古代民间故事的系统研究呢？或者说，怎样才能建设起中国古代民间文学这门分支学科呢？我这里讨论的是古代民间故事，其实以此类推，古代民间文学也是这么回事。

我觉得首先还是要掌握尽可能多的原始材料。这是做任何一门学问的基础，自不待言。没有足够的材料，后面的一系列研究，诸如概论和史的著述，都将会是空中楼阁，随时都会坍塌。我编纂《中国古代民间故事长编》，就是试图在这方面笨鸟先飞，做一些尝试。在我做这项工作的过程中，曾经得到国内民间文学界前辈学者的颇多指教和点拨，才不至于走太多的弯路，这是我始终铭记在心的。只是限于本人的学识能力，这个工作还有许多不尽如人意的地方，只有由后来人给予补正了。我做《中国古代民间故事长编》，主要是从诸子散文、史书方志、文人笔记、宗教经典和民间抄本这五个方面去钩沉爬梳古代民间故事材料的。如果按今天的学科分类，古代文学当然是首先要关注的大宗。从古代文学作品中去辨认哪些是古代民间故事，这是必须要做的基础工作。先秦诸子的作品，文史哲不分，不过其中的古代民间故事作品仍然比比皆是。至于史书方志和宗教经典，如今都已成为显学。古代作家当初撰写这些经典，并非为了记录古代民间故事，但是在客观上却为后人保存了古代民间故事，这样的精彩典故也是不胜枚举的，比如《史记》中司马迁记述张良"孺子可教"和"垓下之战"的传说，连没有其他人在场的对话都能详细记录下来，证明其所依据的材料是来自民间文学的。至于说到民间抄本，就更和民间故事接近了。民间故事原本就在底层民众中间流播，被抄录成文本的可能性极大，只是未经刻印，仍以手抄本形式保存至今。敦煌抄本便是其中十分炫目的一个大类。在我国的少数民族中间，有一部分少数民族没有文字，不可能有抄本留传；但毕竟有一些少数民族是有文字的，因此也就必然会保存着不少十分珍贵的手抄本。把其中一部分用少数民族文字记录下来并保存至今的古代少数民族民间故事辑录成册并进一步展开研究，显然是一件非常值得重视的工作。如果能够同时将这些文本翻译成汉文，使它在更大的范围内传播，更是一件大好事！我当年编撰《中国古代民间故事长编》时，因为是我一个人在做，势孤力单，无法顾及这一方面的事。现在提出这个话题，也是一种呼吁。

总之，中国古代民间故事是一个值得重视的领域，对中国古代民间故事进行钩沉、爬梳、整理、研究，也应该是中国民间文艺学的一个重要组成部分，如果即将启动的"中国民间文学大系"出版工程也能够注意到这方面的工作，给予有力支持，就更是一件大好事了。

学生互动摘要

顾希佳研究员的讲座结束后，同学们就民间叙事的溯源、民间故事与历史之间的关系等问题进行了提问。比如追溯中国民间传说或故事起源时，采取怎样的方法才能做到更有理据。顾老师回应要结合具体传说来看，溯源研究是随着文献的发现而不断推进的。另外，根据传说人物的年代也可以进行大致判断，文本的出现不会早于人物出生的时间。有同学提问文人记录的民间故事材料是否也是历史记载的重要来源。顾老师回应，作为历史学家的司马迁受到过一些批判，而作为文学家的司马迁却因其笔法受到褒赞。因此可以用更灵活的研究角度观照研究对象，同样的材料可以用不同的研究视角来看。至于故事类型的命名，顾老师认为没有一定之规。

2018年5月9日，同学们又围绕讲座内容展开了评议与讨论。主持人李梦首先介绍和肯定了《中国古代民间故事长编》（以下简称《长编》）的文献价值和学术价值，并提示大家，顾老师的选录重点是魏晋以来的各类文人笔记，其中又以明清时期笔记小说为重，史书方志、宗教经典中的相关资料还有待补充。另外，《长编》的传说分类方法可以进一步规整简化，而故事分类也存在层级不一的问题。她总结，顾老师除了致力于古代民间故事发生发展史的勾勒，也重视古代故事在当代的生存样貌和民间故事的地域传播。顾老师对于民间故事类型的归纳补充亦用力颇深，但在解释民间故事流变的原因时会有持"文化进化论"的倾向。在进行故事研究时，顾老师主要参考的是历史地理学派的方法。

在讨论环节，大家从《长编》的编选过程和内容展开，针对古代民间故事的辑录和研究等话题畅所欲言。有同学指出，由于对古代故事的鉴别和取舍会受到编者个人价值判断的影响，在使用《长编》时有必要对相关文献进行二次验证。关于辨别哪些古代文人作品属于民间文学范畴的方法问题，同学们认为可以观察固定的程式、结构，也可以回到当时的故事发生地进行民俗回访，现存的一些同质民俗元素可以为当时的文人记录提供侧证，也有同学对这些方法的可行性提出了质疑。大家提出，《长编》不仅是一本工具书，对于古代民间故事的研究方法也大有启发。顾老师重新点出了文本的重要性，在《长编》限定的历史范围内，我们可以大致了解每个朝代存在的古代故事面貌，同时也能够对现当代故事予以观照，跟其他学科结合起来，历史地理学派的研究方法仍有其价值。

（摘要撰写人 石子萱）

麦克斯·吕蒂的童话现象学

户晓辉

编者按：2013 年 5 月 22 日，中国社会科学院文学研究所户晓辉研究员为北京大学中文系民间文学专业的学生们带来了一场题为"麦克斯·吕蒂的童话现象学"的讲座并展开交流。

作为 20 世纪初从日本引入的舶来词，中国学者对"童话"概念的接受和理解，长期侧重于其日语源头的欧洲人类学派童话观，鲜少有学者关注到欧洲尤其是德语地区文学的童话研究理论。其中瑞士著名学者麦克斯·吕蒂的童话现象学研究，尽管后世读者几近寥寥，实则早已为童话文体研究构建了一个完整的理论体系，至今仍位于同类研究中的最高成就之列，值得当下从事民间文学研究的学者予以更多的关注。户晓辉研究员长期躬耕于麦克斯·吕蒂著作的翻译工作，在本次讲座中，他不仅对吕蒂的生平、成就、在西方学术中的崇高地位做了简要介绍，还在系统梳理童话概念在欧洲以及中国之发展历史的基础上，全面深入地阐释了吕蒂童话现象学研究的基本特质，充分揭示出该理论所蕴藏的学术史价值。

一、吕蒂与童话现象学

在人们的第一印象里，童话总是与儿童相关，研究童话的学问也总是让人觉得难登大雅之堂。但是，在欧洲，有一位学者让童话在纯学术领域登堂入室，使童话研究在强手如林的欧洲人文学科中不让须眉，他就是瑞士著名学者麦克斯·吕蒂（Max Lüthi）。1943年，他发表了博士学位论文《童话和传说中的礼物》。我翻译的《欧洲民间童话——形式与本质》是他的代表作，被欧洲学界誉为"最伟大的成功之作"和"20世纪文学科学的基本著作"，第一次出版于1947年。他的主要著作还有一本名为《童话》的论文集。在20世纪60—80年代间，吕蒂又陆续出版了一些其他著作。这些书在德语地区都是经典的学术畅销书，直到吕蒂1991年去世后还在不断再版，在欧洲乃至美国都产生了很大的影响。

二、格林之后的童话研究与中国对"童话"概念的接受

我们中国对西方民俗学和民间文学学术史的接受有很大的选择性。回顾民间文学或民俗学的学术史，我们明显对英美的介绍较多，对欧洲的学术情况了解得较少。其实欧洲民间文学或民俗学的传统有很丰厚的底蕴，但其中有一支在中国接受的时候被过滤掉了，那就是关注民间文学本身的传统，这主要是20世纪以来出现的新局面。我们都知道，进化论对19世纪的欧洲人文学术和社会科学有很大的影响，基本上占据了大一统的地位，所以关于童话和故事基本上是在做一些发生学和溯源的研究。在进化论的催生下诞生了人类学派的童话观，认为童话就是人类童年的产物，现在的童话就是原始人的文学形式，这种观点在19世纪的欧洲十分具有代表性而且是一种强势的观点。恰恰是这种观点影响了日本，或者说日本学者在当时主要接受了进化论派的童话观，而中国的童话概念是从日本传来的，经过日本的中介，我们也间接地接受了欧洲人类学派的童话

观。比如说早期的周作人、李长之还有后来的赵景深等一批较早从事童话研究的学者，基本上接受的都是人类学派的童话观，而且这种童话观一直延续到现在。只消翻阅一下《现代汉语词典》和《辞海》等相对权威的工具书就会发现，至今我们仍然在欧洲人类学派观点的影响下，基本上都把童话定义为儿童文学的一种体裁。这种观点影响中国有一百多年的历史，而这与欧洲尤其是德语地区对童话的认识有很大的区别。

三、童话研究在 20 世纪的转折

在德国地区的童话观中，Märchen 这个概念实际上有广狭两义。广义上它可以指一切类型的民间故事，狭义上特指一种没有时空约束的幻想故事，这类故事让奇迹占了支配地位并且扬弃了自然规律，相当于英语中说的 fairy tale，所以吕蒂和其他欧洲学者主要是在这种意义上研究童话，而不仅仅把它当作一种儿童文学体裁，吕蒂所指的"童话"是对人（而不是限于儿童）具有根本意义的一种叙事体裁。吕蒂的童话现象学研究与 19 世纪末到 20 世纪 20 年代欧洲学术风向的大转向有关。19 世纪末，在德国思想界的影响下，欧洲社会科学产生了大逆转，从 19 世纪末反实证主义倾向到 20 世纪 20 年代向现象学回归的趋势，具体反映到童话研究领域就表现为：19 世纪的兴趣中心主要讨论童话的起源和含义，20 世纪则更关心童话在共同体中的功能以及童话的本质特征问题。换言之，19 世纪的研究认为童话是别的东西的折射或影子，20 世纪的研究则是回到童话本身。

四、吕蒂的童话现象学研究

（一）研究对象与目的

在吕蒂之前，欧洲很多学者如科隆父子、奥尔里克、安德森、阿尔奈、冯·西多、普罗普、约勒斯、韦塞尔斯基等都做了向童话本身回返的努力并且取得了一些研究成果。在此基础上，吕蒂可以说是欧洲童话本体研究的集大成者，在系统性、完整性和创新性方面也超过了前人。

吕蒂的童话现象学研究面临着一些需要廓清的问题。

第一个小问题是，他强调他的研究和民俗学研究有所不同，他采取的是文学科学（Literaturwissenschaft）的视角，在国内有人译为文艺学，但文学科学与我们从苏联学来的文艺学还不尽相同。文学科学不只是对文学的鉴赏评论，也不是单纯的经验研究，而是相当于诗学或形式主义的研究。文学科学家的吕蒂与民俗学学者的观点不同在于：其一，关于童话个体变异的问题，民俗学的研究强调在语境、活态里看童话的讲述与变异。吕蒂不是民俗学者，但他并不否认"变"，即童话产生过程中变异和讲述的差异。他的根本任务与民俗学者不同。他的目的不在于变，而在于追寻变中之不变，也就是要寻找使童话成为童话的东西，所以这种目的决定了他和民俗学者对待童话个体变异问题的视角不同。首先他认为不能在偶然（个体变化）中寻找童话的本质，因为变化虽然易于观察，但难以把握。其次，不能在处于变化之中、还没有完成或者还没有完全实现的童话形态中寻找童话的本质。其二，关于对童话本质形式的复原。芬兰学派在找一种原始形式，利用历史和地理的方法来复原某一个童话的原始形式。这种形式是他们想象的理想原型，是一个在时间和空间上的开端。吕蒂也要复原童话的本质形式，他称为目的形式。芬兰学派在时间上设定童话最原初的形式，是类似于传播和扩散的源头，能掌握的童话异文都是后来的，并且通过后来异文的时间和地理分布来找源头。吕蒂的目的形式，不是在时间和地理上在先，而是在童话发展阶段的最后，通过发展和展开而实现出来的童话自身的目的形式，这就是童话之所以为童话的本质。因此，吕蒂必须在童话形式获得充分展开的情况下才能考察童话的本质。吕蒂的形式还原可以称作本质还原或形式还原，不同于芬兰学派的源头还原。

第二个小问题是，文本形式的童话能否算作真正的民间童话。民俗学者认为，民间童话都是口头的。吕蒂的看法与之不同，认为口头传播对童话只有偶然的影响，传播形式无论是口头或是书面，并不影响童话成为童话。童话的存在有内在和外在两种因素。从精神上说，内在的规律占据首位，它是根本的东西，不一定绝对依赖口头或书面来传播。吕蒂用书面童话作为研究童话的材料，是因为他认为书面童话是童话的晚期样貌，是更发达、更完善的形式，因此更有理由成为童话现象学直观的对象。吕蒂要找的是童话的形式和本质，故只能在童话充分展开并且获得完整形式的叙事形态下来研究，不能在尚未成熟的状态下寻找。吕蒂认为，口头或书面只是一个动态的过程，而不是一个非此即彼的问题。

　　第三个小问题是民间童话集体创作的问题。吕蒂与民俗学者的观点依然不同。吕蒂将童话看作一种高度发达和完美的艺术形式，所以他认为童话的创作者不可能是民众，应该是先知先觉的诗人送给民众的礼物。吕蒂认为，童话的关键问题并不在于源头是由谁创作，而是民众参与了童话的创作过程。民间童话是不知名的创作者与能够保存并且继续创作它的复述者以及对复述者有所要求并最终接受了童话的听众共同创作的作品。过去，人们都认为民众是社会的底层，而现在，民众不再是一个阶层性的概念，而是每个人都有的底层性，每个人都是民众，都在不同程度上共同参与、塑造并传承了民间童话。在这个意义上，民间童话仍然可以认为是集体创作的。

　　吕蒂为自己提出的最根本的任务是对童话做现象学的观察和研究。他对欧洲民间童话有一种学者式的爱，曾经在电台和报纸上发表过很多普及童话的稿件，张田英翻译的《童话的魅力》就是由其广播稿编成的小册子。吕蒂编写的欧洲民间童话选本也很畅销。由于吕蒂对欧洲童话很熟悉，他研究对象的范围便限定在欧洲的童话，对其他文化的童话并不做判断。吕蒂的童话现象学，要我们关闭感官之眼（肉眼），开启精神之眼（心眼）。吕蒂做童话现象学的研究，关键就在于如何看童话。

（二）通过与欧洲民间传说的比较看出童话的特征

吕蒂采用比较和参照的具体研究方法，把欧洲传说作为直观比较的对象。童话和传说都有母题，所以，他首先从母题入手。吕蒂认为，童话可以使用任何母题，但并没有专属于童话的母题。童话和传说的差别不在于母题的内容，而是在于使用母题的方式。在博士论文《童话和传说中的礼物——论这两种形式的本质把握和本质区分》中，他从"礼物"这个母题入手，进入了童话和传说区分性的考察。吕蒂发现，所有的东西都可能进入童话和传说，但两者使用"礼物"这个母题的方式不一样。童话中的礼物不触及受赠者的内在存在，而传说中的礼物却深入他的内心。在童话中，唯一能闯入接受者的深处并且似乎完全使他变形的礼物是魔法，它相当于传说中的诅咒，但这两种礼物截然不同。魔法并不改变受害者的本质，它只是在某段时间让他变成另一种形式或者让他去远方，在解除魔法之后，又让他毫发无损地进入原先的生活。解救者常常与被救者结为夫妻，他们恰恰站在同一个平面上。由此，吕蒂发现了童话的一维性：童话是在一个平面上朝单线发展，尤其是主人公与其对立角色都是在情节线上单向前进。童话也抽掉深度，把母题空洞化，使母题和现实脱离关联，进入到童话自身的世界里。传说则是有深度的，与现实紧密相连。童话是抽象的艺术，进入童话的人、物和母题都被抽象化，变成了平面的图形，一维性、平面性和抽象化也就导致了孤立化。孤立化表示人和物只具有情节意义，而没有情节之外的意义，视情节需要而出现或消失，没有原因，也不做任何交代。传说中的此岸和彼岸两个世界分得很清楚，因此当主人公见到彼岸生灵时会感到惊讶，故有深度和立体性。而童话主人公遇见彼岸生灵时并不觉得惊讶，因为彼岸生灵对童话主人公来说没有深度，童话默认两者是在同一个平面上，这就表现出了孤立性。孤立性的另一个方面表现在：恰恰因为人和物是孤立的，所以童话中的人和物可以连接一切。童话中的人物没有家乡的联系，所以他们可以随时发生新的联系，由此带来了童话的含世界性。换言之，童话的形式可以包容一切。童话的形式决定体裁和母题，而传说则是母题决定形式。

（三）吕蒂的童话观

吕蒂对童话的直观顺序大体可以概括为：一维性→平面性→孤立化→空洞化（升华化）→含世界性（连接一切）→风格强制性和形式固定性，他由此发现了形式意志和风格意志。这种形式意志和风格意志并不是童话讲述人的心理动机，而是指每一种民间文艺体裁都有内在的形式规定或目的。在他那里，有两个不同的概念，一个是形式（Form），这是一种静态的、已经完成的童话形式或本质；另一个是形态（Gestalt），过去译成"格式塔"，这是动态的，是在通往实现这种形式过程中的状态和过程。吕蒂的目的是为了寻找是什么东西使童话成为童话，并且观察童话如何获得本质。吕蒂的着眼点是在一个动态的过程中，他的目光是一种辩证的目光。有趣的是，吕蒂的立足点不仅是要考察童话的形式，还要通过童话的形式考察童话中人的形象以及童话在人的生存过程中起了哪些功能和作用。吕蒂的研究并非纯科学，他不提供童话的知识，而是提供童话的实践价值和功能的认识。换句话说，童话的形式和本质最终归结为童话中呈现的人的形象。民间文学的各种体裁都表达了对世界和周围人的存在的独特理解，不同的民间文学体裁提供了不同的形象。吕蒂有很多论述，表明民间童话中的人物形象是行动者，他们不会沉思和质疑，更没有心理上的情感动机，只是推动情节向前发展。他认为，童话的主人公是有弱点的存在者，是不完美的和孤立的。假如没有彼岸神灵的魔法帮助，他们就不可能成功，但这些主人公本身又是可以连接一切的。比较而言，传说创造家乡，童话创造世界。童话通向广度，传说走向深度。童话世界与外在现实性根本分离，不会相互逾越。童话只是展示，不会说明和解释，所以，吕蒂认为童话是一种纯正的文学艺术作品，如果各种文学体裁形式有发展顺序的排列，那么，童话就是一个高阶段的文化发展产物。正因如此，童话不可能是老百姓最初自己创造的。老百姓是童话的传承人和守护者，是童话的传承者和发扬者，他们参与童话的共同创作。另一方面，吕蒂又认为，童话是一种真正的本质直观，童话的作者描述了童话中很多动的东西，但童话的作者本身是不动的。传说是激动的、情绪高涨的，而童话作者的内心却非常平静，他只有自己不动才能看见童话中一切东西的动。吕蒂阐明了童话的本质是通往人的形象和存在，纯粹的形式研究最终导向了道德哲学和伦理学，这是吕蒂的童话现象学研究非常深刻的一点。

吕蒂的童话现象学研究虽然在欧洲问世很早而且影响很大，但国内介绍和了解得太少，所以我认为它仍然可以算作学术的前沿研究。我很欣赏你们这个系列课程在"中国民俗学"网上发消息时打出的一句话："学科前沿在哪里？答：在业内牛人们的心里。"[①] 童话研究的前沿就在牛人吕蒂的心里。在我看来，真正的前沿问题不是所谓的学术时髦和风潮，而是每一个学科的基本问题和核心问题。真正的牛人之所以"牛"就因为心里懂得什么是学科的真问题和根本问题。像吕蒂这样咬住这些基本问题不放松而且反复纠缠直到获得实质性收获和进展的学者，永远处在学术的前沿，也永远值得我们理解和尊敬。

学生互动摘要

户晓辉研究员的演讲结束后，同学们纷纷向户老师提出了自己的疑问。有同学疑惑，如果没有对童话在生活中形成的过程进行考察，吕蒂从多大程度上揭示了童话的本质。户老师回应，吕蒂在书中强调对童话的全面研究必须是各个学科之间的分工合作，而自己在做的是文学研究，其任务是揭示童话的本质和形式，也确实完成了该任务。吕蒂的研究并非完全是抽象化，因为在形式的层面上才能观察到他要的材料，但历史根源的追溯是另一项研究工作。关于

---

① 参见网址：http://www.chinesefolklore.org.cn/forum/viewthread.php？tid=33759&extra=page%3D8。

中国童话和寓言的关系，户老师认为，童话和寓言有关系，但界限有些模糊。童话并非我国自身文化的概念，从研究实践上说，我们需要从中国民间故事中划分出童话这种体裁以进行更细致的研究。有同学质疑吕蒂试图寻找童话"不变"的本质，但又更加重视增加"变化"因素的书面童话是否是一个悖论。户老师强调，吕蒂要寻找本质，所以要排除变化和偶然。同时，为了找到静态的东西，他需要关注动态。吕蒂的很多概念是辩证的对立统一关系，并不是非此即彼。

2013年6月5日，大家又围绕讲座内容展开了评议与讨论。主持人魏李萍在总结归纳了现象学和结构主义的异同后提出，吕蒂在某种程度上已经超越了形式主义，同时也运用了结构主义的研究方法。她认为，普罗普穷尽故事复杂样态的研究目的和提炼消融的研究方法之间存在难以克服的矛盾，而吕蒂运用现象学的方法从宏观上总结童话的特征，正好回避了普罗普的短处。在选择故事研究方法时，现象学立足共时，在探讨特定时间地点范围的某种文学现象的整体特质方面具有较好的描述力；历史地理学派则从历时视角出发，在追寻文化的发生与发展、文化之间的流传演变上把握度更高；故事形态学和AT分类法则将数量巨大、内容庞杂的故事进行了系统的整理，从而为宏观研究提供了翔实可查的资料，在统计学意义上更具说服力。

在讨论环节，大家集中交流了童话现象学的哲学内涵及文体名称的翻译等话题。有同学指出，用《童话的魅力》这本面向大众的科普性读物来判断吕蒂的研究方法有些不太恰当。吕蒂在分析童话文本并对童话进行定义之后走向了道德哲学的方向，其研究是为了走向童话的本质，也即通向人的形象和存在。关于童话和寓言的关系，同学们认为二者在德语中是同一个单词，可以相互转化。有同学以印度《五卷书》的名称翻译为例说明，对于文体名称，本民族和外族的理解可能存在不同，这些概念之间没有明确的界别，只在具体的使用过程中才会出现各异的称呼。在互抒志见、观点碰撞的过程中，大家加深了对童话现象学及术语译用规则的理解。

（摘要撰写人　石子萱）

文学类型还是生活信仰：童话在中国的蜕变及其思考

张举文

编者按：2018 年 5 月 23 日，美国威涞大学东亚系主任、教授，美国西部民俗学会会长，北京师范大学社会学院民俗学兼职教授张举文为北京大学中文系民间文学专业的学生们带来了一场题为"文学类型还是生活信仰：童话在中国的蜕变及其思考"的讲座并展开交流。

在学术研究和日常生活中，童话都是屡见不鲜的概念，因此人们通常从字面意义上理解其内涵，而忽略其背后深远复杂的意义生成史，从而在讨论童话时，在最基础的概念层面容易引发混淆。张举文教授通过对童话产生、发展乃至引入中国的学术史历程进行梳理，理清了这一概念隐含的问题，并介绍了国际童话研究领域的新观点，不仅为有志于童话研究者提供了新思路，也为同学们在学术研究中如何使用概念，提供了方法论层面的指导。

"童话"作为一项术语和一种新的文学类型，自新文化运动时期传入中国，已有百余年的历史，但关于其基本概念、核心因素、功能等，仍存在许多问题。童话与传说、故事、神话等文类的区别是什么？中文的"童话"与其对应的英文 fairy tales 相比，二者的所指是否完全等同？在当下中国的文化语境中，童话的具体所指是什么？事实上，童话如同魔瓶中逃出的三头仙，自其从西方起源再进入中国的历程中，经历了并且仍旧在经历着一场蜕变。这一历程进一步说明，任何将童话定义为一种"类型"的尝试，都是"不合适"（irrelevant）[1]且"失败"（failed）[2]的。

一、蜕变：从欧洲到中国

要回答围绕童话的种种问题，必须回顾其产生、传播的历程，考察不同时期、地域特殊的社会、宗教、文化环境。人们一般认为童话的产生应当追溯至格林童话，事实并非如此。

目前学界公认的童话起源地是法国。17世纪70年代至90年代间，法国一部分接受过教育的贵族妇女掀起写作仙女（fée）故事的风潮。法语中的fée与英文fairy相应，产生于中世纪欧洲，专指生活于密林深处、具有天使一般的翅膀、带有魔幻色彩的女性。围绕这一特殊主题，形成了沙龙性质的文学团体。17世纪的法国女性仍处于宗教与父权压制之中，即使是受过教育、拥有财产的贵族女性，仍旧缺乏社会与家庭地位。写作成为追求自由，追求家庭、社会、宗教等层面认可与尊重的手段。这类创作的主体与受众都不是儿童，其内容也会包含成人、色情、暴力等因素。而作品被结集出版后引起风潮，在18世纪初期，形成一种文学类型，时人命名为contes de fées，即fairy tales，并从法国陆续传播至英国、丹麦等地。德文译为Märchen，丹麦文为eventyr。contes de fées在不同国家的旅行中，内涵也会有所偏移，Märchen通常指故事或神话故事，eventyr主要指冒险故事，两者都包括儿童故事，而非专指"童话"。

---

[1] D. Ben–Amos, "Toward a Definition of Folklore in Context," *Journal of American Folklore*, 84 (331): 3–15, 1971, p. 4.
[2] J. Zipes, "The Meaning of Fairy Tale within the Evolution of Culture," *Marvels & Tales*, 25 (2): 221–43, 2011, p. 222.

近年来，亦有学者认为童话的起源可以继续向前追溯至意大利。一种观点认为生活于16世纪意大利的作家斯特拉帕罗拉（G. F. Straparola, ca., 1485—1558）的文学创作中，已经具有了后世童话的母题与类型，影响到法国童话的起源，因而他应当被称作"童话之父"[1]。这一观点也受到了挑战，丹·本-阿默思（Dan Ben-Amos）便认为早在其之前，欧洲已经存在奇迹故事（wonder-tale）[2]，而斯特拉帕罗拉故事是否具备童话母题还值得商榷。[3] 更有学者在意大利3世纪的文献中，找到了具有童话因素的故事。事实上，尽管是西方的意大利和法国作家将"童话"的文学形式固定下来，反过来又影响了中东和亚洲的童话，但如果向更古老的时间追溯，在古亚洲、古埃及和古希腊罗马时代，也能找到童话起源的痕迹。[4] 因此，在考察法语的"童话"对他语言文化产生的影响时，不仅要关注语义层面，也要考察意识形态层面。

到19世纪的德国，格林兄弟搜集童话时，Märchen与它的起源contes de fées已经有所区别。格林童话的出版，并非一朝一夕的工作。1812年，第一版格林童话《儿童和家庭故事集》分为上、下两册，共有156个故事。1867年，至第七版故事集中，共有210个故事，其中10个被特别注明为宗教故事。半个世纪中，格林兄弟针对童话的定义、内容、对象等方面不断进行调整，重新界定童话概念，其核心目的是为了德意志现代国家的建设。这与当时的浪漫主义浪潮、德意志民族主义思想的兴起密不可分。

总的来说，17世纪90年代，法语"童话"（contes de fées）一词的形

---

[1] R. Bottigheimer, ed., *Fairy Godfather: Straparola, Venice and the Fairy Tale Tradition*, Philadelphia: University of Pennsylvania Press, 2002; *Fairy Tales: A New History*, State University of New York, 2009; "Europe's First Fairy Tales" and "Giovan Francesco Straparola 1485? –1556?" In *The Teller's Tale: Lives of the Classic Fairy Tale Writers*, Ed. Raynard, SUNY Press, 2012, pp.7–24.

[2] D. Ben–Amos, "Straparola: The Revolution That Was Not," *Journal of American Folklore*, 123 (490): 426–446, 2010, p.426.

[3] F. Vaz da Silva, "The Invention of Fairy Tales," *Journal of American Folklore*, 123 (490): 398–425, 2010, pp. 398, 419.

[4] J. Zipes, *The Oxford Companion to Fairy Tales*, 2nd edition, Oxford University Press, 2015, p. xxi.

成,以及随后 18 世纪 50 年代英语"童话"(fairy tales)一词的传播,伴随着特殊的社会和宗教文化语境。早先,这些故事通常是由属于特定社会阶层的女性创造的,用以"抵抗她们的生活环境"[①]。而少数人的创作最终成为席卷欧洲的普遍活动,正表明童话能从欧洲至世界不断扩散生长,有更深更广的原因。这些原因包括:16 世纪的改革;社会和家庭对欧洲妇女的双重压制;从维科到康德、赫尔德的民族主义观念;以及从 18 世纪 50 年代至 19 世纪 40 年代的英国工业革命,其直接导致了 19 世纪末和 20 世纪初期殖民统治与帝国主义的高峰。因此,尽管法国的 contes de fées,德国的 Märchen,丹麦的 eventyr,都得到了自身的发展,却是英语的 fairy tales 这一具有语义和意识形态意义与功能的概念,同"民俗学"和"民族主义"一起,吸引了 20 世纪初期中国学界的目光。

20 世纪初期,是中国历史上前所未有的、对这一古老帝国今后的道路产生了重要影响的历史时期。这期间,欧洲列强使用鸦片和大炮在中国的土地上强取豪夺,彼此争斗;清王朝(1644—1911 年)最终崩溃,延续两千年的封建王朝走向终结;中华民国成立(1912 年);要求走向西化(现代化)的新文化运动应运而生(20 世纪 10—30 年代)。为了拯救中国于殖民沦陷危机之中,寻求国家独立,追求现代化,中国的精英们发现了民族主义,以及作为其呈现方式的民俗学(包括童话),期图将它们改造为唤醒民族精神的催化剂。

概念的选择不仅意味着选择了一个故事应当被称为什么,也是在选择它可能被如何使用,即其超越了文学类型,是意识形态的一部分。童话概念的产生即是如此。从意识形态层面说,中国对于"童话"的介绍和接受,是特定历史情况下的产物。要推动新文化运动、推动国民教育,从日本舶来的"童话",成为精神武器之一。国内现有的童话研究,如刘守华

---

① J. Zipes, "The Meaning of Fairy Tale within the Evolution of Culture," *Marvels & Tales*, 25 (2): 221-243, 2011, p. 224.

《中国民间故事史》、吴其南《中国童话史》等专著中，对这一历史均有涉及。但基本语义层面的差异，尚缺乏剖析。与 fairy（森林中有翅膀的仙女）接近的中文词汇是"仙"，然中文语境下的仙往往与道家文化密不可分，"仙"的性别、形象、功能等都与 fairy 有所差异，将 fairy tales 译作"仙话"，显然不符合中国文化传统。汉字"童话"，包括"民俗"，都是周作人等新文化运动领导者直接自日本借用而来的概念，是现代儿童观、教育观的产物。

1909 年，孙毓修（1871—1922 年）策划主编了一系列童话丛书，首次采用了"童话"概念，书中将欧洲的 fairy tales 和 Märchen 作为例证。孙毓修借此在中国的图书分类体系中增添了新的文学类型，被人们称为中国童话之父。其最终目的是推动儿童教育。周作人亦抱持同样目标，在 20 世纪的前 10 年，翻译了王尔德、安徒生、格林兄弟等其他作家的童话作品。至 20 世纪 20 年代，童话作为一种新的文学类型，已经被普遍接受。同时，隶属于民俗学的童话，也因唤醒民间文学意识，推动了新文化运动的发展。特别是童话作家受到了社会的认可与欢迎，童话开始扎根于中国本土。

可以说，正是因为"童"意味着儿童，周作人等才选择了"童话"而不是"仙话"，来翻译 fairy tales 和 Märchen。童话是为推动社会与政治变革而创造的，由此也产生了此后持续的概念纷争。

二、当下：定义与分类问题

在现今的中国，童话经过一百年的发展后又呈现出新的样态。一方面，学界想要廓清或更改其定义、规范其内容，或确立它所属的类型时总会遇到问题。考察童话在今天的状况，可以发现，与它相关的概念越来越丰富而复杂。作家文学领域，有"童话文学"（包含童话与幻想故事、不专为儿童）与"儿童文学"（为儿童创作）的争议；民间文学领域，有

"童话"与"民间童话"的争议;民俗学领域,"叙事"与"民间叙事"相互区分,童话却同属于两者。不同领域中童话的不同概念,使它难以成为学者的研究资源,获得学术地位,以至于目前国内学界仍旧缺乏对童话的深入研究。另一方面,大众文化和民间文化中,童话却得到了广泛传播,被人们普遍接受。童话在中国的蜕变已经超越了原本的文学体系,与它在法国、英国、德国等地的概念分道扬镳,成为魔瓶中释放的"三头仙",在三个领域各自发展,并具有了以下本土化特征。

在作家文学领域,童话借助"儿童文学"这一概念获得了稳定地位,得到了中国作协的认可。随后又出现了两本关于童话史的专著。[1] 另外,职业"童话作家"群体出现,其中大部分人都生于20世纪50年代,他们在国内外获得了越来越多的认可。其中最为人熟知的代表性作家、北京大学中文系教授曹文轩,在2016年获得了国际安徒生奖。

在民间文学领域,尽管童话已被广为熟知,却导致了很大的争议。在过去三十年的权威教科书中,主要有民间故事、神话、民间传说和民间歌谣四类民间文学体裁。民间故事又可分为幻想故事、生活故事、寓言和民间笑话,童话是幻想故事的另一名称。[2] 此外,为了区分民间文学与作家文学领域的童话,又有"童话"与"民间童话"的判然分野。

在民俗学领域,则有人提倡"民间叙事"的概念,以图模糊"作家文学"与"民间文学"、"童话"与"民间童话"、"童话"与其他类型的"故事"之间的概念分野。在钟敬文影响深远的教材《民俗学概论》中,"口头散文叙事"取代了"民间口头文学",分为神话、传说、民间故事及笑话三类。民间故事的分支之一,是幻想故事,也称作神奇故事、魔法故事或民间童话。[3] 在日渐兴起的民间文学研究领域,生活故事、民间

---

[1] 金燕玉《中国童话史》,江苏少年儿童出版社,1992年;吴其南《中国童话史》,河北少年儿童出版社,1992年。
[2] 钟敬文《民俗学概论》,上海文艺出版社,1980年,第204页。
[3] 钟敬文《民俗学概论》第二版,上海文艺出版社,2009年,第247页。

寓言、民间笑话、幻想故事和民间童话，都属于民间故事。① "民间叙事"作为新兴的概念，由于其包容性而得到了广泛认可。在邢莉的《民俗学概论新编》中，"民间叙事"取代了"民间文学"。② 这是近年来学术研究的新进展，"民间叙事"不仅模糊了传统类型的界限，同样强调了更广泛的交际语境。③

然而事实上，作为学术类型的童话概念，已经被最初创造它的学者打破了。"中国民俗学之父"钟敬文主编的英文读物《中国民族童话》④ 中，包含了牛郎织女、孟姜女、梁祝和白蛇传。这四个故事同时被认为是中国最流行的传说、神话、奇幻故事或幻想故事。在西方话语中，它们可以被看作童话（fairy tales）；但在中国，它们更多地被认为属于神话或传说。

中文语境下的童话类型提供了超越童话研究的话语方式，即它反映了中国试图在平等的国家地位和平等的学术话语方面，与西方并驾齐驱的愿望。从这一角度来说，童话在中国的产生，与 Märchen 在欧洲的产生并没有太大区别。中文的童话作为类型，一开始就具有文化上的独特性，它不仅是简单的形式，而且是话语权力的问题。中文世界对民间文学、民俗学的定义，乃至民间文学的类型，都受到欧洲话语权的影响，尽管中国的古代故事实际上有着传统的类型名称。如叶限故事，在《酉阳杂俎》中属于"诺皋"类。中国的不同地区对故事也有不同的称呼，如"讲古""编瞎话""侃大山"。但统一的学术话语抹消了传统的、地域的差异，以西方概念来衡量所有的口头传统与类型，是以传统的牛郎织女、孟姜女等故事面临着无从分类的尴尬。正如丹·本-阿默思所言："对散文叙事的分

---

① 万建中《中国民间文化概论》，北京师范大学出版社，2010 年，第 264 页。
② 邢莉《民俗学概论新编》，北京师范大学出版社，2016 年。
③ 吕微、安德明《民间叙事的多样性》，学苑出版社，2006 年。刘魁立《民间叙事的生命树》，中国社会出版社，2010 年。林继富《民间叙事传统与故事传承》，中国社会科学出版社，2007 年。
④ Zhong Jingwen et al. eds., *Fairy Tales of Chinese Nationalities*, Beijing: New Bud Pub. House, 1991.

类，很大程度上取决于对故事的文化态度和口头传统的本族类型。"[1]他所辨析的"分析类别"（analytical categories）与"本族类型"（ethnic genres）概念，正是基于对西方话语霸权的反思。[2] 20 世纪六七十年代的美国民俗学界，普遍认为当时西方的民俗学类型分类，可以适用于全世界的民俗研究。丹·本-阿默思前往非洲进行田野调查之后，意识到事实并非如此。当地人对于神话、谚语、故事等有着全然不同的定义，是以他提出"本族类型"概念，即研究者应当基于当地人的本族文化，关注当地人本身所使用的类型概念。这一思索对于我们研究中国民间文学类型大有裨益。为何会选择神话、童话、故事等定义？我们的历史与文化中，是如何对这些文本分类的？唯有理清相关问题，才能够避免概念的混乱。

目前西方学界已经开始反思欧洲中心标准导致的问题，质疑现存文化中的定势结构，以及曾在欧美的"类型"形成中发挥至关重要作用的殖民与新殖民假设观点，欧洲中心的话语机制正在受到挑战。而身为中国的童话研究者，也应当拓宽国际童话研究的视野，反思自身学术历史，发现欧洲中心标准掩盖下的多元文化及地方文化的特殊性，关注概念"挪用"中的学术分析与意识形态问题，理清学术概念和意识形态霸权。为此在使用概念时，必须清楚其概念源流，清楚是在何种层面上使用它的，区分本土分类概念与文化价值观的差异。

三、展望：超越类型的生活信仰

为了向西方现代化（科学、学术）看齐，构建现代国家，建立与西方的交流，国人有意识地构建了对内—对外的话语体系。对外，中国要

---

[1] D. Ben-Amos, "Toward a Definition of Folklore in Context," *Journal of American Folklore*, 84 (331):3-15, 1971, p. 4.

[2] 〔美〕丹·本-阿默思《民俗学概念与方法：丹·本-阿默思文集》，张举文编译，中国社会科学出版社，2018 年。

立于民族之林，追求独立强盛；对内，要普及儿童教育、社会教育、文学教育。这是童话在中国扎根的文化（不仅是文学）土壤。与"童话"类似的是，近百年来引进的各个学术概念，例如"民俗"与"民间文学"（folklore），"类型""文类""门类""种类""体裁"（genre, type），"民族"（nation, ethno）等概念的界定与翻译，都需要梳理和再界定：概念是学科分析工具，还是价值观传播手段？是对文化多元的尊重与容忍，还是以权力界定话语？每种话语都有特定的文化价值体系基础。因此，不应以一种话语体系强迫（压制）另一种，要尊重各自文化的实践者的分类概念，要有平等的文化态度。童话类型或文学类型，不仅是文学研究中的文本问题，更是文化价值观的表现，不能因对某文学类型的关注而忽视每种类型概念自身的价值观和话语权问题。

围绕童话概念产生种种问题，正是由于将其视为文学"类型"，而更重要的是超越类型的，童话蕴含的核心信仰与文化价值。童话在中国的蜕变重申了这一观点。童话本身是一种信仰，正如杰克·齐普斯（Jack Zipes）所言："童话意味着超自然的信仰，而非信仰的停滞。我们相信很久之前曾经发生过超乎寻常的故事。我们需要去相信。我们借助童话来做梦和生活。"[①] 此外，要进一步追问，研究这一生活信仰如何作为工具参与日常交流与意义生成的过程，揭示不同文化中的不同信仰体系与文化价值，以及它们在跨文化交流中发挥的作用。这方面，齐普斯的研究值得我们关注。齐普斯立足社会政治语境，从意识形态层面对童话的内涵、历史、功能等进行了批判性分析，提供了诸多富有启发性的见解。[②]

所谓生活信仰是说童话在日常生活中创作出一个信仰世界，从中人们可以满足欲望、发泄不满、治愈心理挫折等，然后再返回到日常生活，

[①] J. Zipes, "The Meaning of Fairy Tale within the Evolution of Culture," *Marvels & Tales*, 25 (2): 221-243, 2011, p. 211.
[②] 有关齐普斯的民间故事与童话以及儿童文学研究，见即将由明天出版社出版的《童话研究：齐普斯文集》。

让日常生活充满希望和意义,这也是童话的神奇魅力所在。

所以说,我们日常生活中必须有童话。童话是对过去的怀旧、想象,对现实不满的宣泄、逃避和抵抗,亦是对未来的幻想与期望。恰恰是这些心理情感的调整,使得现实生活具有了意义。当人们不再想象未来时,就放弃了对未来的期许,生活的意义便无从存在。超越类型,将童话视为生活信仰,这并非消极的宿命论,而是寄托了积极和主动的情感。童话便是在最日常的程度上揭示了这一道理。

学生互动摘要

张举文教授的演讲结束后,同学们向张老师踊跃提问交流。有同学认为,时至今日,"童话"的概念已经变为专指针对儿童群体的、作家文学的创作,在民间文学领域可以用"故事"来指代。张老师认为,民俗学和儿童文学领域中的"童话"可能不同,如果我们不用"童话"这个概念,又会形成对外对话的危机,在进行研究时要清楚自己关注的是哪个概念下的"童话"。在回应关于童话研究方法的提问时,张老师介绍了齐普斯提供的一些思路,并指出在文本研究之外还应该关注文本的社会文化背景。张老师强调,童话是儿童教育的重要手段,在研究中国童话时要保持反思,我们是套用西方理论,还是通过理论看到童话在生活中的意义和文化作用。在走出"西方中心"阴影、重建本土学术话语体系方面,张老师建议我们打开眼界,要了解外来概念产生的文化背景,才能发出自己的声音。从最基本的名称概念入手就是一个办法,在研究课题时了解每个概念,特别是核心概念的背景,用的时候就比较明晰。

2018年6月6日,同学们又围绕讲座内容展开了评议与讨论。主持人周诗语主要从概念的选择和民间童话与儿童文学之关系两个方面进行了阐发和引言。她认为,在学术层面行之有效的概念,在具体的实践层面可能遇到问题。童话已经成为一种日常话语，我们不能为了学术层面概念工具使用的便利而忽略复杂的现实情况。在发觉西方话语霸权的同时，我们也不能忽视自己作为学者施加于研究对象的话语霸权，要关注民众自己对各种文体的分类。然而，如果完全采用"本土分类"，如何得出具有普遍意义的、可以与同行对话的结论又成了难题。另外，在辨析"童话"和"民间童话"的概念时，民间童话和儿童文学是否互为资源，作家创作的童话中的角色、情节等是否成为民众共享的知识等都还需要进一步追问。

在讨论环节，大家结合讲座内容、阅读文献，就主持人提出的话题进行了深入交流。关于作为文学类型的童话概念，有同学认为不使用童话的概念也无关宏旨，童话这个概念本身就是被遴选和建构的，民间故事和童话之间不存在实质上的壁垒。有同学补充，童话和儿童文学的混淆是翻译错讹导致的，童话最重要的因素是 magic，其实更接近精怪故事。另有同学提出，与其关注童话概念混淆体现出的话语霸权，不如关注童话概念在中国的译介、传播以及本土化过程中产生的变异，也即中国的区域性特色。张老师在讲座中强调了童话的生活信仰功能，同学们总结，从这个角度说，童话是一种理想精神的终极追求，是对人类原始欲望的满足和达成，可以结合托尔金的"第二世界"理论来思考。

（摘要撰写人　石子萱）

睒子三题：故事文本与图像的跨文化之旅

陈明

编者按： 2023 年 3 月 1 日，北京大学东方文学研究中心陈明教授以"Sravana Kumara·睒子·闪子：故事文本与图像的跨文化之旅"为题，为北京大学中文系民间文学专业的学生们做了讲座并展开交流。之后，陈明教授对相关内容进行了较大幅度的增订与调整，并将题目改为《睒子三题：故事文本与图像的跨文化之旅》。

陈明教授在印度古代语言文学、中印文化交流领域研究成果颇丰，近年来尤其关注古代东方文学的图像研究。本次讲座陈明教授针对睒子故事的"跨文化之旅"，搜集了大量跨语种的古今图文资料。在此基础上，他首先进行大面积的资料排列对比，将各语种里的主人公名字、各地区的文本与图像流传情况以及图像所依托的文本类别都做了详细的交代；然后瞩目于睒子故事图像中文图格式的类别、文图关系的类别及其叙事形式的差异；在这些偏于静态的整体性描摹之后，文章又以《金色睒子本生》为例，对睒子故事图像之文图关系，做出了一个更具动态性质的变迁研究。此文从图文关系入手，为学术界考察跨文化交流现象提供了新的考察角度。

古代天竺极富故事，多姿多彩，以本生、譬喻、寓言等多种形式，或集成为册，或散章入篇，流散在不同宗教、文学或文化的浩渺如海之典籍间。尤有甚者，故事入艺家之法眼，以变化万千的图像另具风采，文图相生相应，争奇斗艳，流传于更加广阔的时空。此等故事如帝释珠网，点缀读者的阅读视野，从天竺到中土，或至东南亚，再跨至东亚。睒子故事以佛教为中介，沿文图双轨，跨越语言的边界，尤成为中土与东亚之家喻户晓者，自有其独特意涵与魅力，前贤多有论焉。[①] 实际上，睒子故事的图文及其关系研究不是局限于某一国或一地的区域研究，也不是某两个地区的比较研究，而是多区域、多时空、跨文化的"旅行"研究。本文从睒子故事的文本与图像的关系出发，梳理睒子故事的跨文化之旅，探索与品味该故事的深层含义，不当之处，敬请教正。

一、睒子故事图像及其所依托的文本类别

大众比较熟悉的睒子故事其实有比较复杂的缘起，它不仅来自古代印度的多部佛经故事（如《佛说睒子经》与《六度集经》等），也与印度教背景的大史诗《罗摩衍那》（Rāmāyaṇa）、梵语文学家迦梨陀娑（Kālidāsa）的名著《罗怙世系》（Raghuvaṃśa）有关。因此，有必要对该故事的不同文本类别、层次及其相互之间的关系进行梳理，以明晰其与相关图像之间的对应关系。

（一）睒子之名：跨语种的对照与释义

在不同的故事文本中，主人公睒子的名字及其写法也有所不同，现略为梳理如下：

[①] 相关研究综述可参见：焦响乐《〈睒子本生故事画〉研究综述》，郝春文主编《2020 敦煌学国际联络委员会通讯》，上海古籍出版社，2020 年，第 82—92 页。高海燕《中国汉传佛教艺术中的睒子本生研究述评》，郝春文主编《2014 敦煌学国际联络委员会通讯》，上海古籍出版社，2014 年，第 226—235 页。

表 1　睒子释名

序号	名字 音译/音+意译	名字 意译	名字 非汉语名字	出处	对应原名/备注
1	睒			《佛说菩萨睒子经》	
2	睒子			《佛说睒子经》	
3	睒菩萨			《善见律毗婆沙》卷六	Sāma Bodhisattva
4	睒摩道士	寂静		宝唱《翻梵语》卷五	
5	睒摩菩萨			隋智𫖮说、灌顶记《菩萨戒义疏》	
6	睒施			《僧伽罗刹所集经》卷上	
7	睒摩迦			《杂宝藏经》卷一	Śyāmaka
8	阇摩			《佛说护国尊者所问大乘经》卷二	Śyāmaka/Syāmaka
9	奢摩仙子			《方广大庄严经》卷五	Syamu-ṛṣisutu
10	商莫迦			《大唐西域记》卷五	Śyāmaka
		善		法云《翻译名义集》卷一	
11	闪子			敦煌本 P.3680	
12	剡子			二十四孝故事	
13	商莫迦	善		法云《翻译名义集》卷一	Samaka
14	睒摩	寂静		宝唱《翻梵语》卷五	Sāma
15			梵语 Śyāma	*Mahāvastu-avadāna*	类似的名字 Śyāmaka, Syāmaka
16			巴利语 Sāma	*Jātaka*	类似的名字 Sāmaka
17			Sravana Kumara	《罗摩衍那》	
18			Suvaṇṇasāma	*Suvaṇṇa-sāma jātaka*	
19			Sovannasam Cheadok		东南亚本生文献

有关睒子的释名，也见于佛教辞书中。六朝宝唱《翻梵语》卷五云："睒摩道士：译曰寂静。《历国传》第二卷。"① 《历国传》早已佚散，已不知原文样貌。唐代慧琳《一切经音义》卷二十九云："睒摩：上盐渐反，梵语，古译名夜摩，欲界中空居天也。"② 这实际是与睒子名字写法相同的另一天神之名，与睒子故事毫不相关。可洪撰《新集藏经音义随函录》卷二十六云："睒摩：上失染反。即经中睒子菩萨也。《陁罗尼集》作闪子也，正作睒。"③ "闪子"一名亦见敦煌吐鲁番出土文献，可证其名流传地域之广泛。南宋法云《翻译名义集》卷一亦云："商莫迦，此云善。《西域记》云：旧曰睒（睒）摩菩萨。讹。"④ 这些辞书为睒子诸名提供了一些简要的释义。

（二）睒子故事的文本概览

睒子故事的内容并不完全一致，而好似一个有着叙事核心的故事类别，也可以看作是一个故事群。从语言来看，睒子故事至少有巴利语、梵语、汉语三种基本的原典（或翻译）形态，以及属于翻译或"别生体系"的波斯语、藏语、蒙语、东南亚地方语言（泰语、缅甸语等）、日语、朝（韩）语、中国云南的傣语等，甚至现代西方语言中的英语、法语、德语、俄语等次生文本。从地区来看，睒子故事源自南亚，再从印度和锡兰（狮子国、斯里兰卡），以南传或北传佛教为桥梁，在不同的时段，分别流传到中国（含沿海、西南、中原和西藏、蒙古地区等）、东南亚（泰国、缅甸等），并进而波及东亚的朝鲜半岛和日本。本文主要讨论的就是古代文化语境中用梵、巴、汉三种语言书写的睒子故事，不涉及现代语种的睒子故事译本。

---

① CBETA, T 54, no. 2130, p. 1016a.
② CBETA, T 54, no. 2128, p. 504c.
③ CBETA, K35, no. 1257, p. 528b.
④ CBETA, T 51, no. 2087, p. 881b.

1. 同源异流：南亚的睒子故事文本

南亚的睒子故事看似是一个源头，实际源自某一原始故事核心而被至少两种宗教类型（佛教、印度教）的文本所化用，再被翻译，至少涉及三种语言（梵语、巴利语、波斯语）的版本，可以区分为三种宗教类型（佛教、印度教、伊斯兰教）。具体可细分如下：

其一，用巴利语书写的佛教语境中的睒子故事。其主要文本有巴利文《佛本生经》（*Jātaka*）第 540 个故事《金色睒子本生》（*Suvaṇṇa-sāma jātaka*）；巴利文《所行藏经》（*Cariyāpiṭaka*）的第 33 个故事也是以睒子为主人公的。该故事的简略引用文本见于《米兰陀王问经》（*The Milindapañhā*）[①]。

其二，用梵语（或佛教混合梵语）书写的佛教语境中的睒子故事。其主要文本也有两种：《大事譬喻经》（*Mahāvastu-avadāna*，简称《大事》）中的第 2 个故事、佛教故事集《菩萨譬喻如意藤》（*Avadāna-Kalpalatā*）中的第 101 个故事。后者还有藏文译本[②]，且有据该故事集绘制的壁画和唐卡。其中是否绘有睒子故事的图像，值得探究。

其三，用梵语书写的印度教史诗等文本中的睒子型故事。其主要文本也有两种：蚁垤（Valmīki）仙人撰写的梵语史诗《罗摩衍那》第 2 篇《阿逾陀篇》（*Ayodhyā kāṇḍa*）第 56—58 章中的插话[③]、迦梨陀娑的《罗怙世系》第九章中苦行者之子取水时被国王误杀的插话[④]。后者应是从前者衍生而来。

其四，莫卧儿时期的史诗《罗摩衍那》波斯语译本中的概要型插话，与梵文本《罗摩衍那》第二篇《阿逾陀篇》中的睒子型故事相应。但该译

---

① 参见巴宙译《南传弥兰王问经》，中国社会科学出版社，1997 年，第 198—199 页。
② Deborah Black, tr., *Leaves of the Heaven Tree: The Great Compassion of the Buddha*, Dharma Publishing, 1997, pp. 437-439.
③ 〔古印度〕蚁垤《罗摩衍那》，季羡林译，人民文学出版社，1981 年，第 353—374 页。
④ 〔古印度〕迦梨陀娑《罗怙世系》，黄宝生译注，中国社会科学出版社，2017 年，第 328—333 页。

本完成于莫卧儿帝国阿克巴在位时期，属于宫廷流行的伊斯兰教之改造作品，与原史诗的印度教思想已有很大的差异。

2. 汉译佛经中的睒子故事文本

汉译佛经中的睒子故事可分为三大类型：

其一，佛教故事集所吸纳与编写的睒子故事，主要包括《六度集经》（托名三国吴时的康僧会编译）卷五、《杂宝藏经》（元魏吉迦夜共昙曜译）卷一的故事之二"王子以肉济父母缘"、《僧伽罗刹所集经》（符秦僧伽跋澄等译）卷上。

其二，专门讲述睒子故事的单部佛经，即一卷本的《睒子经》（姚秦圣坚译）及其异译本《佛说菩萨睒子经》（失译）。《睒子经》至少有三个以上的版本，其情节和语句与《佛说菩萨睒子经》基本类同。

其三，汉译佛经中所浓缩的睒子故事或典故，分布于各种经文之中。比如，《善见律毘婆沙》（萧齐外国三藏僧伽跋陀罗译）卷六、《方广大庄严经》（大唐地婆诃罗译）卷五《音乐发悟品第十三》、《大宝积经》卷十一和卷八十、《佛说护国尊者所问大乘经》卷二等。该类型大多没有详细的故事情节，只是提及睒子故事的某个环节或场景。这说明了睒子故事的流传度较广和吸引率较高，与须大拏太子本生故事的情况比较接近。有些经文中甚至将睒子故事凝结为一个典故式的词汇，比如，《陀罗尼集经》卷八《金刚阿蜜哩多军茶利菩萨自在神力咒印品》中的"闪子被箭"。

3. 汉文文献中的睒子故事及其本地化

中土僧徒或学人们撰述的著作中对睒子故事的概述，也有多种情况，主要如下：

其一，直接摘录汉译佛经中的睒子故事。主要例子有：《经律异相》（南朝梁宝唱纂集）卷十"一切妙见为盲父母子遇王猎所射五"，其末尾说明"皆由孝从德也。出《睒经》"。又，《法苑珠林》（唐代道世著）卷四十九"忠孝篇"，也摘录了睒子故事。《义楚六帖》卷十四"人事亲朋部二十八"之"孝子六"，也简述了睒子故事。这些佛教类书关注睒子故事的着眼点是在"由孝从德"上。最值得注意的是,道世将睒子故事纳入了"忠孝篇"的大语境之中,从而更明确地强化了该故事的含义及其与中国文化的连接。

其二,源自求法高僧所记(或讲述)的睒子故事概述(或故事符号),尤其是该故事所发生的地点及其对应的石窟等具有纪念意义的建筑。比如,杨衒之撰《洛阳伽蓝记》卷五云:"阿周陀窟,及门(闪)子供养盲父母处,皆有塔记。"① 玄奘的《大唐西域记》卷二的健驮逻国布色羯逻伐底城:"化鬼子母北行五十余里,有窣堵波,是商莫迦菩萨_{旧曰睒摩菩萨,讹也}。恭行鞠养,侍盲父母,于此采果,遇王游猎,毒矢误中。至诚感灵,天帝傅药,德动明圣,寻即复苏。"② 唐代道宣《续高僧传》卷四"玄奘传":"左侧诸迹其相极多。近则世亲如意造论之地,远则舍于千眼、睒奉二亲。"③ 又,道宣《释迦方志》卷上云:"又北五十余里塔者,是商莫迦菩萨_{此云睒也}被王射处。"④ 由此可见,同一故事存在不同产生地域之变化,一方面说明了多个地域的人们与该故事的心理亲缘关系及其被吸引,另一方面还可以从文学(或故事)的地理空间角度讨论其衍变之途径。

其三,敦煌出土的一些孝道文本,其中把睒子故事进行了巧妙的本土化。其例子有:敦煌《父母恩重经》(S.149、S.2269等,有多种异本)、《孝子传》(P.3536、P.3680等),突出了多个孝子故事(或故事簇)中的"闪子"形象,尤其以P.3680中的"闪子"故事堪称代表。

其四,宋元时代最为流行的二十四孝故事的本地化。睒子也被本土学者吸纳,成为二十四孝故事的一个组成部分。最主要的文本或图像有四川大足石刻宝顶山大佛湾摩崖《释迦佛因地为睒子行孝》、元代郭居敬

---

① CBETA, T51, no. 2092, p. 1020b.
② (唐)玄奘、辨机撰《大唐西域记校注》,季羡林等校注,中华书局,1985年,第254—255页。
③ CBETA, T50, no. 2060, p. 448c.
④ (唐)道宣著《释迦方志》,范祥雍点校,中华书局,2000年,第29页。

《全相二十四孝诗选》、明永乐二年（1404年）《仁孝皇后劝善书》等。这类颇具地方色彩的孝道文献把睒子改易塑造为孝子的典型代表之一，使"剡子鹿乳"成为一个流传久远的典故。该问题已经有多位学者探讨过，此不赘述。

除了中国之外，与睒子有关的孝道故事类似南亚睒子故事的简化版，也流传到东亚的日本和朝鲜半岛，其故事文本与图像都非常丰富。其例子有：尊经阁文库藏《重刻初颖日记故事》中"全像二十四孝"等。更为重要的是，二十四孝故事进入儒家的蒙学书之中，成为中国与东亚的童蒙知识的一个重要部分，也参与形塑了这些地区的传统思想与文化，其意义不可忽视。

此外，睒子故事还透过音乐、戏曲表演等不同的跨艺术媒介，而被中土人士所熟悉。早在佛教初传的三国时期，曹植就创作了《太子颂》与《睒颂》等作品，从此梵呗兴起，而睒子故事历代流传，不曾消失。

4.《六度集经》、巴利文《佛本生经》与《罗摩衍那》中的睒子故事之比较

《罗摩衍那》中的睒子故事由引子、回忆、结束三部分组成。其引子是：十车王放逐了罗摩之后，回忆自己的一件罪孽，并向皇后倾诉。该故事的主要情节包括十车王夜游、误射觅水的苦行者、苦行者死去；十车王找到苦行者的盲父母、盲父母到独生子尸体旁、盲父诅咒十车王将遭报应。十车王的回忆叙事结束，再度回到"现场"。很显然，此处的睒子型故事的叙述特点表明：它类似一个插话。其中的重点是盲父诅咒。该诅咒成为连接前后叙事的关键节点。

巴利文《佛本生经》的第540个故事的情节比《罗摩衍那》更复杂一些。具体由以下环节组成：睒摩父母成亲后到森林居住、睒摩出生与成长、睒摩父母失明的因缘（毒蛇吐出毒气）与前世的因果关系（引出另一段故事）、睒摩侍奉双亲、迦夷国王打猎时用毒箭误射睒摩、双方对答、神女的出现及与国王的见面、国王去见睒摩悲愤的双亲并同至睒摩尸处、

神女救护睒摩之后一家重新团聚。此金色睒子故事采用了标准的本生故事的格式。其特殊之处在于故事中穿插故事,多出了一段导致睒摩父母失明原因的前生故事。

众多的睒子故事内容并不完全一致,故事的结构也有不同的特点,值得进行比较,以便明晰故事的核心内涵。现选取《六度集经》与《罗摩衍那》进行比较,列表如下:

表2 《六度集经》与《罗摩衍那》中的睒子故事比较

	《六度集经》	《罗摩衍那》	备注
故事的缘起		回忆	
文体差别	散文	诗歌	
叙述者	佛	十车王	
听众	佛教徒	皇后	
山居的缘由			
射猎者	迦夷国王	十车王	
被猎者	睒道士	无名苦行者	
复活情节	睒道士复活	苦行者成仙升天	
天神的出场	天帝释	无	
功能	神药	无	
结局色彩	喜剧	悲剧	被诅咒
本生结构	有	无	
宗教信仰	佛教	印度教	

就睒子故事的主旨变化而言,汉译佛经中的睒子故事与"孝"道观念有千丝万缕的联系,强调睒子"慈孝供养于二亲"。《六度集经》云:"子存亲全行,可谓孝乎?"《杂宝藏经》卷一"王子以肉济父母缘"中提出:"当修慈仁孝事父母。"《佛说菩萨睒子经》中分析睒子能起死回生的原因,是因为睒子乃"至诚至孝者"、"父母恩重孝子所致;今得为佛,

并度国人,皆由孝顺之德"。《大方便佛报恩经》亦云:"佛法之中颇有孝养父母不耶?""欲令众生孝养父母故,以是因缘故,放斯光明。""欲令众生念识父母师长重恩故。"这些观点为睒子进入中土的二十四孝谱系奠定了思想的基础。汉译佛经与中土叙述中的睒子故事的主题就是善报/善业、孝道。而在印度教体系的史诗《罗摩衍那》与文学作品《罗怙世系》中,苦行者之子(睒子)的故事不是强调他的孝道(梵语 mātṛjña、pitṛjña),而是突出"业报"(karma),尤其强调恶行得恶报,即国王因为误杀长者之子(或"非再生族苦行者的儿子")而受到与自己骨肉分离的报应;还有"诅咒"(婆罗门/苦行者咒语的威力)的主题。同一(或同类)故事在不同文本中的主旨存在差异,实乃源自不同的宗教观念和文化认知。

(三)睒子故事的图像概览

睒子故事不仅有丰富的文本,而且有复杂的图像体系,这些图像涉及不同时期、不同区域、不同艺术风格。东晋法显的《佛国记》(《高僧法显传》)中早就记载:"王便夹道两边,作菩萨五百身已来种种变现。或作须大拏,或作睒变,或作象王,或作鹿、马。如是形像,皆彩画庄校,状若生人。"[1] 这些菩萨的本生图像为公开传播佛教教义提供了具象化的展示。睒子故事的主要图像包括以下多个类型:

其一,印度本土佛教艺术品(石刻、壁画、雕塑等)中的睒子图像。主要包括桑奇大塔西门北柱内侧的睒子本生故事图、多种犍陀罗石刻的睒子本生故事图、阿旃陀(Ajanta)石窟第10窟和第17窟的睒子本生故事图等。

其二,印度史诗《罗摩衍那》(梵文本与波斯语译本)中的 Sravana Kumara 图像系列,及其相关的衍生艺术品(石刻、插图本、雕塑等)。

---

[1] (东晋)法显著《法显传校注》,章巽校注,上海古籍出版社,1985年,第154页。

其三，以北传佛教为中介的中亚的睒子故事图像，以及我国西域地区、中原地区的睒子故事图像（以壁画为主）。丝绸之路的睒子故事壁画主要涉及龟兹克孜尔千佛洞第 7、8、17、63、114、157、178、184、186等窟的睒子本生壁画（多采用菱格、方格等形式）、森木塞姆石窟第 26窟等、克孜尔尕哈石窟第 11 窟等的睒子本生壁画。

敦煌石窟莫高窟的睒子故事壁画，主要有第 299（窟顶北披的睒子故事壁画）、301、302、417、433、438、461 等窟北周至隋代的睒子经变画（加上俄艾尔米塔什博物馆收藏的睒子经变）、西千佛洞第 12 窟睒子本生图、麦积山石窟第 127 窟窟顶睒子经变、云冈石窟的 2 幅睒子故事雕塑（第 9 窟前室西壁下层南侧、第 9 窟前室北壁下层）、北齐河南刘碑寺造像碑等，其图像非常丰富，体现不同时段和地域的艺术特点，早就激发了学者们的兴趣。相关的研究著作较多，此处不必赘述。

其四，以南传佛教为中介的东南亚的金色睒子故事图像（壁画、插图本、雕塑等）。比如，泰国阿瑜陀耶时代（Ayutthaya Eva，1351—1767年）在春武里府（Chonburi）所建寺庙绘制的佛教本生壁画。

其五，以二十四孝故事为依据的中国睒子故事图像（壁画、砖雕、插图本等）。在二十四孝图中，睒子演变成春秋时期郯国的国君郯子以鹿乳奉亲的故事。相关的图像比如，北京故宫博物馆藏的北宋睒子鹿乳奉亲砖雕、甘肃宋金墓的二十四孝图、沁县金代古墓二十四孝图等，甚至到了晚清还有中英文对照版的《中国古代二十四孝全图》（*The Twenty Four Cases of Filial Piety*）。日本的睒子故事图像则以插图本为主，相关的插图本主要有《二十四孝绘抄》、松会的《二十四孝绘抄》、《文会古状揃大全》、《二十四孝》（谚注）、《新刊全相二十四孝诗选》、《全相二十四孝诗》、《和汉廿四孝》、《绘本廿四孝》、《御伽草子》、《修身二十四孝》、《绘本二十四孝》等，虽均源自二十四孝文本系列，大同小异，但睒子故事图像却多有不同，尤其细节之丰富变化，令人感叹。

（四）睒子故事图像所依托的文本类别

印度本土的睒子图像有多种类型，所依托的文本并非单一，而是多样化。本文试图作如下的区分：

其一，描绘睒子本生的石雕、壁画和塑像，依托的是源自印度的佛教文本，尤其是佛本生故事。

其二，印度的纸本睒子画、波斯细密画与印度细密画的睒子、东南亚的睒子单页图像，分别对应的是梵本《罗摩衍那》、波斯语译本《罗摩衍那》和东南亚的罗摩故事。此一类型是印度教文化的产物，其后有改易为契合伊斯兰教思想者。

其三，中国西北的克孜尔、敦煌等地的睒子壁画、雕塑等，依托的是印度/中亚口头流传的，或汉译佛经中的睒子本生。

其四，中国的二十四孝系列的壁画、雕塑、中日《二十四孝》系列册页等图像，分别对应的是中国本土化的二十四孝故事文本与日本受中国影响而创作的二十四孝系列的著作。其故事多以"剡子鹿乳"或"鹿乳奉亲"为题，主要表现身披鹿皮衣的睒子为对母慈孝，而去取鹿乳时为猎人射杀的场景。

其五，东南亚的本生插图本、佛教故事壁画、单页的图像中有关睒子的不同图像，基本对应的是以巴利文《金色睒子本生》为源头的东南亚地方语言（缅甸语、泰语等）译本《金色睒子本生》，或者该本生的各地方化的故事改写本。

因此，在讨论睒子故事的文本与图像之关系时，必须遵循的一个基本原则是：面对某一图像，必须确认该图像所对应的具体文本，而不应混淆众多的文本之间的层次关系。分析相关的插图本时，尤其必须注意这一要点。此外，即便某一图像没有所对应的具体文本，我们也应该考虑该图像所处的地域、时代与文化语境，从而梳理与可能存在的相应故事文本之间的关系，而不应该错置文本与图像的关系。因为一旦错置，那么讨论其文字文本与图像的关系（即语图/文图关系）时，就难免会出现"指鹿为马"的现象，从而得出错误的结论。

二、睒子故事图像的叙事形式差异

睒子故事的图像是用不同的材质来描绘的，主要有壁画、石刻（石雕）、塑像、绢画、绘本（插图本、册页）、连环画、单页（单幅）纸本图等类型，后两者还有纸本、贝叶、绢绣等书写材料的差别。受材质、时代品味、艺术家的个人趣味与情感、地方风俗、艺术流派、赞助人的主观需求等多种内外在因素的影响，睒子故事的图像就呈现为千姿万态的作品。

（一）睒子故事图像的文图格式的类别

不同的文图格式对读者（观众）的阅读（观看）产生不同的影响，所以，文图格式是不容忽视的。睒子故事的图像能与文字文本建立相互关系的类型主要是插图本，即文字（语）与图像（图）均出现在同一文本之中，这样的"文本"可称为"有文有图型"或"图文共生型"。该类型基本采用写本或印本的形式，较少有石刻等形式。该类型的文图格式还可以做如下的细分：

其一，"上下相对型"。分为"上图下文""上文下图""图在上下文中"（即图像夹杂在上下文字的中间）。

其二，"左右相对型"。分为"左图右文""左文右图""图在文侧"（即较小的图像被绘制在文字的侧面）。

其三，"图文分置型"或"图分左右型"。与"左右相对/对照型"并不一致，此型将本来的画面一分为二，而文字位于画面的中间，亦即二图分置在同一页文字的左右。该型主要见于东南亚的金色睒子本生故事插图本之中。

其四，"图中插文型"。在某些非插图本的单页图中，有时会在图中插入一些文字，涉及人物的名称、故事的情节等，相当于壁画中的榜题。由这些榜题文字中，读者可以推测出该幅图创作时所"承袭"的文字文本之来源。

与"图文共生型"相反的情况是，如果没有相应的文字相伴随，而仅仅出现对该故事描绘的图像，这样的"文本"可称为"无文有图型"或"有图缺文型"。目前所知的该类型主要涉及壁画、石雕、连环画等。

睒子故事相关的插图本有的还使用了地方化的书籍形式，主要有印度传统的横向长条幅的贝叶本（也是梵荚装的起源）、东南亚地区惯用的几张贝叶（或贝叶状纸张）叠加在一起的竖状型、受中国纸本书籍装帧艺术影响的竖版书与卷轴本（或挂轴）等。

（二）睒子故事图像的文图关系的类别

在讨论图文关系时，大多数是以故事的插图本为研究对象。睒子故事的文图关系类型可初步分为以下四种：

其一，以图释文，即用图像来解说睒子故事的文字文本。

其二，图超于文，即用来解说文字文本的图像超出（或溢出）了前者的内容，比如，图像中添加了文字文本所未提及的细节，常见的图像元素有风景（山水、植物、云彩等）、背景（建筑的外观与内景等）、服装与首饰、无名的随从等人物，甚至当地化的一些日常生活的风俗。

其三，以图为饰，即仅仅将图像作为文字文本的装饰，起到美化视觉的效果。作为装饰的图像，其内容与所在的文字文本没有任何的关联，图像并非是对文字文本的解释或图示。

其四，图文错置，图像不仅与文字文本的内容无关，也与其形式的美感无关。制作者（艺术家）有意将无关的图像主动错置于文本之中，其图像应该是起到某种程度的仪式作用，图文之间再度生成一种新的搭配关系。东南亚的本生插图本系列中的金色睒子图像，就常采用这一形式，具体论述见下文。

（三）睒子故事图像的叙事类别

从总体来观察，睒子故事的图像叙事也存在较大的差别，大体上分为单一叙事、连环叙事两种。若细分，其图像叙事至少采用了以下三种形式：

其一，单一场景的图像形式。睒子图像中仅仅描绘了该故事中的某一场景或者瞬间。其图像所对应的文字文本（佛本生类型）的叙事情节存在选择上的不同，有的图像描绘的是睒子故事的高潮部分，或者是最令人感动（即最悲痛的情感迸发）的情节瞬间，或者是故事前半部分最令人意外的那个场景（即兴冲冲的国王外出打猎时，用箭射中了正在取水的睒子）。这样的图像叙事场景，最有代表性的见于克孜尔石窟中的菱格睒子本生图，比如，克孜尔第17窟中的一幅睒子本生图（图1）。图中菱格上方拱形屋内的是盲父母，左方国王骑马拉弓，右方是跪在地上拿水壶汲水的睒子。为了配合菱格形的画面空间，此处特意将溪水画成了圆形。

克孜尔石窟的本生壁图往往选取该故事中的一两个核心情节，以单幅菱格形式夹绘在佛本生故事画群之中。可见，国王用箭射中取水的睒子，是该类图像中最常描绘的场景，画面具有一种令人悲痛的情感。即便是睒子本生被转化为二十四孝系列中的"剡子鹿乳奉亲"之后，后者图像中也是以猎人攻击（或射杀）披着鹿皮的剡子为最基本的构图。

图1 克孜尔第17窟睒子本生图

图 2 《罗摩衍那》波斯语译本的睒童子故事图 /F 1907.271，f.98b

除了佛教系列的睒子图像，在 16 世纪的一个波斯语译本《罗摩衍那》插图本（Freer 艺术博物馆收藏，编号 F 1907.271）中，有一幅 Kala Pahara 绘制的插图（图 2、f.98b），也采用单一场景叙事的方式。此图选择了睒童子（Sravana Kumara）故事的高潮，即十车王（Dasaratha）无奈地站立一旁，双盲的苦行者夫妇正悲痛地抚摸躺在地上的孩子的尸体。该图所表达的正是那种悲痛欲绝的情感，也是怒火迸发的瞬间。此情景正导致了十车王后来的命运结局。

在印度本土，随着时间的推移，睒子图像还发展出另外一种单一场景的叙事模式，即对应文字文本（《罗摩衍那》）的开头，表现的是睒子（苦行者之子）孝养父母的情节，常常采用的是"用担子挑着双目失明的父母"的构图，即表达睒子担负父母进入山林修行之场景。在此单一型叙事形式中，最重要的图像元素（或者道具）是一副担子（两个箩筐），盲父母就各坐一个箩筐，睒子挑着这副担子。整个画面再无其他的内容。可见，《罗摩衍那》语境中的这类睒童子已经逐渐演变成行孝的榜样。该图像不仅有多种石刻、壁画、单幅的宣传画，甚至出现在中国四川宝顶大佛湾的父母恩重难报的群像之中。[①] 这副"担子"形象之流变，还值得进行深入的研究。除汉译佛经之外，《罗摩衍那》的文字文本中没有提及挑担或肩荷父母的细节，但图像中出现了此场

---

① 李翎《大佛湾〈睒子行孝图〉识读》，《法音》2022 年第 2 期，第 50—52 页。

景或器物。目前所知睒子故事图像系列中,最早出现的睒子担负父母的图景见于阿旃陀第 17 窟的睒子本生图。在梵语与波斯语本《罗摩衍那》两种插图本中,用来担负父母的担子(扁担与两个箩筐)仅仅挂在树上,用来暗示睒子孝养父母的情节。此后,印度多地陆续出现的《罗摩衍那》石刻与壁画,有些就描绘了睒童子担负父母前行的形象。有些画面或许是受空间的限制,仅仅出现了睒童子挑着一根扁担,父母站立在其左右两边,而不是坐在箩筐之中。作为重要道具的箩筐甚至没有出现在画面中。这就需要观看者极为熟悉该场景的文本语境,否则就无法理解此图景的含义,而反过来也说明《罗摩衍那》具有极强的流行度,艺术家甚至可以省略极为重要的图像元素而不用担心观看者的理解。这样的图像不一定反作用于文字文本,但有益于故事的流传。此外,还有一个细节值得注意,在汉译佛经中,孝养父母的方式有"负担"(用担子挑着)与"肩背"("肩荷")两种形式。义净译《根本说一切有部毗奈耶药事》卷十五云:"复次大王!我于往昔,父母二俱无目,常以肩背负担,将行供养。经无量时,而由未证,广说应知。"① 《弥沙塞部和醯五分律》卷二十云:"时毕陵伽婆蹉父母贫穷,欲以衣供养而不敢。以是白佛。佛以是事集比丘僧,告诸比丘:'若人百年之中,右肩担父,左肩担母,于上大小便利,极世珍奇衣食供养,犹不能报须臾之恩。从今听诸比丘尽心、尽寿供养父母。若不供养得重罪!'"② 又,玄奘译《本事经》卷四《二法品第二》云:"吾从世尊闻如是语:'比丘当知!世有二种补特伽罗,恩深难报。云何为二?所谓父、母。假使有人一肩荷父、一肩担母,尽其寿量曾无暂舍,供给衣食、病缘医药种种所须,犹未能报父母深恩。'"③ 该品另有诗偈表达同样的内容:"二补特伽罗,恩深重难报, / 所谓父及母,能生长世间; / 假使

---

① CBETA, T 24, no. 1448, p. 72b.
② CBETA, T 22, no. 1421, p. 140c.
③ CBETA, T 17, no. 765, p. 682c.

以两肩，尽寿荷父母，/常供养恭敬，犹未为报恩。"①《根本说一切有部毗奈耶药事》卷四也有"一肩担父、一肩担母"的说法。因此，在中国与《父母恩重难报经》有关的图像系列中，出现了父母分别坐在儿子双肩之上（即"肩荷"）的场景，也就是说，"肩荷父母"的图像元素成为表达父母恩重的符号。在云冈石窟的睒子本生石刻中，也出现了两处睒子"肩荷父母"（而不是"负担"）的图景。因此，也有必要考察中土"负担"的图像是否由"肩荷父母"的图像而来的。

其二，连续叙事的图像形式。在印度艺术史上，最早的连续（或连环）叙事形式，只出现在与佛教故事相关的石雕与壁画上。后来，随着宗教艺术的相互影响，与印度教有关的壁画、插图本（如史诗）、册页、单页等图像作品也采用了连续叙事的形式。前辈学者对此有详细而深入的讨论。具体到睒子故事的图像系列，采用连续叙事的图像有桑奇大塔西门北柱内侧《睒子本生故事图》、犍陀罗等地区的多种石刻《睒子本生故事图》。比如，现藏英国博物馆的两种（编号 No.OA 1880-54，No.OA 1880-55）等。犍陀罗石刻的睒子本生故事图，有的包含七个场景，采用绘卷故事式来展开叙事。

在中国（尤其是丝绸之路涉及的西北地区），睒子故事的壁画（经变画）与石刻也常采用连续叙事的形式，主要包括敦煌石窟、西千佛洞石窟、麦积山石窟、云冈石窟等地的睒子故事图像。学界先进们对此亦有深入的研讨。此外，东南亚泰国大因陀罗寺（Wat Yai Intharam）的壁画，绘制的是金色睒子本生的多幅场景，采用连续叙事的形式。缅甸大金寺（Shwe Kyung-U, / The Golden Monastery）同样采用了连续叙事的形式②。

---

① CBETA, T 17, no. 765, pp. 682c-683a.
② Jane Terry Bailey, "Some Burmese Paintings of the Seventeenth Century and Later. Part II: The Return to Pagán", *Artibus Asiae*, Vol. 40, No.1, 1978, pp. 41-61.

图 3　梵语《罗摩衍那》插图本中的睒子故事　　图 4　阿旃陀第 17 窟的睒子本生线描图

　　值得注意的是，波斯语本《罗摩衍那》插图本中基本上采用单一场景叙事的形式，而 17 世纪印度梅瓦尔（Mewar）地区绘制的一个梵语《罗摩衍那》插图本，其睒子故事采用了连续叙事的形式（见图 3）。不同画派的《罗摩衍那》插图本中，有些睒子故事常以连续叙事来表达连贯的故事情节，甚至有一幅带多处版题（文字说明）的睒子故事单页图像，就类似电影慢镜头式的动作渐进过程，表现最繁复的连续叙事场景，国王与睒子等主要人物也出现多次。连续叙事是印度绘画艺术的一个传统特点，与波斯细密画具有明显的差异。波斯细密画对连续叙事从来就没有兴趣，这是因为受伊斯兰教规的影响，细密画表现的绝对中心不是人物与事件，而是强调用心灵之眼去发掘所关注事物的本真含义，寻求的是穆圣之道。

　　其三，空间共享的叙事形式，这是连续叙事中的特例，常采用单幅多景式构图，相关细节的多个场景可能共享某一空间。换言之，在同一空间中不同时间发生的事情，常常被绘制在一起。其图像叙事时以空间为主要考虑原则。比如，阿旃陀第 10 窟右廊壁（公元前 1 世纪）的睒子本生故事图，不仅采用连环故事画的形式，而且还以"空间共享"的方式进行连续叙事，分别描绘了国王入山、盲父母隐居草庐、睒子与鹿交谈、睒子汲水、国王射箭、国王与睒子交谈、国王去草庐、盲父母探望儿子、天帝释施药、睒子复活、盲父母复明等比较完整的故事情节。阿旃陀第17窟右廊壁（公元5世纪）的睒子本生图（见图4），其画面以山居为中心，画面下方是睒子与盲父母入山隐居，画面上方是国王引箭，仆从扶起中箭的睒子；最上方仅存马的形象，可能是国王去草庐。由于风化，画面有些残损，但以空间进行布局的场景还是可以推知的。这一叙事形式在中国西北丝绸之路的睒子壁画中就比较少见。

三、睒子故事图像的文图关系变迁：以《金色睒子本生》为例

东南亚的睒子图像也有两大类型，一是本生经的图像，一是《罗摩衍那》的图像。中国与东亚的朝鲜、日本就没有《罗摩衍那》一系的睒子图像，只有来自佛教的睒子故事与图像。这与古代印度教（婆罗门教）的对外传播有关。或许是因为种姓制度及其理论的缘故，印度教很少传入以儒家文化为主体的中国和东亚，因为印度教没有佛教那样可以融入中国与东亚的文化基因。就睒子故事的图像而言，最复杂的文图关系的变化情况就体现在东南亚，而不是中国与东亚。

（一）《金色睒子本生》所体现的文图关系

东南亚受小乘佛教的影响深远。巴利语《佛本生故事》是最为流行的佛教故事集，并被译成多种东南亚的地方语言的文本。东南亚盛行的《十世本生》（*Mahānipāta Jātaka*）是从547个巴利文本生中抽出十个组合而成，其中就有《金色睒子本生》（*Suvanna Sāma jātaka*）和《须大拏太子本生》（*Vessantara jātaka*）。《金色睒子本生》本生在泰国被称为 *Sovannasam Cheadok*（《金色睒子本生》）。在《十世本生》中，金色睒子故事主要聚焦在"体现仁爱的行为"或者"说明奉献的完美"这些主题。

在东南亚，金色睒子故事的图像有壁画、雕塑和插图本。佛教语境

中的睒子图像主要集中关注佛本生故事及其译本体系。《罗摩衍那》中的睒子故事虽与《金色睒子本生》有很大的出入，但是东南亚与《罗摩衍那》相关的睒子图像，却与佛本生经的插图类同，也不表现人物的孝道，而是强调佛教的业报等理论因素。东南亚的这两大类的睒子故事图像，基本上采用下列的四种作品类型与叙事形式：

其一，睒子本生壁画，依旧采取连续叙事的形式，涉及国王出行、睒子和鹿、睒子取水、国王误杀、盲父母被领到睒子身边，痛苦与复活等情节，比较完整。其中的人物服饰、动作与风景、器具等元素，均具有东南亚的地方色彩。最值得注意的是，大因陀罗寺的金色睒子故事壁画中出现的黑蛇元素（图5），并未见于其他任何的睒子图像之中。黑蛇正好与文本中的父母双双失明的另一个前生故事相印证，这说明东南亚的睒子图像在内容上的一个独特性。

图5　泰国金色睒子本生壁画中的黑蛇

其二，睒子故事插图本，采用"图文分置型"，实际属于左右对照型。该贝叶的中间是文字。最常见的构图是，最左边描绘了正在取水的（或者拿着水罐的）睒子与林中之鹿；最右边描绘了国王搭箭欲射而处于全力出击的状态。左右两边的连接点是那只致命的箭。

其三，小型的睒子本生雕塑，主要塑造单一性的射杀场景，即国王用箭射中睒子的胸部。

其四，没有文字的图册，也是描绘单一场景的睒子被射杀的图像。

上述的东南亚睒子图像重点不在表现孝道，而表现悲剧性的射杀场景，图像的左右形成尖锐的对立（对照）。比如，巴利语本《十本生》插图本中描绘了睒子故事的场景，即一喜（右，国王打猎之乐）与一悲（左，睒子的杀身之祸瞬间从天而降，完全是出乎意料之外）。也就是说，其睒子图像的核心是关注与表现出两种完全不同情绪的转换之那一瞬间。

（二）《金色睒子本生》所体现的文图关系之变化

东南亚插图本的睒子故事之文图关系最值得关注，因为金色睒子的图像有时候出现在毫不相干的文本语境（比如，佛教论藏《阿毗达磨》文献）之中。这样的插图本制作使得该文本不仅用来审美、阅读与观赏，而重要的是使之转型为一个仪式文本，乃至成为一个可以家传（或者寺传）久远的精神寄托之象征。

东南亚睒子故事图像所涉及的插图本至少有如下近17种：

1. 巴利语本《十本生》(*Ten birth tales*，英国图书馆藏，18世纪，贝叶型折页纸本，编号 Pali 207)。

2.《大佛功德》与佛教文献汇编（*Mahābuddhagunā* and other Buddhist texts，英国图书馆藏，18世纪，贝叶型折页纸本，编号 Or.14068）。

3. 泰语《金色睒子本生》插图本（英国图书馆藏，18世纪，贝叶型折页纸本，编号 Or.14255），用 Khmer 字体书写的泰国纸本。有研究者指出，该插图本代表了泰国阿瑜陀耶晚期写本绘画的风格。(Both paintings are fine examples of the late Ayutthaya manuscript painting style, featuring distinguished landscapes and foliage.)

4.《大佛功德》与《阿毗达磨》摘要（*Mahābuddhagunā* and *Abhidhamma* extracts，英国图书馆藏，18世纪，贝叶型折页纸本，编号 Or.14526）。该摘要还附着泰语的注疏。该写本由 Wat Prasat 的 Khrua Rak 赞助，用 Sami

Ratanachot 字体书写。

5.《阿毗达磨》与《帕玛莱》摘要（Extracts from *Abhidhamma* and *Phra Malai*，英国图书馆藏，1780—1810 年间绘制，贝叶型折页纸本，编号 Or. 14704）。此写本配有《十本生》的插图，其中包括了一幅《金色睒子本生》的插图，属于早期 Rattanakosin 风格。《帕玛莱》（*Phra Malai*）是东南亚流传最广的佛教传说之一。[①] 在泰国等地的"听经节"，僧人往往先讲帕玛莱故事，再讲须大拏太子本生，其中也会讲唱金色睒子故事。因此，这些节日所使用和展示的佛教故事图像中，也会有金色睒子故事的图像。

6.《大佛功德》（*Mahābuddhagunā*，英国图书馆藏，1841 年绘制，贝叶型折页纸本，编号 Or. 15925）。该写本用泰国使用的 Khmer 字体的一个变体 Thin Khom 字体书写，其题记则用泰语字体书写。

7. 泰语本的佛经摘要（英国图书馆藏，19 世纪，贝叶型折页纸本，编号 Or. 16552）。该页睒子本生的插图（图 6），也是分为左右两个部分，最左边是睒子和两头鹿在水中，最右边是睒子的盲父母坐在山中的建筑内，正在等待睒子归来。最应该出现的人物国王则消失了，因此，此图是以带水罐的睒子与鹿作为故事的标记。

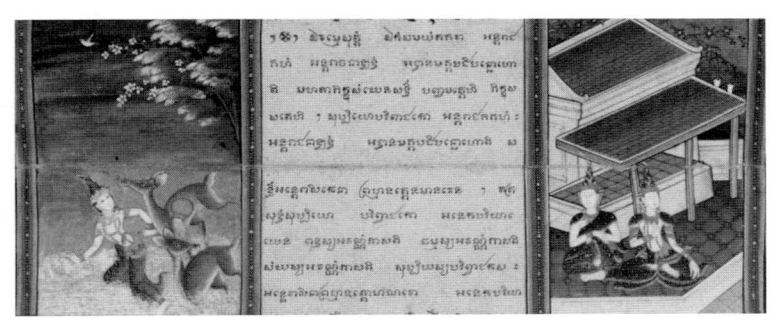

图 6 泰语本佛经摘要中的金色睒子本生图，Or. 16552

---

① 金勇《泰国帕玛莱抄本插图的典型化场景及其社会文化意义》，陈明主编《文学与图像：文图互释》，北京大学出版社，2023 年，第 75—96 页。

8.《帕玛莱》（英国图书馆藏，19世纪，贝叶型折页纸本，编号 Or.14559）。该写本中摘录了《十本生》。

9. 用于唱诵的论藏（Abhidhamma Pitaka）摘要与《帕玛莱》传奇（英国图书馆藏，1800—1850年绘制，贝叶型折页纸本，编号 Or.15258）。

10.《罗摩衍那》和《须大拏本生》（*Ramakien* and *Vessantara Jataka*）（英国图书馆藏，1880年在泰国或柬埔寨绘制，欧洲纸本书，编号 Or.14859）。该写本中有《罗摩衍那》和《十本生》的插图，也绘制了一幅须大拏本生的场景。该写本第188—189页描绘的是十车王与被箭射中的睒子。

11.《帕玛莱》（英国图书馆藏，1881年绘制，贝叶型折页纸本，编号 Or.15207）。该写本中摘录了《十本生》（*The Ten Birth Tales*, / *thotsachat*）。其中绘制了一幅《睒子本生》（*Sama jataka*）的插图。

12. 佛教经律论三藏摘要与《帕玛莱》（英国图书馆藏，1894年绘制，贝叶型折页纸本，编号 Or.16100）。该写本中也有《十本生》（*The Ten Birth Tales*, / *thotsachat*）。其中绘制了一幅《睒子本生》（*Sama jataka*）的插图。

13. 佛教文献与《帕玛莱》（英国图书馆藏，1894年绘制，贝叶型折页纸本，编号 Or.16101）。该写本中配有《十本生》（*The Ten Birth Tales*, / *thotsachat*）的插图。其中绘制了一幅《睒子本生》（*Sama jataka*）图。

14.《帕玛莱》与论藏摘要（英国图书馆藏，19世纪，贝叶型折页纸本，编号 Or.16710）。该写本中配有《金色睒子本生》的插图。

15.《睒子本生》图（英国图书馆藏，18世纪中期，贝叶型折页纸本，编号 Or.14068）。值得注意的是，此页睒子故事图像中没有相应的文字，不是左右对应的构图，而是整页的图像，描绘国王 Piliyakkha 捧着水罐来到睒子的盲父母跟前。

16.《睒子本生》图（英国图书馆藏，1825年绘制，单页纸本，编号 ADD.27370）。此图由艺术家 Bun Khong 为 Captain James Low 所绘制，描绘的是睒子在森林中为盲父母去取水的场景。

17. 缅甸《金色睒子本生》(*Suvannasāma Jātaka*)图（英国图书馆藏，19世纪，单页纸本，编号 Or. 15241）。该图是由六张贝叶型纸竖向排列的，采用了连续叙事的方式。

综合上述的插图本情况而言，至少涉及巴利语、泰语和缅甸语三种语言，有单一叙事和多幅的连续叙事。即便是单一叙事的场景，有些采用"有文有图"的左右对称型，有些采用"有图无文"的单幅场景或多幅组合。在左右对称类图像中，艺术家所选取表达睒子故事的情节也有差异。有的甚至没有绘出故事不可或缺的人物——国王。睒子图像有时出现在与其并不相关的佛教论藏摘要、佛教三藏摘要、《帕玛莱》等文字文本中，这样的文图错置现象比其他地区的睒子故事图像更为明显，值得进一步探讨。

此外，泰国艺术家也绘制了睒子（Sāma）挑着坐在箩筐中的盲父母的宣传画，与印度的画面非常相似，但泰国艺术家或许将该类图像从印度的《罗摩衍那》图像系列移植到了佛教本生故事图像系列，使 Sravana Kumar 变成了 Sāma。其图像的宗教意涵也完成了从印度教到佛教的巧妙转换。为弘扬当代的佛教文化，泰国官方还发行了一枚睒子本生图的邮票。

结语

本文不是仅仅梳理出睒子故事在印度、中国、东亚、东南亚等多个区域的相似素材或史料，而是试图讨论这些相似史料背后所隐藏的交流、接受、变异与互动的复杂图景。就史料的开拓与研究视域的扩展而言，传统的文学文本研究已经略显不足，因此，突破学科的藩篱，将文学、文献、史学、宗教与语言等多方面进行融通是必要的，而故事叙述与图像表现等多元的探究也是值得推进的。

在印度佛教文学中，睒子本生是最有名的民间故事之一。该本生有两种类型，分别传入中国、日本和东南亚地区。睒子本生的平行故事也出现在印度教文献之中，比如史诗《罗摩衍那》和梵语文学经典《罗怙世系》中就有类似的故事，但它们的宗教意涵略有差异。

由于睒子本生中有比较明显的孝道观念，因此该本生也被中国学者进行了改造，成为二十四孝的系列故事之一。汉译佛经中的睒子本生和二十四孝故事中的"鹿乳奉亲"，也流传到日本，成为日本学者与艺术家的多种文本及相关绘卷的源头。但有所不同的是，中国西北丝绸之路的石窟壁画所描绘的长卷连续式睒子经变，就很少见于东亚地区。

睒子故事不仅有比较复杂的文本系统，而且有不同时空、不同艺术流派的图像，因此，必须将该故事的文图均作为一个整体来进行考察。这些图像的分类必须基于相关的文本层次（原典、译本、再译本、编译本、缩略本等），文图之间的相互关系不能错乱，否则就会导致似是而非的结论。

睒子故事的文本与图像的跨文化流传，不仅与印度本土的多种宗教有关，也与所流传地区的文化特性有关。最明显的例子就是睒子变成中土的"闪子"，成为二十四孝的代表之一。这一故事在图像上的转变主要完成于宋代，因为北宋理学的兴起更强化孝道和忠君，为故事的改易提供了理论与思想基础，而"鹿乳奉亲"故事的生成，也与中国北方的生活习俗及其想象（鹿乳并非中国北方常用的乳制品）有关。

作为佛教故事的睒子本生与印度古代的主流宗教印度教也有密切的关系，不能将其从印度文化语境中剥离出来，而应该将其视为印度文化的产物，去考察相关的文本和图像以多样的方式进行传播和流变的复杂过程。睒子本生的文图不仅通过西北陆上丝绸之路进行传播，也通过海上丝绸之路进行传播。中国历代睒子图像也经历了多个转变，从克孜尔壁画的单幅菱格（或方格）画（睒子取水被射），到敦煌、西千佛洞、麦积山石窟、云冈石窟等地的壁画与石刻采用连续叙事的形式，再到宋代与金元时期的墓葬（壁画与砖雕）及其他的二十四孝雕刻，又回到了单幅（剡子披鹿皮被射，但图中从未描绘出水）。后者依托二十四孝故事，并由此影响日本，但前二者可能未见于日本，未产生过什么影响。

睒子故事的图像叙事值得深入的探讨。一方面，该故事系列图像涉及不同的艺术流派。以《罗摩衍那》中的睒童子（Sarvana Kumara）故事图像为例，梵语《罗摩衍那》插图本采用的是连续叙事，显示其继承了南亚佛教石刻与壁画的传统。波斯语本《罗摩衍那》并不是梵语本《罗摩衍那》的一一对应式的译本，而是根据口头叙述史诗的情节概要之后用波斯语书写的史诗梗概本。其波斯语插图本采用的是单幅叙事，这是波斯细密画的一贯特色，即很少有连续叙事的表现，因为波斯细密画是伊斯兰教的产物，其根本特色在于描绘心灵之眼所关注的事物之本真。石刻的《罗摩衍那》图像系列中，睒童子故事基本脱离了文本的语境，只有单纯的一种表现孝道的符号（担负双亲，有无箩筐这一道具均可），而没有激烈的故事冲突与高潮中凸显的牺牲及悲剧化的情感感染。

睒子故事图像在不同的文化语境中，也会出现类似的图像程序或符号，比如，"担负父母"（担子）的程序既有混合型的（双肩荷父母 vs 担负父母，即父母恩重与睒子孝亲的混融），也有独立的，而且还一直在当代的南亚和东南亚地区有所表演，这充分体现了该故事的旺盛的生命力！

学生互动摘要

陈明教授的演讲结束后，同学们针对睒子故事在跨文化传播中的变异和图文关系这两方面进行提问。同学们关注到中印两国各自的文化与文学传统对故事面貌的影响，有人从中国古代忠君传统的角度解读中国的郯子故事，还有人根据睒子被射死的情节提问印度文学中是否存在对非再生族描写的传统。还有同学认为睒子故事在汉译佛经和二十四孝系统中呈现的差异，可能与故事传播群体及其审美取向有关。陈明老师对大家的提问一一做出回应，并提醒我们要把中国的睒子故事放到二十四孝故事的语境中去思考故事在不同文化语境中的转化，对图像的分析也要注意图像的生产过程。睒子故事的地方传说化问题也引起了不少同学的兴趣，陈老师认为目前文献材料中能够找到的传说性质的材料有限，但根据当代印度表演仪式中仍存有与睒子故事情节相似的元素，可以期待从田野调查中获得更多鲜活的传说资料。

2023年3月22日，大家又围绕讲座内容展开了评议与讨论。主持人董慧慧从文本特性的挖掘、图像视角的运用和东方民间故事的跨文化研究这三个方面对陈老师使用的研究材料与方法进行了延伸讨论和反思。她认为，陈老师的外语学科素养和广阔的文化视野使得他对睒子故事图文材料的解读趣味横生，其研究理路也构成了东方民间故事研究的一种内在对话性，使得更多个案分析的积累富有意义。针对图像视角带来的材料解读的限度问题，她认为研究者可以从图像与文本的距离入手，考量故事在民众日常生活中产生意义的基础，进而聚焦图像的整体意义。

在讨论环节，同学们进一步对睒子故事的图文差异问题表达了各自的看法，有同学提出文本和图像有各自的规定性和表达传统，制图工序也是影响图像的重要因素。还有一些同学倾向于从民众对故事意义的接受角度来理解故事图像表达重点。在睒子故事研究的启发下，也有同学尝试提出以图文并行的视角进行东方民间故事的平行比较研究。在同学们热烈的讨论中，关于睒子故事的共识与歧见，既受到陈老师带来的跨文化视野的激励，也有来自民间文学研究传统的助益。

（摘要撰写人　董慧慧）

灰姑娘的两次婚姻[*]

陈岗龙

编者按：2020 年 11 月 19 日，北京大学东方文学研究中心陈岗龙教授以"灰姑娘的两次婚姻"为题，为北京大学中文系民间文学专业的学生们带来了一场讲座并展开交流。

长久以来，以形态分析为基础的民间故事研究，其基本指向在于探寻文本结构中的深层规律，而少有联结文化内涵进行分析的尝试。这样的研究传统也在从文本到语境的范式转型过程中不断接受反思和考验。陈岗龙教授在故事学方面耕耘多年，颇有建树，对蒙古民族文化和蒙古民族民间文学也深有研究。本次讲座他对灰姑娘故事的讨论，便是在明确的文化传统中对此类范式进行完善的尝试，同时也在学理上对普罗普建立"故事形态学"体系的最初理想设计做了回应。讲座植根于深厚的蒙古文化传统，以"灰姑娘"故事文本存在两个不同系统为切口，聚焦灰姑娘"两次婚姻"的叙事与文化内涵，以普罗普的故事形态学为基本方法，辅以故事与仪式的关系分析，为灰姑娘故事的文化根源、文本生成和叙事结构之间的交互关系提供了一种新的理解思路。

---

[*] 本文使用的"蒙古灰姑娘故事"概念包括我国蒙古族中流传的灰姑娘故事和蒙古国、俄罗斯的布里亚特、卡尔梅克等国外蒙古民族中流传的灰姑娘故事。文中"蒙古异文"的范畴也同"蒙古灰姑娘故事"。

一、引子：灰姑娘故事研究的缺憾

美国著名民俗学家斯蒂·汤普森（Stith Thompson）在《世界民间故事分类学》一书中说"也许全部民间故事中最著名的要算《灰姑娘》了"[①]。这个在世界范围内广泛流传的民间故事受到众多学者的青睐，对它的研究可谓多如牛毛。

最早关于"灰姑娘"型故事的系统性研究可以追溯到1893年玛丽安·罗福尔·考克斯（Marian Roalfe Cox）出版的《灰姑娘：345个关于灰姑娘、猫皮和灯心草帽的故事、摘要和图表以及中世纪异文的讨论和注解》[②]一书，以当今的目光来看，此书中收入的部分故事文本与目前常用的AT分类法中描述的灰姑娘故事并不一致，但其也体现出巨大的资料价值。中国的灰姑娘故事研究，早期有丁乃通先生的《中国和印度支那的灰姑娘型故事》，收入《中西叙事文学比较研究》，其中最重要的就是提出了《酉阳杂俎》中的《叶限》故事。丁乃通明确地说，《酉阳杂俎》的《叶限》是见诸记载的最早的完整的"灰姑娘"型故事，而且这故事有可能（并未断定）首先源于广西南部和越南北部。[③]刘晓春是继丁乃通之后进一步深入研究中国灰姑娘故事的学者，他谈到了丁乃通没有涉及过的更多北方民族的灰姑娘故事，但是刘晓春的研究中依然没有谈到我国蒙古族的灰姑娘故事。

近年来，笔者致力于搜集和研究世界范围内蒙古民族中流传的灰姑娘故事，在研究过程中逐渐发现灰姑娘故事的理论研究还存在一些值得认真反思的问题。从考克斯小姐的书开始，灰姑娘故事的研究已经有了一百

---

① 〔美〕斯蒂·汤普森《世界民间故事分类学》，郑海等译，郑凡校，上海文艺出版社，1991年，第151页。
② Marian Roalfe Cox, *Cinderella: Three Hundred and Forty-five Variants of Cinderella, Catskin, and Cap O'Rushes, abstracted and tabulated*, London: David Nutt for the Folklore Society, 1893.
③ 〔美〕丁乃通《中国和印度支那的灰姑娘型故事》，李扬译，载陈建宪等译《中西叙事文学比较研究》，华中师范大学出版社，2005年，第98—128页。

多年的历史,这期间取得的成就完全可以代表国际学界民间故事理论研究的发展水平。世界各国和各民族中流传的灰姑娘故事逐一得到研究,专门搜集和研究某一特定国家和民族的灰姑娘故事来填补或弥补国际性的灰姑娘故事研究已经成为灰姑娘故事研究的一个重要模式。

以往的灰姑娘故事研究主要关注两个问题:一是围绕"试鞋"母题展开的各种单个情节母题的讨论及其文化史的分析,但是因为缺乏历史研究的有力支持,各家一直没有取得一致的结论;二是关于灰姑娘故事的东西方起源问题的争论,在国际和国内学界延续了多年,但是因为缺乏证据,最后只能搁浅。可见虽然成果丰富,但灰姑娘故事仍然给我们提供了更广大的研究空间。

以往学者们大量使用母题和类型作为工具进行灰姑娘故事的研究,纯粹的母题研究和类型研究能够反映和说明一些问题,也是我们研究民间故事的基本工具和研究步骤,但它们仍然有局限性,不能彻底解决问题,因此也不能让它成为我们推进研究的约束力。同时,在灰姑娘故事作为一个整体故事的研究方面,学者们的讨论是很不充分的,本文正想在这个方向做出探索。

在阿尔奈(Antti Aarne)和汤普森(Stith Thompson)的《民间故事类型索引》中,灰姑娘的故事涉及三个故事类型:AT 510(AT 510B)"灰姑娘型"、AT 511 "一只眼,两只眼,三只眼"和 AT 511A "小红牛"。本文将以 AT 510 和 AT 511 故事作为讨论核心。

(一)AT 510 "灰姑娘型"的故事主干情节

1. 女主人公受到迫害

a)继母及其女儿虐待她;

  a1)住在炉边或者灰上,因此得名灰姑娘,Cinderella, cinder 是梵语"灰尘"的意思,现在的蒙古语中灰尘也这么叫;

  a2)衣衫褴褛;

b）因为父亲想娶女儿，所以女主人公从家中逃走；

c）因为女主人公说她对父亲的爱像盐，所以被父亲赶出家门；

d）仆人受命要杀女主人公。

2. 魔法帮助——灰姑娘在做苦活时得到帮助或者食物

a）她死去的母亲帮助她，往往都是死去的母亲变成一头母牛来帮助她；

b）母亲坟墓上长出的树帮助她，从树上掉下衣服或者其他什么东西；

c）超自然神灵帮助她，或者她的教母帮助她；

d）鸟儿帮助她；

e）山羊、绵羊或者奶牛帮助她；

f）山羊或者母牛被杀以后遗骸长出魔法树帮助她。

3. 王子的舞会

a）她穿着美丽的衣服跳舞的时候一个王子爱上她，或者王子在教堂对她一见钟情；

b）她暗示或者示意自己忍受做女仆的处境；

c）她在家中或者教堂见到华丽的衣服。

4. 考验身份

a）她通过穿鞋而被确认为新娘；

b）在王子喝的水中或面包里发现她的戒指而确认她是被寻找的新娘；

c）只有她能摘下母亲坟墓上长出的树结出的金苹果给王子吃。

5. 灰姑娘与王子结婚

6. 盐的价值

父亲最终明白她所说的"爱父亲像盐"这句话的意思。

这是我们平时最熟悉的，也是《格林童话》中收录的灰姑娘故事的基本情节。

(二) AT 511 "一只眼，两只眼，三只眼" 的故事主干情节

在阿尔奈和汤普森的索引中对 AT 511 "一只眼，两只眼，三只眼" 概括得比较简单：

（1）灰姑娘被她的母亲（继母）虐待，放牧山羊的时候经常饥饿；

（2）一个老妇人给她一个魔法的桌子或食物；

（3）姐妹模仿她，但是受到惩罚；

（4）动物尸体上长出黄金树，只有灰姑娘才能摘下树上长出的果实给王子吃；

（5）灰姑娘成为王子的妻子。

在《国际民间故事类型：分类与文献》中对 AT 511 "一只眼，两只眼，三只眼" 的概括是：

（1）继母不让主人公（两只眼）吃饱就叫她去放牧或者纺线；

（2）她向奶牛（红牛、祖母或者老婆婆）诉说自己的苦命，有人给她食物或者帮助她完成任务；

（3）继母知道秘密后叫自己的两个女儿（一只眼，三只眼）去替灰姑娘放牧或纺线，但是她们忘了警告睡着了，没有得到食物或者帮助，向母亲告奶牛的状；

（4）继母决定宰杀奶牛，奶牛告诉灰姑娘把它的骨头收起来埋了，后来埋骨头的地方长出树帮助灰姑娘；

（5）一个富人见到树并要求摘下果实，两个姐妹谁都无法摘下果实，只有灰姑娘能摘下果实，于是灰姑娘和富人结婚了；

（6）树把姐妹俩的劣迹说出来，继母及其两个女儿受到惩罚。

(三) AT 511A "小红牛" 的故事主干情节

（1）牛的帮助：一只眼、三只眼的继父和两只眼受到继母及其女儿的残暴虐待，主人公得到有魔法的红牛的帮助，红牛的角提供食物给主人公；

（2）继母发现红牛的秘密，假装生病，要求吃红牛的肉；

（3）飞走：红牛用角载着主人公飞到黄铜、白银、黄金森林，遇到其他野兽或动物，红牛死去；

（4）魔法牛角：主人公带着牛角，牛角给她提供了财富和成功的经验。

AT 分类法中对灰姑娘故事的描写，阿尔奈、汤普森的故事类型索引中对灰姑娘故事的描述都存在一个问题，那就是"灰姑娘的故事"到底指的是哪个故事。除了明确的单一回合的 AT 510、AT 511 故事类型之外，还有很多灰姑娘故事讲的是灰姑娘结婚以后继续受到继母及其女儿的伤害，经过苦难最后复活并重新获得幸福。对这样的故事，这些索引的描述往往是"这个故事接下来和 AT 403'黑白新娘'类型结合在一起"，这种表述的意思是 AT 510、AT 511 和 AT 403 都是独立的故事类型，这些灰姑娘故事是由其中两个不同故事类型复合而成的。索引还提到"这一类型常与其他一个或者多个类型相结合，特别是 372A，403，480，510B，也有 408，409，431，450，511，511A，707，923"。那么这些故事类型的结合是随意的吗？

2004 年，德国学者汉斯-约尔格·乌特（Hans-Jörg Uther）进一步完善和丰富了阿尔奈-汤普森索引，完成了《国际民间故事类型：分类与文献》一书，资料大大丰富，并提炼出了"灰姑娘型"的主要母题。从这些索引及文献中可见的灰姑娘故事文本相当可观，按照《国际民间故事类型索引：文献与分类》中列出的 AT 510A、AT 511 和 AT 403 故事文本的分布，将这些文本的分布做成对照表，如表 1：

表 1 世界各地 AT 403（黑白新娘）和 AT 511（灰姑娘）故事类型分布对照表

故事异文分布乌特索引编号	403	511
芬兰	√	√
爱沙尼亚	√	√
利沃尼亚	√	√

灰姑娘的两次婚姻　513

续表

故事异文分布乌特索引编号	403	511
拉脱维亚	√	√
立陶宛	√	√
拉普兰德	√	
瑞典	√	√
挪威	√	√
丹麦	√	
法罗群岛	√	√
冰岛	√	√
爱尔兰	√	√
法国	√	√
西班牙	√	√
加泰罗尼亚	√	√
葡萄牙	√	√
荷兰	√	√
弗里西亚群岛		√
卢森堡	√	
德国	√	√
奥地利	√	√
意大利	√	√
科西嘉岛		√
撒丁岛	√	√
马耳他		√
匈牙利	√	√
捷克	√	
斯洛伐克	√	√
楚瓦什		√
摩尔多瓦		√

续表

故事异文分布乌特索引编号	403	511
奥塞梯	√	
雅库特	√	√
卡尔梅克	√	√
布里亚特	√	
蒙古国	√	
格鲁吉亚	√	√
巴勒斯坦	√	√
黎巴嫩		√
约旦	√	√
伊拉克	√	√
沙特阿拉伯		√
科威特		√
卡塔尔		√
伊朗	√	
印度	√	√
缅甸	√	√
巴基斯坦		√
斯里兰卡	√	√
中国	√	√
韩国	√	
日本	√	√
墨西哥	√	√
古巴	√	
巴西		√
西印度群岛	√	√
智利	√	
斯洛文尼亚	√	

续表

故事异文分布乌特索引编号	403	511
塞尔维亚	√	
罗马尼亚	√	
保加利亚	√	√
希腊	√	√
索布	√	√
波兰	√	√
俄罗斯	√	
乌克兰		√
土耳其	√	
犹太地区	√	√
埃及	√	
突尼斯		√
阿尔及利亚		√
摩洛哥	√	√
苏丹		√
东非地区	√	
纳米比亚	√	√
博茨瓦纳	√	
南非	√	√
马达加斯加	√	

通过上面的表 1，我们能够清楚地看到两个故事类型的分布实际上是重合的，彼此之间应该有密切的联系。当然，某些地区应该流传着相关的故事文本，我们可能没有看到，因此无法在表格中完全详尽地对照出来。但依靠目前的材料可见，这些故事类型的分布彼此非常接近，难道是一种巧合吗？

对这种情况，我们有两种可以思考的方式：第一种，与 AT 分类法描述的思路相同，AT 511 或 AT 510 加上了 AT 403 之后变成一个复合故事，成为我们看到的灰姑娘故事，这就是故事从简单到复杂发展的思路。第二种思路是，是否可能原来的灰姑娘故事就是一个长故事，后来这个长故事分解成两个故事或者三个故事？也就是说 AT 511、AT 510 和 AT 403 都是从原来的一个大故事里分出来的，之后各自演变成独立的类型。

以上两种思路，代表灰姑娘故事可能存在的两种完全不同的故事形态与演变轨迹。那么，灰姑娘故事到底是复合的故事还是分解的故事？灰姑娘故事是今天我们所看到的《格林童话》中那样，即少女得到神奇帮助从而获得婚姻和幸福的普通故事吗？还是说灰姑娘的故事是一个具有古老起源的有关女性婚姻仪式的复杂故事？AT 511 和 AT 403 之间到底有怎样的内在逻辑关系？如果 AT 511 + AT 510A + AT 403 原来就是一个完整故事，后来分解成 AT 511 和 AT 403 两个故事类型，那么这几个故事类型中哪一个是核心？它怎样吸引了其他的故事类型？

普罗普在《魔法故事的历史起源》中说："我们知道了单个母题的来源，但却不知道它们在情节展开过程中其顺序的来源，不知道故事作为一个整体的来源。"[①] 普罗普在《故事形态学》中指出故事的"功能项的排列顺序永远是同一的"[②]，实际上，故事内部的顺序和结构都是始终如一的。在笔者所见的灰姑娘故事中，"试鞋"母题从来不会出现在灰姑娘被害变成鸟、变成火种的母题后面，AT 511 + AT 510A + AT 403 的顺序是永远不变的。因此，我们需要对灰姑娘故事进行"整体故事"的研究，探讨其母题的顺序、相互联系和结构的稳定性，从而准确把握灰姑娘故事的性质。

本文将通过考察一批具体文本来反思上文所提灰姑娘故事研究中的

---

① 〔俄〕弗拉基米尔·雅可夫列维奇·普罗普《神奇故事的历史根源》，贾放译，中华书局，2006 年，第 465 页。
② 〔俄〕弗拉基米尔·雅可夫列维奇·普罗普《故事形态学》，贾放译，中华书局，2006 年，第 19 页。

理论问题。笔者主要讨论蒙古民族和突厥语民族灰姑娘故事中互相联系的一组文本，它们基本是 AT 511 或 AT 510A 与 AT 403"结合"的故事文本。这组灰姑娘故事讲的是灰姑娘结婚以后继续受到继母及其女儿的伤害，经过苦难最后复活并重新获得幸福，即"这个故事接下来和 AT 403'黑白新娘'类型结合在一起"。以往的灰姑娘故事研究虽然很丰富，但是没有人系统研究过蒙古民族的灰姑娘故事，本文正可以在此处进行填补。

二、蒙古灰姑娘故事：两个系统

目前，笔者搜集到 31 个文本（异文），足够系统地探讨世界各地蒙古民族中流传的灰姑娘故事（下面简称"蒙古灰姑娘故事"）。[①] 这些蒙古异文涵盖了灰姑娘故事的几个亚类型。文本中的 Mon 1、Mon 2 和 Mon 31 是典型的 AT 510 类型，而更多的蒙古异文是包括女主人公结婚以后被狠心的同父异母姊妹冒名顶替的"黑白新娘"情节的 AT 511 与 AT 403 结合的复合类型。虽然 Mon 6（《最小的姑娘》）和 Mon 16（《神马》）在我国内蒙古鄂尔多斯和青海流传，但"对父亲的爱像盐"这个类型似乎不是世界各地蒙古民族中流传的灰姑娘故事类型的主流。而讲述男主人公的受苦和冒险的灰姑娘故事类型，我们只见到 Mon 20 一例。

同一民族中流传的同一个故事，可能存在情节上的重大差异，也可能显示出故事流传具有两个不同的源头。通过对故事文本特征和流传地区的考察，笔者把这些蒙古灰姑娘故事文本分成了两个系统：一个系统是卫拉特和卡尔梅克的灰姑娘故事，与新疆其他民族中流传的灰姑娘故事和欧洲灰姑娘故事表现出高度的相似性；另一个系统是青海蒙古族中流传的灰姑娘故事，与藏族的灰姑娘故事属于一个传统。

加拿大多伦多大学的汉学家施文林（Wayne Schlepp）的《灰姑娘的

---

① 故事列表及出处见附录。

故事在西藏》(Cinderella in Tibet)[1]一文中详细研究了藏文《尸语故事》中的灰姑娘故事类型。这个藏文《尸语故事》是蒙古国学者呈·达木丁苏伦院士1962年公布的。呈·达木丁苏伦院士1962年公布的藏文《尸语故事》中第十一个故事叫《蟒古思妖婆欺骗姑娘唆使姑娘杀死亲生母亲后母亲的灵魂保护女儿向蟒古思母女报仇并让女儿当上可汗夫人的故事》，情节梗概如下：有母女俩和蟒古思妖婆母女俩，女儿到蟒古思妖婆家借火种，蟒古思妖婆唆使女儿杀死母亲后住到自己家。姑娘的母亲转生为蟒古思的一头奶牛，并给女儿各种好吃的食物。蟒古思妖婆的女儿放牛，奶牛在蟒古思女儿怀里拉屎。蟒古思妖婆杀死奶牛。姑娘按照奶牛吩咐，要了奶牛的四条腿、四只蹄子和一节肠子，埋到门槛下。可汗举行盛大聚会。母亲的灵魂变成鸽子飞来帮助女儿分种子。牛皮、蹄子和肠子变成华丽的衣服、靴子和腰带，姑娘穿上后去参加聚会。姑娘跑回家时把一只靴子掉到河里。可汗的牧马人捡到靴子并交给可汗儿子。可汗儿子凭靴寻人，与姑娘结婚。蟒古思女儿来探亲，把新娘推进湖里，害死了新娘，冒名顶替成了可汗夫人。姑娘的灵魂变成鸟，告诉可汗儿子自己的遭遇。救她的办法是把小鸟包在五色绸缎中，请僧人念诵七天的超度经。而且，女主人公还告诉可汗消灭蟒古思女儿的办法，在假王妃的座位下挖一个深坑，蟒古思女儿坐上去就会掉进坑里，然后倒进燃烧的炭火，女主人公复活后去蟒古思妖婆家并报了仇。[2]

从故事情节上看，青海蒙古族中流传的灰姑娘故事和藏族中流传的灰姑娘故事基本上和古老的书面故事一致，可以肯定藏文《尸语故事》中的这个故事是西藏、青海藏族和青海蒙古族中流传的灰姑娘故事的主要来源之一。但是，我们在喀尔喀蒙古（今蒙古国）没有发现口头流传的灰姑娘故事，而且藏文《尸语故事》中的这个异文也没有收入蒙古文《尸语故

---

[1] Wayne Schlepp, *Cinderella in Tibet, Asian Folklore Studies*, Volume 61, 2002, pp. 123–147.
[2] 额尔敦巴雅尔译《魔尸传》(蒙古文)，内蒙古教育出版社，1994年，第108—121页。额尔敦巴雅尔翻译的就是呈·达木丁苏伦1962年公布的藏文《尸语故事》。

事》中。虽然喀尔喀蒙古族的喇嘛们能够读藏文《尸语故事》中的灰姑娘故事，但是并没有做出将其翻译成蒙古语传播的举动。而青海蒙古族中发现的几个异文，很可能是因为与藏族杂居而从藏族那里接受了这个异文。

从以上文本梳理和情节分析中，可见青海蒙古族和藏族的灰姑娘故事应该是同源的，情节中包含两个回合：第一个回合里，灰姑娘试穿鞋子，与王子结婚，即普罗普理论中的"考验"。第一个回合中灰姑娘跟王子结婚，则完成了完整的婚礼。第二个回合里，灰姑娘被继母用钢针杀死，这是"伤害"，而不是普通的"考验"。灰姑娘被杀死以后变成鸟，再变成其他的东西，最后复活，在容器里面被发现，与丈夫团聚。在青海蒙古族和藏族的这些灰姑娘故事当中，这两个回合的情节都是完整的，形成下图（图1）：

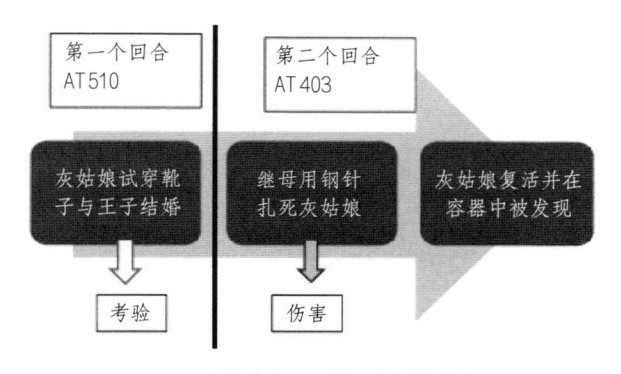

图 1　青海蒙古族和藏族灰姑娘故事

第二个系统是国内新疆卫拉特和国外卡尔梅克的文本，它们也是AT 511 和 AT 403 类型结合的故事。例如异文《受继母虐待的孤女》，可汗的儿子打猎的时候，见到放牛的灰姑娘，爱上灰姑娘，到灰姑娘家求婚。继母答应了，说好第二天把新娘送过去，结果继母把灰姑娘推到湖里杀死，然后让自己的女儿冒充新娘，与可汗的儿子结婚。灰姑娘被杀死以后变成其他动物，她的姐妹不断伤害她，最后灰姑娘复活。

异文《拉糖蜜的青牛》中，妖婆送新娘的路上用食物交换了女主人公的两只眼睛，把双目失明的女主人公推进枯井里，然后让自己的女儿顶替新娘，和可汗的儿子结了婚。有对老夫妇救出了女主人公，女主人公用金戒指换回了自己的双眼。后来，可汗的儿子打猎来到老夫妇家，见到了自己真正的妻子，听到了她的遭遇。可汗的儿子惩罚了妖婆的女儿，和妻子团聚过上了幸福生活。

异文《黑心的后果》中，继母答应去送新娘瑙高丽，她带着瑙高丽和自己的亲生女儿背着三袋干粮去可汗的儿子家。在路上，继母及其女儿先吃完了瑙高丽的干粮，等瑙高丽想要吃她们的干粮，继母就提出用瑙高丽的眼睛换食物的要求。瑙高丽把两只眼睛挖出来换了食物，并且继母还逼着瑙高丽说出了她的灵魂在大海中大鱼的肝里。狠心的继母让双目失明的瑙高丽掉进沙漠里的枯井之后就带着亲生女儿查嘎丽来到可汗的家，让自己女儿做了新娘。最后，瑙高丽遇到善良的老人，老人锻造了一把蒙古刀，瑙高丽编织了漂亮的刀鞘，老人的儿子用这把刀换回了继母女儿查嘎丽手中的瑙高丽的那双眼珠。

从情节上看，卡尔梅克的《受继母虐待的孤女》、新疆卫拉特的《拉糖蜜的青牛》《黑心的后果》、内蒙古阿拉善的《查嘎黛和瑙高黛》都属于同一个叙事系统。阿拉善的故事与卫拉特的故事从故事情节到故事主人公的名字都高度一致，这使我们做出阿拉善的故事与卫拉特故事具有共同来源的猜测。阿拉善的故事很可能是东迁的额济纳土尔扈特从原来的地方带来的，因此才与新疆卫拉特的故事保持着高度的一致。那么，这些相同的故事是从卡尔梅克人从欧洲回来的时候带回来的吗？如果确实是在他们去欧洲的时候将故事从新疆带了过去，那么这个故事源头可能就更古老。但目前我们的故事文本是有限的，对故事的准确源头还无法做出准确的判断。

如果卫拉特蒙古人把灰姑娘的故事从新疆带到欧洲的假设成立，那么这个系统的灰姑娘故事传统就相当悠久，它涉及额济纳土尔扈特、西迁的土尔扈特及卡尔梅克，以及新疆的土尔扈特，这些人群中都保持着这一同样的故事传统。而且，食物换眼睛的母题还常见于和卫拉特蒙古关系密切的新疆其他民族灰姑娘故事中。

由此可见，卡尔梅克和卫拉特故事中普遍存在两个回合：第一个回合里，继母害死灰姑娘或者弄瞎她的眼睛，让自己的女儿冒名顶替做了新娘。此时伤害已经出现了，因此第一个回合中不存在灰姑娘的完整婚姻。第二个回合里，灰姑娘最终恢复人形并与丈夫团聚，她本人才获得真正的婚姻，形成图2。

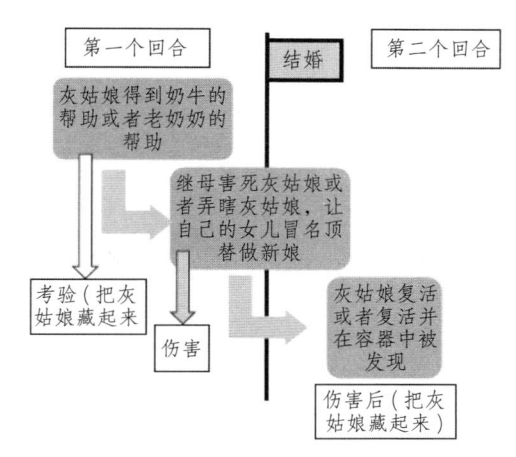

图2 卡尔梅克和卫拉特灰姑娘故事

综上所述，两个系统的灰姑娘故事中都包含着两个回合，但是青海蒙古族和藏族故事系统中，第一个回合里灰姑娘获得婚姻，第二个回合里被害再复活；卡尔梅克和卫拉特故事系统中，第一个回合里灰姑娘被害、被冒名顶替，自己并未成功结婚；第二个回合里灰姑娘最终复活才与丈夫团聚。

三、两个回合与两次婚姻

普罗普在自己的研究中引用博厄斯对印第安传说的认识，说："我们开始不仅是熟悉文本，而且熟悉了哪怕是一个部落的社会组织，情况便全然改观，这些文本突然从一个全新的角度出现在我们面前。"[①] 可见故事在特定文化语境中所处的环境会对我们如何看待和理解故事产生影响，忽略

---

① 〔俄〕弗拉基米尔·雅可夫列维奇·普罗普《神奇故事的历史根源》，贾放译，中华书局，2006年，第471页。

这些文本中没有明示的信息就无法准确分析故事的内容。因此，结合蒙古灰姑娘故事背后的文化传统和历史环境，能够更好地理解灰姑娘故事中潜藏的意涵。

通过前文对卡尔梅克和卫拉特的灰姑娘故事文本进行分析，可以发现它们拥有一些共同的情节：

（1）灰姑娘在野外放牧时得到神奇的帮助，其中五个文本中都是奶牛（青牛）帮助女主人公，提供吃的或者穿的。两个文本中是野外蒙古包里的神秘老婆婆考验女主人公后告诉她用不同颜色的泉水洗脸的秘密，从而使女主人公越发漂亮。女主人公通过了老婆婆对她的日常生活美德的考验。

（2）狩猎的可汗儿子对灰姑娘一见钟情，但并不是马上娶走新娘。可汗的儿子和女主人公定亲后继母要亲自把继女送过去，从而在路上陷害女主人公或者在娘家陷害女主人公。而青海蒙古族的灰姑娘故事中则是女主人公结婚后回娘家探亲时继母给她梳头时用钢针扎死她，然后用自己亲生女儿代替了新娘。卡尔梅克和卫拉特蒙古灰姑娘故事中都没有灰姑娘结婚以后回娘家探亲，从而被狠心的继母或者丑陋的姐妹杀死被顶替的情节。卡尔梅克和卫拉特灰姑娘故事中，灰姑娘的被害提前到来到丈夫家之前（或者其他故事中是后移到灰姑娘回娘家探亲时）。

（3）灰姑娘被害后重新从婴儿长大，直到十五六岁才见到丈夫并以讲故事的形式诉说自己的遭遇。灰姑娘从火种里重生，变成十三岁的少女，或者灰姑娘从烧柳树的火种里出现并神奇地长大。没有灰姑娘变成火种的情节的时候，有灰姑娘生儿子的情节。可见，灰姑娘本身从婴儿开始长大和灰姑娘自己生孩子的母题是互补的。

在这些共同情节中，有几个问题值得我们关注：第一，为什么王子凭鞋寻人，找到灰姑娘之后不是马上娶走，而是必须第二天继母送过去，从而导致女主人公被害和冒名顶替？第二，为什么女主人公必须被害，变成鸟来问丈夫"新娘好不好"？鸟被杀或投入火中烧死后变成火种被人借走，在别人家里重新恢复人形并烧火做饭，还让丈夫品尝其做的饭后才和丈夫见面？第三，为什么灰姑娘生的孩子被她的异母姊妹抱着去冒名顶替真正的新娘？

要解决这些问题，需从灰姑娘故事的情节结构入手。卡尔梅克和卫拉特蒙古灰姑娘故事与青海蒙古族中流传的灰姑娘故事表现出局部的明显差异，其中有两个重要情节值得特别关注，它们关系到故事的整体性。

第一，灰姑娘受害的情节在故事叙事序列中所处的位置不同，在卡尔梅克和卫拉特灰姑娘故事中，灰姑娘在第一回合里就被杀害，并被继母的亲生女儿冒名顶替。在青海蒙古族灰姑娘故事中是第二个回合里，结婚后的灰姑娘在回娘家探亲过程中被伤害和冒名顶替。这就是前文所说的两个回合的差别。

青海蒙古族和藏族灰姑娘故事中，第二个回合里灰姑娘的被害，实际上完成了她的身份转换。青海蒙古族灰姑娘故事中，害死女主人公的方式都是梳头的时候把钢针扎进头顶，而藏族故事中则是坏姊妹把女主人公推进湖里淹死。在各地蒙古民族民间故事中女主人公被人用钢针扎头顶杀死是一个普遍的母题，钢针被取出来，女主人公又重新复活。实际上，灰姑娘回到娘家以后"母亲"给她梳头就是给出嫁的女儿用钢针分头，从而改变其过去的身份，即用钢针扎死了原来的灰姑娘。这个情节反映的是蒙古民族婚礼当中的一个情景：蒙古民族的婚礼当中，出嫁以前的少女不分头发，结婚以后头发要从中间分开，分头的时候，还有专门说的词。为姑娘分头的人要说"我们分的是一只绵羊的头，而不是姑娘的头"。分头仪式代表的是原来的少女死去，而新娘复活。此后被害的女主人公变成鸟，被投进火里烧死后变成火种，被人借走，然后到另一个人家成为会做饭的女人即主妇，最后被丈夫接回家，就完成了自己身份的转换。在这些故事中，冒名顶替新娘的妖女最后显露出铜嘴兽腿的形象，最后被处死，说明在仪式过程中老妖婆和妖女都是给女主人公出难题和带来磨难的角色，女主人公身份转换结束后她们也完成了使命，从而被处死。

也就是说，青海蒙古族和藏族灰姑娘故事中的两个完整回合对应着两个完整的仪式：第一个回合里，灰姑娘通过考验，与王子结婚，是完整的婚姻仪式；第二个回合里，重新从灰姑娘被加害开始展开叙事，并以加害的结束结尾，灰姑娘重新获得婚姻，也是一个完整的仪式。

而卡尔梅克和卫拉特蒙古灰姑娘故事的第一个回合里灰姑娘本身没有结婚，而是被加害，与可汗结婚的不是灰姑娘，而是冒名顶替的假新娘，所以第一个回合不是一个完整独立的婚姻仪式，因为仪式的主角不是灰姑娘。第一个回合的讲述也不是一个有完美结尾的独立的叙事单元，故事不能在此处告一段落。只有完整讲述完第二个回合的情节以后这个仪式才算结束，仪式的主角才变成真正的灰姑娘。

因此，笔者认为卡尔梅克和卫拉特蒙古灰姑娘故事中的两个回合不是独立的两个故事类型，不能像类型索引中描述的那样看作是 AT 511 和 AT 403 两个互相独立的故事类型黏合在一起。

第二，卡尔梅克和卫拉特故事中可汗儿子娶灰姑娘的时候，继母把新娘藏起来，不让可汗儿子见到新娘，而在青海蒙古族灰姑娘故事中，最后丈夫在容器里发现妻子。这两个母题的内涵是相似的。

青海蒙古族的灰姑娘故事中，被害的女主人公变成鸟，被投进火里烧死以后变成火种，火种被人借走，在别人家恢复人形，被锁进箱子里，最后被丈夫接回家。在藏族故事中变成小鸟的女主人公灵魂亲自告诉丈夫拯救她的办法。在藏文《尸语故事》版灰姑娘故事中，把小鸟包在五色绸缎中，请僧人念诵七天的超度经。错那县流传的《两对母女》中，将小鸟剁成肉，用绸缎包好，放在一只玉箱中好好保管，等十五月圆之夜打开。在西藏自治区班嘎县搜集到的异文中则是把小鸟的尸体包在五颜六色的绸缎里放上七天，等十五的月亮刚刚升起时打开，王妃就会复活。[①] 而青海

[①] 《中国民间故事集成》全国编辑委员会、《中国民间故事集成·西藏卷》编辑委员会《中国民间故事集成·西藏卷》，中国 ISBN 中心，第 636—639 页。

蒙古族中流传的异文中则都是丈夫把小鸟捏死或者装进香包里，后被假新娘投入火中，然后被借火种的人带回家，女主人公再次从火种变回原来的人形……女主人公都要经历被锁进箱子里的程序，而发现锁进箱子里的灰姑娘的，都是可汗的猫或者狗。

这个母题的另一种变形是卫拉特或卡尔梅克灰姑娘故事中继母把灰姑娘藏在锅底下，可汗的鹦鹉或猎鹰发现了灰姑娘。在 Mon 27《哈拉海巴音的女儿》中，可汗的儿子来迎娶妻子，继母把女主人公扣在锅底下，让自己的亲生女儿抱着阿里班巴坐在七层帘子后面，红靴子只能塞到她的脚尖。可汗儿子的鹦鹉发现扣在锅底下的女主人公。Mon 20 中，可汗儿子寻找靴子的主人来到灰姑娘家里，继母把瑙高丽藏到大黑锅下面，对可汗的儿子说："我们的女儿不能让陌生人见她的脸，否则她会死去。"就把瑙高丽的一只脚从锅下拽出来试穿靴子，于是可汗的儿子确认瑙高丽就是自己的未婚妻，嘱咐继母搬到汗宫里去就先走了。把灰姑娘藏在锅底下或者馕坑里的母题也见于新疆其他民族的灰姑娘故事中。

从故事功能项的角度可以说，锁进灰姑娘的箱子、藏进灰姑娘的锅或者坑，以及包小鸟尸体的五颜六色的绸缎，实际上都是同样性质的，那就是被害的女主人公在容器中被发现，而这个容器和白雪公主的水晶棺材是同质的。

卡尔梅克和卫拉特灰姑娘故事中第一回合里继母把灰姑娘藏起来，可以看成是"女主人公在容器中被发现"情节的提前。不过，我们要清楚，丈夫从坑里找到新娘是难题，与辨别真假新娘是一样的，被继母藏到坑里的灰姑娘还是一个没有受到伤害的受礼者，而锁进箱子里的新娘则是已经经历过一系列伤害的受礼者。因此，不能把藏进坑里的新娘简单看作是在容器里发现新娘的母题从第二回合提前到第一回合的结尾。二者在性质上是不同的，藏在坑里的新娘是"寻找藏起来的新娘"的难题，和"试鞋"及"完成任务"的难题一样，在整个过程中女主人公并没有受到伤害。而箱子里发现新娘则是加害行为的终结，是仪式过程的全部结束。所以在灰姑娘被藏到坑里的情节中，仪式过程还没有结束，而从箱子里找到由火种恢复人形的新娘，与从水晶棺材里发现白雪公主是一样的，仪式最终结束了。

前文我们提出问题，为什么故事中的丈夫认不出自己的妻子被冒名顶替了？此时可以进行推测：可能是灰姑娘在第一回合结婚的丈夫和第二回合结婚的丈夫不是同一个人，这就是灰姑娘两次婚姻的关键所在。第一次婚姻是通过难题考验得到的，是短暂的；而第二次婚姻则是通过生死离别的加害来得到的，而且经过了重新出生和成长的漫长周期，因为第二次婚姻才是真正的婚姻，通过生死离别、遭遇加害最终得到，是终生的婚姻。通过分析灰姑娘故事，我们认为灰姑娘的第一次婚姻是普罗普所说的"小妹妹"的婚姻，第二次婚姻才是特定的与某个男人共同生活的一夫一妻的婚姻。

虽然人类在婚姻史上是否确实经过了这样的阶段，目前还缺乏民族志的证据，但是这个推断在故事逻辑上可以成立。从结构上看白雪公主和灰姑娘是相似的，都被继母虐待，被加害而死，最后在水晶棺中醒来。白雪公主和七个小矮人生活在一起，也同样是一种"小妹妹"的婚姻式的经历。

因此，AT 510 + AT 511 + AT 403 的灰姑娘故事文本，用普罗普的理论来分析，可能讲述的是灰姑娘的两次婚姻，第一次是在集体大家庭中的婚姻，第二次才是真正的婚姻。因此，我们还不能把卫拉特、卡尔梅克的灰姑娘故事看成简单的两个故事类型"AT 511（或 AT 408）+ AT 510"和"AT 403"两个独立故事类型的随意结合，而这些情节本来就是完整地讲述一个女孩子完成全部婚姻过程的故事。往往故事的结尾，假新娘被杀死，因为她已经完成了使命。

在从故事回合入手的整体观照之外，文本中还存在种种可供分析的细节，能够作为本文论述的更多证据。

我们可以发现，在卫拉特和卡尔梅克的灰姑娘故事中，"用食物交换女主人公的眼睛"和"女主人公被害后陆续变成动物和其他物件"的情节从来不在一个故事文本中同时出现。普罗普在《故事形态学》中说："有两对功能项极少在同一个回合中同时出现，甚至少到排斥会被认为是符合规律的，而放在一起则是打破规律。"[①] 虽然普罗普这句话谈论的是"与对头——加害者交锋和战胜他"以及"难题和对它的解答"两对功能项，但是这个论断同样适合于我们讨论的这两个情节的分析。笔者认为，这两个情节是两个不同性质的功能项，由此构成的故事也体现出不同的性质。

同样的道理，在故事的开始，奶牛帮助女主人公的母题和老婆婆帮助女主人公的母题也不会同时出现在同一个故事中。这是因为神奇的奶牛和神秘的老婆婆都是赠与者，其角色和功能是一样的，两者互相排斥，一个出现，则另一个肯定不出现。

这样一来，我们能得到灰姑娘故事中第一回合难题考验的两种模式：神奇的奶牛帮助女主人公（A1）和神秘的老婆婆考验女主人公（A2）；第二回合加害女主人公也有两种模式：食物换眼睛（B1）和杀害女主人公以及女主人公复活（B2）。第一个环节和第二个环节的母题可以随机搭配。

以下为部分异文中难题考验和加害母题对照表。（表2）

表2 难题考验和加害母题对照表

故事异文	第一回合　难题考验	第二回合　加害
受继母虐待的孤女	A1	B2
毛海和赛海俩	A1	B2
哈拉海巴音的女儿	A2	B2
花母牛的女儿	A1	B1+B2
拉糖蜜的青牛	A1	B1
黑心的后果	A2	B1
灰种绵羊	A1	B2

---

① 〔俄〕弗拉基米尔·雅可夫列维奇·普罗普《故事形态学》，贾放译，中华书局，2006年，第97页。

灰姑娘故事蒙古异文中女主人公的受害，大体上可以分为两个系统：一个是继母用食物交换灰姑娘眼睛的系统；另一个是继母或其女儿害死灰姑娘后，灰姑娘灵魂变成鸟和其他物品的系统。

在食物交换眼睛的情节中，继母用食物把灰姑娘的眼睛换走，失明的灰姑娘后来遇到好心人用某种东西把她的眼睛又换回来。考克斯女士的第 281 个文本就有类似情节，继母（或其女儿）剜了女主人公的一只眼睛，后来女主人公用无花果换回眼睛。普罗普也提到俄罗斯民间故事中有这样的母题，被弄瞎双眼的姑娘绣了一顶奇妙的王冠，将它交付给心怀歹意的女仆，女仆以眼睛换取王冠，眼睛就这样失而复得。

用眼睛换食物的母题的起源可能与女主人公要经历一段黑暗时期的仪式有关。善良的女主人公把自己的食物先给继母母女俩吃，而自己需要食物时则必须付出失明的代价，而且被推进井里，但是很快会被人救起。此后女主人公虽然眼睛失明，但是要绣出给丈夫的漂亮刀鞘或王冠，从而获得重见光明的权利。

在这些故事中，黑心的继母或者狠心的姐妹完好地保存着灰姑娘的双眼，灰姑娘还可以用黑暗中绣的刀鞘来换回自己的眼睛。这样的情节并非为了体现继母或姐妹的一丝善意，而是以失去眼睛再复明的整个过程代表灰姑娘完成了黑暗时期的考验，可以重见光明，与普罗普说的绣王冠是一样的。卫拉特故事中出现用金戒指换回眼睛、塔吉克故事中用金砖换回眼睛，以及考克斯书中记载的用无花果换回眼睛，都是用贵重物品代替了原来的考验内容。这些情节应该比黑暗中绣王冠和刀鞘的情节更晚。

在女主人公最终从火种恢复人形的情节中，为什么总是有借火种的老婆婆出现？为什么女主人公主动要求老婆婆把自己锁在箱子里，且丈夫都要到老婆婆家里才能见到自己的妻子？故事中女主人公被害后变成鸟、木屑等母题，在蒙古语文本中体现为变成火种，是比较特殊的。把女主人公和火种联系起来，火种被邻居带回家后恢复人形并积极做家务活，这是对家庭主妇的体现。如果说，"换回眼睛"母题里的父子是次要角色，借火种的老婆婆绝对不是次要角色，因为老婆婆实际上是主持仪式的女萨满。在蒙古民族民间故事中有许多女主人公因为贪玩熄灭了火而去老婆婆家里借火种，从而被老妖婆抓住的故事。普罗普也在《神奇故事的历史根源》中谈到老妖婆的炉灶，火带有积极的意义，[①] 可以使人返老还童。

当我们认同老婆婆是女萨满的角色之后，会发现蒙古灰姑娘故事中存在普罗普所说的角色同化现象：《受继母虐待的孤女》《毛海和赛海俩》中的放牛老人和维吾尔族故事中砍树的老人实际上就是借火种的老婆婆的角色同化。

再进一步，我们可以把第二回合中的"灰姑娘被狠心的继母或者姐妹杀死——灰姑娘变成鸟、变成树、变成火种——被借火种的老婆婆接到家里并在那里重新恢复人形——被藏到箱子里——丈夫在箱子里发现妻子"情节复原成这样的仪式过程：新娘被主持仪式的女萨满（=继母、姐妹）杀死后经过各种磨难后重生并和丈夫团聚。这其中，在借火种的老婆婆家里度过的一段过程可以看成是主持仪式的女萨满把灰姑娘接到自己的住所让她康复或复活。在箱子里发现和在老婆婆屋子里发现灰姑娘的情节在功能上是相同的。我们把两个情节连接起来可以得到这样的认识：灰姑娘在女萨满的主持下被杀死和不断受伤害，并在女萨满的主持下得到康复和重生，然后女萨满把灰姑娘交给其丈夫。

因此，笔者认为，只有把灰姑娘故事的两个回合〔"AT 511（AT 510）+ AT 403"〕当作一个完整的故事来分析才能得到准确的答案。AT 511 和 AT 403 不是随便结合在一起的两个独立的故事类型，而是完整的灰姑娘故事的有机组成部分。

[①]〔俄〕弗拉基米尔·雅可夫列维奇·普罗普《神奇故事的历史根源》，贾放译，中华书局，2006年，第 113—119 页。

结语

通过对 31 个蒙古灰姑娘故事文本的梳理和分析，我们可以做出这样的推断：最初的灰姑娘故事可能是一个讲述灰姑娘的两次婚姻、由难题考验和加害两个回合组成的完整的仪式故事，它对应着青海灰姑娘故事的情况。后来故事向两个方向发展：一个是两个回合的故事分解成 AT 510 和 AT 403 两个独立的类型，成为以《格林童话》为代表的典型西方灰姑娘故事，即分解后的"半个灰姑娘故事"；另一个是两次婚姻逐渐演变成一次婚姻，灰姑娘从故事的开始就受到难题考验和加害，卡尔梅克和卫拉特蒙古的文本正是这个发展道路上形成的灰姑娘故事。

同时需要说明，本文通过以这批文本作为分析对象得出的结论，并不能随意地直接套用于全世界范围内流传的灰姑娘故事文本。要保证在本文掌握的材料范围内得出的结论保持其效力，绝不能简单做出扩大化的理解。但这个结论对于我们理解灰姑娘故事的形态、其背后可能存在的文化传统，有了与以往不同的新的推进。

附录 故事异文列表

异文编号	流传地区	故事名称	出处
Mon 1	内蒙古乌兰察布	灰姑娘	乌兰察布盟文学艺术界联合会编辑出版：《乌兰察布民间文学》（第一集），第 99—104 页
Mon 2	内蒙古阿拉善盟	Toirom keüken	策·萨茹娜搜集整理：《溜溜的黑骏马》（蒙古文），内蒙古人民出版社，2003 年，第 476—478 页
Mon 3	内蒙古阿拉善盟	湖的女儿	策·萨茹娜搜集整理：《溜溜的黑骏马》（蒙古文），内蒙古人民出版社，2003 年，第 506—509 页
Mon 4	内蒙古阿拉善盟	查嘎黛和瑙高黛	策·萨茹娜搜集整理：《溜溜的黑骏马》（蒙古文），内蒙古人民出版社，2003 年，第 570—574 页
Mon 5	内蒙古阿拉善盟	小红花	策·萨茹娜搜集整理：《溜溜的黑骏马》（蒙古文），内蒙古人民出版社，2003 年，第 421—424 页

续表

异文编号	流传地区	故事名称	出处
Mon 6	内蒙古鄂尔多斯	最小的姑娘	巴音其木格整理:《斑马驹》(蒙古文),内蒙古人民出版社,2010年,第228—233页
Mon 7	内蒙古鄂尔多斯	Abai-yin sirga	特木尔等编:《神奇的衣裳》(蒙古文),民族出版社,2009年,第444—455页
Mon 8	内蒙古鄂尔多斯	阿拉坦吉姆斯的故事	特木尔等编:《神奇的衣裳》(蒙古文),民族出版社,2009年,第489—497页
Mon 9	内蒙古鄂尔多斯	阿拉坦吉格斯姑娘的故事	白音其木格、策·哈斯毕力格图整理:《蒙古族故事家朝格日布故事集》(蒙古文),内蒙古人民出版社,2012年,第179—192页
Mon 10	青海	贪吃的红奶牛	才布西格、萨仁格日勒整理:《青海蒙古族民间故事集》(蒙古文),民族出版社,1986年,第305—310页
Mon 11	青海	母绵羊的女儿和母山羊的女儿	才布西格、萨仁格日勒整理:《青海蒙古族民间故事集》(蒙古文),民族出版社,1986年,第311—320页
Mon 12	青海	绵羊婆婆和山羊婆婆	伊·古·曲力腾汇编:《台吉乃口承文化》(蒙古文),内蒙古人民出版社,2004年,第220—227页
Mon 13	青海	绵羊姑娘山羊姑娘	苏和讲述,邰银枝录音记录[①]
Mon 14	青海	神马	额尔登别力格、勒·乌苏荣贵编著:《青海蒙古族民间文学研究》(蒙古文),民族出版社,2008年,第571—572页
Mon 15	青海	绵羊婆婆山羊婆婆	齐·布仁巴雅尔主编:《青海蒙古族民间文学精粹》(蒙古文,内部资料),海西州文化局、海西州民语办,内蒙古军区印刷厂印刷,1986年,第420—426页
Mon 16	青海	绵羊姑娘山羊姑娘	斯钦巴图等搜集整理:《口头文学异文比较集:青海蒙古史诗与故事》,民族出版社,2013年,第169—180页
Mon 17	青海	绵羊姑娘山羊姑娘	斯钦巴图等搜集整理:《口头文学异文比较集:青海蒙古史诗与故事》,民族出版社,2013年,第181—192页

---

① 感谢邰银枝博士提供了苏和讲述故事文本的录音资料。

续表

异文编号	流传地区	故事名称	出处
Mon 18	青海	神马	额尔登别力格、勒·乌苏荣贵编著:《青海蒙古族民间文学研究》(蒙古文),民族出版社,2008年,第995—998页
Mon 19	新疆	拉糖蜜的青牛	高·照日格图主编:《新疆卫拉特民间故事(魔法故事)》(蒙古文),内蒙古教育出版社,2012年,第299—302页
Mon 20	新疆	黑心的后果	斯钦孟和收集整理:《巴彦乌兰汗》(蒙古文),内蒙古教育出版社,1987年,第268—279页
Mon 21	新疆	灰绵羊羔	高·照日格图主编:《新疆卫拉特民间故事(魔法故事)》(蒙古文),内蒙古教育出版社,2012年,第232—236页
Mon 22	新疆	灰种绵羊	旦布尔加甫、乌兰托娅整理:《萨丽和萨德格:乌苏蒙古故事》(蒙古文),民族出版社,1996年,第452—453页
Mon 23	新疆	善良的妇人和狠心的妇人	萨仁托娅记录
Mon 24	新疆	后母	萨仁托娅记录[①]
Mon 25	卡尔梅克	受继母虐待的孤女	《卡尔梅克民间文学》,埃利斯塔,1941年,第261—264页
Mon 26	卡尔梅克	毛海和赛海俩	比特凯耶夫、乌勒穆吉耶娃编:《卡尔梅克民间故事》(第4卷),卡尔梅克语言与文学图书出版中心,埃利斯塔,1974年,第71—74页
Mon 27	卡尔梅克	哈拉海巴音的女儿	比特凯耶夫、乌勒穆吉耶娃编:《卡尔梅克民间故事》(第4卷),卡尔梅克语言与文学图书出版中心,埃利斯塔,1974年,第205—209页
Mon 28	卡尔梅克	花母牛的女儿	《卡尔梅克民间故事》,莫斯科,1964年
Mon 29	蒙古国	孤女的故事	《蒙古民间故事》,乌兰巴托,1957年,第113—124页
Mon 30	蒙古国	Torom dagini yin üliger	[蒙古国]达·策仁索德诺姆汇编:《蒙古民间故事》(蒙古文),内蒙古教育出版社,1989年,第363—368页
Mon 31	布里亚特	贫穷的孤女	苏联科学院西伯利亚分院布里亚特研究中心:《布里亚特民间故事》,布里亚特书籍出版社,1973年,第187—188页

① 感谢萨仁托娅博士提供Mon 23、Mon 24两个新疆文本。

学生互动摘要

陈岗龙教授的演讲结束后，同学们针对故事与仪式的关系、故事演进的过程等问题踊跃提问。有同学提问，如果民族志中确实有这样的资料，故事是否真的能反映民族志中的记载。陈老师回应，结论都是由故事本身推导出来，并不能直接说故事就反映了婚姻仪式的内容，要考虑到故事在不同时代传播和演变的过程。也有同学猜测，灰姑娘的故事可能是先独立发展，再出于叙述或论证仪式的需要而聚合，在传播过程中又出现分裂。陈老师认为，卡尔梅克、蒙古族、新疆地区民族中流传的故事本身就是复合故事的形态，仪式的骨架一直在故事中流传下来。从 AT 403 和 AT 511 故事类型分布对照表中可以看到，AT 511、AT 510 和 AT 403 故事的分布地区是一致的，单独的和分开的故事可能同时集中流传，密度比较大。至于灰姑娘故事是否具体经历了同学们猜测的这样一个过程，根据现有的材料无法确证。

2021 年 1 月 7 日，大家又围绕讲座内容进行了评议和讨论。主持人陈昭玉从对"故事类型"的反思、"形态"与"历史根源"之间的互动与区隔、寻找"历史根源"的路径及其有效限度这三个方面，分享对陈岗龙老师讲座内容的思考。她认为，"可以属于某类型的文本"体现的一些特征未必可以直接回推为"类型"这一层次的关系，AT 分类法的划分体系也高度依赖经验，缺乏稳定可靠的划分依据，在这种情况下，陈老师的讨论虽然以"类型"为问题基点，但实际想追问的是历史过程中可以归类为这些类型的文本的产生过程。对形态与历史根源之间的关系也需要谨慎考虑，从理想式的形态去推演想象中的根源，这一转换过程会削弱推论的确定性，但形态与历史两者也可能互相关联，我们需要充分把握两种路径的解释效力和涵盖范围。至于如何寻求故事的历史根源，陈昭玉认为，仪式与叙事的具体关联十分复杂、难以确证，一切对可能性的探索都具有价值，作为研究者，我们应该对自己的研究范式具有自觉。

在讨论环节，同学们继续围绕理论工具的使用、故事与仪式的关系等问题展开讨论。有同学认为，陈岗龙老师对 AT 分类法的使用是权宜性、工具性的，故事文本仍然是陈老师讨论的中心。也有同学提出，在陈老师的研究中，AT 分类法和普罗普的形态学都只是工具，不考虑转化问题，使用回合的概念是为了解决一个类型编号无法概括研究中所涉及的所有灰姑娘故事文本的问题。关于文本和仪式的关系，大家各自提出自己的猜想和观点：有同学认为，在文本之外，还必须要关注故事的流传语境，也有同学补充，即便在同一个地区同时存在仪式实践和文本流传，仪式与文本之间的关系依然需要更多论证；大多数同学认同，为了论证故事与仪式之间的关系，需要更多的民族志、图像、出土文物、现存仪式等证据；还有同学提出，在仪式性的社会动力之外，文学性的叙事动力同样值得关注。在热烈的讨论与思维的碰撞中，大家加深了对于民间故事及其形态、历史根源的理解。

（摘要撰写人　吴星潼）

黔之驴：一个文学形象的生成与物种迁徙、文化交流

范晶晶

编者按： 2020 年 12 月 17 日，北京大学外国语学院副教授范晶晶以"黔之驴：一个文学形象的生成与物种迁徙、文化交流"为题，为北京大学中文系民间文学专业的同学们做了讲座并展开交流。

范晶晶老师致力于梵语文学、佛教文献等领域的研究，取得了丰硕的成果。关于驴的形象与故事，多数相关的先行研究将视线集中在文本本身，比较分析文本内容结构的相似相关性，探究故事的流传与变迁，而范老师的研究是一次在文学研究中引入外部视角的尝试，结合物种迁徙路径与文化交流脉络，讨论各地文化中驴形象的生成与演变。本次讲座中，范晶晶老师从柳宗元《黔之驴》的故事出发，基于季羡林先生等前辈学者的讨论，分享了她对驴这一文学形象生成的新思考，梳理希腊、印度、中国三地文化中的驴形象，揭示了不同文化背景下驴的社会属性和象征意义，以驴为中心描画出博大宏阔的文化图景，为理解《黔之驴》的故事以及更大范围内驴的文学形象提供新的思路，也为关于跨文化对话和文化传承的讨论提供了别样的视角。

《黔之驴》是唐代文学中的名篇，其中所讲述的寓言故事也因"黔驴技

"穷"的成语而变得家喻户晓。季羡林先生在考察了印度民间文学以及伊索寓言、拉封丹寓言中的同类型故事之后,指出驴披虎(狮)皮故事的传播范围遍及世界各地,柳宗元的寓言故事并非独创。之后,陈允吉先生进一步论证:《佛说群牛譬经》《百喻经·构驴乳喻》等佛典可能是柳宗元更直接的借鉴来源。其后,李小荣先生又在敦煌道教讲经文稿本中发现了类似的驴披虎皮、被虎吃掉的故事。[①] 在前辈学者研究的基础上,本文试图重回季先生讨论的脉络,即在欧亚非交流的大背景下,考察"黔之驴"这一文学形象的生成与物种迁徙、文化交流之间的关系。

一、希腊:驴的驯化与来自"东方"的他者

18、19世纪,随着欧洲殖民者对印度语言文化的广泛了解与深入研究,他们发现了古印度与欧洲在语言、神话、人种等方面存在亲缘关系。由于这一文化上的"他者"的出现,欧洲知识界对自身的认识有了很大的扩充与改观。随之而来的就是各种新学科的兴起,如比较语言学、比较宗教学、比较神话学等。在民间故事的研究领域,本菲(Theodor Benfey)基于对《五卷书》的翻译、对其中故事的比对,提出了大多数欧洲民间故事都来自印度的理论。[②] 然而,有关驴的一组故事(见表1),到底是源自希腊还是印度,却产生了争议。

[①] 季羡林《柳宗元〈黔之驴〉取材来源考》,原载1948年《文艺复兴》上册(中国文学研究专号),后收入季羡林主编《季羡林文集第八卷·比较文学与民间文学》,江西教育出版社,1996年,第40—46页;陈允吉《柳宗元寓言的佛经影响及〈黔之驴〉故事的渊源和由来》,原载1990年《中华文史论丛》第46辑,后收入陈允吉《佛教与中国文学论稿》,上海古籍出版社,2010年,第419—446页;李小荣《佛教与〈黔之驴〉——柳宗元〈黔之驴〉故事来源补说》,原载《普门学报》2006年第2期,后收入李小荣《晋宋宗教文学辨思录》,人民出版社,2014年,第86—94页。此外还有不少相关研究,不再一一列举。

[②] Theodor Benfey, *Pantschatantra*, Leipzig, 1859, p. XXIII.

表 1　驴系列故事内容

名字	主人	典型特征	说理
无心耳的驴①	长耳	洗衣匠	活多食少；耽于爱欲；愚蠢	不要再次上当
披虎皮的驴②		洗衣匠净布	少食瘦弱；耽于爱欲；嘶鸣	沉默为上
披虎皮的驴③		洗衣匠亮光	负重虚弱；耽于爱欲；嘶鸣	要观察敌我强弱
唱歌的驴④	轻躁	洗衣匠	吃苦耐劳；春情躁动；嘶鸣	
管闲事的驴⑤		洗衣匠樟脑帛	尽职；嘶鸣	不要多管闲事
狮皮本生⑥		商人	负重；嘶鸣	不要自曝其短

韦伯（Albrecht Friedrich Weber）对这组故事以及相关的研究文献做了梳理，指出"蠢驴"这一原型不见于印度传统典籍，应该是希腊观念的产物，因此故事的发源地更有可能是希腊。本菲综合考察了这类故事产生的时间，也认可希腊起源的可能性更大。然而，依然有一些学者持印度起源说。⑦ 为了解决这一分歧，除了从故事的内在逻辑与产生时间来考虑，

---

① 季羡林译《五卷书》，人民文学出版社，1981 年，第 334—338 页。听到豺的花言巧语："那地方却有三条没有丈夫的母驴"，驴"全身都为爱欲所苦"，两次凑到狮子近前而丧命。
② 季羡林译《五卷书》，人民文学出版社，1981 年，第 346—347 页。洗衣匠给驴蒙上虎皮，将其放到大麦田吃麦。有一天，驴听到远处母驴的叫声，它自己也叫起来，暴露身份而被打死。
③ 《益世嘉言》3.1.2 故事（参见笔者译，即刊）。洗衣匠给驴蒙上虎皮，将其放到庄稼地。看庄稼者穿着灰色的衣服，驴将其认作母驴而嘶鸣，暴露身份而被杀。这里所讲故事与试图说明的道理并不匹配，可能是对《五卷书》的改写不大成功之处。另外可以补充说明的是：在印度，流传广泛的民间故事被多种宗教派别选用，说明各自的道理，故事与说理有时会呈现两张皮、不完全相符的现象。
④ 季羡林译《五卷书》，人民文学出版社，1981 年，第 377—380 页。驴白天驮沉重的东西，夜间"春情萌动"引吭高歌，被打后起身逃跑。另参见陈明《"唱歌的驴子"故事的来源及在亚洲的传播》，《西域研究》2017 年第 1 期。
⑤ 《益世嘉言》2.1.2 故事。半夜小偷入室，狗因没有得到主人妥善照顾而不愿示警，驴以嘶鸣惊醒主人，却挨了一顿毒打。
⑥ 商人给驴蒙上狮皮，将其放到麦田。守田人以为是狮子，召集村民，螺号锣鼓齐响，驴因害怕而嘶鸣，反被村民识破而被打死。参见郭良鋆、黄宝生译《佛本生故事选》，人民文学出版社，1985 年，第 110—111 页。
⑦ Albrecht Weber, *Ueber den Zusammenhang indischer Fabeln mit griechischen*, Dümmler, 1855;Theodor Benfey, *Pantschatantra*, pp.462—463; Marchiano, *L'origine della farola Greca*, Trani, 1900, p.118.

另一项可资参考的因素是驴这一物种的驯化与迁徙路径，由此来辅助判断故事的源流发展。

由于种种复杂的原因，精确地追溯驴子驯化与迁徙的历史不是那么容易。通过基因检测，结合考古发现，目前学者们比较公认的是：驴最早驯化于非洲东北部，大约在公元前四五千年。考古工作者在黎凡特南部（今天的以色列、巴勒斯坦、约旦一带）也发现了家驴的踪迹，时间上与非洲家驴接近甚至稍早，这样就佐证了驴子驯化的多起源地的假设。[1] 尽管野驴的足迹曾遍布非洲、欧洲与亚洲，但欧洲野驴大约在公元前 1200 年至公元 400 年间业已灭绝。科学家们通过对 DNA 进行检测比较，认为现存的欧洲家驴实际上起源于非洲野驴。亚洲家驴与亚洲野驴之间不存在亲缘关系，也与非洲野驴的关系更密切。亚洲野驴似乎从未被驯化过。[2] 也就是说，目前遍布世界各地的驴子，其祖先几乎都可以追溯到非洲东北部、近东一带。

在广义上包括埃及在内的古代近东地区，家驴在农业与商业活动中起着非常重要的作用，墓葬与壁画中都可以看到它们的身影。野驴主要生活在干旱的沙漠地区，习惯了缺少水源、植被的环境，能够忍受长时间的饥饿与干渴：可以长达三天不喝水，在缺水 30% 的情况下继续工作——饮水需求仅高于骆驼，进食量只有马的四分之一，耐粗饲。尽管驴经常超负荷载重，但它很少生病，不太需要主人的照顾，生存能力极强，寿命有马的两倍之长。这就使得被驯化后的驴主要用作沙漠驮兽：穿行于尼罗河谷，往来于埃及、近东之间。在骆驼被驯化之前，驴也可称得上是"沙漠之舟"。由于家驴在经济生活中所起的重要作用，驴被视为财富与繁荣的

---

[1] I. Milevski and L. K. Horwitz, "Domestication of the Donkey (Equus asinus) in the Southern Levant: Archaeozoology, Iconography and Economy," In *Animals and Human Society in Asia*, R. Kowner et al. eds., Palgrave Macmillan, 2019. https://doi.org/10.1007/978–3–030–24363–0_4

[2] 亚洲野驴的二倍体染色体数为 51—56，非洲野驴的数据是 62—64，而现存家驴的数据则都是 62。参见 Valerie Porter et al., *Mason's World Encyclopedia of Livestock Breeds and Breeding*, Cabi, 2016, pp. 1–2.

象征。一些墓葬中出土了殉葬驴或驴俑,墓葬主人可能是贵族或商人,这些驴或驴俑保障了他们在另一个世界也有出行工具。然而,或许正如有学者所指出的:驴在琐碎的日常生活中承担卑微的累活儿,使得它们的形象难以往高大上发展;另外,驴的故乡在沙漠,对居住在尼罗河谷的埃及人来说,那是一个充满未知和危险的地方。这些因素都使得驴的形象带有双重性,也有可能是家驴代表驴身上积极的一面,而野驴代表了消极的一面。发展到中王国时期(约公元前 2000 年至前 1700 年),驴与沙漠、异乡之神塞特相联:塞特有时候会表现为驴首人身。到了第三中间期与末期(约公元前 1000 年至前 400 年),埃及屡遭异邦入侵,作为异乡之神的塞特逐渐被妖魔化,驴也跟着被丑化。[1] 王宪昭先生指出:"神话源于客观真实的历史。"[2] 因此从驴相关的神话中也可窥见当时埃及的社会现实。此外,随着公元前二千纪中期马被引入埃及,参与狩猎、战争与仪式活动的马主要作为地位的象征,与从事农业、运输杂役的驴构成鲜明的对比,驴的形象也变得更加卑下。

据说希腊的驴是从非洲引进的。从词源学上来看,希腊语的驴是 ὄνος,拉丁语 asinus,法语 âne,德语 Esel,英语 ass,可能都来自苏美尔语的 anse,不是印欧语系原有的词汇,而是借词。因此有学者提出:驴及其名词早在骑马的印欧人到达之前就已经分布在地中海、黎凡特、安纳托利亚(主要位于今土耳其境内)地区了。这里可能需要补充说明:一般认为,马的驯化是在黑海、里海以北的欧亚大草原,而这一地区同时也是原始印欧人的故乡。原始印欧人从这里往东、西迁徙,往东边迁徙的即是

---

[1] Marie Vandenbeusch, *Sur les pas de l'âne dans la religion égyptienne*, Sidestone Press, 2020, pp.71, 233–235;以及同作者 "Thinking and Writing 'Donkey' in Ancient Egypt: Examples from the Religious Literature," *Altorientalische Forschungen* 46.1(2019),pp.135-146。直到当代,埃及人对驴子的负面评价——懒惰、愚笨,也可能被归因于城市生活对乡下生活的鄙视,参见 Yasmine Fathi, "Eat, Bray, Suffer: An Egyptian donkey's tale," ahramonline, 10 Aug 2014, http://english.ahram.org.eg/News/107154.aspx,2020 年 12 月 15 日查阅。

[2] 王宪昭《神话的虚构并非历史的虚无》,《民族文学研究》2021 年第 4 期,第 34 页。

后来的伊朗人、印度人，而往西边迁徙的则是希腊人等。甚至有学者在探讨词源时强调：马是印欧主人理想的坐骑，而驴属于安纳托利亚、地中海地区人群。[1] 可以想见，这一刻意的文化区分及印欧中心主义色彩，恐怕是从古代一直延续到今天的。希腊神话中与驴相关的传说，也透露出驴的"东方"身份。来源于亚洲西部的驴神马西亚斯，被阿波罗杀死并剥皮献祭。弥达斯由于更喜爱潘神的芦笙而被阿波罗安上了驴耳朵。弥达斯受到酒神狄奥尼索斯的青睐，狄奥尼索斯骑驴且爱驴。骑驴的西勒诺斯是狄奥尼索斯的朋友。毕达哥拉斯学派认为：驴是所有动物中唯一不是遵循和谐原则创造出来的。[2]

《伊索寓言》中有十几个关于驴的故事，在内容的丰富性上远胜于印度，驴的形象也更加丰满多元。其中，一个情节类似的故事是"驴和狮子皮"：驴披上狮子皮吓唬众兽，狐狸因听过它的叫声而知道它是驴。其余有关驴的故事约摸可分为以下几类：

第一，驴和马、驴和骡、野驴和家驴的对比，体现在两篇《驴和骡子》的故事，以及《野驴》《驴和马》《骡子》《马和驴》《农夫和毛驴》《野驴和家驴》等故事中。在《驴和马》中，"马得到主人细心喂养，饲料丰富"，而驴"连麦麸都不够吃，还要忍受种种辛苦"，后来战争爆发，马在战场上"冲锋陷阵"，"受伤倒下"，[3] 驴才心理平衡。在《农夫和毛驴》中，农夫被毛驴拉到悬崖边上，感慨道："宙斯啊，我在什么事情上冒犯过你吗？你要叫我摔死，而且不是死在光荣的马儿或高贵的骡子手

---

[1] Mark Griffith, "Horsepower and Donkeywork: Equids and the Ancient Greek Imagination," Part One. *Classical Philology*, 101.4 (Oct. 2006), pp.307–358.

[2] Helen Adolf, "The ass and the harp," *Speculum* 25.1（1950），pp.49–57. 作者还指出：结合公元前五千纪苏美尔牛头竖琴上驴奏竖琴的图案来看，弥达斯因喜爱芦笙而被安上驴耳故事的背后，可能暗指驴曾是东方的动物神，发明了音乐（an Oriental animal god, inventor of music）。

[3] 〔古希腊〕伊索《伊索寓言》，罗念生等译，人民文学出版社，1981年，第125、82、89—90页。

里，而是死在小小的毛驴手下！"①

第二，突出驴的奴役身份与负重挨打，体现在《化缘僧》《驴和种园人》中。《化缘僧》故事的结尾得出的道理是："有些奴仆即使摆脱奴役，也改变不了他们的奴隶出身。"②在《驴和种园人》中，驴"食料少，活儿重"，先后隶属于种园人、陶工与鞣皮匠，最后得出的道理是："奴仆在经历过别的主人以后，特别怀念从前的主人。"③

第三，突出驴的无知与自大，体现在《驴、公鸡和狮子》《狗和主人》《狮子、驴和狐狸》《狮子和驴》《驮盐的驴》《驮神像的驴》《驴和蝉》《驴和赶驴人》等故事中。

第四，突出驴的嘶鸣，体现在《驴、公鸡和狮子》《狮子和驴》《驴和蝉》《驴和青蛙》等几篇故事中。

第五，突出驴的踢蹬，体现在《驴和狼》《野驴和狼》《驴和狼》三篇故事中，这三篇故事的内容基本相同，只是故事末尾得出的道理有所差异。

大体而言，第四、第五类故事强调的是驴的生理特征：驴的嘶鸣声音洪亮、极富标识性；驴踢腿的动作也很特殊，同时以两条后腿踢。在《狮子与驴》中，驴对着野羊又叫又跳地恐吓它们，很有动感。而第一、第二、第三类故事则体现了驴的社会属性与文化属性。用结构主义的视角来看，驴与马相对，分别代表着低贱与高贵、迟钝与迅捷等意涵。对于希腊人而言，驴既是来自东方的外来物种，又象征着文化上的他者，在日常

---

① 〔古希腊〕伊索《伊索寓言》，罗念生等译，人民文学出版社，1981年，第137页。老普林尼在《博物志》中称：驴的用途很多，尤其是在繁殖骡子方面；骡子结合了马与驴的优点，在农业领域起到了非常重要的作用。参见 Harris Rackham, tr. *Natural History*, pp.117, 121。赫西俄德的《工作与时日》中没有提及驴，却多处谈到骡子。
② 〔古希腊〕伊索《伊索寓言》，罗念生等译，人民文学出版社，1981年，第125、82、89—90页。
③ 〔古希腊〕伊索《伊索寓言》，罗念生等译，人民文学出版社，1981年，第125、82、89—90页。

生活中从事着卑贱的工作，因此适于充当奴隶阶层的代言人，且被赋予无知自大的标签。在罗马小说《金驴记》及其希腊源本中，主人公从一位贵族青年变形为一头受奴役的驴，正是这双重视野赋予了小说强烈的讽刺意味与颠覆性力量。[1] 主人公的文化身份也极为复杂：祖籍可追溯至阿提卡、柯林斯、斯巴达等著名的希腊城市，在童年时期便会说雅典语，又在罗马学习拉丁文化，最后因敬奉埃及女神爱希丝而重返人身。或许从中也反映了驴的文化身份的多元性。

二、印度：染上种姓色彩的驴

尽管在希腊的民间故事中，驴是负重驮兽，不像马一样参与战斗，但根据希罗多德《历史》的记载，在波斯大流士（Darius Ⅰ，阿契美尼德王朝第三任国王，于公元前 522 年至前 486 年在位）与斯基泰人的战争中，驴起到了很大作用。由于斯基泰人境内寒冷，不产驴，他们及其坐骑马都不认识驴。在战场上，斯基泰骑兵所乘的马匹一听到波斯驴叫，吓得掉头就跑，或者竖起耳朵呆立。大流士在撤退时，将驴留在营地，以布疑阵。[2] 由此可以推测，在公元前 5、6 世纪，波斯境内已经有大量的驴，才能将驴投入战斗。而对生活于欧亚大草原上的斯基泰人来说，驴则是一个新奇物种。在波斯波利斯（阿契美尼德王朝的第二个都城，位于今伊朗设拉子东北）的职贡浮雕（约公元前 5 至 6 世纪）上，印度人携驴朝贡，[3] 说明此时印度也已经有了驴这一物种。梵语中驴子被称为 khara 和 gardabha，词源不是很明朗。khara 或许与阿维斯陀语 haro 有关，而 gardabha 的古印度雅利安语形式 garda 与达罗毗荼语 gārdi 形似，源自中

---

[1] Ellen Finkelpearl, "Apuleius, the Onos, and Rome," *The Greek and the Roman Novel: Parallel Readings, Ancient Narrative Supplementum* 8 (2007), pp. 263–276.
[2] 〔古希腊〕希罗多德《历史》，徐岩松译注，上海三联书店，2007 年，第 237—239 页。
[3] Micheal Roaf, "Sculptures and Sculptors at Persepolis," *Iran*, 21(1983), p. 119.

亚或西亚。①

在《梨俱吠陀》中，驴可以为神拉车，可以作为布施的礼物。但有些诗篇已经指出驴叫声难听，且速度不如马，后来被马替代。在梵书中，驴与马、山羊一起被献祭，净化圣火坛所在之地。根据《爱多雷耶梵书》的说法：双马童以驴车在竞赛中获胜，但由此驴（因过度消耗）丧失了速度、奶水枯竭，成为所有驮兽中速度最慢者；双马童却并未剥夺其精子的能量，由此驴有两种精子（与母驴产出驴，与母马产出骡）。② 双马童起先乘驴车，后来坐骑变成马。在印欧传统的大祭祀马祭上，有时驴可以替代马行使功能。③ 由此也能看出驴与马的密切关系。或许一开始驴也可以充当坐骑、参加战斗与赛事，但因其在速度上天然的劣势，在这方面的职能逐渐被马所取代。后来驴主要用作驮兽、运送物品。在印度，由于驴是常见的负重牲畜，甚至被用作绿豆的重量单位。④ 因其经济价值，《摩奴法论》规定："杀死驴、绵羊或山羊者，则应罚五豆。"⑤

发展到《梨俱吠陀》末期（约公元前1000年），种姓制度萌芽。在《白夜柔吠陀》中，驴子与狗属于罗刹。⑥ 在《罗摩衍那》故事里，罗刹王罗波那的云车就是由驴所拉，并发出驴的嚎叫。罗波那的一个兄弟名为伽罗（Khara），意为驴。在印度文化中，罗刹一般与非雅利安人或不遵循雅利安人所确立的吠陀祭祀规范的族群相关，代表着与雅利安人相反的一

---

① Franklin Southworth, *Linguistic Archaeology of South Asia*, Routledge, 2005, p. 80. 也有学者在 gardabha 与 gandharva 之间建立联系，认为驴与乾达婆之间存在相关性，参见 Angelo De Gubernatis, *Die Thiere in der indogermanischen Mythologie*, FW Grunow, 1874, pp.282–283。
② Martin Haug, tr. *The Aitareya Brahmanam of the Rigveda*, Sudhindra Nath Vasu, 1922, p. 185.
③ Calvert Watkins, "The Third Donkey: Origin Legends and Some Hidden *Indo–European Themes*," In *Indo—European Perspectives: Studies in Honour of Anna Morpurgo Davies*, J. H. W. Penney ed., Oxford University Press, pp.65–80.
④ 16 斛为 1 驴（khārī），朱成明推算为 114 千克，大约是一头驴所能承载的负重，作为度量单位的驴就是来源于现实生活中的驴。参见〔古印度〕憍底利耶《利论》，朱成明译注，商务印书馆，2020 年，第 173 页。
⑤ 蒋忠新译《摩奴法论》，中国社会科学出版社，2007 年，第 166 页。
⑥ Ralph. T. H. Griffith, tr., *The Texts of the White Yajurveda*, E. J. Lazarus, 1899, p. 223.

些特性。如果说雅利安人是生机勃勃的，象征着光明的一面，那么罗刹就代表着死亡。由此，驴也与死亡相关。婆罗多梦见父亲十车王"匆忙地乘着驴拉的车，面对南方奔向前"，预感父亲已经丧生，因为乘驴车就象征着死亡。① 南方也是代表死亡的方位。在印度教的信仰体系中，驴一般是带来祸患的神祇的坐骑，如灾祸之神泥洹底、凶暴女神吒猛达、瘟疫女神悉达拉。② 驴在印度所承载的死亡、灾祸等含义，或许与在埃及的情况类似。如上文所述，驴在埃及与沙漠、异乡之神塞特密切相关，在某种程度上也是"他者"的象征。当面临外来入侵、与他者关系紧张之时，甚至出现了在驴首塞特头上插匕首以遏制其力量的图像表现。

在印度的法论典籍中，驴往往与贱民阶层相联。《摩奴法论》规定：旃荼罗的财富必须是狗和驴。在故事文学中，驴的主人经常被设定为洗衣匠。在泰米尔地区，洗衣匠被认为比贱民还低贱，是最低贱者。贱民意味着不洁。驴自身不洁，所有相关物（包括尿液、粪便、声音、扬尘）都不洁，不可被接触。因此，婆罗门不可骑驴或乘坐驴车，在驴嘶时不可念诵吠陀。不洁又意味着凶兆。驴嘶与呈现出驴形状的云或颜色像驴般灰黄的云，都预示着灾祸。③ 因此，在印度的一些干旱地区，驴尽管可以作为物

---

① 季羡林译《罗摩衍那》第 3 册，江西教育出版社，1995 年，第 292 页；季羡林译《罗摩衍那》第 2 册，江西教育出版社，1995 年，第 391—392 页。在《中阿含经》中，骑驴则含有死刑的意味："若有王人收缚罪者，送至王所，白曰：'天王！此人有罪，王当治之。'王告彼曰：'汝等将去，反缚两手，令彼骑驴，打破败鼓，声如驴鸣，遍宣令已，从城南门出，坐高标下，斩断其头。'彼受教已，即反缚罪人，令其骑驴，打破败鼓，声如驴鸣，遍宣令已，从城南门出，坐高标下，欲斩其头。"（卷 16《王相应品》，CBETA, T01, no. 26, p. 525, c28–p. 526, a5）
② 笔者译《印度诸神的世界——印度教图像学手册》，中西书局，2016 年，第 124、151 页。《摩奴法论》规定："破戒的梵行者则必须在夜里于十字路口依家祭的规则用一头独眼驴祭祀死亡女神。"参见蒋忠新译《摩奴法论》，中国社会科学出版社，2007 年，第 229 页。
③ 蒋忠新译《摩奴法论》，中国社会科学出版社，2007 年，第 212、236、79 页。黄宝生等译《摩诃婆罗多》第 1 册，中国社会科学出版社，2005 年，第 574 页；第 6 册，第 608 页。季羡林译《罗摩衍那》第 3 册，江西教育出版社，1995 年，第 134 页。McComos Taylor, *The Fall of the Indigo Jackal: The discourse of division of Pūrnabhadra's Pañcatantra*, State University of New York Press, 2007, pp.70–72.

美价廉的运输工具,却不大受欢迎。

表1中印度的这组关于驴的故事,还有一个突出特点,即强调其爱欲旺盛。尽管活儿繁重又吃不饱,但依然一听到有母驴就欣然前往险境,或是以为有母驴在旁就高声嘶鸣,或是春情萌发而引吭高歌,最终招致毁灭。这当然与印度文化中刻意规避爱欲的危险的向度有关,但另一方面与驴的生理特征也不无关系。梵语中驴的两个别名 cakrīvat（有轮）、ciramehin（长泄）都强调了其生殖器官。虽然《伊索寓言》对此未置一词,但在希腊瓶画、庞贝壁画上都有一些驴的猥亵形象。希腊神话中的生殖之神普里阿普斯与驴密切相关,驴就是献给他的祭品。[1]

与其希腊同伴相比,印度驴显然更朴实、更蠢萌。它没有像希腊驴那样自高自大,自己披上狮皮吓唬众兽,或是与狮子一起,又跳又叫地驱赶群羊,或是以为敬拜自己所驮神像的众人是敬拜自己。印度驴之所以披上狮皮或虎皮,皆因其主人所为,目的是省掉喂驴的食料。印度驴的社会地位卑下,相应地,个性也是忍辱负重,行为受爱欲本性所驱使,其文化属性与社会属性相匹配。

三、中国：文人传统、宗教传统、民间传统的交汇

驴并非中原所产,而是来自西域。顾炎武在《日知录》卷二十九中指出："自秦以上,传记无言驴者,意其虽有,非人家所常畜也","大抵出于塞外,自赵武灵王骑射之后,渐资中国之用"。[2] 段玉裁认为"驴"字为秦人所造。[3] 这可能是得益于秦与西北诸民族的交往。汉武帝经营西域后,丝绸之路上贸易往来频繁。《盐铁论·力耕》谈及："夫中国一端之

---

[1] Nuccio Ordine and Arielle Saiber, *Giordano Bruno and the Philosophy of the Ass*, Yale University Press, 1996, p. 11.
[2] （清）顾炎武《日知录集释》,黄汝成集释,上海古籍出版社,2006年,第1620页。
[3] （汉）许慎《说文解字注》,（清）段玉裁注,上海古籍出版社,1981年,第793页。

缗，得匈奴累金之物，而损敌国之用。是以骡驴馲驼，衔尾入塞；驒騱騵马，尽为我畜。"① 驴成为重要的交通转运驮兽。随着驴在日常运输中起着越来越重要的作用，其意象更加频繁地出现在文学作品中。汉文帝时贾谊在《吊屈原赋》中已有"腾驾罢牛，骖蹇驴兮；骥垂两耳，服盐车兮"之语。② 其后有王褒《九怀·陶壅》："骥垂两耳兮，中坂蹉跎；蹇驴服驾兮，无用日多。"刘向《九叹·愍命》："却骐骥以转运兮，腾驴骡以驰逐。"③ 无一例外，都以驴与马做对比。马速快，适合充当坐骑或拉马车，或驰骋于要道，或杀敌于疆场。驴速慢、耐力好，往往在崎岖不平的山地转运盐粮等物。④ 汉灵帝倒行逆施，偏好驴车，《后汉书·五行志》对之颇有微词："夫驴乃服重致远，上下山谷，野人之所用耳，何有帝王君子而骖服之乎？"⑤ 由此也可见时人对马、驴的阶层分野的认识。对于文人来讲，驴、马的易位，几乎成了怀才不遇、英俊沉下僚的象征性套语。

此外，中国人总是习惯看到事物的两面性。驴速虽不如马，但在日常运输中也起到了重要作用。刘宋袁淑创作"驴山公九锡"的俳谐文，以诙谐的笔触歌颂了驴在转运军粮、嘶鸣报时、拉磨磨面等方面的功劳。臧彦《吊驴文》称赞驴为："西州之驰驱者，体质强直"，"聪敏宽详，高音远畅"。⑥ 在《东阳夜怪录》里，化名卢倚马的黑驴自称"前河阴转运巡官"，颇有自怀身世之语："旦夕羁（饥）旅，虽勤劳夙夜，料入况微，

---

① （汉）桑弘羊编纂注《盐铁论校注》，王利器校，中华书局，1992年，第28页。又参见王子今《骡驴馲驼，衔尾入塞——汉代动物考古和丝路史研究的一个课题》，《国学学刊》2013年第4期；林梅村《家驴入华考——兼论汉代丝绸之路的粟特商队》，《欧亚学刊》2018年新7辑。
② （宋）朱熹《楚辞集注》，上海古籍出版社，1979年，第157—158页。
③ （汉）王逸撰《楚辞章句》，黄灵庚点校，上海古籍出版社，2017年，第308、348页。
④ 如《唐律疏议》记载："马，日七十里。驴及步人，五十里。"可见驴的行进速度与人步行相当。参见（唐）长孙无忌等《唐律疏议》，甘肃人民出版社，2016年，第96页。
⑤ （南朝宋）范晔撰《后汉书》第11册，中华书局，1965年，第3272页。
⑥ （宋）李昉编纂《太平御览》第8册，孙雍长、熊毓兰校点，河北教育出版社，1994年，第217页。

负荷非轻，常惧刑责。"① 敦煌文书中有《祭驴文》，回顾了驴操劳凄惨的一生。② 与高大迅捷、达官贵人才能负担得起的马相比，驴显得平凡又普通，往往与潦倒贫士、穷措大为伍。但正是这种卑微，赋予了驴一种源自边缘化位置的反叛性力量。在后汉至西晋，学驴鸣甚至成了任达、知音的名士风度的表现。③

到了唐朝，统治者锐意开边，马匹多被用于边疆战备。低阶朝士与一般百姓只能骑驴，马与驴的对照就更为鲜明了。科举高第者可以跨马游街，落第者则无这般待遇。故而贾岛发出感慨："少年跃马同心使，免得诗中道跨驴。"④ 但科举取士，得意者少，失意者众。对后者来说，骑驴的意象既有自嘲的意味，也有几分隐逸的风骨，如李洞《过贾浪仙旧地》诗云："年年谁不登高第，未胜骑驴入画屏。"⑤ 这一自嘲与戏谑，更加强化了从东汉以来贫寒布衣文士骑驴的传统。骑驴行为成了失意文人自觉的身份标识，也寄托了他们的孤高自诩。而古人向来有诗穷后工的看法，诗思往往要向"灞桥风雪中驴子上"⑥ 寻求。驴更是与诗人结下了不解之缘。

骑驴意象所暗含的隐逸传统或许还与道教相关。传说中的仙人蓟子训骑驴。陈子昂在《洪崖子鸾鸟诗序》中刻画的仙人洪崖子的形象也是"乘白驴，衣羽褐"，乃模仿"蓟子训之陈迹"⑦。张雪松先生指出：蓟子训骑驴入京师的传说，可能是耶稣骑驴进耶路撒冷的故事进入中国后的变形。他将古代中国人接触基督教信仰传说的时间上溯到东汉末年、三国

---

① （宋）李昉等编《太平广记》第 10 册，中华书局，1961 年，第 4024—4025 页。
② 董志翘《一生蹭蹬谁人闻，聊借"祭驴"泄怨愤 —— 从敦煌写本〈祭驴文〉谈起》，《古籍整理研究学刊》2009 年第 1 期，第 58—63、90 页。驴是丝绸之路上最常见的驮畜，参见沙武田《丝绸之路交通贸易图像 —— 以敦煌画商人遇盗图为中心》，陕西师范大学历史学院、陕西历史博物馆编《丝绸之路研究集刊》第 1 辑，商务印书馆，2017 年，第 122—154 页。
③ 陈威《闻驴鸣：中国中古时期的友谊、礼仪与社会常规》，武泽渊译，卞东波校，《暨南学报（哲学社会科学版）》2016 年第 2 期，第 11—17 页。
④ 李建崑校注《贾岛诗集校注》，台湾里仁书局，2002 年，第 443 页。
⑤ 中华书局编辑部点校《全唐诗》（增订本）第 11 册，中华书局，1999 年，第 8384 页。
⑥ （宋）孙光宪撰《北梦琐言》，贾二强点校，中华书局，2002 年，第 149 页。
⑦ 徐鹏校点《陈子昂集》，上海古籍出版社，2013 年，第 187 页。

孙吴时代,此期口传福音作为神话传说,通过海上商路进入东南沿海地区。[①] 对白驴的崇尚不知是否与《圣经》传统相关,在《士师记》《撒母耳记》中,上等人骑驴,尤其是白驴。后来在伊斯兰教系统中,先知也喜好骑驴。活跃在新疆民间故事中的智者阿凡提,坐骑是一头毛驴。而唐代最广为人知的骑驴仙人或许首推张果老。

佛教文献中驴的形象大体可以分为三类:一是取材自印度民间故事,蠢萌无知,如本生故事中被蒙上狮皮的驴,《佛说群牛譬经》中混入牛群被杀的驴。二是商队驮运货物的驴,勤苦耐劳。佛经中有不少商人的故事,往往以驴作为驮兽。如《天譬喻经》就多次提到驴,形象较为正面,一反印度教对驴的贬抑态度。这或许也与佛教反对种姓制度的立场有关。在《亿耳譬喻》中,父亲考虑亿耳应乘何车出外行商:"若乘象车,大象娇柔难养。马也娇柔难养。而驴则娇柔记性好。就让他乘驴车去吧。"[②] 三是业报轮回教义背景下的驴,承受前生恶业的报应。题安世高译《佛说骂意经》中罗列了动物的前世业报:"好搥人,后世作驴。所以长耳者,好挽人耳。畜生好搏人耳。或故世征卒。何以故?一卒传,余卒皆作声。一驴鸣,余驴亦鸣。"[③] 这里解释了驴的两项生理特征(耳长、嘶鸣)的由来。还有说是因前生负债未偿,故而此世为驴,辛勤还债。《太平广记》中收录数则转世为驴偿债的故事。上文所引《祭驴文》也有"教汝托生之处……莫生和尚家,道汝罪弥天"之语。[④]

概括而言,驴在唐人的日常生活中起着非常重要的作用。贫寒文人

[①] 张雪松《有客西来 东渐华风——中国古代欧亚大陆移民及其后代的精神世界》,中国社会科学出版社,2020年,第1—25页。

[②] 原文参见 L. Vaidya ed., *Divyāvadāna*, Mithila, 1959, p. 3。同一故事出现在《根本说一切有部毗奈耶事》中,文字稍有不同:"若与象马,乘骑费粮。当与乘驴,而为轻省。"(CBETA, T23, No. 1447, p. 1049, b23-24)

[③] CBETA, T17, No. 732, p. 532, c2-5.

[④] 如失译《菩萨本行经》(CBETA, T03, No.155, p.123, b13-16)、《法苑珠林》(CBETA, T53, No.2122, p.718, a11-12)。又参见张鸿勋、张臻《敦煌本〈祭驴文〉发微》,《敦煌研究》2008年第4期,第59—66页。

骑驴追寻作诗灵感，仙人隐士骑驴探访幽境。佛教则给民间辛勤劳作的驴设计了今生来世、业报轮回的维度。柳宗元在《黔之驴》中所塑造的黔驴形象，似乎不属于以上任何一种传统，而是独具特色，既有佛教故事的影子，也有寓言体裁带来的鲜明风格。开篇"黔无驴"，简短铿锵的三个字，已经透露出驴这一物种的外来起源。关于黔驴故事的取材，除了前辈学者业已比对出的佛经、敦煌文书，孙机先生指出：唐代多用驴作转运，遍及全国，贵州的驴也不会少。由此推测柳宗元笔下的故事应当有更早的来源。他追溯到了山东邹县出土的一块东汉晚期画像石，认为其上所绘一驴一虎即黔驴故事的祖本。[1]虽然其间的流传演变过程尚不清楚，但亦可聊备一说。此外，《朝野金载》中记载杨炯称朝官为"麒麟楦"，并有一番解释："今铺乐假弄麒麟者，刻画头角，修饰皮毛，覆之驴上，巡场而走。及脱皮褐，还是驴马。无德而衣朱紫者，与驴覆麟皮何别矣？"[2]尽管一般的看法认为《黔之驴》寄寓了柳宗元对当权者无德无能、虚张声势的讽刺，但陈洪先生指出：《黔之驴》并无对驴的讽刺之意，而是同情其遭遇，表达"不出其技"、全福远祸的思想。[3]这种解释可能更符合寓言的语境，以及唐代社会上对驴的一般心理状态。换言之，柳宗元笔下的黔驴形象，融合了佛教故事传统与当时文人对驴的普遍认同心态——"至则无可用"、"出技以怒强……卒迨于祸"[4]，说是文人的自况、自戒亦无不可。

结语

通过考察希腊寓言、印度民间故事和唐代文学中驴的形象，可以发

---

[1] 孙机《关于"黔驴"》，《文物天地》1986年第6期，第20—21页。
[2] （宋）李昉等编《太平广记》第5册，中华书局，1961年，第2072页。
[3] 陈洪、杨恂骅《论子弟书对唐代寓言的接受与重构——以〈黔之驴〉为例》，《贵州大学学报（社会科学版）》2015年第6期，第146页。
[4] 尹占华、韩文奇校注《柳宗元集校注》第4册，中华书局，2013年，第1349、1346页。

现虚构的文学形象与现实的大自然中物种特点之间的深刻联系。（表2）

表2 驴的生理特点与文学形象

作为沙漠动物的习性	故事元素
靠稀疏的植被生存	总是挨饿
声闻3公里之外，方便与同伴交流	嘶鸣
以大耳朵帮助听觉与扇风散热	长耳
在行动之前反复考察危险	反应慢、愚笨、倔强
同时以两条前腿或两条后腿踢	踢蹬

动物在人类的生活经验中有好几重面向。[1]首先是生物学意义上的，上表正反映了动物的生理性特征在故事作品中的体现。在各种民间故事中，驴的叫声、大耳朵、倔脾气、踢踏的方式，都被观察得细致入微。但在文人化的诗作里，这些外在特征几乎都被抹平了，突出的是其象征含义，也就是动物在人类经验中的第二重面向，即符号与语言系统中的一个符码，具有隐喻义。在考察驴的形象时，其所处的结构与语义场非常关键。驴经常与马成对出现，形成对比：相比于马的高贵，驴更接地气，更平民化、边缘化。在印度的民间故事中，驴虽然低贱卑微，却是一个相当有亲和力的形象。它含辛茹苦干累活儿、经常受饥挨打，却依然向往吃饱、享受爱欲的生活，生命力顽强。这何尝不是大多数人生活的写照？而马在《五卷书》《益世嘉言》《故事海》等故事集中，几乎是缺位的。在佛教的本生故事里，与命运堪怜的驴相比，马则是光辉的救度者的形象。佛在前世曾投胎为马，解救遭遇海难的商人。佛教还有马头明王的形象与信仰。

由于驴的文学形象的丰富性，还可以借此管窥民间传统、文人传统

---

[1] Alan Bleakley, *The Animalizing Imagination: Totemism, Textuality and Ecocriticism*, Springer, 1999, pp. xii-xiii.

与宗教传统的相互关系。在印度，驴是民间故事中常见的动物，却极少出现在梵语古典诗歌、戏剧等文类之中。而中国的情况似乎不大一样，楚辞汉赋、唐宋诗词乃至文人画中驴的形象颇不少见。驴在《圣经》里的形象总体而言是正面的，因而在中世纪基督教的节日上多有驴的身影，但带来的往往是戏谑的效果，而不是令大众联想到驴所代表的优良品质。这大约是驴的近东传统与希腊罗马传统之间的撕扯。[1] 对于中世纪的学者来说，驴以微薄的食物维生、勤苦劳作、头脑单纯，与他们的书斋生活形成了一种有趣的映照。阿格里帕（Enrico Cornelio Agrippa）、巴莱里亚诺（Pierio Valeriano）、布鲁诺（Giordano Bruno）都歌颂驴的任劳任怨与单纯率直，驴简直成了他们本人的写照。[2] 粗茶淡饭、安于贫苦，是追求知识的前提；而心思率真、不工于心计，则是得见神显的必要条件。在这一意义上，看似愚笨的驴，反而是大智慧的象征，大智若愚，延续了《圣经》中智慧之驴的形象。

在当代社会，随着机械化的到来，驴作为驮兽的功能削弱，获得了新的任务：其一，看护家畜。驴天然地讨厌犬科动物（如狼），见到它们会大声嘶鸣，甚至追逐、踢咬它们。在德克萨斯、澳大利亚等地，驴被用来看护山羊、绵羊等。其二，辅助治疗。由于驴天性坚忍、可靠，个头矮小，慢条斯理，故而一些有智力、心理障碍（如阿尔茨海默病、心理失调）的患者被鼓励抚摸驴，与其建立良好的关系，甚至尝试豢养驴。[3] 而当下在中国流行的"驴友"风潮，是否可被认为是延续了古人骑驴入山、寻访诗思的传统？

---

[1] Jill Bough, *Donkey*, Reaktion Books Ltd., 2011, p. 130.
[2] Nuccio Ordine and Arielle Saiber, *Giordano Bruno and the Philosophy of the Ass*, pp.14, 43–44.
[3] Valerie Porter et al., *Mason's World Encyclopedia of Livestock Breeds and Breeding*, p.3.

学生互动摘要

范晶晶老师的演讲结束后，同学们针对驴形象的演变、驴形象的文化意义及其背后的文化心理等问题进行提问。关于白驴这一特殊的驴形象，有同学推测这种比较罕见的特征可能会影响人们对其神圣或普通、正面或负面的认知，也有同学认为，白色本身就是神圣性的象征。范老师指出，稀缺性可能带来神圣性，至于白色的属性则跟当地的自然环境和社会生活有关。还有同学提问，魏晋时期关于驴的材料都是出自文人之手，是否是一种对"另类现象"的记录？范老师回应，反常的东西确实往往会被记录，尤其是反映在《世说新语》里，但这一点用来解释《后汉书·隐逸传》说服力尚显欠缺。另有同学提出，早期张果老骑驴的情节可能来自《后汉书·蓟子训传》，而民间张果老倒骑驴的故事则是在明代才确立，都未必能反映唐代的社会现实。范老师认可在讨论故事时要关注故事的起源，但就张果老故事而言，明代和唐宋的社会现实应该是近似的，明代的马数量也很少，且大部分用作军事用途，民间代步工具还是驴。

2021年1月7日，大家又围绕讲座内容进行了评议和讨论。主持人吴星潼从内部研究与外部研究、对材料的处理和影响研究的有效性这三个方面，分享对范老师讲座内容的思考。她认为，内部研究与外部研究这两种进路各有其优势和效度，范老师的讨论将内部研究与外部研究相结合，给予我们很多启发。在材料运用上，范老师对多种类型材料的兼顾和横纵组织材料的方法让对一个牵涉甚广的问题的讨论得以全面、有序地展开。针对部分材料难以纳入目前讨论的分类体系中的问题，吴星潼提出，或许可将框架稍加修改为"精英文学""通俗文学"和"宗教文学"三个部分，以便纳入小说、戏曲等更多的文类。另外，影响研究较难坐实，在尽可能多地占有材料的基础上，外部的佐证必不可少。

  在讨论环节，同学们继续围绕外部研究与内部研究的方法、研究框架的确立等问题展开讨论。一些同学认为，借助物种迁徙较难准确判断故事的起源，而这一研究路径启示着我们在文学研究中可以借鉴自然科学或技术层面的思路。也有同学提出，材料之间的相似性能否确认为相关性、出现时间的错落能否说明彼此有传承关系，都是需要谨慎思考的问题。另有同学认为，或许可以考虑用动物考古的资料建立一个物种迁徙和分布的链条，然后再去探讨文本。经过充分的讨论与交流，大家对文本外部的研究视角、"黔之驴"形象的演变等问题有了更加深入的认识。

（摘要撰写人 吴星潼）

都市民间文学的新业态
——关于"上海故事汇"

郑土有

编者按：2018年4月21日，复旦大学中文系郑土有教授以"都市民间文学的新业态——关于'上海故事汇'的讨论"为题，为北京大学中文系民间文学专业的同学们带来了一场讲座并展开交流。

自20世纪中叶以来，随着城镇化进程的日益加快，学界意识到城市并非民俗的"真空地带"，城市已然生长出丰富的民间文化形态。其中，"上海故事汇"的相关实践，既是上海民间文艺界积极探索的结果，亦是民间文学在当代都市里创新性传承的有益尝试。自2012年起，郑土有教授围绕"上海故事汇"开展了长期的跟踪调研，对于"上海故事汇"现象的发展过程、运作模式、故事员与听众情况等进行了细致考察。在本次讲座中，郑土有教授对"上海故事汇"与传统讲故事、新媒体故事、茶馆说书、评弹曲艺的异同进行了对照分析，并对其是否可持续、作品能否流传、能否与新媒体结合等问题进行了深入探讨。

"上海故事汇"是民间文学传承在新时期出现的新情况。自2012年开始，我一直带领学生进行跟踪调查，2018年4月15日，又专门前往金山嘴茶室和上海群艺馆听了两场故事汇的讲演，了解其最新状态。今天

（2018年4月21日）以"上海故事汇"为讲座题目，希望能够提供给大家一些新资料和新启发。

　　民间文学作品的传承，一直是学界比较担忧的问题。在"非遗"保护项目中，大家公认民间文学类是最难保护的，且大多处于极度濒危的状态。作为民间文学研究者，我们都坚信民间文学不会消亡，新的作品仍会不断产生。像布鲁范德（J. H. Brunvand）《消失的搭车客——美国都市传说及其意义》[①]中提到的各种类型都市传说，其实在北京、上海等大城市中都大量流传着；像上海的龙柱传说现在已有十几个异文；又如层出不穷的校园段子，《北大段子》[②]《复旦段子》[③]中的段子仍在不断出现。但不可否认的是，民间文学传统的传承环境正在消失，农村中如此，城市中也如此。那么，是否存在这种可能性：民间文学作品正在悄悄形成一些新的传播途径或传播环境。而这些目前仍处于生长、萌芽状态中的传播路径，也许在未来会成为主要传播途径？另外，以方便、便捷著称的传统口头讲述，在都市中是否仍然有生存空间或前景？这种生存空间存在于何处？今天，以"上海故事汇"为个案，就以上问题与诸位共同讨论。

一、"上海故事汇"概述

　　"故事汇"的名字听起来有些奇怪，实际上它是出现在上海的一个故事讲述活动。"上海故事汇"于2012年4月29日正式开讲，由上海民间文艺家协会和上海市群众艺术馆共同策划创办，由《上海故事》杂志社承办。举办该活动的目的主要有三点：一是丰富市民的文化生活；二是让故事回归生活；三是通过故事寓教于乐的特点，为和谐社会建设服务。至

[①] 〔美〕扬·哈罗德·布鲁范德《消失的搭车客——美国都市传说及其意义》，李扬、王珏纯译，广西师范大学出版社，2006年。
[②] 陈泳超主编《北大段子》，天地出版社，2012年。
[③] 郑土有、瞿志丽主编《复旦段子》，天地出版社，2012年。

2018 年 4 月 15 日，位于上海市群众艺术馆三楼的主会场已举办了 159 场活动，讲演频率为每月 2 场。自 2013 年起，又分别开设了 6 个分会场："虹桥故事汇"（虹桥社区文化中心）、"枫林故事汇"（枫林街道文化中心）、"山阳故事汇"（金山嘴渔村茶馆）、"曹路故事汇"（浦东金海文化艺术中心）、"上海故事汇"金山分场（金山区文化馆）、"长宁阿拉故事汇"（长宁文化艺术中心），每月举办 1 场。目前，分会场仍在增加之中（"黄图故事汇"已于 20 日开讲）。总体而言，"上海故事汇"活动持续发展，显示出了一定的稳定性、持续性，以及逐渐壮大扩散的趋势。据主办方介绍，许多社区、街道都希望能够开设分会场，但是面临故事员不够的难题。如果故事员和故事作品的数量能够跟上，"故事汇"的分会场会继续增长。

就组织运作模式而言，"故事汇"的主会场由上海市群众艺术馆提供资金和场地支持，由上海民间文艺家协会负责故事作品创作和故事员的落实，具体事务由上海民间文艺家协会故事创作专业委员会主任葛明铭负责；分会场则由承办单位提供资金和场地，同样由上海民间文艺家协会负责故事作品和故事员。"故事汇"的听众基本上是自发前来的。不过主办方会在每年的年初印制"故事汇"全年时间安排的小册子进行发放；每场活动的前一两天，葛明铭会在其个人微博、朋友圈推送本场活动的时间、地点、故事员及故事篇目，让听众了解大致的内容。

"故事汇"讲故事的模式，主要包括以下四个方面：其一，主持人葛明铭以时事脱口秀的形式开场和中间串词（如 4 月 15 日在金山嘴渔村茶馆的开场脱口秀《清明奇事》[1]）；其二，由三到四位故事员讲历史传奇、

---

[1] 讲述他（葛明铭）在清明期间观察到的一件事：有一个人到冥器店购买上坟的祭品，店主推荐他买苹果手机，于是他就买了；正要转身离开，店主叫住他，说阴间潮湿，买了手机应该买手机套，于是他又买了；转身要走时，营业员又说差点忘了，买了手机，充电宝不能缺少，于是他又买了。这时，他问店主有没有名片，店主说有啊有啊，于是把名片恭恭敬敬递给他，说欢迎下次再来。他接过名片，不紧不慢地说："我要把名片跟手机一起烧掉，有质量问题让他随时来找你。"这则新编的故事，最后甩出包袱，听众听了哄堂大笑，同时也贴近生活，讽刺了目前上坟祭祖中的不良风气。

传说故事（如 4 月 15 日张红玉讲《双重亲》、朱国钦讲《狗亲家》、陈传奇讲中篇传奇故事《秘密文库》中的一回）；其三，中间穿插沪语微朗读、猜猜上海话等环节，起到了推广上海话的作用；其四，全场讲演使用沪语。

在故事内容方面，"故事汇"以"新""快"为特色，以新编故事为主、传统故事为辅，旨在反映当下老百姓的日常生活。"故事汇"中的传统故事大多由说唱艺术改编而来，例如《老来得子》《梁山伯与祝英台》《朱元璋传奇》《白蛇前传》等。此外，还有一个不成文的规定，即不在同一"故事汇"的场地讲重复的故事，如主会场的所有 159 场讲演中，没有一个故事是重复的。而分会场的故事，往往是主会场讲过之后，再去分会场讲演。

在故事员的构成情况方面，主要可以划分为三个层次：其一，以黄震良、夏友梅、毛一昌、严珊、张红玉、朱国钦、叶忠明等为代表的成熟民间故事家，能够自编故事，表演水平上乘；其二，以吴新伯、陈传奇为代表的崇尚"故事性"的新派评话演员；其三，以刘小虎、王菊芬为代表的民间故事爱好者，他（她）们原本是"故事汇"的老听众，又具备一定的讲故事能力，后来逐渐登台表演。目前，"上海故事汇"长期合作的故事家共有 20 多位。就故事员的规模而言，总人数还不多，且不时会出现会场故事员不够分配的问题。

在听众方面，"故事汇"的受众群体主要是五十岁以上的中老年人，也有少量的青年人和小孩。在各个分会场，中老年人都是主力军，而小孩子基本上都是老人带过去的。在经费方面，"故事汇"的费用主要由承办方提供，目前每场费用在五六千元左右，主要作为劳务费支付给策划者和故事员。故事员的劳务费大约为每场五百至八百元。此外，会场向听众免费开放，还会向参加活动的市民们提供一些小奖品。

自 2012 年 4 月以来，"上海故事汇"已经举办了 6 年，产生了较大的社会影响。截至 2018 年 4 月 15 日，除了主会场举办的 159 场外，虹桥故事汇举办 60 场，枫林故事汇举办 58 场，山阳故事汇举办 48 场，金山故事汇举办 31 场，曹路故事汇举办 32 场，长宁故事汇举办 11 场，川沙故事汇举办 12 场；专题性的都市故事汇 14 场、档案故事巡讲 58 场、故事党课巡讲 14 场。讲述的故事总量达 800 多则。

在"上海故事汇"举办第 100 场时，上海民间文艺家协会举办了关于"上海故事汇"品牌建设的研讨会，十几位民间文学学者、社会学学者、文艺评论家参与讨论，大家对这一民间文学现象抱以热切的期待和支持，将其视为一种复活口头艺术的方式。《解放日报》刊登了诸葛漪《还有人面对面听讲故事吗？"上海故事汇"迎来 100 场》的报道："三年半时间，众多名家来到故事汇，讲演 300 多个生动有趣的故事，听众累计达 2 万多人次……一开张就大受欢迎，几乎场场爆满……汇集了上海乃至全国的故事家编创并讲演生动有趣、丰富多彩的故事，有社会公德、社区邻里、家庭伦理、党风廉政、红色经典、少年儿童、讽刺幽默、历史传奇等各种题材。故事讲演中还穿插与听众现场的互动，有奖竞猜，轻松活泼，气氛热烈。"[1] 这则媒体报道，正面肯定了"上海故事汇"取得的良好效果，尤其是标题提出了一个令人深思的问题，通过活动的成功得到了回应，尽管现代社会各种娱乐方式层出不穷，但古老的面对面听讲故事仍然有其一席之地，仍然有其生命力。

二、对"上海故事汇"的初步分析

在对"上海故事汇"的全貌进行了解之后，问题也随之而来：我们应当如何看待这一现象？目前，上海民间文艺家协会内部以及整个故事界对"故事汇"的评价分为两极：一种持批评和否定态度，认为其本质是一种舞台化的、不纯粹的"大杂烩"，不能算是纯粹的讲故事活动；另一种

---

[1] 诸葛漪《还有人面对面听讲故事吗？"上海故事汇"迎来 100 场》，《解放日报》2015 年 11 月 4 日。

持赞同态度，认为其符合当下时代的需要，是一种符合现在民众口味的新尝试。如果对"上海故事汇"与传统讲故事、20世纪50年代兴起的新故事、新媒体故事、茶馆说书、评弹曲艺的异同进行分析，则可以更为清晰地归纳出"故事汇"的独特之处。

第一，"故事汇"与传统讲故事的异同。首先在内容方面，两者都讲述故事，但"故事汇"主要以讲述新故事为主、以传统故事为辅，且以情节曲折、"包袱"巧妙、贴近生活为特色，旨在反映当今老百姓的家庭生活和社会现象；其次在形式方面，两者都注重口头表演，注重与听众面对面的互动性，但"故事汇"更加注重舞台化，并具有种类的综合性、多样化的特色，包含评话、滑稽、猜猜上海话等有趣的环节。

第二，由于"上海故事汇"可以归入新故事的范畴，因此有必要理清"故事汇"与新故事讲述活动的异同。上海是中国新故事的发源地，自20世纪50年代开始，新故事讲述和创作便蓬勃发展。1952年，上海工人文化宫成立了故事团，举办"周三故事会"[1]。随后，上海市群众艺术馆专门成立研究部，由专门干部负责指导故事创作和故事讲述活动，举办市郊农村故事比赛和"向雷锋学习"社教运动等。1963年10月，上海市文化局向市委宣传部提交的《关于上海市农村故事的情况报告》中提出"大讲革命故事"："大讲革命故事是一种轻便灵活的文艺宣传形式，战斗性、群众性较强，对于占领思想阵地，紧密地配合党的各项政治任务和生产斗争，值得大力提倡。"[2] 12月，市委将上海开展故事活动的情况上报给中央，得到了中央的肯定。蒋桂福、陈火培、吕燕华以故事员的身份参加了在北京召开的全国青年业余文化创作积极分子大会，吕燕华讲述《母女会》的故事，获得了一致好评。毛主席接见了与会代表，给上海故事工作者极大鼓舞。《文汇报》在1964年1月底至8月24日，陆续发表了七篇

---

[1] 任嘉禾主编《上海新故事实践解读》，上海文艺出版社，2018年，第86页。
[2] 上海嘉定区政协文史工作委员会编《嘉定文史资料》第三十三辑，内部资料，2015年，第165页。

故事社论，如《大力提倡革命故事》《两种效果论——三论大力提倡讲革命故事》等。在"文革"时期，新故事活动转入地下。"文革"结束后，新故事再次复兴，中国民间文艺研究会上海分会（现为上海民间文艺家协会）创办的《采风报》率先刊登了根据民间流传故事改编的《中百公司手帕柜台》《骨灰盒上的照片》《一只"欧米茄"》等，深受市民喜爱。《故事会》《上海故事》都是20世纪80年代以来刊登新故事的重要报刊。

新故事是一个相对的概念，即反映当代现实的故事，虽然以文本为中心，但同时保留了口头的传统，强调口头性。上海老一辈新故事家黄宣林、张道余、夏友梅、钱昌萍、姚自豪、毛一昌等，一般在获取故事性较强的素材后，经过提炼和加工，把可以口述的内容写成文本，然后试讲，在听取各方意见和检验口头性的程度后进行修改和提高，几次反复，方能定稿。因此，它既是书面的也是口头的，以书面固化口头，以口头检验书面。新世纪以来，新故事的口头性、集体创作特点逐渐弱化。与20世纪五六十年代的新故事活动相比，"故事汇"的讲述活动，在形式方面差异不大，都是有组织的行为，但在目的方面有本质的区别：前者主要是作为一种宣传手段，为政治服务；后者主要是丰富市民的精神文化生活，因此在讲述故事的内容方面有较大的差异，后者更贴近生活，反映家庭生活，针砭不良风气的故事居多，娱乐性更强。

第三，互联网的发展使当下的新媒体故事大行其道，可以与"故事汇"进行对照。以互联网为代表的新媒体故事，具有受众碎片化时间利用的特征，开发了"断点续听""离线收听"等功能。移动互联网故事可以充分利用人们的碎片化时间，满足受众群体细分化的需求，人们可以一边继续手中的工作，一边使用移动互联网收听音频。此外，"用户自制"也是手机互联网时代的典型代表，自媒体在互联网的帮助下拥有了更广阔的平台和易实现的途径。在互联网中，每个人都可摇身一变成为内容生产者。例如，我在一次考察侗族大歌的过程中，发现当地的侗族年轻人大多外出务工，不便于集体学习侗族大歌，因此他们在互联网上建了一个侗族大歌的交流平台，方便身处各地的青年随时交流学习，这无疑是一种民间文学传播新途径。问题在于，互联网的应用主要适用于青年人和中年人，而老年人无法使用。

"故事汇"与新媒体故事传播的异同，可以归纳为两点：其一，在受众群体细分问题上，新媒体故事受众以都市生活中的年轻群体为主，这些朝九晚五穿梭于公共交通网络中的用户，更倾向于将碎片化的时间投在移动媒体上的文字、音频中，而"故事汇"主要针对上海本土老龄群体；其二，新媒体故事传播以互联网为媒介，不需要用户面对面，而"故事汇"采用面对面形式，重视人与人之间情感交流的体验，符合都市生活中老年人改善自身孤独状态的迫切需求，并且为老年听众之间提供了一个舒适的交友平台。

第四，尽管"故事汇"与茶馆说书、评弹曲艺都是口头表演艺术，但它们在表现方式上存在差别。以评话为例，评话与"故事汇"之间的异同，主要有三点：一是在语言上，评话和讲故事一般都使用地方语言，评话有传统形成的一套讲演艺术，包袱、口技等讲究细腻周到，而讲故事的语言则比较随意、生活化，有信手拈来之感。二是在叙事方式上，评话情节细腻，而故事线条粗放。因此，往往故事讲十分钟的内容，评话可能会讲半个小时。老话说"评话中的小姐下楼要一个月，走一节楼梯就可以讲半个小时"，正是这个道理。三是评话更多吸收了戏曲的因素，比如评话要有一个台子、惊堂木、手绢等道具，还有很多戏曲的动作，如亮相、踢腿等，而故事则是生活化的，基本没有道具，只配以简单的肢体语言。那么，如何看待那些来"故事汇"讲故事的评话演员呢？其实，那些来到"故事汇"的评话演员，无论是从语言还是从表演方式，都已经向纯粹的故事讲述靠拢，主办方明确"故事汇"是故事的场子，不是评话的场子。

三、"上海故事汇"现象值得探讨的问题

虽然六年来,"上海故事汇"呈现良好的发展势头,社会影响力也越来越大,但是否具有可持续性,一直是不断被追问的话题。

首先,从"故事汇"的组织形式和经费支持上看,不免让人持存疑的态度。上海市群众艺术馆以及各区文化馆、街道文体中心都是行政事业单位,《上海故事》隶属于市群艺馆,上海民间文艺家协会是官方的民间组织,这些部门从广义上说都是政府组织。近些年来,从中央到各级地方政府都十分重视优秀传统文化的弘扬、非物质文化遗产的保护,讲述民间故事、新故事的"故事汇"正好契合了这项工作,获得了各方面的较大支持力度。但政府组织的工作具有阶段性的特点,会根据不同时期的需要有所调整,会面临着工作重点转移、经费难以长期保障等现实问题,靠政府相关部门组织、以行政经费支撑的"故事汇",其持续性存在一定的变数。比较可行的途径是逐渐过渡到由民间社团组织的讲故事活动。日本故事会的经验或许可以带给我们一些启示。日本有许多类型的故事会,在都市中分布广泛,如创立于1977年的"語り手たちの会",这是一个聚集故事讲述者的非营利组织,每月在日本神奈川县川崎市的民家园定期举办"故事会"或"故事学习会"。参与者不仅听故事,还以成为故事叙述者为目的进行学习,以言语的表达与分享为活动宗旨。[1] 再如神奈川大学的故事社团,该社团每个星期在学校的社团活动中心举办故事会,也欢迎周边居民加入,因而参与活动的人员往往是不固定的。每期制定一个话题,并围绕该话题展开讲演,如"大树下的故事""神奈川校园故事""地铁故事""横滨港口故事"等。[2] 民间社团具有自发性、兴趣性、公益性的特点,由一群志同道合的同仁组成,若政府相关部门、公益基金给予适当支

---

[1] 〔日〕櫻井美紀「語り手たちの会とは設立の主」,http://katarite.sblo.jp/article/60854378.html.
[2] 「語りの会」,http://minwanokai.c.ooco.jp/katsudou/katsudou.html.

持，其持续性是可以期待的。

其次，从创办以来，葛明铭就承担"故事汇"的策划、作品质量把关、故事员调配、活动宣传、主持人等数职，"故事汇"的成功很大程度上是依靠他的工作能力和个人魅力。葛明铭原是上海人民广播电台编辑，他主持的"滑稽王小毛"节目在上海家喻户晓、受众面极广。他从电台退休以后，"滑稽王小毛"节目停办，"故事汇"最初的听众很多都是葛明铭的"粉丝"，包括志愿者。葛明铭既是经验丰富的编导，又有曲艺表演才能，他的开场白、即兴故事、串联词风趣幽默，特别受欢迎。葛明铭今年已经66岁，如果他不再担任主持，"故事汇"是否还能延续下去，这也是令人担心的问题！所以，当务之急是遴选或培养一位能够接替葛明铭工作的主持人，否则若干年后"故事汇"的生存就很难预料。当然，如果"故事汇"回归民间，由民间社团来组织活动，可能主持人就没有如此重要了。

再次，从听众群体以及需求情况来看，"故事汇"能够延续的可能性极大。2014年6月15日、6月29日、7月13日，我们围绕"听众人群特征及接受情况"在"故事汇"主会场进行过调查问卷。[1] 分发调查问卷183份，回收有效问卷121份，回收率约为66%。这次调查在统计听众人群分布方面存在一定局限，因为"故事汇"是个流动的场域，每次参与的人群会有变动。但是，我们还是能够通过该问卷大致了解部分听众的喜好倾向、建议，以及"故事汇"给他们带来的影响。

---

[1] 该调查由我和学生王文婧（复旦大学中文系2013级民俗学专业硕士研究生）合作完成。

"听众意见调查问卷"基本情况汇总表[1]

年龄	5—15岁	16—20岁	21—30岁	31—40岁	41—50岁	51岁以上
	8	4	19	18	8	64
男女比例	男			女		
	34			87		
文化程度	中小学	高中	大专、本科	研究生	其他	
	33	24	58	4	2	
职业	上海离退休	上海在职人员	学生	外来务工人员		
	62	43	14	2		
来"故事汇"的频率	每月2次及以上	每月1次	两三个月1次	半年1次	一年1次或更少	
	41	50	12	6	12	
了解"故事汇"信息的渠道（多选）	市群艺馆张贴布告	葛明铭微博	"故事汇"宣传册	朋友介绍		
	18	24	34	62		
受"故事汇"吸引的原因（多选）	故事内容	故事家	葛明铭的魅力	互动环节	喜欢听故事	喜欢现场氛围，了解上海本土文化
						61
	55	32	58	16	78	34
最喜欢的故事家及原因（自填，可多选）[2]	葛明铭	黄震良	袁忠传	吴新伯	周进发	朱国钦、褚伟丽、张晓阳、陈传奇等
	9	16	12	8	4	1—3
参与"故事汇"的收获（多选）	思想触动	改变为人处世的方式	结识了许多朋友	消遣娱乐	了解时事政治	增长了知识
	39	32	47	40	33	89

---

[1] 数据来源见王文婧《多元化叙事时代的都市口头故事讲演研究——以"上海故事汇"为例》，复旦大学硕士学位论文，2016年。
[2] 该条为自主选填，有些问卷者未填，总共有41人填写。

续表

"故事汇"是否必要	完全有必要	有必要	其他
	90	31	无
	必要的理由（列举）：1. 能够了解上海本土文化，增长知识，寓教于乐；2. 了解时事以及当今社会的人情世故、反腐倡廉、了解社会发展动态、老百姓的愿望；3. 能够推进精神文明建设，构建和谐社会；4. 保护和传承上海方言			

满意度		非常满意	满意	一般
	故事内容	66	51	4
	灯光音响	53	60	8
	志愿者	65	52	4

总体评价	五颗星	四颗星	三颗星	未勾选
	81	30	2	8

建议及意见（摘录）	中青年（21—50岁）	老年（51岁以上）
	1. 可邀请更多爱好故事的人一同讲故事，如暑期的学生、小朋友；2. 希望每次有一个普通话故事，让新上海人也能学习，有一个过渡；3. 希望有更多的故事家来参加	1. 适当增加其他曲艺形式；2. 适当增加与听众互动的环节，使听众能充分参与进来；3. 要多讲通俗易懂的故事；4. 希望信息能提前一周通知，并能提供时政、其他文化的故事；5. 今后越办越好，永远走这个道路；6. 想提前到9点开始，周末家务多

从问卷汇总的数据来看，"故事汇"的主要听众人群是51岁以上的离退休老年人，占样本总数的53%；其次21岁至40岁的中青年也占有一定比例，占样本总数的31%，他们几乎都是上海在职人员。听众人群中大专及本科文化程度的人最多，在所有年龄层次的听众人群中，除去现今在读的中小学生，中小学文化程度在老年人（51岁以上）中占据的比例最大。有人担心"故事汇"的主要听众是老年人，随着他们年龄的逐渐增长，听众自然而然就减少乃至最后消失。通过这些年的观察，确实有部分老年听众由于身体的原因退出了，但同时又有不少新的老年听众加入，这部分听众主要是刚刚退休的"新老年人"，存在着有趣的"更替"现象。这也

在一定程度上保证了"故事汇"的基本听众队伍。此外，还有两种潜在听众群体也不容忽视，即少年儿童（5—15岁）和青年（21—30岁）群体。现在每期故事汇都会出现一些小听众、年轻听众，这是两年前不曾看到的。

从选取的听众样本来看，参加"故事汇"的频率以一月一次、一月两次及以上居多，占据75%，这说明"故事汇"已经形成了一批相对固定的听众群体。听众席位大致可以分为三个层次：前六排大多数是长期关注故事汇活动的固定听众，几乎每次活动都会参加；中间部分，则是不具有明显固定人群的特征，隔三差五参加；后三排多是流动性听众，偶尔来参加活动，或图个新鲜。在获取"故事汇"的活动信息方面，首先以朋友、邻居介绍的方式为主，其次是通过主持人葛明铭的个人微博。

从听众对作品的喜好偏向来看，青年群体比较偏好历史传奇，而老年群体爱好更为广泛，相比青年人而言更能欣赏家长里短的生活故事。关于参加故事汇之后的收获，"增长知识"是选择人数最多的选项，这说明"故事汇"中的故事可能对听众的生活或价值观产生直接或间接的影响。选择"消遣娱乐"的人，大约占总人数的三分之一。在满意度方面，多数听众都选择了"非常满意"及"满意"，认为很有必要举办这个活动，少数选择了"一般"。在建议和意见方面，中青年的建议可以概括为期待内容和形式的多样化，尤其是希望加入普通话和增加听众讲演的故事等；老年群体则希望在时间、地点的选择上更为便利。从受众的角度而言，只要"故事汇"活动继续举办下去，听众应该没有问题。以主会场为例，每场活动满座大约150人，数量还是相当可观的。

最后，虽然说面对面讲故事的"故事汇"仍然有听众、有社会需求，但毕竟受众面有限，若要扩大其社会影响，借助新媒体的传播途径也是必须的。"故事汇"的承办单位《上海故事》杂志社已经做了有益的尝试，专门提供一个平台将纸质文本转化为有声读物，以满足更多群众听故事的需求，取得了很大的成功。"故事汇"也应该将每期"故事汇"讲述的故事通过新媒体渠道进行传播,方便更多的听众随时随地欣赏这些故事。

人是群居动物,交流是最原始最基本的需求。但在现代都市生活中,由于信息技术的发达以及各种利益关系的束缚,人与人之间沟通交流的机会越来越少。当古老的讲故事方式回归生活之后,人们发现面对面的言说仍然是一种方便有效的情感交流方式,在这个"故事场"中,虚虚实实、嬉笑怒骂、家长里短、惩恶扬善,可以尽情宣泄。正是因为如此,"故事汇"才吸引了这么多人参与。"故事汇"的形式,也很有可能会成为都市中民间文学作品传播的一种新途径。

学生互动摘要

郑土有教授的演讲结束后,同学们围绕"上海故事汇"的产生原因、运作模式等问题进行提问。有同学疑惑,"上海故事汇"这种民俗现象的发生是否与上海独特的传统和氛围有关。郑老师回应,讲故事的传统确实与上海本身的文化特色有关。自民国以来,在故事活动的组织者、创作者、故事员和刊物之间的综合互动之下,形成了上海讲故事的传统。其他同学就故事员们在"故事汇"之外的场合讲故事的情况、故事员故事文本的来源等问题进行提问,郑老师一一予以解答。

2018年5月9日,同学们又围绕讲座内容进行了评议和讨论。主持人苏筱从"上海故事汇"的性质、"上海故事汇"的动力机制、"上海故事汇"与民间故事的关系、新故事研究的局限四个方面,分享对郑老师讲座的思考。苏筱认为,"上海故事汇"是一种讲演形式的新故事,是一种公益性的市民文化活动,其中具有多少民间文学元素、如何与民间文学发生互动,对这些问题的讨论带给我们启示。"上海故事汇"的动力机制包括时代性动力、地方性动力、层级性动力和整体性动力四个方面,表现为官方意识形态和民众文化的互动,与传统意义上的都市传说差异很大。"故事汇"的可持续性与官方机构的扶持和民俗精英的引领密切相关。至于"上海故事汇"的作品是否是民间故事这一问题，要关注其集体性，看其能否在民间流传并被民众接受。当下学界对新故事的研究依然遵循故事研究的传统路径，缺乏理论建构与方法创新，新故事研究的生长点值得思考。

在讨论环节，同学们针对民间文学的集体性与口头性、"上海故事汇"的特色及其与民间文学的关系、上海讲故事活动的地域性特色等话题展开讨论。同学们注意到，如果一个故事在台上被讲述之后就不再流传，则不能算作是民间故事，能否进入民间流传渠道是判断"故事汇"的故事性质的标准。有同学提出，第三类故事员，即从台下听众转变为登台表演的故事员，集中体现了听众与舞台的互动，值得继续关注。就"故事汇"的特色、性质问题，大家围绕"故事汇"是否是俗文学、政府的介入是否影响到"故事汇"的生命力、"故事汇"中的文本的重要性、商业性是否会影响讲演活动的民间性等问题各抒己见。关于"故事汇"的地域特色，一些同学提出，上海地区良好的经济基础和多元的文化环境所形成的"有钱有闲"的氛围是"故事汇"得以存在和发展的重要原因。在热烈的讨论中，大家对以"上海故事汇"为代表的当代民间文学面临的新境况有了更加深入的理解。

（摘要撰写人 吴星潼）

中国民间故事传承人研究的回顾与展望

林继富

编者按： 2018 年 4 月 21 日，中央民族大学民族学与社会学学院林继富教授为北京大学中文系民间文学专业的同学们带来了一场题为"中国民间故事传承人研究的回顾与展望"的讲座并展开交流。

中国现代民间文学界真正开始关注民间故事传承人的研究，要到 20 世纪 50 年代，钟敬文、刘魁立两位先生相继撰文呼吁重视并研究这一对象。20 世纪 80 年代以后，民间故事传承人得到越来越多的关注，研究内容涉及故事文本与传承人的关系、传承人的共性与个性、传承人与村落传统的关系，以及传承人与接受者、搜集者的互动关系等。从中国民间叙事学理论建设的层面来看，民间故事传承人的研究是不可或缺的重要环节，尤其是在当前传统讲述空间日益消退的情况下，对那些曾经经历过讲述空间变迁的传承人进行研究，是非常迫切和必要的。林继富教授全面梳理了 20 世纪中国民间故事传承人研究的发展历程，并根据新时期民间故事讲述呈现的特点，提出了前瞻性的研究角度和建议。

中国民间文艺学理论建设、学科发展，民间故事传承人活动以及围绕民间故事传承人研究形成的叙事学理论十分重要。然而，由于在基础理论建设中强调集体性和人民性，民间故事传承人在相当长的时间内被忽视。

到了20世纪80年代"中国民间文学三套集成"工作开始，民间故事传承人引起了人们的关注，但是，这种关注主要在民间故事的调查、记录等方面，并没有系统讨论传承人本身对故事讲述的影响力，对于民间故事传承人深入、系统的理论研究还存在许多欠缺，有待进一步讨论。

一、中国民间故事传承人研究的回顾

民间故事是由人讲出来的，民间故事与传承人、讲述人无法分开，然而，在中国民间文艺学研究领域，传承人并没有引起足够的重视。

新文化运动时，北京大学成为现代中国民间文艺学的发源地，以周作人、刘半农、沈尹默为代表的学人倡导的"歌谣运动"中就很少关注民间歌者和民间故事讲述人。在此期间发表的300多篇学术文章里，也没有对民间歌谣演唱者和民间故事讲述人的关注。

20世纪30年代，刘大白、钟敬文等人以自己家乡为中心采录了许多民间故事，在这些故事文本呈现的过程中，注意到了讲述人，对于故事讲述环境有一些交代。但是，仍然没有对讲故事的人进行详细记录和研究。

20世纪40年代，在民间文学研究领域里，有两个方面值得特别关注：一个是我们关注比较多的延安时期；另一个是我们关注比较少的西南联合大学时期。这一时期一大批优秀的学者在中国西南地区做调查，包括费孝通、杨成志、吴泽霖、马学良、芮逸夫、凌纯声等，他们记录了大量的民间故事，但也没有对讲述人进行关注。

随着对民间故事认识的深入，一些学者开始重视民间故事传承人。20世纪50年代，对民间故事传承人的关注是比较充分的。1951年，钟敬文在《谈谈口头文学的搜集》一文中指出："讲述者或歌唱者的身份、年龄、经历、文化程度等，最好也能够详细登记起来。相关的资料越丰富、就越容易增加读者或研究者的理解。"① 刘魁立分别于 1956 年和 1960 年发表文章，倡导民间文学的"忠实记录"原则及其重要性。在《谈民间文学搜集工作》中，刘魁立认为，我们应该更加关注民间口头创作中的个人作用，搜集者和出版者应在作品之后更多地介绍讲述者和演唱者。② 在《再谈民间文学搜集工作》中，刘魁立主张，我们不仅要忠实记录优秀故事家的优秀口头文学作品，也要全面搜集寻常的讲故事的人和寻常的故事。③ 钟敬文和刘魁立坚持民间文学"忠实记录"就包括对民间故事传承人的重视，这种采录原则在 20 世纪 80 年代开展的中国民间故事集成中得到了全面贯彻。

1949 年以后，专门编讲新故事的"故事员"在上海出现，并逐渐活跃于中国许多地方。最初，新故事就是将上海茶馆里的艺人说评书改造为讲革命故事。不久后，这些故事员逐渐吸收民间故事的讲述方式，开始编讲各种现实题材的新故事。

20 世纪 80 年代之后，开始重视民间故事传承人并承继先前民间故事传承人的搜集整理工作，其研究也出现了可喜的局面。

1984 年，指导中国民间文学采录工作的文件——《中国民间文学集成工作手册》旗帜鲜明地指出了"目前各民族的优秀文化遗产，大都保存在少数老的民间歌手和故事家的记忆中，这些歌手和故事家大都年事已高，人数越来越少，失去一个歌手或故事家，将意味着一个民族文化的小宝库永远消逝，所以，抢救各民族优秀的口头文学遗产，是一项刻不容缓的迫切任务"④。既然传承人在民间文学传承过程中如此重要，因此，在对待这些传承人上，《中国民间文学集成工作手册》特别提出：在作品正文

---

① 钟敬文《谈谈口头文学的搜集》，钟敬文编《民间文学新论集》，北京师范大学出版部，1951 年，第 207 页。
② 刘魁立《谈民间文学搜集工作》，《刘魁立民俗学论集》，上海文艺出版社，1998 年，第 161 页。
③ 刘魁立《再谈民间文学搜集工作》，《刘魁立民俗学论集》，上海文艺出版社，1998 年，第 179 页。
④ 中国民间文学集成总编委会办公室编《关于编辑出版中国民间文学集成第二次工作会议纪要》，《中国民间文学集成工作手册》，1987 年，第 9 页。

之后，依次标明讲述者、翻译者、记录整理者，以及故事采录的时间和地点。讲述者的情况，如姓名、性别、年龄和出生年月、出生地及移居地、文化程度、职业、族属等，亦应尽量标明。①

由于在搜集民间故事之前就制定了采录具体细目及要求，于是，一大批不同地域、不同民族、不同性别的民间故事传承人的名字出现在民间故事文本之中，有不少民间故事传承人的生活史有详细记录，还出版了一些民间故事传承人的故事专辑。据不完全统计，我国在1984年至1990年的6年内就发现能够讲50则以上故事的传承人达9901人。②像今天大家耳熟能详的著名民间故事传承人：山东的胡怀梅、尹宝兰，辽宁的谭振山，河南的曹衍玉，河北的靳正新、靳景祥，湖北的刘德培、罗成双、孙家香、刘德方，朝鲜族的金德顺，满族的傅英仁、李成明等，这些传承人讲述数量多，讲述质量高，讲述影响大。其实，20世纪50年代也发现了一批很有名的讲述人，后来没有引起特别的重视，更谈不上专门研究，比如说孙剑冰发现的秦地女、萧崇素发现的藏族的黑尔甲，我们知道他们的名字，但是我们不知道他们究竟怎样讲故事，这是我们研究上的一些缺陷。

可以说，对中国民间故事传承人的重视，是与对于采录民间故事科学性、完整性的认识分不开的。这种工作局面也是和民间故事呈现的现象与学者的倡导、引导分不开的。

二、20世纪中国民间故事传承人研究的理论成果

随着20世纪80年代民间故事集成工作的推动，民间故事传承人研究

---

① 中国民间文学集成总编委会办公室编《中国民间文学三套集成编纂总方案》，《中国民间文学集成工作手册》，1987年，第26—27、58页。
② 贺嘉《中国民间文学集成的普查与耿村故事家群的发掘》，《民间文学论坛》1991年第6期，第59—62页。

构成了中国民间故事研究领域最具活力和开创性的专题之一。通过对民间故事传承人记忆能力、故事表达力和创造力的讨论，揭示民间文学传承的基本规律。对民间故事最有影响力的研究，很多是以传承人为核心的，就是把人推到民间故事理论建设的核心层面，如江帆对谭振山的研究、我对孙家香的研究，都能体现出我们对传承人的关怀。综观20世纪中国民间故事传承人的研究，理论成果主要体现在以下几个方面：

其一，对民间故事传承人的宏观研究。乌丙安在《论民间故事传承人》[①]一文中就民间故事传承人的形成与发现、传承人特征、传承活动以及传承线路等问题进行了较为深入的讨论。贾芝的《故事讲述在现代中国的地位和演变》[②]，对民间故事传承人进行了分类，主要有乡土故事家、流浪谋生的故事家、艺人故事家、文人故事家、新传承人等，并在文中谈论了其对故事村现象和故事讲述的演变的看法。

其二，对民间故事传承人的中观研究，就是对民间故事传承人传承活动的讨论，传承人与接受者、搜集者的互动关系。这种讨论常常与民间故事传统以及传统村落联系在一起，或者说把传承人作为村落社会中的一个有机部分。诸如江帆对谭振山的跟踪调查研究[③]、袁学骏对于耿村故事传承人群体的讨论[④]、王作栋对刘德培故事讲述活动的研究[⑤]等，都是建立在充分的调查基础上。这类研究与民间故事的调查、采集密不可分。

其三，对民间故事传承人的微观研究，就是对民间故事传承人的某一次讲述活动，或者传承人某一段故事生活经历，或者某一个故事的多次

---

① 乌丙安《论民间故事传承人》，辽宁省民间文艺家协会编印《民间文学论集》第1册，1983年，第146—163页。
② 贾芝《故事讲述在现代中国的地位和演变》，贾芝《播谷集》，人民文学出版社，1990年，第379—390页。
③ 江帆《民间口承叙事学》，黑龙江人民出版社，2003年。
④ 袁学骏《耿村民间文学论稿》，中国民间文艺出版社，1989年。
⑤ 王作栋《从村落到社会——中国农民故事家刘德培故事活动讲论》，《民间文学论坛》1995年第1期，第23—29页。

讲述的讨论等。这类研究有我对于孙家香故事讲述研究等。我曾经就孙家香讲述的《春风夜雨》故事进行了一个故事多次讲述的探讨，目的是想看到讲述人在《春风夜雨》故事的每一次讲述的历史发展过程中究竟发生了什么。我们也可以做对某一个文本的讨论、某一次讲述的讨论，在这个故事中哪些是传统的，哪些是今天的生活，哪些是集体给我们携带过来的观念，哪些是讲述人个人的情感，这个时候我们就要旁及其他的文化，这个做起来还是很有价值的。

中国民间故事传承人研究，缘起于民间故事的搜集整理；民间故事的采录，源于实践论基础上的科学追求。20 世纪 80 年代以后，民间故事传承人的发现过程、讲述现象和民间故事传承人与社区、村落传统关系引起了人们的高度重视，并且取得了较为丰硕的成果。但是中国民间故事传承人研究有许多值得被深度理解的地方。

三、中国民间故事传承人研究前瞻

刘魁立曾经认为："我们作为民间文学工作者，对民间故事家、歌手对民间文学作品口头流传的具体过程、对讲述过程对讲述者的制约情况，特别是对听众的作用，还缺乏深入的研究。对于民间文学作品的流传环境（包括历史环境、社会环境、地理环境、文化—民俗环境）及其对作品的影响的探讨，也很少见。……当民间文学还以旺盛的生命力活在人民口碑之中的时代，我们在民间文学的动态研究方面应该而且能够做出应有的成绩来。"[1] 这些问题在未来民间故事传承人研究中仍然是重中之重。通过我对于民间故事传承人的调查和讨论，我以为未来民间故事传承人研究应该注意以下几个方面。

---

[1] 刘魁立《"寻找自己"——关于民间文学研究的若干思考》，《刘魁立民俗学论集》，上海文艺出版社，1998 年，第 73 页。

（一）民间故事传承人的讲述研究

我国先前的民间故事研究，太多地依赖书面记录的文本。我并不是否定书面文本的重要性，而是说我们在未来的研究工作中不能囿于被记录的文本。书面文本与活跃在讲述之中的民间故事相比不仅信息缺省，有时甚至完全是记录者、搜集者或整理者的声音。在我自己的研究过程中，我发现三套集成中有些文本并不一定是采录者一字一句通过录音记录下来的。因为当时是国家下达的任务，文化局的人员就开始动员学生、文化馆的干部，要求他们交多少则民间故事过来，并且有一定的数量规定，然后在这个基础上来编辑县或最基层的"集成本"，这是一类；还有一类故事来源是已经发表的文本，就是把20世纪50年代至80年代之间发表的民间故事文本搜集起来，所以说纯粹依赖民间故事书面文本进行研究就会有些问题。今天我们的研究，只注意到了两端：一端是讲述人讲述的过程，另一端是被记录下来、整理出来的文本。但是我们恰恰忽视了中间层，就是搜集者、整理者的工作。我们只重视作为结果的民间故事，而并没有重视其过程，但是结果和过程之间作为中间层的民间故事是怎么被记录下来的，怎么被整理的，怎么被改编的，怎么流动的，我们都没有很好地去讨论。所以说，对搜集者、整理者、翻译者的关注，对我们未来的民间故事的科学研究是有帮助的。

突破文本就需要我们亲自去调查，尽管我们现在已经有很多民间故事传承人的调查，但是，我以为还很不够。比如对于女性民间故事讲述人的研究许多凭借经验认为"母亲、祖母或外祖母几乎都是代代相续的故事传承人，这是母性特征十分明显的事实"[①]。然而，我通过调查发现，婚姻对女性传承人的口头叙事有着重要影响。以孙家香为例，她在结婚前，主要是与女性一起讲述故事，讲述的内容女性特征明显；而结婚后，她可以

---

① 乌丙安《论民间故事传承人》，辽宁省民间文艺家协会编印《民间文学论集》第1册，1983年，第146—163页。

更多地参与到传统的男性社会的活动中，其口头叙事就包含了男性叙事的特质，其女性口头叙事也就不纯粹是女性色彩了。

民间故事讲述研究，让我们能够理解民间故事传承人的真实生活图景。我们在以往的研究中，认为可以将民间故事传承人的传承线路、每一个民间故事的来龙去脉弄得清清楚楚，我觉得这是不可能的。从民间故事讲述、传承和故事记忆本身来看，民间故事传承人不可能将每一个故事由谁跟他讲的，从哪里听来的记得清清楚楚。民间故事传承人的故事来源是多元化的、是长时间积累的结果，同一则故事可能听过多人讲述，也可能在不同时间听过这个故事，因此，传承人对于民间故事的记忆往往是一些故事中的关键点，以及它对近期生活实践的作用。依靠记忆讲述的民间故事，传承人对它们的来源记忆更多是模糊的，或是近期时间进述的实践活动。

民间故事的数量是可以计算的。这种研究我们做得很少，我们认为民间故事丰富，那么，一个村落的民间故事究竟丰富到什么程度呢？我们以为经过长时段的讲述调查，对于一个传承人来讲，讲述故事的数量可以把握。对于一个村落来讲，民间故事的数量同样可以把握，民间传统故事有限的数量是与整个村落社会中村民的生活、追求、价值观有关联性的。也就是说，他们现在的生活世界与其建构的故事世界的关系是极为紧密的。有限的故事主题和传统，让我们看到了村落社会的精神世界和同质性较强的传统生活。因此，我认为村落的叙事传统是有逻辑的，这种逻辑是基于村民生活的一种追求。

民间故事传承人讲述现场的研究需要加强，这就涉及语境、观众与听众的关系问题。目前对同一个传承人在不同时段、不同场合讲述同一个故事的研究文章还很少，大部分学者还没有意识到民间故事传承人每一次讲述的重要性。变异性是民间故事的基本特征之一，民间故事一直处在不断变化、不断丰富的过程之中，它常是不定型的。即使是同一个人讲同一个故事，面对不同的人讲，在不同的语境下讲，讲述内容和讲述方法总是不尽相同。每一次的故事讲述只是一个故事发展历程的一个瞬间。但无论是哪个瞬间，都体现着这个故事不断发展、不断丰富的传承特点。

民间故事传承人的调查记录也要继续拓展。20世纪80年代以来，大量的民间故事传承人被发现，其中一些杰出的传承人已被学者们关注并进行了较为深入的调查，但是还有许多优秀的民间故事传承人并没有被发现，其民间故事也没有被记录下来。

（二）民间故事传承人与听众关系研究

一般来说，故事讲述者是传承主体，听众是传承客体。然而，在具体讲述过程中，传承主客体的位置并不是一成不变的。故事家只有在讲故事时才是传承主体，当听众时就成为传承客体。听众的现场反应、情绪状态、即兴插话等，会对讲述者的讲述产生一定影响，好的讲述者会根据听众反应，对讲述内容、语言、现场动作等适时做出调整，所以说听众在很大程度上决定着讲述者对故事的选择。此外，故事讲述还应该适应听众生活的要求与社区文化传统。这就是说，民间故事讲述是村落传统的组成部分，是可以交流、可以理解、可以分享的。在故事传播过程中，传承人一定会与喜欢故事的听众，结成一个相互依存，并具有互动性的传承关系网。在这种关系网中，听者与故事传承人表面上是一种人际关系，实质上则是构成了一种文化上的联系，这种联系的纽带就是共同的文化价值体系和文化传统。我们在讨论的时候，更多的是从传承人的角度，很少去关心听众，传承圈的构成同样需要听众圈，因此，不去研究听众圈是不合适的。传承圈的研究我们做了很多，18世纪关于文化圈的研究，跟它就是有关联性的，包括后来乌丙安在20世纪80年代发表的一篇文章《论中国地方风物传说圈》。我认为民间故事传承圈意味着一个传承圈，这个传承圈一是可以理解的，二是可以交流和互动的，理解故事、交流故事的基础就是共同的生活和文化传统。对于民间故事来说，这个传统与语言有关，只有在一个方言区内，我们才能交流，故事才能在生活中发挥一些作用。但是，这个传承圈是有不同内容的，比如说这个传承圈里有些人会讲笑话，有些人会讲神话，有些人会讲传说，于是会形成不同的讲述兴趣，由此构成传承圈内的多样性与多元化。传承人讲述的特点和对故事内容把握的个性化，就会形成一个听众圈。反过来，听众圈又强化了传承圈的特色。或者说听众在不断地刺激传承人对这个特点的把握和凸显。因此，我认为传承圈和听众圈是有互动性的，他们之间是有影响的。在未来的民间故事传承人研究中，传承人与听众之间的互动关系是需要好好把握的。

（三）民间故事传承人当代意义研究

民间故事传承人，是村落社区文化的保护者、传承者，同时，又是村落文化建设、发展的引导者，在他们身上保留了村落社区的主要故事，成为文化传统关键性的携带人。村落、社区故事现象与传承人的关系研究需要加强。"据湖北王作栋先生介绍，他在搜集刘德培老人的故事时，就发现在刘德培的周围，起码有五个甚至更多的能讲百则以上的故事讲述家。"[1] 在我对都镇湾的调查中，只要我把孙家香的故事全部记录下来，孙家香所有的故事在社区里都有流传，反过来，社区里所讲的90%以上的故事孙家香都能传讲，这就是传承人的文化魅力和传统力量。传承人不仅承载了村落社区的叙事传统，而且在有些程度上是引领了村落社区传统建构的方向的。中国的民间故事从来就没有缺席文化建设，一方面在建构一种精神世界，这种精神空间是基于我们生活世界的一种需要；另一方面这种精神世界会引导、刺激、弥补、消减我们现实生活世界的一种需要、一种苦痛。因此，在今天村落社会变革的时代，我们是应该倡导民间故事传承人发挥一些作用的。当然，我们说新时代的传承人跟传统传承人是有区别的，并且新的村落空间里的故事传承的方式也会有所变化，因此我们要随时关注当下的情况。我们学者的研究，既要对过

---

[1] 贺嘉《加强对民间故事讲述家的发掘和研究》，《民间文学》1986年第2期，第6页。

去的传统有所梳理，同时我们所有的研究都是应该立足当下和朝向未来的，提出并回答民间故事传承人研究有意义的真问题。在今天的中国传统村落、社区转型的时刻，这类民间故事传承人在村落、社区中的关键性影响需要研究，需要将民间故事传承人与新的村落建设、新的社区建设结合起来，发挥民间故事传承人的核心带头作用。

对故事传承人与文化传统互动关系的研究，是当今传统村落转型研究的组成部分，也是中国民间故事研究的关键性问题之一。早在20世纪80年代，就有学者对这个问题有所涉猎，钱正杰在其所撰文章《国宝何堪当草芥 集成岂敢失良机》中指出："故事家传讲的故事，无不具有强弱程度不同的两种力：一种是对外的辐射力，一种是对内的向心力。这两种力交织成一种磁性，形成一种特殊的磁场，吸引了人数多寡不等的听众，组成了一个自发性的群众故事涵盖面。"[1] 钱正杰所说的"磁场"就是村落文化传统的集中表现，杰出的民间故事传承人往往代表一个集体的口头传统，他们运用自己特有的艺术表达方式和高超的现场讲述水准抓住村落中的听众，通过故事讲述中的互动互融来表现记忆传统和重建生活。

通过对20世纪中国民间故事传承人研究的回溯，我们的研究尽管存在一些问题，也留下了许多需要进一步回答和讨论的问题。现在我们进入了新时代，我们应该以新时代的方法、立场和责任去正视和推进中国民间故事传承人研究出现的问题。我并不是说我们现在要大力培养杰出传承人，但是我们要正视今天的传承人和传统传承人之间的区别，运用超越传统的方法和理念，去看待今天的传承人。

---

[1] 钱正杰《国宝何堪当草芥 集成岂敢失良机——从一个演变中的民间文化现象论民间故事家生存土壤、发现规律及其发掘价值》，中国民间文艺家协会四川分会、四川省民间文学集成办公室编《民间文学论文集》（内部资料）第4辑，1988年，第209—222页。

学生互动摘要

　　林继富教授的演讲结束后，同学们针对自然讲述环境的找寻、当代讲述语境的变化、对比研究的思路、如何界定"传统"的范围等问题踊跃提问。有同学提问，当下社会受到现代化和消费文化的冲击，难以找到一个非常自然的讲述环境，我们该怎样去研究民间故事传承人。林老师认为，当下的讲述环境确实会影响讲述人的讲述，如面对摄像头，很多传承人难以开口讲"荤段子"；有些讲述环境也不可避免地存在迎合的倾向等。但当代传承人的生存状况，却仍是有史以来最好的时代，我们要努力挖掘自然、自在的讲述状态。另有同学提出，我们在采用"一个讲述人的多次讲述"方法研究传承人时，除了在多次讲述中比较变与不变及语境间的关系外，还有何角度。林老师对此问题总结了"一个人的多次讲述""同样一个故事由多个人来讲"两种情况，并提示我们注意其中的整理者、讲述现场、社会发展等诸多影响因素。

　　2018年6月6日，同学们又围绕讲座内容展开了评议与讨论。主持人李敬儒从传统叙事讲述空间的日益消退与新讲述空间的出现、民间故事讲述研究的搜集整理者角度、对于民间故事的静态保存与动态传承三个方面，对林老师的观点予以回应与反思。她认为，传统农耕经济被当下多种经济形态所取代，民间口头文学面临着讲述功能降低、听众兴趣减退、讲述空间消退等困境；集市、田间地头、街头巷尾等自然讲述场所逐步消退，讲述对象也更多变为学者、政府官员、记者、有组织的学生等；但在年轻人中，亲子讲述、导游讲述、网络媒体讲述等又成为民间故事讲述的新形式。我们在"民间故事讲述研究的三个环节"——讲述人、搜集整理者、文本中，对讲述人和文本都给予了较高的关注度，但对搜集整理者的关注却还不够，需要加强。最后，我们若想一直保持活态民间文学处于某种自然状态而不发生变化，几乎是不可能的，其"第二次生命"便是我们对其进行利用，即"动态传承"，静态保存与动态传承应结合起来。

在讨论环节，同学们又围绕着网络媒体上的民间故事讲述与民间故事的动态保护两个大问题来展开。首先，同学们讨论了网络直播是否可以算传统讲述方式的再生，部分同学认为形式不重要，讲述的内容才重要，所以我们应当关注网络直播的具体内容是什么；但也有同学反驳，认为"讲故事"是嵌套在生活之中的，网络直播的聊天其实就是一种生活化的场景；也有同学对网络直播的形式——仅仅是一人讲述，而较少能够实现互动进行了分析。通过这些分析，又引申出了日常交流是否可以进入民俗学研究的话题。接着，同学们就民间故事的动态保护手段进行了讨论。有同学提出功能的承载是生命力蓬勃的关键，若一种民俗活动仍能承担一定的功能，则其就有继续存在的必要和活力；反之，若失去了生活中的功能承载，再予以保护可能也是徒劳的。对于"讲故事"而言，若与电影、游戏等比拼娱乐功能，自然是行不通的；但若强调其背后承载的村落文化、价值观念，将其还原到原本的生活中，则是最好的保护方式。同时，保护民间故事的讲述还要考虑方言的问题。

（摘要撰写人　张佳伟）

从融通到创新：中国故事学的本土化之路

漆凌云

编者按：2023 年 5 月 17 日，湘潭大学文学与新闻学院漆凌云教授以"从融通到创新：中国故事学的本土化之路"为题，为北京大学中文系民间文学专业的同学们做了讲座并展开交流。

漆凌云教授长期从事民间故事的研究，本次讲座中，漆凌云教授重点回顾并反思了民间故事研究史上类型研究与形态研究的经典范式。他认为：钟敬文的天鹅处女故事研究，以及刘守华的比较故事学乃至于故事文化学，都代表了中国学者将西方理论与中国现象适配后的融通创发；而以刘魁立《民间叙事的生命树》揭橥的中国故事形态学研究，不仅试图用形态学的方法来解决类型学问题，许多后起的跟进之作，更在丰富与深化故事学术语体系、提炼叙事法则、扩展故事形态学的使用范围等方面取得了创新性成绩。最后，他提出了如何提升形态学研究的阐释力、如何让形态研究与文化研究相结合以及近年来涌现的故事诗学当如何开展等问题，这些都指向故事学本体研究的深化目标。此外，他还呼吁要提升故事学对其他学科的影响力，这其实是整个民间文学界都应该重视的追求。

本土化是近年来人文社会科学的热点话题。中国故事学百余年的发展，呈现出从"故事研究在中国"到建设"中国故事学"的演进轨辙。就故事学的学科史而言，历史地理学派和故事形态学是最有影响力和代表性的研究方法，在中国的译介与实践映现了中国故事学本土化历程。钟敬文、刘守华、刘魁立是类型研究和形态研究领域成绩最突出的几位学者。本文尝试以上述学人为个案，结合近二十年民间故事形态结构研究态势，梳理中国故事学的本土化路径，探赜中国故事学的未来之路。

一、西学中用：故事类型研究的本土化历程

中国故事学理论虽多源于西方，但一直与传统国学有融合。吕微认为："中国现代民间文学学科不是西方现代学术的整体移植，而只是借助了西方学术的表层语汇，其深层理念无疑已经本土化了。"[①] 就民间文学学科史来看，故事学的本土化成绩尤为显著。钟敬文的《中国的天鹅处女故事》是20世纪30年代中国民俗学者将西方民俗学理论本土化的代表作之一。

（一）融通中西：钟敬文的天鹅处女故事研究

我们今天常用的"类型"概念在20世纪二三十年代称为"型式"。钟敬文和杨成志在翻译《印欧民间故事型式表》时借用了周作人的"式"概念，把"type"翻译为型式，介绍了70个欧洲民间故事类型。后来，钟敬文在撰写《中国民谭型式》时采用了"借西化中"的理念，借助西方的"类型"概念给予中国民间故事本土化命名，如蜈蚣报恩型、偷听话型、皮匠驸马型、蛤蟆儿子型、怕漏型，等等。许多故事类型的名称现在依然沿用。对同一类型中不同的变体，钟敬文采用"式"来分别，如呆女婿就按呆的种类不同分为五式。这样就将故事类型析分出"型"和"式"两个层级，并运用到蛇郎故事和天鹅处女故事研究中。

《中国的天鹅处女故事》是钟敬文民间文艺学的代表作。他将本土的

---

① 吕微《现代性论争中的民间文学》，《文学评论》2000年第2期，第128页。

考据法与西方的类型研究法、比较研究及人类学派相融通,揭示中国天鹅处女故事的演变轨迹、型式变化及中外文化交流印记,并对变形、禁制、沐浴、难题考验等母题的文化质素展开分析,还对故事与传说、神话的文体互动进行了创新性解释,不断与海外故事学同行对话,创立了"类型文化学"范式。

这篇论文之所以成为中国故事学的典范之作,源于这样的研究模式:先展开文献溯源和分类,对故事的演变和形态进行比较与分析,然后用文化人类学理论阐发民间故事的文化蕴涵。钟敬文有严格的类型划定标准,按形态结构的不同将天鹅处女故事分为三组:牛郎型、术士指引型、报恩型。后来许多学者多将百鸟衣型故事视为天鹅处女故事中的一个类别,但钟敬文认为不是。他认为米星如的《孔雀衣》虽出现了"七个仙女到水池中洗澡、男子拉住最小仙女的裙子而得妻"的母题,但没有出现"本来形态"中"婚后生子女若干、仙女设法找回羽衣后回到天上、夫妻关系破裂"的情节单元,故不能归入天鹅处女故事。也就是说,他是依据故事的情节单元而不是单个母题来划定故事类型。虽然当时学界对故事类型的划定并未形成统一标准,但钟敬文对故事类型的划分是严格且颇具前瞻性的。

中国天鹅处女故事在历史长河的演进中经历了"改削、增益、混合"等过程,故事情节的改变大都有社会文化史意义。钟敬文运用人类学理论从文化史看天鹅处女故事的变化,发现一些遗留的原始观念逐渐消退,如原先仙女的"得衣而遁"变成"缘尽而去"。但"禁制"等观念依然有遗留,"禁制的风习,在原人社会中,有很大的势力,因而于神话及民间故事里,也深映着它的踪迹"[①]。他运用文化人类学理论分析时并不盲目套用,而是结合本土资料来做具体分析,如故事中仙女变形为鸟、鸟变为女子的分析。西村真次引用哈特兰德的观点,怀疑这"是图腾主义时代的思

---

① 钟敬文《中国的天鹅处女故事》,《民众教育季刊》1933年第3卷第1号,第35、43页。

想，以为脱羽衣而沐浴的理由，虽不见现于故事的表面，但所谓白鸟舍弃重荷而发达为人的过程，似潜藏在故事的里面"[①]。钟敬文则认为未必如此，有可能是现实生活中"由虫类脱蜕的事实做根据而衍绎成功的"[②]，并列举了家乡关于"人为什么会死"的解释神话来阐发，认为仙女变形为鸟可能是对现实生活变形现象加工的结果，非图腾观念遗留。

关于民间故事的相似性，钟敬文虽认可人类学派的心理相似说，但并不否认中印文化交流的影响。他认为中国天鹅处女故事中的缘分观念就源于印度。他说："本来缘分的思想，不是中国的固有物，这只要查考一下汉魏以前的神话、传说便了然了。它大约是跟佛教一道传入中国的。所以，六朝以来的故事中，多浓郁地带着这种色彩。自然，我们晓得一种思想或制度，由甲地传至乙地，在那里所以能够发育滋长，是要有相当的条件的。"[③] 可见，钟敬文在故事学研究中并不固守文化人类学说，也吸纳了传播学等学说。

最能体现钟敬文学术创新性的是对天鹅处女故事演进过程中出现的文类转换现象分析。从文献记载看，中国的天鹅处女故事最初是民间故事，但演进过程中有的变为名人传说，有的变为自然现象起源神话。这与人类学派认为民间故事乃"神话世说之一支"[④] 相矛盾。对此，他认为："天鹅处女故事，她开始时，便是一个民间故事，抑或是由于神话的堕落，这笔老账，颇难数得清楚，并且恐怕各地所有的，来源未必尽同，倘使我们不赞成全世界这型范的故事，本出于同一根源的话。"[⑤] 但就中国天鹅处女故事的演进来看，他认为："民间故事，也未尝不可以变成严肃的神话或传说。两者实有彼此变换的可能，不，两者还该有'循环转变'的可能

[①] 钟敬文《中国的天鹅处女故事》，《民众教育季刊》1933 年第 3 卷第 1 号，第 35、43 页。
[②] 钟敬文《中国的天鹅处女故事》，《民众教育季刊》1933 年第 3 卷第 1 号，第 35、43 页。
[③] 钟敬文《中国的天鹅处女故事》，《民众教育季刊》1933 年第 3 卷第 1 号，第 35、43 页。
[④] 周作人《童话略论》，《教育部编撰处月刊》1913 年第 1 卷第 8 册，附录第 2 页。
[⑤] 钟敬文《中国的天鹅处女故事》，《民众教育季刊》1933 年第 3 卷第 1 号，第 32 页。

呢。"[1] 有关神话、传说和故事之间"彼此变换"和"循环转变"的观点即便放在今天来看，仍有前瞻性和生命力。

整体来看，钟敬文的民间故事研究是典型的实证研究，从材料出发展开分析，吸纳西方故事学理论但不盲从，将西学和国学尽可能融通，依托具体事实来修正理论，提出新见解与国际同行对话。所以日本民俗学者小岛瓔礼认为，"从中国的实际情况出发，同时一直具有吸收世界学问成果的态度。这是钟先生的学问上一贯的最显著的特色"[2]。

（二）从比较研究到故事文化学：刘守华的故事类型研究

刘守华的民间故事类型研究成果丰富，他对求好运故事、天鹅处女故事、蛇郎故事、狗耕田故事等数十个类型均有深入研究，将"类型文化学"拓展至"故事文化学"。他早期研究民间故事主要用流传学派和人类学派的方法，后来吸纳历史地理学派、精神分析学、神话原型批评理论、叙事学理论，结合传统考据来分析故事的原型、传播路线和文化蕴涵。他的故事类型研究"广泛搜求故事异文并对它们所包含的历史地理因素进行细致分析，以及大胆而审慎地探寻有关故事的原型、祖型及其形态演变线索"[3]，同时关注民间故事的历史文化内涵和审美价值。应该说，刘守华的民间故事类型研究属于综合型研究，研究方法多样，涉猎广泛，注重本土化改造，提出了"回流说""多元传播化"等创新性观点。

刘守华的民间故事类型研究成绩最显著的是将类型研究法拓展至中国民间故事史的编撰及中国民间故事与佛教和道教的影响研究上。在中国民间故事史的爬梳中，他"在尽可能占有丰富故事材料的基础上，从母

---

[1] 钟敬文《中国的天鹅处女故事》，《民众教育季刊》1933 年第 3 卷第 1 号，第 32 页。
[2] 〔日〕小岛瓔礼《钟敬文先生的学问——通往世界民俗学的桥梁》，李连荣、高木立子译，《民俗研究》2001 年第 2 期，第 126 页。
[3] 刘守华《〈中国民间故事类型研究〉的方法论探索》，《思想战线》2003 年第 5 期，第 121、122 页。

题、类型入手，由此及彼、由表及里地进行解析比较、综合，力求准确而深入地理解故事的实质及其附着于人类文化流程的'生活史'"[1]。这样的工作需要故事学和古典文学的双重学养，还要有数十年的典籍阅读史和对中国传统文化的深入了解，难度很大。他发现，中国民间故事在历史长河中呈现出"在类型演变中增强艺术活力、口头与书面传承的交错并行、在世俗文化与宗教文化的相互渗透中演进"[2]的轨辙。这三个结论指引了中国民间故事史研究的本土化方向。

正是在故事史的书写中，刘守华对类型研究的本土化有了深入认识。他说："中国学者吸收借鉴这一方法，除了要避免那些明显不足之处外，更须下功夫使之和中国学术传统相融合。如不满足于对文学作品外部形态的考察而着力于内在风骨的品味和社会历史价值的审视；将丰富的古代书面典籍和口头记录材料的相互印证以揭示其文化流程；立足于由多民族构成的中华文化多元一体格局来探求其民族文化特质。"[3]可见，刘守华的类型研究的方法一方面充分利用本土资料的丰富蕴藏、族群多样和鲜活性；另一方面与时俱进，不断吸纳故事学新理论，进一步拓宽类型研究法的学术空间。施爱东把以刘守华为首的故事学家所从事的"中国民间故事类型研究"总结为"故事文化学"。他归纳其研究理路后认为："这是一种行之有效的、典型的中国式、全景式的关于故事类型的文化研究，我们可以称为'故事文化学'。"[4]

"类型文化学"和"故事文化学"主要以类型研究为基础，融入文化人类学、流传学派、精神分析、原型批评等理论展开综合研究，成为20世纪八九十年代影响最大的研究范式。此研究范式在改革开放初期以跨学

---

[1] 刘守华《中国民间故事史》，湖北教育出版社，1999年，第19页。
[2] 刘守华《中国民间故事史》，湖北教育出版社，1999年，第22、25页。
[3] 刘守华《〈中国民间故事类型研究〉的方法论探索》，《思想战线》2003年第5期，第121、122页。
[4] 施爱东《故事学30年点将录》，《民俗研究》2008年第3期，第24页。

科视野取代了此前的"思想内容＋人物形象分析"模式，丰富了故事研究路径，扩大了故事学学科影响，但实践中有套用"遗留物"和"神话—仪式"理论、多学科理论不兼容、忽略故事学本体建设的纰漏。故刘守华新近倡导走向"故事诗学"。

二、创新与深化：中国民间故事形态结构研究回顾

形态结构研究是新世纪民间故事研究成绩最显著的领域。这一方面是故事学界不断寻求学术转向的结果；另一方面也和刘魁立的《民间叙事的生命树》[①]成为故事研究新范式有关。

（一）《民间叙事的生命树》：用故事形态学方法解决类型学问题

讨论当下民间故事形态研究方兴未艾时，我们可能会有一个疑问：为什么普罗普的《故事形态学》在20世纪80年代就有零散译介；李扬的《中国民间故事形态研究》在1996年就公开出版了，但形态学研究直到21世纪初才开始兴起？

这不得不提到刘魁立2001年发表的《民间叙事的生命树》这篇经典论文。它是新世纪引用率最高的故事学论文，在中国知网的被引用次数为127次（统计时间为2024年5月10日）。普罗普的《故事形态学》和李扬的《中国民间故事形态研究》都是借助功能术语从宏观视角考察民间故事形态结构的共性特征及组合规律，呈现了民间故事形态结构的稳定性、模式化特质。普罗普的故事形态学方法总结了幻想故事形态结构的共性特征，在探寻民间故事的雷同性方面卓有成效，但不能揭示幻想故事千姿百态的变异性特征。形态学方法在使用过程中面临的一大问题是应用性较

---

① 刘魁立《民间叙事的生命树——浙江当代"狗耕田"故事情节类型的形态结构分析》，《民族艺术》2001年第1期。

弱。我们在具体操作过程中，从故事文本里找出功能来，进行排列，看到的是一系列有规律的抽象符号，研究过程较烦琐。

刘魁立将故事形态学的思想和方法学透后，放弃功能术语，用母题、母题链等术语开展形态结构研究，规避了形态学过于抽象的缺陷，非常直观地展现了故事类型的形态结构变化。他创造了新的术语：中心母题、母题链、情节基干；用生命树图来展示故事的变化，解决了民间故事形态结构研究过于抽象化、不适合分析故事类型及异文的问题。民间故事的变异性和传承性都可以通过生命树的形式来得到体现。这是一个了不起的创新。

如果说普罗普对历史地理学派的分类方式不满，用形态学方法解决了什么是幻想故事的问题，那么刘魁立则是用新术语和生命树方法解决了什么是故事类型的问题。刘魁立将形态学理念融入故事类型研究，解决了故事类型分类标准不一的难题，如狗耕田型故事中"无论它怎样发展都脱离不开兄弟分家、狗耕田（或从事其他劳动：车水、碓米、捕猎等）、弱者得好结果、强横者得恶果这一情节基干，也脱离不开狗耕田这一中心母题。所有文本都是围绕情节基干和中心母题来展开情节的。如果脱离这一情节基干和中心母题，那么这个文本就应该是划在其他类型下的作品了"[1]。这样，借助中心母题和情节基干就解决了类型划分中可大可小、界限不明的问题。在阿尔奈的《民间故事类型索引》、丁乃通的《中国民间故事类型索引》中常有多个故事类型混合在一起的问题，用情节基干划分故事类型就厘清了故事类型划分中的边界模糊的问题，体现了中国故事学人的学术创新。

这篇文章还有一个了不起的地方，就是注释里只有两处引用了他人的研究成果：日本学者伊藤清司和韩国学者崔仁鹤的论文。这两处引文只

---

[1] 刘魁立《民间叙事的生命树——浙江当代"狗耕田"故事情节类型的形态结构分析》，《民族艺术》2001年第1期，第65页。

作为文献述评来用，具体论证时一篇理论著作都没引用。整篇论文除了类型和母题这些通用的术语外，其余用自己独创的术语来表达，虽未见功能、回合等术语，但形态学理论融通于字里行间，可谓取形态学之精髓，赋之以新形，真正的中西对话式成果。

新的研究范式常常是一场术语革命，其提供新的研究工具，解决民间故事研究中的难题。就此来看，《民间叙事的生命树》是新世纪中国故事学的代表性成果，是本土共时研究的典范，也是中国故事学能够和世界故事学对话的成果，将中国故事学推进到"接着讲"阶段。

（二）形态结构研究的多重面向

《民间叙事的生命树》发表后，普罗普的相关译著得到完整译介。这为形态结构研究的推进做了很好的铺垫。近二十年，随着民间文学学科队伍的稳固、形态学知识共同体的形成及核心学术期刊的支撑，民间故事形态结构研究在以下领域取得显著进步。

1. 故事学术语体系的丰富与深化

就民俗学各分支学科来看，故事学是术语体系最为丰富和完整的领域之一。在类型和母题成为故事学的基础术语后，故事学者不断吸纳形态学、语言学、口头—程式理论等理论来深化和完善故事学术语体系。

邓迪斯意识到了汤普森在母题界定上的逻辑混淆问题，从形态学和语言学的视角出发独创母题位（motifeme）术语来替代功能，用母题和母题位（功能）把民间故事深层结构和表层结构勾连起来。这是很出色的创新。但他用母题位变体（allomotif）来替代斯蒂·汤普森的母题并没有解决母题概念混淆问题。刘魁立、吕微、丁晓辉、康丽、陈泳超等学人均对这些问题有过深入讨论。笔者在吸纳这些研究成果基础上，将母题位、母题之间的两层关系拓展为母题位—母题—母题变体的三重层级关系，故事的深层结构转换成为表层结构的路径更为清晰。这样的层级关系在康丽的巧女故事形态结构研究中也得到了证实。

母题变体是母题在具体故事文本中的呈现，是一个更为精细的术语工具。它有利于我们探究民间故事形态结构的变化规律，考察民间故事（传说）在故事圈或传说圈内产生的变化，判定跨国、跨民族比较中某一故事类型互相影响的关系。例如，考察中国和琉球天鹅处女故事的关系时，我们认为琉球天鹅处女故事受到了中国的影响，一个依据就是羽衣的藏处。《搜神记》中是"藏衣积稻下"，琉球文献记载的是"藏于柜中，以稻草蔽之"，都是在稻谷下面。这是藏衣母题变体的相同。我们再从母题链和中琉文化交流中考察，两者的渊源关系是可以坐实的。

母题是故事学最常用的学术工具。如果再细分的话，按日本学者的分法就是要素了。比如在"孟姜女哭倒八百里长城"的母题中，孟姜女、哭、长城都是要素。要素和普罗普的"成分"是差不多的意思。普罗普在《神奇故事的衍化》中举了个例子，"'老妖婆给了伊万一匹马'这样的母题由4个成分构成，其中只有一个是功能项，而其余3个成分带有静态的性质"[1]。这样以母题为基点，故事学的层级单位可以是：要素—母题变体—母题—母题位。

我们如果以母题为基础，还可以这样构建故事类型学的术语体系：母题—中心母题链（情节基干）—类型（类型变体）—类型丛。此外，中国故事学人还提出了故事群、故事带、节点、功能性母题、故事类型核等新术语。最近，王尧从形态学出发对故事学的结构体系提出了"语言层、文学层和逻辑层"[2]的三分法，将"核心序列"确立为民间故事计量单位，认为在深层结构上具备了"核心缺失发生—针对性行动—结果"的逻辑顺序，在口头讲述中就能成为一个故事。[3]这体现出新一代故事学

---

[1] 〔俄〕弗拉基米尔·雅可夫列维奇·普罗普《神奇故事的衍化》，《故事形态学》，贾放译，中华书局，2006年，第154页。
[2] 王尧《民间叙事的层级与名——动词性二维系统》，《广西民族大学学报（哲学社会科学版）》2021年第5期。
[3] 王尧《论民间故事的计量单位——核心序列》，《西北民族研究》2022年第3期，第126页。

人对民间故事本体有了更为深入的认识。本土化研究中一大难题是如何将一些碎片化的概念和术语体系化。就故事学的术语体系建设来看，本土化成绩是显著的。

2. 深化叙事法则研究

施爱东的《故事法则》[1]是从形态学视角讨论民间叙事法则的标志性成果。他把形态学方法与叙事学、自然科学等学科理论相融合，围绕故事的封闭特征、故事的结局、故事的最简结构、情节的设置、打破常规等方面，对故事的叙事法则展开分析，提出了"驱动设置""障碍""解铃方案""系铃方案""最简结构""节点""回到原点""附着性母题"等新概念，总结出了民间故事情节推进的"通则"和"特则"等普适性规律。作者用自设的术语体系来讨论民间故事的生长机制及原则，并解释了史诗、武侠小说等其他文类的叙事规则问题，得到作家文学、古代文学等其他学科学人的认可，成为故事学的"出圈之作"。

3. 相关文类的形态结构研究

生命树范式运用到其他文类中，成果最突出的是传说学。普罗普认为："对于故事研究来说，重要的问题是故事中的人物做了什么，至于是谁做的以及怎样做的，则不过是要附带研究一下的问题而已。"[2] 在普罗普看来，人物在民间故事中虽不重要，但我们把生命树方法用到传说形态学里，就面临如何处理文本中的人物和情节基干问题。在传说分类里，同样的情节基干发生在赵匡胤身上就归入赵匡胤的传说，发生在朱元璋身上就归入朱元璋的传说，出现人物大于情节基干的情况。可见，人名在传说中占据非常重要的位置，像我们熟悉的四大传说都是以人物来命名的。所以在传说研究中，用形态学方法必须加以适当改造才行。

近年来，陈泳超及其团队对传说形态学进行了深入研究，并提出建

---

[1] 施爱东《故事法则》，生活·读书·新知三联书店，2021年。
[2] 〔俄〕弗拉基米尔·雅可夫列维奇·普罗普《故事形态学》，贾放译，中华书局，2006年，第17页。

立独立的"传说形态学"。传说中的人名、地名、物名常常是讲述的核心内容,有的还是"传说核",故名词性元素在传说中尤为重要。他的《地方传说的生命树——以洪洞县"接姑姑迎娘娘"身世传说为例》[1]将当地各村的"接姑姑迎娘娘"身世传说从尧王的家庭情况、羊獬村的来历、舜的家庭情况、尧王历山访舜、二女嫁舜争大小、结局、流传至今的仪式等方面来展开分析。这七个情节单元相当于故事形态学的"功能",在此类传说中是稳定不变的,名词性的和动词性的成分都有。传说中的人物名称及其属性是不能随意更改的,但发生的变化是五花八门的,如尧王的女儿就有"尧王有两个女儿"和"尧王有三个女儿"两种异文。两个女儿类别下又分都是亲生女、都是义女、一个亲生一个义女、一个亲生另一个是下凡的仙女被收作义女等变体。他将生命树研究从关注"枝干"转向聚焦"枝干"上"树叶花果"的变化。这些变化不是记忆错误或遗忘所致,而是与情感、信仰和认同相关联。这实际上体现了故事形态学两个层面的推进,一个是将生命树的"枝干"研究推进到"枝叶"研究;另一个是将故事形态学推进到传说形态学。后来,朱佳艺在《传说形态学的"双核结构"——以无支祁传说为例》[2]中更加明确了传说形态学应该关注的两个维度:核心名词和情节基干。前者确定解释对象,后者划定传说叙事边界。张志娟也提出了"离散"情节来概括传说在形态学上的特性。[3] 传说形态学的构建面临的问题会比故事形态学多:如何提取传说文本中的共有的功能或母题位;传说大多没有大团圆结局;形态结构长短不一;等等。所以传说形态学挑战更大。但传说是和特定地域的人物及信仰关联紧密,贴近现实生活,更适合勾连形态结构和文化意蕴。

---

[1] 陈泳超《地方传说的生命树——以洪洞县"接姑姑迎娘娘"身世传说为例》,《民族艺术》2014年第6期。
[2] 朱佳艺《传说形态学的"双核结构"——以无支祁传说为例》,《民族艺术》2020年第6期。
[3] 张志娟《论传说中的"离散情节"》,《民族文学研究》2013年第5期。

三、从本土到世界：类型研究和形态结构研究的走向

（一）本体研究的强化与推进

形态学研究是故事研究的必备技能，但形态学研究也不是万能的。普罗普说："研究所有种类故事的结构，是故事的历史研究最必要的前提条件。形式规律性的研究是历史规律性研究的先决条件。"[①] 他强调形态学优先的原则，但我们也要意识到形态研究并不能解决历史起源问题。

现在国内形态学研究面临如何拓展研究空间、提升形态学研究阐释力等问题。就类型研究的形态学而言，为更深入了解民间故事的内部结构和外部结构的内在关联，提升形态学方法的适用性，有必要进一步缩减 31 个功能。除了基本的缺乏、消除缺乏、设禁、违禁、宝物的提供或获得、考验、通过考验、空间的移动、交锋、战胜、追捕、获救、难题、解答、举行婚礼等功能，其他完全可以根据故事文本来加以删减。我们再借助母题位——母题——母题变体的结构分析，更容易看到故事的变异特点、找出母题的组合及转化规律。对于角色系统的类别，我们也可以根据研究对象来适当调整。

民间故事的形态研究和文化研究（观念研究）的结合是难点。关于这点，学界的分歧不是历时研究和共时研究能否共存的问题，而是形态结构研究和文化研究能否有效连接的问题。康丽立足角色体系，从形态结构切入巧女故事的文化观念研究就是新路径。笔者尝试从叙事伦理视角把形态研究和文化研究勾连起来。叙事伦理是指故事中蕴含的道德观念及伦理旨向，涉及道德、阶层、性别和信仰等层面。故事中的惩恶扬善、忠孝仁义、大团圆、财富观、婚姻观、因果报应观等均与叙事伦理关联紧密。可见，叙事伦理潜在操控着民间故事的进程和结局。在民间故事的叙事伦

[①] 〔俄〕弗拉基米尔·雅可夫列维奇·普罗普《故事形态学》，贾放译，中华书局，2006 年，第 13 页。

理中，涉及不同族群、性别、阶层、信众的伦理差异及冲突。譬如在二元对立的法则下，男性主角的对立面可以是男性和女性，但故事中多半是男性。同性成为对立面是通行规则，那么父亲、兄弟、朋友、岳父、官员等都有可能。但在以男性为主角的民间故事里，很少看到父亲成为反角，多是兄弟、朋友、岳父和官员。这说明角色在故事中并非随意而设，选择什么样的人成为反角受社会伦理意识的影响。因此面对文本中潜藏的伦理观，我们可以通过分析故事文本的叙事进程（母题位的排列、母题链的连接、母题变体的差异）来探究内嵌的文化观念是如何"由里入表"的。

故事诗学是近几年民间故事学人讨论的焦点话题之一。刘守华的《走向故事诗学》[1]反思民间故事研究中侧重从民俗学、人类学视角解读故事价值，忽视了其作为口头艺术的"诗意与哲理"的文学本体特点。新近也出现了《故事诗学的学科语境及其理论建构》[2]《故事诗学：人民生活的叙事实践》[3]等讨论。"走向故事诗学"是对民间故事研究聚焦外部研究偏离口头文学本体的纠偏。万建中指出，当前故事学存在"本体论意识薄弱"，"一直是技术之学和分析之学，而不是感受之学和生活之学"[4]的不足。文艺学有认知诗学、文化诗学、历史诗学等分支，民间文学领域也有口头诗学、神话诗学。故事诗学作为一种口头文类的文学理论和批评，文学属性和生活属性兼备，有很多讨论的空间。除了文学性和审美性外，还可以对形态结构、体裁论、起源论、功能论、价值论和讲述实践等方面展开讨论。应该说，故事诗学是回归民间故事本体、提升故事学阐释力的有效路径。

---

[1] 刘守华《走向故事诗学》，《湖北大学学报（哲学社会科学版）》2020 年第 5 期。
[2] 孙正国《故事诗学的学科语境及其理论建构》，《湖北大学学报（哲学社会科学版）》2023 年第 1 期。
[3] 林继富《故事诗学：人民生活的叙事实践》，《湖北大学学报（哲学社会科学版）》2023 年第 1 期。
[4] 万建中《20 世纪中国故事学的不足与出路》，《山东社会科学》2011 年第 11 期，第 63 页。

（二）提升故事学的学科影响力

故事学要发展，除了强化故事学知识生产的创新力和解释力以外，还要提升故事学在民间文学、民俗学和其他人文学科的阐释力和影响力。李福清的《三国演义与民间文学传统》就是将形态学方法运用到古典文学研究的范例，扩大了民间文学学科的影响。李福清总结自己研究方法特点时说："从作品最小的情节单元入手，作系统性的研究。如研究故事，不仅研究情节、母题，还探讨故事的艺术世界（包括人物描写、艺术时空、色彩、数量等等）为一般文学研究没有注意的，或很少注意的方面。"[1] 他在分析《三国志平话》的史诗母题和人物描写时就用了形态学的方法。这种方法其实在《故事形态学》中就提到了。普罗普认为编制图表是最好的分析方法，如"对故事人物标志的研究只创制出下面三个基本栏目：外貌和名称表，出场特点，居住处。再增补一系列其他更为琐细的辅助成分于其中"[2]。

故事学的母题、母题变体等术语在古代文学、比较文学等学科研究中有独特作用，如陈寅恪认为《西游记》中唐三藏车迟国斗法故事与舍利弗降伏六师的故事相同，就只是区分了斗法主题，没有细分出变形斗法母题，导致误判。从变形斗法母题来看，《贤愚经》中劳度差与舍利弗斗法应该和《西游记》中孙悟空与杨戬斗法更为接近，或者说孙悟空与杨戬斗法可能源自《贤愚经》中劳度差与舍利弗斗法。《贤愚经》中劳度差变大树、变水池、变大山，舍利弗则碎树木、变大象吸干水池、变金刚力士以金刚杵毁大山。《西游记》中孙悟空变麻雀，二郎神变老鹰；孙悟空变大鹚老，二郎神变海鹤；孙悟空变鱼，二郎神变鱼鹰；等等。两者都是变形式斗法，虽然具体的变形母题变体不一样，但彼此的渊源关系是很有

---

[1] 〔俄〕李福清《〈三国演义与民间文学传统〉中文版自序》，《三国演义与民间文学传统》，尹锡康、田大畏译，上海古籍出版社，1997年，第8—9页。
[2] 〔俄〕弗拉基米尔·雅可夫列维奇·普罗普《故事形态学》，贾放译，中华书局，2006年，第83页。

可能的。

故事学还要眼光向外，吸纳最新叙事学、比较文学、心理学等其他学科成果来提升解释力。叙事学研究多是比较文学、文艺学和符号学者的讨论，民间文学学者很少参与。当我们看到《比较文学变异学》①这样的著作时，应该反思故事学界为何没写出"民间故事变异学"。

结语

中国故事学的本土化进程已经从早期的"描红格子"进入"接着讲"阶段。中国故事学人对本土资料的特质（如文献记述的丰富、族群文化的多元一体）、西方故事学理论的适用性有了更为清晰的认知，"学术自觉"意识不断增强。钟敬文1933年在《谈中国的神话——寄爱伯哈特博士的信》中虽认识到了中国民俗学处于落后阶段，但依然喊出"学术自觉"的口号。他说："中国人，今日已临到了学术的自觉的时期了！是的，我们是在这自觉的当中，睁开眼睛来了。就像我们在政治方面的自觉一样，我们也要在前进的世界的学术的广场上，竖起一枝鲜明的旗帜。我们的民俗学——否，我们的神话学的建设的工程，已在搬运木石乃至奠定基础的程途中了。"②如果说当时钟敬文出于强烈的民族情感和学术热忱，喊出了"学术自觉"口号，那么今天故事学人应该从学术创新力出发，生产出"以中国民间故事为研究方法"的成果。

当下故事学面临诸多挑战。从国际上看，民俗学学科发展和理论呈衰微之势，邓迪斯在《21世纪的民俗学》中说"大学中民俗学科衰落的首要理由是，被我们称为'宏大理论'创新的持续缺乏"③。这对中国故事

---

① 曹顺庆等《比较文学变异学》，商务印书馆，2021年。
② 钟敬文《谈中国的神话——寄爱伯哈特博士的信》，《西湖文苑》1933年第1卷第3期，第326—327页。
③ 〔美〕阿兰·邓迪斯《21世纪的民俗学》，王曼利译，《民间文化论坛》2007年第3期，第83页。

学人而言，某种意义上意味着机遇，中国故事学有机会更快走向世界。我们应利用好本土的文本资料和学术传统，坚守"不忘本来、吸收外来、面向未来"的学术理念，不断创新，拓展故事学影响力，将资源和研究队伍优势转化成学术创新力，构建中国故事学的学术体系和话语体系。这恰是故事学本土化的旨归，因为本土化的最终目标是走出本土、走向世界。

学生互动摘要

漆凌云教授的演讲结束后，同学们针对故事形态学的发展方向、如何勾连形态研究和文化研究等问题踊跃提问。有同学请教，故事形态学是应当作为一种方法或工具服务于其他的文献实证研究，还是应当被视为一个专门的研究对象。漆老师表示，自己目前比较赞成用形态学方法来分析材料，这样有助于更清楚地探讨民间文学稳定性与变异性的核心问题。另有同学提出疑问，既有的一些勾连形态和文化的研究，其结论常常并不需要严格的形态分析，只通过阅读文本也可以得出类似的结论，该如何看待这样的研究。漆老师认为，理论上的确可能存在不做形态研究也能得出相似结论的情况，但运用形态分析可能会使论证更有说服力，当然，研究者也仍需进一步探索将形态和文化研究结合得更紧密的路径。

2023年6月7日，同学们又围绕讲座内容进行了评议与讨论。主持人赵佩汶从故事研究范式的批评与拓展、术语体系整合的难点、中国故事学创新与发展的方向这三个方面，对漆老师的观点进行了回顾与反思。她认为，将被散乱运用的术语整合进一个规范的体系，或有助于搭建更高效的对话平台，但这需要综合考量术语的源流、内涵与性质，术语之间的逻辑关系，术语体系的形象性，否则很可能导致更多的混淆与误解。此外，对于故事研究经典范式与新兴话题的生长空间、本体研究的内涵与规则、形态学与文化分析的连接、跨学科的借鉴与输出等方面，她也提出了可供商榷的研究设想。

在讨论环节，同学们集中对故事形态与文化意蕴相勾连的限度与方法，发表了不同的想法。有同学认为，形态研究本身需要排除社会历史具体语境的干扰，从形态中能够窥见的文化观念多半是相当普适的，不需要复杂的形态分析也能够直观感受到，而且民间文学的记录史和生命史可能存在错位，形态并不必然具有历史性，因此像漆老师所畅想的通过形态的变化来看文化观念的变化，操作起来可能会有不小的难度。也有同学持较为积极的态度，在方法层面提出了一些建议，比如通过观察、对比故事和现实社会中各类人物的功能，探讨叙事与社会结构的映照关系；又如关注某类故事在不同语境下释放出的多种意义，探究其形态变化如何与讲述情境、文化意义产生联系。在上述种种观点与设想的交流碰撞之后，大家不断加深了对中国故事学研究范式与发展空间的思考与认知。

（摘要撰写人　赵佩汶）

民间说唱

什么是宝卷
——中国宝卷的历史发展和在"非遗"中的定位

车锡伦

编者按： 2015 年 10 月 15 日，扬州大学中国俗文学研究中心名誉主任车锡伦研究员为北京大学中文系民间文学专业的同学们带来了一场题为"什么是宝卷"的讲座并展开交流。

从顾颉刚在《歌谣周刊》上刊登《孟姜仙女宝卷》开始，宝卷被纳入现代学术研究的历史已将近一个世纪。21 世纪初在"非物质文化遗产运动"的号召下，各地仍在活跃的宣卷活动得到了政府的大力保护和宣传。然而，与宝卷日益扩大的影响相悖的是人们对宝卷的认识和理解出现了严重的分歧。车锡伦教授认为，怎么解释宝卷的基本概念，不仅深刻影响到宝卷的研究和整理，还关系到宝卷在"非遗"运动中的定位和推广。因此，讲座介绍了宝卷的渊源和形成、历史分期和发展特点以及宝卷在实际研究中存在的定位不准和托古作伪等问题，意在通过对宝卷基本概念的厘清和对"清及近现代民间宝卷"的界定，指导学界更有效地拓展宝卷的研究，并为"非遗"保护提出更合理的归类建议。

中国宝卷形成于宋元时期，流传至今，已近 800 年。宝卷进入现代学界的视野，也已 90 余年。[①] 20 世纪 80 年代的"文化热"中，人文社科学界大都觉得宝卷可与自己研究的课题沾边，因而掀起一股"宝卷热"；中国大陆、中国台湾的学者和出版界开始编辑、出版宝卷集。21 世纪初，宝卷被纳入国家非物质文化遗产名录，仍存有民间宝卷演唱活动的地区的地方政府文化部门，均投巨资"发掘、整理、出版"大型宝卷集，申报各级非物质文化遗产名录。但是，由于基础研究没有跟上，也缺乏科学的田野调查，因此，对各地宝卷和宝卷演唱活动（宣卷）在非物质文化遗产中的定位，各地宝卷的搜集、整理、出版和推广，便出现许多问题。这些问题，笔者虽然在一些场合提出过，[②] 但至今没有展开讨论，借此机会与大家座谈。

一

什么是宝卷？这似乎不是问题。但是，认真阅读宝卷研究不可回避的三位前辈学者郑振铎（1898—1958 年）、李世瑜（1922—2010 年）和泽田瑞穗（1912—2002 年）的论述，便发现很多问题。

郑振铎在 1927 年发表的《研究中国文学的新途径》中称"佛曲"（宝卷）、弹词、鼓词，"不类小说，亦不类剧本，乃有似于印度的《拉马耶那》、古希腊的《伊利亚特》《奥特赛》诸大史诗"；同刊发表的《佛曲叙录》小引中称江南地区的宝卷，"为流行于南方的最古的民间叙事诗之

[①] 现代学者中最早将宝卷推荐给学术界的是顾颉刚先生，他于 1924—1925 年在《歌谣周刊》（北京）发起和主持孟姜女故事讨论时，全文刊载了《孟姜仙女宝卷》，并指出："宝卷的起源甚古。"参见车锡伦《现代中国宝卷研究的开拓者》，收入车锡伦《中国宝卷研究论集》，台北学海出版社，1997 年，第 247—261 页；又《现代中国宝卷研究的历史回顾》，初载《东南大学学报》第 3 卷第 3 期（2001 年 8 月），是删节稿，曾被多处转载；车锡伦《中国宝卷研究》，广西师范大学出版社，2009 年，第 617—635 页。
[②] 车锡伦《中国宝卷研究》，广西师范大学出版社，2009 年，第 377—380 页。

一种"。[1] 1938 年出版的《中国俗文学史》是中国俗文学史研究的奠基之作。[2] 对俗文学的分类，提出了"讲唱文学"一大类："这种讲唱文学的组织是，以说白（散文）来讲述故事，而同时又以唱词（韵文）来歌唱的，讲与唱互相间杂。""他们也不是叙事诗或史诗；虽然带着极浓厚的叙事诗性质，但其散文讲述部分也占着很重要的地位，决不能成为纯粹的叙事诗。"变文是"讲唱文学的祖祢"，"当'变文'的讲唱者离开了庙宇，而出现于'瓦子'里的时候，其讲唱宗教故事者成为'宝卷'，而讲唱非宗教故事的，便成了'诸宫调'。"本书将"宝卷"列作专章（第十一章），指出"后来的宝卷，实即变文的嫡派子孙，也当即'谈经'等的别名"。

李世瑜是现代中国民间宗教研究的开拓者、社会历史学家。1957 年发表《宝卷新研——兼与郑振铎先生商榷》[3]，反对郑振铎"宝卷是变文的嫡派子孙"说，指出"变文是为佛教服务的，而宝卷则是为流传于民间的各种秘密宗教服务的"。将宝卷分为"演述秘密宗教道理的""袭取佛道教经文或故事以宣传秘密宗教的""杂取民间故事传说或戏文等的"三大类，指出明清秘密宗教的宝卷主要是前两类。李世瑜在文中认为"宝卷"之名始见明正德初年罗清所著《五部六册》。20 世纪 90 年代，在《"宝卷辑本"导论》提出建立"宝卷学"的动议时则提出："宝卷是开始于南宋，历经元、明、清等代的白莲教及其各种支派所编制所使用的经卷"，[4] 认为：

---

[1] 郑振铎《研究中国文学的新途径》（第八节"中国文学的整理"），载《小说月报》之《中国文学研究专号》，商务印书馆，1927 年。现有影印本。
[2] 本书 1938 年商务印书馆作为"中国文化史丛书"第二辑之一的初版，今有上海书店影印本和多种再版点校本。本文引文据影印本，以下引文分别见上册第 10、11 页，下册第 307 页。
[3] 李世瑜《宝卷新研——兼与郑振铎先生商榷》，《文学遗产》（增刊第 4 辑），作家出版社，1957 年。
[4] 李世瑜《宝卷论集》，台北兰台出版社，2007 年，第 38、54、5 页。又，收入陈平原编《中国俗文学》，北京大学出版社，2011 年。按：《宝卷辑本》系李世瑜主编，因为某种原因，1994 年山西人民出版社出版本书时改作《宝卷初集》，李世瑜先生未署名，也删去此"导论"。

《五部经》中所说的"宝卷"就是"宝贵的经卷"的简称。……后来各教派所编经卷就也采用了"宝卷"一词,当然也有少数不采用的。既经被多数采用,遂成为指称白莲教各个时期各种支派经卷的专用名词,就是说不论在正德以前(1506年以前)还是以后,不管书名叫不叫宝卷,都可称之为宝卷。①

《五部经》即罗清所著《五部六册》。2008年李世瑜在所著《宝卷论集·前言》中提到他研究"宝卷"的计划时,也体现了这种观念:

宝卷学方兴未艾,我今后的打算首先是就我手边有的抄本前期宝卷进行研究,它们是《定劫宝卷》、《白花玉篆》、《普明禅师牧牛图》、《东明历》、《推背图》。再以《涌幢小品》所载88种不叫宝卷的宝卷为线索,按图索骥,继续搜寻,我想是会有结果的。②

把宝卷定义为宋元以来"白莲教及其各种支派③所编制所使用的经卷"(包括各式各样的民间宗教性通俗读物),不管"书名叫不叫宝卷",同郑振铎定义的宝卷是一种讲唱文学形式,不论从文体形式和内容的角度,都不可能整合在一起。比如,李世瑜上文中提到的《推背图》是一部预言奇书,传说是唐代初年李淳风、袁天罡编写。现存明代以下多种抄本和刊印本,一般有60种奇特的图像,每一图像下各有一句描述语、诗一首。这些诗文用隐晦的语言,预言唐代及未来中国历史上已发生和将要发生的重大事件。

---

① 李世瑜《宝卷论集》,台北兰台出版社,2007年,第38、54、5页。
② 李世瑜《宝卷论集》,台北兰台出版社,2007年,第38、54、5页。
③ 对宋元以来的各种民间宗教的历史发展,中国民间宗教学界有分歧:李世瑜认为它们是白莲教的多种支派,并习惯用"秘密宗教"来概括各种民间宗教;马西沙认为它们是各种不同的民间宗教(民间教派),见马西沙、韩秉方《中国民间宗教史》,上海人民出版社,1992年。

泽田瑞穗是现代研究中国俗文学、民间宗教、民俗学等的著名学者。他的《增补宝卷研究》是第一部系统研究中国宝卷的专著。[1] 他是结合宝卷历史发展（"古宝卷"和"新宝卷"，见下）对宝卷做出解释的。在该书第一部分"宝卷叙说"第二章"宝卷的系统"中，也反对郑振铎"宝卷是变文的嫡派子孙"说，认为罗清《五部六册》中引用的宝卷"大多数是正规的面向大众讲道用的佛典讲义及属于坛仪的书"[2]，"唐宋以来，科仪和忏法的题材及其演出法，是经过各个时代平行的传承、制作、实地表演而来的，而古宝卷就直接继承了它们的体裁和演出法。为了进一步面向大众和把某一宗门的教义加进去，而插入南北曲以增加其曲艺性，这就是宝卷及演唱宝卷的宣卷"[3]。如此，他也不笼统地把宝卷归入"讲唱文学"，所以在第四章"宝卷的分类"中，将宝卷分为"科仪卷""说理卷""叙事卷""唱曲卷""杂卷"五类。

二

　　中国宝卷已有七八百年的历史发展进程，自然有其发展的阶段性。郑振铎对宝卷发展的历史过程没有明确的论述，但他也发现各个时期宝卷有些不同："宝卷是'变文'的嫡系子孙，……其讲唱的故事，也以宗教性质的东西为主体，像《香山宝卷》《鱼篮观音宝卷》《刘香女宝卷》等。到了后来，也有讲唱非宗教故事的，像《梁山伯宝卷》《孟姜女宝卷》等"[4]；明代"宝卷的写作，盛行一时，被视作宣传宗教的一种最有效力的

---

[1] 日本东京国书刊行会1965年初版，1975年再版《增补宝卷研究》。车锡伦、佟金铭合译"增补"本第一部分"宝卷叙说"、第二章"宝卷的系统"、第三章"宝卷的变迁"，题作《宝卷的系统和变迁》，载《曲艺讲坛》1997年第3期；后附录于车锡伦《中国宝卷研究论集》，台北学海出版社，1997年。
[2] 〔日〕泽田瑞穗《增补宝卷研究》，东京国书刊行会，1975年，第266、269页。
[3] 〔日〕泽田瑞穗《增补宝卷研究》，东京国书刊行会，1975年，第266、269页。
[4] 郑振铎《中国俗文学史》上册，商务印书馆，1938年，第12、16页。

工具"①。

李世瑜 1959 年在《江浙诸省的宣卷》②文中正式提出"前期宝卷""后期宝卷"之别。"前期宝卷"指宋元明清民间秘密宗教的"宝卷"（李世瑜认为早期不存在"佛教宝卷"）。在清同治、光绪年间（1862—1908 年）出现"后期宝卷"：

> 从清同治、光绪年间开始，以上海、杭州、苏州、绍兴、宁波等城市为中心，宝卷又以一种新的面貌出现，它是前期宝卷的变体，可以称作后期宝卷。即宝卷已由布道书发展为民间说唱技艺的一种，名字就叫"宣卷"（"宣卷"这个词在宝卷一发生时就有，当时只是用为"宣讲宝卷"③一语的简称），宝卷也就成为宣卷艺人的脚本。这种宝卷的内容以演唱故事为主，多数已经是纯粹的文学作品，少数还有宗教气息，其专门用为讽颂的宗教经典式的宝卷则是个别的。光宣年间以至民初为其极盛时期，直到今天江浙诸省的某些城市和乡间仍然残留着。④

该文中详细介绍了江浙民间宝卷的分类、体制（形式）、写作技巧，民间宣卷艺人活动的地区、家数等。

泽田瑞穗在《增补宝卷研究》第一部分"宝卷序说"、第三章"宝卷的变迁"中，将宝卷的历史分为"古宝卷时代"和"新宝卷时代"两个大的发展阶段。古宝卷时代又分为"原初宝卷时代"（明正德四年，1509 年，罗清《五部六册》刊行以前的佛教宝卷）、"教派宝卷盛行时代"（明

---

① 郑振铎《中国俗文学史》上册，商务印书馆，1938 年，第 12、16 页。
② 李世瑜《江浙诸省的宣卷》，《文学遗产》（增刊）1959 年第 7 辑。
③ 将"宣卷"说成是"宣讲宝卷"，不确。宣卷之"宣"是"宣扬"之义，来自唐宋佛教俗讲。这一术语在现代吴方言民间宣卷中仍保留。
④ 李世瑜《江浙诸省的宣卷》，《文学遗产》（增刊）1959 年第 7 辑，现收入车锡伦《宝卷论集》，台北兰台出版社，2007 年，第 20—21 页。

正德四年至清康熙三十至四十年）、"宝卷衰弱时代"（雍正、乾隆至嘉庆十年平定白莲教）。"新宝卷"时代中又将嘉庆十年（1805年）到清末（1912年前）命名为"宣卷用、劝善用宝卷时期"，民国（1912年）以后是"新创作读物化宝卷时期"。"新宝卷时代"宝卷的特点：

> 这一时期具有教派色彩的宝卷并非完全没有创作，而是同佛教居士和地方乡绅的善书热合流。一部部新的说理宝卷不断产生，然而所说的内容，都是大同小异、劝善惩恶的调子，专门宣讲某一教派教义的宝卷几乎看不到了，同时宝卷的内容大多是叙事的故事，总之，从宗教的宝卷向文学的方面倾斜，小说、戏曲、弹词、民间传说等大家熟知的故事都被编为宝卷；这又使宣卷职业化和艺能化，两者互为表里。从宣卷的体裁和文体来看，突破了古宝卷复杂定型的格式，不再插入曲子，而是单纯地用七言句、十字句的韵文和讲说的散文组成，采用劝世文等的多种形式，为了强调这些作品而称作宝卷……
>
> 古宝卷的时代，宝卷的作者除僧侣、道士、尼姑外，很多都是某一教派的教祖或教派的宗教家；进入新宝卷时代，职业的宣卷人从事宝卷的传抄、改编、创作。[①]

李世瑜和泽田瑞穗两位学者同时都是宝卷收藏家，他们的结论是在大量阅读宝卷的基础上提出来的。他们一致认为，在清末出现了与前期宗教宝卷不同的"后期宝卷"或"新宝卷"，特点是宝卷文学化、宣卷"艺能化"、宣卷艺人"职业化"。

---

① 译文见车锡伦《中国宝卷研究论集》，台北学海出版社，1997年，第273—274页。

三

笔者近 30 年持续研究宝卷的过程中，阅读了各个时期的大量宝卷、有关宝卷的历史文献和前人的研究成果，同时又亲自进行了广泛的田野调查，所以对前辈研究的疏漏有所补正。

首先，对宝卷的概念和范围，笔者有一个认识过程。在 2009 年出版的《中国宝卷研究》第一编第一章"宝卷概论"中最后对宝卷的定义是：

> 什么是宝卷？简单地说，宝卷是一种十分古老的、在宗教（主要是佛教和明清各民间教派）和民间信仰活动中，按照一定仪轨演唱的说唱文本。这也使宝卷具有双重的特质：作为在宗教活动中演唱的说唱文本，演绎宗教教义，是宗教的经卷，这类宝卷大部分不是文学作品；另一方面，大量的宝卷是演唱文学故事，因此，宝卷又是一种带有信仰色彩的民间说唱文学形式。由于演唱宝卷都是"照本宣扬"，所以中国宝卷不仅以口头形式流传，同时留下来大量卷本。[1]

上述论述是基于对宝卷历史发展中宗教宝卷和民间宝卷内容和社会文化功能的不同以及宝卷演唱仪式化特点的认识提出的。对照前述郑振铎、李世瑜、泽田瑞穗先生的论述，其间的异同，不必多说了。其中有一点要强调的是，笔者不同意李世瑜"宝卷是开始于南宋，历经元、明、清等代的白莲教及其各种支派所编制所使用的经卷"的定义。笔者在 2009 年发表的《中国宝卷新论》中提到宝卷研究的困难时说：

> 首先遇到的问题是作为研究对象的"宝卷"的范围问题。宝卷

---

[1] 车锡伦《中国宝卷研究》，广西师范大学出版社，2009 年，第 1 页。

与宋元以来的民间秘密宗教（民间教派）有密不可分的关系，但民间宗教研究学者多将宋元以来所有的民间宗教经卷都视作"宝卷"，包括清末以至当代民间教团编制的难以数计的"坛训"（有的研究者称作"鸾书宝卷"）和宣传宗教的通俗读物。从民间宗教史研究的角度来说，这是必要的。但是，有些民间宗教经卷和读物既不以"宝卷"为名，形式也多种多样……将它们搀和在一起，作为特殊的说唱形式的"宝卷"，便无法进行研究了。许多初涉宝卷的研究者，觉得"宝卷"作品庞杂无序，难以入手，这也是一个原因。①

上述论述，就是对李世瑜意见的回应。

其次，笔者认为宝卷历史发展可划分为"早期的佛教宝卷"（即泽田瑞穗称作"古宝卷"中的"原初宝卷"）、"明清民间教派宝卷"和"清及近现代的民间宝卷"（或可称作"世俗宝卷"，即李世瑜"后期宝卷"，泽田"新宝卷"）三个阶段，前两种又可合称为"宗教宝卷"。对"民间宝卷"的出现时间，本人考察，远早于泽田所说的清嘉庆十年（1805年）或李世瑜所说的同治、光绪年间（1862—1908年）。它们的出现有一渐进的过程；同时，在南北各地都有民间宝卷的出现，带有地域性的特色。

据现存宝卷文献，北方民间宝卷的流传区域以山西为中心，包括河北、山东、河南，往西一直发展到甘肃的河西走廊地区。北方民间宝卷与明代民间宗教有密切的关系，在明末（1643年以前）可能已经出现，如发现于山西的明末抄本《佛说王忠庆大失散手巾宝卷》，讲的是一个家庭伦理和因果报应的故事，它是有民间教派背景的民间艺人编唱的台本。②北方民间宝卷演唱的故事多来自明代说唱词话、话本小说和清代鼓词、梆

---

① 车锡伦《中国宝卷新论》，《东亚人文》（第一辑），生活·读书·新知三联书店，2008年，第436页。
② 已故周绍良收藏。据先生对笔者言：发现于山西某地一个小庙中。车锡伦《中国宝卷研究》，广西师范大学出版社，2009年，第528—536页。

子腔剧目，既有世情故事，也有英雄传奇故事。

南方的民间宝卷主要流传于江苏省和浙江省的北部吴方言区。它们的发展与世俗化佛教宣卷关系更密切一些。本人最早发现，明末陆人龙编的话本小说集《型世言》中，便有明万历十八年（1590年）苏州昆山县的"香客"在去杭州天竺寺进香的"香客船"上"宣卷念佛"的描述文字。这种香客船上的宣卷活动一直延续到当代。同时，吴方言区本来就有杂祀鬼神的民间信仰传统，在祭拜乡土社会中的各种"菩萨""老爷"的仪式上演唱相应的宝卷或"赞神歌"。现存吴方言区最早的一部民间宝卷是清康熙二年（1663年）黄友梅抄本《猛将宝卷》，便是在传统的"猛将会"上演唱的。① 与北方民间宝卷不同的是，吴方言区民间宝卷有大量改编自弹词曲目和流传于民间的昆曲及"滩簧"（锡剧、苏剧、沪剧等）传统剧目，题材多是世情故事。

南北各地民间宣卷和宝卷也互相流传，如上述《佛说王忠庆大失散手巾宝卷》，吴方言区民间宣卷艺人传抄本一般名《斋僧宝卷》。许多著名的民间传说故事和俗文学传统故事南北各地都有改编演唱本，如改编孟姜女故事的宝卷。

笔者既将宝卷分为三个发展阶段并指出其差别，同时又提出它们之间的继承性和累积性。② 如直到清及现当代，个别佛教僧团和民间佛教徒仍然在演唱和刻印某些早期的佛教宝卷和科仪卷，如《金刚科仪》《阿弥陀经宝卷》和《香山宝卷》等。同时，民间宝卷中也有宗教宝卷的积淀。在吴方言区，早期佛教讲唱姻缘故事的《香山宝卷》《刘香女宝卷》等，也进入后期民间宣卷的口头演唱传统；明末还源教的《销释明证地狱宝卷》（简称《地狱宝卷》）是当代江苏省常熟、昆山、张家港等地区"做会宣卷"荐度亡灵法事（佛事）中必唱的仪式卷。清末及现当代的民间宗

---

① 车锡伦《中国宝卷研究》第四编第二章、第五章"《猛将神歌》和《猛将宝卷》"。
② 详见车锡伦《中国宝卷研究》第四编"中国宝卷的历史发展"。检验的论述可见车锡伦《中国宝卷新论》。

教，不仅传抄、刊印明代的民间宗教的宝卷，也大量编写新的宝卷，清道光年间长生教陈众喜撰《众喜宝卷》、先天道（青莲教）彭德源编《观音济度本愿真经》（据《香山宝卷》故事改编）[①]，都是影响至大的宣传民间宗教的宝卷。

前期的宗教宝卷是宗教经卷，宗教经卷是宗教活动的组成部分。清及近现代民间宝卷虽然"已由布道书发展为民间说唱技艺的一种"，"宣卷职业化和艺能化"，清末上海等大城市出现了模仿弹词说表、"出脚色"的"书派宣卷"，在苏州市地区出现宣卷艺人的行会组织"宣扬公所"（简称"宣扬社"）等。但是，民间宣卷仍然是民间信仰活动的组成部分。在吴方言区这种民间信仰活动称"做会"（或"佛事""斋事"），宣卷（演唱宝卷）穿插其中。"做会"是一种复杂的仪式化、综合性的民间信仰活动；"做会宣卷"是融合了民间信仰、教化、娱乐为一体的民俗文化活动。民间宣卷保留听众"和佛"的传统，不可能离开它所存在的信仰活动（"做会"）的特定场合，进入公共娱乐场所（书场、舞台）做舞台化的演出。下面可以谈一下当代宝卷和宣卷在非物质文化遗产中的定位、发掘和推广问题了。

根据联合国教科文组织大会于2003年11月通过的《保护非物质文化遗产公约》，2006年5月20日国务院已经批准文化部确定并公布的"第一批国家级非物质文化遗产名录"，甘肃的"河西宝卷"被列入"民间文学"项下；2008年6月14日公布的"第二批国家级非物质文化遗产名录"中，浙江"绍兴宣卷"被列入"曲艺"项下。此后在扩展名目项下，吴地宝卷（苏州及其周围地区的宝卷）归入民间文学类，上海青浦宣卷归入曲艺类。

2011年2月25日，第十一届全国人民代表大会常务委员会第十九

---

① 本卷最早是清道光三十年（1850年）刊本。这部宝卷郑振铎误作《香山宝卷》，许多研究者仍沿袭其误。

次会议正式通过《中华人民共和国非物质文化遗产法》，其中第二条提出"本法所称非物质文化遗产"包括：（一）传统口头文学以及作为其载体的语言；（二）传统美术、书法、音乐、舞蹈、戏剧、曲艺和杂技；（三）传统技艺、医药和历法；（四）传统礼仪、节庆等民俗；（五）传统体育和游艺；（六）其他非物质文化遗产。

首先，从宝卷历史发展过程来看，作为传统口头文学的宝卷（及其演唱活动），和作为宗教经卷的宝卷和宗教活动的宣卷，在内容、形式、传播和社会文化功能诸方面，都有不同。列入"非遗"名录的宝卷和宣卷应当是李世瑜所说的由宗教"布道书发展为民间说唱技艺"的"后期宝卷"、泽田瑞穗所说的"从宗教的宝卷向文学的方面倾斜"的"新宝卷""职业化和艺能化"的宣卷，即笔者所说的"清及近现代的民间宝卷"和"民间宣卷"。自然，它也包括进入民间口头传统的前期佛教宝卷和某些民间教派宝卷。根据笔者的考证，这种具有信仰、教化、娱乐特色的民间宝卷及其演唱活动（宣卷、念卷），在明末清初已经在南北各地产生了。

其次，将进入"传统口头文学"，并以特殊的语言（讲唱宝卷均用方言，有些宝卷文本是用宋元以来形成的记录口头演唱文艺作品的"白话"记录）为载体的民间宝卷归入"民间文学"类，没有问题；将演唱宝卷活动同民间戏剧、舞蹈、杂技等行动的表演艺术，归入"曲艺"，也说得过去。但是问题在于：苏州宣卷同绍兴宣卷、青浦宣卷有什么差别？苏州宝卷同绍兴宝卷、青浦宝卷有什么差别？这样将宝卷和宣卷分别列入"非遗"名录的不同类别，实际上是把一种口头语言传统的文学形式和其演唱行动硬行割裂开了，从理论和实践方面都说不通。

再次，2000年后，现存有宣卷（念卷）活动的地区投入巨资，搜集、整理和出版本地区的宝卷，陆续出版了一批各地区的宝卷总集，对"非遗"的发掘和保护，有着重大作用。但也存在一些问题：由于缺乏对宝卷历史发展系统的基础研究和对本地区宣卷规范的深入田野调查，而是多按照郑振铎关于"宝卷是变文的嫡派子孙"的推论，宣称本地区的宝卷是"变文的嫡派子孙"，个别地区甚至将本地宝卷的源头扯到南朝佛教的"唱导"上去。对本地区宝卷的搜集，不注意对20世纪50年代以来中国学者和旧书业人士抢救性收藏的宝卷文本（数量极大，多收藏于各高校和研究机构图书馆）的研究、鉴别，多是对本地区现存宝卷采取"捡到篮子里就是菜"的态度，把某些未进入民间口头传统的民间宗教（道会门）的经卷和通俗读物，甚至已编入《道藏》的道教经卷，也编入本地区的"宝卷集"。所谓搜集整理的宝卷，有的甚至是搜集整理者的改编创作，不加说明。

最后，把各地宝卷的演唱活动（宣卷）作为表演性的文化产品展示，做舞台化的演出，如上电视广播，举办各地宣卷会演评比，个别地区让小学生们演唱宝卷（偈子）传承等。这样做，实际上将宝卷和宣卷活动离开了它所生存的民间信仰活动基础，违背了作为民间宝卷及其演唱活动（宣卷）的发展规律。从长远来说，可能加速本地宝卷和宣卷的消亡。

以上诸问题是笔者对宝卷发展历史和田野调查得出的认识，欢迎大家讨论。

学生互动摘要

车锡伦教授的演讲结束后，同学们针对民间文学与相应的民俗活动的关系、宝卷在"非物质文化遗产"名录中的归置、宝卷的讲唱地点、当代社会中新宝卷的产生、宝卷与转变形式之间的关系、宝卷与中国史诗叙事诗之间的关系、《佛门取经道场》中"十字佛"的产生年代等问题踊跃提问。有同学提问，做民间文学研究的过程中应如何处理其与民俗活动的关系。车老师以宝卷的实际讲唱为例，提出每一次的宣卷活动中听众都会高声"和佛"，激动不已，这样的力量不可能仅仅来自宝卷的文本，也与其演唱仪式活动有关。另有同学疑惑，宝卷具有一定的信仰功能，那它能否在非信仰的场合出现，当代社会又能否产生新的宝卷。车老师以近代吴方言区出现的"丝弦宣卷""书派宣卷""化妆宣卷"等形式为例，提出宝卷是可以在非信仰的场合中出现的；同时他以余鼎君先生创作的《碧霞元君宝卷》在建房、为幼儿驱病做会等场合很受欢迎为例，阐释了当代社会依然会产生很多新宝卷的结论。

2015年11月12日，同学们又围绕讲座内容展开了评议与讨论。主持人宝诺娅从宝卷的起源、宝卷与史诗叙事诗的关系、民间宝卷的特点与田野调查之间的关系三个方面，对车老师的观点予以回应与反思。她认为，不能一概而论地说宝卷源于变文，而是如车老师所说，应该将变文进行具体分类；宝卷的起源应该是"多元说"，是吸取了多方面的因素发展演化而成；在研究宝卷起源的问题时，除了对比文本形式，还应关注早期宝卷的宗教思想、词汇语法。而针对清及近现代民间宝卷，她提出了关于口头程式理论的使用限度的问题——宝卷研究是否能完全套用口头程式理论。最后，关于宝卷的田野调查方面，她提示我们要思考如何看待宝卷中的信仰内容、如何把宝卷中的文学研究与宗教研究相结合等问题。她提出，我们要注意通过对地方化的文化语境的认识来理解宝卷与民间口头叙事的互动，但她也担忧如果忽略掉历时性的因素而做单纯的共时性的考察，是否会有"以今证古"的嫌疑。

在讨论环节，同学们又继续讨论了宝卷与变文的关系、宝卷与民间戏曲的关系、口头程式理论在宝卷研究中的应用、宗教宝卷与民间宝卷的分类等问题。有同学从"疑罪从无"的角度出发，认为"宝卷是变文的嫡派子孙"之结论还不够充分，我们还应寻找更多的文献依据，并从宝卷、变文的形式上去找寻共同之处。还有同学从宝卷和民间戏曲的关系出发，提出宝卷中的信仰和观念被运用到民间戏曲之中，也在感染着民众，后期民间戏曲的内容又影响到了宝卷。最后，大家还思考了宝卷在"非遗"中的归类问题，这一分类会形成一定的导向作用，对艺术本身的发展方向有影响，所以我们作为学者也应该重视此问题。通过这次问答、评议与讨论，同学们在宝卷的历史发展脉络、定义与范畴、活态存在与未来发展等问题上都有了一定的思考。

（摘要撰写人　张佳伟）

民间口头叙事不止是文学
——从猛将宝卷、猛将神歌谈起

赵世瑜

编者按：2020 年 10 月 15 日，北京大学历史学系赵世瑜教授以"民间口头叙事不止是文学——从猛将宝卷、猛将神歌谈起"为题为北京大学中文系民间文学专业的同学们做了讲座并展开交流。

赵世瑜教授在历史人类学领域卓有建树。近年来他把大量时间和精力投入江南，开始关注和调查洞庭东山以及太湖地区的水上人生活，洞察到了水上人的上岸过程和水上人的俗信传统，以及水上人信仰对岸民信仰的影响。本次讲座赵世瑜教授以"文学与叙事"为引子，借助东山猛将会与各种笔记、碑刻文献，给大家呈现了一个鲜活的江南民间信仰空间以及其中不同身份群体扮演的各种角色。他用多种民间口头叙事文本与历史互证，从文本中的叙事、时间、生活细节等方面论证江南刘猛将传说的水上传统与生成年代，得出了刘猛将故事从口头叙事向文字文本的发展过程其实反映了江南社会从离散到整合之历史动向的结论。

一、引子：文学与叙事

近十余年来，传统的"民间文学"的概念在学者的研究中多被"民间口头叙事"（或称"民间口承叙事""民间叙事"或者"口头叙事"）概念所取代，其中的关键在于用"叙事"这个涵盖更广、指代更明确的概念替代"文学"这个往往被狭义化又指代模糊的概念，对此学者们早有讨论，兹不赘述。但在具体的研究实践中，我们也能看到某些研究者经常会交替使用这些概念，表现出较大的随意性，就好像我们说到"民间口头叙事"的时候，大家都心领神会这是在说"民间文学"，并没有显示出使用这个概念而不使用那个概念的明显区别。

伴随这一变化，民间文学研究者的重点逐渐从单纯的文本分析转向对语境（包括讲述者或表演者）的关注，中国学者对美国"表演理论"的译介和实践也在很大程度上推动了这一转向。吴秀杰在评述江帆《民间口承叙事论》的文章中提到，与从文本审美出发的民间文学研究不同，江帆的研究将其关注的范围扩展到了文本以外的边缘地带，故而吴秀杰借用科技史界把与同一历史时期的科学技术有关的社会、经济、文化等方面称为"外史"，以与专门研究科学技术本身历史的"内史"相区别，来评价或定位江帆《民间口承叙事论》中的第二、第三编，即关于讲述者和情境的讨论，并将其称为民间口头叙事研究的"外学"。[1]

这种对研究领域的内外之分，也被宗教史研究领域使用，比如对宗教史、教派、经典、仪轨等的研究便被视为"内史"，而对社会或人们的宗教生活，比如马克斯·韦伯讨论的那些，便被视为"外史"。我通常只是在比较技术的层面去看待这种区分，就是所谓"内史"或"内学"的研究者经过了独特的专业训练，掌握了少有人懂的专业知识，但从来不认为对某种物或某个文本的生产者和使用者的研究应该属于"外史"或"外学"。其实，以科技史为例，物理学史（比如研究齿轮或传送装置的发明与推广）的"内史"与"外史"之间，要远比与医药学史之间的距离更

---

[1] 吴秀杰《民间叙事的"外学"与"内学"——读江帆著〈民间口承叙事论〉》，《民间文化论坛》2006年第1期，第94—96页。

近、更"内",所以内外之别只是相对的而已。

在民间文学研究发生概念上的转换时,发生转换的是用"叙事"这个概念替代了"文学"概念。传统的"文学"概念被认为指涉小说、诗歌、散文、神话、寓言、戏剧等文类（genre）的集合,它往往被理解为一种具有美学追求的艺术创作;而根据学者的概括,"叙事"则是一种话语模式,它将特定的（真实的或虚构的）事件序列依某种顺序（比如时间或空间或逻辑的顺序）纳入一个能为人理解和把握的语言结构,并因此被赋予意义。[1] 无论这样一个转换是如何发生的（比如"语言学转向"的影响）,当"文学"被更为广义地定义为用口语或者文字作为媒介,表达对客观和主观世界的认知方式与手段时,它不仅和"叙事"没有本质区别,也与历史学具有了一致性。[2] 这样的转换使研究对象不再是一个指涉含糊的概念,更切近其本质特征,而且摆脱了狭义的文字表达的限制（literature 也是文献的意思）,更可与不同学科的学者共享认识论和方法论的平台。这就构成了我所谓"民间口头叙事不仅是文学"的第一个前提。

民间口头叙事研究者的重点逐渐从文本分析转向语境和讲述者,不仅不意味着研究者对文本的轻视,反而更加强化了研究者对文本与语境之间复杂关系的认识,即这种关系既不是线性的、单向的,也不是一次性完成的。更重要的是,这种关系的动态性,即讲述者的反复讲述或不断建构,导致叙事文本不断地在历史与现实世界之间往来穿梭,使得叙事文本的多样性制造了它的时间性。这一特点在民间口头叙事中体现得更为明显,因为作家文学一旦形成,特别是在作者去世之后,作品本身就基本稳定了,研究者也总是努力通过考订去寻找其原始版本;而民间口头叙事却

---

[1] 彭刚《叙事的转向：当代西方史学理论的考察》,北京大学出版社,2009年,第2页。当然,他的归纳主要是针对历史叙事而言,此处的表述做了一点调整。
[2] 〔美〕海登·怀特《后现代历史叙事学》,陈永国、张万娟译,中国社会科学出版社,2003年,第11、124—168等页。

不受作者个人生命史的限制，在漫长的时间里不断得到重塑和再造。①

20世纪80年代美国的文学批评界就曾出现"新历史主义批评"，到90年代初便已介绍到中国。该书编者指出，"旧历史主义"将文学作品的语境界定为作品本身无法达到的真实而具体的历史背景，因此研究者专注于版本、校注和社会、政治、经济的实况，而"新历史主义"将文本的语境分为写作的、接受的和批评的语境三个层次，而这三个层次就构成了历史的过程。海登·怀特也撰文支持这一派的看法，②但讨论到这一步，尚未能够辨析出民间口头叙事传承中呈现出那种复杂的时间性或历史性，这或许是我所谓"民间口头叙事不仅是文学"的另一个前提。

二、从生活世界出发：苏州东山猛将会

文学研究者大多与历史学者一样，往往是从文本出发的，只是为了理解和解释文本才进一步去追寻语境。事实上，所谓"文本"或"语境"都是生活世界的组成部分，他们应该是我们置身于生活世界时或早或晚地出现的。就每个人的生命历程而言，文字文本绝不是最早出现在其面前的，生活世界或其某个片断最早也不是作为某个文字文本的语境而出现的。所以，对研究者来说，起点应该是生活世界本身。

东山本来是太湖中的一个岛，明清大部分时间里属于苏州府吴县，清代的一段时间里属于太湖厅管辖，历史上被称为"洞庭东山"或"东洞庭山"。由于围湖造田的原因，东山与陆地之间的水面越来越小，到民国以后逐渐与陆地连接，形成现在的半岛。在清代和民国时期，沿湖地区的湖荡逐渐增加，越来越多的人从事水产养殖，而在新中国成立后，由于发展农业，东南部沿湖地区发展起大片圩田，但岛上居民多数还延续着千年

---

① 张京媛主编《新历史主义与文学批评》，北京大学出版社，1993年，第2—6页。
② 张京媛主编《新历史主义与文学批评》，北京大学出版社，1993年，第95—108页。

以来的果树、茶树种植，水产养殖和捕鱼作为主要生业。直到明代，东山只在北部和西部的山下沿湖隙地有一些聚落，东部和南部濒湖的聚落多是在清代逐渐出现的。

作为一个外来者，吸引我眼球的是这里的大多数自然村和镇中心的街上，都有崇奉刘猛将的小庙，当地称为"猛将堂""刘府上天王庙""刘府中天王庙"或"刘王堂"，每年正月都有"抬猛将"的仪式活动，每年农历六月也有从水路和陆路抬猛将去莳山寺的活动。检索地方文献，直到清代中叶以后才有一些对这个仪式的简单记载，而在明代的地方文献中，东山只有两个拜猛将的地方附着于其他寺庙中。这种强烈的反差无疑会引发我的思考，东山的刘猛将信仰是到了清中叶以后才雨后春笋般地出现在各个村落中吗？还是更早的文献中缺乏记录？假如是前者，原因是什么？神的背后是哪些人？或者说这是谁的信仰？带着这样的问题，我开始进入东山的生活世界，从神灵信仰及相关仪式活动进入地方的社会与文化。

现在的东山镇还包括一水之隔的三山和曾经也隔着水，但后来连成一片的武山，但就东山的主体来说，有前山、后山之分。这个说法不知道是从何时开始有的，从文献来看不早于清代。前山主要是指街上，从山的东北麓到湖边（今天的潦里、高田一带）；后山是山的东南麓到湖边的聚落，比如杨湾、陆巷、长圻一带。大约在明清时期潦里、高田一带也渐成聚落，成为水上人较晚上岸的居所，长期从事水产养殖。所以，东山的刘猛将有所谓前山七大猛将和后山七大猛将之说，还有许多小猛将。后山的猛将堂多称"刘府上天王"，前山的猛将堂多称"刘府中天王"，但现在的人却已不知这种不同称呼的原因。他们的游神活动都有各自的空间，日期也有分别，说明他们不完全是同一类人群。到民国时期，后山猛将会抬到前山来，前山的猛将可以抬到更靠近太湖边的潦里、高田，而在后者的地区，则有被称为十个"旗"的小猛将的仪式联盟。这呈现出了东山的不同区域在特定时期形成的不同社会层级。

我们稍稍对东山的情况做一点了解，就会发现明显的社会—文化空间差异。如果再进一步追问，后山、前山和潦里等濒湖地区的社会—文化区隔是如何形成的，我们就必然会回到历时性的探寻中。简单地说，后山的聚落是东山较早形成的，至晚在南宋到元代就有了一些。到明代，在前山地区出现了一些聚落，并逐渐形成街市，而潦里等濒湖地区的聚落主要是清代的产物。当然，这个时间划分并不是绝对的。

东山最早被记录下来的明代猛将庙有两处，一处在后山，一处在前山。在今天的猛将堂和民间口述传统中，刘猛将以灭蝗神闻名，这是清代雍正初年刘猛将被朝廷纳入正祀的结果。不过在此之前，猛将信仰与江南的五通神一样，是士大夫眼中的淫祀，在康熙年间曾被两任巡抚汤斌和宋荦先后禁毁，但屡禁不止。在江南的历史上，有很多神灵被地方化或"淫祀化"，也会被士大夫正统化和合法化。比如，崇祯《吴县志》所收《潘凯重修至德庙记》说：

> 淳佑（祐）壬子春，凯司臬于吴，诘暴审刑，罔敢怠弛。既，又惧民之不见德也，领事三阅月，载以礼款泰伯祠。顾瞻徘徊，屋老苔荒，喟然叹曰：至德者，百世祀，吏奉弗虔，何以存古？已而，趋两庑下，土妖木魅，诡形罔象，筮以遥厉，污以佞愿，编氓苟福祸，膜拜乞灵，滋磨剑好勇之习，仍断发文身之讹，端委雍容之气象，孰识之俗？俗不美，刑不清，良有以夫退惕，然弗宁，巫戒其属曰：崇明祀礼也，黜非义也。某日度材，某日鸠工，某日撤祠之非者，乃攻乃葺，乃像仲雍、季札，侑泰伯祀。越月告成，率僚吏三献焉。乌乎！世浇俗衰，马蚕猫虎之灵，往往严事之；鬼琐奸回，尸而祀者，肩相摩也，岂复知礼乐神之奥哉！①

---

① （明）牛若麟纂《吴县志》卷十九《坛庙》，明崇祯刻本，第6页下至第7页下。

南宋时，潘凯到苏州来做负责司法的官员，发现被尊为吴人始祖的泰伯的祠庙一片荒芜，庙的廊庑里充斥着"土妖木魅"，十分不满，立刻加以整顿。其实这些神灵才是老百姓喜闻乐见的土神，只是与士大夫的观念不符，被认为不合礼制，这样的过程在历史上是反复发生的。

明末清初太仓人陈瑚在《周吴行人伍公庙碑》中称：

> 吾郡东洞庭山杨湾里有伍公子胥祠焉。公之庙食于兹土也久矣，当夫差之赐死而浮之于江也。吴人怜之，立祠江上，名之曰胥山，今去郡西三十里，地入太湖，名胥口者，即其处也。祠尚存，而祠前古墓，松桧参差，凄神寒骨，相传以为公葬其下。杨湾之祠，则里人奉为土神，有事祷焉，而又称之曰胥王庙。盖王爵之封，始于宋高宗南渡时，疑后人由此遂仍其号云。①

这里说得很清楚，伍子胥本来是个浮尸，本地人把它变成土神，在东山的杨湾建了个庙，老百姓碰到事情都会来拜。南宋时宋高宗南渡以后把伍子胥的庙列入正祀，但在地方上不一定是这样看的。前面说东山最早记录的猛将庙之一，就和这个伍子胥的庙建在一起。

如果只看清代江南地方文人的诗文笔记中对刘猛将祭祀仪式的描写，我们会觉得刘猛将是个社神：

> 神鸦近社肥，远树挂斜晖。田鼓巫先醉，桥灯叟未归。月波凉夜屐，酒色上春衣。从此携锄出，比邻相见稀。②
>
> 笠影纷纷，桑阴人带醺。鸡豚报田祖，箫鼓媚将军。刘猛将

---

① （清）陈瑚《周吴行人伍公庙碑》，《确庵文稿》卷十六，《四库禁毁书丛刊·集部》第184册，第392页上栏。
② （清）沈钦韩《步月观刘猛将会次兼山韵》，《幼学堂诗稿》卷十五，《续修四库全书》第1499册，第98页下栏。

军为驱蝗之神，载在祀典。发瓮松醪遗，登盘社肉分。陈风慰宵旰，三殿奏南熏。①

诗中所加之注，就是指雍正二年（1724年）直隶总督李维钧的上奏，"畿辅地方每有蝗蝻之害，土人虔祷于刘猛将军之庙，则蝗不为灾"，于是奉敕建庙。②但在此前却不是这样的。康熙年间，江苏巡抚汤斌上《奏毁淫祠疏》说："苏松淫祠有五通、五显及刘猛将、五方贤圣诸名号，皆荒诞不经，而民间家祀、户祝，饮食必祭妖邪。"③又，"康熙三十二年（1693年）十月，禁祀刘猛将，毁上方山五通神母像"④。李维钧是嘉兴人，那一带的人也拜刘猛将，他对此当然清楚。更早的时候传说刘猛将是宋朝抗金将领刘锜或者是他弟弟，这在清朝比较忌讳，于是李维钧就重新编了故事，说刘猛将是元朝一名叫刘承忠的将军，有灭蝗的功绩，元朝将军的身份与满洲人就没有冲突了，这一点已有学者指出过。

神明要被正统化，当然要有个官方的解释："人事既尽，自然感召天和，灾祲可消，丰穰可致，此桑林之祷，所以捷于影响也。……而断不惑于鬼神巫祷之俗习。"⑤雍正皇帝这里的解释，是把刘猛将的崇拜作为"桑林之祷"，这就很明显是把刘猛将视为社神了，这为江南地区保留这个神灵提供了合法性，所以前面两首诗讲的就应该是这以后江南许多地方，特别是定居农业的地方的情形。

那么，在被国家和士大夫视为"淫祀"的时候，刘猛将是谁的神灵呢？根据田野的经验，水上人往往将浮尸塑造为他们的神，像前面提到的

---

① （清）姚孔鋭《田园秋兴》之二，《小安乐窝诗钞》卷七，《清代诗文集汇编》第301册，上海古籍出版社，2010年，第661页下栏。
② （清）张廷玉等纂《清文献通考》卷一〇五《群祀考·京师崇祀》，《文渊阁四库全书》第634册，台湾商务印书馆，1986年，第357页。
③ （清）冯桂芬等纂《苏州府志》卷四十《寺观二》，清光绪九年刊本，第10页下至第11页下。
④ （清）宋荦《漫堂年谱》不分卷，清氏温堂抄本，第62页下。
⑤ 《清史列传》卷十三，王钟翰点校，中华书局，1987年，第942页。

伍子胥，广东的金花夫人，江西的萧公、晏公等，与刘猛将经常相提并论的五通或五显也是水上人的神，因为至少从宋代直到今天，渔民都是拜五通的：

> 吴郡五显祠在上方山巅，有流云亭面太湖，澄波万顷。灵石、天平诸峰环拱左右，形胜奇绝，香火之盛，甲于诸刹。毋论阴晴雨雪，而箫鼓喧阗，牲醴稠叠，踵相接也。神时著灵蠁，祸福立应。渔人每夜望，见灯火满山，绎络弗绝。庙祝亦时闻车马杂沓，庭中列炬如白昼，达晓方息。治平寺僧云岫与师徒辈赴施主家修斋，二更返棹，忽见巨舰从东来，呼声振地，火光接天，冠裳列坐，红粉环绕，歌儿舞女各呈其技。操舟者服饰诡异，状貌狰狞，举棹若飞，转盼旋失。云岫惊愕问师曰：此何舟也？师闭目摇手弗答。归寺复询之，则曰：五显宴归也。其灵现若此，然过镇江则寂若矣。[1]

除了正月，东山在农历六月二十四还有一次抬猛将，不同之处在于，很多村落的猛将神像是坐船前往太湖边双湾村的龙头山（莳山），那里并没有猛将堂，只有一个佛寺和一个蛇王庙。由于人口增加、聚落密度加大，一些村与河港之间的窄巷无法通过神轿，也有走陆路去的，但传统上是潦里、高（荍）田、渡桥一带洼地人群通过水路举行的活动。他们抬猛将的日期、出行的方式、前往的地点是不同的，这是因为他们有不同的历史传统，和苏州府东、北部每年农历三月、七月在田里祭猛将不同，后者已经变为普通的祭社传统。这就使我猜测农历六月抬猛将的活动和水上人有关，因为住在这个区域的人一般是较晚上岸的，甚至到20世纪50年代还是渔民。比如，这里的席家湖村到20世纪90年代中后期，太湖捕捞业

---

[1] （明）周玄暐《泾林续记》卷三，《续修四库全书》子部杂家类，第1124册，第127页。

和水产养殖业的比例,才从 9∶1 变为 1∶9,[①] 这个变化基本上是在 20 世纪后半叶发生的,但仍然主要是依水而生。

到这个时候,我们就知道,该把目光转向历史上东山乃至整个江南的水上人。

三、民间口头叙事告诉我们的过往

我认为,以往对于江南水乡的历史研究,无论是水利开发还是商业市镇的研究,主要是从定居农业的角度出发的,而在一个漫长的历史过程中,通过圩田开发等方式,大片水面逐渐成陆,同时四处飘荡的水上人逐渐成为定居农民的历史,未被深入探索。究其原因,一方面是我们不自觉地将"江南财赋地"当作一个既定的事实,同时把定居农民和水上渔民当作一个共时性的清晰两分,而未将其视为总体来说从彼变为此的历时性过程;另一方面,则是关于水上人如何变为岸上人的文字记录太少。

正是由于这样的原因,我决定从现实生活世界出发去发现东山的历史显然是正确的,我所看到的东山大小村落的"抬猛将"也不是偶然的。试想,在雍正皇帝赋予刘猛将以正统性的时候,他将"贱籍"开豁为良,其中就包括广东的疍民、浙江的九姓渔户这些水上人,完全是无关的吗?在漫长的历史过程中,水上人上岸是连续不断的,即从新中国成立到改革开放,再到当下长江流域的十年禁捕,各地政府的档案中也记录了如何安置渔民,上岸的渔民有多少户,他们原来的生活是什么状态,渔民公社怎样逐渐改制。这些不是可以被联系到一起来思考的吗?很多历史事件过去分别都有研究,但没有把它们和现实的经历联系到一起,没有把它们视为一套相互配套的材料,也就没有办法从现实的观察反观历史。

我在跟随"抬猛将"的游神队伍前去莳山寺的时候,曾询问在蛇王

[①] 薛利华主编《席家湖村志》,香港文汇出版社,2004 年,第 54 页。

殿收捐款的妇女，为什么要"抬猛将"到这里来，她们说，因为这里是刘猛将的外婆家啊！我当时不明所以，因为传统文献中并不会记录这个，我也没有太过重视。但等到我看到各种版本的《猛将宝卷》时才恍然大悟，因为宝卷中讲述的猛将故事，都有这样的情节，即刘猛将受到后母的迫害，被推到水中淹死，尸体漂到外婆家（即亲生母亲的老家）后才复活成神（也是浮尸）。那么，刘猛将父亲的家是哪里呢？也在宝卷中有说法，是在松江府上海县的骆驼墩：

> 家住松江上海县，四十五保北横京。钟鼓桥豆（头）造大宅，后门相对骆驼墩。（抄本《刘猛将宝卷》）
> 宣说宋朝贞（真）宗万岁，坐掌山河，有一段良因，在于松江府上海县骆驼墩。（抄本《天曹宝卷》）
> 家住松江上海县，四十五堡北横经。钟鼓桥头造大宅，后门相对落坛墩。（抄本《神歌》）

查阅《青浦县志》，在今上海青浦区的重固镇确有一个地方叫骆驼墩，而且在这里还有明代万历年间建的猛将庙！"北横京"或"北横经"实际上应该是"北横泾"，只是两地间隔30多华里，重固在今天的虹桥机场西侧，北横泾在虹桥南侧。无论如何，这些口头叙事告诉我，太湖中的东山岛猛将信仰与上海青浦的猛将信仰是可能存在着某种联系的，也就是两地的人群是有某种联系的，甚至这种联系是通过水路建立的。

江南与刘猛将相关的宝卷和神歌很多，版本也各不相同。其中有一个版本讲到刘猛将父亲刘三官入赘包家，由于这个地方不许赘婿，岳父的儿子让刘三官分家，分家后岳父给他五十两银子，让他去做买卖。不同文本提到刘猛将父亲的时候都会讲他是赘婿。这正是渔民生活的写照。关于水上人的婚姻困境和他们通过姻亲关系形成特别的社会关系，我在另文中有所涉及，其中也谈到了民国时期对水上人进行社会调查和现在的田野调查材料。[①] 元明之际东山族谱里面关于赘婿的记录也不少，比如明代中叶东山王鏊的家族，他的祖先从元代到明代前期有十几代人，每一代都有一些人做赘婿，也有外姓入赘到他们王家的记录。这些人入赘以后又归宗，因此被记载在族谱里，所以我猜测这是水上人与岸上人建立关系，从而逐渐上岸的一种方式。无论是宝卷、神歌里的这些内容，还是族谱中的有关记载，人们一般不太注意，但把这些材料和田野调查结合起来，就会觉得这不是随口一说或没有特别意义的记录。

各种《猛将宝卷》的主要情节都是讲一个姓刘的人，住在松江上海县，因为其妻几年不怀孕而跑去松江的庙里求神，天神决定送一个孩子给他们，小孩就是后来的刘猛将。刘猛将五六岁时母亲去世，父亲又续娶了一个后妈，后妈虐待他，趁观潮的时候把他推到水里淹死（也有的说是他父亲被后妻怂恿把他推进海里）。尸体顺着水漂，漂到他外公家，但又受到舅妈的歧视和虐待，让他养鸭、放鹅、养羊、养牛等，后随着外公的漕船运粮进京，然后揭了皇榜灭蝗，被天帝封神。宝卷往往是通过一个大家熟悉的故事，讲善恶有报，劝导人们行善，这说明士大夫的意识形态渗透进了故事的主要情节，但往往在细节的碎片里体现出民间口头叙事的特征，这些细节碎片比起主干情节可能更具非虚构性。

一个是故事里的细节与水的关系。刘猛将是被害死在水里的，是浮尸，然后顺水漂到外婆家；他外公造漕船也与水有关系，故事讲漕船造好却开不动，刘猛将用他的神通法术让船开动，但在这个过程中他不小心头碰到船上，流了血，所以现在很多猛将神像的头上都系着一条红色的带子。江南漕粮的问题是明清史上的大问题，特别是漕帮水手暂居的庵堂，在清代曾因罗教的原因被多次清查，后来也一直成为民间宣卷（即宣讲宝卷）的场所，至今参与莲泗荡刘王会的渔民也多会提到明清漕运的事情，

[①] 赵世瑜《新江南史：从离散社会到整合社会——以洞庭东山为中心》，《清华大学学报（哲学社会科学版）》2021年第2期。

所以刘猛将信仰可能也与清末漕运停罢后水手失业的情境有关系。因此我认为，刘猛将是江南水上人的神。

另一个是故事里关于时间的细节。我以前关于传说的研究中曾经提到，对民间口头叙事的研究难在"定时"，因为那些文本的内容是不断层累而成的，但如果不尝试进行定时的工作，我们就难以用这些材料去说明历史。前面提到宝卷中都说刘猛将的家在松江府上海县骆驼墩，也提到骆驼墩是在现在的青浦。松江府是元朝至元十五年（1278年）由华亭府改称而来，到至元二十七年（1290年）朝廷把松江府下辖的华亭县的一部分划出来建立了上海县，所以，松江府和上海县这两个建制都是到元代才出现，而把松江府和上海县两个词连用，必然是至元二十七年（1290年）以后。那为什么宝卷上说是上海县而不是青浦县？因为青浦县是到了明嘉靖二十一年（1542年）才从华亭和上海两县当中分出来的一个新县，这说明宝卷叙事里讲到的"松江府上海县骆驼墩"一定是明朝嘉靖二十一年（1542年）以前出现的概念，否则就该说成"松江府青浦县骆驼墩"了。所以，不管宝卷本身是什么年代创作出来的，作为其来源的民间口头叙事保留下来的记忆就应该是从元朝至元年间到明朝嘉靖年间之间的一段历史。虽然我们可以怀疑民间口头叙事是否具有这么清晰的历史理性，但也很难解释为什么老百姓这样讲而不那样讲这个地点。因此，结合其他文献资料，我大致认为，从元前期到明中叶的200多年，虽不一定是刘猛将故事或信仰产生的时期，但却是信奉刘猛将的水上人大批上岸的重要历史节点。

第三个是故事中的生活细节。如果从文学的角度说，民间口头叙事中的许多生活细节与故事主要情节看似无关，只对故事主线起着烘托、辅助的作用。前面提到刘猛将被派去放鸭、放鹅等，这是水乡湖荡的重要副业。水上人上岸开垦圩田，不是立刻就能有收获物的，即使开垦出来也会经常被水淹掉，还有的在岛上经营果树、茶树、桑树的栽培，养鸭、养鹅是非常重要的生计补充。这也是为什么我说要从生活世界出发，因为不了解这里的生计模式，宝卷、神歌里的生活细节内容就会被研究者错失。注意到了文本中关于生活细节的描写，研究者才会知道文本描写的是哪些人的生活细节，才会意识到，这些生活的内容在宝卷、神歌和渔歌中经常不断重复，听起来好像很啰嗦，很重复，但这就是在讲述、歌唱什么是生活，传统的生活就是这样一日复一日地平淡重复。

宝卷、神歌现在大多是岸上人的仪式歌，但几百年前是不是这样，就需要研究。吴江区的地方文史工作者张舫澜等人记录和编辑了一本《太湖渔歌》[1]，其中有不少都是仪式歌，但却是水上人唱的，是水上人的仪式歌，比如徐家公门老兴隆社的《祭神仪式歌》《徐家公门扬歌》等，也有几个比较长篇的都是唱刘猛将故事的，只不过称刘猛将为刘官宝。所以岸上人的仪式歌（宝卷、神歌）与水上人的仪式歌（渔歌）有怎样的渊源关系？前者在清代甚至晚明就有了文字文本，而后者直到晚近还只是口头的文本，近几年才逐渐有人记录，是不是就说明前者一定更早？也不一定。因为明清时期未必有人去记录水上人的口头传统。

与宝卷相比，《太湖渔歌》中的《刘官宝》即刘猛将故事有很多相似的情节内容，比如讲刘猛将的父亲刘三官原来是个商人，做一些黄豆或者米的生意，到包家村上岸居住；也讲到八月十八发潮水的时候，父亲把刘官宝骗去看潮水，然后把他推到水里，刘官宝变成一个小浮尸顺着水漂（"别人家小小个浮尸顺风顺水滔滔行，那刘家里向出着么一个怪妖精，小小个浮尸逆风逆水滔滔行，马公桥落水扬歌就算第三格段哎"[2]）。宝卷虽然也透露出不少民间的内容，但被文人改造的痕迹还是清晰可见，而渔歌则带有非常强烈的民间口头叙事色彩，这也是与不同时代的记录者的观念不同有关。

《刘官宝》渔歌和宝卷之间的第一个区别在于，渔歌是口头演唱直接

---

[1] 金健康、孙俊良、查旭东主编《太湖渔歌》，上海文艺出版社，2014年。
[2] 金健康、孙俊良、查旭东主编《太湖渔歌》，上海文艺出版社，2014年，第182、228页。

记录本，宝卷是已经成为文字的作品，是讲唱文学或者宣卷的一个底本；第二个区别是渔歌保留的内容有较多生活化的元素，基本上很少有宝卷中大量的与儒、释、道有关的道德说教内容；第三个区别是《刘官宝》的情节比宝卷的简单，但在每一个情节主题里细节的描写更多，每件事情都掰开揉碎来讲，每一个主题都特别长，里面神话的内容特别少，所以它并不是想讲一个跌宕起伏的传奇故事，或者是要进行道德说教，好像既缺乏强烈的"文学性"，也缺乏深刻的"思想性"，更多的是生活当中遇到的日常琐事，所以更具生活性或民间性。

《太湖渔歌》里收了好几个长短不同的猛将故事，其中一个讲上天王成神的道路要经过四十九个接官亭，文武百官接大人到青龙江立庙场（"那么个上天王么历代到如今，经过四十九个接官亭，文武百官接大人到莲三莲泗荡，青龙江立庙扬歌么一格段哎"[1]）。青龙镇在北宋时就是一个海商荟萃、非常繁华的大港口，到元代海船就已经进不来了，明嘉靖时青龙江被视为"沟浍"。渔歌中提到这里建了刘猛将的庙，但今天这个地方已经没有大面积的水面了，因为距离今天重固镇很近，所以我怀疑就是指重固的刘猛将庙。莲泗荡的刘猛将庙和渔民的仪式活动至今还在，所以"青龙江立庙"也可能不是无稽之谈。还有《北雪泾》，据说讲的是历史上的真事，发生在更北的苏州相城区，在漕湖和阳澄湖附近。这个故事讲两个渔民怎么被杀，变成落水的浮尸。他们要摸两年零六十天的螺蛳才能上岸，亲人就先后去向神求情，最后求到观音那里，观音出主意说："你得去拜刘猛将。"[2] 这表明刘猛将是江南渔民最认可的神灵之一。

---

[1] 金健康、孙俊良、查旭东主编《太湖渔歌》，上海文艺出版社，2014年，第228、36—57页。
[2] 金健康、孙俊良、查旭东主编《太湖渔歌》，上海文艺出版社，2014年，第228、36—57页。

结语

渔歌和宝卷、神歌在某种意义上恰好呈现出从口头叙事向文字文本的转变过程，这个过程是和水上人上岸定居、刘猛将成为灭蝗的社神是一致的。当然，这个过程是复杂的，也不是线性的。这个过程是从离散社会逐渐向整合社会的过渡，经历了至少上千年或者更长时间，是江南社会在整体上都走过的一条路。本文的目的并非勾勒出这个过程的基本脉络，而是意欲表明，在试图勾勒此过程脉络的过程中，民间口头叙事具有特别重要的意义，它提示给我们的诸多线索，远远超过文学研究所要做的。[①]

学生互动摘要

赵世瑜教授的演讲结束后，同学们针对"水上人"的范围、水上人与岸上人的信仰互动过程、水上人求神的具体内容及其与日常生活的关系等问题进行了提问。有同学提问，常年在水中劳作的岸民能否算"水上人"，有无可能水上人的刘猛将信仰是受到岸上居民信仰影响的，或者说江南地区的刘猛将信仰其实是一个水陆同构的过程。赵老师认为，"水上人"是一个广义的概念，应该包含船上人及在岸边棚居的人，这个概念是共时性、结构性的讲法，但应该放到历时性过程中去看待这个问题。关于水上人的信仰受岸上人影响的猜测，赵老师认为完全有可能，他还补充说靠近水边的刘猛将庙与岸上的刘猛将庙举行活动的时间有所不同，其背后也折射出人们的生计慢慢向农业转变的过程。另有同学提出，水上人对神灵有没有具体的祈求，这与其日常生活有无关系。赵老师回答，渔民祈求的内容与岸民有相当的共性，人们可以祈求各种事务，但也有一些

[①] 类似的看法在笔者的另一篇论文《唐传奇〈柳毅传〉的历史人类学解读》中也有所体现，《民俗研究》2021年第1期。

具体的分工。

  2020年10月29日，同学们又围绕讲座内容展开了评议与讨论。主持人裘兆远从何为"水上人"、如何理解"刘猛将是水上人的神"两个方面，对赵世瑜教授的观点予以回应与反思。对于何为"水上人"，他在肯定赵老师观点的前提下，提出应对"水上人"做更为细致的分类，如水上商人、运输人员及渔民等在身份、心态、需求、认同等方面都有较大差异，若能依据文献材料对太湖流域渔民的祖籍进行溯源或过程深描，或许能够更清晰地勾勒各类水上人的生活状态。赵老师后来对此有所回应，认为诸多细节问题因材料的局限性，已经难以复原，我们可以通过当代的做法来部分理解历史，但却不能用当代"大片成陆"的现实去直接认识历史。裘兆远认为，赵老师强调刘猛将是水上人的神，但其也有可能受岸民影响，或存在水陆同构的过程；赵老师后来回应此问题不能依靠文献记载解决，因为水上人是没有自己文献的，可见的文献几乎都是岸上人所做。最后，裘兆远总结了刘猛将在江南信仰体系中充当的角色，并肯定了赵老师"在空间中理解时间"的学术思路。

  在讨论环节，首先，同学们讨论了在研究过程中是否能够预设结论的问题，有的同学认为预设对学术研究的经验及材料积累的要求很高，也有同学提出我们可以通过展示多样性来呈现结论；接着，同学们提及水上人的文献记录问题，只靠文献记录来判断岸上人与水上人的刘猛将信仰产生时间，具有一定的片面性；渔民的生活被文献材料记录较少，一方面因为其具有流动性，一方面因为岸民对渔民的生活不屑于记录；刘猛将庙与土地庙不同，主要充当社神功能。接着，有同学问起江南和江北的百姓间是否存在地域歧视，裘兆远则用"职业标签"和"地域标签"来展开说明。最后，大家以刘猛将父亲的叙事情节为例，讨论了仪式活动与叙事文本之间的关系，提出叙事文本的形态主要取决于仪式活动的形态。另外仪式文本的功能导向是最重要的，功能性大于写实性，这些在仪式活动中使用的文本在多大程度上可以看作历史叙事仍然是值得讨论的。

（摘要撰写人　张佳伟）

南北民间宝卷同源异流关系探微

尚丽新

编者按：2020年11月12日，山西大学文学院尚丽新教授以"南北民间宝卷同源异流关系探微"为题，为北京大学中文系民间文学专业的同学们做了讲座并展开交流。

自20世纪二三十年代以来，宝卷作为研究对象逐渐受到越来越多的关注。然而，关于宝卷内部差异的研究，学者们往往仅限于历时层面的考察，其他研究视角相对稀缺。在《中国宝卷研究》一书中，车锡伦先生基于丰富的阅卷经验和大量的田野调查，曾敏锐地指出南北宝卷的差异是一个值得深入探讨的话题。遗憾的是，至今鲜有学者在车锡伦先生的基础上对南北宝卷的差异进行更深入的阐释。作为在北方民间宝卷研究领域卓有建树的一位学者，尚丽新教授近年来开始关注这一话题，并在本次讲座中分享了她的最新思考。在清晰界定民间宝卷的概念内涵并阐明南北宝卷的分布范围后，尚丽新教授从宗教背景、地域文化和发展契机三个角度探讨了民间宝卷的南北差异问题，总结指出南北民间宝卷之间存在同源异流的关系。

民间宝卷指明末清初到近现代产生的大量没有宗教归属，却带有民间信仰特色的宝卷。[①]从明末清初起，宣卷已经不再限定在佛教和民间教派的法事活动之中，而是流布于南北各地民间社会之中，满足民众日常信仰生活的需求。从背景和起源上来说，南北民间宝卷是相同的，都是从宗教的控制中解脱出来；从性质和功能上来看，它们从服务宗教信仰转向服务民间信仰后，不再具有典型的宗教性，其功能集中于民间信仰、教化、娱乐之上。不过，南北民间宝卷的差异显而易见。二者发展演变的轨迹不同，文本形式和表演形式也不同，在南北民间信仰中的地位亦有差别。可以说，南北民间宝卷是相同的背景下同质异形的两种事物，对二者同源异流关系的探讨有助于解决宝卷发展史上一些疑难问题，从而更好地认识宝卷发展变迁的规律，同时对于区域民间信仰的研究也有一定的启发。

在探讨南北民间宝卷同源异流关系之前，首先需要说明的是宝卷的"南北"问题。北方宝卷所流布的地区包括河北、山西、山东、陕西、甘肃、青海。至今尚存有活态表演的地区有：河北的易县、涞水、南宫等地，山西的介休、永济、吉县，甘肃的河西走廊、洮岷地区，青海东部河湟地区。南方宝卷流布于江苏、浙江、江西、湖北、湖南、福建、广西等地。其中以环太湖流域为中心地带的吴语区最为典型，吴语区的宣卷活动至今仍非常活跃；而其他地区仅有少量宝卷文本存在，源流演变情况尚模糊不清。因此本文中的南方宝卷实指吴语区的宝卷。

下文选择宗教背景、地域文化、发展契机三个角度来探讨南北民间宝卷的同源异流关系。这是因为：首先，南北民间宝卷的差异从产生之初即已形成，这种差异的根源在于二者的宗教背景；其次，造成南北民间宝卷同质异形最重要的原因是地域文化的差异；再次，除了宗教背景、地域文化这两种必然因素之外，南北民间宝卷演变过程中的偶然因素对二者同

---

① 车锡伦《中国民间宝卷文献集成·总序》对民间宝卷的概念形成、地域性、历史累积性、与民间信仰的关系、分类与内容等问题进行了详尽的探讨。"总序"载车锡伦主编，钱铁民分卷主编《中国民间宝卷文献集成·江苏无锡卷》（第一册），商务印书馆，2014年，第5—30页。

源异流也有一定的影响。

一、不同宗教背景对南北民间宝卷同源异流的影响

从宝卷的发展史来说，宝卷的演化经历了佛教宝卷、教派宝卷、民间宝卷三个时期，这三个时期既是历时的，也是共时的。也就是说，当教派宝卷出现时，佛教宝卷仍然存在；当民间宝卷产生之后，佛教宝卷和教派宝卷仍然与之同时共存。从历时的角度来说，民间宝卷是承接宗教宝卷而来的；从共时性的角度来说，民间宝卷仍与佛教宝卷和教派宝卷处于同一时空。可以说，不管从源头上，还是从发展演变上，民间宝卷与宗教宝卷的关系都至为密切。因此，首要的问题就是探讨不同宗教背景对南北民间宝卷同源异流的影响。

（一）民间教派对北方民间宝卷的影响

从明中叶到清康熙年间，民间教派极为活跃，尤其兴盛于以华北为中心的北方地区。民间宗教家编制了大量的教派宝卷；虽然此前的佛教故事宝卷继承了佛教以故事化俗的传统，但明中叶兴起的这些民间教派并不看重用故事的方式传教，绝大多数的教派宝卷都重在阐释教理教义。不过，尽管传世的教派化的故事宝卷屈指可数，北方的民间宗教家还是改编了少量的当时流行的俗文学故事、民间传说以及佛教故事宝卷，诸如明万历年间的《黄氏女宝卷》[1]、明嘉靖之后的《佛说杨氏鬼绣红罗化仙哥宝

---

[1] 《金瓶梅词话》第七十四回，薛姑子为吴月娘等宣演的《黄氏女宝卷》已非原来的佛教宝卷，而是经过民间教派人士改编的。学界一般认可《金瓶梅词话》成书于万历年间，由此可证教派改编的《黄氏女宝卷》在万历年间已流行开来。

卷》①、周绍良先生判断其为明末的《佛说王忠庆大失散手巾宝卷》②，康熙三十七年（1697年）甘肃张掖刊刻的《敕封平天仙姑宝卷》，以及傅惜华先生原藏的清康熙年间金陵荣盛堂所刻的《佛说张世登大失散宝卷》《太上三清白马宝卷》《佛说贞烈贤孝孟姜女长城宝卷》《唐王游地府李翠莲还魂宝卷》。从改编来源上说，《黄氏女宝卷》改编自佛教故事宝卷，《佛说杨氏鬼绣红罗化仙哥宝卷》《佛说王忠庆大失散手巾宝卷》《佛说张世登大失散宝卷》《太上三清白马宝卷》《唐王游地府李翠莲还魂宝卷》应改编自当时流行的世俗家庭伦理故事，《敕封平天仙姑宝卷》据张掖当地崇奉的女神平天仙姑的传说改编，《佛说贞烈贤孝孟姜女长城宝卷》（即《销释孟姜忠烈贞节贤良宝卷》）是黄天教或弘阳教的教徒据孟姜女传说改编。这些宝卷使用了教派宝卷的文本形式，与正规的教派宝卷在形式上别无二致。这些宝卷或被加入少量宗教说词以宣扬民间教派的修行观念，比如《佛说杨氏鬼绣红罗化仙哥宝卷》"绣的灵山会上佛祖母、无生老母自从失散，不得见面，时时盼望大地男女早早归家，怕的是三灾临至，坠落灵

---

① 《佛说杨氏鬼绣红罗化仙哥宝卷》，今藏山西博物院，学界对其产生时间争议较大。马西沙先生从目录前后的题识"至元庚寅新刻""崇祯元年岁次壬申长至日"判断它是编写于金代，刊刻于元代的最早的宝卷（马西沙《最早一部宝卷的研究》，《世界宗教研究》1986年第1期，第59页）。车锡伦先生在《宝卷漫录·〈佛说杨氏鬼绣红罗化仙哥宝卷〉》指出题识中的"金陵聚宝门"是明初朱元璋所建南京新城之"京城"十三门之一，且卷中出现的无生老母、"回向南无一乘宗无量意（义）真空妙有如来救苦经"表明它已经过明代中叶后的民间教派人士改编（车锡伦《中国宝卷研究》，广西师范大学出版社，2009年，第514—515页）。马西沙先生在《中华珍本宝卷》的前言中仍坚持它是现存最早的宝卷，不过"应是金代崇庆元年初刻，元代至元庚寅新刻，其后在明代改本"（马西沙主编《中华珍本宝卷（第一辑）》第1册，社会科学文献出版社，2012年，第3—4页）。不管怎么说，从卷中出现的民间宗教的说词来看，这部宝卷在明嘉靖时或稍后被民间教派改编是毫无疑问的。
② 周绍良先生认为卷末的"回向南无三（一）乘宗无量意真宗（空）妙有好（如）来救苦经"是明代宝卷的特殊标志，所以它应该是一部明代宝卷（周绍良《记明代新兴宗教的几本宝卷》，《中国文化》1990年第2期，第26页）。车锡伦先生据卷中王天禄杀退后金兵将的描写进一步推断其产生于明代："清初政府对历史上宋、金对立的战争的记述，特别注意，是一个十分敏感的话题。因此，这本宝卷中插进的以金兵为'反贼''贼寇''征伐金兵'的描述，不可能出现在清代初年。"（车锡伦《中国宝卷研究》，广西师范大学出版社，2009年，第532页）

光，八十一（亿）劫，永不见娘生面目"①；或通篇宣传宗教教义和修持方式，比如《佛说贞烈贤孝孟姜女长城宝卷》以孟姜女长城寻夫的过程来隐喻修行得道之途径。值得注意的是，这些宝卷从明中后期起一直流传于北方各地，虽在不同地域但仍顽固保留着教派宝卷的一些形式特征和某些标志性情节，与吴语区的同题宝卷源流各异。究其原因，自然离不开教派传教的强大力量，很明显这些教派化的故事宝卷是随着教团在北方传教而传播各地的。康熙末年，民间教派受到统治阶级的镇压，教派活动转入地下，没有明确教派归属的民间宝卷兴起，上述这些教派化的故事宝卷迅速删去民间宗教的说辞，转化为民间宝卷，成为最早的一批故事型的北方民间宝卷。之所以能发生这种转化是因为尽管这些宝卷披上了教派的神秘外衣，但它们以讲故事为主的浓郁的世俗色彩、牢固的民间信仰的根柢是无法遮掩的。这些被教派改编的故事宝卷恰恰是从教派宝卷向民间宝卷演化的中间环节，在一定程度上勾勒出北方宝卷从教派宝卷向民间宝卷演化的轨迹。

不仅这些教派化的故事宝卷在转化为民间宝卷后相当长的时间里都或多或少地保持着教派宝卷的形式，而且整个北方民间宝卷都受到教派宝卷形式的深刻影响。其实，准确地说，这里的教派宝卷形式应确指北方教派宝卷的主流形式。这种形式承接佛教宝卷而来，但较之佛教宝卷形式更为规整繁复，且在每一分（或每一品）的开头或结尾处必唱小曲。其正文中的每一分（或每一品）一般有六个部分：小曲（或在结尾处），白文散说，五（或七）言歌赞，七（或十）字句唱词，格律严整的长短句歌赞，五（或七）言歌赞。这种形式在黄天教和弘阳教中尤其流行。这种形式在北方民间宝卷中得到顽固保留，在嘉庆之前是北方民间宝卷的主流形式，直到嘉道年间才开始发生变异，逐渐由繁趋简。小曲和格律严整的长短句歌赞最先被抛弃，五（或七）言歌赞也随后被淘汰，最后只剩下白文散说

---

① 马西沙主编《中华珍本宝卷（第一辑）》第7册，社会科学文献出版社，2012年，第208页。

和七（或十）字句唱词。[①] 当然，这仅是整体发展趋势，河西走廊的民间宝卷一直保留着五（或七）言歌赞，直至清末乃至民国时期的个别宝卷仍完整地保留着教派宝卷的形式。而且，教派的影响不仅表现在形式上；在北方这样辽阔的地域范围内，不同地域的民间宝卷却有着同源同流的关系，例如北方宝卷系统（不管是河北、山西，还是甘肃）的孟姜女故事宝卷均源出《销释孟姜忠烈贞节贤良宝卷》。车锡伦先生已证明甘肃的民间宝卷与内地民间宝卷有着同源同流的关系，[②] 这也说明教派传教是促成北方民间宝卷从华北到西北跨地域传播的一个重要因素。

教派对北方民间宝卷的影响至深，明中叶到康熙年间，教派化的故事宝卷演化为早期北方民间宝卷，展现了从教派宝卷到民间宝卷的演化轨迹，教派宝卷规整而繁杂的文本形式对北方民间宝卷造成较为持久的影响，同时教派活动也促成了部分北方民间宝卷从华北到西北的跨地域传播。虽然教派的势力在北方由显而隐，但在受到打压之后仍在一定程度上左右着北方民间宝卷的发展。

（二）佛教和民间教派对吴语区民间宝卷的影响

从明中叶到康熙年间，教派的影响遍及全国，吴语区的宝卷当然不可能不受教派的影响。但令人奇怪的是，在这一时期，吴语区的故事宝卷是一片空白，不管是佛教故事宝卷，还是教派化的故事宝卷都没发现传世文本。[③] 虽然北方教派化的故事宝卷诸如《佛说杨氏鬼绣红罗化仙哥宝卷》《佛说王忠庆大失散手巾宝卷》《佛说张世登大失散宝卷》《太上三清白马宝卷》《佛说贞烈贤孝孟姜女长城宝卷》《唐王游地府李翠莲还魂宝卷》也

[①] 详细论述参尚丽新、车锡伦《北方民间宝卷研究》第二章"北方民间宝卷形式的变迁"。（尚丽新、车锡伦《北方民间宝卷研究》，商务印书馆，2015年，第46—74页）
[②] 车锡伦《中国宝卷研究》，广西师范大学出版社，2009年，第275页。
[③] 今存吴语区最早的宝卷并不是康熙二年（1663年）黄友梅抄本《猛将宝卷》，车锡伦先生一直对其持怀疑态度。（车锡伦《中国宝卷研究》，广西师范大学出版社，2009年，第209页）

可以在吴语区的民间宝卷中找到相对应的故事宝卷，但可以肯定南北二者源流各异，形式不同，且吴语区的相关宝卷均无教派影响痕迹，现存版本都是嘉庆之后的了。与《佛说杨氏鬼绣红罗化仙哥宝卷》演述相同故事的《红罗宝卷》今存最早的版本是道光九年（1829年）抄本，二者情节相似，但故事时间地点、人物姓名均有变异。与《佛说王忠庆大失散手巾宝卷》相对应的是《斋僧宝卷》，最早的版本是道光四年（1824年）抄本，情节有异。《佛说张世登大失散宝卷》与靖江《土地宝卷》仅是对同一故事题材的不同演述，源出不同，二者之间毫无瓜葛。情况相似的还有《太上三清白马宝卷》与《大富宝卷》、《佛说贞烈贤孝孟姜女长城宝卷二卷》与《孟姜女宝卷》、《唐王游地府李翠莲还魂宝卷》与《翠莲宝卷》。可以肯定，吴语区的这些宝卷没有受到北方那几种教派化的故事宝卷的影响，它们是根据当地流行的同类故事改编的，它们的产生时间也比北方的教派化的故事宝卷要晚很多。上文提到傅惜华先生原藏清康熙年间的《佛说张世登大失散宝卷》等四种北方宝卷虽刊刻于金陵，但对吴语区的民间宝卷没有产生任何影响，它们极可能是某个教派的势力扩张到了长江下游地区后的产物。

明代嘉靖、万历年间吴语区已有民间宣卷，此点文献可征。[①] 今存最早的吴语区民间宝卷是越南本《香山宝卷》，它刊刻于后黎朝景兴三十三年（1772年），刊刻时间比清乾隆三十八年（1773年）杭州昭庆大字经房刊本《香山宝卷》早了一年。越南本《香山宝卷》是嘉兴府楞严寺本的翻刻本，那么楞严寺本初刻于何时？严艳推论："虽然未知其底本的具体刊刻年代，但从嘉兴府楞严寺在明代刊印有多本经书来看，安南本所据的底本可能也是此时期刊刻。"[②] 这个推论有一定的道理，当然还需要更多的证据。更值得重视的是越南本《香山宝卷》的文本形式，虽未分品（分），但自成段落，每一段落都是先引一段《妙法莲华经观世音菩萨普

---

① 车锡伦《中国宝卷研究》，广西师范大学出版社，2009年，第367—368页。
② 严艳《〈香山宝卷〉在越南的传播及流变》，《国际汉学》2020年第1期，第160页。

门品》的经文，然后再以白文散说—五言歌赞—七字句唱词—格律严整的长短句歌赞—五言歌赞来讲述妙善修行的故事。这种形式全同于南宋末年的佛教宝卷《销释金刚科仪》，这表明越南本《香山宝卷》是源出佛教宝卷。而乾隆本《香山宝卷》中《妙法莲华经观世音菩萨普门品》已经消失了，显然其间经历了一个从佛教宝卷向民间宝卷演化的过程。吴语区佛教信仰浓厚，经房林立，大约吴语区民间宝卷演化的主流方向是从佛教宝卷演化为民间宝卷。从明末到康熙年间，吴语区肯定也有早期的故事宝卷存在，不过应以佛教宝卷的形式存在，而且这些宝卷可能并未受到公私刊刻机构的重视，仅以抄本的形式流传。由于抄本往往是用旧之后就被淘汰，新旧更替较频繁，所以乾隆之前的吴语区早期宝卷就不见踪迹了。

与佛教相比，民间教派对吴语区民间宝卷的影响较小。目前所见的吴语区的民间宝卷没有一部使用北方教派宝卷形式，尤其是北方教派宝卷热衷的在每一分（或每一品）的开头或结尾处唱小曲，这在吴语区的教派宝卷和民间宝卷中都没有出现过，究其原因应是南北音乐传统和音乐资源的不同。较之北方民间宝卷，吴语区民间宝卷的形式更为自由。虽然在形式上不受教派宝卷的影响，吴语区的民间宝卷也留下了教派信仰的痕迹，但不像北方民间宝卷那样明显而深刻，它是隐约而零星的。例如，靖江《灶君宝卷》的上册在无极老祖开天辟地等故事中夹杂着灶神陈氏老母的故事，"三劫人伦""无极老祖""罗公"等教派术语频频出现。[①] 再如常熟冥事活动中使用的《大乘指路宝卷》《还源地狱宝卷》本是教派宝卷，但已被世俗化，服务于世俗信仰。

总之，早期的北方民间宝卷多承自教派宝卷，早期的南方民间宝卷多承自佛教宝卷。正是不同的宗教文化背景导致南北民间宝卷不同的演变轨迹。

---

① 尤红主编《中国靖江宝卷》（上册），江苏文艺出版社，2007年，第684、686、687、693、709、714页。

二、区域文化差异对南北民间宝卷同源异流的影响

北方民间宝卷流布的范围是一个大区域，包括了长江以北的大部分地区，其间各个小区域内的地域文化自然是各自不同。南方宝卷的流布区域实际上仅指吴语区，且吴语区中又集中于环太湖流域。这一大一小两个区域，不存在南北文化差异是不可能的。这种文化差异决定了南北民间宝卷的同质异形。以下即从南北两地的民间信仰环境、民间音乐资源、民间叙事习惯进行分析。

（一）南北民间信仰的差异

在环太湖流域这个小的区域范围之内，民间信仰是相对稳定的，其神灵系统是基本一致的。而且，在环太湖流域这个小区域范围之内，讲经宣卷是民间信仰最主要的承载方式。所以在吴语区的民间宝卷中出现了一个完整的神灵系统。纳入其中的神灵极为庞杂，例如常熟宝卷中的神灵既有经过官方认可的较正规的三教神，也有民间信仰的各种杂神。诸如释迦佛、观音、地藏、目连、弥陀佛、弥勒佛、韦驮菩萨、济公、玉皇大帝、王母娘娘、祖师（真武帝君）、东岳大帝黄飞虎、碧霞元君、三官、吕纯阳、二郎神、各路城隍、关帝、太阳、地母、土皇、各路土地、白龙神、灶皇、六神、门神、药王、药师、瘟部使者、路神、鲁班、太姥、五圣灵公等。由各种神灵宝卷构建的这个庞杂的神灵系统，其功能是满足当地民众信仰方方面面的需求。故而吴语区的民间宝卷凡圣分明，圣者用于重要仪式场合，凡者用于仪式间隙的娱乐休闲，神灵宝卷自然属于前者。例如，靖江宝卷将神灵宝卷称为"圣卷"，将世俗宝卷称为"草卷"或"小卷"；常熟的神灵宝卷分为"素卷""荤卷""冥卷"三类，世俗宝卷则被称为"闲卷"。圣者为民间信仰而生，是吴语区民间宝卷的灵魂，只要民间信仰中有新需求，就能在宝卷中造出新神，这也是吴语区民间宝卷中的这类造神运动迄今仍未停止的原因。吴语区的神灵宝卷可以更确切地称为

"神灵故事宝卷"，这些神灵宝卷大约除了植根于民间之外还继承了佛教故事宝卷的传统，用讲故事的方式来造神，且通常是用世俗的离合悲欢故事来构架一个修行得道故事。所以，同样的故事，在北方属于世俗故事宝卷，在吴语区中就变成了神灵故事宝卷。比如，北方讲述后母虐子的《佛说张世登宝卷》到了靖江就变成解释土地神来历的《土地宝卷》；北方讲述玉帝四女儿下凡婚配的《张四姐大闹东京宝卷》到了靖江就变成解释月神来历的《月宫宝卷》。这种"凡圣同构"的造神方式非常符合民众的接受心理，也是典型的民间信仰的特色。此外，吴语区的神灵宝卷体现着当地民间神灵的信仰特色和地域文化特色，诸如商业发达促成财神信仰和财神宝卷的极度繁荣，淫祀、巫文化传统之下出现的太姥、五圣灵公之类特殊的神灵。这些在北方宝卷中都是不曾出现的。

  北方宝卷里的重要神灵基本上存在于教派宝卷中，教派宝卷造神的特点是为了传教的需要，并不以服务民间信仰为目的。北方教派宝卷的造神有两种：一种是重塑教派神宣传教理教义（像《承天效法后土皇帝道源度生宝卷》《销释白衣观音菩萨送婴儿下生宝卷》《灵应泰山娘娘宝卷》《护国佑民伏魔宝卷》等），另一种是改编整合地方神（比如《平天仙姑宝卷》《空王佛宝卷》）以传教。以第一种为最多，第二种的故事性稍强。但总体上北方的教派神灵宝卷都是淡化故事，强调灵验。它们吸取的故事元素都是别有用心的，存留在文本中的多是干巴巴的应验记式的故事。且教团人士对基层社会的控制和引导有一种使命感，宝卷中常常充斥着教条的劝世文。再者，教派对繁复的音乐和仪式的追求也对故事化造成了一定阻碍。这些因素都抑制着宝卷向故事化的方向发展。北方各教派造神并不统一，在北方宝卷中没有形成相对稳定的神灵谱系。实际上北方各地每个文化区域内都有当地的神灵体系，它们也很复杂，很系统，但基层社会的信仰功能不集中在宝卷里，道情、地方戏、各种曲艺等都会分担民间信仰的功能。尽管在一定的地域范围内，教派宝卷也曾制造出诸多神灵，但这些宝卷随着教派的盛衰而盛衰，并未深入当地民俗信仰生活之中。例如，河北易县马头村后山各庙也曾有过"一庙一卷"的盛况，后土神庙有《后土宝卷》，玉皇殿有《玉皇经》，龙王殿有《龙王卷》，救苦十王祠有《阎王卷》，关帝庙有《关爷卷》，白衣观音庙有《白衣卷》，太阳殿有《太阳卷》[1]，但如今除了《后土宝卷》，其他宝卷都徒有其名了。在尹虎彬的《河北民间后土地祇崇拜》一书中可以看到河北易县、涞水存在着三种不同形态的《后土宝卷》：易州韩家庄的《承天效法后土皇帝道源度生宝卷》，它是教派宝卷；洪崖山庙传《后土宝卷》，它介于教派宝卷与民间宝卷之间；涞水县南高洛村《后土宝卷》，它是仅具教派宝卷形式的民间宝卷。[2] 这三种《后土宝卷》也展现出北方宝卷从教派宝卷向民间宝卷演变的轨迹，同时也证明当功利的教派思想退出后，《后土宝卷》很快会变成以民间故事、传说为主的民间信仰型神灵故事宝卷，以满足当地民众普遍的信仰生活需要。北方的民间信仰型神灵故事宝卷并不发达，民间教派在其间起了非常微妙的作用。

在环太湖流域这个小区域范围之内，讲经宣卷是民间信仰最主要的承载方式，故此吴语区的民间宝卷与民间信仰高度结合，其神灵宝卷构建了一个完整的神灵系统，满足了当地民众的信仰需求。而神灵宝卷在北方并不发达，这并不是因为北方各地缺乏完整的民间神灵体系，而是因为北方各地基层社会的信仰功能并不集中在宝卷里。南北的民间信仰环境的不同决定了南北民间宝卷中神灵崇拜的差异。

（二）南北民间音乐文化的差异

不可否认，南北民间音乐的传统和资源是不同的。这种不同在佛教宝卷时期可能并不明显，因为佛教在南北各地发展比较均衡。但到了教派宝卷和民间宝卷时期，宝卷的表演形式发生了较大的变化，要从民间音乐

---

[1] 尹虎彬《河北民间后土地祇崇拜》，学苑出版社，2015年，第147、131—141页。
[2] 尹虎彬《河北民间后土地祇崇拜》，学苑出版社，2015年，第147、131—141页。

中汲取更多的养分,宝卷中南北民间音乐文化的差异也就凸显出来了。

教派音乐的传统对北方民间宝卷有一定的影响。明清大部分北方教派宝卷的每一分(品)必唱小曲,小曲是教派宝卷重要的音乐标识。小曲进入宝卷,显然是明代教派传教的需要。据明沈德符考证,"时尚小曲"元代时兴起于燕赵,明初流行于中原,到了明嘉靖、万历时期自两淮传播至江南,至此遍布南北。① 但实际上明清教派宝卷中的小曲不限于"时尚小曲"。车锡伦先生对明嘉靖至清康熙年间的 52 部宝卷中的小曲进行分析统计之后,② 指出这些小曲有四种来源——金元以来流传的佛曲、道曲,元明南北戏曲中的曲牌,民间说唱艺人的小曲,民间音乐会使用的曲牌。③ 这四种来源可以进一步概括成三个系统:一是正统宗教系统中的佛曲道调,二是官方乐户系统中的古老曲调,三是民间系统里的戏曲、说唱、时尚小曲、民歌等。当然最重要、最有代表性的是以"时尚小曲"为标志的民间系统的小曲。到了清康熙后期,教派宝卷开始衰落,民间宝卷兴起,在文本形式上有一个很典型的表现就是小曲或被抄落曲名,或者完全消失,到了道光年间北方民间宝卷的抄本上已经鲜见小曲了。但不可否认小曲的影响仍然存在。冀中音乐会的《后土宝卷》保存了一些乐户系统的古老曲牌;山西永济的道情艺人将宝卷中的教派小曲替换为道情曲牌;

---

① (明)沈德符《万历野获编》卷二十五"时尚小令":"元人小令,行于燕赵,后浸淫日盛。自宣正至成弘后,中原又行【锁南枝】【傍妆台】【山坡羊】之属。李崆峒先生初自庆阳徙居汴梁,闻之以为可继国风之后。何大复继至,亦酷爱之。今所传【泥捏人】及【鞋打卦】【熬狄髻】三阕,为三牌名之冠,故不虚也。自兹以后,又有【耍孩儿】【驻云飞】【醉太平】诸曲,然不如三曲之盛。嘉隆间,乃兴【闹五更】【寄生草】【罗江怨】【哭皇天】【干荷叶】【粉红莲】【桐城歌】【银纽丝】之属。自两淮以至江南,渐与词曲相远。不过写淫媟情态,略具抑扬而已。比年以来,又有【打枣竿】【挂枝儿】二曲,其腔调约略相似。则不问南北,不问男女,不问老幼良贱,人人习之,亦人人喜听之。以至刊布成帙,举世传诵,沁入心腑。其谱不知从何来,真可骇叹。又【山坡羊】者,李、何二公所喜,今南、北词俱有此名,但北方惟盛,爱数【山坡羊】。其曲宣大、辽东三镇传来。今京师妓女,惯以此充弦索北调,其语秽亵鄙浅,并桑濮之音。"〔(明)沈德符《万历野获编》,中华书局,1980 年,第 647 页〕
② 这 52 部宝卷大多数是北方教派宝卷。
③ 车锡伦《中国宝卷研究》,广西师范大学出版社,2009 年,第 172—175 页。

洮岷宝卷的文本上仍规整地存在小曲，虽然演唱方式极可能已经当地化。这些"活化石"在吴语区宝卷里是不存在的。漫长的历史积淀和丰富的音乐资源造成了北方民间宝卷在音乐上比吴语区的民间宝卷有更多的历史文化意蕴。

进入民间宝卷之后，民间音乐的使用更为灵活、更为活跃，在固定的部分唱小曲变成了更为随意的插唱小曲，所插唱的小曲仍是以"时尚小曲"为标志的民间系统小曲，这在南北宝卷中基本相同。【哭五更】【莲花落】在南北民间宝卷中均高频出现。山西永济宝卷使用了河东道情的曲牌和音乐，河西走廊的民间宝卷吸收当地的民歌曲调，洮岷宝卷则在整体演唱风格上都变成"花儿"的风格。吴语区的民间宝卷也是广泛地吸收当地的民歌元素，且发展成别具一格的"小卷"。再者，北方民间宝卷中多十字句唱词，吴语区的民间宝卷多七字句唱词，这也不是偶然而成。十字句唱词最早出现在元杂剧中，此后在明代成化年间说唱词话中有少量存在，直到《五部六册》里才开始大量使用。到了清代，十字句在梆子戏里极度繁荣，虽然尚未找到梆子戏里十字句和宝卷的十字句的渊源关系，但北方民间宝卷大量使用十字句极有可能是受到梆子戏十字句的影响。吴语区民间宝卷接续的是佛教宝卷的传统，佛教宝卷中没有十字句唱词，且吴语区的其他民间文艺的唱词也多为七字句，这样就造成吴语区民间宝卷七字句多而十字句少的结果。

在北方宽广辽阔的地域范围内，各个小区域范围内不同的音乐传统与音乐资源对北方民间宝卷造成了丰富的、深刻的、奇异的影响。吴语区宝卷地域范围相对集中，在音乐文化和音乐传统上各地较为趋同，受弹词、民歌时曲的影响；清末宣卷艺人流入苏州、上海、杭州之后得到了都市的音乐资源，受到弹词、滩簧等各种艺术的滋养。

（三）南北民间叙事的差异

从清道光年间到民国时期，南北民间宝卷进入高速发展期，产生了大量的世俗故事宝卷，其中诸多故事看似相同，比如南北均有《孟姜女宝卷》《翠莲宝卷》《何文秀宝卷》《赵五娘宝卷》等，但实际上这种"相同"仅意味着二者选择了相同的故事类型。南北民间世俗故事宝卷在故事来源、故事题材主题、故事模式上均有差异。

南北民间宝卷的故事来源是有差异的。北方世俗故事宝卷的来源有两个途径：一是传承教派流传下来的故事宝卷，例如由《销释孟姜忠烈贞节贤良宝卷》演化而来的《绣龙袍宝卷》；二是改编其他民间文类的故事，鼓词、道情、梆子戏、白话小说最受改编者的青睐。吴语区的故事宝卷则主要是改编其他民间文类，诸如弹词、地方戏、香火神书，等等。其中改编自弹词的卷本数量最多，《珍珠塔》《玉蜻蜓》《何文秀》等不一而足。南北民间宝卷中看似相同的故事题材，一般都有着不同的来源。以《李翠莲宝卷》为例，北方的李翠莲故事宝卷有从教派故事宝卷《唐王游地狱李翠莲上吊宝卷》发展而来的《刘全进瓜宝卷》，也有从道情或牌子曲改编而来的《佛说刘全进瓜李翠莲借尸还魂贤良宝卷》[①]；而吴语区的《翠莲宝卷》则据江淮神书《刘全进瓜》改编而来，二者的文体形式、遣词用语、情节细处基本一致。从南北民间宝卷的这种源出不一可以推测出二者之间并没有直接的相互影响，二者都遵循着就近取材的原则。

南北民间宝卷在故事题材的选择上有同有异。那些在全国范围内流行的修行故事、教化故事和俗文学故事，诸如《黄氏女宝卷》《回郎宝卷》《赵五娘宝卷》之类，它们是南北民间宝卷都热衷的题材。不过，吴语区民间宝卷能够接受的弹词中特别钟爱的一夫多妻大团圆故事不会出现在北方民间宝卷中；同样，北方民间宝卷中酷爱的鼓词、梆子戏中的金戈铁马的历史演义故事也鲜少出现在吴语区宝卷中。这种不同的选择反映出南北民间社会审美习惯和接受心理的差异。南北故事宝卷在主题上都明确地宣

---

① 尚丽新、孙书琦《北方李翠莲故事宝卷源流考》，《常熟理工学院学报》2020年第6期，第19—23页。

扬善恶报应，反复强调故事的教化意义，那些极度流行却偏离教化的世俗故事要想进入宝卷都必须经过矫正和净化。不过，吴语区民间宝卷在主题上更强调修行，北方民间宝卷则更强调教化。强调修行应该和佛教宝卷的传统有关，强调教化可能和北方基层社会以宝卷行教化之职有关。

南北世俗故事宝卷的故事模式有所不同。在结局上吴语区世俗故事宝卷喜用修行模式，北方世俗故事宝卷则偏爱升仙复位模式。修行模式通常是这样：经过一番跌宕起伏、历尽悲欢之后，主人公收获了世俗的荣华富贵，这时故事中的女主人公决意修行，然后带动全家修行，最终全家功果圆满、荣登极乐。这种模式其实是源自佛教女性修行故事宝卷，体现出佛教修行观念对吴语区宝卷的影响。而北方民间宝卷中更多的是在宝卷的结尾处亮出故事中各种人物的非凡来历，他们本是天上星宿下凡，现今历劫已满，各自升天复位。这种星宿下凡、升仙复位的模式让人联想到《水浒传》的三十六天罡、七十二地煞；不仅《水浒传》，明清通俗小说中也多有这种模式。显然这是深入人心的道教星宿信仰在文学艺术上的折射。北方民间宝卷的升仙复位显然也是源自道教星宿信仰。不同的信仰传统和信仰资源决定了南北民间宝卷艺术构思模式的不同。

可见，南北世俗故事宝卷在故事来源、题材主题、故事模式上的差异证明二者之间没有直接的相互影响，南北民间社会不同的文化环境中不同的审美习惯、信仰传统、教化模式造成了南北民间宝卷叙事的差异。

以上分析了南北的民间信仰、民间音乐、民间叙事的差异对南北民间宝卷的神灵崇拜、音乐形式、叙事模式造成的不同影响，可以肯定区域文化差异是造成南北民间宝卷同质异形的最主要的原因。

三、不同发展契机对南北民间宝卷同源异流的影响

民间社会的发展，有更多的偶然性，宝卷的发展亦如此。吴语区宝卷的城市化是个非常典型的偶然性案例。吴语区宝卷的城市化与其特殊的

历史有关。车锡伦认为："吴方言区民间宣卷的大发展是在清咸丰以后，具体地说是太平天国被清政府镇压之后。"[①] 太平天国运动结束以后，清政府在整肃思想的过程中查禁了大量的弹词，但为了满足民众的娱乐需求，弹词中的大批故事被移植到宝卷之中，这部分源出弹词的宝卷成为吴语区世俗故事宝卷中数量最多的一种，大大提高了当地民间宝卷的娱乐性和艺术性。同时，长江流域通商口岸的开放也促进了当地城市的发展，为吴语区宝卷的城市化提供了客观条件。随着宣卷人从乡村流入城市，吴语区宝卷的城市化也就开始了。

吴语区宝卷的城市化主要集中在上海、苏州、杭州、绍兴、宁波这些城市中，具体表现为商业化、娱乐化和时政化。宝卷出版业的繁荣是宝卷商业化的一个有力证据。清末民国期间，由于石印本宝卷能带来不小的商业利益，一大批宝卷被上海、宁波、杭州的石印书局，诸如文益书局、文元书局、惜阴书局等大量印售发行。据《中国宝卷总目》和孔夫子旧书网上的信息，可以统计出清末民国时期134种各个书局的石印本宝卷，其中绝大多数是世俗故事宝卷。这些发售全国的石印本宝卷是案头读物，它们与宣演的故事宝卷的关系类似拟话本与话本。丘慧莹女士称之为"拟宝卷"。[②] 与此同时，不少报纸杂志上也刊登各种新创宝卷，有戏谑型的《媛媛宝卷》[③]《希奇宝卷》[④]，有广告性质的《丁香牌香烟宣卷》[⑤]，更多的还是劝世型《烟鬼还魂宝卷》[⑥]《新编花名宝卷》[⑦]和《警世十劝宝卷》[⑧]等。另外，宣卷在上海电台节目和娱乐场所里也占有一席之地，这标示着宣卷艺

[①] 车锡伦《中国宝卷研究》，广西师范大学出版社，2009年，第212页。
[②] 丘慧莹《"拟宝卷"的叙事模式初探——以〈绘图珍珠塔宝卷〉为例》，《戏曲与俗文学研究》2019年第1期，第149—170页。
[③] 《游戏文：媛媛宝卷》，《游戏杂志》1915年第16期，第3—5页。
[④] 《希奇宝卷》，《红杂志》1922年第22期，第44—46页。
[⑤] 《丁香牌香烟宣卷》，《咪咪集》1938年第10期，第87—89页。
[⑥] 《烟鬼还魂宝卷》，《余兴》1916年第16期，第124—127页。
[⑦] 《新编花名宝卷》，《余兴》1917年第24期，第136—138页。
[⑧] 《警世十劝宝卷》，《余兴》1917年第29期，第61—67页。

人已经职业化，由基层社会的乡村布道者转化为城市中的职业艺人。在宝卷商业化的同时势必带来宝卷的娱乐化和艺术化。为了迎合市民的审美趣味，书局聘请都市文人新编了一些社会热点问题宝卷，比如依据1920年6月轰动沪上的阎瑞生谋财害命案创作的《莲英宝卷》，根据上海妓女蒋老五殉情的艳情故事创作的《蒋老五宝卷》，根据黄慧如与陆根荣主仆畸恋创作的《黄慧如宝卷》等。当时的流行小说，比如张恨水的《啼笑因缘》《太平花》也被改编为《啼笑因缘宝卷》《太平花宝卷》。除了题材内容上的娱乐化之外，那些进入电台节目和娱乐场所的宣卷艺人为了吸引观众就必须提高技术水平，吸收其他曲艺之长以期在竞争中胜出，乡派的木鱼宣卷在这种场合已经不合时宜，于是丝弦宣卷得到了大发展。从以上商业化、娱乐化表现中可以看出，吴语区宝卷在进城之后积极向城市娱乐、消费文化靠拢，更多地展现出媚俗的一面；然而，都市文化也给吴语区的宝卷带来了新的发展方向，少量宝卷表现出了关心时政的倾向。比如《旧社会的恶魔（宣卷）》[1]《贪官十八变（宣卷）》[2]《金圆券万岁（宣卷）》[3]，这些宝卷突破了传统宝卷的劝善功能，具有鲜明的讽世意识。当然，这类宝卷不可能出自宣卷艺人之手，它们的出现应该与知识阶层介入宝卷有直接关系。总体上来看，城市宝卷时政化的倾向比较微弱，没有发生大的影响。

吴语区宝卷的城市化只集中于上海、苏州、杭州、绍兴、宁波几个城市，并未成为吴语区宝卷发展的主流。尽管这种"进城"的契机似乎在理论上存在接受鸦片战争以来的新思潮、新文化洗礼的可能，但所谓的宝卷城市化仅是昙花一现，进城的宝卷并未进化成近现代社会的先进事物。1949年之后，在新的社会环境之下，宝卷的城市化进程被终止，吴语区宝卷的主流自始至终都是扎根于基层社会、服务于民间信仰的乡派宣卷。北

---

[1] 《旧社会的恶魔（宣卷）》，《解放画报》1921年第8期，第12页。
[2] 《贪官十八变（宣卷）》，《社会怪现象》1946年第2期，第48页。
[3] 《金圆券万岁（宣卷）》，《怪现象》1948年第4期，第52—53页。

方宝卷没有城市化的契机，但民间教派给北方宝卷的发展提供了诸多的契机。明中叶到康熙年间，民间教派发展的鼎盛时期正是其与统治阶级亲密合作的黄金期，它们在宝卷中更愿意表达对皇权的歌颂，更愿意摆出治世治民的姿态；而当教派被统治阶级镇压之后，它们势必又站在统治阶级的对立面，以神秘的隐喻来构建反抗。北方宝卷被更深地卷入宗教与政治的纷争之中，它的民间化也时时处处受到教案频发的影响，尤其在偏远地区教派长期存在，往往使用教派宝卷的文本和仪式服务于民间信仰，使得教派信仰与民间信仰交织难分。总之，教派的影响使北方民间宝卷的发展比吴语区民间宝卷的发展更复杂、更多元。

结语

从南宋末年算起，宝卷的发展已有 800 多年的历史。它始终都是民间社会中一种牢固的忠于传统的存在。从康熙统治后期算起，民间宝卷的历史也有 300 多年了。南北民间宝卷都是因民间信仰的需求而产生，产生后又服务于民间信仰，民间信仰是推动南北宝卷发展演变的最主要的动力。离开了宗教信仰和民俗信仰，宝卷就不是宝卷；离开了民间信仰，民间宝卷就不复存在。信仰决定了宝卷质的规定性。

在南北民间宝卷的产生、演化过程中，相似的历史背景、相似的历史潮流会催生出相似的结果。康熙统治后期，教派势力由显而隐，宣卷由宗教活动转变成民俗信仰活动，南北民间宝卷才得以萌生。到了道光年间，新的民间教派兴起，教团与乡绅结盟，以温和的劝善面貌出现，以教化为宗旨，热衷于编写劝世文宝卷或神道人物传说或宗教祖师传记的"宝传"。这种对教化的特别强调在南北民间宝卷中都有影响，南北的世俗故事宝卷中都增加了劝善模式。从道光年间开始，特别是清末民国时期，南北民间宝卷的娱乐化发展倾向非常明显。南北民间宝卷都受到其他民间文艺形式的影响，以至于出现了一些非典型性宝卷文本。比如吴语区的《校正孟姜女寻夫真本》，通篇都是七字句，从文本上很难判定它是否为宝卷。山西介休的《双钗宝卷》，形式上和鼓词完全相同，仅能从其命名上判断其为宝卷。今天，非物质文化遗产保护工作之下南北宝卷的发展又表现出诸如申遗、保护传承人、整理出版当地的宝卷集等相似的动向。

在本质、起源、发展方向和关键节点上，南北民间宝卷是一致的。尽管南北民间宝卷同源同质，但二者仍是花开两朵、各表一枝。不同的宗教背景导致南北民间宝卷不同的表现形式和不同的演变轨迹；区域文化差异造成南北民间宝卷的同质异形——不同的神灵崇拜、不同的表演方式、不同的叙事模式；吴语区的民间宝卷在"进城"的契机里沾染了几分时尚的气息，北方民间宝卷则时常陷入与教派、政治的纠葛之中。南北民间宝卷 300 多年的小历史融入宝卷 800 多年的大历史之中，在大传统之下建立了各自的小传统，它们在历史、社会、宗教、政治、信仰结成的网络里发生、展开并留下或显或隐的印迹。它们以各自具体的、偶然的经历，实践着历史的偶然性和必然性。时至今日，它们仍与正在被创造的历史缠绕起来，结成更为复杂的意义之网。

学生互动摘要

尚丽新教授的演讲结束后，有同学提问，当下宝卷出现了城市化及乐队改编的现象，有无坚持传统的宣卷艺人对此发表看法。尚老师提出，没有宣卷艺人明确要求这项艺术需要回归传统，但确有学者怀疑这些离开了信仰语境的单纯表演形式生命力如何。有同学就当代北方自发的宝卷活动是否与民间信仰有关提出了疑惑，尚老师举例说明，河西民间仍然存在着服务于民间信仰的宝卷活动，但也有些宝卷可用于娱乐场合。还有同学疑惑，北方宝卷中更多是主人公"升仙复位"模式，南方民间宝卷则主要采用主人公"修行成仙"模式，为何会有这样的差异。尚老师回应，可能与教派影响有关，也可能与其他民间文类或民间文艺的影响有关。还有同学问到了宝卷的抄本及印本对传世的影响，尚老师解释说，河西宝卷、江南宝卷使用频繁，旧抄本不断被新抄本取代，我们难以找到早期抄本；但山西地区因距离政治中心较近，为了躲避被查禁销毁的命运，一些宝卷会被秘密藏起来，反而保存较好。最后，还有同学问到了"拟宝卷"的问题，尚老师认为，这是用来阅读而非宣讲的，口语化的内容也会被改得很书面。

2020年12月31日，同学们又围绕讲座内容展开了评议与讨论。主持人俞明雅从南北宝卷比较的学术史价值、比较研究的操作路径、作为信仰文艺的南北宝卷三个方面，对尚老师的观点予以回应与反思。首先，她认为尚老师对南北宝卷进行对比，是对车锡伦先生《中国宝卷研究》所开创的视角进行有效继承；尚老师更为精准地将研究对象限定在明末清初到近现代产生的大量没有宗教归属却带有民间信仰特色的宝卷之上，并选择从宗教背景、地域文化、发展契机三个不同角度来探讨此类宝卷的南北差异，进而总结出了南北民间宝卷具有同源异流、同质异形的关系。其次，她思考了进行比较研究的操作路径，这无疑需要我们掌握足够多的宝卷文本，但孔夫子旧书网等拍卖网上的材料是否可以成为我们的材料来源，如何对搜集到的宝卷文本进行时空定位，这是值得思考的话题。最后，她从"作为信仰文艺的南北宝卷"视角出发，分析了尚老师提出的"北方民间信仰型神灵故事宝卷并不发达"的结论。这或许与北方宝卷在历史上曾成为民间教派的信仰文艺、北方基层社会的信仰功能并不像吴语区那样集中在宝卷上，其他民间文艺形式部分分担了民间信仰的功能有关。

在讨论环节，同学们又围绕着孔夫子旧书网等拍卖网上的宝卷信息辨别、北方民间信仰型神灵故事宝卷不发达的原因等问题来展开。首先，有同学提及孔夫子旧书网上的宝卷价格高昂、拍摄不全、信息缺失，我们也难以从商家处获得更多信息；也有同学补充，这些宝卷已经丢失了地方语境，我们还需要提防商家标注的信息到底是真是假；其次，有同学认为北方民间信仰型神灵故事宝卷不发达，与民间信仰仪式文艺传统的南北差异有关，但也有可能背后仍有更深层的原因，如民众对于民间信仰本身的需求、吴语区民间信仰仪式文艺拥有丰富的叙事传统等。通过这次问答、评议与讨论，同学们在南北宝卷的差异、具体宝卷文本的信息辨别、仪式文艺与民间信仰的关系等问题上都有了一定的深入思考。

（摘要撰写人　张佳伟）

文武之道：冀南乡村梅花拳的宝卷叙事与武术实践

张士闪

编者按：2020 年 12 月 10 日，山东大学儒学高等研究院的张士闪教授以"文武之道：冀南乡村梅花拳的宝卷叙事与武术实践"为题，为北京大学中文系民间文学专业的同学们做了讲座并展开交流。

张士闪教授自 20 世纪 80 年代后期便致力于田野研究，对于冀鲁豫乡村地区的梅花拳进行了长期且具深度的调查，记录梅花拳人的组织模式以及传承方式，通过比对礼与俗在日常生活中的交互作用，呈现梅花拳团体的文化建构。在本次讲座中，张士闪教授着重分享以《根源经》为主的梅花拳宝卷，带领大家了解梅花拳内部精英以口述为权威，再辅以传统文本为依据的"文字—口述"传承模式。他特别指出，梅花拳作为一个以师门为纽带而结成的男性结社组织，为了平衡与外部社会的关系，以及巩固自身内部的神圣性，在不同阶段对秘宣的《根源经》宝卷层累叠加了各种故事，使其超越现实中的各种世俗关系而建构一种神圣认同。

引言

冀南地区是晚清义和团运动发生的中心地之一，梅花拳则在整个过程中扮演了重要角色。梅花拳既是以步法见长、讲究实战的一个武术门派，又是以师徒关系为纽带缔结的一种乡村男性结社组织，普遍具有一定的民间信仰性质，至今仍在冀南乡村地区广泛传承。梅花拳精英人物多具有较强的组织能力，热衷社区公益活动，从而使得梅花拳能够深嵌于当地乡村生活之中。

笔者自20世纪80年代后期起，即跟随山东大学燕子杰老师学习梅花拳，同时对冀鲁豫乡村的梅花拳活动进行了多次田野调查。[1] 在20世纪90年代，这样一种关于社会边缘群体或特殊民俗事象的研究，民俗学界虽无人否认其合法性，但在实际上较难获得学术评价，而笔者的研究是运用田野资料，试图从梅花拳的组织形式阐释义和团运动的民俗性，[2] 亦的确处于初级阶段。1994年11月，中国民俗学会、山东省民俗学会、山东大学民俗学研究所、乳山广播电视大学共同主办"中国民俗学1994年学术研讨会"，这是中国民俗学史上首次对民俗学田野作业的理论与方法进行专题研讨。笔者提交的会议论文，是以个人的梅花拳田野调查为例，认为应提倡一种"深井式田野作业"。笔者被选为四个大会发言人之一，实在出乎意料，这对笔者后续田野调查起到了异乎寻常的激励作用。此后，田野研究逐渐成为中国民俗学的主流范式，[3] 关于梅花拳的田野研究日益

---

[1] 最初的田野调查集中在河北省平乡县、广宗县、威县，以参加当地梅花拳的"亮拳"等庆典仪式活动为主，后来逐渐扩展到更多地区，如山东省菏泽市、聊城市、梁山县、阳谷县、东明县，河北省武强县、永年县，河南省濮阳市、安阳市等地。

[2] 例如：张士闪《从梅花桩拳派看义和拳运动中的民俗因素》，《民俗研究》1994年第4期；张士闪《梅花桩拳派传承与源流蠡测》，《精武》1996年第5期；等等。

[3] 李海云："始发于20世纪90年代的田野调查热潮，意味着中国民俗学者自觉走出书斋，来到田野现场，在与活生生的人打交道的过程中，观察民众的具体行为与口述表达，由此掀开了注重民众主体之文化活用的新篇章……这样一种走向田野、关注村落的研究范式，在当时具有很强的学术递进意义。"（李海云《边界视角：新时期中国民俗学发展脉络考察》，《民俗研究》2018年第6期，第25页）

增多。① 受益于此,近年来笔者开始聚焦梅花拳的"社会性"研究,所选择的路径是将梅花拳组织实践与中国礼俗传统联系起来予以理解。②

本文即循此路径,聚焦冀南乡村梅花拳③的武场、文场组织,试图深入理解其宝卷叙事与武术活动的关系。根据笔者30多年来的田野观察,冀南乡村梅花拳的传承方式主要包括五种形式:口头叙事、文字表达(如宝卷、拳谱)、身体规训(如拳法、礼仪)、器物使用(如立驾、兵器)、组织实践(如师门、亮拳)。在这五种传承方式中,对于文字表达的使用最少,如宝卷、拳谱一般要借助口头叙事的表达,而口头叙事、身体规训、器物使用、组织实践等唯有在强调其权威性时,才会考虑借助宝卷、拳谱等文本形式。其中,梅花拳口头叙事与文字表达的结合最为紧密,明显地呈现出"文字—口述"的一体化特征。如果说以"架子"为表征的身体规训是梅花拳的标志,那么文字—口述、器物使用、组织实践等则是以之为基础的梅花拳系统建构。梅花拳的组织建构,以师门为单元,以亮拳为最重要的活动形式,不仅在整个梅花拳系统中居于重要地位,亦是它能够在冀南乡村地区长期传承的关键性要素。不过,清代以来的梅花拳组织活动,因受王朝政治压抑而长期处于隐匿状态,研究材料匮缺,我们只能透过诸多宝卷中扑朔迷离的记叙,分析或推断其历史存在,而通过当今梅花拳精英对宝卷文字的口述援引,观察宝卷在梅花拳的身体规训、器

---

① 2021年11月7日,笔者以"梅花拳"为关键词在中国知网搜索,发现期刊文章共有140篇,在各时期分布情况为:20世纪60年代1篇,20世纪70年代1篇,20世纪80年代23篇,20世纪90年代17篇,21世纪00年代34篇,21世纪10年代65篇。另有博士论文4篇,硕士论文25篇,均为2017年以后完成。
② 张士闪《灵的皈依与身的证验——河北永年县故城村梅花拳调查》,《民俗研究》2012年第2期;张士闪《民间武术的"礼治"传统及神圣运作——冀南广宗乡村地区梅花拳文场考察》,《民俗研究》2015年第6期;张士闪《"在乡的江湖":近现代冀南乡村梅花拳的组织传统考察》,《民俗研究》2021年第5期。
③ 笔者在冀南广宗县乡村地区的调查始于1988年,此后一直持续。梅花拳在广宗县较为普及,按照原广宗县政协主席李云豪、广宗县梅花拳协会会长李玉普在2015年的统计,全县28万人口中有"梅花拳民"6万多人,213个行政村中有57个"梅花拳村"。被访谈人:李云豪、李玉普;访谈人:王加华;访谈时间:2013年12月6日;访谈地点:广宗县后平台村。

物使用与组织实践等活动中的统合作用，或可成为我们理解冀南乡村梅花拳活动的重要路径。鉴于此，本文对冀南乡村梅花拳活动的考察，将聚焦其文字—口述系统中的宝卷叙事，理解文字—口述、身体规训、器物使用、组织实践等四个系统之间的复杂互动关系，分析梅花拳精英因应国家一统进程并自觉整合其中的文化心理结构和实践活动机制。

一、梅花拳的宝卷叙事

按照冀南乡村梅花拳群体内部的说法，所谓"宝卷"是有着狭义和广义之分的。狭义的宝卷，仅指梅花拳群体内部流传的《根源经》[①]诸多版本；广义的宝卷，则泛指传统意义上的梅花拳文字资料系统。在梅花拳群体内部的交流语境中，"宝卷"一语还被赋予"隐秘""宝贵""真经"等特别意味，且与其信仰仪式有密切关联。而无论在哪种意义上，《根源经》都在梅花拳宝卷系统中居于核心位置，在冀南乡村梅花拳群体内部甚至有将《根源经》代指梅花拳宝卷系统的说法。笔者在田野调查中还注意到，更多的梅花拳人将阐发梅花拳源流、经义等的《根源经》诸多版本称为宝卷，而将另外一些文本如拳谱、吊挂、香礼、立驾文、祷辞、拔祭文等，视作从属于《根源经》的应用文体，可以根据不同的仪式场合予以选用或组合使用。

目前，在冀南乡村地区所见的《根源经》诸多版本，以《梅花皇极皈真还乡宝卷》最为常见，大多是在此基础上有所删改而成（当地俗称"皇极宝卷"或"根源经"，下文以《根源经》代称）。《梅花皇极皈真还乡宝卷》脱胎于明万历年间东大乘教（又名大成教、闻香教、清茶门等）教主王森影响下创作的《皇极金丹九莲正信皈真还乡宝卷》（《武当山玄

[①] 路遥认为："《根源经》是梅花拳内部的经卷抄本，因口碑相传，没有经文名称，所以在梅花拳内部统以'根源经'称之。"见路遥《义和拳运动起源研究》，山东大学出版社，2018年，第92页。

天上帝经》）①。据杨彦明统计，冀鲁豫地区的各种梅花拳《根源经》版本，大都是选用《皇极金丹九莲正信皈真还乡宝卷》的内容（约54%），再加以改编而成。其改编方式是：首先裁掉《皇极金丹九莲正信皈真还乡宝卷》原二十四品中的第十七、第十八、第二十、第二十三、第二十四品，择其中的部分内容留用；以留存的十九品为基本框架，新编二十四品；新编二十四品保留原十九品中的基本经文，删掉每品最后的散曲；将第二十三、第二十四品完全变为对梅花拳源流、经义等的言说。②杨彦明的统计，与路遥早些时候关于《根源经》"只有《皇极经》的58%"③的统计数据相近。

《根源经》的叙事框架，是将梅花拳的起源归于佛祖，即收元老祖、法王老祖等接受佛祖派遣降临世间，超度"原人"返回"真空家乡"，但未完成使命，于是在明末李自成起义的"末劫之年"，佛祖再次派出神灵"下天盘"，开梅花大道，终于使梅花拳在东土传播开来。按照路遥的划分，《根源经》是由四部分组成的：第一部分从清中期黄德辉撰《皇极金丹九莲正信皈真还乡宝卷》删减而来，将原有的无生老母将弥陀遣到下界的内容，转换为"无为老祖"救度众多贤良。第二部分是《无字真经》，叙说领法占真佛（指宗师张三省）在江苏省铜山县（现铜山区）"创立文武大法"，续法囄唎佛（指宗师邹宏义）继续传法，从江南传到北方。经卷中还有"灵山赞""送香歌""五更佛歌""拜船歌"等。第三部分《佛说一字根源真经》讲述末劫来临，老祖显现世间，救度元人回归云城等。第四部分把无生老母置于最高地位，讲述无生老母"修十二封家书"④，送

---

① 马西沙、韩秉方《中国民间宗教史》，中国社会科学出版社，2004年，第421页。
② 杨彦明《梅花拳文场探秘》（上），中国科技教育出版社，2018年，第90页。
③ 路遥《义和拳运动起源研究》，山东大学出版社，2018年，第268页。
④ 1993年，笔者从梅花拳第17辈弟子、河北省平乡县田二疃村田长海处见到的《根源经》版本，没有无生老母"修十二封家书"，而为梅花拳八代祖师、创建小架梅花拳的张从富的"十嘱咐"（略同于清《收元宝卷》的"十步修行"），包括真心守分，虔心守道，真心守志，虔心守礼，真心守把，真心守定，真心守正，真心实意，真心守住，虔心守卷。最后落款"寿八十有零。时在嘉庆二十一年正月五日"。

往东土大地男女，让他们回到西方老家拜见"无生老母"，团圆聚会。[1]

路遥的"四分法"，大致代表了梅花拳《根源经》诸多版本的基本结构。然而，《根源经》何以设置这样的叙事框架，意欲何为？笔者以为，这一叙事框架并非随意排列，而在四部分之间有着明确的逻辑顺承关系：第一部分，以佛祖创世、救世为主线，杂糅各种神话传说、民间信仰和佛道儒教义等，是关于宇宙生成、万物起源等的"大传统"叙事；第二部分，沿袭佛祖派遣神灵临凡救世的时间序列，以明末李自成起义为时间节点，顺述梅花拳谱系传承的"小传统"；第三部分，强化末劫来临、老祖救世之说，是在统合上述"大传统"与"小传统"的基础上，推出梅花拳的生命哲学理念；第四部分，则是在这一生命哲学理念的统摄下，在现实关怀层面推出"治世良方"。一言以蔽之，梅花拳《根源经》是从对"我从哪里来"的终极追问开始，以对"我该怎么做"的现实关怀作结，呈现出一个闭环式的叙事结构。

在冀南乡村地区广泛流传的"梅花拳规矩大，能拿得住人"等说法，即与梅花拳《根源经》这一闭环式的叙事结构有关。类似"梅花拳规矩大"之类的说法，表面看来是一般村民对梅花拳讲究传统伦理、祭拜仪式繁复的调侃，其背后却是以梅花拳《根源经》名义汇集的一大批宝卷文本作为支撑的。拥有梅花拳《根源经》宝卷的，是被称作"文场师傅"[2]的少量梅花拳精英，他们看起来与一般村民无异，但却普遍擅长看病、解事

---

[1] 路遥：《义和拳运动起源研究》，山东大学出版社，2018年，第268页。
[2] 在20世纪80年代以来的冀南乡村梅花拳调查中，笔者经常听梅花拳师傅谈及"文场""武场""文场师傅""武场师傅"之类的话题，似乎已经成为他们对自身群体的一种分类方式。笔者注意到，在清代官府档案和梅花拳《根源经》宝卷中，均未见"梅花拳文场"的提法。在20世纪60年代路遥所主持的冀鲁乡村义和团运动调查所获的访谈资料中，亦未见"梅花拳文场"字样，直至20世纪80年代的访谈资料中才有所见，见路遥主编《山东大学义和团调查资料汇编》，山东大学出版社，2000年，第55页。笔者据此认为，"梅花拳文场"的概念，是20世纪80年代路遥、燕子杰等学者与冀鲁乡村梅花拳精英的共同建构，此后日益成为华北地区梅花拳群体普遍的自我表述。当然不能否认的是，历史上的确曾有类似"梅花拳文场"之类的社会组织现象存在。对于这一现象，笔者将另外撰文予以专题讨论，在此不赘。

和操持仪式等,更重要的是能讲出一套为人处世的规矩,因而受到当地乡民的格外尊重。我们在调查中发现,这些文场师傅在操持上述事务之时或是在日常言谈之中,既不见宝卷随身,也不将宝卷陈列于仪式场合。这或许意味着,文场师傅这一身份的获得,主要依靠的是在梅花拳群体内部的认同,而是否具有擅长看病、解事、操持仪式和阐释传统伦理的能力,则是获得群体内部认同的基本标准。换言之,一个梅花拳人是否被认定为文场师傅,要依据他在看病、解事、操持仪式和阐释传统伦理时的具体表现与效果认定,既与其现实社会地位没有直接关系,也与其家藏宝卷状况无关。事实上,接触宝卷甚或通晓宝卷,是在一个人获得文场师傅资格以后所伴生的权利。因此,宝卷不离身或动辄引经据典的做派,与捧拳谱练拳一样可笑,往往被视为修行不够,未能将宝卷精神了然于心,内化为气质,只能说明他距离"行住坐卧都是禅"的境界还差得很远。

理所当然地,冀南乡村梅花拳精英从不以在公开场合出示宝卷为能,而将宝卷内容主要用于私下场合的口头交流中,借助私密传播发挥效用。这样一种"秘宣"的风格,其实在清代民间宗教团体中就早已盛行,而其"秘宣"内容则与"秘宣者"对所处社会的认知有关。就笔者所持续观察的近 30 多年而论,冀南乡村地区梅花拳精英的"秘宣"内容,普遍遵循着如下脉络而发生变迁:20 世纪 80 年代,整个中国社会掀起"文化寻根热",而在各地梅花拳群体中则普遍流行关于梅花拳"前百代""后百代"等说法,并纷纷从《根源经》中寻找依据,努力将梅花拳谱系予以前推与补缀,甚至有人将梅花拳起源追溯到春秋时期。[1]20 世纪 90 年代,整个

---

[1] 根据周伟良 1999 年、2001 年在河北、山东的调查,关于梅花拳起源的说法主要有三种:(1)西周说。依据是梅花拳经卷《三百六十处》中有"周昭廿五,占佛生焉,居伯阳后,占仲尼先"一段话。(2)春秋战国说。据 20 世纪 80 年代北京市的武术挖掘整理材料,梅花拳起于春秋时期,为著名军事家孙武子创编,又称武子梅花拳。另据平乡县八辛庄张鸿印老人藏有的一份梅花拳抄件上说,梅花拳起于公元前 447 年,创始人叫王秋白,传至明末已有一百代。(3)明末清初说。参见周伟良《梅花拳拳理功法的历史寻绎》,《体育文化导刊》2002 年第 5 期,第 46 页。

社会商业大潮涌动，而与梅花拳传统拜师礼、"三德请师"等有关的故事、传说在梅花拳群体内部被频频讲述，借题发挥，师道衰微、武术传承危机等成为梅花拳群体的普遍焦虑。时至21世纪，则又流行梅花拳祖师因私家传拳而被佛祖降灾的故事，"子不拜父为师"等传统规矩亦被特意强调，这可能与梅花拳被列入国家级非物质文化遗产代表性项目名录、多地因争夺"非遗"传承人名分而发生纠纷的现象有关。显然，在新时期以来的社会变迁过程中，梅花拳精英注意因应时势而有所作为，《根源经》则一以贯之地被视为"宝典"，被不断地挖掘出诸多富有意味的话题，并借助神圣传统的名义调解现实纠纷，谋求生存和发展。下面仅以近年来流行的梅花拳祖师因私家传拳而被佛祖降灾的故事为例，略加分析。《根源经》诸多版本中都有载录的"邹氏父子"故事，虽则在具体情节、人物名姓等方面颇有差异，但并不妨碍其成为梅花拳群体内部的热门话题人物：

> 徐州邹家六少爷文武皆通，不传外人，单传亲生下代。别的少爷不提，单说六少爷的五辈乃孙兄弟二人，一名鸿恩，一名鸿义，在家自守荣华富贵，闭门不出。紧赶乾隆三十八年，家中连遭不幸，然犹不醒佛意，仍旧按道不传。佛祖见怪，家中连遭毁禄之灾。兄弟二人在家闷坐，一天忽听空中说话，二人立即细听：
> 本是佛祖在云端，高叫恩义二位男。
> 在前得到佛祖道，叫你流传在人间。
> 只顾在家贪富贵，为何按道不外传。
> 再要不往外传道，居家人等皆不安。
> 邹鸿恩、邹鸿义二兄弟分外惊慌，连忙商议。邹鸿恩说："鸿义弟弟在家看守家园，我即去传道也！"①

---

① 《三教根源妙法经》，系1993年笔者从河北省平乡县田二疃村田长海处得见。

在这一故事中,"邹氏父子"是清初中期的梅花拳重要传人,佛祖则扮演了监管人间、行事刚硬的角色,禁绝梅花拳私家授受,强制传人外出传道,对于违规者则毫不留情地予以降灾惩戒。这或许说明,梅花拳的私有化趋势贯穿于清代社会中,历代梅花拳精英试图对此有所阻遏,因而在《根源经》的传抄过程中均不约而同地将这一故事予以载录或改写,而邹氏父子成为重师道、禁家传的叙事素材,亦就并非偶然。[1] 不过,《根源经》诸多版本中的相关叙事颇为杂乱,后世梅花拳精英要"古为今用",也还面临着不小的难题。

我们兹以《根源经》的两个版本为例,梳理邹宏义、邹文聚父子的相关载录,以窥究竟。先看邹文聚在清乾隆年间所撰《家谱》[2],这应该是诸多版本中可信度最高的一种。虽名为"家谱",其实它所记述的乃是一份梅花拳传承谱系。其中有邹氏父子千里迢迢外出传授梅花拳之举,以及邹文聚在晚年迭遭灾变的状况。这份《家谱》中有三个关键信息:(1)邹宏义生平不详,据其子邹文聚描述,他"武艺独称强,如固国名将,能周游四方千余里,一时之从学门徒者不下数百人"。(2)邹文聚自述生平:生于康熙二十九年(1690年),在乾隆九年(1744年)从居住地徐州府铜山县,迁居于北直顺德广宗县,继而南和县,至乾隆二十四年(1759年)又东迁于平乡县。(3)邹文聚自述晚年迭遭灾变情况:乾隆二十五年(1760年)"遇年岁之灾荒",乾隆二十六年(1761年),"内室亡,仲男伤"。邹文聚时年72岁,痛彻心扉,由此"览我邹氏家谱"并作序文。

---

[1] 就目前所见梅花拳《根源经》的多种版本而论,的确多有因私家传拳而佛祖降灾的故事,而以邹氏父子出现最多。如关于梅花拳第三代传人王红亮的类似故事,只在河南省内黄县马上乡大黄滩村王现峰收藏的《梅花拳缘起》中出现:"(王红亮)回家后不再(为人)治病……终日用功习练刀枪,永没收徒。佛主知道此事,差龙王发水淹他家田地,一连淹了三年。红亮大驾求苦,说要是叫我设教传徒,请不要再来淹我,果然灵验。"转引自杨彦明《梅花拳文场探秘》(上),中国科技教育出版社,2018年,第166页。

[2] (清)邹文聚《家谱》,河北省广宗县谷常相村谷恒通家藏。

再看流传于平乡县的《根源经》另一版本《三教根源妙法经》[①],讲述的是邹鸿恩、邹鸿义二兄弟"在家自守荣华富贵,闭门不出",乾隆三十八年(1773年)"佛祖见怪,家中连遭毁禄(当为'回禄'——笔者注)之灾"[②],于是邹鸿恩在佛祖的警示下,远赴河南开州蔡吉屯传道。

显然,当今梅花拳精英对这一话题的推崇,与国家"非遗"保护语境中因"非遗"传承人名分争夺而发生的多种纠纷有关。他们试图从《根源经》中寻找某种神圣传统,引导人们超越与家族利益有关的短期功利,但要在上述素材中提炼出一种明晰的因果关系与叙事逻辑,至少需面对如下难题:邹文聚是在外出传拳16年后,迭遭灾变,因而不能因果倒置,将其身罹灾变归为因不外出传拳而被佛祖怪罪降灾。难题的解决,得益于对平乡县《三教根源妙法经》与广宗县《家谱》两份宝卷的拼接:关于邹宏义"周游四方千余里,一时之从学门徒者不下数百人"的记载,与邹鸿义因私家传拳而"佛祖见怪,家中连遭毁禄之灾"的故事,虽然出于不同的宝卷版本,而且难以确认邹宏义、邹鸿义是否为同一人,但这反倒是可以运用的叙事空间。于是,在现今梅花拳精英的言说中,上述素材经过一番再造重新焕发生机——即使是如此有名望的梅花拳先师,亦需要不断地自我警醒,绝不能有将梅花拳家藏垄断的私心。这一强调道德诫训的叙事逻辑一旦明晰,与此不符的杂乱叙事就都成了无关宏旨的枝节问题,如因私家传拳而遭佛祖怪罪降灾、无奈往外传道的主人公,是邹宏义、邹文聚还是邹鸿恩就不再重要[③],更重要的是如何在这一道德叙事逻辑中强化因果关系,添加细节佐证,达至更具感染力的教化效果。

---

① 《三教根源妙法经》,1993年笔者从河北省平乡县田二疃村田长海处得见。
② (清)邹文聚《家谱》,河北省广宗县谷常相村谷恒通家藏。
③ 例如在河南发现的梅花拳《立道根源》(马全文搜集本)中,就对故事主人公予以虚化处理:"大清顺治即位至乙酉年……古真佛奉老祖敕令,于江南徐州府铜山县扑生下界。老祖遇上邹氏,乃名门仕宦人家,书香礼仪门第,世世清洁,门悬双千顷牌。佛祖奉收元老祖敕令,承天佛继续传道。古真佛安处江南教演大法,不思远游四海普施教化。老祖速命金龙四大王下界来催,家业遭水灾,乃弃家业,周游天下,说法展道。"转引自杨彦明《梅花拳文场探秘》(上),中国科技教育出版社,2018年,第241页。

显然，这类故事所体现出来的梅花拳组织系统的自我维护与再生产机制，与前述《根源经》所呈现出的闭环式叙事结构是一致的。笔者以为，梅花拳宝卷之所以采取一种师徒之间隐秘授受、口耳相传的"秘宣"方式，主要是与梅花拳在清代以降所处的历史境遇有关。

有清一代，像梅花拳这样的武术团体，多与诸多宗教团体之间有着分分合合、若即若离的关系，藕断丝连亦属常态，由此受到清政府的长期高压。比如程啸认为，在清政府稽查德州宋跃隆集团的三个案例［嘉庆十九年（1814年）、嘉庆二十年（1815年）、道光元年（1821年）］中，梅花拳均受牵连绝非偶然：

> 梅花拳常在"邪教"案卷中出现，但梅花拳"案犯"和八卦教、义和拳等"邪教案犯"之间又有区别，被清查出的梅花拳师大多不是教门。这说明传习梅花拳和传习"邪教"之间并没有直接的联系。但是应当指出，由于梅花拳流行在教门密布的直鲁豫地区，八卦教教徒中确有人传习这种拳术，这又使教门有可能利用、吸收和改造梅花拳，使这个民间拳种成为宗教化的义和拳的武术渊源。[①]

路遥也曾详述发生于乾隆年间的一则"邪教"案，梅花拳又一次受到牵连，其过程与结果均显诡秘：

> 乾隆四十三年十二月，山西壶关县有一位平民叫张九锡，曾赴北京呈控河南黄河漫口派累民间办料折收钱文时，还呈控山东冠县碗儿庄（系垛儿庄之误）杨四海邀请村人学拳敛钱、聚众立义和拳"邪教"。

---

① 程啸《乾、嘉朝义和拳浅探——义和团源流论证侧记》，《近代史研究》1981年第1期，第230页。

最值得我们惊异的是：清廷对张九锡呈控案的处理，把一个与本案似无关系的梅花拳拳师杨士增加以逮捕，连同杨四海儿子杨玉常和随杨四海习拳的杨之表侄李凤德等三人一起被处以杖一百、流三千里的严刑。①

　　这说明，尽管统治者未将梅花拳定为"邪教"，但亦倍加防范，时不时地采用"敲山震虎"之策予以震慑。

　　时至近现代社会，冀南乡村梅花拳在义和团运动和此后的多次社会改造活动中均曾遭受重大打击，这已作为惨痛教训积淀于这一群体的集体记忆中。②时至今日，冀南乡村地区的梅花拳群体仍对此心有余悸。

二、文武之道：清代武术团体的宗教化趋势

　　正如前文所述，在清代社会中的武术团体与宗教团体之间，往往因应社会情势而呈现出复杂的聚合或离散的关系。事实上，这也是清代以来民间组织的一般特征，而大量宝卷则在二者之间起到了黏合剂的作用。据路遥猜测，在清乾隆年间的八卦教起义中，就有梅花拳的参与，③而在

---

① 路遥《"义和拳教"钩沉》，《近代史研究》1991 年第 2 期，第 111、113—114 页。
② 李海云在冀南乡村地区田野调查中，曾采集到这样一则口述资料："清政府出卖了义和团，与洋人勾结起来镇压，包括梅花拳在内的民间组织伤亡惨重……一场野蛮杀戮过后，件只村（现广宗县件只乡驻地）的人、牛全部加起来，也只剩下了八口，'件只'村名由此而来。"（李海云《"自治"与"礼治"：近现代冀南乡村社会中的梅花拳》，《民俗研究》2020 年第 5 期，第 152—153 页）关于"文化大革命"期间的惨痛记忆，张士闪亦曾撰文表述："'文革'时期，梅花拳文场备受摧残，多名文场师傅遭拘押，至今心有余悸……在三村梅花拳文场师傅的记忆中，'文革'时期印象最深的就是'破四旧，立四新，抓人'，梅花拳被当作反动会道门受到批判，武场的'亮拳'和'传拳'被禁止，文场被定为封建迷信，公开练拳传文的风险很大。"（张士闪《民间武术的"礼治"传统及神圣运作——冀南广宗乡村地区梅花拳文场考察》，《民俗研究》2015 年第 6 期，第 44、45 页）
③ 路遥认为，在清乾隆年间王伦起义队伍中出现的"义和拳"，是以离卦的文、武场组织为核心，还融会八卦拳、七星红拳、大红拳、梅花拳等"异伙拳"，而且其中的梅花拳亦有文、武场的组织形式。遗憾的是，他对此未提供材料依据，并在后文中承认"梅花拳之投入义和拳

嘉庆年间天理教起义时，则明确显示出梅花拳与天理教在组织层面的深度融合：

> 冯克善是天理教起义队伍中的第三号人物，是武卦主，管武场。……他所习的拳棒，最初也只是六趟拳或红拳。嘉庆五年（1800年）冯克善又向梅花拳第七辈传人河南滑县人唐恒乐学习梅花拳。这两个拳会都有文、武场组织，所以在嘉庆十六年王祥死后，冯就很自然地被推上武卦主地位。由于冯克善充任天理教武卦主，梅花拳组织因此进一步同离卦教文、武场结合。这从德州的宋跃隆集团受冯克善影响出现六趟拳与梅花拳相融合的情况，已十分明显地反映出来。①

当然，梅花拳第八辈传人冯克善担任天理教武卦主即第三号人物，只能说明"梅花拳组织因此进一步同离卦教文、武场结合"，而不能推导出梅花拳与天理教"两个拳会都有文、武场组织"的结论，这是路遥文中有待进一步论证的。此外，在杨彦明《梅花拳文场探秘》一书中所荟萃的梅花拳《根源经》众多版本中，有两份资料为我们留下了乾嘉年间梅花拳贴近宗教团体的重要信息。先看杨彦明书中收录的由马全文在河南搜集到的这份《立道根源》（"梅花拳六炉根源经"）：

> 惟兹一人居于辛庄②，名张从富者，他文武超群，名誉远扬，不想半途迷惑左道，专慕邪术。囉唎古佛言曰：此人邪行，外人议论纷纷，传扬非言诽语，终受此人大害。不如书一柬帖，送于街市，

（接上页）在王伦起义队伍中还只是一种模糊现象"。（路遥《"义和拳教"钩沉》，《近代史研究》1991年第2期，第110页）
① 路遥《"义和拳教"钩沉》，《近代史研究》1991年第2期，第118页。
② 即今河北省平乡县八辛庄村。

永绝后患。

> 若问假人家居住，平乡辛庄有名声。
> 此人姓张名从富，文武成就处处通。
> 弃舍正法学邪法，专心学邪去妄行。
> 披头散发持宝剑，掐诀念咒耍雨风。
> 撒豆成兵常习演，隔墙打牛牛作声。
> 捻土成山学逃遁，浑身铁甲最为能。
> 闭枪之法灭火咒，常使妖魔作天兵。
> 各样法子他都会，呼天动地显奇能。
> ……
> 师祖规矩有法令，笞杖三十逐门庭。
> 写章柬帖送出去，从今以后不许进。
> 张师有语回言道，尊声老爷您是听：
> 既然不许我进门，有文有武要行动。
> 行动只许东西走，不许南北乱胡行。
> 往东开至山东地，往西直开山西中。
> 人人都称张太祖，看地如筛也有名。
> 祖传张邹梅花拳，留在世间把人传。
> 焚香供奉五炉位，倭身小架开新拳。①

再看被杨彦明"疑为清末民初的梅花拳弟子根据老本缩写"的《五

---

① 河南"梅花拳六炉根源经"《立道根源》（马全文搜集本），该版本叙事简略笼统，且多有不能自圆其说之处，应是较为原始的一种版本。该卷中有十阎君为测试混元老祖之真假，让其下油锅、入奈河等情节，为《根源经》其他版本所未有，亦可为证。杨彦明推测这本《立道根源》最早写于清道光年间，因为大架、小架的分立发生在乾嘉年间，而张从富逝于嘉庆二十一年（1816年），再过四年即道光年间。参见杨彦明《梅花拳文场探秘》（上），中国科技教育出版社，2018年，第244页。

炉根源经》，其中的关键情节，是在"老祖母"的安排下，佛祖传法八世道张从富：

> 又临凡转八祖名张从富，
> 天降文天降武圣中亲传。
> 老师爷把文武全都改过，
> 祖祖传灯灯续度化人焉。
> 开武法在地上传流弟子，
> 立文教度元人根召回还。
> 论文礼通上天消灾去苦，
> 要论武本来是武教天元。
> 三时香四时功云行不断，
> 原来是明扬法传在世间。
> 要说拳玩的是干枝梅花，
> 度化人都叫他礼义当先。
> 老祖留梅花拳传遍世界，
> 普天下处处都有梅花拳。
> 改变的不像样惊动老祖，
> 所以里再派佛又来临凡。
> 张师爷又临世传法教道，
> 将文武全改过教化女男。
> 张教主将文武全然都换，
> 又改礼文共武各样齐全。
> 这天地已分时道善于后，
> 这天地未分时道开天先。①

---

① 杨彦明《梅花拳文场探秘》（上），中国科技教育出版社，2018 年，第 233、236 页。

两份资料均涉及梅花拳早期重要传人张从富，信息极为丰富。如果说《立道根源》（"六炉根源经"）的描述贬多于褒，那么晚起的《五炉根源经》则褒扬有加，但二者都认可张从富在清代梅花拳传承中所扮演的重要角色。据梅花拳《根源经》诸多版本可推知，张从富生于乾隆帝即位之年（1736年），逝于嘉庆二十一年（1816年），是梅花拳大架、小架① 分立的关键性人物——他在梅花拳大架谱系中被列为第八代祖师，又开枝散叶创立梅花拳小架并被奉为始祖。在祭祀仪式上，梅花拳大架、小架的最大区别，在于所供奉的是六炉香还是五炉香。②

对比两份资料，均显示出张从富对于梅花拳传统做出了重要改造。改造之法，是在承袭梅花拳身体规训系统的基础上，广泛吸纳当时诸多民间宗教的思想、"道术"，同时努力贴近以"文武""礼义""教化"等话语为表征的国家正统。无论是《五炉根源经》中"老师爷把文武全都改过""张教主将文武全然都换""将文武全改过教化女男""又改礼文共武各样齐全"等褒奖之语，还是《立道根源》中指责张从富"迷惑左道，专慕邪术"以及最终被续法老爷逐出门外，均显示出张从富改造梅花拳传统的影响力之大，同时也说明当时梅花拳群体并非全都赞成向国家正统或民间宗教的靠拢。颇为有趣的是，《立道根源》前后言语并不一致，前面抨击张从富"迷惑左道，专慕邪术"而另立"小架"，但在结尾部分又赞誉他"成佛作仙""万代名传"，认为梅花拳的大架、小架是"一道

---

① 在各地梅花拳群体内部，有大架、小架之分，但关于其历史渊源、功法区别的说法并不一致，周伟良的观点大致代表了某些共识：清初第三辈传人邹宏义是梅花拳的"大架"祖师，乾嘉时期的梅花拳第八辈传人张从富对传统技术风格有所改变，影响扩大，被称为梅花拳"小架"，本人被尊为"小架"师爷。参见周伟良《梅花拳考略》，《成都体院学报》1992年第4期，第15、16页。

② 一般认为，后起的张从富所创梅花拳小架的标志，是沿袭较早的梅花拳祭祀传统而以五炉香供奉五位神灵，即收元老祖（或法王老祖）、万圣老母（或无生老母、透天老母）、天佛教主、领法老爷、五方五帝。邹宏义所创梅花拳大架的标志是供奉六炉香，是后世弟子在供奉上述五位神灵的基础上，为纪念邹文聚、邹志刚、蒙有德、孟署恩所做的特别贡献，而添加了囉唎古佛（或续法老爷）一炉。参见杨彦明《梅花拳文场探秘》（下），中国科技教育出版社，2018年，第465—467页。

两法万古传","东西开法，普度英贤"，殊途同归。显然，这应是在梅花拳小架获得较大发展之后，梅花拳大架精英的有意补续，以维护整个梅花拳群体的内部团结。时至今日，在梅花拳群体内部仍特别强调"天下梅花是一家"的说法，应是上述叙事话语的延续。

此外，在另一份梅花拳宝卷《三化大乾程》中，记叙了梅花拳内部的一场争执，最终以接受罗教教义而告终，显示出清代梅花拳在与民间宗教团体的互动中的选择性。该宝卷以徐州府铜山县尖山村张三为第一代传人，第二代传人朱永元为大明王朝王子，第三代传人为王红亮。这场争执，发生于第二代传人朱永元与第三代传人王红亮之间：

> 明朝失败，这王子便改名朱永元，隐居在这徐州北门里。此人早有灭清复明大计……闻张三名气便投其门下，学习武艺……张三见其心术不正，将其赶出门外。这朱永元，在明时曾拜无为道罗祖为师，习练无为道法，使得一手好刀法。
>
> 以前信奉罗教，常常把罗教经文讲于弟子，那张刘二师（张振书、高刘氏）碍于情面，况那老师又是年近八旬之人，便不好发作理论。一日师父在真武庙设法事，饭后朱师父又讲起罗教香礼，王红亮借酒气问朱师父："所讲是哪家经文，我怎没听师父讲过？"
>
> 朱永元一听面红耳赤。高刘氏又问："那皇极宝卷是何人所传？张老师并无传授我等啊？"那朱王二人便争吵起来……高刘氏、王红亮借故转回了湖西。①

有清一代，在梅花拳等武术团体与众多民间宗教团体之间，为何会普遍出现"文武同构"的现象呢？李世瑜认为：

---

① 《三化大乾程》，山东省梁山县梁山镇姜庄续文彬家藏，转引自杨彦明《梅花拳文场探秘》（上），中国科技教育出版社，2018年，第285、291—292页。

不晚于嘉庆初年，义和拳或梅花拳就已发展为不是单纯演习拳棒的结社了。他们与白莲教派的一些秘密宗教广泛接触，吸收了不少宗教活动方式，因此在演习拳棒的同时，还要供奉神像，习念经卷，持诵咒语，烧香磕头，坐功运气，也就是说他们所演习的拳棒已经宗教化了。演习拳棒而宗教化，秘密宗教而演习拳棒——它们结合在一起了。这种结合为它们双方都增添了新的血液，它们的生命力更强了……习武团体与宗教结合还不能只是吸收其形式方面的东西，更重要的还在于宗教哲学方面，否则它们是不易有所作为的。①

显然，像梅花拳这样的乡村武术团体，原本是以闲时练武、庙会"亮拳"为主要活动形式，以师门为纽带而缔结的结社组织，在日常生活中以声气互通、生活互助为基本功能。一旦发生社会灾乱，这类武术团体就有了凝聚成员、强化认同的强烈需求，并由此产生了贴近宗教教义，甚至与民间宗教团体相结合的普遍诉求。而乾嘉以降的清代社会，却正以灾乱多发为特征。

三、宝卷：武术与宗教的黏合剂

梅花拳本即偏重个体性的一种身体运动形式，以及以师门为基础结成的一种男性结社组织，并与地方社会生活密切相关。那么，梅花拳如何贴近宗教，甚至与地方宗教团体形成互动互构呢？这需要结合地方社会语境中精英人物的作用发挥予以具体分析。

梅花拳与地方宗教之间的互动态势，可以从梅花拳武场、文场的一体化建构的层面予以观察。如上所述，冀南乡村梅花拳的文武一体化的建

---

① 李世瑜《义和团源流试探》，《历史教学》1979 年第 2 期，第 21、23 页。

构，以武场"练架"①、文场"立驾"②的逻辑对接为基础。梅花拳武场、文场的共同之处，是都注意贴近"天地君亲师""文武之道"等国家政治传统，试图借此在地方社会中建构"正统"秩序。梅花拳在冀南乡村地区的植入，是以精英人物积极操作社区公益的形式出现的，事实上已成为广泛意义的中国礼俗传统的一部分。在这一过程中，梅花拳宝卷虽经常处于隐匿状态，但却潜在地发挥着重要作用。下文将从三个方面予以具体分析。

（一）宝卷对于武术习练活动的助益

纵观冀南乡村地区的梅花拳群体，尽管有大架、小架之分，但其武术训练系统则大同小异，都是以桩步五势、架子和简单套路为基本功，经由徒手单练、器械单练、徒手对练、器械对练等训练环节，最终达到近似自由搏击的所谓"赢拳""拧拳""攻拳"等最高阶段。也就是说，它是从武术基本功出发，随着习练者功夫的加深，逐渐增加即兴发挥、随机应变的自由编创动作，以期达至"手无定形，脚无定步，见空按豆，随势而布"的自由境界。据说一些优秀的梅花拳师傅，总能在日常习武活动中突发奇想，创造新的招式、套路或功法，或在遭遇强敌时灵机一动反败为胜。类似轶事不仅为后辈所津津乐道，其中的武术创造还会被纳入梅花拳训练系统，视作秘不外传的本门绝技。

在梅花拳师徒之间的武术授受过程中，所使用的是一套专门语汇，如松紧、虚实、前后、上下、内外、老嫩、直横、刚柔、大小、深浅等，既生动可感，又富有弹性，以便于指导习练者借助内心体验，及时矫正

---

① "练架"是梅花拳武场训练的基本功，习练者需要反复练习"大、顺、拗、小、败"五个基本功架，俗称"桩步五势"。梅花拳有"三年架子两年锤"的说法，强调习练者需要先经过三至五年的"练架"训练，方能学习新技法。
② "立驾"是梅花拳文场的标志。梅花拳人举行"立驾"仪式，在家中安放"天地君亲师"牌位和象征梅花拳祖师的若干个香炉，就意味着文场师傅身份的获得。同时，"立驾"还意味着天地神灵、梅花拳祖师已长住家中，需要每天香火供奉，梅花拳有"一朝'立驾'、终生不撤"的讲究。

身体动作，以期早日达到所谓"内三合""外三合"的境界。比如"练架"是梅花拳习练的初级阶段，需要反复练习"桩步五势"，即"大、顺、拗、小、败"五个基本功架，它们还被分别冠以金、水、木、火、土之名。"桩步五势"照此顺序左右转换习练，即称"五势变化"[①]。如何使"桩步五势""五势变化"达到"正、顺、圆、满、够"的传统标准呢？有经验的梅花拳师傅就善于借助上述语词，提醒习练者同时保持头顶悬、舌舔上腭、沉肩坠肘、活腰松胯等身体要求，并掌握好动作的力度和速度。在"练架"的过程中，每个动作在转换前，需要保持不动约3至5个呼吸，而一趟完整的"架子"即包括100余次动作转换，约需40分钟。但这仅仅是每次习练活动中的开始，此后便是自选项目习练，如徒手或兵器的单练、对练和群练等，没有一定毅力者颇难坚持。再看梅花拳招式动作的命名，有指天画地、摘星布斗、伏虎、打虎势、虎抱头、反臂锤、对心锤等，很是古朴神秘，不仅有益于习练者领会动作要领，而且可以调剂他在习练过程中容易产生的单调乏味感，并有助于他在习练实践中某种神秘感的生成，引导他逐渐寻找梅花拳武术技法的意境与韵味，唤醒或强化他自身的运动潜能。

著名的梅花拳师傅，在指导已具有一定根基的习练者之时，往往注意结合梅花拳宝卷加以启发。比如最常被引用的这两段话：

> 一条大道少人奔，寻到玄关始入门。性养灵台身有主，神存至善魄成魂。
>
> 我大道言面壁非有别件，端叠坐闭双目如同泰山。去不追来不想不生一念，恐不视惧不惊不开一言。无天地无日月无楼无殿，无飞禽无走兽无水无山。无人相无我相无纷无乱，无寿者无众生无火

[①] 详见张士闪《"在乡的江湖"：近现代冀南乡村梅花拳的组织传统考察》，《民俗研究》2021年第5期，第76页。

无烟。知止定定后静灵光闪闪，如北辰居其所龟息绵绵。心忘形性忘心真灵不散，静之久忽然地元神出关。见天地和三光百般景观，这乃是身内道显发外边。①

原本是梅花拳宝卷中的这类话语，此时用于指导习练武术，就被赋予类似练武谚诀式的某种别解。比如"寻到玄关始入门"中的"玄关"，会被解释为鼻梁，"寻到玄关"即注意调息。后面一段，"我大道"被认为是专指梅花拳，"面壁"即梅花拳功夫修炼，于是整段文字就被转换为梅花拳拳术的修炼秘诀——从"以一念代万念"入门，逐渐达到内心活动与外形动作合一的物我两忘状态。此外，对于练武效果的夸大，和对于武技功用的无限想象，也很容易使得练武体验向宗教意识贴近。一言以蔽之，宗教意识可以赋予武术以神圣性，练武体验能为宗教带来某种似乎修炼可达的可操作性，而梅花拳宝卷则为二者的互动融合提供了一种逻辑支撑。

（二）宝卷与武德养成

在传统社会中，对于习武者的社会评价存在着武德与武艺的二元标准，并以所谓"德艺双馨"为最高境界。评判武艺，以输赢结果为标准；评判武德，则以礼仪效应为标准。在乡村日常生活中，真正较量武艺的情形较少，需要评判的主要是习武者之间的社会交往。理所当然地，武德向来为乡村社会所推重。讲究武德被视为习武者的道德底线，不讲武德者不仅会被武术群体所排斥，还会受到整个地方社会的道德压力。因此，无论哪种武术门派，都会特别强调武德。

与众多武术门派一样，梅花拳的武德教育也是从尊师开始的，并以对"天地君亲师"的尊崇为最高话语形式。在冀南乡村地区，梅花拳群体

---

① 《明道正宗》，封面题写"宣统元年夏月重刊"字样，河北省广宗县前魏村李玉普家藏。

普遍供奉"天地君亲师"牌位，并在祭祀礼仪流程中灵活引用宝卷话语，强化"师道尊严"观念。换言之，宝卷虽未被陈列于梅花拳礼仪场合，但却为之提供了神圣叙事话语与礼仪操持依据。

我们在冀南乡村的田野调查中，经常听到村民类似的说法："梅花拳都有桌子，都是'行好'的，都有个讲究。有桌子就有神。"[1] 此处所说的"桌子"，即专指供奉梅花拳祖师的供桌，也代指用于祭仪的整个空间设置，是梅花拳文场师傅用以个人修功、操持仪式之地。事实上，梅花拳文场师傅的身份标志，就是在家里安放了这种"桌子"。一般来说，梅花拳文场师傅都善于治病、预测、解事，通晓风水、阴阳之类的神秘知识，具有宣讲道德教化的能力，似与具有所谓"通灵""接神"能力的乡村术士无异，而正是梅花拳《根源经》宝卷的拥有，使其获得了"梅花拳文场师傅"这一独特的文化身份。

在梅花拳群体内部，安放"桌子"的仪式还有一个更显庄重的说法——"立驾"。其仪式流程大致为：先在内室的北墙面正位贴挂"天地君亲师"牌位，额书"一贯之道"，两侧是"振三纲须赖真武""整五常全凭大文"的对联；在北墙下安放一张长方桌，上铺带有吉祥纹样的一块花布，摆放象征梅花拳祖师的五个或六个香炉，摆上各色供品，即为"供桌"。比如上仪式称为"立驾"，此后的烧香、跪拜、祈祷、冥想、看香礼等礼仪，统称"参驾"。比较讲究的，还会在供桌前的地面上，摆放数个布垫，方便人们行跪拜之礼。"立驾"与否，是一个梅花拳人是不是文场师傅的显在标志。"立驾"以后，就意味着梅花拳祖师神灵长住家中，每天香火供奉，终生不撤。

梅花拳文场师傅如何理解自己供奉的"天地君亲师"牌位？

---

[1] 被访谈人：李淑文，66岁，河北省广宗县北杨庄村民；访谈人：崔丛聪，山东大学民俗学专业 2013 级硕士研究生；访谈时间：2015 年 4 月 7 日；访谈地点：河北省广宗县北杨庄。

天地生万物，没有天地，一切都无有。君是代天管人的，当然要受尊重。

亲是父母，是生命的源头。师就是圣贤，是帮助"成人"的。①

显然，持之以恒地对于"天地君亲师"牌位的供奉及其相关礼仪实践的操持，就意味着对于天、地、君、亲、师五位一体的神圣体系的持续建构。不言而喻，与天、地、君、亲四者相比，师的神圣性是需要特别建构和不断强化的。师虽然在"天地君亲师"的牌位上叨陪末座，但却是其中唯一的在场者，不仅是仪式现场的操持者，可以掌控仪式、训导徒弟、显示权威，而且是"天地君亲师"在现场仪式中亲身接受敬奉的唯一者。事实上，也正是借助于类似仪式的反复举行，以尊师为号召、以师缘为纽带的师门网络才得以形成。由此看来，对于"天地君亲师"的牌位供奉及礼仪实践，可谓是梅花拳最重要的组织建构资源，对于这一社会网络的确立与扩展具有关键作用，而这正是所谓"梅花拳文场"的核心意旨。

在梅花拳的组织实践中，文场与武场究竟是如何对接的？笔者以为，借助身体规训、口头叙事等的长期实践，谋求武场之"架"与文场之"驾"的融会贯通，应是理解梅花拳文武一体化现象的重要路径。"架"作为梅花拳武术基本功的专有名词，在众多习练者日复一日的训练中，其神圣性得以不断强化，并延伸到他们的日常生活中。"驾"则为梅花拳文场师傅反复言说，并通过家中"立驾"及"参驾"仪式的反复举行，不断强化其神圣权威。此外，梅花拳精英巧借"架""驾"二字的同音异体，赋以同根同源的神圣关联性，亦为梅花拳武场、文场的一体化建构提供了一定的便利。具体而言，在梅花拳武术训练中，"架"是包括"大、顺、拗、小、败"五个动作在内的身体姿势定型，且以金、水、木、火、土

---

① 被访谈人：李玉普，69 岁，河北省广宗县前魏村村民；访谈人：张士闪；访谈时间：2015 年 4 月 8 日；访谈地点：河北省广宗县前魏村。

命名,"拉架"则专指按照固定顺序进行动作转换的一套"桩步五势"练法,以上述五个动作的循环进行为基本框架。而在梅花拳文场师傅家中,"驾"即指天地全神、梅花拳祖师,"参驾"即指梅花拳的祭拜仪式。事实上,当一个梅花拳习练者遵循传统,历经"三年架子两年锤"的持续身体规训,"架"所寓含的以阴阳五行为表征的一套传统文化观念就逐渐渗透于心,乃至对其人生态度和日常行为发生重要影响,成为其日后接受以"驾"为表征的文场观念的心理内应。

当一个梅花拳习练者学有所成,同时被公认为人品可靠,就可能会被容许或鼓励参阅梅花拳宝卷。梅花拳宝卷数量颇多,而尊师重道则是贯穿其中的重要叙事。尊师重道的方式之一,是通过对历代梅花拳祖师的神化,强调师、道的神圣性。纵览各种梅花拳宝卷,可将其神化祖师的方式分为四种类型:(1)奇异诞生;(2)神佛转世;(3)神佛差遣;(4)神佛附体。[1] 下文兹略举数例加以分析说明。

梅花拳第二代传人张山出世的传说,即属于"奇异诞生"类型:

> 正值三月初三日,王母蟠桃宴会,天气晴和。南海观世音菩萨,差遣二位仙童,手执神香,围绕张宅熏冲多时,香气冲天。张母轻卧罗帐,四周佛光环绕,睡梦之中还微微而笑。张母睡梦之间,梦一天日坠落怀中,四方仙乐齐鸣,佛光四射,醒来生一男孩,容貌俊秀,天庭饱满,地阁方圆……张父按尖山起名"山",官名"登",字"三省"。[2]

---

[1] 这是从神圣来源层面所做的类型划分。此外,《根源经》关于梅花拳历代祖师的神圣叙事,还可以从社会关系制造层面分为四种类型:(1)在梅花拳祖师与皇族、官员或神仙之间创造关联;(2)梅花拳祖师直接通神;(3)梅花拳祖师即皇裔;(4)在梅花拳传承谱系中植入佛道仙灵系统。详见张士闪《"在乡的江湖":近现代冀南乡村梅花拳的组织传统考察》,《民俗研究》2021 年第 5 期,第 80 页。

[2] 《前三炉根源经》,河北省平乡县梅花拳协会秘书长邢改东收藏,转引自杨彦明《梅花拳文场探秘》(上),中国科技教育出版社,2018 年,第 170 页。

关于梅花拳小架创始人张从富的传说，则属于"神佛转世"类型：

> 时在乾隆元年正月初一中午时分，囉唎古佛临凡，落生在河北省平乡县八辛庄张门积善之家，名从富，字寿康，自幼家贫，心性良善，聪慧过人。
>
> 出白云观。恰巧遇乾隆帝微服出访月明楼，遇歹徒行刺，驾处危境之际，张祖师相助，化险为夷。帝开金口，授官三品，黄金千两。张师辞而不受，愿恩典传道为宽。帝口谕：准奏。钦赐朝服一套，进出皇宫任听其便……自此梅花拳小架传遍数省，授教弟子无不成名。①

显然，梅花拳《根源经》宝卷中的张山、张从富之所以传说较多，是因为他们作为梅花拳大架、小架的创始人，需要更多神圣叙事的支撑，以凸显其武术得自"神授"的神圣逻辑。于是，活跃于明末清初的张山，原为梅花拳宝卷中追溯最早的传人，但为服从这一神圣逻辑，就降为第二代，而虚拟出一位"收元老祖"作为梅花拳谱系中的第一代。活跃于清乾嘉时期的张从富，广泛吸纳当时流行的民间宗教而对梅花拳传统予以再造，在师门内部受到"迷惑左道，专慕邪术"的指责，终被逐出师门，却由此另辟蹊径创梅花拳小架，这一过程容易引发争议，因而也需要足够的神圣叙事来支撑。除了二位创拳祖师外，其他历代祖师如邹宏义等的神化叙事亦有不少。② 概言之，梅花拳的武德教育，以尊师重道为先导，而梅

---

① 《根源经》，1993 年笔者从河北省平乡县田二疃村田长海处得见。
② 梅花拳第三代传人邹宏义的传说颇多，以"关公附体"一则最著名："面朝正南落了坐，那时显出一尊神。面红好似朱砂抹，三缕胡须照雄身。蓝缎大巾头上戴，鹦歌绿袍穿在身。护心宝镜显明月，青铜大刀手中存。大刀一指先引路，耍起大刀走四门。不见鲜血不落地，不见鲜血不落尘。佛孙一见心害怕，一只飞鸡空中云。刀斩飞鸡落在地，见了鲜血自落尘……好比关公来站世，关公站世教化人。"载《梅花拳根源经考》，河北省平乡县梅花拳协会秘书长邢改东收藏，转引自杨彦明《梅花拳文场探秘》（上），中国科技教育出版社，2018 年，第 184 页。

花拳宝卷则为之提供神圣依据与叙事逻辑，再经由梅花拳精英在日常间的不断言说，借助梅花拳"师门"与"道门"的同构，最终成为一种较为稳固的传统。

（三）宝卷与"行好"实践

冀南乡村地区的梅花拳，向来以热衷社区公益而受到欢迎，并主要体现在两个方面：一是梅花拳武场在乡村日常生活中的义务教拳，与在庙会之期举行公益性"亮拳"演武活动；二是梅花拳文场师傅为人治病、预测、排解纠纷、宣讲伦理等。在当地民众看来，上述梅花拳活动是一概属于"行好"或"花花好"[①]之列的。近年来，梅花拳文场师傅更注意将关于"天地君亲师"的神圣叙事话语，与"人民有信仰，民族有希望，国家有力量""中国梦""乡村振兴""精准扶贫"等当代国家政治话语相连接，试图以此统合乡村伦理，并在一定程度上承担乡村社会治理的部分功能。

冀南广宗县北杨庄文场师傅邢银超，对此有这样的说法："梅花拳供养天地君亲师……做哪一门也好，都得跟着社会走，不能与社会作对。"[②]事实上，"跟着社会走，不能与社会作对"仅代表着冀南乡村梅花拳群体的行为底线，而梅花拳精英在现实生活中有着更多的积极作为。比如从1978年以来，梅花拳精英在计划生育、交公粮等"官事"上积极协助村委会，习练梅花拳者经常受到各级政府的表扬。特别是近些年来，随着农民外出打工的长期化、常态化，冀南乡村地区每逢老人去世，葬礼筹办成为一大难题，梅花拳精英便以"助丧"名义，组织武术队前往义务帮工与

[①] 李生柱认为，"花花好"作为冀南乡村地区的俗语，既泛指制度性宗教以外的民间信仰活动，也专指日常生活中的公益实践。参见李生柱《功·事·礼：冀南的乡村打醮》，福建教育出版社，2021年。

[②] 被访谈人：邢银超，河北省广宗县北杨庄村民；访谈人：张士闪；访谈时间：2015年4月7日；访谈地点：河北省广宗县北杨庄。

表演，此举颇受欢迎。① 冀南乡村梅花拳精英声望颇高，与其积极操持这类"行好""花花好"的公益活动是分不开的。

梅花拳精英何以将操持这类"行好"活动视为己任？翻阅梅花拳宝卷可知，其中对梅花拳传人的"传道"之责多有强调，近乎苛责。如前所述，宝卷中关于梅花拳传人因私家传拳、贪图安逸、忘记传道而遭佛祖降灾的传说，所强调的正是如下神圣逻辑——一个梅花拳精英的养成，与其持续不断地面向社会"行好"的苦行实践有关。反过来说，唯有借助"行好"所伴随的苦行实践，才能证实其梅花拳精英的身份。对于梅花拳精英而言，"行好"实践兼具个人"修道"与外出"传道"的双重意义，是使其身心得以圣化的必由之径，理应自觉担承甘之如饴。在诸多梅花拳宝卷中，历代梅花拳先师正是顺循这一神圣逻辑，在持续终生的"行好"实践中，不断完善自己的道行，同时带动众人的心灵净化与公益参与，将师"教"与圣"道"融为一体。一言以蔽之，在梅花拳宝卷的神圣叙事中，为众生"超灾疗苦"应被梅花拳精英视若天职，是其集个人修功（"修道"）、社会公益（"行好"或"传道"）于一体的必要实践过程。

结语

流行于冀南乡村地区的梅花拳，作为一种以师门为纽带而结成的男性结社组织，深深扎根于地方社会网络之中。梅花拳精英人物虽然不多，但组织能力强，并积极通过武场与文场、入门与出师、练架与立驾、修功与跑道等话语形式与行为实践，深嵌于乡村日常生活之中，致力于梅花拳叙事与国家政治的同构。在历史上层累而成的梅花拳《根源经》宝卷，则为之提供神圣依据与叙事逻辑，有助于梅花拳群体超越现实中的各种世俗

---

① 张士闪《民间武术的"礼治"传统及神圣运作——冀南广宗乡村地区梅花拳文场考察》，《民俗研究》2015 年第 6 期，第 43—44 页。

关系而建构起一种神圣认同，进而通过贴近以"文武之道""天地君亲师"等为表征的儒家正统观念，统合佛道教义和民间宗教系统，在乡村社会中缔结起某种较为稳定的组织形式。清代以降梅花拳谋求"文武合一"的现象，不应仅仅视为其自身传统的分蘖，亦非单纯地归之于对国家礼仪的模拟，而是因应国家一统进程"与时俱进"的选择，由此生成的地方性知识则以推行社区公益的方式渗透于地方社会。如果说，"礼俗互动"[①] 所表征的文化政治模式，为传统中国的复杂社会系统奠定了运行基础，那么以"文武之道""天地君亲师"等为表征的话语形式与社会实践，则是落实这一文化政治模式的重要路径。冀南乡村梅花拳文场、武场的分立，以及借助宝卷谋求"文武合一"的现象，乃是民众在不同社会情势下缔结组织、统合伦理的结果。从类似个案出发，追溯其组织建构及文化认同的历史，有助于理解民众因应国家政治并积极整合其中的文化心理结构与社会实践机制。

学生互动摘要

张士闪教授的演讲结束后，同学们针对梅花拳进行了提问。有同学提问，文场师傅是否会配乐宣卷，我们怎么确定一个弟子归属于文场或武场。张老师回应暂时没有发现"配乐宣卷"的情况，或许这样的行为在梅花拳群体内部会被看作是"掉价"的，这些经卷主要是用于家中供奉。而判断一弟子的归属问题是极其复杂的，因为当代社会的文化呈现出高度杂糅的状态，无数来访过的学者、文化工作者等似乎是在给梅花拳村民一种暗示——文武场双全才好，这其中已经经历过多元主体互动中的层层建构。有同学不解，"天地君亲师"中的"君"具体指谁，张老师认为这实际上是中国传统社会影响下的巨大文化符号，更多是为自己赋予合法性的，同时也

---

① 张士闪《礼与俗：在田野中理解中国》，齐鲁书社，2019年，第1页。

有对于理想化的敬天爱民之君的期盼。这背后是民众真实心态的展示——他们相信神灵系统和国家系统都赞成他们的社区公益演武活动。还有同学疑惑，用烧香中香灰落成的样子来测验一个人，有何评判标准。张老师认为，整个烧香过程其实是在个人意向性和烧香所生成的卦象之间，形成个体的灵感思维状态与权威神圣化的过程。另有同学提问，在梅花拳的历史发展过程中，是否有某个始终不变的文化核心。张老师认为，那便是注重社会秩序的道德化建构或泛道德化倾向，中华文明之根是在与日常生活紧密联系着的民俗文化之中。

2020年12月31日，同学们又围绕讲座内容展开了评议与讨论。主持人吴玟瑾从文本形式和文本作用两个方面，聚焦张士闪老师提出的梅花拳"文字—口述"系统，予以回应与反思。其一，在文本形式上，张老师给出了《根源经》的三个版本，其基本框架主要包含四个部分，其中同时存在贴合于口头的形式和适合书面阅读的形式。梅花拳文本表面虽然以口述、言语为力量，但实际上却因为有以师为尊的核心理念在背后支撑。其二，是文本作用。在梅花拳宝卷的文本叙事中，指明了它创立以来就同时存在着两种路径：（1）以师承凝聚向心力，形成紧密结社联系；（2）以文武两路修行方式，保持开放风格，吸引更多成员加入。同时，梅花拳作为"结社组织"，对内有凝聚意识的需求，对外则存在关于自身组织合法性的辩解。梅花拳精英人物通过对自身仪式进行改造，将官方化的儒家正统观念包裹于文本、仪式的外层，建构一定的礼仪等级制度，以符合士大夫阶层对于稳定社会秩序的想象。

在讨论环节，首先，针对于经卷在梅花拳文场中的功能定位，一些同学认为只要文场师傅拥有经卷就可以建构自身的合法性，强化其叙述传承的权威性，而经卷之内容是次要的，作为物质形式的经卷本身更重要；也有同学提出，相对于经卷而言，口传心授和公益实践更为重要；还有同学认为其经卷更像是"图腾"一样，具有象征意味，而缺乏实用功能。其次，还有同学从历史的角度追溯，梅花拳以拳结社，当时的乡村地区有自卫的需要，但现代社会没有了防卫需求，对于武场的需求便大大降低。最后，有同学讨论到梅花拳文场和其他宗教信仰的不同在于，它很强调祖师的神圣性与权威性。通过这次问答、评议与讨论，同学们在民间宗教研究、经卷的形式意义与实际功能、田野调查的方法和思路等方面都有了一定的收获。

（摘要撰写人　张佳伟）

古代说唱词话的文学形态与演述方式
——以《云门传》为中心

吴真

编者按： 2020 年 10 月 22 日，中国人民大学文学院吴真教授以"古代说唱词话的文学形态与演述方式——以《云门传》为中心"为题，为北京大学中文系民间文学专业的师生做了讲座并展开交流。

吴真教授长期从事宗教、戏剧与俗文学研究，新近出版了专著《孤本说唱词话〈云门传〉研究》（中华书局，2020 年）。本次讲座仍以《云门传》为中心，首先从说唱文学史的角度阐发了这部作品的独特价值，继而结合同时代其他词话和相关史料，尝试破解《云门传》文本内部几处特殊现象，并对明代弹词、道情等文体的表演形态和名实关系做出新的推论，最后回到《云门传》诞生的山东曲艺土壤，提醒我们关注这部孤本词话所代表的曲艺传统及其在说唱文学演进史上的重要意义。说唱文学一直是民间文学研究的重要范畴，如何兼顾文本与表演，结合文献研究与田野研究，在具体历史语境和表演语境中理解说唱文学，本次讲座提供了一个很好的范例。

孤本《云门传》的收藏流转过程和前人研究，笔者在《孤本说唱词话〈云门传〉研究》①一书中已有介绍。这部作品的文学价值一方面体现在它取材于《太平广记》的"李清故事",并用白话说唱艺术加以重新敷衍,后来它的散说文字又被冯梦龙几乎照录,抄进《醒世恒言》卷38《李道人独步云门》,显示出说唱文学在文言小说向白话小说转变演进过程中发挥的关键作用。另一方面,作为说唱文学文本,《云门传》全文共约37300字,叙事长度已达到中长篇小说的规模,这在现存明代说唱词话中并不多见。它的重要价值在于补充古代白话说唱文学的缺环,同时提醒我们思考明清直至现当代各类说唱体裁内容与表演上可能的关联。

当前的古代说唱文学研究,大致面临着三个研究困境:一是各类说唱名称繁多,但大部分来自文人笔记、小说戏曲等外部记载,来自说唱文学文本内部的记录十分少见;二是演唱形式的指称与文学唱本的称谓,本身就是两种命名逻辑,前者侧重伴奏乐器,后者更偏重唱词的节奏或结构;三是外部记载与现存文本之间存在着时代差,比如明代中后期就出现了关于弹词、鼓词等的外部记录,但目前所存这两种说唱曲艺的最早文本,已经晚至清顺治、康熙时期。另外,文献记载的许多说唱曲艺名称其实是地域性的经验称呼,如江南的盲词、四川的竹琴、河南的坠子,然而学术研究又要求将各地不同名称合并归类为一种全国性的体裁,但是在现存说唱文本稀少的情况下如何实现体裁分类,这仍然是困扰当前说唱文学研究的一大难题。此外,不同时代、不同地域文献数量的不平衡也带来了一定混乱。

导致上述研究困境的最重要原因,还是存世的元明说唱文学文本过于稀少。现存元代诸宫调只有3种,明代词话仅见18种,其中13种还是同样出自上海明代墓葬出土的成化刻本。清代文本留存众多,但已夹杂着清人新的体裁理解和形式创造,也难以直接上推到元明。文本的稀少给研究者带来的直接困扰就是,面对一个具体文本,我们经常不知道究竟是

---

① 吴真《孤本说唱词话〈云门传〉研究》,中华书局,2020年。

在和谁对话，也不确定这个文本和别的地区产生的文本是否属于同样的体裁。这些问题制约着我们对说唱文学史的全面认知，许多说唱体裁的形成过程和演进路线至今仍有诸多谜团，《云门传》的出现恰恰在一定程度上补充了其中的一些断链。

一、补充说唱词话断链的《云门传》

只有将《云门传》放置于古代说唱文学的发展脉络，才能显现这个孤本的叙事特色。与社会史记载丰富形成鲜明对比的是，15—16世纪的民间说唱词话文本存世极少，除了1967年上海出土的成化词话以外，明中期以前的说唱词话再无实证。根据李时人的统计，13种成化词话的韵文唱词平均占全篇的78%，可以清楚看出词话的表演以唱为主、以说为辅。[1]《云门传》的韵文比例下降至63%，说白比例升至37%，说明经历了明嘉靖时期白话小说的出版高潮，词话中表现故事的说白文字趋向复杂化，这样就为文人改编提供了文学艺术上已经相当成熟的白话文学底本，因此才有了冯梦龙《醒世恒言》对《云门传》的改编。

经过了文人这一轮的增删改编，曾经风行一时的民间说唱词话反而渐渐被历史淘汰，变成中国文学史上的"失踪者"，叶德均曾断言，"若干明代词话经过了改编成为纯散文的小说，而本来面目就从此湮没了"[2]。《喻世明言·李秀卿义结黄贞女》改编自说唱本《贩香记》，《警世通言·苏知县罗衫再合》则来自苏州传唱的《苏知县报冤》唱本。可惜被冯梦龙改编的这两种说唱词话，近代以来皆未见传本。从这个背景来看，《云门传》的意义更加珍贵，它提醒我们进一步关注明代说唱文学对其他文学样式的滋养作用。尤其考虑到它的篇幅长达37300字，为现存明代民

---

[1] 李时人《"词话"新证》，《文学遗产》1986年第1期，第74页。
[2] 叶德均《宋元明讲唱文学》，古典文学出版社，1957年，第60页。

间说唱词话叙事规模最大者，也可以为前人"小说之前存在说唱词话本"的猜想提供重要佐证。

《云门传》的独特之处还能从与其他词话的对比中看到。现存明代词话共 18 种：（1）明成化七年至十四年（1471—1478 年）刊刻的成化词话现存 13 种；（2）杨慎《历代史略十段锦词话》；（3）《云门传》；（4）明万历刊《新刊宋朝故事五鼠大闹东京记》；（5）明万历、天启年间人诸圣邻改编的八卷本《大唐秦王词话》；（6）明万历、天启年间杜蕙改编二卷本《新编增补评林庄子叹骷髅南北词曲》。其中第（2）（5）（6）为文人加工拟作的案头本，其余 3 类为民间说唱本，《云门传》更是其中唯一标注读音的本子。全书注出 300 多个多音字、难读字、正读字的读音，一些并不算生僻的韵字也被注出同音字，说明它面向的应是文化水平较低的读者。还值得留意的是，其中许多注音方式带有江南方言特色，注音者可能并非《云门传》的作者，而是来自江南（很可能是苏州）的刊刻出版者，这也是给我们认识这部作品流传过程的重要提示。

最后，我们将《云门传》放在道情的发展脉络中考察。根据笔者的研究经验，道情在内容上以讲述道教故事、宣扬道教思想为主，具有强烈的宗教性格，但在文学体式上与词话并没有区别，这点笔者同意叶德均的判断，即叙事讲唱道情"和词话等的不同，不是它的形式，而是内容和题材"[①]。《张三丰全集》"道情总说"中记载张三丰告诫弟子："是书在处，有神物护持，若无缘下流见之，亦不过瞽唱之文词耳。"[②] 也说明道情与瞽者词话在表演方式和文体格式上的混同。以往道情研究者所依据的原始文献只有明末《新编增补评林庄子叹骷髅南北词曲》文本以及《醒世恒言》《续金瓶梅》等小说中记载的道情表演片段，《云门传》的发现则使现存的明代道情单行本增至两种，这也是它的珍贵意义所在。

---

① 叶德均《宋元明讲唱文学》，古典文学出版社，1957 年，第 67—68 页。
② 张三丰《登天指迷说》，《张三丰全集》卷 1，浙江古籍出版社，1990 年，第 19 页。

二、《云门传》的说唱机关

在了解《云门传》在说唱文学史上的位置后,接下来让我们进入它的文本内部。《云门传》的佚名作者留下了两个颇为特殊的机关,必须立足说唱文学的演述语境,才能破解这两个机关。

首先是九字句的问题。《云门传》的韵文以九字句为主,这在目前存世的明清说唱文学中是仅有的孤例。我们知道,说唱文学一般以七字句为主,明清宝卷、道情、弹词中还大量使用"十字句",基本都为三三四节拍。《云门传》九字句的节拍是二二二三,跟十字句是很不一样的。为了追求现场表演的音律美感和节奏变化,《云门传》的作者还在其中穿插了一些七字句和十一字句。九字句(二二二三)、七字句(二二三)、十字句(三三四)和十一字句(四四三)这四种句式在全本韵文中的比例为75%∶13%∶5%∶7%。节奏的长短交错很大程度上避免了讲唱表演过程中的沉闷单调。那么《云门传》这么独特的九字句从何而来?

笔者尝试从中国文学传统中寻找渊源。七言句式在传统诗歌中已十分成熟,说唱文学受影响的可能性很大,因此明清大部分的词话、弹词、鼓词都是七字句式。至于九言诗,如果我们统计《中国基本古籍库》收录的通篇九言的诗词作品,一共得到110首,其中南北朝的百余年间存有8首,隋唐五代未见存作,两宋存2首,元代存1首,明代存11首,清代存88首。现存最早的九言句见于东汉时期佛教翻译印度《修行本起经》的一段偈颂,句式为二三四;本土传统九言诗歌如汉代仇靖的《李翕析里桥郙阁颂》,以四一四句式为主——显然《云门传》的二二二三句式并非来自汉代传统。[①] 孙尚勇《九言诗考》论述九言诗之流变,指出以元末诗僧明本禅师《九言梅花诗》为发轫,九言诗在明清诗坛形成了一定的

[①] 此条蒙中山大学李晓红教授见示。

影响。① 可以看到，明本禅师和之后杨慎等人仿作的《九字梅花咏》，以及明嘉靖时期王世贞的《苦热》等九言诗，就与《云门传》句式非常相似。尤其是王世贞的诗中常见"凛如足踏太行万古雪，恍若卧对匡庐千尺泉"②的句式，即以起首两字领起后面七个字，这正是《云门传》九字句的构成方式。仔细分析《云门传》中的九字句，前面两个字基本都是无实义的虚词，就算去掉也不影响文意理解，承担核心语义功能的仍是后面七字。因此笔者推测，《云门传》应该是在当时常见的七字句词话基础上创编而成的，原因或受到明朝末期诗歌风格新变的影响。

前面提到现存的 18 部明代词话之中，虽然只有《云门传》文体是九字句，但是我们相信明朝末期时应该流行着类似的九字句说唱词话，这可以从说唱文学以外的记载中得到印证。比如明末清初的贺裳在《载酒园诗话又编》中评点贯休诗歌时说："贯休村野处殊不可耐，如《怀素草书歌》中云：'忽如鄂公喝住单雄信，秦王肩上搭着枣木槊。'此何异伧父所唱鼓儿词？"③他认为，贯休诗九字句的白话风格与村野所唱鼓儿词无异，殊不可耐。所谓的"鼓儿词"，就是《清稗类钞》所云"今俚俗之鼓儿词，亦谓之'唱道情'。江浙河南多有之，以男子为多"④。贺裳的这句诗评从侧面反映了明朝末期流行的九字句式鼓儿词，《云门传》既是道情鼓儿词，又是九字句，它在它的时代应该不是孤例。

第二个是完全对位的复调叙事模式。复调的意思是两个声部，在《云门传》中体现为散文、韵文的两种文体，二者叙事语言虽然不同，却在平行演述同一个故事，并且叙事时间和结构是完全对称的，如果把其中一种文体独立抽出来，即可单独成篇。冯梦龙改编《云门传》的时候，就是完全不录其韵文，只是照录了其散文的 83% 文字，就成了《醒世恒言》

---

① 孙尚勇《九言诗考》，《聊城大学学报》2005 年第 6 期，第 56 页。
② 王世贞《苦热》，《弇州山人稿》卷 53，世经堂刊本，第 11 页。
③ 转引自陈伯海编《唐诗汇评》下册，浙江教育出版社，1995 年，第 3111 页。
④ 徐珂编纂《清稗类钞》第十册，中华书局，2010 年，第 4939、4941 页。

中的《李道人独步云门》一篇。以我们今天的阅读感受来看，完全对位的复调叙事不仅重复累赘，更拖慢了叙事进度。但是《云门传》属于说唱文学，如果把它放到道情的表演传统中观察，就会发现这恰恰是对演述传统的继承。

传统道情的表演多是念一回、唱一回，也就是散文的"念"与韵文的"唱"共同构成同一个故事单元的讲述。元杂剧《岳阳楼》第三折，吕洞宾化身讲唱道情的云游道士，上场唱了一段26句的十字句道情，词云："披蓑衣戴箬笠怕寻道伴，将简子挟愚鼓闲看中原。打一回歇一回清人耳目，念一回唱一回润俺喉咽。"① "念一回唱一回"的表演机制应当是方便道士以故事单元作为中途停顿，向围观的听众收钱。但另一方面，我们在《新编增补评林庄子叹骷髅南北词曲》等文人改编的道情本中并未见到散韵完全对位的叙事模式，这恰恰说明《云门传》的作者不仅继承念一回唱一回的道情表演传统，而且还将这一表演传统在文字叙事形式上推向了极致。

《云门传》37000多字的篇幅，全程表演下来需要10多个小时，以往我们所知的道情表演一般是单口演出，很难想象在实际表演中，一个道情艺人又是散说又是韵唱，一人分饰两个演述人，这对艺人的表演技艺要求相当高。那么会不会存在着类似相声那样两个表演者演述道情的可能？我们在明朝末期文学中找到一条侧面记载，那就是万历本《金瓶梅词话》第六十四回，北京来了两个太监，西门庆叫了两个唱道情的来表演，"于是打起渔鼓，两个并肩朝上，高声唱了一套《韩文公雪拥蓝关》故事下去。"② 可见明朝末期存在二人合演的道情表演体制，当代山西、河南一些地区的道情表演仍延续着这一传统。从双人演述的角度再来考察《云门传》，它的复调叙事模式才能被更好地理解。散叙说白与韵文演唱作为两

---

① 王季思主编《全元戏曲》第2册，人民文学出版社，1990年，第177页。
② 兰陵笑笑生《金瓶梅词话重校本》第3册，梅节校订，陈诏、黄霖注释，三联书店（香港）有限公司，1993年，第840页。

种表演方式、两套叙事语言,平行演述同一个故事。两个艺人各有分工,讲唱配合完成表演。

上面我们提到《清稗类钞》记载清代的鼓儿词又称"唱道情",下文又提到,"唱鼓词者,小鼓一具,配以三弦。二人唱书,谓之鼓儿词。亦有仅一人者,京津有之。"[①] 鼓儿词与唱道情混同,鼓儿词又是双人演唱,再联系前引贺裳将贯休的九字句类比为鼓儿词,《云门传》的两个机关就可以放在表演语境之中综合考虑。或许它代表着的就是明朝末期词话的一种文本体式和表演形态:双人合演的九字句道情。

三、道情中嵌套道情

《云门传》的"重头戏"出现在第十六单元,一位老年瞽者用渔鼓弹唱道情的方式,述说李清求仙之后的家世变迁。《云门传》全书一共 110叶,这段情节就占了 10 叶,以散文、九字句的韵文、十字句的道情,三种文体复述了三遍。冯梦龙在《李道人独步云门》中,将瞽者述说李氏家族兴衰的内容替换成瞽者表演《庄子叹骷髅》道情。虽然道情表演内容改变了,但仍然保留在"大道情"(《云门传》)嵌套"小道情"(瞽者道情)的结构模式中。那么就需要追问这一叙事惯性背后的特殊意义何在。

事实上,与道教有关的戏曲与道情,常常出现类似这样的嵌套结构,有点类似"戏中戏"。比如在神仙道化主题的元杂剧中,神仙常化身为全真道人,手执渔鼓简板,演出一段道情曲,这应该是此类题材的一种规定场景。在现存道情文本中,这种"嵌套"更为普遍,如《张子房慕道记》《新编增补评林庄子叹骷髅南北词曲》《韩湘子十二度韩文公蓝关记》《珍珠塔》等,故事的主人公或在郊外,于在街市,只要遇到适合阐发"离尘绝俗之意"的场景,就会打起渔鼓演唱道情。"大道情"中嵌套"小道情"为什么

---

① 徐珂编纂《清稗类钞》第十册,中华书局,2010 年,第 4939、4941 页。

会成为一种定规？笔者认为很可能道情说唱在元明时期已经是相对成熟的曲艺形式，方便作为"插件"随时插入表演。

《云门传》里，瞽者用渔鼓简板演唱的小道情是一段十字词，恰恰吻合元代杂剧中道情词亦为十字句的记载。按照《云门传》全书"散韵分说"的叙事格式，瞽者弹唱道情的情节已被重复了两遍，这一段长达 840 字的十字词道情显然是多余的，因为它是第三次讲述同一个情节。作者为何不厌其烦地嵌套这段十字词？很可能在《云门传》之前，民间已经存在演述李清求仙故事的十字句道情唱段，也就是说，《云门传》成书之前，在山东已经流行"前《云门传》"道情。《云门传》作者直接将这段十字词道情收编于文中，这样就变成对"瞽者弹唱道情"情节的三次演述。对于不熟悉"前《云门传》"的读者来说，这样的"三遍反复"显得拖沓累赘，所以苏州的冯梦龙才把这段十字词道情改换成流行于江南的"叹骷髅"道情。[①] 按照叙事逻辑，现代读者也会觉得这个情节既不是基干情节，也无甚出彩之处，但是在《云门传》的时代，"三遍反复"是有意义的，就是它借助嵌套"前《云门传》"道情，成功唤起听众读者对于李清道教故事的宗教情感。

这部分的道情演述还有一点值得关注，"弹词"一词前后出现三次。李清上前询问"口唱道情曲子把场摊"的瞽者，发现"原来弹词瞽者非他姓，若论李氏门中是嫡支"[②]。瞽者自述身世称，"单是区区老瞽还留在，却又无儿无食靠弹词"[③]，李清"直待听他瞽者弹词罢，才把满肚惊疑一旦除"[④]。在文本中自称所述内容为弹词的明代词话，现存只有《云门传》此处。这也提醒我们，至少在《云门传》所处的明万历年间，弹词、道情、弹唱词话这三个名称是可以互通使用的。瞽者在演唱十字词道情之前介绍

---

① 吴真《晚明"庄子叹骷髅"主题文学流变考》，《文学遗产》2019 年第 2 期，第 94 页。
② 吴真《孤本说唱词话〈云门传〉研究》，中华书局，2020 年，第 175、176、181 页。
③ 吴真《孤本说唱词话〈云门传〉研究》，中华书局，2020 年，第 175、176、181 页。
④ 吴真《孤本说唱词话〈云门传〉研究》，中华书局，2020 年，第 175、176、181 页。

道,"待我信口搊成十字词"。"搊"即"搊弹",意指拨动丝弦伴奏,《云门传》中即有四个可搊弹的曲子。明万历二十五年(1597年)刊本《三宝太监西洋记》第四回,云寂"猛抬起头,只见一个弹弦儿唱道情的打廊檐下走过"[①],这和清代专指南方江浙曲艺的"弹词"很可能不是一回事。

《云门传》将瞽者的十字词道情呼为"弹词",说明北方词话至少在万历年间还可称为"弹词",也说明《云门传》时代所说的"弹词"还是"词话"的别称,当时尚未形成"南弹北鼓"的说法。我们以往对弹词的认识基本集中于清代的江南,《云门传》则展现了明代北方"弹词"的使用语境。由此我们可以进一步思考,关注以《云门传》为代表的北方道情,可以对以南方为中心的明清说唱文学研究带来哪些补充和启示。

四、北方道情的特殊意义

弹词、鼓词的起源和名实之辨的问题,一直是说唱文学史上悬而未决的难题。鼓词起源于何时?"南弹北鼓"的格局什么时候形成?《云门传》提醒我们,要回答这些问题,不能将清代作为研究起点,而要到明朝末期的表演语境中去讨论。《云门传》不仅记录了明朝末期时人对"弹词"的理解,它的文体形式对于厘清鼓词形成过程也具有重要意义。叶德均先生推论词话演进至鼓词的路线上,中间经过了道情"段儿书"的中转站,"这类小型段儿书,后来发展成为北京和河北及东北各地的大鼓书"[②]。这是根据说唱曲艺发展规律而提出的假说,但是一直以来没能发现坐实这一假说的说唱本子,现在宇内孤本《云门传》的发现,恰好印证了叶德均和陈汝衡的猜想:"在山东一带又有以唱为主的小型鼓词,唱的是短篇故事,也就是段儿书。清代的八旗子弟书,以及自清末才兴起的大鼓书,似乎都

---

① 罗懋登《三宝太监西洋记》,华夏出版社,2013年,第33页。
② 叶德均《宋元明讲唱文学》,古典文学出版社,1957年,第67页。

受着段儿书的影响而发展起来的。"①

为什么恰恰是在山东青州产生这样承上启下的"段儿书"？这个问题应当返回到明清山东的曲艺环境中去解释。山东在说唱文学研究中有着特殊意义。山东即墨人罗清创立罗教，留下了《苦功悟道卷》等五部宝卷；明嘉靖时期，青州出现了冯惟敏、杨应奎等杰出的散曲作家，《云门传》与《金瓶梅词话》也是同一时期产生于山东的词话本。明末清初的一百年间，就在青州至临淄方圆一两百公里的范围内，涌现了一大批说唱文学作品，比如曲阜人贾凫西的《木皮散客鼓词》、淄川人曹汉阁的《孔夫子鼓儿词》、淄川人蒲松龄的《聊斋俚曲》②，这在同时期的其他省份极为罕见。《云门传》能够被冯梦龙选中改编，可见明朝末期山东的说唱文艺已经相当成熟，同时也说明，山东中部鼓词在清初的兴盛，并非新朝之新风气，而是明朝末期民间说唱道情进一步的发展形态。

如本讲开场所说，说唱文学研究中存在诸多困境，具体到《云门传》，它诞生于明朝末期山东这样活跃的曲艺土壤中，其背后应该站着一个庞大的文本群，只不过它的同伴都消失了，反而显得它风姿卓异。明代幸存下来的说唱文学多集中于江南，如果我们由这些"幸存者"来反推历史，可能就会以为山东一带是说唱文学的低地，但事实上是相反的。由此可以进一步思考，区域说唱文学的历史性兴盛与现存说唱文学文献之间，实际上存在着"幸存者偏差"。得益于发达的出版刊刻业和成熟的商业文化环境，江南地区的说唱文本保存最多，但这并不意味着江南的说唱活动就一定最为兴盛，尤其是明清北方的曲艺盛景，因为材料的缺失，已经很难还原了。

《云门传》无疑是明代说唱文学的"幸存者"，它身后是同时代的一大批"失踪者"。我们从不同角度解读了这部作品的一些特点，也许每个

---

① 陈汝衡《说书史话》，作家出版社，1958年，第220页。
② 张军、郭学东《山东曲艺史》，山东文艺出版社，1997年，第65—73页。

特点背后都连接着许多同类型的文本。我们正是希望通过这一小部分的"幸存者",来尝试推知说唱文学史的局部或整体风貌,这有一定的风险,但就目前的俗文学研究来说,只有寻回和剖析一个个的"幸存者",作为中国文学"潜流"的俗文学才能在现代学术视野中重新"被发现"。

学生互动摘要

　　吴真教授的演讲结束后,同学们针对李清信仰、道情中演唱道情、《云门传》的使用功能、分回问题、幸存原因等问题进行了踊跃提问。有同学提问,既然《云门传》中的韵文篇幅占比更大,那其性质究竟是服务于表演的底本还是更多为了案头阅读。吴老师认为既然其严格使用韵散复用的形式,那必然有现实表演的强大必要性。又有同学怀疑,因我们可以看到诸多作者逞才炫技的痕迹,这会不会是一部相当非典型的作品。吴老师并不否认此说法,但她补充说其背后还是有当时说唱文学的基本模式在起作用。另有同学对《云门传》的分回问题感兴趣,吴老师回应说这或许是受到嘉靖、万历时期章回体小说的影响。还有同学疑惑,为何单单是《云门传》幸存了下来,且这部带有明显山东特点的作品却在苏州刻印。吴老师回应,其幸存原因或与冯梦龙的"洗稿"有关,有可能是苏州刻工带着苏刻技术来到青州刊刻的。

　　2020年10月29日,同学们又围绕讲座内容展开了评议与讨论。主持人程浩芯从民间文艺作品的内容解读、说唱文学诸体裁的名实之辨、孤本的性质与价值三个方面,对吴老师的观点予以回应与反思。其一,对于一个孤本文献,我们应该充分挖掘其文本内和文本外两方面的证据,结合关联文本、地方语境、时代风尚等,对作品进行释读。具体而言,我们可以重点关注的文化信息有:(1)叙事内容及其创编资源;(2)文本内部的现实信息;(3)情景语境;(4)

文化语境；（5）文献的制作和流传过程。其二，说唱文学在具体使用相关名称的时候往往比较随意，当时体裁名称尚未统一，使用者和记录者都是凭本土传统和经验理解来命名。我们应该注意学术研究过程中的"体裁分类"问题，一方面关注"本土分类"——可以通过田野研究得到充分认识；另一方面也关注"分析范畴"，便于描述、分析并展开学术界的对话。总之，我们需要将本土的分类直觉与严谨的体裁界定相结合。其三，我们在对待孤本文献时，要充分考虑多种可能性，"孤证"是否足以代表当时当地的词话传统，涉及民间文学的"特殊与一般"的关系，以及传统与创新的关系。

在讨论环节，同学们又围绕着厘清不同命名的必要性、孤本的学术意义与研究思路、具体演唱过程中曲调和唱词的可变通性等问题来展开。首先，我们还是要努力去探求孤本背后的可能性，但在将现象性材料推广到普遍性理论的过程中，也要特别谨慎；孤本的意义在于启发我们思考它背后是否存在更大的传统，对于未来可能发现的更多材料或更多研究方向进行提示；同时我们还可以从流通的角度来思考孤本的存在——如果市场上已经出现这种刻本，则其已经是非常成熟的了。其次，现在的《云门传》文本中，每句前面的词可能是整理者刻意加上去的，是可以变通的，具有现实可行性，与现场的具体表演关系紧密，演唱者既需要遵循既定的表演形式的限制，也可能会根据现场情景增删部分词语来活跃气氛。不过，用当下的现实情况去推想《云门传》这部明末的文本是否可行，还是一个有待讨论的话题。通过这次问答、评议与讨论，同学们在孤本文献的研究方法、说唱文学史的研究、演述现场与文本内容间的关系等方面都有了一定的收获与启发。

（摘要撰写人 张佳伟）